Corina C. Klengel
Todesrune

LEDA

Corina C. Klengel
Todesrune
Harzkrimi
1. Auflage 2010

ISBN 13: 978-3-939689-32-4

Leda-Verlag, Kolonistenweg 24, D-26789 Leer
info@leda-verlag.de
www.leda-verlag.de

Lektorat: Maeve Carels
Satz: Heike Gerdes
Titelillustration: Carsten Tiemeßen unter Verwendung eines Fotos von Corina C. Klengel
Verwendung der Runenschrift mit freundlicher Genehmigung von Dr. Josef Lueger, InGEO Ingenieurbüro für Technische Geologie 3243 St. Leonhard am Forst, (Österreich)
Gesamtherstellung: Bercker Graphischer Betrieb GmbH & Co. KG
Printed in Germany

Corina C. Klengel

Todesrune

Harzkrimi

LEDA

Der gallische König Ambicatus, der das Keltenland tapfer und glücklich regierte, wollte das Land von seiner Überbevölkerung befreien. Er sandte die Söhne seiner Schwester, Bellovesus und Segovesus, auf die Suche nach neuen Wohnsitzen.
Das Los verkündete den Willen der Götter: Bellovesus zog in das freundliche Italien und Segovesus erhielt den Hercynischen Wald.

Sage nach Livius

Die Kelten: Lateinisch celtae, gallier, griechisch keltoi, galatai – die Tapferen, die Edlen. Sagenumwobene Volksgruppe der Eisenzeit in Europa.

Tilia Leinwig: Tilia nennt sich selbst lieber Tilla. Sie ist sprunghaft, sinnlich, aufbrausend und ihr Glaube geht auf das Keltentum zurück.
Sie ist eine Harzer Hexe.

Hedera Leinwig: Tillas Mutter

Astrid Volkerts: enge Vertraute von Hedera

Gerred Assmut: Architekt und hilfreicher Nachbar

Peter Ehlers: Tilias früherer Geliebter und nun ihr Anwalt

Weitere Freunde, die Tilla bei der Aufklärung helfen:
Daniel Regner, Oliver Regner, Dana Assmut

Germanen: Wortverwandtschaft mit Ger- von germ. *gaizaz*, einen Wurfspeer, lat. *germanus* ›leiblich, echt, wahr‹, auch mit *gairm* oder *gair* ›Schrei‹ . Zu den Germanen zählte man eine Anzahl von Stämmen in Mitteleuropa und im südlichen Skandinavien, deren ethnische Identität sich durch die Sprache bestimmte.

Hermann Bordfeld/Janus Borderfeld: Führungspersönlichkeit in einer rechtsradikalen Organisation.

Magnus Rennert: Adlatus von Hermann Bordfeld, Ausbilder in dessen Kampfsportorganisation.

Gerfried Bordfeld: Halbbruder von Hermann Bordfeld

Arthur: Sekretär von Hermann Bordfeld

Ermittlungsbehörde:

Dr. Jan Berking: ermittelnder Staatsanwalt

Gerd Wegener: Kriminalhauptkommissar Goslar

Andreas Kamenz: Kriminalkommissar Goslar

Hans-Joachim Berking: Beamter des Bundeskriminalamtes und Vater von Staatsanwalt Jan Berking

1977

Die Wintersonnenwende 1977 sollte Ruhe schaffen – dringend benötigte Ruhe nach den Greueltaten des vergangenen Jahres. Eines Jahres, in dem sich jede halbwegs vernünftige Fernsehgröße um die Moderation des unverzichtbaren Jahresrückblickes herumdrückte. Niemand mochte zurückschauen auf so viel Gewalt und Mord. Es war ein Jahr der Extreme gewesen. Radikale Linke hatten ebenso viel Unrecht geschaffen wie radikale Rechte.

Einzig der Harz und sein Umland durften sich ein Schmunzeln erlauben: Als bekannt wurde, dass die DDR, die mit der Grenze durch das urgermanische Naturschutzgebiet eine schmerzende Wunde gezogen hatte, zehntausend Volkswagen vom Typ Golf bestellte.

Wintersonnenwende – seit Urzeiten feierte man in der Nacht zum 21. Dezember die Rückkehr des Lichts. In der christlich geprägten Welt war das Fest auf den 24. Dezember verschoben worden und hatte den Namen »Weihnacht« bekommen. Doch im Harz, wo sich der alte, an der Natur orientierte Glaube länger gehalten hatte als anderenorts, huldigte man hier und da noch dem Sonnenfest. Auch in diesem Jahr sandte so manches Fenster der Harzer Holzhäuser die Jahrtausende alte Botschaft in die dunkle Winternacht: Wanderer mögen diesem Licht folgen und hier Schutz vor Odins wilden Horden suchen.

Jene, die in der längsten Nacht des Jahres für die Wiederauferstehung des Lichts beteten, gehörten zu einer uralten Zunft von Gläubigen, deren Religion bis in die Zeit der stolzen Kelten zurückreicht.

Eine dieser Wintersonnenwendfeiern im Oberharz fiel in diesem Jahr jedoch recht verhalten aus. Das traditionelle Gebäck in Form eines Hirsches – den Keltengott Cernunnos darstellend – blieb fast unberührt liegen. Auch dem Met wurde nur mäßig zugesprochen. Sechs Wochen zuvor, an dem Tag, an dem man im alten Glauben das Neujahresfest feierte, war eine Altgläubige schmachvoll missbraucht worden. Die junge Frau, die aus tiefster Seele an das Gute im Menschen glaubte, verstand das ›Warum‹ des Verbrechens an ihr nicht.

Ihre Sinne waren durch die mit ihrem Glauben verbundene besondere Lebensform sensibler als bei den meisten Menschen. Doch jetzt waren sie von der Erniedrigung wie gelähmt, so dass sie nicht merkte, was sich an diesem Wintersonnenwendfest um sie herum zusammenbraute. Hätte sie geahnt, was man ihretwegen vorhatte, sie hätte trotz des Kummers versucht, es zu verhindern.

Das Haus, in dem die junge Frau lebte, stand als eines der letzten ganz oben im Hang von Braunlage, einem schmucken Ort im Oberharz, der im 13. Jahrhundert als Waldsiedlung entstanden war. Trotz der Touristen lebte man in dörflicher Anteilnahme zusammen. Man wusste, die junge, schöne Frau und ihre Mutter kamen nicht von hier, man wusste auch, sie hatten einen anderen Glauben, aber beide waren herzlich in die Gemeinschaft aufgenommen worden.

Man war entsetzt. Der Zorn brach sich Bahn. Kaum beherrschbar. Es war ein Unrecht geschehen und wie immer, so zog auch hier ein Unrecht das nächste nach.

Und es begab sich,
als sie auf dem Felde waren, erhob sich Kain wider
seinen Bruder Abel und schlug ihn tot.

1. Buch Mose 4

Hermann Bordfeld zog die neue Lederjacke am Revers in Form und legte den roséfarbenen Hemdkragen akkurat über den der rehbraunen Jacke. Mit einem zufriedenen Blick in den Spiegel strich er sich das volle, dunkle Haar nach hinten. Die Koteletten, die sich bis fast zu den Mundwinkeln zogen, gaben dem kantigen Gesicht die Weichheit, die der gängigen Mode entsprach. Hermann registrierte das abfällige Grinsen seines Halbbruders zwar, ließ sich aber seinen Ärger darüber nicht anmerken. Offenbar überwog die Vorfreude auf sein Vorhaben.

Sich lässig hin und her drehend, lümmelte Gerfried auf dem abgeschabten Hanssendrehstuhl herum und beobachtete Hermanns Vorbereitungen auf das abendliche Rendezvous. Wie immer hatte er das Gefühl, dass Hermann ihm etwas wegnahm. Vielleicht rührte das daher, dass Hermanns Mutter mit dem Vater der beiden verheiratet gewesen war, im Gegensatz zu Gerfrieds Mutter. Obwohl sein Vater ihn adoptiert hatte und der Junge seinen Namen trug, kennzeichnete eine immerwährende Eifersucht die Beziehung zwischen den beiden Brüdern. Gerfried ließ keine Möglichkeit ungenutzt, seinen um nur wenige Tage jüngeren Halbbruder mit Blicken, Gesten oder Worten zu triezen. Er wusste: Am meisten ärgerte seinen Bruder ihre unglaubliche Ähnlichkeit. Während Hermann stets um Individualität bemüht war, kopierte Gerfried seit vielen Jahren hartnäckig Kleidungsstil und Frisur seines Brudes, um sich dann königlich über dessen Zorn zu amüsieren.

Ihre Mütter waren Schwestern gewesen. Seit Gerfried

und Hermann auf der Welt waren, hatte ihr Vater die beiden immer wieder wie Kampfhähne aufgestachelt und gegeneinander gehetzt, um sie zu stählen und um herauszufinden, wer von ihnen der Bessere war. So waren die beiden zu hervorragenden Kämpfern geworden. Kämpfer, die eine Organisation wie der Orden brauchte und schätzte.

Gerfried streckte sich und fuhr mit den Fingern der linken Hand sachte über die frische Tätowierung an seinem rechten Arm, die noch etwas juckte. Nach außen hin widmete er sich wieder dem kleinen Schwarzweißfernseher in der Ecke des gemeinsamen Appartements. Er belächelte den Kommissar mit der unvorteilhaften Brille und dem Trenchcoat, doch sein Blick huschte immer wieder zu seinem Bruder zurück. Etwas hatte sich an ihm verändert. War dieses Mädchen der Grund dafür?

Gönnerhaft kommentierte Gerfried die Bemühungen seines Bruders vor dem Spiegel: »Zeig ihr nicht so deutlich, dass du es ernst meinst, sonst bist du die Kleine gleich los.«

»Halt die Klappe. Was weißt denn du schon«, schnappte Hermann.

Gerfried hob erstaunt eine Augenbraue. Hermann verlor selten die Kontrolle über seine Gefühle. War hier tatsächlich etwas im Gange, was nicht sein durfte?

Die Organisation hatte Hermann aufgetragen, die Hexe, die so viel über die Harzer Geschichte herausgefunden hatte, als Informationsquelle anzuzapfen. Er sollte das Mädchen, das dem sagenhaften Artefakt näher gekommen war als jeder andere, mit seinem Charme einwickeln. Gelänge es Hermann tatsächlich, das Artefakt zu finden, so würde er im Orden unweigerlich aufsteigen.

Auch Gerfried hatte dem Orden die Treue geschworen, doch die Eifersucht auf seinen Bruder war stärker. Die

Aussicht, dass Hermann einen höheren Rang einnehmen würde, schmerzte wie eine schwärende Wunde. Aber auch, dass es Hermann war, der diesen leckeren Käfer bearbeiten durfte …

Wieder beobachtete er seinen Bruder. Hermann hatte keine Probleme, sich Frauen gefügig zu machen. Sie schätzten die Kombination von Stärke, Charme und einem angenehmen Äußeren. Vorzüge, die auch er selbst zu bieten hatte. Und doch hatte *er* bei der hübschen Kleinen nicht landen können. Nicht einmal die Ähnlichkeit mit Hermann hatte ihm genutzt. Schnell hatte sie ihn durchschaut und abblitzen lassen. Natürlich hatte er der Kleinen reinen Wein eingeschenkt und ihr erzählt, warum sein Bruder sie umgarnte. Gerfried biss die Zähne aufeinander, als er an die Ohrfeige dachte, die sie ihm daraufhin versetzt hatte. Die kleine Hexe hatte die Lektion, die er ihr dafür erteilt hatte, mehr als verdient.

»Ist schon ein heißer Feger, die Kleine«, sagte Gerfried beiläufig.

Hermanns Bewegungen verlangsamten sich. »Woher willst du das wissen?« Gerfried verkniff sich nur mühsam das boshafte Grinsen, als er dem Gesicht seines Bruders das Begreifen ansah. »Du warst dort? Du hast sie gesehen?«, fragte Hermann schneidend.

Hermann war gefährlich, wenn er wütend wurde, dennoch gab sich Gerfried entspannt. Er fuhr sich mit der Zunge über die Lippen, grinste anzüglich und wandte sich wieder Kommissar Derrick zu, der sich zu dramatischer Musik steif und unbeholfen mit einer geradezu albern wirkenden Walter PPK 7,65 an einer Mauer entlangschob.

Gerfried wusste genau, dass Hermann sich jetzt fragte, ob die Organisation ihn womöglich durch seinen Bruder kontrollierte. Der Zorn verhärtete seine Züge, doch er hatte sich erstaunlich gut unter Kontrolle und wandte sich wieder ab. Gerfried beschloss nachzusetzen. »Ich glaube, du hast in den letzten Wochen etwas vergessen«, bemerkte er spitz.

Hermann blickte ihn kurz über die Schulter hinweg an. »Und das wäre?«, fragte er genervt.

»Den Grund, warum du die Kleine umgarnen sollst.«

»Kümmere du dich um deine Aufgaben!«

Gerfried musterte ihn mitleidig. »Du sollst sie benutzen und nicht umwerben wie ein liebeskranker Stieglitz.« Er grinste höhnisch. »Du bekommst sie doch eh nicht, sie ist schließlich eine Hexe. Außerdem ... du glaubst doch nicht, dass diese Bergbauern da oben zulassen würden, dass du ihnen so einen hübschen Käfer vor der Nase wegschnappst!«

Hermann presste die Kiefer aufeinander. Seine Züge verrieten Ärger und Sorge zugleich. Gerfried bildete sich sogar ein, für den Bruchteil einer Sekunde Angst darin aufflammen zu sehen. Zufrieden lehnte er sich zurück und widmete sich wieder dem Fernseher.

Hermanns Angriff traf ihn völlig unvorbereitet. Sein Bruder war blitzartig durch den Raum gestoben, seine Linke schoss vor und schloss sich wie ein Schraubstock um Gerfrieds Kehle. Leise zischte Hermann seinem Brunder zu: »Ich warne dich nur dieses eine Mal ... lass deine Finger von ihr!«

»Schon gut«, krächzte Gerfried. »Schon gut. Ich stehe eh nicht auf uneingerittene Pferdchen!«

Sie maßen sich mit Blicken. Gerfried dachte kurz an das Messer, das er stets unter dem weiten Schlag seiner karierten Hose trug. Es war, als hätte Hermann seine Gedanken gelesen. Die Hand an seiner Kehle spannte sich an – eine ungewöhnlich starke Hand, die viele Jahre Kampftraining an einem Breitschwert hinter sich hatte. Erbarmungslos drückte diese Hand Gerfrieds Kinn nach oben. Gerfried fühlte Hermanns Rechte auf seiner

Schulter. Eine kurze Drehung und sein Genick würde bersten. Keiner sagte einen Ton. Es war auch nicht nötig. Gerfried hatte verstanden.

*

Gerfried atmete erst aus, als die Tür ihrer gemeinsamen Studentenbude vibrierend ins Schloss fiel. Nachdenklich rieb er sich den Hals und stellte mit einem unguten Gefühl in der Magengegend fest, dass er wohl einen monumentalen Fehler gemacht hatte. Hermann war auf dem Weg zu ihr, und Gerfried ahnte, was seinen Bruder erwartete, denn er wusste, dass der Brief, der seinem Bruder dieses dümmliche Grinsen ins Gesicht getrieben hatte, nicht von ihr war. Nicht das Mädchen, sondern ihre Freunde und Nachbarn würden Hermann erwarten. Und es würde kein freundlicher Empfang werden. Aber würden sie mit jemandem wie Hermann fertig? Nach dem Vorfall eben hatte er seine Zweifel. Gerfried runzelte die Stirn. Falls Hermann diesen Abend wider Erwarten überleben sollte, hatte er ein Problem.

An der Kleinen hatte sein Bruder offenbar einen größeren Narren gefressen, als er geahnt hatte. »Die Organisation sollte es erfahren …«, murmelte Gerfried missmutig. Sie hatten Hermann einen Auftrag gegeben, an dem bereits Heinrich Himmler gearbeitet hatte, und nun setzte er den Auftrag in den Sand, weil er sich in die kleine Hexe verguckt hatte. Die Organisation wollte zu Ende bringen, was 1935 begonnen worden war. Es ging um altes Kulturgut. Um Germanentum, die wahre Geschichte Deutschlands. Und was machte Hermann …? So etwas Unprofessionelles wäre Gerfried nie passiert.

Er verwarf den Gedanken, die Organisation zu informieren, er würde sich damit nur selbst ans Messer liefern. Heute Nacht kam es in Braunlage zum Eklat und die Organisation würde ahnen, wer dafür verantwortlich war. Wieder strich er über die Tätowierung. Hermann trug bereits die Sig-Rune, denn Hermann war kurz davor, die nächste Stufe zu erreichen. Die Initialisierung war am Jahresfest Imbolc vorgesehen, in sechs Wochen.

Erst der Verdacht, dass der Schwächling Anton den Bullen Informationen zugespielt hatte, und nun fiel Hermann aus, der wichtigste Protegé der hiesigen Division der Organisation ... »Geschieht ihnen recht«, murmelte Gerfried trotzig. »So ist das halt, wenn man den Auftrag einem Versager gibt!«

Er vermutete, dass man den Westharzer Standort wohl erst einmal aufgeben musste. Wenn sie herausbekamen, dass er es gewesen war, der dem Orden so geschadet hatte, würden sie ihn bestrafen. Er ballte die rechte Hand zur Faust. Die Spitze des tätowierten Schwertes zeigte auf seine Pulsadern. Sie würden ihm den Arm nehmen, denn die Tätowierung enthielt das Signum der Ordenszugehörigkeit.

Zum ersten Mal in seinem Leben hatte er Angst. Die Organisation war weit verzweigt und stark. Die wenigsten wussten, wie weit ihr Einfluss reichte. Es war wohl besser, wenn er Deutschland schnellstmöglich verließ. Auch gut. Er hatte eh vor zu gehen. Das Gefasel von psychologischer Kriegsführung in seiner Kaserne hier in Clausthal konnte er schon nicht mehr hören. Als ob man mit so einem Gewäsch einen Krieg gewinnen könnte. Es war Zeit für Veränderungen, wirkliche Veränderungen.

Missmutig schob er das Lehrbuch über Geschosstypen auf seinem Schreibtisch hin und her, als sein Blick auf die Telefonnummer auf einem Zettel fiel, deren gleichmäßige, sinnlich-runde Ziffern einen roten Kussmund überdeckten. Es war zwar noch zwei Tage zu früh, aber er konnte genauso gut jetzt schon zu ihr fahren. Er wusste, dass sie ihn sehnlich erwartete. Ein bisschen Spaß mit ihr und dann über Frankreich nach Nordafrika. Ja, das war gut. Dort würden sie ihn nicht suchen.

Würden sie wirklich nicht?

Er sah sich um. Und wenn hier ein wenig Chaos entstünde? Chaos, das auf einen Kampf hindeutete? Ein Streit zwischen den beiden Brüdern würde der Organisation seinen Weggang erklären.

Zufrieden mit seinem Entschluss stand er auf, um die kleine Altbauwohnung kurz und klein zu schlagen. Er zog sein Messer aus der Beinhalterung, schnitt sich die linke Handfläche auf und hinterließ blutige Handabdrücke an Möbeln und Wänden. Dann packte er einige wenige persönliche Sachen, darunter das Schwert, das er von seinem Vater bekommen hatte, und verließ die Wohnung in Clausthal-Zellerfeld, die er sich mit seinem Bruder geteilt hatte, für immer.

*

Mit einem unguten Gefühl zog Hermann die knarzende Haustür ins Schloss und trat in die kalte Nacht hinaus. Gerfried war also in Braunlage gewesen. Er hatte sie gesehen. Was hatte er dort gewollt?

Hermann querte die durch Schnee beengte Straße und ging auf seinen Wagen zu, während seine Gedanken seinem Zielort entgegen eilten. Braunlage, der adrette Kurort im Oberharz mit seinen gepflegten Holzhäusern und seiner Gastfreundlichkeit, die Johann Wolfgang von Goethe fast genau auf den Tag genau zweihundert Jahre zuvor genossen hatte … Was würde der Geheimrat über die Wunde gedacht haben, die man seinem Land und Volk zugefügt hatte, eine Wunde in Form einer volksverachtenden Grenze, die sich nur wenige Kilometer östlich von Braunlage in die herrliche urdeutsche Natur fraß? Irgendwann würde es der Organisation gelingen, dieses Monument des Scheiterns zu eliminieren, da war sich Hermann sicher.

Als der Autoschlüssel die leichte Eisschicht über dem

Schloss durchstieß, kehrten seine Gedanken zu Gerfried zurück. Und damit auch sein Zorn. Er hätte ihn töten sollen. Er würde es auch irgendwann tun. So hätte es ihr Vater gewollt. Nur der Stärkste sollte überleben. Doch diese Prüfung musste noch warten. Die Organisation hatte alles verboten, was auf sie aufmerksam machte. Hermann hasste die Notwendigkeit des Unauffälligen, sah sie jedoch ein. Schließlich waren sie schon einmal gescheitert. Nur weil ein Mann die Grenzen überschritten hatte, war der Krieg, der alles geändert hätte, verloren worden. Widerwillig gab Hermann zu, dass die Organisation recht hatte.

Er begann, den betagten VW-Käfer vom Schnee zu befreien.

Hermann hatte das Artefakt zu finden. Ob es seinem Besitzer tatsächlich zu der in diversen Sagen beschworenen Macht verhalf, wusste er nicht. Doch das hatte ihn auch nicht zu interessieren, er hatte einen Auftrag zu erfüllen. Schon der Führer hatte Artefakte wie den Longinus-Speer gesammelt und Hermann hatte derlei Vorgehen nicht in Frage zu stellen. Von dem Überbleibsel des legendären Keltenschwertes aus der Zeit der römischen Besetzung Germaniens war wenig bekannt. Ein Druide aus dem Harz soll es geschmiedet haben. Dem Schwert wurden ähnliche Kräfte nachgesagt wie der heiligen Lanze.

Das Mädchen war eine Altgläubige und gehörte damit zu den Bewahrern des Artefaktes. Sie war der Schlüssel zu altem Wissen. Doch für ihn war sie weit mehr ...

Sein Bruder war dort gewesen ... Zwar war sich Hermann sicher, sie hätte Gerfried nie mit ihm verwechselt, wie so viele andere, doch sie hätte seinem Bruder natürlich nie die Tür gewiesen. Hermann war sicher, Gerfried war der Grund dafür, dass sie nicht mehr mit ihm hatte sprechen wollen. Was hatte er ihr erzählt? So etwas war typisch für Gerfried ... Hermann stellte einmal mehr fest, dass er seinen Bruder hasste.

Aber nun war alles gut. Sie hatte ihm geschrieben. Heute Abend würde er sich mit ihr aussprechen. Heute war Wintersonnenwendfest. Perfekt. Er ließ den Eiskratzer sinken und zog den Brief aus der Tasche. Ihr Maiglöckchenparfum stieg ihm in die Nase und verursachte ein wohliges Kribbeln in seinem Inneren. *Liebster Hans ...* Sie kannte ihn nur unter seinem zweiten Vornamen, den er stets bei verdeckten Operationen benutzte. Es wurde Zeit, dass sie ihn besser kennenlernte. Nachdenklich steckte er den Brief in seine Tasche zurück.

Das bohrende Gefühl, dass er irgendetwas übersehen hatte, legte sich etwas, als er sich in den Sitz fallen ließ. Prüfend betrachtete er den leicht verhangenen Nachthimmel. Es sah immer noch nach Schneefall aus, aber die Bundesstraße würde wohl einigermaßen geräumt sein. Er war ein guter Fahrer. Ein paar Schneewehen würden ihn nicht aufhalten.

Die letzten Häuser Clausthals glitten an ihm vorbei und gaben abrupt den Blick über eine leere Fläche frei, die sich in diffuses Mondlicht getaucht an den angrenzenden Wald schmiegte, bevor er wieder in das Dunkel des Waldes tauchte.

Er folgte der Bundesstraße über den Hochharz. Es begann zu schneien. Die Straße vor ihm verlor durch wirbelndes Weiß an Kontur. Verschneite Fichtenwälder huschten an ihm vorbei. Hin und wieder lichtete sich der Wald um eine vereiste Seefläche herum, in der sich das Mondlicht spiegelte. Niemand war auf den Straßen. Die Harzer kannten ihre Natur und maßen sich nicht mit ihr. Sie genossen lieber einen gemütlichen Fernsehabend am bullernden Ofen. Unterhalb der Achtermannshöhe bog er rechts ab. Er malte sich bereits aus, wie sie durch den Winterwald schreiten würden, als er die ersten gelben

Tupfen beleuchteter Fenster erkannte, die zu Braunlage gehörten.

Sie hatte geschrieben, dass sie mit ihm allein sein wollte – einen Abendspaziergang am Andreasberger Teich hatte sie vorgeschlagen. Etwas einsam, dachte er belustigt, aber sie liebte ja die Natur und kannte die Umgebung Braunlages wie kaum ein anderer.

Das Mondlicht tauchte die verlassenen, durch Schneeberge verengten Straßen in ein unwirkliches Licht. Er verließ die Hauptstraße und arbeitete sich eine recht steile, aber gut geräumte Wohnstraße hinauf. Die spärlich vorhandenen Straßenlaternen durchbrachen die Dunkelheit nur unzureichend mit ihren milchigen Lichtkegeln. Dieses Wohnviertel mit seinen so unterschiedlichen Baustilen hatte schon tagsüber etwas Verwunschenes. Die Hanglage, große Gärten, villenartige Bauten und Bäume mehrten diesen Eindruck noch. Im fahlen Licht der Nacht wurden Lebensbäume und Zaunpfeiler zu bedrohlich wirkenden Wächtern von Häusern mit Türmchen und Zinnen, deren Umrisse sich schemenhaft abzeichneten. Auf dem Weg vorbei an ihrem Haus Richtung Wald spähte er angestrengt in jede abgehende Gasse, doch es war niemand zu sehen.

Er hielt an einem Waldweg, stellte die Scheinwerfer aus und wartete, bis sich seine Augen an das Mondlicht angepasst hatten. Ein Blick auf die Uhr sagte ihm, dass er noch einige Minuten Zeit hatte. Die Buchenstämme vor ihm erinnerten ihn an feindliche Soldaten, aber nächtliche Dunkelheit, die Nähe des Waldes oder gar Einsamkeit waren nicht der Grund für seine Unruhe. Diese Dinge waren ihm seit seiner Kindheit wohlbekannt, sein Vater hatte ihn und seinen Bruder oft zu nächtlichen Trainingsausflügen mitgenommen. Hermann verließ den Wagen und ließ automatisch den Blick in die Runde schweifen.

Er spitzte die Ohren und ging dann langsam in den Waldweg hinein, der zum Andreasberger Teich führte. Immer wieder blieb er, wie er es beim Training gelernt hatte, unerwartet stehen und horchte auf Schritte. Doch er konnte weder jemanden sehen noch hören.

Der Mond erschien zwischen den Wolken, er war fast voll. Es schneite nur noch wenig. Wieder ließ er den Blick über die Häuser unterhalb seines Standortes schweifen. In ihrem Haus brannte Licht. Warum hatte sie sich ausgerechnet heute mit ihm treffen wollen? Feierten sie und ihre Mutter heute nicht das Yulfest? Oder hatten sie ihren Termin angepasst und feierten erst am Heiligen Abend? Eigentlich passte das nicht zu ihr. Irgendetwas stimmte hier nicht.

Aus einer Ahnung heraus zog er sich in den Wald zurück. Es war fast neun. Er ging den Waldweg entlang. Dann vernahm er ein leises Knacken hinter sich. Sein Körper spannte jeden Muskel an. Er war also nicht allein. Sein Nebenbuhler? Dieser grobschlächtige Harald und seine Kumpane? Wieder horchte er angestrengt in die Dunkelheit. Wieder knackte es. Dieses Mal rechts von seinem Standort. Natürlich! Sie folgten ihm deshalb nicht, weil sie bereits da waren. Besser gesagt, sie waren bereits hinter ihm und schnitten ihm den Rückweg ab. Mit schnellen Sätzen verschwand er zwischen den Bäumen.

Damit hatte er die Jagd auf sich eröffnet. Überall rings herum begannen Äste unter trampelnden Stiefeln zu bersten. Gefrorenes Laub knirschte. Zweige schabten über Winterjacken. Niemand bemühte sich noch um Stille. Es mochten zehn, vielleicht fünfzehn Männer sein. Er war ihnen in die Falle gegangen. Er hielt sich jedoch nicht mit der Frage nach dem »Warum« auf, angesichts dieser Übermacht konnten ihm nur noch Kondition und niederste Kampfinstinkte helfen. Bewusst atmete er lang durch, sondierte seine Lage, während er weitereilte. Er bezweifelte, dass diese Männer dort ihrem Körper mehr abverlangten, als es die tägliche Arbeit auf einem Oberharzer Kleinhof oder dem Büro erforderte. Er dagegen lief seit seinem zehnten Lebensjahr täglich mehrere Kilometer. Noch immer lief er in hohem Tempo vorwärts, um möglichst schnell Distanz zwischen sich und seine hoffentlich verblüfften Verfolger zu bringen. Vielleicht konnte er sie zerstreuen und einzeln angreifen.

Hinter ihm rief jemand: »Schnappt euch das Schwein!« Hermann erkannte die Stimme sofort. Vor seinem inneren Auge tauchte eine Gestalt auf. Groß, dunkelhaarig, mit einem Blick voll eifersüchtigem Hass. In diesem Augenblick erkannte er, dass der Brief nicht von ihr stammte. Liebe macht wirklich blind, haderte er.

Nun knackte es nicht mehr nur hinter ihm. Es waren mehr, als er vermutet hatte. Sie hatten sich bereits vorher verteilt und versuchten ihn einzukreisen. Eine Wolke schob sich dem Mondlicht in den Weg und gab ihm eine Chance. Schwungvoll ließ er sich fallen, rollte unter etwas, das wie ein Hagebuttenbusch aussah, und blieb regungslos liegen. Bis sie kamen, musste sich sein Atem so weit beruhigt haben, dass sie ihn nicht hörten. Vielleicht hatte er Glück und sie liefen an ihm vorbei. Und dann? Zum Wagen zurück? Er verwarf diese Idee. Sicher warteten dort Wachen auf ihn. Er spähte aus seinem Versteck.

Es schien, als sei der halbe Ort auf den Beinen, um ihn zu hetzen. Einige liefen tatsächlich an seinem Versteck vorbei. So leise wie möglich richtete er sich auf. Er musste die Richtung ändern. Links schnitt ihm der Andreasberger Teich den Fluchtweg ab. Er spähte in den Sternenhimmel, um sich zu orientieren, und versuchte es in nordwestlicher Richtung. Vielleicht gelang es ihm, in einem weiten Bogen zurück zur Harzhochstraße zu laufen. Noch lief er nicht. Er schonte seine Kräfte und baute auf Geräuschlosigkeit.

Dann sah er Taschenlampen aufblitzen und fluchte innerlich. Nun blieb ihm nur noch seine Kondition. Er lief los. Um ihn herum schien der Wald zu brodeln. Sie hatten seinen Richtungswechsel erkannt und folgten ihm. Ein Bach glitzerte im Mondlicht. Er übersprang ihn und hastete weiter. Ein paar Stimmen kamen näher. Er musste sie abhängen, um die Straße nordöstlich von ihm zu erreichen. Allerdings wusste er, dass sie im Bogen auf Braunlage zulief. Er hatte noch einige Kilometer vor sich.

Während er lief, befühlte er seine Taschen nach etwas, was sich als Waffe verwenden ließ. Er horchte immer wieder nach hinten. Das Taschenmesser rutschte ihm in die Hand. Noch im Lauf öffnete er es. Im nächsten Moment traf ihn ein derber Schlag an der Schläfe und er ging zu Boden. Warmes Blut lief ihm in den Kragen und über die Hand. Zwar kämpfte er erfolgreich gegen die wabernden Schleier einer Bewusstlosigkeit, blieb aber dennoch liegen, ohne sich zu rühren. Verhalten tastete er nach dem Messer. Endlich fühlte er etwas Hartes zwischen den Fingern. Seine Chance kam, als sich sein Widersacher zu ihm herunterbeugte.

»Das wird dir eine Lehre s…« Weiter kam Hermanns Verfolger nicht, denn das Messer fuhr dem jungen Mann aus Braunlage in den Oberschenkel. Hermann drehte es etwas und zog es aus dem blutenden Fleisch. Mühsam richtete er sich auf und rammte der gekrümmten Gestalt seine Faust ins Gesicht. Torkelnd rannte er weiter. Rechts sah er nur sehr verschwommen. Das Blut lief. Stimmen und die Geräusche von unzähligen Füßen, die durch das Unterholz brachen, schienen von überall her zu kommen. Hermann sah seine Chancen, diese Nacht zu überleben, zum ersten Mal schwinden. Er erreichte einen Waldweg und folgte ihm. Mehrfach dachte er, seine Lungen würden bersten. Immer wieder wurde ihm schwarz vor Augen. Kilometer um Kilometer rannte er.

Die Stimmen hinter ihm wurden leiser. Hatten vielleicht einige von ihnen aufgegeben? Es ging bergan. Neben ihm gurgelte ein weiterer Bach. Endlich gönnte sich Hermann ein ruhigeres Tempo, wischte sich das Blut aus dem Gesicht und presste eine Hand voll Schnee auf die Wunde an seiner Stirn. Schwer atmend näherte er sich einem Abzweig. Er konnte die Straße hören. Die Straße? Die Autos fuhren nicht vorbei, sie näherten sich seinem Standort. Von diesen Fahrzeugen hatte er keine Hilfe zu erwarten, im Gegenteil.

Sie hatten also nicht aufgegeben. Hermann fluchte und wandte sich nach links, von der Harzhochstraße weg. Er war gezwungen, dem Weg zu folgen, da der Wald rechts und links zu dicht war, aber so hätte er trotz seines hohen Tempos keine Chance, sie waren ihm mit Autos auf den Fersen. Endlich sah er rechts einen Pfad abzweigen und folgte ihm in den Wald. Die Wagen hielten. Autotüren klappten zu. Das Stimmengewirr folgte ihm. Hermann stolperte über einen steinigen, schmalen Pfad, bis sich überraschend eine Lichtung auftat. Vor ihm erhob sich eine schroffe, graue Klippe. Dahinter verbreitete sich das Mondlicht über die Kuppen ausgedehnter Wälder. Ein Abgrund. Er hatte verloren.

Hermanns Fäuste trafen noch so manchen Kiefer, bevor er seine eigenen Rippen brechen hörte und zusammensackte. Von allen Seiten hagelte es Fäuste, Tritte und Schläge. Er hörte noch einige Wortfetzen wie: »… wieder ein Wanderer die Klippen heruntergestürzt … den Rest erledigt die Kälte!«

Er fühlte sich hochgehoben. Er stürzte. Dann wurde es endgültig Nacht.

*

Kriminalhauptkommissar Harmsen gab ein kühles »Na, das war ja wohl nichts« von sich, während er sich verkniffen umsah. Hans-Joachim Berking fluchte derb, wusste er doch genau, wem diese vernichtenden Worte galten. Schließlich war er es gewesen, der diesen Einsatz in monatelanger Arbeit vorbereitet hatte. Sie hatten ja einiges erwartet, aber nicht diese höhnische Leere.

»Verdammt … wo sind die denn alle hin?«, fragte Ullrich Schüssler völlig konsterniert. Einige der uniformierten Kollegen, die das einsame Gehöft nördlich von Bad Harzburg unweit der Grenze gestürmt hatten, konnten sich ein boshaftes Grinsen nicht verkneifen. Irgendwie freute man sich ja schon, wenn die besser verdienenden Kripo-Kollegen in Zivil einen Fehler machten. Aber natürlich war es auch zum Teil Erleichterung. Erleichterung darüber, es nicht mit einer unberechenbaren und bewaffneten Truppe von Rechtsradikalen aufnehmen zu müssen, die hier ihr Hauptquartier gehabt haben sollte.

»Scheiße … ich weiß es doch auch nicht«, antwortete Berking ungehalten. Hoffnungsvoll blickte er dem uniformierten Kollegen entgegen, der von einem Rundgang durch das Haus zurückkam. Dessen Kopfschütteln ließ Berkings Gesichtszüge geradezu gefrieren. »Dieser Anton Müller muss seine Kumpels irgendwie gewarnt haben!«

»Wie denn? Der sitzt in U-Haft«, hielt Schüssler dagegen.

»Irgendwer hat die Bande aber gewarnt«, knurrte Berking.

»Tja, Berking … die sind wohl besser organisiert als wir«, murrte Harmsen und machte Anstalten zu gehen.

Berking fluchte lauthals und schimpfte dann vor sich hin: »Wir brauchen endlich Namen! Unsere Kollegen müssen sich diesen Müller noch mal vornehmen.«

Dieser Fehlschlag hatte gerade noch gefehlt. Es war ein grauenhaftes Jahr gewesen, dessen Ereignisse selbst so eine kleine, ruhige Polizeidienststelle wie die von Goslar nicht unbeeindruckt gelassen hatte.

Für Hanjo Berking hatte das Jahr 1977 mit einer hässlichen Häufung von Katastrophen begonnen. Erst war ein Freund von ihm bei dem Einsatz in Grohnde schwer verletzt worden, und kurze Zeit später waren seine Eltern bei dem Flugzeugabsturz auf Teneriffa ums Leben gekommen, der mittelbar mit einem Bombenattentat zu tun hatte. Das vergangene Jahr war nicht nur für ihn ein schwieriges gewesen. Die Ordnungskräfte vibrierten geradezu, selbst im beschaulichen Goslar. Allerorts erwartete man neue Zusammenschlüsse von gewaltbereiten Weltverbesserern. Waren es im Norden eher linke Gruppierungen, so hatten sie es im Harz und seiner Umgebung eher mit Rechtsradikalen zu tun. Hanjo hatte schon lange aufgegeben, den Unterschied begreifen zu wollen.

Nun stand er in diesem verdammten Haus mitten in der Feldmark unweit der Grenze, dessen Leere nicht nur die Goslarer Polizei, sondern vor allem ihn persönlich der Lächerlichkeit preisgab.

Hanjos Blick richtete sich auf den Rücken seines Vorgesetzten Harmsen, der den Tatort verließ. Er hatte Mühe, seinen Zorn zu zügeln. Hanjo zwang seinen Blick von seinem Chef weg und ging durch den Flur in eine Art Wohnzimmer, hinter dessen Fenstern sich eine weitläufige Ackerfläche erstreckte. Die Wände waren mit allerlei Symbolen versehen worden, von denen Hanjo einige als nationalsozialistisch erkannte. Am Kopfende des Zimmers prangte eine recht kunstvolle Zeichnung an der Wand, die an die überschwänglichen Bilder der Jahrhundertwende erinnerte. Ein von Eichenlaub umranktes Schwert in einer Art Wappen schwebte einem Altarbild gleich in Augenhöhe. Die Waffe mit ihren Rankenmustern und dem verzierten, in einem großen Stein mündenden Griff mit Strahlenkranz war so kunstvoll in Szene gesetzt, dass man fast meinte, sie von der Wand nehmen zu können.

»Zumindest sind sie hier gewesen«, stellte Schüssler mit Blick auf die Wandzeichnungen fest. »Was bedeuten denn all diese doppelten Achten?« Er wies auf die anderen Wände, wo sich diese Zeichen mehrfach wiederholten.

»Die Acht ist der achte Buchstabe des Alphabets, also ein H. Doppel-H steht für ›Heil Hitler‹«, erklärte Hanjo Berking mürrisch.

»Und diese Symbole? Sind das überhaupt Buchstaben?«

Hanjo Berking schüttelte den Kopf. »Die kenne ich auch nicht, außer dem SS-Zeichen hier.« Nachdenklich schritt er die Wände des Hauses ab. »Ulli, sorg doch bitte dafür, dass ein Fotograf das verewigt«, verlangte er nun.

Ullrich Schüssler nickte und ging nach draußen, um von einem der Einsatzfahrzeuge einen Funkspruch abzusetzen.

»Kommissar Berking …«

Hanjo drehte sich zu dem uniformierten Kollegen um.

»Im Keller sind Blutspuren … ist aber nicht viel, eher ein paar Spritzer.«

Hanjo Berking folgte dem Kollegen in einen erstaunlich hohen Kellerraum. Er ließ den Blick über die dunklen Flecken an Wand und Boden schweifen. Dabei fielen ihm Haken in der Decke und tiefe Rillen in den Wänden auf.

»Die Ringe waren wohl für Boxsäcke … sieht wie ein Raum für Kampftraining aus«, murmelte Hanjo Berking. »Staubt das ganze Haus ein. Ich will jeden Fingerabdruck in diesem Haus, jedes Haar und jede Faser in der Akte haben.« Sein Blick fiel auf die Blutspritzer. »Nehmt auch davon Proben.«

»Wozu das denn?«

»Vielleicht können unsere Laborratten ja eine Blutgruppe feststellen oder so was. Nehmt einfach Proben und packt es ein!«, herrschte Berking den Kollegen unnötig grob an. Dann ging er nach draußen und tat, als würde er sich den Garten ansehen.

Er hatte versagt.

Nach einer Weile gesellte sich Ullrich Schüssler hinzu, der ahnte, wie seinem Freund und Kollegen zu Mute war. »Der Fotograf kommt«, erklärte er unbeholfen und starrte ebenfalls über die ungepflegte struppige Fläche, die an einer vereisten, krautigen Hecke endete.

Hanjo murrte etwas Zustimmendes, schaute aber weiter missmutig in die kahle Winterlandschaft. Die Wintersonne kämpfte sich durch einen aluminiumfarben Himmel.

»Mensch, Hanjo ... mach dir keine Vorwürfe. Immerhin wissen wir jetzt, dass du mit deinem Verdacht recht hattest. Hier war wirklich eine rechtsradikale Truppe am Werk. Das zählt!«

»Sie sind uns aber durch die Lappen gegangen«, begehrte Hanjo auf. »Monatelange Arbeit ... alles umsonst.«

»Wir hatten die Adresse doch gerade erst aus diesem Müller herausbekommen. Hanjo ... dafür kann keiner was!«

»Wahrscheinlich rekrutieren sie woanders schon die nächsten Jungen, die einfach nur nach Idealen suchen ...«

*

»Also auch verschwunden«, stellte Hanjo Berking müde fest. Er kippelte mit seinem Stuhl herum und schaute leer aus dem Fenster. Es schneite schon wieder.

»Ja, die Wohnung war völlig verwüstet. Sieht ganz nach einem Kampf aus. Aber eines ist merkwürdig ... « Ullrich Schüssler blätterte in einer Akte, die er nun auf Berkings Schreibtisch fallen ließ. »Sein Wagen wurde in Braunlage gefunden ... gar nicht weit von dort, wo die Kleine wohnte, die vergewaltigt wurde.«

Hanjo Berkings Stuhl kam lautstark auf allen vier Füßen zu stehen. »Was?«, fragte er völlig unnötig, denn er hatte seinen Kollegen überdeutlich verstanden. In den letzten Wochen war es ihm fast gelungen, das Gesicht der jungen Frau aus dem Kopf zu bekommen, an die er so ungebührlich oft hatte denken müssen. Ungebührlich deshalb, weil diese Gefühle einen Verrat an seiner Frau Annalena darstellten, die er doch liebte.

»Hatte sich denn noch etwas wegen der Kleinen ergeben?«, fragte Schüssler vorsichtig.

Berking entging der forschende Blick seines Kollegen nicht. Er gab sich nun betont unbeteiligt. »Die Vergewaltigung meinst du? Nee. Ich glaube auch nicht, dass wir da etwas herausbekommen. Sie leugnet die Sache. Und ihre Freundin mauert ebenso hartnäckig.«

»Blödsinn, so was«, maulte Schüssler. »Ob sie den Scheißkerl kennt?«

»Entweder das … oder sie schämt sich.«

»Wie kann man sich dafür schämen, wenn man vergewaltigt wird?«, begehrte Schüssler auf.

»Na ja … meist geht der Vergewaltigung ja doch ein gewisses Geplänkel voraus. Ein Blick hier, ein Lächeln dort … und das ist es, wofür sich die Frauen schämen«, meinte Hanjo, während er eine kurze Notiz in eine der Akten schrieb.

»Hm«, grummelte Schüssler. »Sag mal … weißt du eigentlich, dass sich einige Burschen dort oben eine kernige Prügelei geliefert haben? Dieser Dr. Volkers hatte noch mal hier angerufen. Muss wohl eine Woche vor unserer Hausstürmung gewesen sein.«

Nun schaute Hanjo doch auf. »Die haben sich geprügelt? Und?«

Schüssler lachte und schüttelte den Kopf. »Ich habe zurückgerufen. Einer hatte sogar eine üble Stichwunde im Bein, aber keiner hat Volkerts etwas sagen wollen. Eine Anzeige gab es auch nicht. Nichts.«

Hanjo lächelte müde. »Tja ... eingeschworene Gesellschaft dort oben. Wir werden wohl nie erfahren, was dort vorgefallen ist. Hätte sich nicht dieser Dr. Volkers damals gemeldet, ich bezweifle, dass wir überhaupt je von der Vergewaltigung erfahren hätten.«

»Ist ein vernünftiger Mann, dieser Volkerts. Meine Güte, war die Kleine hübsch ...«, meinte Schüssler versonnen.

»Ja«, stimmte Hanjo Berking unwohl zu und verdrängte die tannengrünen Augen und die roten Locken mühsam aus seiner Erinnerung. »Und der Wagen von unserem Obernazi ist dort gefunden worden?«

»Ja, aber der Bursche ist wie vom Erdboden verschluckt. Er hatte ja weder unter seinen Nachbarn noch in der Uni Freunde. Die wenigen, die ihn von den Vorlesungen kannten, beschrieben ihn als ziemlich verschlossen. Nach Aussage seines Professors für ...« Schüssler warf einen Blick in seine Akte, »... für Physik war er hochintelligent. Nach Beginn der Weihnachtsvorlesungspause hat ihn niemand mehr gesehen. Ich fürchte, der wurde dort unter falschem Namen geführt, so etwas ist für unsere Nazifreunde ja kein Problem. Und dort, wo wir seinen Wagen gefunden haben, will ihn niemand gekannt haben.« Schüssler blätterte weiter und sagte nachdenklich: »Dann hat sich noch ein Bundeswehrsoldat oben aus Clausthal abgesetzt. Von dem fehlt auch jede Spur. Aber das hat mit unserem Fall wohl nichts zu tun ...«

Berking starrte nachdenklich seine Tischplatte an. »Für unsere Gegend ein bisschen viele Zufälle.«

Schüssler schaute auf. »Du vermutest doch wohl da keinen Zusammenhang?« Er schüttelte lachend den Kopf. »Jetzt wirst du aber paranoid, mein Lieber!«

»Wahrscheinlich«, murrte Berking, zog sich seine Telefonkartei heran und suchte sich die Nummer von Dr. Volkerts heraus.

Dreißig Jahre später …

Aus Liebe zu der Keltin Kamma tötete der Fürst Sinorix deren Gatten Sinatos. Nach langem Zögern gab Kamma dem Werben des Sinorix nach, lud ihn in den Artemis-Tempel ein, deren Priesterin sie war. Sie bot ihm einen vergifteten Weihetrank, nachdem sie vorgekostet hatte. Sinorix tat es ihr nach und trank. So tötete sie den Mörder ihres Mannes und opferte dafür ihr Leben.

Plutarch

Hedera konnte an nichts anderes mehr denken als daran, dass sie ihrer eigenen Geschichte begegnet war. Sie hatte ihn wiedergesehen. Und was noch schlimmer war, er hatte sie gesehen.

Erst hatte sie geglaubt, einem Trugbild aufzusitzen, denn sie wähnte ihn längst im Zwischenreich. Doch er war am Leben.

Sie hatte auf den Hochwiesen von Braunlage Blätter des roten Fingerhutes sammeln wollen, um daraus eine Wundverbandabkochung für einen ihrer Patienenten zu machen. Wieso trieb es sie immer wieder zu einem Ort, wo man sie verhöhnt und gedemütigt hatte? Warum war er dort gewesen?

Damals vor dreißig Jahren war sie von Braunlage weggegangen, damit Tilia ohne das Getuschel der Nachbarn aufwachsen konnte.

Tilia.

Ihr wurde eiskalt. Warum kam er gerade jetzt zurück? Ahnte er etwas? Was würde er tun, wenn er von Tilia erfuhr? Sollte sie Tilia warnen? Nein! Hedera wusste genau, dass Tilia schnurstracks zu ihm gehen würde, wenn sie von ihm erfuhr. Nein, so ging es nicht.

Hedera ließ den Kopf sinken.

Ihre Tochter hatte den alten Glauben immer abgelehnt und Hedera hatte sie gewähren lassen. Es war schließlich Tilias gutes Recht. Leider schwand mit dieser Ablehnung auch die Bereitschaft, an Magie und Rituale zu glauben. Würde Tilia je in der Lage sein, sich einer Sache zu widmen, die über das Erklärbare hinausging?

Hederas Blick fiel auf die Manuskriptseiten ihres Buchentwurfes auf dem Arbeitstisch in ihrer Apotheke. Sie hatte einen Weg gefunden, die Sage am Leben zu erhalten. Ein Weg, der vielleicht der falsche war – doch sie hatte keine Wahl mehr, nicht mehr, seit *er* zurückgekommen war. Nach seinem Tod hätte es vorbei sein sollen. Aber er lebte und er würde seine Suche fortsetzen.

Sie musste ihre Tochter warnen, ihr so vieles erklären, aber würde Tilia die Gefahr überhaupt begreifen? Sie wusste, ihre Tochter war eine Kämpferin, wenn es sein musste. Doch zurzeit ging Tilia noch allem aus dem Weg, was nach Anstrengung, Verantwortung oder gar nach dem alten Glauben roch.

Hedera seufzte. In der heutigen Welt war kein Platz für Magie. Für Hedera hingegen war sie Teil ihres Lebens.

Nicht nur die Historie, auch die Natur bestimmte ihr Leben. Sie war Heilpraktikerin. Einige ihrer Patienten kamen von weit her, um sich von ihr behandeln zu lassen. Ausnahmslos alle gingen ruhiger und zufriedener, als sie gekommen waren, obwohl sie keineswegs alle heilen konnte. Sie konnte so vielen helfen. Warum war sie Zeit ihres Lebens an ihrer Tochter gescheitert?

Mit professionellem Blick überprüfte Hedera die kopfüber hängenden Pflanzen. Mit zarten Bewegungen befühlte sie hier die Festigkeit eines Stängels, dort den Restfeuchtegehalt einer Blüte. Der Göttin sei dank war der Sommer etwas trockener gewesen als der vorangegangene. Die Pflanzen waren langsamer gewachsen und hatten mehr Wirkstoffe ansammeln können. Sie war zufrieden mit ihrer Ernte. Zart strichen ihre Finger über die filigranen Blüten, die ihre Farbe noch immer nicht verloren hatten. Würden sie je zur Anwendung kommen? Zweifelnd sah sie sich in ihrer Apotheke um, die viele hundert zum Teil sehr seltene Kräuter beherbergte. Nein, es würde nicht mehr lange dauern, bis er sie gefunden hatte.

Hedera vertrieb die schmerzhafte Erinnerung. Liebevoll strich sie ihrer Katze, die selbstsicher auf dem Fensterbrett thronte, über den schwarzseidigen Kopf und ging dann nach draußen, um die letzten Strahlen der Herbstsonne zu genießen. Paris sprang elegant von ihrem Thron und folgte Hedera zu der Bank unter der Linde, wo sie sich genüsslich auf dem kleinen hölzernen Tisch zusammenrollte. Hedera wusste, dass sich der Kreis ihres eigenen Lebens bald schließen würde. Aufgrund ihres Glaubens hatte sie keine Angst vor dem Tod, aber dass durch ihren Tod etwas unendlich Wichtiges unvollendet bleiben könnte, beunruhigte Hedera doch sehr.

Sie wusste mittlerweile, was dieser vermaledeite Gegenstand im Laufe der Zeit schon alles angerichtet hatte. Zuletzt hatten Hitlers Schergen danach gesucht, der Göttin sei Dank erfolglos. Dann war *er* gekommen und hatte sie so umschwärmt. Doch eigentlich hatte er nur das Artefakt im Sinn gehabt. Wie hatte sie nur glauben können, dass er Gefühle für sie gehegt hatte?

Und wie sollte sie Tilia all das erklären? Ihrer Tochter, deren beste Freunde Computer, Fernseher und ihr elektronisches Spielzeug waren. Nur ihr Name Tilia – die Linde – erinnerte noch an die Göttin Erde. Doch sie verweigerte sich sogar ihrem Namen, ihre kleine Tochter, die in ihrem toten Vater einen Helden sah. Hedera schloss die Augen. Würde Tilia die Wahrheit verkraften?

Sie musste. Es wurde Zeit, dass Tilia erwachsen wurde. Bei ihren keltischen Urahnen galten Kinder mit zwölf Jahren als erwachsen. Ihre Tochter hatte wirklich lange genug Zeit gehabt.

Hedera saß noch eine Weile in ihrem geliebten Garten und beobachtete das Spiel des Windes mit den Blättern und Ästchen, bis ihr zu kühl wurde und sie ins Haus ging. Im Wohnzimmer glitt ihr Blick über die Fotografien an der Wand. Wie schon so oft musste sie lächeln. Da gab es ein Foto von Tilia, auf dem sie übermütig einen Waldweg entlanglief und sich auf Hederas Zuruf hin umdrehte. Daneben hing ein uraltes Foto von ihr selbst. Ihre Miene hatte damals die gleiche Unbekümmertheit gehabt wie die von Tilia auf dem Foto daneben. Es musste wohl ein Jahr vor dem schrecklichen Abend aufgenommen worden sein. Es war fast schon unheimlich, wie sehr sie sich ähnelten. Tilia war etwas größer als Hedera, aber ihre Gesichter und vor allem ihr rotes Haar glichen sich so sehr, dass sie auf diesen Bildern Zwillinge hätten sein können. Eine Sache gab es aber doch, die sie beide unterschied. Von Tilias Augen glich nur eines den grünen Augen ihrer Mutter, das andere war von hellem Braun. Die verschiedenfarbigen Augen passten zu der Zerrissenheit ihrer Tochter.

Hederas Lächeln wich einem entschlossenen Ausdruck. Sie wusste, sie musste die Fotos vernichten. Sie musste alles vernichten, was auf Tilias Existenz hinwies. Nur so konnte sie ihre Tochter schützen.

Widerstrebend nahm sie die Bilder von der Wand und trug sie in die Küche. Ihr Blick fiel auf eine alte Kinderzeichnung, deren vergilbende Fläche bis zur kleinsten Ecke mit vielen hübschen Einzelbildchen gefüllt war. Hedera lächelte. Dieses Bild zeigte nicht nur das Zeichentalent ihrer Tochter, es zeigt auch ihren unruhigen Geist, der seine Ideenfülle und seine Neugier kaum zügeln konnte. Seufzend nahm sie das Bild von der Küchenwand und legte es auf den Stapel, der vernichtet werden musste. Hedera blickte auf den Platz in der Eckbank. Tilias Platz. Hier hatte ihre Tochter immer gesessen und die Zeilen der Tageszeitung durchpflügt, wenn dort ein Fortsetzungsroman abgedruckt worden war. Hedera lächelte bei der Erinnerung daran, dass ihre aufbrausende Tochter jeden Tag aufs Neue laut schimpfend kundgetan hatte, dass sie die nächste Folge jetzt und augenblicklich lesen wollte.

Das war es ...! Die Idee, wie sie ihre Tochter erreichen konnte, kam geradezu elektrisierend. Tilia gierte nach all den Dingen, die sie nicht haben konnte. Dies und ihre Neugier ... Sofort strebte Hedera an ihren Arbeitstisch. Das Manuskript ... sie musste Tilia neugierig darauf machen. Entschlossen begann sie das Manuskript ihres Buchentwurfes in einzelne Blätterhaufen zu unterteilen. Dann holte sie Umschläge, versah sie mit Tilias Göttinger Adresse und steckte in jeden einen Teil der Geschichte um das sagenhafte Schwert Harcylugh, bis ein Stapel von Postsendungen vor ihr lag.

Doch des Heldengeschlechts Enkel verhüllten
Hermanns Namen,
bis ihn Klopstocks mächtige Harfe sang der
horchenden Ewigkeit.
Heil, Cheruskia, dir!

Friedrich Leopold Graf zu Stolberg, Harzgedicht 1772

Harcylugh – von H. Lleynwitch. Verwundert blickte Tilla auf die Papierbögen in ihrer Hand. Lleynwitch, die Hexen von Lleyn … Sie schüttelte lächelnd den Kopf. Ihre Familie war aus Wales nach Deutschland gekommen. Ihre Großmutter hatte noch den ursprünglichen Namen Lleynwitch geführt, bevor ihre Mutter Hedera ihren Familiennamen in Leinwig hatte ›eindeutschen‹ lassen.

Dies ist die Geschichte des sagenhaften Keltenschwertes Harcylugh. Es entstand in einer Zeit, in der Magie ein ebenso notwendiger wie geschätzter Teil des Lebens der Menschen war. Über die Magie waren die Menschen mit ihren Göttern verbunden. Magie begleitete den ewigen Kreislauf des Jahres und des Lebens. Geführt von der großen Göttin, bemühten sich Menschen es ihr recht zu tun und die große Waage im Gleichgewicht zu halten. Harcylugh – geschmiedet durch den Druiden Thurizan und geweiht durch die Götter des Harces – vereinte sowohl dunkle als auch lichte Kräfte in sich. Ob es Gerechtigkeit oder Vernichtung brachte, entschied sich durch die Seele dessen, der es führte. Stark, sehr stark waren seine magischen Kräfte. Eines Tages geriet die große Waage in Bewegung.

Thurizan, dem die Götter sehr zugetan, schuf das Artefakt des Kampfes, um den Untergang seines Volkes zu verhindern. Thurizans Stamm lebte am Tor zum harten Holze der Region Harcynia und gehörte zum alten, allerorts verschwindenden Volke der Celtae. Wie alle Menschen mied auch der Stamm von Thurizan die höher gelegenen Regionen des Harces. Natur und Wetter waren dort so launisch wie der frühe April.

Die Götter liebten den Harce. Brigidh, die Himmelsgöttin, zog treu ihre Bahnen. Taranos ließ gern sein Rad des Donners über die Kuppen der Berge grollen, auf dass es in den Tälern widerhallte und das Moos neben den Bächen erzittern ließ, und Lugh, der Lichtbringer, fing gern Taranos' Blitze. Auch Cernunnos, dessen Haupt ein Hirschgeweih ziert, spielte hier seine machtvolle Magie der Fruchtbarkeit üppigst aus, sodass Wege an dem Dickicht wüchsiger Bäume und Pflanzen scheiterten. Harte Eichen, richtende Linden für das Thing, Buchen, in deren Spaltenstäbe Runen geritzt waren, und der immergrüne Lebensbaum, jeder älter als alle Bewohner des Dorfes zusammen, priesen Cernunnos' Macht im hohen Harce. Nur dort, wo Alisannos Stein auf Stein häufte, musste sich Cernunnos geschlagen geben. Aber seine Schutzbefohlenen, die Hirsche, mehrten sich zu großer Zahl. Dem Herrn der Fruchtbarkeit zur Seite stand Crodo, der Herr der Elemente, welcher den Harce mit unzähligen Quellen und mineralischen Schätzen reich begüterte. Der hohe Harce war ein Spielplatz der Götter, mit deren Launen sich niemand maß. Am Tor zum Harce lag ein gefälliges Dorf mit einem festen Zaun aus starkem Astwerk, in dem gute Menschen lebten. In diesem Zaunland entstand das magische Schwert.

Tilla legte die Blätter beiseite und betrachtete nachdenklich den Packen brauner Umschläge, die ihr per Nachsendeauftrag von Göttingen gefolgt waren. So etwas war typisch für ihre Mutter. Harcylugh – was hatte sie denn da wieder für ein Märchen ausgegraben?

Unwillig legte sie die anderen, noch ungeöffneten Umschläge beiseite. Es war schon verrückt. Nun lebte sie schon seit so vielen Wochen in Braunschweig, ohne dass sie ihrer Mutter und ihrer Heimat, dem Harz, einen Besuch abgestattet hatte. Die Briefumschläge erinnerten sie schmerzlich an ihr Versäumnis. Paradoxerweise sank Tillas Mut, sich bei ihrer Mutter zu melden, mit jedem weiteren Tag, denn sie war überzeugt, dass ihre Mutter wütend auf sie sein müsse. Eigentlich wusste Tilla, wie falsch das war. Eigentlich …

Ob es ihre Vaterlosigkeit war oder das Los des Andersseins durch ihren keltischen Glauben, Tilla erwartete immer irgendeine Katastrophe. Daher kostete sie das Hier und Jetzt stets in vollen Zügen aus. Das Nachdenken über Konsequenzen ging ihr zumeist ab.

Ihre Mutter, ebenfalls eine Altgläubige und im Gegensatz zu ihr der ruhige, besonnene, aber auch leicht verklärte Typ, hatte sie immer dafür gemaßregelt. Hedera Leinwig hatte stets etwas, was sie gedanklich beschäftigte, sehr zum Ärger ihrer Tochter. Tilla hatte von jeher das Gefühl gehabt, dass ihre Mutter nie ganz da war, wenn sie sich unterhielten. Außerdem hatte Hedera alles, was Tillas Vater betraf, aus ihrem Denken ausgeklammert. Dass ihre Mutter dafür Gründe gehabt haben könnte, hatte Tilla nie gelten lassen. Aus ihrer Sicht hatte Hedera ihr unendlich wichtige Informationen vorenthalten. Sie hatte ihre Mutter im Gegenzug damit bestraft, dass sie ihr keltisches Erbe stets wortreich abgelehnt hatte. Natürlich entsprach dies nicht ihrer wirklichen Überzeugung. Sie war eine Altgläubige und fühlte auch so.

Hedera war Tillas Tiraden stets mit Nachsicht begegnet. So etwas wie Zorn kannte ein Mensch wie ihre Mutter nicht. Im Grunde ihres Herzens wusste Tilla: Würde sie plötzlich vor der Haustür ihres Hauses auftauchen, ihre Mutter würde lächeln, sie hineinbitten und Tee kochen. Allerdings würde sie dies auch für jeden Staubsaugervertreter tun, der regelmäßig seine Runden drehte.

Abermals fühlte sie den Knoten des Ärgers in ihrem Bauch. »Verdammt!«, schimpfte sie laut auf sich selbst ein. »Ruf sie an!«, befahl sie sich und griff energiegeladen nach dem Handy, das sich just in diesem Augenblick mit einer kernigen Melodie meldete.

Tilla sah kurz auf das Display, lächelte und nahm das Gespräch an: »Hi, meine Süße. Wie geht's dir?«

»Oh, Tilla … Es wird immer krasser, echt nicht zum Aushalten. Papa hat mir meinen Computer weggenommen! Stell dir das vor!«, echauffierte sich das Mädchen am anderen Ende.

»Oh je, was hast du denn angestellt, Ninchen?«

»Ja, nix!«, empörte sich Nina.

»Na dann …«, meinte Tilla grinsend und wartete. Sie hörte die Zwölfjährige an ihrer Jacke nesteln.

»Na ja … ich hab da was in den Kühlschrank gelegt …«, begann das Mädchen zögernd.

»Aha …« Tilla hörte, dass Nina unsicher den Reißverschluss ihrer Jacke hoch- und runterzog. Vermutlich war sie auf dem Schulhof. Ein Blick auf die Uhr bestätigte ihr die Zeit der großen Pause. »Nun komm schon, was kann man denn in den Kühlschrank legen, was so einen Ärger heraufbeschwört, dass Achim dir den Computer wegnimmt?«

»Na ja … genaugenommen habe ich es nicht reingelegt, sondern im Kühlschrank freigelassen.«

Tillas Augen wurden groß. »Freigelassen? Was denn? Eine Maus? Nachbars Wellensittich? Oh, Nina!«

»Nee. Michi, du weißt schon, meine Freundin, sie hat 'ne Bartagame … die heißt Camilla.«

»Du hast eine Bartagame in den Kühlschrank gesetzt?«

»Nein. Ich hab mir nur Camillas Frühstück ausgeliehen.«

Tilla runzelte die Stirn. »Und was fressen Bartagamen?«

»Och, Salat, Obst ...«

»Nina!«, keifte Tilla ungeduldig.

»Und Schaben ... große«, antwortete es kleinlaut aus dem Telefon.

»Oh nein!« Tilla schloss kurz die Augen. »Okay. Was ist passiert?«

»Mensch, ich wollte doch nur Papas Perle ein bisschen ärgern. Aber ausgerechnet an diesem Abend trabt mein Papa selbst zum Kühlschrank. Die Flasche Bier, die er rauszog, landete dann in der Glastür vom Geschirrschrank hinter ihm und Paps schrie wie 'ne Scream-Queen in einem Metzelfilm.«

Tilla musste kurz das Telefon herunternehmen, da ihr wegen des mühsam unterdrückten Lachreizes die Tränen übers Gesicht liefen. Ihr Ex, der wegen einer Schabe schrie und die nagelneue Designerküche verwüstete – herrlich! Sie atmete tief durch und antwortete in Gouvernantenton: »Oh, Nina, wirklich, ich fürchte, du hast dir damit keinen Gefallen getan.«

»Ach komm schon ... ich hab dich doch prusten gehört!«

Wieder ging Tillas Atem verräterisch stoßweise. »Ja, schon«, gab sie betreten zu, »aber es hat doch keinen Zweck, dass du Achim so gegen dich aufbringst. Was hat denn Gerda gesagt?«

»Ach die ... die bringt echt gar nix aus der Ruhe.«

»Und die arme Schabe?«

»Hat Papa ermordet!«

»Hast du was anderes erwartet?«

Das Telefon schwieg.

Tilla bohrte unbarmherzig nach. »Ninchen ... du willst doch eine Hexe werden ... wie lautet der höchste Hexengrundsatz?«

»Schade niemandem«, repetierte Nina unbehaglich. »Aber Paps und Gerda hat es doch nicht geschadet … nur dem Geschirrschrank.«

»Und die Schabe? Hexen achten jedes Lebewesen.«

Nina seufzte vernehmlich. »Ach, Scheiße, ja, du hast ja recht.«

Tilla hörte die Schulglocke schrillen und meinte versöhnlich: »Die werden sich schon wieder beruhigen. Wirst sehen, in ein paar Tagen bekommst du deinen Computer wieder. Du brauchst ihn doch schließlich für die Schule.«

Nina stieß einen Seufzer aus. »Weißt du … das ist leider nicht alles … als Papa dann meinen PC weggenommen hatte, kam er gestern Abend mit unseren E-Mails an.«

»Au, Mist!«, entfuhr es Tilla.

Sie hörte Nina laufen. »Das war's eigentlich, was ich dir sagen wollte. Nun bekommst du wahrscheinlich auch noch Ärger, Tilla. Das wollte ich nicht, echt nicht«, jammerte das Mädchen.

»Mach dir keinen Kopf! Das kriegen wir schon hin«, antwortete Tilla, überzeugt, dass dem nicht so war.

»Muss Schluss machen. Ciao!«

Tilla fluchte in sich hinein und ließ das Handy sinken.

Die E-Mails. Ausgerechnet. Dass Tilla weiterhin Kontakt zu seiner Tochter hatte, würde Achim keinesfalls hinnehmen. Ein Dr. Achim von Steinfels würde niemals verstehen, dass sie seine Tochter Nina einfach nur ins Herz geschlossen hatte. Für ihn war das Ganze irgendeine perfide Taktik, die einzig dem Zweck diente, ihm zu schaden. In seinen Augen war Tilla die ungeliebte, nicht vorzeigbare, weil zu quirlige Ex, die nun auch noch nach Braunschweig gezogen war, obwohl er den Sargnagel seiner Karriere eigentlich in Göttingen wähnte – eine wandelnde Katastrophe. Und der Inhalt der E-Mails war ein Sakrileg schlechthin. Sie ahnte, dass sie monumentalen Ärger zu erwarten hatte.

Tilla vereinte alle Eigenschaften in sich, die Achim von Steinfels hasste – sie war sprunghaft, unkontrolliert, launisch, hektisch, unüberlegt und wegen ihrer überbordenden Emotionalität alles andere als prüde. Schlimmer noch, sie hatte Achim eines Tages zwischen Frühstücksbrötchen und Müslijoghurt aufgeklärt, dass sie einem vorchristlichen Glauben anhing. Pagan, heidnisch – so etwas kam für Achim von Steinfels der Aussätzigkeit gleich. Der Jurist hatte sie angestarrt, als hätte sie gerade seinen Frühstücksjoghurt in Erdöl verwandelt. Sie wurde prompt entsorgt.

Tilla hatte ihren Glauben bis zu diesem Zeitpunkt nicht wirklich verschwiegen, sie hatte nur einfach nie darüber gesprochen. Tillas Offenbarung musste Achim geradewegs in die nächste Partnervermittlungsagentur gejagt haben. Knapp zwei Wochen später hatte sie ihre spärliche Habe in einem kleinen Studentenzimmer verteilen müssen und in das damals im Bau befindliche Haus in Braunschweig war die ordentliche Lehrerin Gerda mit der artigen Bobfrisur eingezogen und nicht sie.

Zwar hatte Tilla nicht übermäßig unter dem Verlust von Achim gelitten, dafür hatte sie ihn einfach zu oft betrogen. Doch die Annehmlichkeiten, die eine Ehe mit einem angesehenen Juristen mit sich gebracht hätte, wären schon nicht schlecht gewesen … Zumal sie in ihren eigenen beruflichen Ambitionen kein Weiterkommen sah, seit sie die Schule verlassen hatte.

Sie hätte es ja noch verstanden, wenn er sie wegen seines Kollegen Peter rausgeschmissen hätte. Ihre Zeit mit Peter Ehlers, der wie sie aus Bad Harzburg stammte, war überaus vergnüglich gewesen. Resolut vertrieb sie die Erinnerung an den stets ruhigen Juristen mit den sanften braunen Augen. Aber davon hatte Achim nichts gewusst, die Sache mit Peter hatte nie jemand erfahren. Es durfte auch niemand erfahren. Er hatte eine wundervolle Frau und zwei Kinder.

Sie musste sich besser in den Griff bekommen, was Männer anging! Sie war mittlerweile in einem Alter angekommen, in dem man Beziehungen gefährdete, wenn man – so wie sie – ungehemmt seinem Vergnügen nachging.

Tilla liebte kurze und unkomplizierte Affären. Der einzige Grund dafür, dass sie es ausgerechnet bei dem verknöcherten Achim mit einer längeren Beziehung versucht hatte, war Nina gewesen. Tilla mochte die clevere Zwölfjährige wirklich sehr und litt unter dem Kontaktverbot. Sie brachte es nicht übers Herz, Nina abzuwimmeln, die sie nach wie vor anrief, so oft es ging.

Tilla hatte sich damals mit vollem Elan in die plötzliche Mutterrolle gestürzt, so wie sie fast alles mit ungeheurem Elan tat. Achim war dies gerade recht gewesen. Eine hübsche, junge und daher wohl formbare Frau, angehende Lehrerin, die ihm die Tochter abnahm, die drei Jahre zuvor durch einen Autounfall mutterlos und damit recht lästig geworden war …

Obwohl Achim seine »Hexe« abserviert hatte, war Tilla heimlich die Vertraute des Mädchens geblieben. Bis jetzt.

Was würde er tun? Ausgerechnet die E-Mails ... Das aufgeweckte Mädchen hatte sich immer brennend für Tillas Glauben interessiert. Kleine Häppchen davon waren auch in diesen Mails zu finden. Dabei wusste Tilla sehr wohl, wie falsch das war. Ihr Glaube war nicht für jeden das Richtige und für Nina, eine Zwölfjährige, der permanent die Bezugspersonen im Leben wegbrachen, schon gar nicht.

Altgläubige missionieren nicht!, hörte sie ihre Mutter im Geiste mahnen und ließ den Kopf hängen.

Was sollte sie tun? Konnte sie etwas tun? Was würde er tun? Das Handy! Würde er Nina auch das Handy wegnehmen? Was, wenn das heutige Gespräch das letzte zwischen ihnen gewesen war …? Erstaunt stellte sie fest, wie weh es ihr tun würde, wenn sie den Kontakt zu Nina verlöre. Und noch erstaunter war sie über das dringende Bedürfnis, mit ihrer Mutter darüber zu sprechen.

Versonnen blickte sie ihr Handy an. Dann stellte sie es entschlossen aus und legte es weg. Auf eine telefonische Predigt von Achim, der sich garantiert in nächster Zeit melden würde, konnte sie gut verzichten.

Widerstrebend nahm sie einen weiteren Umschlag in die Hand.

Druiden sind für die Kulthandlungen zuständig. Auch fällen sie über Streitigkeiten das Urteil. Ob eine Untat begangen, wenn es über die Erbschaft oder über die Grenzen einen Streit gibt, entscheiden dieselben. Entschädigungen und Strafen setzen sie fest.

Caesar

Tilla tappte auf leisen Sohlen über den Flur, es war schon weit nach Mitternacht. Dennoch riss sie ungeduldig den Umschlag auf, ließ sich mit den Seiten ins Bett fallen und begann zu lesen.

Thurizan wusste, dass sich die Welt um das kleine Paradies, in dem sie lebten, veränderte und er trug schwer an Sorge, denn die Veränderungen bedrohten die Seinen. So schritt er eines Tages in die Berge hinauf, um mit den Göttern Zwiesprache zu halten. Viele Tage wanderte er und suchte nach einem Götterzeichen. Fast war er am Fuße der höchsten Erhebung angelangt. Die Schritte fielen ihm, betagt wie er war, nun leichter, denn es wurde eben. Lang war es her, als er an dieser Stelle gewesen. Endlich zeigte sich Cernunnos in Form eines Hirsches. Sein Ge-

weih war stark und weit verzweigt, sein Rücken strahlte silbern. Lange schaute das Tier dem Druiden in die Augen, bevor es sich abwandte. Thurizan folgte dem majestätischen Tier durch Hochwald und Dickicht, welches sich plötzlich lichtete. Doch als Thurizan das lichte Plateau erreichte, war der Hirsch verschwunden. Thurizan stand vor einem Abgrund, der ihm einen weiten Blick über das Land der Götter erlaubte. Ein Wolkenhauch waberte vor ihm über das zerklüftete Gestein. Thurizan erkannte den Fingerzeig der Himmelsgöttin und näherte sich der Stelle. Der Boden bestand aus Alisannos' grauem Gestein, überzogen mit Cernunnos' gelben Flechten. Hierauf lag ein runder Stein von der Farbe herbstlicher Sonne. Ehrfürchtig nahm Thurizan das eigroße Kleinod in die Hand. Er wusste, solche Edelsteine entstammten dem Saft des Lebensbaumes, jenes immergrünen Baumes, der sie mit seinen wohlduftenden Nadeln im Winter tröstlich daran erinnerte, dass das Leben nur schlief und wiederkehren würde. Besonders zur Wintersonnenwende verehrte das Volk von Thurizan diesen Baum. Sie huldigten durch ihn den Göttern, die sie um die Wiederkehr des Lichtes und des Lebens um sie herum baten. Der große Stein in seiner Hand war viele tausend Fruchtzeiten alt. Warm und rund lag er in der Hand des Druiden und vermochte ihn augenblicklich mit Zuversicht zu erfüllen. Thurizan hob den Stein gegen Belenos' Sonne, welche gerade in diesem Moment über eine Bergkuppe vor ihm lugte und ihm ihre warmen Strahlen sandte. Ein dunkles Ästchen mit zwei aufsteigenden Streben war in dem Stein zu sehen – die Rune Fehuz, Symbol des Feuers. Die Götter hatten ihm in diesem Stein ein wichtiges Zeichen hinterlassen. Thurizans Blick wanderte demütig und dankbar zu Boden. Dort, wo sich zuvor Cernunnos' Flechten und Alisannos' Stein ein stummes Gefecht geliefert hatten, offenbarte sich dem Druiden nun ein erzdurchsetzter Stein mit roten Schlieren darin. Sein Blick kehrte zurück zu der Feuerrune. Feuer war das einzige Element, welches Erz zu läutern vermochte. Nun verstand Thurizan endlich, was die Götter von ihm erwarteten.

Lächelnd drehte sich Tilla in ihren Kissen um und knipste das Licht aus. Sofort tauchte das Bild bewaldeter Bergkuppen vor ihrem inneren Auge auf und begleitete sie in einen wohligen Traum.

ne sexum in imperiis discernunt ...
beim Oberbefehl machen die Celtae keinen Unterschied zwischen den Geschlechtern.

Tacitus

Ihr kleiner, alter Geländewagen, dessen Gaspedal Tilla so ungnädig niedertrat, gab beunruhigende Geräusche von sich. Auch die großen weißen Ranken, die sie kurzerhand über die Rostschäden gepinselt hatte, konnten nicht über den Zustand ihres Gefährts hinwegtäuschen.

Tilla ließ die Ebene des südlichen Salzgitters rechts liegen. Noch ein paar Kilometer weiter und sie würde den Brocken bereits in der Ferne sehen können. Ihr Blick heftete sich geradezu zwanghaft auf den Horizont. Endlich. Die Harzberge tauchten auf. Schlagartig verflüchtigten sich alle schlechten Gefühle in Tillas Innerem. Fast konturengleich mit den Berggipfeln schmiegten sich schwere graue Wolken an die sanft gerundete Gipfellinie von Brocken, Achtermann und Rammelsberg. Die zweiten Wolkengipfel, die sich wie weitere Berge ausnahmen, machten den Harz an diesem Tage zu einem gewaltigen Massiv. Tilla wusste, dass der Mantel, den der Harz an diesem Tag trug, dem Oberharz schlechtes Wetter, Regen und dichten Nebel brachte, während um sie herum auf der Autobahn A 395 noch die Sonne schien. Sie wunderte sich wieder einmal, wie sehr sie sich über den Anblick der Harzkuppen freute, die einst das von den Römern so gefürchtete Waldgebiet Hercynia eröffneten.

Sie hatte ihre Mutter am Morgen mehrfach vergeblich anzurufen versucht. Hedera wusste nicht, dass sie kam. Doch Tilla war nicht der Mensch, der von einem spontanen Entschluss abließ. Sie redete sich damit froh, dass Hedera vielleicht zu einem ihrer häufigen Spaziergänge aufgebrochen war, bei denen sie Kräuter für ihre Naturmedizin sammelte. Tilla betrachtete die letzten gelben Blätter, die vereinsamt umherwehten, und murmelte kopfschüttelnd: »Blödsinn, Kräuter am ersten November. Verdammt, Mutsch, wo bist du?«

Merkwürdig. Es war die Nacht nach Samhain, dem höchsten Feiertag der Altgläubigen. Wieso war ihre Mutter nicht zu Hause? War sie vielleicht bei anderen Altgläubigen eingeladen gewesen?

Für sie und die ihren begann mit Samhain das neue Jahr. Grund genug für Tilla, die spannungsgeladene Beziehung zu ihrer Mutter auf eine neue, gesundere Basis zu stellen. Tatsächlich hatte ihr das Verhältnis zu Nina gezeigt, wie zerbrechlich so eine Beziehung zu Kindern sein konnte und wie vorsichtig man als Erwachsener mit einem jungen, unsteten, weil suchenden Geist umgehen musste. Plötzlich gab so viel, was sie ihrer Mutter erzählen wollte. Es gab auch vieles, was sie ihre Mutter fragen wollte.

Hedera hatte sie allein aufgezogen. Tilla gab in Gedanken zu, dass Hedera ihre Sache nicht besser hätte machen können. Ihr hatte es an nichts gefehlt. Dennoch hatte Tilla sich oft gewünscht, mehr über ihren Vater zu erfahren oder Verwandte ihres Vaters zu treffen, vielleicht eine zweite Großmutter, Tanten oder Cousins. Das Bild von Großmutter Leandra tauchte vor ihrem inneren Auge auf und ließ sie weich lächeln.

Nein. Dieses Mal würde sie sich nicht mit einer romantisch verklärten Antwort bezüglich ihres Vaters zufrieden geben. Sie wollte seinen Namen, damit sie Nachforschungen anstellen konnte.

Der Brocken wurde immer größer – und damit auch Tillas Angst vor den Fragen, die ihre Mutter stellen würde. Ihre Kampfeslust vom Moment zuvor fiel kläglich in sich zusammen. Sie wusste, schon die lapidare Frage, was sie so trieb, würde sie zu hektischer Beredsamkeit veranlassen, die ihre Mutter dann sofort durchschauen würde. Hedera würde traurig den Blick senken und nicht weiter nachhaken. Tilla hatte diesen Blick auch vor sich gesehen, als sie ihrer Mutter am Telefon mit vielen, meist unnötigen Worten erklärt hatte, warum sie das Studium aufgegeben hatte.

Mit schmerzlicher Klarheit dachte Tilla darüber nach, was sie trieb. Nichts. Nichts, auf das man irgendwie stolz sein könnte. Sie war eine Versagerin.

Früher hatte sie ebenso engagiert Englisch wie Geschichte studiert. Lehrerin hatte sie werden wollen. Dann hatte sie begonnen, abends in der Studentenkneipe *Blue Note* zu kellnern. Kurze Zeit später hatte sie nur noch gekellnert. An Mabonadh, Mitte September, hatte sie eingesehen, dass es so nicht mehr weitergehen konnte. Ihre Kommilitonen hatten ihr Studium schon erfolgreich abgeschlossen und waren alle zu neuen Ufern aufgebrochen. Tilla hatte einen Entschluss gefasst und einen Tag nach Mabonadh, der Tagundnachtgleiche des Herbstes, ihre Sachen gepackt und Göttingen den Rücken gekehrt, um nach Braunschweig zu ziehen. Der Nachteil war, Achim lebte in Braunschweig. Der Vorteil war, Nina lebte in Braunschweig.

Wieder wurden ihr die Augen feucht, als sie daran dachte, wie sehr sich Nina über diese Neuigkeit gefreut hatte. Seither hatten sie sich mehrfach heimlich getroffen. Tilla hatte ein Zimmer in einer Wohngemeinschaft in Lehndorf bezogen und kellnerte in einer kleinen Kneipe im Magniviertel. Es war in Ordnung. Aber aus Sicht ihrer Mutter war es sicher ein kleines Leben – ein sehr kleines.

Der Motor erstarb mit einem würgenden Gurgeln. Vor ihr erhob sich ein kleines Siedlungshaus. Zwischen dem Haus und einem Schuppen war ein großer Garten zu sehen, dessen Üppigkeit sogar zu dieser Jahreszeit erkennbar blieb. Efeu hielt das schmucklose Häuschen etwa zur Hälfte mit seinen langen grünen Fingern umfasst und gab ihm etwas Verwunschenes. Der Anblick des Hauses, in dem sie aufgewachsen war, hatte Tilla stets mit Wärme an einstige Geborgenheit erinnert. Doch heute schien ihr das Haus irgendwie kalt und abweisend. Langsam stieg Tilla aus ihrem Wagen. Es war seltsam, dass so gar nichts darauf hindeutete, dass ihre Mutter zu Hause war. Der bewaldete Hang hinter dem Haus nahm den Räumen bereits am frühen Nachmittag das Licht. Eigentlich hätte das Küchenfenster beleuchtet sein müssen.

Als Tilla das niedrige Gartentor öffnete, kam ihr Paris mit lautem, sich beschwerendem Miauen aus Richtung des Schuppens entgegen. Tilla bückte sich und kraulte die Katze hinter den Ohren, doch das Tier genoss diese Zuwendung nur kurz und hüpfte die Treppenstufen zur Haustür hinauf. Neben einem riesigen ausgehöhlten Kürbis, in dem eine Kerze flackernd ihr letztes Licht abgab, drehte Paris einen gezierten Kreis. Auffordernd blickte sie Tilla an. Tilla kramte ihren Schlüssel hervor und schloss auf.

»Mutsch?«, rief Tilla, während sie durch den Flur ging.

Paris lief den Flur entlang, blieb dann jedoch unschlüssig stehen. Mit einem langgezogenen tiefen Laut zeigte die Katze, dass ihrer Meinung nach etwas nicht stimmte. Eine Geruchsmischung aus unangenehm scharfem Kräutersud, abgestandener Luft und einem deplaziert wirkenden Hauch von Parfum zog Tilla entgegen. Sie schnupperte dem fremden Aroma hinterher, das sich durch die ins Haus strömende Frischluft verflüchtigte. Ein Aftershave?

»Mutsch? Bist du da? Ich bin's!« Tilla zog ihre Jacke aus und hängte sie an die Garderobe im Flur. »Mutsch?« Tillas Stimme wurde immer dünner. Zögernd ging sie um die Ecke und spähte in die Küche.

Ihre Mutter saß unbeweglich im fast dunklen Raum in der Ecke der Küchenbank. Die Hände im Schoß, der Kopf war auf die Brust gesunken. Als Tilla den Lichtschalter umlegte, traf es sie wie ein Schlag.

Das Volk der Celtae ist hochgewachsen,
rotblond und hellhäutig, weil die bräunende Sonne
ihren Weg über Alpen und Pyrenäen nicht recht findet

Ammianus Marcellinus

Während die Küche von der ungewohnten Betriebsamkeit umhereilender Polizisten erfüllt war, hockte Tilla im Flur auf dem Boden. Sie hatte sich das Tuch aus dem langen roten Haar gezogen, das ihr Gesicht nun wie ein Vorhang verdeckte. Paris hatte sich in ihrem Schoß verkrochen.

Die uniformierten Polizisten hatten mehrfach versucht, Tilla ins angrenzende Wohnzimmer zu nötigen, doch Tilla hatte sich geweigert. Dort waren die Sachen ihrer

Mutter, ihr Geruch und ihre Gegenwart. Tilla hatte noch nicht den Mut, sich dem zu stellen. Sie hatte ihre Mutter im Stich gelassen und fühlte sich zugleich von ihr im Stich gelassen.

Ihre Mutter war tot.

»Frau Leinewig ...«

»Leinwig«, verbesserte Tilla müde.

»Entschuldigung ... Ich bin Kriminalkommissar Andreas Kamenz. Darf ich Ihnen ein paar Fragen stellen?«

Tilla sah zu ihm auf. Er war kaum älter als sie. Sie stand mühsam auf und sah ihn an.

»Hatte Ihre Mutter Probleme?«

»Probleme?«, fragte Tilla irritiert.

»Nun ... Probleme, die zu ihrem Entschluss geführt haben können.«

»Entschluss?«, brüllte sie den überraschten Polizisten an. »Was für einen Entschluss bitteschön?« Paris sprang von ihrem Arm.

Bevor der Polizist ihr antworten konnte, trat ein älterer Mann mit einem Alukoffer von der Küche in den Flur. Er betrachtete Tilla sorgenvoll, nahm seine Brille ab und steckte sie in die Brusttasche seines Jacketts. »Mein aufrichtiges Beileid zu Ihrem Verlust, Frau Leinwig. Ich habe Ihre Mutter und ihre Arbeit immer sehr geschätzt.« Dann wandte er sich an den Polizeibeamten. »Es sieht tatsächlich alles nach einer Vergiftung aus. Die Symptome passen zu Aconitin. Sicherheit kann aber nur eine Obduktion geben, die ich in diesem Fall empfehlen würde.«

Andreas Kamenz nickte. »Das werde ich veranlassen. Ich danke Ihnen für Ihr schnelles Kommen, Herr Doktor Rosenberg.«

Der Graugekleidete nickte Tilla noch einmal zu und verließ dann das Haus. Tilla starrte ihm fassungslos nach, während das Wort Obduktion in ihrem Kopf nachhämmerte.

»Frau Leinwig, auf dem Küchentisch steht ein Gebräu mit einem wirklich ekligen Geruch ... Sagen Sie, was ist Aconitum Napellus?«, fragte Kamenz in ruhigem Ton.

Tillas Zorn fiel in sich zusammen. Verwirrt antwortete sie: »Das ist Eisenhut. Wieso?«

»Unsere Leute haben das Kraut im Tee mit dem verglichen, was Ihre Mutter an Kräutern hortete. Es ergab sich eine Ähnlichkeit mit dem Inhalt einer Schublade, auf der *Aconitum Napellus* stand. Die Lade war herausgezogen und stand auf der Arbeitsplatte vor dem Fenster.«

Tilla starrte den jungen Polizisten verstört an. Selbstmord? »Hören Sie, das ist völlig unmöglich ... meine Mutter würde niemals ...«, begann Tilla fahrig, um dann jedoch verwirrt abzubrechen. Es war ihr einfach nicht möglich, das Unaussprechliche auszusprechen.

»So etwas ist immer besonders schmerzhaft für die Hinterbliebenen«, bemerkte Kamenz leise.

Tilla hätte ihm am liebsten in das vor Mitgefühl triefende Gesicht geschlagen, doch ihre Hand mit den klappernden Armreifen hob sich lediglich, um wirr durch's Haar zu fahren. »Sie verstehen nicht ... meine Mutter ist eine ... wir sind ... wir haben eine besondere Religion. Selbstmord ... stört das Gleichgewicht«, haspelte Tilla, sah aber, dass er nichts davon verstand. Wie sollte er auch. Verzweifelt wedelte sie mit den Armen herum. »Meine Mutter würde sich doch nicht ... umbringen. Sie war eine anerkannte Heilpraktikerin. Sie war beliebt. Ich wüsste wirklich nicht, was sie zu einem Selbstmord treiben sollte!«

»War sie vielleicht krank?«

»Krank?«, wiederholte Tilla dümmlich. »Äh ... nein ... Nicht, dass ich wüsste.«

»Würden Sie es denn wissen?«

Tilla erstarrte.

»Sehen Sie, manchmal verheimlichen die Menschen

so etwas. Frau Leinwig, die Nachbarn sagten, Hedera Leinwig habe allein gewohnt. Sie wohnen also nicht hier? Sagen Sie, wann waren Sie zuletzt hier?«

Tilla blickte den jungen Polizisten an. Seiner Frage haftete nichts Vorwurfsvolles an und doch war es ein Vorwurf – einer, den sich Tilla selbst machte. »Ich ... Es ist schon etwas her. Ich habe bis vor kurzem in Göttingen gewohnt, wegen meines Studiums. Dann kam der Umzug, da habe ich sie nicht so häufig gesehen ...«

Kamenz machte ein zustimmendes Geräusch und zog ein Notizbuch aus seiner Tasche. »Und wo wohnen Sie jetzt?«

»In Braunschweig ... ich wohne in Braunschweig-Lehndorf.« Tilla nannte ihm ihre Wohnanschrift.

»Dieses Aconitum Napellus, Eisenhut, es ist ziemlich giftig, oder?«

Tilla schlang die Arme um den Körper und sagte abweisend: »Ja.« Sie wollte nicht mehr reden. Sie wollte hier weg, allein sein.

»Sie konnten mir sofort den deutschen Namen für das Kraut nennen. Verstehen Sie auch etwas von all diesen ...« Sein Stift machte eine kreisende Bewegung in Richtung des Zimmers, in dem Hederas Apotheke untergebracht war. »... von all diesen Giftkräutern?« Sein dunkles Haar war kurz geschnitten und nach hinten gekämmt. Ein paar Strähnen hatten sich dennoch aus der Gelstarre gelöst und standen rebellisch nach vorn. Seine braunen Augen, die zu Beginn des Gespräches noch etwas müde gewirkt hatten, schienen nun wacher und eine Nuance schmaler geworden zu sein.

Tilla begann ihre Antwort abzuwägen. »Nein, ich verstehe nicht viel davon. Pflanzenkunde ist natürlich etwas, mit dem ich aufgewachsen bin, es ist der Beruf meiner Mutter. Sie ist ... sie war eine Naturheilkundige. Aber ich hatte nie viel damit zu tun.«

Kamenz Blick ruhte eine Weile auf ihr. »Kann sie sich mit der Dosierung irgendwie vertan haben?«

Tilla antwortete ungehalten: »Man kann sich nicht mit einer Dosierung vertun, Eisenhut ist einfach nur verdammt giftig ...«

»Wenn das Zeug so giftig ist, wozu hatte Ihre Mutter dann so etwas?«

Tilla versuchte sich zu erinnern, wozu man Eisenhut einsetzte. »Ich glaube, meine Mutter machte Salbe daraus. Gegen starke Schmerzen.«

»Aha. Ein Tee aus Eisenhut war also eher ungewöhnlich?«

Tilla war verwirrter als je zuvor in ihrem Leben. Nach einiger Zeit antwortete sie mit dünner Stimme: »Ein Tee aus Eisenhut ist absolut tödlich.«

Mädchenreden vertraue kein Mann,
noch der Weiber Worte.
Auf geschwungnem Rad geschaffen ward ihr Herz,
Trug in der Brust verborgen.

Edda, Havamal, des hohen Lieds 83

Er konnte es nicht fassen. Auch wenn sie dreißig Jahre älter geworden war, so hatte sie doch nichts von ihrem Reiz eingebüßt, im Gegenteil, ihre Lebenserfahrung hatte ihre Ausstrahlung noch um einiges vergrößert. Es gab wohl Menschen, denen die Zeit einfach nichts anhaben konnte. Wieso wunderte er sich darüber? Sie war schließlich eine Hexe. Sagte man Hexen nicht nach, dass sie Raum und Zeit beherrschten?

Sein Lächeln verflog. Nun war sie tot.

Dabei hätte nicht viel gefehlt und sie hätte ihn nach

Walhall mitgenommen. Zum zweiten Male war er dem Tod sehr nahe gekommen. Er war sicher, beim dritten Male würde der Tod gewinnen. Er war wirklich um keinen Deut klüger geworden seit damals. Wie hatte er nur auf ihr gastfreundliches Gehabe hereinfallen können. Ihre Offenheit hatte ihn fasziniert. Als sie ihm zu verstehen gab, dass sie genau wusste, was er suchte, war ihm der Gedanke an so einen perfiden Angriff gar nicht gekommen. Sie hatte zuerst von dem Tee getrunken, darauf hatte er noch geachtet, dann hatte auch er einen Schluck genommen und sich über den bitteren Geschmack hinter der Süße gewundert. Nach wenigen Minuten hatte er ihren Plan erkannt, doch da war es schon fast zu spät gewesen. Sein Mund hatte gebrannt, sein Körper gekribbelt und der kalte Schweiß war ihm ausgebrochen. Sofort war er aus der Küche geeilt und hatte sich übergeben. Wie hatte sie die schmerzhaften Auswirkungen des Giftes nur unterdrücken können? Er fühlte so etwas wie Hochachtung vor ihr.

Es hatte eine Ewigkeit gedauert, bis er sich wieder genügend unter Kontrolle gehabt hatte, um das Telefon bedienen zu können. Er hatte seine Leute anzurufen. Sie hatten das Haus gründlich durchsucht, aber ohne Erfolg. Sie hatten nichts, rein gar nichts gefunden.

Immer wieder dachte er über die Möglichkeit nach, dass sie die Suche vielleicht gar nicht weitergeführt hatte. Aber dann hätte er wenigstens die Aufzeichnung irgendwo finden müssen. Nein. Der einzige Grund dafür, dass er gar nichts fand, war der, dass er nichts finden sollte. Ihr Versteck war genial, da war er ganz sicher. Sie hatte ihn überlistet.

Wenn sie sogar ihr Leben dafür gab, dass er dieses Kleinod nicht fand, musste es ja wirklich so stark sein, wie die Sage behauptete. Für einen Moment erfüllte auch ihn bohrendes Verlangen nach dem Artefakt, obwohl er sonst nicht geneigt war, den alten Sagen Glauben zu schenken. Aber wenn er es fand, stand ihm in der Organisation jeder Weg offen. Kaum jemand wusste, wie nahe Hedera daran gewesen war, den Kreis der Geschichte zu schließen, nur er. Er – und sein Bruder.

Das kurze Hochgefühl verflüchtigte sich. Er hatte seit jenem verhängnisvollen Abend vor dreißig Jahren nichts mehr von Gerfried gehört.

Warum hatten sie ihn damals töten wollen? Er stieß ein heiseres Lachen aus. Es gab viele Dinge in seinem Leben, für die er den Tod verdient hätte. Er war ein kompromissloser Killer. Einzig damals hatte er nichts getan. Er hatte sich in sie verliebt. Ihre Blicke hatten ihm gezeigt, dass seine Gefühle erwidert wurden. Hatte er sich geirrt? Was war damals geschehen?

Über all die Jahre hinweg hatte er sich der Frage verweigert, warum man ihn damals hatte umbringen wollen. Hederas Verrat, den er bis heute nicht verstand und den er damals nicht im Mindesten erwartet hatte, war der Grund für diese Weigerung gewesen. Ihr Brief hatte ihn damals fast das Leben gekostet, ihr Tee vor einer Woche.

Langsam drehte er sich auf seinem teuren Schreibtischstuhl um und blickte durch das Fenster aus kugelsicherem Glas über die verschiedenen Rottöne der Dächer Ilsenburgs. Etwas weiter rechts tobten die stets zornig wirkenden Schaumkronen der Ilse, die auf ihren Weg vom Brocken durch den kahlen Novemberwald die Stadt durchsauste.

Gottlob hatten es die Idioten damals versäumt, ihm die Beine zu brechen. So hatte er sich doch noch bis zur Harzhochstraße schleppen können, wo ihn der Alte aufgelesen hatte.

Der nahe Tod hatte ihn nicht halb so verstört wie das Jahr danach, die Schmerzen und vor allem die Hilflosigkeit. Das Sehfeld seines rechten Auges war seither eingeschränkt, und eine von Zeit zu Zeit aufsteigende Taubheit im rechten Arm erinnerte ihn immer noch daran, dass man ihm damals den Schädel eingeschlagen hatte.

Er hatte die Zeit der Schwäche überwunden. Das Schwert, Gabe seines Vaters und Zeichen seines Ordens, war ihm auf diesem Weg hilfreicher gewesen als jeder Arzt. Seine Ordensbrüder hatten es ihm gebracht, nachdem sie seine und Gerfrieds Studentenwohnung nach diesem verhängnisvollen Abend von allen Zeichen des Ordens befreit hatten. Bis auf das Schwert war sein gesamtes vorheriges Leben in der verwüsteten Wohnung geblieben. Mit diesem Schwert hatte er seinen Körper so unnachgiebig trainiert, dass es noch heute niemand in seinem Umfeld mit ihm aufnehmen konnte. Und er war doppelt so alt wie die meisten der Männer, die unter seinem Befehl standen.

Sein Können sicherte ihm heute ein solides Salär und führte der Organisation hervorragend ausgebildete junge Kämpfer zu. Er unterhielt mittlerweile zahlreiche Kampfsportschulen in ganz Deutschland. Die Organisation war zufrieden mit ihm, sehr zufrieden.

Sein Blick wurde starr. Er musste sich endlich dem ›Warum‹ stellen. Hedera war tot. Sie konnte ihm die Antwort nicht mehr geben. Aber da gab es noch jemanden.

Die Tapferkeit der Kelten erklärt sich durch ihren ausgeprägten Unsterblichkeitsglauben und den Glauben an die Seelenwanderung.

Caesar

Lieber hätte sie die Asche ihrer Mutter zu einem heiligen Ort der Kraft irgendwo in der Nähe gebracht, am liebsten zum Elfenstein – Tilla wusste, ihre Mutter hatte den Elfenstein geliebt –, aber der Friedwald war eine wirklich schöne Alternative. Tilla folgte der Bundesstraße nach Bad Sachsa und dachte nach. Sie hatte von Astrid Volkerts, Hederas langjährigen Freundin, erfahren, dass ihre Mutter ihre eigene Beerdigung bis hin zur Auswahl des Baumes, an dessen Wurzeln ihre Asche beigesetzt werden sollte, selbst vororganisiert und bezahlt hatte. Das hatte Tilla mehr verstört als alles andere. Hatte Hedera ihren Tod geahnt? Oder war es doch Selbstmord gewesen?

»Nein!«, schrie Tilla trotzig auf und schlug auf ihr Lenkrad. Der Fahrer eines silbergrauen Wagens überholte sie mit röhrendem Motor und bedachte Tilla mit aggressiven Gesten. Vermutlich klebte der arme Mann seit Braunlage hilflos hinter ihrem Auto, das Tilla aufgrund ihrer Nachdenklichkeit viel zu langsam über den Harz steuerte.

Endlich erreichte sie Bad Sachsa im Südharz und bog auf den bereits erstaunlich vollen Waldparkplatz ab. Fast verschüchtert stieg Tilla aus und schritt langsam auf Astrid zu, die sich mit einer grün gewandeten Frau, der Försterin, unterhielt.

»Tilla-Schatz, schön, dass du schon da bist.« Herzlich nahm die Ältere Tilla in den Arm.

Sie klammerte sich hilflos an der Freundin ihrer Mutter fest. »Oh, Astrid, ich komme mir so nutzlos vor … ich wusste gar nichts von all dem hier …« Tilla sah sich verloren um und gewahrte zu ihrem wachsenden Erstaunen, dass die vielen Besucher, die sich auf dem Parkplatz sammelten, offenbar auf Hederas Beisetzung warteten.

»Mach dir darüber keine Gedanken, Tilla. Deine Mutter und ich hatten schon öfter über dieses Thema gesprochen. Wir haben uns gemeinsam eine wunderschöne dicke Buche in der Nähe eines der Teiche ausgesucht. Es wird dir gefallen.«

»Ihr wart zusammen hier?«, fragte Tilla schniefend und ließ es zu, dass Astrid sie sanft auf einen Waldweg zuschob.

»Ja. Es wird auch mein Baum werden«, sagte Astrid mit einem fröhlichen Lächeln, als spräche sie über ihren nächsten Urlaub und nicht über ihre Beerdigung. Verwirrt tappte Tilla neben Astrid und der Försterin her, die sie mit einem freundlichen Nicken und einem leisen Beileidsbekunden begrüßt hatte. Sie konnte kaum abschätzen, wie viele Menschen ihnen folgten. Das Grüppchen, das nun gemächlich durch den Hochwald östlich der kleinen Harzstadt Bad Sachsa schritt, wirkte nicht wie eine Trauergemeinde. Wetterfeste, dem grauen Himmel angepasste praktische Kleidung herrschte vor. Astrid trug einen weinroten Mantel, eine dunkle Hose und bequeme Halbschuhe. Nur Tilla war mit einem schwarzen Trenchcoat bekleidet. Wieder sah sie sich um. Menschen aller Altersgruppen waren gekommen. Eine Familie wurde von ihrer kleinen Tochter begleitet. Mit den wippenden blonden Zöpfen und der liebevoll bestickten hellblauen Strickjacke unter der offenen, leuchtend roten Wetterjacke bot das Mädchen einen fröhlichen Blickfang. Tilla warf ihr ein Lächeln zu. Ihre Augen begannen zu brennen und sie bedauerte unendlich, dass Nina an diesem Tag nicht hier sein durfte. Das Mädchen lächelte zurück und winkte ihr zaghaft.

Mutsch, wie hast du es geschafft, in deinem Leben so

viele Leute kennenzulernen?, dachte Tilla verdrossen und spielte kurz mit dem Gedanken, zu einem wilden Lauf anzusetzen, der sie von diesem Ort wegbrachte. Vermutlich hätte sie es mal wieder zu irgendeiner überstürzten Dummheit gebracht, hätte Astrid ihr nicht in diesem Moment den Arm um die Schultern gelegt. Sie hatten eine stattliche Buche erreicht, vor der sich ein Rund aus Efeuranken um eine Holzscheibe in den Waldboden schmiegte. Ein Mann in konventioneller Schwarzkleidung, vermutlich vom Bestattungsinstitut, brachte die Urne und stellte das mit einem Gingkoblatt verzierte helle Gefäß auf die Scheibe. Es roch wunderbar nach Waldboden und frischem Holz. Tilla blickte auf die grüne Efeurosette.

Die Trauergäste bildeten einen großen Halbkreis um die Buche. Als jeder seinen Platz gefunden hatte, trat Tilla an den grünen Kreis heran und nahm einen hellen Stein mit glitzernden Einsprenkelungen aus der Manteltasche. Sie hatte den Stein völlig verkrampft in der Hand gehalten, seit sie ihren Wagen verlassen hatte.

Steine sind die ältesten Wächter der Erde, hörte Tilla die Stimme ihrer Mutter in sich flüstern. Bei jedem ihrer gemeinsamen Ausflüge hatten sie Steine gesammelt. Der Stein in ihrer Hand stammte vom Elfenstein, einer Klippe oberhalb von Bad Harzburg, die Tilla unzählige Male zusammen mit ihrer Mutter besucht hatte. Fast widerstrebend legte Tilla ihn auf die Efeuranken auf dem Waldboden. Endlich richtete sie sich auf und trat zurück, damit die anderen Trauergäste vortreten konnten. Als Erstes legte das kleine Mädchen einen kleinen Tannenzweig nieder und dankte mit vor Aufregung stolpernden Worten dafür, dass Hedera ihrer Mama geholfen hatte.

Weitere Äste, Zapfen, ein paar Kastanien und beschriebene Steine sammelten sich nunmehr um die Efeurosette. Viele waren es, die das Bedürfnis hatten, sich von Hedera Leinwig zu verabschieden. Tilla ließ ihren Tränen freien Lauf.

Wie aus weiter Ferne drang Astrids Stimme an ihr Ohr. »Deine Mutter hat viele dieser Menschen kennengelernt, als die sich mit einer Krankheit quälten – Menschen, die an einem Scheideweg standen. Einige haben überlebt und sind heute hier. Du kannst stolz auf deine Mutter sein!«

Tilla blickte in Astrid Volkerts' blaugraue Augen, die ihr aufmunternd zulächelten. Sie strich Tilla noch einmal über die Wange und stellte sich dann neben die grüne Rosette. Bewundernd sah ihr Tilla zu, wie sie ohne Notizen und Zettel ihre Rede begann. Tilla war ihr unendlich dankbar. Sie selbst war so durcheinander, dass sie nicht einmal einen Dreizeiler ohne zu stottern auf den Weg gebrachte hätte.

»Hedera, botanischer Name für die Efeupflanze; Efeu, Immergrün, seit der Antike als Heilpflanze bekannt – ihr Name wahr wohlgewählt von ihrer Mutter, die ihr Leben im fernen Wales verließ, um der Liebe nach Deutschland zu folgen. Hederas Vater starb, bevor er seine Tochter in den Armen halten konnte. Ein Schlag für die junge Frau aus Wales – aber ein wundervoller Glücksfall für meine Familie, denn Leandra kam mit ihrer Tochter Hedera zu uns. Meine Brüder und ich bekamen nicht nur eine wundervolle Nanny, wir bekamen in Hedera eine Schwester, die beste Schwester, die man sich nur wünschen kann …«

Tilla lauschte Astrids Worten, die warm und freundlich daherkamen. Ohne das Pathos der Trauer erzählte Astrid Anekdoten und kleine Begebenheiten, die Hedera besser darstellten, als es jede Beschreibung vermocht hätte. Eigenartigerweise vermochte sie auch die Gegensätze zwischen Tilla und ihrer Mutter so zu erzählen, dass sich selbst in Tillas verquollene Augen ein Lächeln verlief. Hörte man Astrid zu, gerieten Tillas Rebellentum und Hederas gutmütige Ignoranz desselben geradezu zu einer ergötzlichen Geschichte, auf dessen Fortsetzung man förmlich brannte.

Astrid stellte Hederas Arbeit dar, erwähnte einige der Menschen, die gekommen waren, um ihr das letzte Geleit zu geben, und wünschte Hedera dann auf ihrem weiteren Weg, dass all die Liebe der Anwesenden sie begleiten möge.

Tilla schaute sich verunsichert um. Doch die Leute störten sich offenbar nicht an dem ungewöhnlichen Ende einer Trauerrede, die wirkte, als würde man eine Reisende mit besten Wünschen auf seine lang ersehnte Tour schicken.

Die, die gekommen waren, wussten, wer und was Hedera gewesen war. Es war wohltuend. Aber es sollte auch für lange Zeit das letzte Mal sein, dass Tilla mit so viel Toleranz gegenüber ihrem glaubensbedingten Anders-Sein umgeben war.

Die Druiden benutzten die Schrift, um die Ewigkeit zu beeinflussen. Obwohl die Schrift einen magischen Aspekt hatte, war den Kelten das gesprochene Wort am wichtigsten

Jean Makale

Tilla stand vor Empörung der Mund offen, als die Staatsanwältin mit theaterreifem Timbre und wohldosierten Gesten aus den E-Mails vorlas, die Tilla an Nina geschickt hatte. Die Zitate waren aus dem Zusammenhang gerissen und beschworen ein so unheilvolles Bild herauf, dass Tilla zu einer religiös verklärten Terroristin mutierte, bevor die Verhandlung richtig begonnen hatte.

Belästigung und Bedrohung einer Minderjährigen lautete die Anklage, in deren Verlesung die Staatsanwältin Begriffe wie Stalking, Sektierertum und sogar den Verdacht der Förderung von Prostitution einer Minderjährigen zwischen die spröden Paragraphenreihen eingearbeitet hatte. Natürlich hatte Tilla in der für sie so typisch temperamentvollen Art sofort zu einem energischen Protest angesetzt, woraufhin Dr. Bleibtreu jene unseligen E-Mails hervorgezogen hatte. Die Staatsanwältin drehte sich nun um und ließ die Ausdrucke der Mails auf den Tisch fallen, als ekele sie sich davor. »Haben Sie das geschrieben?«, fragte sie und bedachte Tilla mit einem vernichtenden Blick.

In diesem Moment verstand Tilla, warum keltische Druiden dem geschriebenen Wort nicht trauten. Verwirrt irrte ihr Blick zwischen der Staatsanwältin und dem unbeugsam dreinschauenden Richter hin und her. »Ja, schon … aber nicht so, die Zitate sind völlig aus dem …«

Dr. Bleibtreu fiel ihr ins Wort. »Aha. Und dann wollen Sie immer noch behaupten, Sie hätten der Tochter meines geschätzten Kollegen Dr. Achim von Steinfeld nicht schaden wollen?«

Tilla erstarrte förmlich, wobei Zorn und Verwirrtheit sich die Waage hielten. »Ich würde Nina nie wissentlich schaden!«

»Gut«, ließ Richter Konrad Jürgens in sonorem Bass hören. Er schenkte seiner Kollegin von der Anklage ein zufriedenes Nicken. »Vielen Dank, Frau Staatsanwältin. Die Angeklagte bestreitet offenbar sämtliche Vorwürfe und ich denke, dann können wir auch mit der Beweisaufnahme und der Zeugenvernehmung beginnen. Frau Leinwig, Sie dürfen neben Ihrem Verteidiger Platz nehmen.« Sein dunkles Haar mit dem kurzen Pony erinnerte an die Haartracht römischer Imperatoren. Ein paarmal bildete sich Tilla tatsächlich ein, er würde mit einem plötzlichen Hochziehen der linken Schulter und rascher Bewegung der linken Hand eine – unsichtbare – Toga zurückwerfen.

Verwirrt erhob sich Tilla und tappte auf ihren Platz neben Peter Ehlers zu. Auch er war am Morgen zuversichtlich in diesen Gerichtssaal gekommen. Nun verdüsterte sich sein Blick zusehends.

»Die Geschädigte, Nina von Steinfels, wird als Jugendliche später allein im Richterzimmer vernommen werden. Ich rufe Dr. Achim von Steinfels auf«, tönte der Richter in ein Mikrofon.

Tillas Expartner betrat den Saal mit beschwingtem Schritt, um am Zeugentisch Platz zu nehmen. Während Richter Jürgens seine Belehrungsformeln herunterleierte, beobachtete Tilla ihn. Über seine zur Schau getragene Mischung von anbetender Bewunderung für den Richter, das hochachtungsvolles Nicken, das sich an die Staatsanwältin richtete und seine rechtschaffene Zufriedenheit wunderte sie sich nicht im Mindesten. Hier geschah alles in seinem Sinne.

»Herr von Steinfels, bitte erzählen Sie uns doch, wie Sie die Lebensgemeinschaft mit Frau Leinwig erlebten«, bat die Staatsanwältin und schenkte dem Zeugen ein strahlendes Lächeln.

»Tja ... Lebensgemeinschaft ... nun ja. Das Wort ›Gemeinschaft‹ scheint Frau Leinwig doch so ganz anders zu interpretieren als sonst in unserer Gesellschaft üblich. Sagen wir es mal so: Ich hatte zuweilen den Eindruck, dass der Freundeskreis meiner Expartnerin eine Kleinstadt zu füllen vermochte.«

Heiterkeit brandete auf. Tilla sackte entsetzt zusammen. Als wäre sie gar nicht anwesend, erörterten ihr Expartner, die Staatsanwältin und der Richter in geschäftsmäßigem Ton Tillas angebliche Liebschaften und sexuelle Fehltritte unter dem Aspekt der schädigenden

Auswirkungen auf Ninas Seelenleben. Dem argumentierte ausgerechnet Peter Ehlers, ihr Exliebhaber, nach besten Kräften entgegen, ohne jedoch etwas ausrichten zu können.

Geschickt ließ Achim von Steinfels Schlagworte wie »ausuferndes Sexualverhalten« und »Hexenrituale« so einfließen, dass sie in den Köpfen der Anwesenden eine untrennbare Einheit ergaben.

Tilla fragte sich sogar einen Augenblick lang selbst, ob sie eine Nymphomanin war. Ihre glaubensbedingt unabdingbare Zuwendung zu Gefühlen brachte es tatsächlich mit sich, dass eine als angenehm empfundene Zweisamkeit recht oft und recht übermütig körperliche Nähe erreichte. Tilla war als Altgläubige weniger durch die christlichen Warnungen und die daraus entstandene Prüderie gehemmt. Aber war sie deswegen ein sexsüchtiges Monster, vor dem man Nina schützen musste?

Tilla beobachtete das Trio Infernale mit mühsam verhaltenem Zorn; die kühle Staatsanwältin und der Richter waren ein eingespieltes Team, und Achim fügte sich ein, als arbeiteten die drei eine perfekt choreographierte Drehbuchszene ab. Tilla fluchte leise. Natürlich. Wieso wurde ihr jetzt erst klar, dass sich ihr Expartner, diese inquisitorische Schnepfe und dieser Richter kannten … – gut kannten?! Ernüchtert stellte sie fest: Hier war alles verloren. Würde sie womöglich im Gefängnis landen?

Dieser Gedanke war ihr vorher überhaupt noch nicht gekommen. Tilla war als vermeintlich völlig normaler Mensch in diesen Gerichtssaal gekommen, nun reihte man Vergehen über Vergehen aneinander und machte sie zu einer nymphomanischen, emotional unausgereiften Sektiererin. Ihr Glaube, der bisher nie ein Problem gewesen war, mutierte gerade zu ihrem Untergang.

»Frau Leinwig, Sie haben die schweren Vorwürfe von Seiten des Antragstellers gehört. Was sagen Sie dazu?«

»Ich weiß gar nicht, was ich zu diesem Blödsinn sagen soll! Ich habe Achim abserviert und bekomme hier eine Retourkutsche …«, ereiferte sich Tilla.

Die Staatsanwältin hob die Brauen, warf einen Blick in ihre Unterlagen und bemerkte süffisant: »*Sie* sind abserviert worden, Frau Leinwig. Und Ihr Vergehen ist wohl eher eine Retourkutsche in anderer Richtung.«

»Das stimmt nicht!«, hielt Tilla zornig dagegen.

»Frau Leinwig, keiner der hier Anwesenden ist taub«, maßregelte sie Richter Jürgens streng und verlangte dann: »Dann erklären Sie uns doch einfach mal, was Altgläubige so tun … aber in einem gemäßigten Ton!«

Nur mühsam ruhig antwortete Tilla: »Ich lebe nach den gleichen Werten wie jeder hier. Die alte Religion ist nur eben keine Offenbarungsreligion, wie Christentum, Judentum oder der Islam, sie geht auf die keltische Kultur zurück.«

Peter Ehlers griff nach einigen bedruckten Dokumenten. »Herr Vorsitzender, darf ich mir an dieser Stelle erlauben zu erwähnen, dass der sogenannte ›alte Glaube‹ mittlerweile als Religion anerkannt wird. In den USA erfährt sie sogar beachtlichen Zulauf. Ich habe hier einige, dies belegende Quellen der christlichen Kirche, die …«

»In Amerika, ja?«, unterbrach ihn der Richter. »Ist das nicht jenes Land, in dem man Anhängern der Scientology-Sekte erlaubt, sich in Talk-Shows öffentlich zum Narren zu machen?« Er erntete Heiterkeit auf allen Plätzen, ausgenommen der Anklagenbank. Selbst gegen das Kichern über seinen gelungenen Witz kämpfend, gluckste Richter Konrad Jürgens: »Verzeihen Sie mir diese Auflockerung, werter Kollege Ehlers. Ich wollte Ihnen damit nur deutlich machen, dass wir in Deutschland andere Maßstäbe setzen als unsere Cowboyfreunde jenseits des großen Teiches.« Dann wandte er sich wieder Tilla zu. »Frau Leinwig, im Zuge der Beweisaufnahme muss geklärt werden, ob ihr Glaube eine schädigende Auswirkung auf Nina von Steinfels gehabt hat. Also beschreiben Sie dem Gremium hier Ihren Glauben!«

Tilla atmete tief durch und bemühte sich, ihre Stimme auf eine tiefere Frequenz bringen. Tatsächlich gelang ihr ein ruhiges Timbre, als sie ihre Rede begann.

»Altgläubige streben danach, rechtschaffene, gute Menschen zu werden. Unsere Religion praktizieren wir im Gegensatz zu der von Ihnen erwähnten Scientology-Sekte im Stillen. Wir besuchen normalerweise keine Kirchen und benötigen auch keine Mittler zu unseren … zu unserem Gott.« Bewusst umschiffte Tilla den Umstand, dass viele Altgläubige noch an ein Konglomerat verschiedenster Götter glaubten, ein Umstand, der von der christlichen Kirche so gar nicht akzeptiert wurde.

»Wir haben keinen Pastor und dementsprechend keine Kirchenhierarchie, die sich mit der Verbreitung des Glaubens beschäftigt, wir missionieren nicht. Hin und wieder gehen auch wir Altgläubigen in eine christliche Kirche und suchen dort Inspiration, doch die meisten von uns finden diese Inspiration eher in der Natur, denn unser Glaube ist der alten Naturreligion recht ähnlich«, erklärte Tilla mit mühsam gleichförmig gehaltener Stimme.

»Sie beten also in der Natur?«, fragte Staatsanwältin Bleibtreu in unschuldigem Ton.

»Ja, ich persönlich gehe am liebsten in den Wald, an einen einzelnen Felsen, einen See oder an einen anderen schönen Ort, an dem ich die Natur und Jahreszeiten deutlich spüren kann.«

»Nackt?«, fragte Dr. Bleibtreu noch immer unschuldig. Ihr Augenaufschlag zeigte jedoch nicht ein Quäntchen Naivität und ihr wohlgeformter Mund zuckte vor Vergnügen darüber, dass Tilla ihr in die Falle gegangen war.

Tilla sog scharf die Luft ein. »Nein, natürlich nicht, ich …«

»Aber es gibt Altgläubige, die ihre Zeremonien nackt durchführen?«

»Ja schon, aber …«

»Gibt es auch männliche Altgläubige?«

»Ja …«

»Und die beten auch nackt?«

»So was kommt vor, aber …«

»Sind Sie bei ihren Öko-Bet-Aktionen immer allein? Oder gesellen sich auch andere Neuzeithexen und *Hexer* dazu?« Letzteres betonte Staatsanwältin Bleibtreu in besonders abfälligem Ton.

Dieses Mal erkannte Tilla die Falle und sprang auf. »Verdammt noch mal …«, begann sie aufgebracht, doch Peter Ehlers fasste Tilla am Arm.

»Verehrte Frau Kollegin«, sagte er an die Staatsanwältin gewandt, »Ihr polemischer und provokanter Fragestil ist vielleicht bei dem Verhör eines Schwerverbrechers angebracht, doch hier sind wir in einer Gerichtsverhandlung. Behalten Sie diesen Fragestil bei und führt dieser vorverurteilende Stil zum Schaden meiner Mandantin, so wird dieser Verhandlung unweigerlich ein Revisionsverfahren folgen!«

Die Staatsanwältin verzog deutlich ernüchtert den Mund. »Ich werde meine Frage umformulieren. Frau Leinwig, haben Sie Nina von Steinfels je zu einem ihrer … Rituale mitgenommen?«

»Nein.«

»Aber Sie sind viel mit ihr spazieren gegangen?«

»Ja ... angezogen«, knurrte Tilla und rief damit ein Kichern bei den Besuchern hervor.

Die Staatsanwältin zeigte sich dagegen unbeeindruckt. »Ich hörte, dass jeder Besuch in der Natur für Sie etwas Religiöses hat?«

Zögernd gab Tilla zu: »Ja, schon …«

Tilla wurde nun von der zur Hochform auflaufenden

Staatsanwältin gefragt, ob sie der Wicca-Vereinigung angehörte, wo dieser Coven praktizierte, wer ihm angehörte und ob Nina Kontakt zu diesen Personen gehabt habe. Tilla schüttelte nur in einem fort stumm den Kopf. »Nicht jede Altgläubige ist eine Wicca. Nina hatte nie Kontakt zu Wiccanern.« Böse blitzte sie die Staatsanwältin an und schob trotzig hinterher: »Und wenn, dann hätte es ihr nicht geschadet.«

»Ach, tatsächlich?« Die Staatsanwältin drehte sich so vehement zu Tilla um, dass ihre Robe sie umwehte. »Angehörige der Wicca nennen sich Hexen. Hexen sind also völlig ungefährlich?«

»Hexen schaden niemandem«, fauchte Tilla und fügte sarkastisch hinzu: »Ich hoffe, Ihre Mutter hat Ihnen nicht zuviel von den Grimmschen Märchen vorgelesen. Was da drin steht, ist Mist!«

»Ah, wie interessant«, anwortete Staatsanwältin Bleibtreu ungerührt. »Und Sie praktizieren Ihren Glauben im Stillen? Wissen Sie, ich hege ein gewaltiges Maß an Misstrauen gegenüber Glaubensvereinigungen, die im Stillen und also fernab staatlicher Kontrolle praktizieren. Damit folge ich nicht etwa den Ausführungen der Gebrüder Grimm – übrigens geschätzte Juristenkollegen von mir –, sondern den neuesten Einschätzungen des Bundeskriminalamtes, das gerade zurzeit ziemlich schlecht auf religiöse Fanatiker zu sprechen ist ...«

»Frau Dr. Bleibtreu! Jetzt machen Sie aber mal einen Punkt«, wetterte Peter Ehlers. »Meine Mandantin ist keine religiöse Fanatikerin. Sie hängt lediglich einem heute weniger verbreiteten Glauben an, einem Glauben, der übrigens länger in dieser Region verwurzelt ist als das Christentum.«

»Im Gegensatz zu Ihnen, werter Kollege Ehlers, halte ich die Wiccaner schlicht und einfach für eine moderne Sekte, die keinesfalls harmlos ist«, zischte die Staatsanwältin zurück.

»Ich bitte Sie, Frau Kollegin«, ließ Peter Ehlers deutlich abfällig hören. »Eine sektiererische Vereinigung zeichnet sich durch eine pyramidenförmige Hierarchie mit einem strengen Sanktionssystem gegenüber Kritik aus den eigenen Reihen aus. Die meisten Altgläubigen beten allein und selbst ein Coven von Wiccanern beinhaltet keines dieser Merkmale.«

Bevor die Staatsanwältin entgegnen konnte, mahnte Richter Jürgens: »Vielleicht sollten wir an dieser Stelle etwas mehr Sachlichkeit in diesen Plenarsaal zurückbringen und erörtern, was *Wicca* eigentlich bedeutet.«

Als hätte sie nur auf diese Gelegenheit gewartet, hob die Staatsanwältin nun zu einer ausführlichen Erklärung an. Ihr diskreditierender Vortrag über Wicca und Neuzeithexen überschritt bei Tilla das Maß des Erträglichen. Vehement sprang sie auf die Beine und brüllte durch den Saal: »Ich sagte doch, ich bin keine Wicca! Ich bin nicht organisiert, ich bin in keinem Coven! Hören Sie nicht zu? Im Übrigen strotzt Ihr Wissen geradezu vor Lücken, Ungenauigkeiten und schlichtem Schwachsinn!«

Jegliches Geräusch erstarb.

Richter Jürgens donnerte in die Stille hinein: »Frau Leinwig! Wagen Sie es noch einmal, ungefragt das Wort zu erheben, werde ich ein Ordnungsgeld gegen Sie verhängen, das ganz schnell zu einer Ordnungshaft werden kann!«

Tilla holte schon Luft für eine weitere Attacke, als Peter Ehlers sie nachdrücklich am Arm fasste und auf ihren Stuhl zurückzwang.

Ungerührt schulmeisterte die Staatsanwältin weiter. »In einem Coven kommen dreizehn Hexen zusammen. Eine von ihnen ist die Anführerin. Ein Coven unterliegt der Allmacht der Priesterin.« Sie zeigte Tilla ein spitzes Lächeln. »Nach Ihren Worten brauchen die Altgläubigen keinen Pastor, weil sie Hierarchien ablehnen, Frau

Leinwig. Sind Hierarchien in Ihrem Wortschatz etwas anderes?«

Tilla biss die Zähne aufeinander. Ihre Antwort glich einem mäßig unterdrückten Knurren. »Einem Coven treten Altgläubige bei, die sich etwas mehr Struktur, aber auch Gesellschaft für ihren Glauben ersehnen. Deshalb wird eine Lehrende aber noch lange nicht zu einem Guru oder so was.«

»Guru ... ein sehr passendes Stichwort«, antwortete die Staatsanwältin zufrieden. »In allen bekannten Sektenstrukturen sind die Mitglieder die Letzten, die zugeben würden, von jemandem manipuliert worden zu sein. Darin liegt ja gerade das Perfide. Wie gefährlich der Wiccakult letztlich ist, wird nicht hier und nicht heute entschieden. Die Vorgehensweise dieser Sekte ist jedoch durchaus bedeutsam für die Beweisführung. Wichtig ist nämlich die Frage: Wie viel hat der von der Angeklagten praktizierte Neo-Hexenkult mit dem von ihr selbst eingebrachten Terminus ›Naturreligion‹ zu tun? Geht es dabei womöglich um rüde Sittenlosigkeit unter dem verharmlosenden Mantel einer Religion?« Die Staatsanwältin ließ den Blick kurz durch den Saal schweifen. »Frau Leinwig fungierte als Bezugsperson für Nina von Steinfels. Die Einlassungen des Antragsstellers, der Frau Leinwig als promiskuitiv und krankhaft sexsüchtig beschreibt, haben überzeugend gezeigt, wes Geistes Kind die Antragsgegnerin ist. Fraglos wird eine solche Bezugsperson ihre abstrusen Ideen weitergeben und eine unschuldige Zwölfjährige von den gesellschaftsüblichen Werten abbringen!«

Tillas Beine stemmten sie wie von selbst hoch. Ihre verschiedenfarbigen Augen funkelten in unmäßigem Zorn. In klarem, überraschend ruhigem Ton fragte sie in den Saal: »Hatte ich hier eigentlich je eine Chance?«

»Hatte ich Ihnen erlaubt, das Wort zu ergreifen?«, donnerte Richter Jürgens zurück.

»Nein, aber Sie hätten es mir wohl auch kaum erteilt, oder?«, schrie Tilla.

Richter Jürgens' Gesicht verfärbte sich weiß. Dr. Bleibtreu und Achim von Steinfels starrten Tilla mit offenen Mündern an. Doch die achtete längst nicht mehr auf die spitzen richterlichen Schreie, die Worte wie »Schweigen Sie« und »weiteres Ordnungsgeld« enthielten. Sie stach mit ihrem Zeigefinger Löcher in Richtung des Richterpultes. »Das hier zu fällende Urteil stand doch schon fest, als Sie alle heute Morgen vor ihrem Frühstücksbrötchen gesessen und Ihren Schulaufsatz über die Wicca auswendig gelernt haben! Sie alle machen diesen Gerichtssaal zu Ihrer persönlichen politischen Bühne und diesen Prozess zu einer Farce ...«, brüllte Tilla. Bevor sie jedoch auch noch mit der anderen Hand bekräftigend auf den Aktenberg ihres Anwaltes schlagen konnte, wurde sie von vier kräftigen Händen hochgehoben. Die vom Richter herbeigerufenen Gerichtsdiener packten Tilla grob und brachten sie aus dem Saal, während diese laute Verwünschungen ausstieß.

Als sich Peter Ehlers nach dem Ende des Prozesses zu ihr in den Flur gesellte, sah er alles andere als zufrieden aus. »Du kommst mit einer Bewährungsstrafe und einem saftigen Ordnungsgeld davon, musst dich aber von Nina fernhalten«, verkündete er.

Tilla reagierte nicht. Sie blickte stattdessen wütend die gegenüber liegende Flurwand an.

Peter Ehlers setzte sich seufzend neben sie. »Tilla, tu mir den Gefallen und halte dich daran«, bat er sie eindringlich. »Richter Jürgens machte in der Urteilsbegründung deutlich, dass er den Verdacht der Förderung der Prostitution einer Minderjährigen ebenfalls hatte, dies aber nicht hinlänglich bewiesen werden konnte.«

Tilla traute ihren Ohren nicht. »Was?! Verdammt, ich

liebe Nina wie eine eigene Tochter! Ich habe mich fast zwei Jahre ausschließlich um sie gekümmert. Achim hat sich doch nie mit ihr beschäftigt, Nina kannte selbst ihren Schulbusfahrer besser als ihren Vater. Ich würde doch nie etwas tun, was ihr schadet! Wie kommen die nur auf so was?«

Peter Ehlers nickte. »Ich weiß es doch. Dasselbe hat übrigens auch Nina gesagt, als sie im Richterzimmer verhört wurde. Im Grunde genommen hat dir die Kleine den Hals gerettet. Sie hat wie eine Löwin für dich gekämpft.« Er lächelte. »Mensch, ich weiß gar nicht, wie Achim an so eine großartige Tochter kommt.« Seine Augen ruhten auf ihr. »Weißt du was? Nina ist dir irgendwie ähnlich.«

Nun wurden Tillas Augen groß und füllten sich unaufhaltsam mit dicken Tränen. Peter Ehlers legte den Arm um sie. »Es tut mir wirklich leid, dass ich nicht mehr für dich tun konnte.«

»Das hätte wohl niemand geschafft. Hier konntest du gar nichts mehr tun.« Tilla wischte sich mit einer ärgerlichen Bewegung die Tränen aus dem Gesicht. »Mein Ex, die Staatsanwältin und dieser Richter kennen sich gut, nicht wahr?«

Ehlers lächelte ein freudloses Lächeln und nickte. »Mich hat das auch kalt erwischt.«

»Aber … kann man denn da nichts machen? Sind die nicht irgendwie befangen oder so?«, fragte Tilla hilflos.

»Befangenheit und ein daraus resultierendes Fehlurteil – das zu beweisen ist ein Ding der Unmöglichkeit. Braunschweig ist überschaubar, die Juristen hier kennen einander alle.« Er betrachtete Tilla sorgenvoll. »Ich mache mir wirklich Sorgen um dich. Erst der Tod deiner Mutter und dann das hier …«

Tilla zog ein Taschentuch aus ihrer überdimensionierten Umhängetasche und schnäuzte sich geräuschvoll.

Peter Ehlers schüttelte den Kopf. »Ich werde irgendwie das Gefühl nicht los, dass es Achim nicht dabei bewenden lässt. Tilla, verschwinde aus Braunschweig! Geh zurück in den Harz.«

»Zurück nach Bad Harzburg?!«

Er nickte.

Sie dachte einen Augenblick still nach und meinte dann kopfschüttelnd: »Scheiße ... Ich mache auch nur Mist!«

Peter Ehlers lächelte sie aufmunternd an. »Komm schon Tilla, du bist wahrlich kein Alltagsheld, aber für diese Farce hier kannst du ausnahmsweise mal wirklich nichts!«

Tillas Miene wandelte sich aprilwetterartig zu einem Lächeln. »Diesen Mist meinte ich auch nicht.« Sie kam ihm entgegen, küsste ihn innig und flüsterte: »Aber dass ich zu dumm war, dich zu behalten, als es noch möglich war, das war wohl der größte Mist, den ich je angestellt habe.« Sie lächelte ihn mit feuchten Augen an. »Ich danke dir. Und jetzt geh nach Haus. Grüß deine tolle Frau von mir und mach sie glücklich!«

Ungestüm und zäh, doch auch wehleidig und ohne Ausdauer, mal unendlich grausam, dann wieder unendlich liebenswürdig und gastfreundlich, Wildheit, Feinsinn, Stumpfssinn, Begeisterung, Verstand und Gemüt wechseln sich stetig ab.

Cassius Dio über die Kelten

Nach einigen Tagen depressiven Herumlungerns hatten es Tillas Mitbewohner übernommen, sie wieder auf die richtige Spur zu bringen. Die Brüder Daniel und Oliver Regner hatten sich sehr bemüht, ihr zu helfen. Nicht nur, dass sie sich gebührend mit ihr über das ungerechte Gerichtsurteil echauffiert hatten, sie hatten auch Peter Ehlers' Vorschlag, dass Tilla zurück nach Bad Harzburg gehen sollte, beigepflichtet und nach und nach ihre Habe in Kartons verpackt. Daniel Regner hatte ihr sogar einen Auftrag als Übersetzerin im Fliegerhorst Goslar besorgen können, in dem er stationiert war.

Nun saß Tilla in ihrem mit letzten Umzugskartons vollgestopften Wagen, um engültig in den Harz zurückzukehren. Der Gedanke, dort vielleicht als Übersetzerin zu arbeiten, gefiel ihr immer besser. Englisch war das Einzige, was sie wirklich gut konnte. In ihrer Familie hatten sie noch lange Englisch gesprochen, da selbst Hedera nur schwer von der Sprache ihrer Mutter lassen konnte. Erst als Großmutter Leandra starb, hatten sie ausschließlich Deutsch gesprochen.

Die beiden hatten recht, sie sollte versuchen, etwas aus ihren Sprachkenntnissen zu machen. Tilla dachte wehmütig an die so unterschiedlichen Brüder, die sie in der kurzen Zeit in Braunschweig sehr ins Herz geschlossen hatte. Noch wusste Daniel nicht, dass sein Bruder schwul war. Vermutlich war sie die Einzige, mit der Oliver je über seine sexuelle Orientierung gesprochen hatte. Wie würde Daniel auf Olivers Freund Dirk Sundermann reagieren? Tillas Augen begannen zu brennen. Sie vermisste die beiden schon jetzt.

Die Harzberge, nur schemenhaft durch winterlichen Dunst sichtbar, tauchten auf. Vielleicht brachte ihr der Harz ein wenig Glück. Sie konnte es dringend brauchen.

Kurze Zeit später durchfuhr Tilla Bad Harzburgs Ostviertel und tauchte für eine kurze Strecke in einen Waldstreifen ein, bevor sie die Bundesstraße verließ und auf einen nur mäßig befestigten Weg abbog, der zu einer Ansammlung direkt am Wald liegender Häuschen führte. Das Haus ihrer Mutter – nun ihr Haus – lag am Ende dieses Lehmschotterweges. Ein rot-weißes Verkaufsschild stahl sich in ihren Augenwinkel. Hier wollten die Besitzer einen schmucklosen kleinen Bungalow loswerden, der direkt an der Bundesstraße lag. Mit der Grenzöffnung war die Straße nach Stapelburg und Wernigerode zu neuer Bedeutung gelangt, und mit dem stärkeren Straßenverkehr hatte der Bungalow seine einstige Attraktivität verloren.

»*Die* haben sich wahrscheinlich nicht gefreut, als die Grenze fiel«, murmelte Tilla und passierte ein merkwürdig anmutendes Wohngebilde, dessen eigenartig bleiche Holzverkleidung aussah, als sei sie aus angespültem Treibholz gemacht worden. »Was ist denn das für ein komischer Klotz …«, murmelte sie ungnädig und überlegte krampfhaft, wie dieses Haus früher ausgesehen haben mochte. Schemenhaft kam ihr ein weißes, villenartiges Gebäude in den Sinn, doch dieser moderne Klotz aus grauem Holz mochte sich einfach nicht mit ihrer Erinnerung verbinden. Lediglich die alten Bäume erinnerten an früher. Mit dem schmerzenden Gefühl, hier nicht mehr hinzugehören, ließ Tilla ihren Wagen ausrollen.

Seufzend stieg sie aus und näherte sich ihrer Haustür.

»Du brauchst dringend einen neuen Anstrich«, erklärte sie der Tür und schloss auf. Ein Schwall abgestandener, muffiger Luft schlug ihr entgegen. Wieder glaubte Tilla, den Hauch eines Aftershaves zu riechen.

Wahrscheinlich von den Polizisten, sagte sich Tilla und blieb unschlüssig im Flur stehen. Am liebsten hätte sie auf dem Absatz kehrtgemacht. Sie ließ den Blick durch den Flur schweifen. Die Natursteinfliesen mit den unregelmäßigen Mustern darin hatte sie als Kind stundenlang betrachten können. Damals hatte sie auf der Treppe gesessen, die Beine durch das Treppengeländer gesteckt und diese ungegenständlichen Muster mit ihrer Fantasie gefüllt. Dort, der Zwerg, der durch die Tropfsteinhöhle ging und seine Schätze begutachtete ... und dort die Elfe, die sich im Gewirr einer allzu wüchsigen Quecke verfangen hatte. Tillas Mundwinkel verzogen sich nun doch leicht nach oben. Der vertraute Geruch nach Kräutern tat sein Übriges, sie gnädig zu stimmen.

Kräuter? Wieso roch es so stark nach Kräutern? Stirnrunzelnd blickte Tilla um die Flurecke. Im hinteren Flurteil fiel ein Lichtschein auf den Boden und hinterließ ein helles Dreieck. Die Tür zur Apotheke stand halb offen und ließ das Fensterlicht in den Flur vordringen. Hatte sie diese Tür nicht sorgfältig verschlossen, als sie das Haus verlassen hatte? Tilla war sicher, dies getan zu haben. Immerhin lagerte hier jener Stoff, der ihrer Mutter die Tür zum Reich der Hel geöffnet hatte. Resolut schloss sie die Tür zum Apothekenzimmer, ging zurück und öffnete die Haustür bis zum Anschlag.

Daniel und Oliver hatten die Kartons mit ihrer Habe am Tag zuvor erst einmal in den Schuppen gestellt. Weitere Hilfe von den beiden hatte sie in einem dummen Anfall von Überheblichkeit abgelehnt, den sie nun bitterlich bereute. Sie kam sich unendlich allein vor. Seufzend wandte sie sich um und wollte sich gerade dem

Ausräumen ihres Wagens widmen, als sie ein fragendes Maunzen hörte. Verwundert blickte sie in die bernsteinfarbenen Augen von Paris. Die Katze ihrer Mutter hatte sich majestätisch vor ihr auf den Stufen niedergelassen und schien sie zu fragen, ob sie nun endlich wieder nach Hause könne.

»Paris … heilige Göttin … dich habe ich ja völlig vergessen«, stammelte Tilla kleinlaut. Das glänzend schwarze Fell der Katze zeigte, dass sie wohl von Nachbarn bestens versorgt worden war – Nachbarn, die mehr Umsicht als Tilla bewiesen hatten. Die hellen Augen des Tieres ruhten abschätzend auf Tilla, die Schwanzspitze bewegte sich tadelnd hin und her. Tilla streckte die Hand nach Paris aus, doch die entzog sich der Berührung und stolzierte an Tilla vorbei ins Haus, ohne sie eines weiteren Blickes zu würdigen. Tilla sah dem Tier beschämt nach und murmelte: »Ich hab's wohl verdient!«

Von schlechtem Gewissen geplagt eilte Tilla hinter der Katze her, die nun abwartend vor der Küchentür stand. Sie öffnete ihr, um dann jedoch wie von einer unsichtbaren Wand aufgehalten auf der Schwelle stehen zubleiben. Auf dem Küchentisch standen noch immer die Utensilien des Ereignisses, das ihr Leben in eine Achterbahn verwandelt hatte. Für einen Augenblick bildete Tilla sich ein, ihre tote Mutter an diesem Tisch sitzen zu sehen. Das Herz klopfte ihr bis zum Hals. Ihre Beine wurden zittrig. Tilla griff nach dem Türrahmen.

Paris' forderndes Miauen holte sie in die Wirklichkeit zurück. Tilla schluckte und betrat zögerlich die Küche. Sie zwang ihren Blick von dem Tisch weg zu einer schmalen Tür, hinter der sich eine kleine Speisekammer befand. Hektisch suchte sie nach Katzenfutter, fand noch ein paar verbliebene Dosen nebst Trockenfutter und nahm beides mit zur Spüle. Nachdem sie Paris' Näpfe gesäubert und dem Tier eine üppige Ration Futter hingestellt hatte, kehrte ihr Blick widerwillig zum Tisch zurück.

Sie erkannte das alte Porzellan der Wedgwood-Manufaktur aus dem englischen Burslem. Tilla starrte das farbenfrohe Muster verwirrt an. Ihre Mutter hatte das wertvolle Porzellan, das zur Aussteuer ihrer Großmutter Leandra gehörte, nur für Gäste und bedeutende Anlässe hervorgeholt. Tilla betrachtete die komplizierten goldenen Ranken auf türkisfarbenem Grund. Zögernd griff sie nach der bauchigen Teekanne, hob den fein gearbeiteten Deckel und sah hinein. Die unzähligen feinen Risse im Innern der Kanne waren durch Teein verdunkelt. Der Bodensatz des giftigen Suds war eingetrocknet und hatte ein unappetitliches Sediment hinterlassen.

»Du meine Güte, Mutsch, musstest du auch noch das gute Geschirr versauen?«, fragte Tilla säuerlich ins Nichts. Nur mit Mühe widerstand sie dem Drang, alles, was auf dem Tisch stand, im Mülleimer zu zerdeppern. Widerwillig trug sie das Geschirr zur Spüle und betrachtete es unschlüssig. Sie war sich nicht sicher, ob man die Spuren des starken Giftes je wieder vollständig aus dieser Kanne würde entfernen können. »Klasse, Mutsch. Das Geschirr wäre sicher einiges wert gewesen. Wolltest du damit verhindern, dass ich es verkaufe? Ist dir gelungen!«

Immerhin vertrieb der Zorn ihre Schwermut. Zorn, den sie als alten, wohlbekannten Begleiter ihrer Persönlichkeit kannte, war ihr lieber als die depressiven Schübe der letzten Zeit. Tilla stapfte in den Flur, wo ein Stapel von Zeitungen lag, die niemand abbestellt hatte. Sie sortierte Post und Zeitungen auseinander und nahm den Stapel mit in die Küche. Sie würde die Kanne und die Tasse vorerst mit dem Zeitungspapier verpacken und in den Keller stellen … und sie würde dieses Haus mit ihren Sachen und ihrer Gegenwart füllen, um sich nicht mehr wie ein Eindringling zu fühlen.

Einige der Kartons stapelten sich bereits im Flur. Tilla hatte beschlossen, das Obergeschoss unbenutzt zu lassen, und wuchtete ihre Matratze in ein kleines Zimmer neben der Haustür. Früher hatte es als Gästezimmer gedient. Keuchend ließ sie die Matratze auf den Boden fallen. Sie streckte sich stöhnend und ging hinaus, um ihren Wagen leerzuräumen.

Laut vor sich hinzeternd zerrte Tilla an Großmutter Leandras Sessel, den Oliver und Daniel ihr in mühevoller Millimeterarbeit ins Heck ihres Wagens gestopft hatten. Dafür hatte Daniel ihr die Rückbank ausgebaut, die nun mit ihren Kartons im Schuppen lag – und die sie wohl nie wieder in ihren Wagen hineinbekommen würde. Kampfbereit stierte Tilla den Sessel mit den im Chippendalestil geschwungenen Beinen an, die ihr wie abweisende Hände entgegenstaken. Egal, wo Tilla zog, der Sessel hakte mal an der Fensterkurbel, dann wieder hinter der Wölbung der Radkammer oder an der viel zu kleinen Heckklappenöffnung fest.

»Verdammt! Du bist doch auch reingegangen«, kreischte Tilla den Sessel an und stampfte auf den Boden, bevor sie es mit einer anderen Strategie versuchte. Sie hielt den Sessel mühsam mit einem Knie hoch und zog gleichzeitig ruckelnd an den Beinen. Endlich bewegte er sich knirschend aus dem Wagen heraus. Leider hatte Tilla das Gewicht guter alter Handwerksarbeit und ihren unsicheren Stand unterschätzt. Als sich der Sessel zu neigen begann, kippte Tilla mit einem Verzweiflungsschrei nach hinten und lag zwischen den Beinen des Sessels gefangen im Dreck. Das widerspenstige Möbelstück kippelte bedrohlich über ihr hin und her.

Eine Hand legte sich über die Lehne und verhinderte, dass der Sessel Tilla verletzte. Ein Paar dunkle Augen folgten der rettenden Hand. Tilla musste ihrer Wut zunächst Luft verschaffen und prügelte mit beiden

Fäusten auf die Sitzfläche über ihr ein. Der junge Mann betrachtete ihr Tun amüsiert und fragte: »Geht's Ihnen jetzt besser?«

»Nein. Wenn ich dieses Mistding nicht so lieben würde, hätte ich es jetzt zu Kleinholz verarbeitet«, knurrte Tilla und robbte unter dem Sessel hervor.

»Na, dann hat er wohl Glück gehabt«, meinte der junge Mann grinsend und klopfte dem Sessel freundschaftlich die Lehne. »Wo soll er denn hin?«

Tilla rappelte sich auf die Beine und stellte fest, dass sie aussah wie ein Wildschwein. Leider hatte die Stadtverwaltung für diesen abgelegenen Teil von Bad Harzburg nicht den Luxus von befestigten Wegen vorgesehen und die letzte Schüttung war schon vor Jahren im Untergrund verschwunden, sodass Tilla nun mit gelblichem Mergelschlamm paniert war.

Endlich widmete sie sich ihrem Retter. Als er den Kopf drehte, fiel ihr eine Narbe ins Auge, die sich über sein rechtes Jochbein zog. Zu dieser Narbe fügte sich eine vage Erinnerung an ein lang zurückliegendes Unglück in der Nachbarschaft, die Tilla jedoch gleich wieder entglitt. Um die Narbe herum registrierte Tilla ein Gesicht mit klugen, dunklen Augen und einer hohen Stirn, die an dichtem, dunklem Haar endete.

»Tut mir leid, aber ich weiß Ihren Namen nicht mehr«, entschuldigte sie sich.

Er lächelte. »Ich bin Gerred Assmut.« Er schaute zwischen dem Sessel und der offenen Wohnungstür hin und her. »Sie kommen also zurück?«

»Äh ... ja«, antwortete Tilla unwohl. Offenbar wusste er genau, wer sie war, doch sie erinnerte sich so gut wie gar nicht an ihn. Auch der Name sagte ihr nichts.

»Gut. Ich bin auch erst vor einiger Zeit zurückgekommen. Ist ein komisches Gefühl, nicht wahr? – Wollen wir?«, fragte er und klopfte auf den Sessel.

Gemeinsam trugen sie ihn die Eingangstreppe hinauf ins Wohnzimmer. »Ich glaube, den hätte ich nie allein hier rauf bekommen«, stellte Tilla fest und bedankte sich nochmals.

Er grinste. »Na, dann hätten Sie doch sicher irgendwo geklingelt und da alle anderen Nachbarn schon ohne Sessel auf dem Arm recht hinfällig sind, wären Sie eh bei mir gelandet.«

Tilla lachte. »Es ist mir wahnsinnig peinlich, dass ich mich so gar nicht an Sie erinnern kann. Sie müssen wohl gewachsen sein!«

»Nun, das sind Sie auch«, stellte er belustigt fest. »Wir sind weggezogen, da trugen Sie noch Zöpfe. Es sollte mich wundern, wenn Sie sich an mich erinnern. Unser Haus stand jahrelang leer. Da haben sich die Nachbarn alle aufgeregt. Nun hab ich es umgebaut und nun regen sie sich noch mehr auf.«

»Oh, der graue Würfel an der Ecke«, rutschte es Tilla heraus.

»Genau. Ich bin Architekt.«

»Oh, tatsächlich?« Tilla zermarterte sich den Kopf nach etwas Nettem, das sich zu diesem merkwürdigen Wohngebilde sagen ließ. »Äh … wie schön, dass die Bäume bei diesem Umbau nicht weichen mussten«, brachte sie hilflos hervor.

»Ja, den Bäumen hat's gefallen«, antwortete er grinsend. Dann sah er die Straße hinunter und erklärte: »Ich muss los. Wir sehen uns sicherlich noch.«

»Ja, natürlich … vielen Dank noch mal«, antwortete Tilla und sah ihm nach. An seinem Haus angekommen begrüßte er eine sehr schmale Frau mit kurzen dunklen Haaren. Tilla schloss nachdenklich die Tür. Schade, ohne diese entsetzliche Narbe im Gesicht sähe dieser Mann recht gut aus.

Die plötzliche Stille umgab sie wie ein schlechter Geruch. Sie kam sich wieder unendlich allein vor. Langsam ging sie in die Küche.

Die Kaffeemaschine meldete gurgelnd, dass der Kaffee fertig war. Tilla öffnete den Küchenschrank, um sich einen Becher herauszuholen, doch ihre Hand verharrte in der Luft. Eine einzelne Tasse mit goldenen Ranken auf türkisfarbenem Grund stand dort. Verwundert nahm sie die Wedgwood-Tasse in die Hand. »Was machst du denn hier?« Eine zweite Tasse? Hier im Schrank? Das Wedgwood-Porzellan stand stets in der Vitrine im Wohnzimmer.

In der Tasse waren noch hellbraune Schlieren zu sehen. Jemand hatte sie nur flüchtig abgespült und in den Küchenschrank gestellt. Die Polizei? Das konnte nicht sein. Hätten dort zwei Tassen auf dem Tisch gestanden, hätten die doch sicher nach dem Besucher gefahndet. Hatte Tilla damals eine zweite Tasse gesehen? Hatte dieser Kamenz eine zweite Tasse erwähnt? Nein, Tilla war sicher.

Einer Eingebung folgend wickelte sie auch diese Tasse in Zeitungspapier. Sie starrte das Paket nachdenklich an. War das die Lösung? Ein Besucher? Hatte der ihre Mutter zu diesem Entschluss getrieben? Oder gar …?

»Vielleicht sollte die Polizei davon erfahren«, murmelte Tilla nachdenklich. Sie stellte die verpackte Tasse in eine Ecke und beschloss, sie in allernächster Zeit zur Polizei zu bringen. Den Karton mit dem übrigen verpackten Geschirr brachte sie in den Keller.

Tilla nahm ihren Kaffeebecher, warf einen scheelen Blick auf den Küchentisch und ging ins Wohnzimmer. Lustlos blätterte sie die Post ihrer Mutter durch und ließ sie auf dem Wohnzimmertisch liegen. Ihr Blick fiel auf ihre Handtasche, aus der ein Packen brauner Umschläge ragte. Ihre Mutter hatte ihr in den vergangenen Monaten regelmäßig weiterere Fortsetzungen von der Harcylugh-Geschichte gesandt.

Was hatte sie sich bloß dabei gedacht? Offenbar hatte Hedera wieder angefangen, an ihrer Sagensammlung zu arbeiten. Und dann ging sie hin, nicht einmal fünfzig und kerngesund, und plante die eigene Beerdigung? Tilla ließ den Kopf hängen.

Als sie den Blick wieder hob, starrte sie auf die Vitrine mit dem restlichen Wedgwood-Porzellan. Vielleicht war ihre Mutter einfach zu faul gewesen, die Tasse ins Wohnzimmer zu bringen und hatte sie in den Küchenschrank gestellt? Nein. Tilla wusste, ihre Mutter war dafür zu ordentlich gewesen. War ein Besucher da gewesen? – Ein Besucher, der seinen Besuch vertuschen wollte. Ein Mörder?

Aber den giftigen Sud hatte eindeutig ihre Mutter gekocht. Wer hatte schon Eisenhut in seinem Besitz. Eine Verabredung zum gemeinsamen Selbstmord? Es war aber keine zweite Leiche da. Hatte dieser rätselhafte Besucher sie zum Selbstmord getrieben? Oder nur vorgegeben, das Gift zu trinken? Hatte er sie ermordet? Mit Giftsud, den Hedera selbst gebraut hatte?

Tilla erstickte in Fragen, auf die sie keine Antwort wusste.

Bei den Celtae sind sowohl die Welt
als auch die Seele des Menschen unvergänglich.
Aber eines Tages werden nur noch
Wasser und Feuer herrschen.

Strabon

Nach seiner Rückkehr von den Feuerklippen sammelte Thurizan die Seinen um sich. Er erzählte ihnen von der Zwiesprache mit den Göttern und ließ den Stein herumgehen. Fehuz – die Rune des Feuers stehe für einen Neuanfang, erklärte ihnen Thurizan, für Neuanfang und auch für den Kampf. Aus dem Feuer werde er eine Waffe entstehen lassen, mächtiger als alle Waffen der Feinde zusammen. Gemeinsam dankten sie den Göttern für ihren Rat. Alle betrachteten den Stein voller Ehrfurcht und nickten einträchtig. So deutliche Götterzeichen waren selten.

Thurizan kannte jeden Winkel seiner Heimat. Er wusste genau, wo er viel von jenem Gestein finden konnte, welches Metall enthielt. Der reiche Berg, einen Tagesmarsch entfernt, war voller verschiedener Erze. So brach er mit den Männern des Dorfes auf, um Erz zur Waffenherstellung zu bergen. Dieses Mal sammelten sie nicht, wie sonst, das Gestein mit den hellen Spuren des silbrigen Mondmetalles, sie suchten nach dunklem Erz mit roten Spuren darin. Es enthielt ein Metall, hart wie Alisannos' Fels. Fast zwei Monde lang hatten alle zu tun, bis unzählige Körbe hin und her gewandert waren und ein großer Berg des schweren Erzgesteins vor dem irdenen Ofen im Dorf lag. Frauen und Kinder zerstießen das Erz in kleine Stücke.

In der Vollmondnacht des Gottes Lugh, der Nacht des Feuers, heizte Thurizan den irdenen Ofen mit geschwärztem Holze aus neunerlei Bäumen. Der Rauch stieg auf und Thurizan betrachtete ihn prüfend. Er wartete, bis die wirbelnde Säule weißer und grauer kleiner Wolken eine gerade Linie ergab. Nun wusste er, die Himmelsgöttin Brigidh nahm seines Feuers Atem ohne Umwege auf und schenkte ihnen damit ihr Wohlwollen. Nach einer Zeit begann Thurizan das zerkleinerte Gestein in den Schlot des Schmelzofens zu füllen. Weise in seinem Handwerk blies er die Glut, hielt inne, blies wieder und hielt wieder inne. Nach einer Weile prüfte er die Temperatur und betrachtete dazu die Glut. Alle sahen ihm interessiert zu. Er erklärte den Seinen, dass ihm die Farbe der Flammen verriet, wann jene Hitze erreicht sei, bei der das Eisen aus dem Erze zu rinnen beginne. Lächelnd wies er auf eine Grube unterhalb des Lehmschlotes. Unter großem Jubel der Dörfler begann sie sich mit einer feurigen Masse zu füllen, die sich einer Schlange gleich aus dem Brennofen wand. Die Fließfähigkeit des heißen Metalls behagte Thurizan wohl und er wusste, dies würde auch ohne Magie eine starke Waffe werden. Thurizan hatte weitere Erze mit anderen Mineralanteilen gesammelt, die in wohlbemessenen Mengen dazugegeben dem späteren Schwert genau die richtige Dichte zwischen spröde und biegsam geben würde. Keine andere Klinge würde dieses Schwert zum Bersten bringen, wohl aber vermochte diese Klinge ein anderes Schwert mit einem beherzten Streich zu entzweien.

So schmiedete Thurizan die mächtige Waffe aus jenen Schätzen, welche ihm durch den Herrn der Elemente gegeben. Und Crodo war großzügig in seinen Gaben gewesen. Der Sonnenstein bildete den Kopf des Schwertes, eingefasst in kunstvolle Ranken aus Metall, die den Stein sicher hielten und doch genug des Lichtes hindurch ließen, auf dass das Zeichen des Feuers zu sehen sein würde. Immer wieder hatte Thurizan Schwert und Stein dem heiligen Feuer anheim gegeben und seine machtvollen

Worte in den Rauch geraunt. Nun war es vollbracht. Ein Kleinod von unvergleichlicher Schönheit und von großer Macht war entstanden. Ein Schwert nach Manier der Celtae, länger als das Gladium der Römer, schwerer als derer viere, glänzend, als habe der Sonnengott Belenus höchstselbst es berührt, der Griff verziert mit dem Metall des Mondes, endend in dem magischen Stein – der Feuer spie, wurde das Schwert in großem Zorn geführt.

Zwischen den Zeilen erkannte Tilla eine kleine Bleistiftskizze. Sie wusste, es handelte sich um die Skizze zu einem Ölbild, das ihre Mutter mal gemalt hatte. Es zeigte ein Schwert, das sich aus einer Flüssigkeit zu erheben schien. Früher hatte Tilla immer gedacht, ihre Mutter habe Excalibur, das Schwert König Artus', gemalt. Doch nun verstand sie dieses Bild im Zusammenhang mit der Geschichte. »Um ein Schwert entstehen zu lassen, braucht es alle Elemente … Feuer, Wasser, Erde, Luft«, hörte sie ihre Mutter sagen.

Seufzend ließ Tilla die Blätter mit der Harcylugh-Geschichte sinken. Überall im Haus nahm sie ihre Mutter wahr. Hier eine schwache Spur ihres Maiglöckchenparfums, dort ein Schatten, als husche Hedera gerade um die Ecke. Ihre Mutter war allgegenwärtig – sie selbst existierte jedoch in diesem Haus nicht mehr.

Tilla verstand es nicht. Ihre Mutter hatte jede Spur von ihr getilgt. Kein einziges Foto von ihr hing an den Wänden, die früher unter der Last von Hederas Fotos und Zeichnungen von Tilla fast zusammenzubrechen drohten. Selbst Tillas Jungmädchenzimmer war zu einem unpersönlichen Gästezimmer umfunktioniert worden.

Kraftlos saß Tilla auf dem Boden des Wohnzimmers an die Scheibe gelehnt und starrte in den Garten. Sie hatte nicht gerade ein harmonisches Verhältnis zu ihrer Mutter gehabt, aber dass Hedera ihre Existenz geradezu aus diesem Haus herausradiert hatte, schmerzte doch sehr.

Es hatte aufgehört zu regnen. Tilla stand auf, öffnete erst den einen, dann einen weiteren ihrer noch immer unausgepackten Koffer im Flur, bis sie ihre Laufschuhe gefunden hatte. Sie streifte sie über, schnappte sich ihre Jacke und verließ das Haus.

Nach einer viel zu kurzen Aufwärmphase lief Tilla in hohem Tempo den Waldweg entlang Richtung Stapelburg. Mit bösartiger Befriedigung registrierte sie die Warnzeichen ihres Körpers. Sie wusste sehr wohl, dass sie mal wieder die Grenzen überschritt. Es war, als wolle sie ihren Körper für das bestrafen, was geschehen war.

Ich bin schuld, ich bin schuld, ich bin schuld … hämmerte es bei jedem Schritt in ihrem Kopf und sie gab sich den Wellen des Schmerzes bewusst hin. Irgendwann kam jedoch der Punkt, den sie für sich immer mit ›abheben‹ beschrieb. Die Seitenstiche hörten auf, der Atem fand seinen Rhythmus und die Muskeln spannten und entspannten sich nahezu ohne ihr Zutun. Rhythmisch und federnd lief sie Kilometer um Kilometer, bis sie die Ecker erreichte, und gönnte sich nur eine kurze Pause, bevor sie in unvermindertem Tempo zurück nach Bad Harzburg lief. Nach einer Weile hatte sie das Gefühl, dass ihr die Lungenflügel zu zerspringen drohten, und verlangsamte endlich das Tempo.

Dann wagte sie, sich dem schmerzhaften Resümee der letzten Wochen zu stellen.

Sie hatte ihre Mutter verloren, sie hatte Nina verloren, sie war vorbestraft und als Hexe beschimpft worden … und sie hatte jegliche Möglichkeit verloren, doch noch etwas über ihren Vater zu erfahren. Fast war es, als hörte sie ihre Mutter flüstern: *Deine Aura schwankt zwischen aggressivem Rot und unruhigem Orange …*

»Ich weiß«, fauchte Tilla ins Nichts. »Dazu hab ich ja

wohl auch allen Grund! Wie immer ist es dir auch dies Mal gelungen, meinen Fragen elegant aus dem Wege zu gehen!« Sie gab ein Geräusch von sich, das entfernt an den Kampfschrei orientalischer Frauen erinnerte, und trampelte auf dem Waldweg herum, als gälte es, ihn zum Einsturz zu bringen. Erst als sie sich etwas beruhigt hatte, merkte Tilla, dass ihr eisiger Wind entgegenpfiff, und zog den Reisverschluss ihrer Jacke hoch.

Doch dann mühte sich die Sonne hervor und gab dem kahlen Novemberwald ein kleines Stückchen Freundlichkeit. Tilla ließ sich die Sonnenstrahlen ins Gesicht scheinen. Sofort spürte sie, wie sich die dunklen Schatten ihrer Gedanken leichter zurückdrängen ließen.

So ist es recht, mein Kind, du musst dich erden, damit sich deine Energien mit denen der Natur verbinden. Die Kraft der Erde wird deine schlechten Energien verdünnen und damit umgestalten …

»Mutsch, lass mich in Ruhe! Meine Energien sind so explosiv, die reichen, um den halben Harz wegzusprengen.«

Es sind ungesunde Energien, die sich immer stärker mit deinem Selbst verbinden. Du kannst sie nur ableiten, indem du sie durch dich durchlässt und also durchlebst … nur dann kann die Wunde heilen …

»Ich will aber nicht …«, schrie Tilla und zuckte vor der Heftigkeit ihrer eigenen Worte zusammen. Verstohlen sah sie sich um. »Heilige Göttin … jetzt streite ich mich schon mit meiner toten Mutter auf einem Waldweg herum …« Es wurde Zeit, dass sie zurück nach Hause und zurück ins Leben kam. Es dämmerte bereits.

Anstrengung und Zorn hatten sich gelohnt, denn es ging Tilla viel besser, gerade so, als habe man ihr einen viel zu engen Mantel vom Körper gestreift. Tief sog sie die erdige Herbstluft ein.

Als Tilla aus dem Wald auf die Schotterstraße trat, die

zu ihrem Haus führte, kam ihr ein dunkler Wagen entgegen. Erst dachte sie, er wolle vor ihrem Haus parken, doch dann fuhr der Wagen ruckartig wieder an und so dicht an ihr vorbei, dass Tilla in den Matsch gedrängt wurde. Ärgerlich starrte sie in die getönte Autoscheibe, durch die rein gar nichts zu sehen war. Sie blieb am Wegesrand stehen und staunte dem Wagen nach, der unberechtigt den Waldweg entlangfuhr.

Den Mann im Fond des Wagens traf der Anblick der jungen Frau am Wegrand wie ein Schlag. Die Emotionen, die ihn so unvermutet überkamen, erreichten erstaunlicherweise die Grenze dessen, was er kontrollieren konnte. Dennoch hätte nur ein Beobachter, der ihn sehr gut kannte, das Zucken der kleinen Narbe bemerkt, die seine rechte Augenbraue teilte. Aber da es niemanden gab, der ihn gut kannte, blieb sein Gefühlssturm unbemerkt. Starr blickte er die junge Frau an und wurde geradezu durchgeschüttelt von Erinnerungen, die viele Jahre zurücklagen. Die große, schlanke Gestalt, das flammend rote Haar, dieses Gesicht … unfassbar! Diese Ähnlichkeit erschien ihm unmöglich und doch … Sie stand dort am Wegrand.

Die wortreiche Rede seines Sitznachbarn schroff ignorierend befahl er: »Nicht halten! Fahr weiter!«

Als Eisenschmiede und Bergleute gingen die Kelten
in die Germanische Mythologie ein.
Wenn in Sagen von den hilfreichen Kleinen
im Kapuzenmantel die Rede ist,
so sind damit Kelten gemeint.
So sind die Namen der Zwerge in der Germanischen
Edda ausschließlich keltischen Ursprungs.
Alexander Demandt

»The ore mines of the Rammelsberg and the medieval old town of Goslar were placed on the Unesco World Heritage List in 1992«, flötete Tilla und trabte energiegeladen vor einer Gruppe von Englisch sprechenden Touristen durch den Roederstollen her. »The mine of Rammelsberg has been shut down in 1988. Until this time it was the only mine in the world which was in uninterrupted operation for more than thousand years«, erzählte Tilla und verfiel unwillkürlich in den melodischen Singsang der englischen Sprache. Zu den dramatischen Pausen und der aufgeweckten Sprachmelodie gesellte sich Tillas temperamentvolle Körpersprache. Das Auditorium konnte kaum einen Blick von der jungen Frau wenden, deren wedelnde Arme immerfort neue Muster in die Luft malten.

Tilla genoss die Aufmerksamkeit. Nach dem Auftrag in der Kaserne Goslar war ihr alsbald die Anfrage ins Haus geflattert, ob sie als Touristenführerin arbeiten wolle. Sie hätte nie gedacht, dass ihr dieser Job so viel Spaß machen könnte. Zwar verdiente sie keine Reichtümer, aber er brachte sie immer wieder mit neuen interessanten Menschen zusammen. Ihr Leben bekam Struktur. Die tägliche Routine dämpfte den Schmerz der vergangenen Ereignisse etwas.

Der einzelne Mann, der sich heute ihrer Gruppe

angeschlossen hatte, war ihr schon gleich am Anfang aufgefallen. Er hielt sich abseits, sprach mit niemandem, verfolgte jedoch ihren Vortrag überaus aufmerksam. Nichts an ihm sah nach Tourist aus. Er trug einen Mantel, den Tilla als teuer erkannte. Sein Alter war schwer zu schätzen. Sicher hatte er die Fünfzig bereits überschritten, doch er war schlank und bewegte sich mit der Geschmeidigkeit eines jüngeren Mannes. Hin und wieder traf Tilla ein so intensiver Blick, dass er sie richtiggehend nervös machte. So hatte sie bei ihrer heutigen Führung mehrfach den Faden verloren. Daher war sie an diesem Tag ganz froh, wieder in der Eingangshalle anzukommen. Mit dem lapidaren Angebot, gerne weitere Fragen zu beantworten, wollte sie schon Schluss machen, doch der Fremde kam ihr zuvor.

In einem mit leichten Härten durchsetzten Englisch sagte er: »Tausend Jahre erscheinen mir eigentlich etwas zu wenig für die Bergbaugeschichte des Harzes. Ich dachte, einmal gelesen zu haben, dass schon die Kelten hier dem Bergbau nachgingen.«

Tilla durchforstete ihr Gedächtnis. Bevor sie als Fremdenführerin angetreten war, hatte sie sich eingehend mit der Geschichte des Harzes beschäftigt. Vieles wusste sie noch von ihrer Mutter. So antwortete sie, die Sprache des Fremden benutzend: »Ja, da haben Sie recht. Nachweislich haben Kelten im Harz gelebt und da sie überall für ihre Fähigkeiten als Bergleute und Schmiede bekannt waren, ist anzunehmen, dass sie auch hier die Bodenschätze für ihr Handwerk genommen haben. Doch meines Wissens kam der gezielte Bergbau im Harz erst im siebten Jahrhundert langsam in Schwung, wenn auch – und da haben Sie wieder recht – basierend auf dem Wissen der Kelten.«

»Wann lebten die Kelten im Harz?«

Seine Fragen schienen ein ganz bestimmtes Ziel zu

verfolgen. Tilla war etwas unwohl, dennoch bemühte sie sich, ihn zufriedenzustellen. »Sehr alte Funde beweisen, dass die Kelten schon vor unserer Zeitrechnung hier gelebt haben. Auf genauere Daten bin ich bisher nicht gestoßen. Im dritten Jahrhundert wurden die letzten Keltenstämme von den Germanen vertrieben, möglicherweise schlossen sich die Kelten ihnen auch an. Da die Kelten keine Aufzeichnungen machten, weiß man nicht viel über sie.«

Der Fremde nickte zufrieden.

Nachdem sich die Gruppe bei ihr bedankt und aufgelöst hatte, strebte auch Tilla nach draußen in die feuchte Kälte. Es war die letzte Führung für heute gewesen und sie sehnte sich nach einem warmen Bad. Eilig stapfte sie in ihren warmen Schnürstiefeln über den Parkplatz.

»Mrs. Leinwig?«

Fast hätte Tilla in hohem Bogen ihre Tasche von sich geworfen, so erschrak sie über den Fremden, der wie aus dem Nichts neben ihrem Wagen aufgetaucht war. »Heilige Göttin … you frightened me!«

Sie deutete das dezente Verziehen seines Gesichtes schon als höhnisches Amüsement, doch er entschuldigte sich artig, und dies zu Tillas großem Erstaunen in akzentfreiem Deutsch.

»Woher kennen Sie eigentlich meinen Namen? Und wieso haben Sie mich in Englisch angesprochen?«, fragte Tilla ihn, ohne ihren Ärger zu verhehlen.

»Ich habe mich nach Ihnen erkundigt und ich wollte Ihre Sprachkenntnisse testen«, antwortete ihr Gegenüber gelassen. Er blickte sie nachdenklich an. »Es fehlt Ihnen zwar an Impulskontrolle, aber ansonsten beherrschen Sie die Kunst, sich Gehör zu verschaffen, hervorragend.« Tillas Unmut ignorierend, überreichte ihr der Fremde seine Visitenkarte.

»Janus Borderfeld, Projektentwicklung und Beratung«, las Tilla vor und schaute ihn fragend an. »Was kann ich für Sie tun, Herr Borderfeld?«

»Ich denke, ich kann etwas für Sie tun, Frau Leinwig.«

Tilla schaute Borderfeld verblüfft an. »Ach tatsächlich? Na, da bin ich aber gespannt?« Sie konnte sein Gesicht nicht deutlich sehen, dazu war es bereits zu dunkel. Verdrossen nahm sich Tilla vor, nächstens in der Nähe einer Laterne zu parken.

Nach einer Weile klopfte er leicht auf die mit keltischen Knotenmustern verschönte Motorhaube ihres Autos. »Wie lange geben Sie Ihrem Wagen noch? Glauben Sie, dass dieses Gefährt den nächsten TÜV übersteht?«

Verdrossen grummelte Tilla: »Wollen Sie mir einen neuen Wagen anbieten?«

»Wenn wir ins Geschäft kommen, können Sie sich ohne Probleme selbst einen kaufen.«

»Ah … klasse … Wen muss ich dafür umbringen?«

»Ein interessantes Angebot, aber diese Stelle habe ich bereits anderweitig besetzt«, antwortete er.

Irgendwie kam Tilla das Bedürfnis abhanden, über diesen Witz zu lachen. Sie starrte den Fremden nur wortlos an.

»Ich möchte vielmehr Ihre Sprachfähigkeiten und Ihr enormes Geschichtswissen nutzen«, sagte er.

»Ah«, machte Tilla abwartend. Sie fühlte sich geschmeichelt.

»Eine wirklich schöne Kette, die Sie da tragen. So eine Arbeit habe ich schon lange nicht mehr gesehen«, bemerkte er beiläufig.

Verunsichert griff Tilla nach ihrem Amulett. Sie hatte ihren Mantel bereits geöffnet, da sie ihn im Wagen hatte ausziehen wollen. An diesem Abend trug sie den silbernen, in keltische Rosenranken eingebundenen Drudenfuß von ihrer Großmutter. »Es ist ein Erbstück und schon recht alt …«, erklärte sie zögernd.

Er nickte. »Eine keltische Arbeit?« Obwohl er ziemlich leise sprach, hatte sie keine Probleme, ihn zu verstehen.

Tilla wurde das Gefühl nicht los, dass er die Antwort bereits kannte. »Ja, es stammt aus Wales.«

»Aus dem kraftvollen waliser Silber ...«, murmelte er mit einer Andeutung eines Nickens. Übergangslos erklärte er: »Ich betreibe hier in Deutschland einige Recherchen über mögliche Standorte meiner Geschäftsfilialen und auch Standorte für Investoren. Meine Nachforschungen über verschiedene Regionen sind recht unkonventionell. Die Geschichte möglicher Standorte nimmt einen großen Teil meiner Nachforschungen ein, gibt sie doch Aufschluss darüber, ob die Menschen Geschäfte wie die, die ich vermittle, zu tolerieren in der Lage sind. Über die Geschäfte oder die Investoren selbst werden Sie nichts erfahren – « Er legte eine kurze Pause ein und milderte seine Worte mit einem feinen Lächeln ab. »Jedenfalls vorerst nicht ... Sie würden zunächst als freie Mitarbeiterin arbeiten. Ich benötige regelmäßige Übersetzungen von Ihnen – etwa achtzig bis hundert Seiten im Monat – von deutschen Texten ins Englische. Einiges davon dient der Internetpräsentation. Könnten Sie den Auftrag kurzfristig übernehmen?«

Tilla antwortete zögernd: »Nun, das klingt interessant ... Ich denke, im Moment könnte ich durchaus etwas dazwischenschieben.«

Janus Borderfeld drehte sich ganz leicht, sodass etwas Licht auf sein Gesicht fiel. So konnte Tilla eine Andeutung von Zufriedenheit in den sonst so marmornen Zügen erkennen. »Ich würde Sie, weil es sich jeweils um sehr schnell zu bearbeitende Aufträge handelt, entsprechend höher bezahlen.«

Tilla war hin und her gerissen. Einerseits winkte ihr ein Auftrag, den sie brauchte wie ein Verdurstender eine Flasche Wasser, andererseits schrillten in ihrem Inneren einige Alarmglocken. Dabei wusste sie ihr ungutes Gefühl nicht zu erklären. Der Mann war geschmackvoll gekleidet und verfügte über exzellente Umgangsformen, wenn auch sein Blick sie eindringlicher fixierte, als es die Regeln der Höflichkeit vorsahen. Tilla hatte das unangenehme Gefühl, dass er ihr zu nahe kam, obwohl er sich keinen Millimeter auf sie zu bewegt hatte. Sie trat einen Schritt zurück. »Tja, Herr Borderfeld, Ihr Auftrag hört sich ja wirklich ... verlockend an. Wie würde unsere Geschäftsbeziehung denn ablaufen?«

»Sie haben mit der Visitenkarte eine E-Mail-Adresse erhalten, bei der Sie sich melden werden, sobald Sie zu Hause sind. Dann habe ich Ihre Daten. Sie werden bereits in den nächsten Tagen die ersten Texte bekommen, die Sie übersetzen und an mich zurücksenden. Einige Texte erhalten Sie per E-Mail, doch der größere Teil besteht aus Kopien, die sie persönlich überreicht bekommen. Ihre Bezahlung werden Sie in bar erhalten.«

Es gesellten sich weitere Alarmglocken hinzu. »Herr Borderfeld ... das ist natürlich etwas ungewöhnlich ...«

Er unterbrach sie. »Sehen Sie, Frau Leinwig, Deutschland ist ein völlig überbürokratisierter Staat, der es schwer macht, effizient zu arbeiten. Wir haben daher Ersatzmechanismen entwickelt, die nicht nur bestens funktionieren, sie bieten auch viele Vorteile.«

»Vorteile?«

»Ich sagte ja bereits, ich erwarte ein hohes Maß an Flexibilität von Ihnen. Dafür erhalten Sie jedoch das Vierfache dessen, was Sie normalerweise für diese Arbeit bekommen würden. Noch dazu erhalten sie die Summe vorab und in bar. Ob Sie Vater Staat daran teilhaben lassen, ist allein Ihre Sache.«

Tilla wusste noch immer nicht, ob er als Fee oder als Mephisto vor ihr stand.

Glattzüngig sprach er weiter. »Auf diese Flexibilität

und auch auf Loyalität meiner Mitarbeiter lege ich großen Wert … und bezahle auch gern dafür. Auch gebe ich langfristigen Engagements den Vorzug, viele meiner Leute arbeiten seit langen Jahren für mich und sind sehr zufrieden mit den Bedingungen. Für Sie wird die Tätigkeit der Übersetzerin eine Art Testphase werden. Ihre Sprachgewandheit, Ihr Wissen und Ihre Präsenz, die Sie soeben in Ihrem Vortrag eindrucksvoll bewiesen haben, prädestinieren Sie durchaus auch für weitere Posten in meinem Unternehmen … das Sie nach dieser Probezeit besser kennenlernen werden.« Er fixierte sie einen Augenblick, bevor er weitersprach. »Da ich diesen Posten sehr kurzfristig besetzen muss – Sie springen quasi für jemand anderen ein –, brauche ich eine verbindliche Zusage von Ihnen. Hier und jetzt. Also?«

Angesichts eines so verlockenden Angebotes gebot Tilla sämtlichen Alarmglocken jetzt und augenblicklich zu schweigen. »Nun ja …äh … ja!« Sie rang sich ein Lächeln ab.

Borderfeld nickte zufrieden, drehte sich um und verschwand in der Dunkelheit.

Tilla starrte dem schwarzen Rücken nach. Arbeiten ohne zu fragen? War das klug? Unsinn. Jeder Arbeitgeber war anfangs vorsichtig. Testphase hatte er es genannt, das war in Ordnung. Und Übersetzerin – das klang doch seriös. Sie müsste verrückt sein, diese Chance nicht zu ergreifen.

Schwerter weiß ich liegen in Sigarsholm.
Viere weniger als fünf mal zehn
Eins ist von allen das beste
Der Schilde Verderben beschlagen mit Gold

Edda, Das Lied von Helgi, 8

»Meister Hermann?«, fragte Arthur devot und blieb vor dem großen Schreibtisch stehen. Hinter dem ältlichen Sekretär betrat Magnus mit fast unhörbaren Schritten das lichtdurchflutete Arbeitszimmer von Hermann Bordfeld. Der wandte sich jedoch zunächst an seinen Sekretär und übergab diesem eine der Visitenkarten, die er Tilla überreicht hatte. »Sie kennt mich unter dem Namen ›Janus Borderfeld‹. Das auf der Karte angegebene E-Mail-Postfach werde ich ausschließlich persönlich verwalten.«

Arthur blickte auf die Karte, nickte beflissen und entfernte sich.

Hermann betrachtete nun das gefällige Äußere seines Adlatus Magnus. Es konnte für seine Zwecke hilfreich sein. Das hellblonde Haar war zwar eine Spur zu kurz geschnitten, um ihm das Aussehen eines Herzensbrechers zu geben, doch Hermann wusste genau, wie Magnus auf andere Menschen wirkte. Vor allem seine Augen waren von einem so intensiven Blau, dass er ohne großen Aufwand alle gewünschten Informationen bekam, die er haben wollte. Entweder durch seine Augen oder durch seine Fähigkeiten, anderen Schmerzen zuzufügen. Doch meist reichten seine Augen. Merkwürdig, dachte Bordfeld bei sich, dass die Menschen blauen Augen stets so viel Vertrauen entgegenbrachten.

Der junge Mann war der beste Kämpfer seiner Division und wusste seine Fähigkeiten hervorragend einzusetzen. Er war klug, aber auch ehrgeizig. Letzteres machte ihn für Hermann immer ein wenig gefährlich. War Magnus es wert, in seinen neuesten Plan eingeweiht zu werden? Hermann musterte ihn überlegend. Sein Gegenüber nahm diese Musterung gelassen hin.

»Was hast du für mich?«, fragte Hermann.

»Der Kauf des Häuserkomplexes in Salzgitter ist dingfest. Soll ich das übliche Konzept zusammenstellen?«

»Eine gute Gegend für uns«, antwortete Hermann. »Wir werden dort die ganze Palette anbieten.«

»Auch den Schwertkampf?«

»Ja. Es gibt dort mehrere Standorte, wo Mittelalterfeste stattfinden. Unsere Braunschweiger Gruppe ist zu dünn besetzt. Vielleicht lässt sich das verbinden.«

Magnus ließ nicht erkennen, ob er die Entscheidung seines Chefs positiv oder negativ bewertete. Er nickte und sagte dann: »Ich habe übrigens diesen Harald Schakenbeck gefunden. Er arbeitet für das Sozialamt in Goslar. Hier ist seine Adresse.«

Hermann nahm den Zettel mit der Adresse entgegen und legte ihn zur Seite. Er hatte keine Lust, Magnus zu erklären, was es damit auf sich hatte, aber er wusste auch, dass er sich bald entscheiden musste, ob er ihm vertraute. Vielleicht war es doch besser, jemand anderes mit heranzuziehen. Wenn er Magnus' Aufgaben anderweitig verteilte, war sein Adlatus quasi degradiert und würde keine Fragen mehr stellen. Aber würde er dann noch bleiben?

Hermann hatte sich seine heutige hohe Positition nach seiner Genesung hart erarbeitet. Es hatte lange gedauert, bis man ihn an der Aufstiegshierarchie des Ordens wieder teilhaben ließ. In der Zeit davor hatte er so manches Mal mit dem Gedanken gespielt, sich abzusetzen und zur Fremdenlegion zu gehen. Magnus war genauso ungeduldig wie er selbst. Die Organisation brauchte Männer wie ihn.

»Hast du sie beobachtet? Wohnt sie allein?«

Magnus nickte. »Hin und wieder bekommt sie Besuch von einem Nachbarn. Neulich war mal ein Bundeswehrsoldat bei ihr. Er und sein Bruder waren Mitbewohner von ihr in Braunschweig.«

Hermann nahm die Information wortlos hin und wollte sich schon seinen Unterlagen widmen. Als er merkte, dass sich Magnus nicht entfernte, sah er auf.

»Wer ist sie?«, fragte Magnus. Sein Blick wich keinen Deut.

Hermann betrachtete Magnus kühl. Allein die Frage war ein Affront. Beide wussten das. Hermann wartete, bis das linke Lid seines Gegenübers leicht zu zucken begann. Zufrieden beendete er das Duell. Er beugte sich leicht nach vorn und sah Magnus eindringlich an. »Magnus … wie viel weißt du über den *Sonderauftrag H* unseres allseits geschätzten Heinrich Himmler?«

Die Kelten bewiesen eine leichte Fassungsgabe, vor allem für Sprachen. Sie beherrschten das Griechische ebenso wie Latein.

Wilser/Grupp

Tilla saß an ihrem Computer und tippte fast ohne abzusetzen. Sie hätte nie gedacht, dass ihr das Übersetzen so leichtfallen würde.

Mit Borderfelds regelmäßig eintreffenden Aufträgen und dessen Honorar hatte sich für Tilla einiges verändert. Nicht nur, dass die meisten ihrer Rechnungen beglichen waren, sie hatte damit auch den Anfang für grundlegende Veränderungen in ihrem Leben gefunden.

Es läutete an der Tür. Energiegeladen sprang Tilla auf, denn dort warteten weitere Veränderungen.

Ihre Mitte kribbelte etwas, als sie Gerred Assmut die Tür öffnete. Doch da sie sich, was Männer anging, Zurückhaltung befohlen hatte – der Ausdruck Nymphomanin hatte sie im Gerichtsprozess doch nachhaltig getroffen –, begrüßte sie ihn zwar freundlich, aber etwas distanziert.

Über seine Schulter hinweg sah sie Astrid Volkerts aus ihrem Wagen steigen. Die Freundin ihrer Mutter begrüßte Gerred zu Tillas Überraschung sehr innig. »Gerred, wie geht's Dana?«

»Sie braucht noch etwas, um den Schock zu verdauen, aber es geht schon wieder«, antwortete Gerred Assmut.

»Sag Bescheid, wenn du Hilfe brauchst«, bot Astrid an. Er nickte dankbar.

Offenbar ging es um die junge Frau, die Tilla nun schon mehrfach bei ihm gesehen hatte. Niemand schien sie aufklären zu wollen und so kämpfte Tilla das bohrende Gefühl, außen vor zu sein, nur mühsam zurück. Ohne nach der jungen Frau zu fragen, führte sie die beiden ins Wohnzimmer, wo sich Gerred abschätzend umsah.

»Und diese Möbel wollen Sie alle wegwerfen?«, fragte er ungläubig.

Bevor Tilla ein grimmiges ›Ja!‹ von sich geben konnte, warf Astrid erstaunt ein: »Du meine Gütte … sagt bloß, ihr siezt euch? Ihr wart vielleicht keine Sandkastenfreunde, aber ihr müsstet euch doch von früher kennen.«

Tilla blickte Gerred Assmut ins Gesicht, wobei sie noch immer die Narbe auszusparen versuchte. »Astrid hat recht … bleiben wir doch beim Du!«

Gerred Assmut lächelte kurz und nickte. »Gern!«

»Aber mit seiner Frage hatte Gerred durchaus recht, Tilla. Du willst doch sicher nicht all diese Möbel wegwerfen, oder?«

»Na ja …« Tilla sah sich verunsichert um. Eigentlich hatte sie genau das gewollt. Sie hatte Gerred angerufen und ihn gefragt, ob er jemanden wüsste, der an den Sachen interessiert sei.

Astrid nahm sie in den Arm. »Tilla, Liebes … es ist schon richtig, dass du dieses Haus veränderst und zu deinem Heim machst. Aber stell die Möbel doch einfach erst mal auf den Dachboden. Dann kannst du in aller Ruhe überlegen, was du damit machen willst.«

»Ja … okay«, lenkte Tilla widerwillig ein.

»Du wirst sehen, wenn sich deine Seele beruhigt hat, dann stellst du fest, wie sehr du an diesen Möbeln hängst«, prophezeite Astrid und fügte humorig dazu: »Obwohl die tatsächlich eher funktionell als schön sind …«

Tilla musste lächeln, während ihr Blick durch das Wohnzimmer glitt, um dann an Paris hängen zu bleiben, die sie mit ihren gelben Augen fixierte. Die Katze hatte sich auf Großmutter Leandras Sessel niedergelassen, als wolle sie sagen: Der bleibt hier!

Tilla grinste die Katze an. »Ist ja gut … der Sessel bleibt hier unten!« Paris antwortete mit einem kurzen Maunzen. An Gerred gewandt erklärte Tilla: »Weißt du … Mutsch … meine Mutter hat nie viel Wert auf Äußerlichkeiten gelegt. Sie brauchte einfach Platz, um ihre Habe unterzubringen. Daher ist die Zusammenstellung der Möbel hier etwas stil- und lieblos geraten. Der einzige Raum, in dem meine Mutter wirklich lebte, war ihre Kräuterapotheke.«

»Kräuterapotheke?«, echote Gerred interessiert.

»Ja«, antwortete Tilla. »Die bekommt Astrid.«

Gemeinsam verließen sie das Wohnzimmer. Vor dem Apothekenzimmer verhielt Tilla einen kurzen Augenblick mit der Hand auf der Klinke. Sie hatte es bisher vermieden, den kleinen Raum zu betreten, in dem sie die Präsenz ihrer Mutter ganz besonders deutlich zu spüren glaubte. Nun öffnete sie die Tür mit einer resoluten Bewegung.

Sechs schmale, raumhohe Schrankwände ragten gegeneinander gestellt in den Raum. Sie bestanden aus kleinen, mit hellen Intarsien verzierten Schubladen. Jede war mit einem runden Porzellangriff versehen, der gleichzeitig als Schildchen diente.

Völlig fasziniert sah sich Gerred um. »Unglaublich! So etwas Schönes hab ich noch nie gesehen.« Versonnen strich er über die samtenen, rotbraunen Wangen der Schränke.

Seine Begeisterung rührte Tilla. Sie wandte sich mit feuchten Augen ab, um dem schmalen Gang zu folgen, der an den Schränken vorbei bis zum Fenster führte. Astrid studierte derweil eine an der Wand hängende Karte des Harzes, in die kleine Fähnchen gepiekt waren. Sie wiesen auf bestimmte Pflanzenfundorte hin.

Eine hölzerne Arbeitsplatte direkt am Fenster nahm die gesamte Zimmerbreite ein, rechts und links gesäumt von Regalen mit Fachbüchern. Auf dem Tisch mit der groben Holzplatte stapelten sich Utensilien zum Bearbeiten der getrockneten Pflanzen und eine alte Waage nebst einem Kasten mit unzähligen Messinggewichten, die zum Teil mit Pinzetten bewegt werden mussten. Ein paar Sonnenstrahlen spiegelten sich in der Damaszenerklinge von Hederas Messer, das auf seinen nächsten Auftrag zu warten schien. Die Lade mit dem Eisenhut hatte Tilla zurück in den Schrank geschoben. Nun betrachtete sie den Platz, wo sie gestanden hatte, mit Widerwillen.

»Wirklich unglaublich«, wiederholte Gerred hinter ihr. »Nicht nur, dass diese Apothekenschränke eine herrliche Handwerksarbeit darstellen … auch diese Raumaufteilung …« Mit begeistertem Blick sah er sich um. »Das Zimmer ist ja keineswegs groß … und doch hat man das Gefühl, in einem Saal zu stehen. Ich komme mir vor wie in so einem verzauberten Zimmer in Harry Potters Hogwarts.«

Tilla lachte herzlich. »Ja, früher hab ich den Raum auch immer ›Zauberzimmer‹ genannt. Aber ich durfte hier nur spielen, wenn Mutsch dabei war.«

»Tja, bei dem was hier lagert, war das sicher nicht verkehrt.« Gerred fuhr mit den Fingern sanft über die Porzellanschildchen an den Laden. »Herba Verbenae, Urvae Ursi Folium, Radix Digtamni … Ich wünschte, ich verstünde etwas davon«, murmelte er ehrfürchtig.

Tilla lehnte an der Wand. Die Botanischen Namen erschienen ihr plötzlich wie etwas unendlich Vertrautes. Wie von selbst kullerten ihr die Worte aus dem Mund: »Herba Verbenae wird auch Druidenkraut genannt. Meine Mutter setzte es bei bestimmten Magenbeschwerden ein. Urvae Ursi Folium sind Bärentrauben zur Entgiftung der Niere und Radix Digtamni brauchst du sicher nicht, es reguliert die Monatsblutung.«

»Guut!«, lobte Astrid erstaunt. »Ich hätte gar nicht gedacht, dass du so viel behalten hast.«

Tilla grinste. »Ja ja … hast gedacht, ich hätte nur Hanf und Hopfen im Sinn, nicht wahr?«

»Hanf und Hopfen?«, fragte Gerred.

»Cannabaceae«, erklärten Astrid und Tilla unisono.

Tilla erklärte lächelnd: »Cannabis wird in der Schmerztherapie eingesetzt. Die meisten Hanfgewächse werden zur Beruhigung, also bei Schlafstörungen und bei leichten Depressionen eingesetzt, wie etwa der Hopfen.«

»Ach, Hopfen ist Hanf?«

»Ja. Aber der wirklich interessante Hanf ist der Rauhanf. Nur er enthält das Tetrahydrocannabiol. Wenn du ihn findest und die Lade öffnest, muss ich dich umbringen«, erklärte Tilla mit unschuldigem Augenaufschlag.

»Okay, schon gut«, lachte Gerred.

Tilla wanderte die Gänge ab und stutzte. Eine der Laden war nicht richtig zugeschoben. Ihre Mutter hatte stets darauf geachtet, dass sie sorgfältig geschlossen waren, um Verunreinigung durch ätherische Öle anderer Pflanzen und Nachtrocknung zu verhindern. Vielleicht hatten die Polizisten sie aufgezogen. Warum hatte sie die offene Lade nicht bemerkt, als sie das letzte Mal hier gewesen war und das Aconitum Napellus zurück in den Schrank geschoben hatte? Tilla ging hinein und schloss die Schublade sorgfältig. Auch Astrid bemerkte es und runzelte die Stirn.

»Warst du das?«, fragte sie mit leichtem Tadel.

Tilla schüttelte den Kopf. »Ich wüsste nicht … muss ich ja wohl. Mist. Ich bin die letzte Zeit so zerstreut.«

»Ist ja auch kein Wunder«, stellte Astrid versöhnlich fest.

»Und Hedera hat all diese Kräuter selbst gesammelt?«, fragte Gerred.

»Ja, die meisten davon«, antwortete Astrid. »Hier im Harz findet man eine selten reichhaltige Auswahl. Deswegen die Karte …« Astrid wies auf die Harzkarte neben ihr an der Wand. »Hedera arbeitete am liebsten mit den einheimischen Wildpflanzen. Sie sagte immer, dass die Menschen auf die Pflanzen ihrer Region am besten reagieren. Bei exotischen Pflanzen käme es oft zu allergischen Reaktionen. Ich habe viel von ihr bezogen und bei meinen Patienten eingesetzt. Selbst in der Dosierung habe ich gern auf Hedera gehört.« Astrid hielt kurz inne. Als der Anflug von Trauer sich legte, zeigte sie auf ein paar Laden in der Nähe der Tür. »Aber auch in der Pflanzenheilkunde gibt es Trends. Bei einigen Patienten musste es unbedingt Ginseng, Haronga oder Teebaumöl sein. Die hat Hedera bei speziellen Händlern bestellt.«

»Und nun arbeitest du mit Hederas Kräutern weiter?«, fragte Gerred.

Zögerlich antwortete Astrid. »Ja … ich werde es versuchen.«

Tilla hatte still zugehört. Sie wusste, Hedera hätte gewollt, dass Astrid ihre Arbeit fortsetzte, doch nun wurde ihr mulmig bei dem Gedanken, dass die Apotheke dieses Haus verließ. Forscher, als ihr zumute war, verkündete sie: »Wenn die Apotheke weg ist, werde ich die Wand hier einreißen und das Wohnzimmer vergrößern ... natürlich nur, wenn du mir versprichst, dass das Haus nicht zusammenfällt, wenn ich der Wand mit einem Vorschlaghammer zu Leibe rücke.«

Gerred betrachte die Wand kurz und klopfte an verschiedenen Stellen daran. »Nein, es ist keine tragende Wand. Aber überlass den Vorschlaghammer besser mir.«

Tilla zuckte die Schultern. »Nichts dagegen, danke!«

Astrid trat an Tilla heran und strich ihr über die Schultern. »Tilla-Schatz ... du weißt, dass ich für diese Apotheke fast morden würde, aber es erscheint mir nicht richtig, dass du sie weggibst. Die Kräuter, ja, die hole ich gern ab. Aber die Schränke ...« Astrid sah sich sinnend um. »Kräuterkunde war Hederas Leben«, murmelte sie.

»Ihr Leben und ihr Tod«, stellte Tilla brüsk fest.

Bleierne Stille machte sich breit. Tilla blickte scheinbar abwesend aus dem Fenster, bis es plötzlich aus ihr herausplatzte wie überreifer Samen nach einem Sommerregen: »Ich kann mir einfach nicht erklären, warum sie diesen Scheiß-Sud aus Eisenhut getrunken hat.« Abrupt drehte sie sich herum und flüchtete, eine Bresche durch ihre Besucher schlagend, in ihr Wohnzimmer. Astrid und Gerred folgten ihr langsam.

Tilla tappte nervös im Wohnzimmer hin und her. »Wenn es jemand gibt, dem ich nie und nimmer einen Selbstmord zugetraut hätte, dann meiner Mutter. Sie war wie ein Fels.«

Zögernd meinte Astrid: »Ja. Eine Woche zuvor habe ich noch mit Hedera gesprochen. Es deutete nichts, aber auch gar nichts darauf hin, dass sie so etwas vorhatte. Ich hab unseren letzten Nachmittag schon tausende Male

Revue passieren lassen. Ich verstehe es auch nicht.«

Astrids Worte taten Tilla unendlich gut. Sie war unschlüssig, ob sie ihren Freunden von ihrem Verdacht berichten sollte, der ihr plötzlich mehr als abwegig vorkam. Dennoch begann sie: »Wisst ihr … als ich die Küche aufräumte … Sie hatte an jenem Abend das alte Wedgwood gedeckt. Die Kanne und eine Tasse standen auf dem Tisch. Aber eine weitere Tasse hab ich im Küchenschrank gefunden!«

»Was?«, entfuhr es Astrid. »Das Wedgwood hat sie nur benutzt, wenn Besuch da war …«

»Und eine zweite Tasse stand im Küchenschrank?«, hakte Gerred nach.

»Ja. Abgesehen davon, dass meine Mutter diese Tasse nie in den Küchenschrank stellen würde, war sie gespült.«

»Hedera hatte also vielleicht einen Besucher? Ein Besucher, der hinterher die Tasse gespült hat?«, fragte Gerred ungläubig. »Bei einem Besucher würde man ja sogar an ein Fremdverschulden denken müssen. Aber es waren doch … keine Kampfspuren da, oder?«

»Nein. Es sah alles so aus, als hätte sie netten Besuch zum Tee erwartet«, sagte Tilla leise. Dann fragte sie hilflos: »Kann es sein, dass sie sich mit jemandem dazu verabredet hat und der Besucher … vielleicht einen Rückzieher gemacht hat?«

»Du meinst, sie hätte das Gift für sich und … und für noch jemanden gemacht? Wer sollte denn das gewesen sein?«, fragte Astrid deutlich bestürzt.

»Da hatte ich mir von dir eine Antwort erhofft«, gab Tilla leise zurück.

»Da fällt mir absolut niemand ein! Außerdem … ein Doppelselbstmord … das ist irgendwie viel zu theatralisch für Hedera.«

Tilla wurde unsicher. »Stimmt eigentlich.«

»Trotzdem ist diese zweite Tasse äußerst merkwürdig. Hast du sie zur Polizei gebracht?«, fragte Gerred.

»Äh … nein, noch nicht.« Sie kam sich plötzlich unsagbar dumm vor. »Ach, wahrscheinlich hat die Tasse gar nichts zu bedeuten. Vielleicht hat sie einfach nur vergessen, die Tasse zurück ins Wohnzimmer zu stellen.«

»Hatte sie denn Feinde?«, hakte Gerred vorsichtig nach.

»Nein!«, erklärte Astrid kategorisch.

Tilla fügte hinzu: »Meine Mutter hat sich tatsächlich außer mit mir noch nie mit jemandem gestritten … bis auf …« Tilla brach ihre Rede nachdenklich ab.

»Was?«, fragte Gerred.

»Na ja … damals in Braunlage, da hat es wohl mal so was wie einen Stalker gegeben.« Tilla blickte hilfesuchend zu Astrid. »Was war da eigentlich damals?«

Astrid starrte Tilla verstört an und sagte überaschend abweisend: »Ich weiß wirklich nicht, was du meinst.«

»Aber … ist sie nicht deswegen dort weggezogen?«, fragte Tilla erstaunt nach.

»Nein, so war das nicht. Außerdem spielt das heute keine Rolle mehr, es ist immerhin dreißig Jahre her!«, wiegelte Astrid ab.

Tilla wunderte sich noch über Astrids Worte, da stellte Gerred mit Blick auf ein Foto an der Wand fest: »Interessant – das ist ja eine Collage.«

Tilla stutzte. Gerred hatte recht. Auf dem alten Foto von ihrer Mutter klebte ihr eigenes Gesicht. Wieder erfüllte es sie mit Schmerz, dass sich im Haus kein einziges Foto von ihr mehr befand – außer also diesem … ihrem Gesicht über dem ihrer Mutter. Eine Träne löste sich, die sie unwillig wegwischte.

»Was ist?«, fragte Gerred vorsichtig.

»Die Fotos von mir … sie waren weg … alle, außer diesem, sie hat mein Gesicht von einem ähnlichen Foto ausgeschnitten und auf eines ihrer Fotos geklebt, was ich jetzt erst bemerke. Ich verstehe das alles nicht.«

»Sie hat deine Fotos weggehängt?«, fragte Astrid fassungslos.

»Nicht nur weggehängt, sie sind ganz weg«, gab Tilla unwillig zurück.

»Und wieso dann diese Collage?«, fragte Gerred.

»Wenn ich das wüsste«, murmelte Tilla.

Sigrunen schneide, wenn du den Sieg willst haben;
Grabe sie auf des Schwertes Griff;
Auf die Seiten einige, andere auf das Stichblatt
Und nenne zweimal Thyr

Edda, Das Lied von Sigrdrifa 6

Harald Schakenbeck trat in den spärlichen Schein der Straßenlaterne. Er fröstelte. Eigentlich war es gar nicht so kalt, aber die stetige Feuchtigkeit der letzten Tage zog einem durch jedwede Form von Kleidung und ließ die Temperatur niedriger erscheinen, als sie war. Er wünschte, es würde endlich schneien. In drei Tagen war Weihnachten. Hin und wieder hatte er die Kuppe des Rammelsberges schon leicht überpudert gesehen, doch bisher waren sie über herbstliches Schmuddelwetter noch nicht hinausgekommen. Er seufzte.

Grundsätzlich mochte er seinen Job, doch heute war er so frustriert wie schon lange nicht mehr. Er hatte Hülya Gülcan, eine junge Türkin, besucht. Das Mädchen hatte ihr schönes Gesicht zwar sittsam gesenkt, als ihr Vater und ihr blutjunger Ehemann gemeinsam angefangen hatten, auf sie einzubrüllen, doch Harald Schakenbeck war die Verzweiflung in Hülyas Augen keineswegs entgangen. Sie hatte im nächsten Frühjahr ihr Abitur machen wollen, doch nun war sie schwanger. Ihre Familie verbot ihr, aus dem Haus und zur Schule zu gehen.

Harald Schakenbeck war seit vielen Jahren Sozialarbeiter. Er hatte sich einen guten Ruf geschaffen, denn er konnte gut mit jenen Jugendlichen umgehen, denen gern mal die Pferde durchgingen. Er wusste nur allzu gut, wie sich unmäßige Wut anfühlte. Er wusste auch, wie süß die Erleichterung schmeckte, wenn man seine Wut an einem anderen Menschen ausgelassen hatte. Und er wusste, wie bitter der Nachgeschmack von so etwas war. Er hatte all das selbst erlebt und hinter sich gelassen.

Mit diesem Erfahrungsschatz gelang es ihm sehr oft, die richtigen Worte zu finden, um die zornigen jungen Männer und Frauen zu erreichen. Aber dieser Job hier lag ihm so gar nicht. Gerne hätte er Hülya an seine Kollegin abgetreten, doch er wusste natürlich, traditionelle türkische Familien sprachen meist nicht mit weiblichen Mitarbeitern.

Geduldig hatte er gewartet, bis sich die Männer etwas beruhigt hatten. Im Laufe der Jahre hatte er ein wenig Türkisch gelernt, aber das, was heute zu der jungen Frau mit den schönen Märchenaugen gesagt wurde, hätte er am liebsten nicht verstanden. Hülya war eine intelligente junge Frau, der alle Chancen offen gestanden hätten, wäre sie nicht in den Traditionen ihrer Herkunft gefangen.

In höfliche Worte gekleidet, hatte man ihm zu verstehen gegeben, dass man seine Einmischung nicht weiter dulden würde. Als er ging, streifte ihn ein scheuer Blick von Hülya. Die großen dunklen Augen des Mädchens verstanden es, ihm in diesem kurzen Augenblick gleichzeitig eine Warnung und Dank zukommen zu lassen, bevor sie wieder sittsam niedergeschlagen wurden und sich an dem grauen Laminatboden vor ihren Füßen festsaugten.

Schakenbeck überquerte mit ungnädig stampfenden Schritten die Straße und ließ sich in seinen Golf fallen. »Heute brauche ich wirklich einen guten Schluck Wein«, murmelte er unendlich müde vor sich hin, als ihm auch noch der Autoschlüssel hinunterfiel. Das Kinn ans Steuer gequetscht, fischte er mit den Händen im Fußraum herum, bis er endlich den metallenen Haufen ertastete. In diesem Moment löste sich eine schlanke Gestalt in Mantel und dunkler Mütze von der völlig im Dunklen liegenden Hausfassade und kreuzte mit schnellen Schritten die Fahrbahn. Wie ein Geist verschwand der Mann in der nächsten Seitenstraße.

»Meine Güte, da kriegt man ja einen Herzinfarkt«, murmelte Harald Schakenbeck. Er schüttelte den Kopf und steckte den Schlüssel ins Zündschloss. Mit gehorsamem Brummen meldete sich der Motor.

Mit dem Rotweinglas in der Hand beobachtete Harald Schakenbeck seine Lore, während leckerer Essensduft durch die Wohnung zog. Er ahnte, was kam. Sie hatte schon mehrfach zu ihm hergesehen, seit sie das Telefongespräch angenommen hatte. Es passierte eigentlich nicht mehr gar so häufig, dass seine Schützlinge sich abends meldeten, aber es kam vor. Lore dagegen arbeitete im Katasteramt, ihr Feierabend war stets endgültig.

Mit den Worten: »Es ist ein Mann, der sagt, er riefe im Auftrag von einer Hülya an …«, übergab ihm Lore den Hörer.

»Hülya Gülcan? Hoffentlich ist nichts passiert.« Harald Schakenbeck nahm eilig den Hörer ans Ohr, meldete sich mit kurzem ›Ja‹ und hörte dann stirnrunzelnd zu. »Beim Klusfelsen? Sie ist bis zum Klusfelsen gelaufen? Du meine Güte, die Arme. Ja ich fahre gleich hin und suche sie. Und Sie sind …?« Harald Schakenbeck blickte den verstummten Hörer ärgerlich an. »Anonym. Na gut.

Hauptsache es gibt überhaupt jemanden, der sich um das arme Mädchen sorgt.«

Woher hatte der anonyme Anrufer seine Nummer? Eigentlich hätte sich Harald Schakenbeck dieser Frage sorgfältiger widmen müssen, doch die Sorge um das Mädchen mit dem werdenden Leben im Leib drängte alles beiseite.

»Ich begleite dich«, bot Lore Schakenbeck an und schickte sich an, nach ihrer Jacke zu greifen. Doch Harald strich seiner Frau liebevoll über die Wange.

»Nein, lass nur, Lorchen. Ich weiß nicht, wie sie reagiert, wenn sie jemand bei mir sieht, den sie nicht kennt. Und warte nicht auf mich. Wenn möglich, bringe ich sie noch heute Nacht woanders unter. Es könnte spät werden.« Er küsste seine Frau, suchte seine Sachen zusammen und verließ die Wohnung in der Nansenstraße.

Nur eine Stunde später lag Harald Schakenbeck bäuchlings auf dem Boden im Mondschatten des Klusfelsens. Seine Wange ruhte schwer auf einer moosigen Sandsteinplatte. Es roch nach feuchtem Laub. In seinem begrenzten Blickfeld tauchten mehrere lederverhüllte Füße auf, doch es blieb still. Niemand sprach. Der Schmerz, als ihm der Stahl in den Leib gedrungen war, hatte bereits nachgelassen. Es fühlte sich nur noch wie ein dumpfes Pochen an. Widerstandslos hatte er sich auf den blutenden Bauch legen lassen. Grob hatte man ihm gegen die Fußknöchel getreten, sodass diese nun dicht beieinander lagen. Als jemand nach einem seiner Arme griff, um ihn in die richtige Position zu ziehen, geriet verschwommen der untere Teil einer Tätowierung in seinen Blick. Doch der Gedanke, dass er so etwas schon einmal gesehen hatte, zerfaserte sofort wieder.

Es spielte sowieso keine Rolle mehr. Harald Schakenbeck wusste, dass er keine Möglichkeit mehr bekommen würde, jemandem davon zu erzählen. Sein Leben sickerte unwiederbringlich in die sandgefüllte Feuerstelle unter ihm, die früher von Pilgern der Klus genutzt worden war. Ganz kurz kam ihm in den Sinn, ob seine Seele nun vielleicht den legendären unterirdischen Saal zu sehen bekäme, den man der Sage nach nur mit einer magischen blauen Blume öffnen konnte. Der goldene Saal sollte sich doch irgendwo unter ihm befinden. Er war zu müde, den Gedanken weiter zu verfolgen. Die Geräusche um ihn herum wurden dumpf, als entfernten sie sich von ihm. Die ganze Welt schien sich von ihm zu entfernen, oder entfernte er sich von der Welt?

Er bedauerte, dass er und seine Frau nun auf all die gemeinsamen Reisen würden verzichten müssen, für deren Verwirklichung nach der Pensionierung sie so lange gespart hatten. Er bedauerte auch, dass sein Tod ausgerechnet drei Tage vor Weihnachten geschah und seine Familie darunter besonders würde leiden müssen.

Seine Verwunderung über das, was hier passierte, hielt sich in Grenzen. Eigentlich hatte er immer geahnt, dass er für seine Jugendsünde irgendwann würde bezahlen müssen. Er konnte sich nicht erklären, wie der Mann diese Nacht vor dreißig Jahren überlebt haben konnte. Noch weniger verstand er, warum er sich dann mit seiner Rache so lange Zeit gelassen hatte. Was Harald und achtzehn weitere junge Männer damals getan hatten, war der Grund für das hier – und es war bestimmend für sein ganzes weiteres Leben gewesen. Er hatte geglaubt, ihn getötet zu haben und hatte dreißig Jahre gebüßt.

Das Einzige, was Harald Schakenbeck nicht verstand, waren die Fragen, die ihm dieser Mann jetzt gestellt hatte. Gerade er musste doch die Antwort kennen – die Antwort nach dem ›Warum‹ der Jagd auf ihn vor dreißig Jahren. Harald Schakenbeck hatte seinen Henker nur völlig verständnislos angeblickt und geflüstert: »Du hast sie vergewaltigt und gebrochen. Wieso stellst du mir so eine Frage?«

Noch verwirrter war er, als den Schmerz sah, den er mit dieser Aussage bei seinem Gegenüber hinterließ.

Während des bizarren Verhörs hatte Harald Schakenbeck kaum den Blick von dem Schwert wenden können. Man hatte ihn gezwungen, niederzuknien, die Marienkapelle im Rücken, eine riesige Linde vor ihm. Und vor dieser Linde wartete sein Henker mit dem Schwert, als sei der Klus in dieser Nacht zum Thingplatz geworden. Harald Schakenbeck hatte in sein eigenes Gesicht geblickt, das sich in der glänzenden Schneide des Schwertes spiegelte. Die Blutrinne in der Mitte hatte sein Spiegelbild in zwei Hälften geteilt, die nicht richtig zusammenzupassen schienen. Harald war in diesem Augenblick davon überzeugt gewesen, in diesem Schwert sein wahres Antlitz zu sehen. Vor dreißig Jahren war er selbst bereit gewesen, zu töten. In den folgenden dreißig Jahren hatte er versucht, dieses Unrecht an anderen Menschen wiedergutzumachen. Seine Persönlichkeit wies zwei Seiten auf.

Dann verschwand das Bild. Sein Inquisitor hatte das Schwert gehoben, es einmal kreisen lassen und dann zugestoßen.

Harald Schakenbeck starb mit dem Gesicht seiner Frau vor dem inneren Auge.

Lieber sterben als tatenlos altern.

Maxime der Kelten nach Silius Italicus

Hochbefriedigt zog Tilla die schützenden Plastikfolien von ihren Möbeln. Farbeimer und Pinsel hatte sie bereits in den Keller gebracht. Sie blickte sich um. Alle Wände erstrahlten in jungfräulichem Weiß, während zuvor Beige-Töne und gemusterte Tapeten das Wohnzimmer dominiert hatten. Ein Halogenstrahlersystem sorgte nun für gleißende Helligkeit. Energisch rückte sie den großen Schreibtisch an die Stelle, wo zuvor der kleinere provisorische Tisch gestanden hatte. Den hatte Tilla mit einem Anstrich und einer neuen Holzplatte aus dem Baumarkt bis zur Unkenntlichkeit verändert. Er beherbergte nun einige Bürogeräte. Die Ostseite des Wohnzimmers war zum Arbeitszimmer geworden.

Ein modernes Regal teilte den Arbeitsbereich vom Wohnzimmerbereich ab, der mit einem hellen Sofa, Großmutter Leandras Sessel, einer futuristischen Leseleuchte, der HiFi-Anlage und einem Fernseher bestückt war. Einzige zarte Farbtupfer bildeten zwei Aquarelle, die Tilla gerade aufgehängt hatte. Sie zeigten Landschaften des fernen Wales. Tillas Großmutter Leandra hatte sie gemalt. Gerne hätte Tilla noch einige von den farbenfrohen, märchenhaften Bildern ihrer Mutter aufgehängt, doch sie hatte sie nirgends finden können. Auch sie waren verschwunden, genau wie die Fotos.

Obwohl der Tag der Wintersonnenwende nach Kerzenlicht und etwas Yulschmuck verlangt hätte, deutete in Tillas Haus nichts auf das heutige Fest hin. Mit grimmiger Befriedigung stellte Tilla fest, dass sie fast ihr gesamtes vorheriges Leben verbannt hatte – ihres und das ihrer Mutter. Wieder runzelte sie unwillig die

Stirn. Warum nur hatte ihre Mutter sie aus diesem Haus verbannt? Sie ahnte, dass diese Merkwürdigkeit einen Grund hatte. Und doch ... solange sie den Grund nicht verstand, schmerzte es unsäglich.

Sie setzte sich an ihren Schreibtisch und schloss ihren Computer an. Paris thronte auf dem Fensterbrett und döste. Die Katze hatte die Umstrukturierung des Wohnzimmers problemlos angenommen, denn ihr Lieblingsplatz, das Fensterbrett, war von Tillas wildem Aktionismus verschont geblieben.

Tilla strich Paris über den Rücken. Das Tier antwortete mit wohligem Schnurren und dem kurzen Strecken der Pfoten. Als Tilla die Hand zurückzog, fuhren ihre Finger über den groben Stein, der auf der Ecke ihres Schreibtisches stand. Tilla drehte ihn langsam herum. Sie hatte ihn von ihrer Mutter zum zwölften Geburtstag bekommen. Er sah aus wie eine Miniausgabe von Brocken, Achtermann und Wurmberg. Ihr kleines ›Gebirge‹ war durch eine Bruchstelle an der Unterseite völlig eben. Eine Seite des Minigebirges zierte eine versteinerte Muschel, auf der anderen Seite war eine senkrechte Linie zu sehen, an die sich ein nach links offenes V anfügte. Zusammengenommen ergaben diese zufälligen Linien die Thurisaz-Rune.

Versonnen drehte Tilla den Stein hin und her. Unter all den Geburtstagsgeschenken – an die anderen erinnerte sich Tilla nicht einmal mehr – war dieser Stein für sie das wertvollste gewesen. Ihre Mutter und sie hatten damals einen Ausflug zur Burg Lichtenberg in Salzgitter gemacht. Viel mehr als für die Ruinen der Burg hatte sich Tilla für einen Steinbruch in der Nähe interessiert, wo in einer längst vergangenen Warmzeit tausende von Jahren zuvor das Wasser der Nordsee gegen die Kalkfelsen geschwappt war. Muscheln, Pflanzen und kleineres Ufergetier waren in Sand und Schlick zurückgeblieben.

Die mittlerweile versteinerten Schätze hatten die Zeit von schützendem Kalkstein umschlossen bis zur Gegenwart überdauert und Tilla hatte an diesem Tag nach Herzenslust Paläontologin spielen dürfen.

Tillas Zeigefinger zeichnete versonnen die Rune nach. Ihre Mutter und sie hatten an diesem wirklich schönen Tag ihr Runenspiel betrieben. Immer wenn sie Ästchen auf dem Weg sahen, die Ähnlichkeit mit Runen hatten, orakelten sie das Zukünftige und Hedera hatte immer hübsche Geschichten zu den Runen parat gehabt. In der Nacht zum Montag, Tillas Geburtstag, hatte Hedera ihr den Stein auf ihren Nachttisch gestellt. Zwar war Tillas Mädchenzimmer inzwischen zu einem unpersönlichen Gästezimmer mutiert, doch der Stein hatte noch immer auf dem Nachtschränkchen gestanden. Es war, als versuche dieses urige Objekt mehr Wohlwollen in Tillas Erinnerung zu bringen – mit gewissem Erfolg.

Sie riss sich von seinem Anblick los und wandte sich endlich dem Manuskript zu, das sie zu übersetzen hatte. Mittlerweile saß Tilla täglich vor ihrem PC und widmete sich mit großem Elan der Übersetzung von Borderfelds Texten, die mit schöner Regelmäßigkeit in dicken Versandtaschen eintrafen. Die Bezahlung war für Tillas Verhältnisse geradezu fürstlich. Nur Borderfelds unangemeldete Besuche waren Tilla unangenehm. Sie vermittelten ihr stets das Gefühl, kontrolliert zu werden. Doch Tilla schob den Gedanken beiseite. Ihr Leben erhielt durch Borderfeld wohltuend Struktur. Mittlerweile tüftelte sie sogar an einer Homepage herum, in der sie ihre Dienste als Übersetzerin anbieten wollte.

Nach den Tagen körperlicher Arbeit hatte sie nun Schwierigkeiten, zu konzentriertem Arbeiten am Computer zurückzufinden. Vielleicht lag es auch an dem Farbgeruch, der noch immer in der Luft lag. Tilla drehte sich auf ihrem Schreibtischstuhl hin und her. Die

Linde, auf deren ausladende Silhouette sie durch das große Wohnzimmerfenster aus blicken konnte, zeigte schlafende, dunkle Äste.

Gedankenverloren zupfte sie an den neuen Texten von Borderfeld herum, die neben dem Runenstein lagen. Zwischen den Bögen entdeckte sie angegraute Kopien alter Handschriften, zum Teil in altdeutscher Schrift. Sie ahnte, dass diese Übersetzungen nicht einfach werden würden.

Sie zog eines der Blätter heraus und erkannte, dass es sich um einen Briefwechsel handelte, dessen Verfassernamen sie allerdings nirgends finden konnte. Es ging um eine sagenhafte Insel im hohen Norden, auf der Menschen mit besonderen Fähigkeiten gelebt haben sollten. Es fielen Begriffe wie: Thule, außergewöhnliche technische Errungenschaften, Verbindung mit dem Kosmos, Magie und psychische Energien – alles mit für Tillas Geschmack reichlich überspannten Adjektiven. »Was ist das denn für ein Unsinn …«, murmelte sie ungnädig.

Das Schriftstück stammte eindeutig aus der Vergangenheit. Offensichtlich tauschten sich hier zwei einander sehr vertraute Menschen recht überschwänglich aus. Tilla huschte über die Zeilen, bis sich ihr Blick an Ausdrücken wie ›arischer Stamm‹ und ›Wurzelrasse‹ stieß. Ihr Selbst schloss sich augenblicklich zu einem unsichtbaren Panzer der Abscheu, dennoch las sie weiter.

… nach der großen Katastrophe kehren die Auswanderer aus der Wüste Gobi zurück und bilden den arischen Stamm, die Grundrasse der Menschheit. Ihre Mitglieder werden die Weltherrschaft erringen. Sie alle müssen sich der Gesellschaft beweisen und ihre Fähigkeit zu herrschen zeigen – entscheiden, wer lebt und wer stirbt …

Tilla schüttelte sich und blätterte weiter.

… Lieber Freund, sei versichert, die Rituale des inneren Ringes eröffnen dir Welten des eigenen Bewusstseins,

welches gegen alle Gefahr gefeit. Die Rituale ermöglichen eine höhere Stufe der Wahrnehmung. Sie sichern dem die Macht, der diese Stufe erreicht hat. Der großartige Niccolò Machiavelli sah den größten Feind natürlicher Macht im Unbeherrschbaren, c'est la Fortune. Doch wir, lieber Freund, sind in Begriff, das fünfte Element zu erforschen! Feuer, Erde, Wasser, Luft – jene vier Elemente, welche trefflichst von Aristoteles beschrieben, aber das fünfte Element ist der sie verbindende Geist, die Magie, das Wyrdh … beherrscht von einer kleinen Anzahl ganz besonderer Menschen. Frauen, weise Frauen, welche die wahren Träger der germanischen Kultur sind! Viele von ihnen sind bereits dem meuchelnden Anschlag durch die katholische und auch die jüdische Religion erlegen. Doch wir stehen kurz davor, die losen Enden, welche sinnentleert im Lauf der Geschichte baumeln, wiederzufinden. Und nun, lieber Freund, verstehst du, warum der Führer so danach strebt, das Elend der Vernichtung unseres wahren Glaubens zu erforschen. Unvorstellbare Quellen des Wissens hat er bereits zusammentragen lassen …

Das Klingeln ihres Telefons ließ sie zusammenzucken. Etwas fahrig griff sie nach dem Hörer. »Tilla Leinwig …«

»Wie gefallen Ihnen die Texte?«, hörte sie Borderfeld sagen. Zwischen ihren Augen bildete sich eine steile Falte.

»Oh … ich habe gerade erst einen flüchtigen Blick darauf geworfen«, antwortete sie ausweichend. Warum wurde ihr immer so unwohl, wenn sie mit diesem Mann Kontakt hatte? »Wie schnell erwarten Sie die Texte denn?«

»Oh, ich bin mir sicher, Sie interessieren sich genauso sehr dafür wie ich und werden sie wie immer alsbald fertig haben. Ich bewundere die Disziplin und die Geschwindigkeit, mit der Sie arbeiten.«

Sein Lob mehrte ihr Unbehagen. Woher wusste er, dass

sie diszipliniert arbeitete? Er war nicht der Typ, der leere Worte absonderte, um der Höflichkeit Genüge zu tun. Beobachtete er sie? Tilla versuchte mit Macht die Paranoia zurückzudrängen, die sie immer öfter befiel, wenn sie mit Borderfeld Kontakt hatte. In geschäftsmäßigem Ton antwortete sie: »Vielen Dank. Ich werde mich auch weiterhin bemühen, zu Ihrer Zufriedenheit zu arbeiten. Welchem Zweck dienen diese Texte?«

Er ignorierte ihre Frage. »Sie werden demnächst weitere interessante Aufträge von mir erhalten. Ich melde mich wieder. Einen schönen Tag noch, Tilla.«

Alles in ihr wehrte sich dagegen, dass er dazu übergegangen war, ihren Vornamen zu benutzen. Doch sie mahnte sich immer wieder, dies nicht überzubewerten. Im englischen Sprachraum und auch in der globalisierten Geschäftswelt war dies schließlich durchaus üblich. Aber das war heute nicht das Einzige, was sie irritierte. Den Hörer in der sinkenden Hand starrte Tilla aus dem seitlichen Wohnzimmerfenster. Dann spurtete sie los, stürmte durch die Haustür den unbefestigten Schotterweg hinab, bis sie die Straße sehen konnte. Borderfeld hatte eindeutig von einem Handy aus telefoniert. Sie war sich sicher, hinter seiner Stimme und seinen Schritten das Geräusch eines anfahrenden Busses gehört zu haben. Die Straße machte einen Bogen. Tilla unterdrückte ihren keuchenden Atem für einen Moment und horchte. Sie war sich sicher, den Bus noch zu hören, der nun nach Stapelburg fuhr. Unsicher blickte sie sich um. Borderfeld sah sie nicht.

Nachdenklich kehrte sie zurück ins Haus und an ihren Schreibtisch. Sie war sicher, er war in der Nähe und beobachtete sie. Sie blickte unbehaglich aus dem Fenster hinaus zum Wald. Er war winterlich kahl, Borderfeld könnte sie vom Weg aus sehen. Aber eine Person wäre ihr doch aufgefallen ...

Das Päckchen mit den neuen Texten hatte bereits am

vorangegangenen Abend unter dem Postschlitz in ihrem Flur gelegen. Tilla zog sich den Abfallkorb heran und fischte die braune Packtasche heraus. Stirnrunzelnd registrierte sie, dass auch dieses Mal Briefmarke oder Stempel fehlten. Abgesehen von ihrer eigenen Adresse erstrahlte die Versandtasche in leerem, jungfräulichem Lehmbraun. Von einer Postzustellung schien er nichts zu halten. Er musste es persönlich durch ihren Briefschlitz geschoben haben.

Wieder einmal wurde ihr unangenehm bewusst, dass sie absolut gar nichts von ihm wusste. Auf der Suche nach einem Hinweis glitt Tillas Blick über die akkuraten, handgeschriebenen Druckbuchstaben auf der Versandtasche. Alle waren exakt gleich groß und in gleichem Winkel. Selbst die Schrift dieses Mannes war so undurchsichtig und individualitätslos wie er selbst. Ungehalten knüllte sie den Umschlag zusammen und warf ihn zurück in den Papierkorb.

Ohne sein Geld hätte Tilla nicht einmal dieses Haus unterhalten können, dessen Bausubstanz völlig frei von Extravaganzen wie Wärmedämmung und dergleichen war. Von den Führungen allein konnte sie nicht leben. Tilla starrte leer auf ihr Skript. Sie war es ihrer Mutter schuldig, wenigstens das Haus zu erhalten. Ein weiteres Scheitern konnte sie sich nicht erlauben. Es war niemand mehr da, der sie auffing.

»Er zahlt gut. Das sollte reichen! Dafür kann er auch gern vor meiner Tür campieren!«, beschimpfte sie sich selbst und beschwor einem Mantra gleich ihre neue, distinguierte Persönlichkeit einer erfolgreichen Freiberuflerin herauf. Gehörte nicht bei aller »Freiheit« dazu, dass sie sich einfach endlich mal daran gewöhnen musste, zu tun, was man ihr sagte? War das nicht immer so in der Arbeitswelt? Unwillig schob sie den Stapel von Texten zur Seite und zog sich stattdessen den aktuell zu übersetzenden Text heran. In spätestens einer Stunde musste sie zu einer weiteren Führung starten, bis dahin wollte sie mit einem ersten groben Durchgang fertig sein, bevor der Text am Abend sein Feinschliff erhielt.

Als sie pünktlich eine Stunde später in ihren Wagen stieg und das Autoradio anstellte, folgte ihr Geist zunächst zögernd, dann jedoch immer entsetzter den Worten des Radiomoderators, der von einem übel zugerichteten Toten berichtete, den man am Klusfelsen in Goslar gefunden hatte.

»Heilige Göttin ... auch noch am Klusfelsen«, murmelte sie. »Man könnte meinen, dass Odin und seine wüsten Gesellen die Raunächte eröffnet haben.«

Nachdenklich bog Tilla vor dem breiten Tor ab, ließ die Kaiserpfalz rechts liegen und folgte der Rammelsberger Straße. Nur langsam kehrten ihre Gedanken zu dem zurück, was vor ihr lag. Das Bergwerk hatte einige weihnachtliche Events auf dem Programm, bei denen Tilla eingeplant war. Eigentlich war sie recht zufrieden mit ihrem Leben. Eigentlich ...

*

Nicht weit von Tillas vorbeifahrendem Wagen entfernt trat Andreas Kamenz auf seinen Chef Gerd Wegener zu, der den Abtransport der Leiche in einem schmucklosen Zinksarg mit einer Mischung aus Abscheu und Nachdenklichkeit verfolgte. Vorsichtig tasteten sich die Sargträger über die Brücke aus feuchtem Holz, die den ursprünglichen Aufgang zur Kluskapelle überspannte.

Kriminalhauptkommissar Wegener stand schon seit einer Weile völlig bewegungslos am Stamm einer Linde und ließ den Tatort auf sich wirken. Andreas Kamenz wusste, dass dies für seinen Vorgesetzten normal war. Ihm selbst zog die feuchte Kälte derart durch Kleidung und Schuhe, dass er erbärmlich fror. Daher zog er es vor, geschäftig hin und her zu gehen. Kälte machte sich auch in seinem Inneren breit. Ein Opfer wie dieses hier hatte er noch nicht gesehen. Die Haut war entsetzlich fahl und weiß gewesen.

»Völlig ausgeblutet«, hatte die Pathologin erklärt.

Eine hoch gewachsene Gestalt strebte eilig über den Weg aus feinem Splitt auf das rot-weiß gestreifte Absperrband zu, das einer der uniformierten Kollegen hilfsbereit hochhielt. Mit ungeduldigen, ausgreifenden Schritten steuerte Dr. Jan Berking von der Staatsanwaltschaft Braunschweig auf die beiden Kriminalbeamten zu. Berking nickte Wegener und Kamenz knapp zu und erwartete, ohne ein Wort zu sagen, deren Bericht, während er die archaische Örtlichkeit in sich aufnahm.

»Viel haben wir noch nicht«, begann Wegener, den das unterkühlte Auftreten des jungen Staatsanwaltes nicht zu stören schien. »Harald Schakenbeck, fünfundfünfzig Jahre alt, arbeitete im Sozialamt. Nach dem ersten Eindruck unserer Pathologin ist er mit einer ziemlich breiten, beidseitig geschliffenen Klinge erstochen worden und verblutet. Vorher scheint man ihm arg zugesetzt zu haben. Er ist mit Hämatomen übersät. Dr. Giresch vermutet, dass er um Mitternacht herum starb.«

Berking ließ den Blick über den Klusfelsen wandern. In den Stein war an dieser Stelle eine Höhlung getrieben worden, die als Kapelle diente. Der Klusfelsen stellte nicht nur für Christen ein Heiligtum dar. Zahlreiche Symbole, die man überall in den weichen Hilssandstein geritzt hatte, zeugten von seiner Bedeutung als Kultstätte für diverse Glaubensgruppen. Nachdenklich betrachtete Berking die struppige Wiesenfläche unterhalb ihres Standortes. In den letzten Tagen hatten Schnee und Regen permanent um die Vorherrschaft gekämpft.

Er umrundete er die Stelle, an der die Leiche gelegen hatte. »Hier oben auf diesem Steinplateau wird man wohl kaum Fußspuren sichern können«, stellte er verdrossen fest.

»Nein. Und wenn, dann wäre eine Zuordnung wegen der zahlreichen Besucher und Spaziergänger nicht möglich«, antwortete ihm Gerd Wegener.

Berkings Blick streifte die Häuser, die nur von einer schmalen Baumreihe getrennt den Klusfelsen umgaben. Für einen Augenblick erschien eine Falte des Unmuts über seiner Nase. »Und es hat niemand etwas gehört?«

»Die Kollegen sind noch damit beschäftigt, sich bei den Anliegern durchzufragen. Eine ältere Anwohnerin will ein Auto gehört haben, das wohl dort unten über den Fußweg gefahren ist. Aber gesehen hat sie nichts.«

»Reifenspuren?«

Wegener wies auf eine Gruppe von Tatorttechnikern, die sich bemühten, einen Gipsabdruck von einem Stückchen Matsch neben dem Spazierweg zu nehmen.

»Wer hat den Toten gefunden?«, fragte Berking weiter.

»Eine Spaziergängerin, die mit ihrem Hund unterwegs war. Sie wohnt dort hinten, aber sie hat in der Nacht ebenfalls nichts bemerkt.«

»Man sagte mir, das Opfer sei auf dem Bauch liegend mit ausgebreiteten Armen aufgefunden worden?«, fragte der Staatsanwalt nach.

Nun ahnte Kamenz, warum Dr. Berking, der für schwere Delikte und organisiertes Verbrechen zuständig war, so schnell von seinem Wirkungsort Braunschweig ins beschauliche Goslar gekommen war. »Ja. Das Ganze sieht tatsächlich ein wenig wie eine rituelle Hinrichtung aus. Aber wir sollten keine voreiligen Schlüsse ziehen«, mahnte der erfahrene Ermittler.

Berking ging nicht auf Wegeners Einwand ein. »Ist ein bedeutsamer Platz, nicht wahr?«

Andreas Kamenz hielt es vor Neugier nicht mehr aus. »Glauben Sie wirklich, dass es hier um eine rituelle Hinrichtung handelt?«

Berking ließ sich Zeit mit seiner Antwort, die Kamenz und Wegner dann nicht wenig erstaunte. »Offen gesagt … ich weiß es nicht. Ich bin eigentlich nur zufällig hier.« Er blickte etwas unschlüssig über den alten, grob behauenen Sandsteinboden mit dem dunklen Fleck in seiner Mitte und fügte dann hinzu: »Ich kam gerade drüben vom Friedhof, als ich den Anruf meiner Dienststelle bekam.«

Kamenz und Wegener schauten angestrengt geradeaus, als habe der Braunschweiger Staatsanwalt ihnen etwas peinlich Privates eröffnet. Natürlich war an der Aussage nichts Peinliches. Der Vierzigjährige galt jedoch als extrem unnahbar, was einen Hinweis zu seinem Privatleben zu einer ausgesprochenen Seltenheit machte.

Doch Dr. Berking fand schnell zu seiner üblichen Schroffheit zurück. Mit einem lapidaren: »Schicken Sie mir den Bericht rüber« machte er dem Schweigen ein Ende und verließ die Kriminalbeamten.

Das Wetter ließ auch sie alsbald ihren Wagen aufsuchen. Wegener nickte dem Tatorttechniker zu, der letzte Fotos machte. Sie alle schenkten den gleichmäßigen Rillen in der Sandsteinwand gegenüber der Kluskapelle keine Beachtung. Schließlich ging doch kaum ein Klusbesucher davon, ohne ein Zeichen in dem weichen Stein zu hinterlassen.

Von seinen Waffen weiche niemand
einen Schritt im weiten Feld
Niemand weiß unterwegs
wie bald er seines Speeres bedarf

Edda, Des Hohen Lied. 37

Was soll die Frage?« Purer Zorn hing wie ein drohender Meteoriteneinschlag in der Luft.

Doch dieses Mal zuckte Magnus' Lid nicht. Seine Antwort fiel selbstsicher und samtweich aus. »Versteh mich nicht falsch, aber die Organisation könnte auf die Idee kommen, dass du sie für einen privaten Rachefeldzug missbrauchst.« Magnus' Mine war undurchdringlich. »Ein Rachefeldzug, der ziemliche Kreise ziehen wird.«

Ihre Blicke trafen aufeinander wie Frost auf Stahl.

Hermann ließ nun ein dezentes Lächeln sehen. »Kreise, deren Wellen du, Magnus, weitere Nahrung gegeben hast. Denkst du, ich weiß nicht, dass du zum Klusfelsen zurückgekehrt bist, um in dieser kindischen Art und Weise den Stein zu bearbeiten? Wieso hast du diese Zeichen hinterlassen?«

Die Atmosphäre zwischen ihnen wanderte weitere Frostgrade tiefer. Beide waren auf der Hut.

»Du hast mich also beobachtet«, stellte Magnus in einem Ton fest, den man fast als vergnügt bezeichnen konnte. Er schien nicht im Mindesten beunruhigt.

Wieder verging ein Moment der Stille. Hermann wusste sehr genau, entweder hatte er in Magnus einen gefährlichen Feind seiner Ziele geboren, den er über kurz oder lang eliminieren musste, oder er würde in ihm einen Mitstreiter bekommen, der seine Kapazitäten um ein Vielfaches steigern konnte. Alles kam auf die nächsten Minuten an.

Hermann ließ sich in seinem Sessel zurückfallen. In

leicht amüsiertem Ton sagte er: »Ich war gespannt, was du tun würdest, Magnus.« Bewusst ließ er seinen Blick auf Magnus ruhen und nutzte den Vorteil, dass er lässig auf seinem teuren Schreibtischstuhl thronte, während Magnus wie ein Lakai stehen musste, weil sich kein weiteres Sitzmöbel in dem Saal befand, den Hermann als Büro nutzte. Magnus war bestens trainiert, sodass ihm langes Stehen nichts ausmachte. Auf spannungsbedingtes Zappeln würde Hermann bei ihm vergeblich warten.

»Die Runen werden die Polizei irgendwann auf die Spur von Gesinnungsbrüdern führen. Was hast du dir dabei gedacht?«, fragte Hermann und blickte Magnus streng an.

Ganz nach dem Vorbild seines Mentors ließ der sich ebenfalls Zeit mit der Antwort. »Nun … du hast es ja vorgezogen, niemandem zu erklären, warum du diesen Wicht hingerichtet hast.«

»Das muss ich auch nicht.«

Hermann kannte seinen Adlatus gut genug, um zu erkennen, dass der seine Strategie gerade überdachte. Offenbar entschloss sich Magnus, seinen eingeschlagenen Weg nicht zu verlassen und fragte frech: »Und? Hast du den Orden benutzt?«

Hermann stellte die Ellenbogen auf die Platte des schweren Eichentisches. Die aneinander gelegten Handflächen hatten etwas Rituelles, während er Magnus fixierte.

»Sagen wir es mal so: Ich habe ein längst fälliges Urteil vollstreckt«, antwortete er, dann wurde sein Blick ansatzweise weich. »Dieses Urteil hatte sehr wohl mit der Organisation zu tun … der ich schon sehr viel länger diene, als du auf der Welt bist, Magnus. Der, den du ›Wicht‹ nennst, hat vor einigen Jahren den Durchbruch der Machtfestigung in dieser Region verhindert. In den Jahren darauf hat dieser ›Wicht‹ uns eine ärgerlich große

Anzahl von jungen Mitstreitern abspenstig gemacht. Der Mann ist seit vielen Jahren ein Ärgernis für die Organisation.« Hermann ließ seine Worte wirken. Dann schoss er hinterher: »Du warst es, der diese Hinrichtung offen zu einer Sache der Organisation gemacht hat! Du hast die Runen hinterlassen! Das war nicht vorgesehen. Der Tod des Mannes dagegen schon.«

Auf diese Fassung des Geschehens war Magnus keineswegs vorbereitet gewesen und seine tiefblauen Augen weiteten sich. Zufrieden erkannte Hermann, wie in Magnus gerade mehrere Stützen seines Selbstbewusstseins zu Staub zerfielen. Hermann wartete schweigend eine Weile, um dann vernehmlich zu seufzen. »Ich vermag nicht zu sagen, wie die Organisation auf diese Eigenmächtigkeit von dir reagieren wird, mein lieber Magnus. Schade um dich. Aber du warst ja schon immer schwierig.«

Hermann wusste sehr genau, dass Magnus diese Spur gelegt hatte, um ihm persönlich einen Schlag zu versetzen. Er wusste auch, an dem Erfolg dieses Plans hätte nicht viel gefehlt. Es war ein Stückchen Fortune gewesen, dass die Organisation gerade jetzt die Direktive herausgegeben hatte, ihre Macht offen zur Schau zu stellen. Übergriffe durften beginnen.

Hermann betrachtete Magnus und überlegte. Wenn er ihn jetzt auffing, konnte er von ihm dafür so etwas wie Loyalität erwarten? Wohl kaum. Ein Mann wie Magnus folgt nicht dem ›Do-it-des-Prinzip‹, – ich gebe, damit du gibst – er folgt allein dem Recht der Stärke. Hatte Magnus endlich begriffen, dass er, Hermann, noch immer der Stärkere war?

Hermann blickte Magnus zweifelnd an. Sein Adlatus war ein wirklich guter Kämpfer und unterrichtete mehrere Gruppen in der Region. Auch kannte er einen Großteil der Hintergrundorganisation seiner Geschäfte.

Seine Ausbildung – Magnus hatte den Rang eines Offiziers erreicht – war zu weit gediehen, als dass man so jemanden einfach vernichtete. Leute wie er machten die immer stärker werdenden Ressourcen der Organisation aus.

Als Hermann endlich das Wort an Magnus richtete, war eine geraume Weile vergangen. »Ich gebe dir eine letzte Chance, Magnus. Du wirst aus deinem Fehler ein Programm machen!«

Die Kelten wuschen und salbten sich fleißig,
tätowierten sich und wählten
die buntesten Kleiderstoffe.
Wilser/Grupp

Nur mäßig erfrischt kam Tilla von ihrer Laufrunde am Morgen zurück. Achtlos warf sie ihre Jacke über die völlig überfüllte Garderobe, wo sie natürlich herunterfiel, da hier nicht einmal mehr ein Taschentuch unterzubringen gewesen wäre. Ungeduldig stob sie durch den Flur in Richtung Badezimmer. Bereits auf dem Weg dorthin begann sie sich ihrer Kleidungsstücke zu entledigen. Ihr rechter Fuß, über dessen Knöchel ein kleiner Beltanedrachen tätowiert war, stieg aus dem Hosenbein und fixierte es danach auf dem Boden, damit das andere schneller folgen konnte. Tilla liebte es, nackte Haut zu spüren. Sie liebte es, wenn Luft darüber strich oder wenn ein warmer Sonnenstrahl darauf fiel. Sie warf das Knäuel von Laufhose, Jacke, T-Shirt, Unterwäsche und Socken auf den Boden des Flurs.

Sie fühlte sich durch ihren Lauf genügend besänftigt, um sich endlich einer weiteren Fortsetzung der Harcylugh-Geschichte zu widmen. Eine Zeit lang hatte sie gar nicht weiterlesen wollen, doch das erschien ihr nicht richtig. Aus den Poststempeln hatte Tilla ersehen können, dass ihre Mutter ihr die Geschichte in regelmäßigen Abständen geschickt hatte, quasi als Fortsetzungsroman. Die Geschichte musste für Hedera eine besondere Bedeutung gehabt haben und sie wusste, ihre Mutter hatte mit dieser Methode Tillas Interesse kitzeln wollen. Sie würde ihr den Gefallen tun. Mit gemischten Gefühlen griff sich Tilla zwei der Umschläge und ging ins Bad.

Es war der kampferprobte Stammesfürst Calvagh, auf dessen Schulten das Überleben der Sippe lag. Für ihn war das magische Schwert bestimmt. Thurizans Zauber vermochte Calvaghs Kampfeskraft wohl auf ein Dutzend Mannen zu steigern, so groß war seine Magie. Sehr stark waren jedoch die dunklen Kräfte, die dem Schwert innewohnten und die zu kontrollieren kaum eines Menschen Macht unterstand. Allein Calvagh, dessen rechten Geist Thurizan wohl kannte, war licht genug, die magische Waffe gerecht zu führen.

Es nahte die Zeit, da waren die letzten Celtae des Harces von zahlreichen Stämmen umgeben, die den Wurfspieß Ger mit großem Geschick zu nutzen wussten. Die Cherusker lebten im Südwesten, die Langobarden und Hermunduren im Norden, die Chatten im Südwesten und die Semnonen im Süden. Besonders jedoch neideten ihnen die Hermunduren ihre Wohnstatt inmitten der Fruchtbarkeit des Harces. Die Hermunduren gehörten zu dem Stamme der kämpferischen Thoringi, die Kinder Thors, aus den östlichen Ebenen.

So war es nur eine Frage der Zeit, bis auch Thurizans Sippe das Dorf aufgeben und sich den sie umgebenden Stämmen und ihrem Schutz anschließen musste. Nicht das Schlechteste war es, denn die germanischen Stämme nahmen das alte Volk gern auf, nutzte ihnen doch das handwerkliche Geschick und deren unermessliches Wissen rund um Erdschätze, Bergbau und die Schmiedekunst mannigfaltig. Doch verlangte so etwas dem alten Volke viel ab, besonders den stolzen Frauen der Celtae, die unter den Germanen all ihre Rechte mussten hergeben. Das Leben im Stamme der Germanen war ein anderes als im Kreise der Ihren. Calvagh wusste dies wohl, hatte sich doch seine älteste Tochter Seghana für Sigimer, den Sohn eines Cheruskerfürsten, entschieden. Schweren Herzens hatten er und sein Weib Niadh ihrem Wunsche entsprochen und sie ziehen lassen. Zwar behandelte der junge Cherusker sie mit allen Ehren, doch hatte Seghana mit dieser Ehe ihr Recht auf ihr Vermögen und ihre Selbstbestimmung verloren.

Thurizan und Calvagh haderten sehr mit dem Weg, der die Aufgabe ihrer Lebensweise bedeutete. Wussten sie doch, mit ihnen und ihrem Dorf würden auch die Götter in dieser Region durch das Vergessen sterben. Stets war ihnen die große Göttin der Erde und des Himmels hold gewesen, denn es mangelte ihnen an nichts. Wie oft hatten ihnen die stolze Epona, der Gott Lugh und Teutates im Kampf geholfen? Wie oft schon hatte Belenos das Jahresrad gedreht und das Licht des Sommers zurückgebracht? Wie oft hatte Crodo die Quellen sprudeln lassen und Cernunnos' fruchtbares Werk unterstützt? Es war ihre Pflicht, mit ihrem eigenen Überleben das Überleben ihrer Götter zu sichern. All dies sollte Harcylugh, das kraftvollste Schwert, welches je einem Schmiedehammer entsprang, sichern. So gaben denn auch alle Götter ein Stückchen ihrer Magie hin, um es zu stärken.

Lange Zeit sicherte ihnen Harcylugh tatsächlich den ersehnten Frieden, denn die Kunde seiner Vernichtungskraft trug sich weit ins Land. In dem Harcedorfe auf halbem Berge herrschte Wohlstand und Zufriedenheit. Aus dem großen Langhaus im geschützten Bergeinschnitt erscholl stets das Lachen vieler Kinder und fröhlicher Weiber. Erfolglose Jagden kannte man hier nicht. Einige des alten Volkes wussten aus dem schönen weißsilbernen Mondmetall herrliche Fibeln und Schmuck herzustellen. Damit und mit allerlei praktischem Gerät aus Rotmetall und Irdenware, vor allem aber auch mit dem Salze, dem weißen Golde des Harces, ließ sich trefflich Handel treiben. Sogar das begehrte sonnenfarbene Metall des Belenos fand sich im reichen Berg und Calvagh trug einen schweren goldenen Halsring davon, der seine Führerschaft bekundete. Seit vielen Fruchtzeiten wurde Calvagh als Fürst des Stammes bestätigt und es gab niemanden, der ihm diese Bürde streitig machen mochte.

Auch Epona hatte Freude an ihrem Volk im Harce, verfügte es doch über die besten Pferde im weiten Umkreis. Harte Pferde von gefälliger Statur, die in den Bergen ihre Trittsicherheit zeigten und in den Ebenen ihre Schnelligkeit bewiesen. Schon die Jüngsten verstanden sich auf die Kunst des Reitens, doch wenn Niadh, Calvaghs schönes Weib, über die Ebenen unterhalb des Dorfes stob, sprach so mancher Zeuge hernach von einem fliegenden Pferd.

Neben dem Stammhaus, in dem alle des Dorfes ihre Bettstatt rund um die Herdstelle hatten, erhob sich ein weiteres Gebäude für das Vieh. So zählte dieses Volk zu den wohlhabenden unter den Stämmen der Celtae. Es waren wohl zehn Familien, welche dieses Zaunland belebten. Sie trugen die Bracea, eine bequeme Hose, und ein Brustgewand in den fröhlichen Farben einer Sommerwiese. Die Frauen taten sich mit einem warmen, bis zu den Knöcheln reichenden Rock an. Beide trugen ein Wams aus weichem Hirschleder und das celtische Mantum. Der Umhang aus schwerem Stoff war mit einer angenähten Zipfelmütze bestückt, denn Crodo sandte das fruchtbare Nass nicht nur über die Quellen, sondern auch oft vom Himmel.

Tilla erinnerte sich lächelnd daran, wie sehr sie sich amüsiert hatte, als ihre Mutter erzählte, dass jene zipfelmützenartige Kapuze Historiker auf die Erkenntnis gebracht hatte, dass es sich bei Kelten und Zwergen um die gleiche Menschengruppe handelte, nämlich einen im Bergbau kundigen, sehr alten Stamm. Auch die in der *Edda* erwähnten Zwergennamen ließen auf keltischen Ursprung schließen. Zwar waren Kelten nicht etwa kleinwüchsig. Das Kleinwüchsige ergab sich im Laufe vieler Märchen und Sagen aus der Vorstellung, dass man, wenn man in Stollen herumkrieche, wohl klein sein müsse. Tilla hatte sich damals über das Märchen von Schneewittchen und den sieben Zwergen ausgeschüttet vor Lachen. Hedera hatte ihr noch einigermaßen ernst erklärt, dass es absolut zu Kelten passen würde, eine Fremde in ihre Reihen aufzunehmen, ohne nach dem Grund zu fragen. Doch als ihre vorlaute Tochter fragte, ob denn der schöne Prinz, der Schneewittchen heiraten wollte, gewusst habe, dass Schneewittchen eine gebrauchte Frau sei, hatte selbst Hedera gelacht. Tilla kicherte mit dem wohligen Gefühl, nicht mehr ganz so allein zu sein, in sich hinein.

Nach dem Bad mäanderte Tilla durch die Küche und überlegte fieberhaft, wie sie Nina wenigstens einen Gruß zu Weihnachten zukommen lassen konnte, ohne allzu viel Ärger zu bekommen. Ein Paar neue Reithandschuhe, die sie Nina schenken wollte, lagen bereits seit einer Woche zusammen mit einer noch unbeschriebenen Karte auf dem Fensterbrett. Vielleicht sollte sie es zur Abwechslung mal auf dem direkten Weg versuchen?

Kurz entschlossen nahm sie die Karte zur Hand. Sie schrieb nicht nur einen Gruß, sondern fügte auch ein paar Zeilen hinzu, in denen sie möglichst unverfänglich erzählte, wie es ihr seit dem Gerichtsprozess ergangen war. Sie steckte die Karte und die hübsch eingepackten

Handschuhe in eine braune Versandtasche. Vielleicht hatte sie Glück und Gerda reichte ihren Weihnachtsgruß an Nina weiter.

Ihr Blick wanderte durch das Küchenfenster nach draußen. Sie sah Gerred und die zierliche junge Frau vorbeigehen. Er schob sein Fahrrad, sie war in dicke Jacken gehüllt und tappte langsam neben ihm her. Seine gesamte Körperhaltung zeigte, dass er sich um die junge Frau sorgte.

Tilla wünschte sich in diesem Moment jemanden, der sie auch so schützend umsorgte und wunderte sich über das herbe Gefühl von Eifersucht. »Jetzt verliere ich wohl wirklich meinen Verstand«, grummelte sie und schickte sich an, das Couvert zur Post zu bringen.

*

Das gefrorene Laub knisterte unter den perfekt gewichsten Schuhen. Die winterkahlen Wipfel der Bäume oberhalb der Kluskapelle ließen das kraftlose Sonnenlicht bis zum Boden durch, der mit reifbezuckerten Ästen und Laub überdeckt war. Es war genau das richtige Wetter, um dem Körper nach Tagen der weihnachtlichen Völlerei durch einen strammen Marsch in klirrender Kälte etwas Erleichterung zu verschaffen.

Dr. Jan Berking hatte so etwas weder nötig, noch war er zum Vergnügen am Klusfelsen. Langsam folgte er dem Pfad über die kleine Brücke zu der Felsrippe, die sich hier aus dem sonst eher sanft konturierten Umland erhob. Trotz der Kälte ließ er das Bild auf sich wirken. Eine steinerne Terrasse lag vor dem Eingang der Marienkapelle, die einst ein Mönch bewohnt haben soll. Bänke an den Seiten der sandsteineingefassten Hochterrasse luden zum Verweilen ein. Neben dem Eingang zur Kapelle befand sich eine Einkerbung. Erstarrte Wachstropfen zeigten, dass hier jemand vor kurzem eine Kerze aufgestellt hatte. Mitten in dem Steinplateau hatte man ein viereckiges

Felsstück herausgenommen und die Kuhle mit Sand gefüllt. Der Sand war noch immer dunkel verfärbt. Reste des Absperrbandes, mit dem die Kollegen den Tatort geschützt hatten, flatterten am Brückengeländer.

Jan Berking hatte die Tatortfotos so sorgfältig studiert, dass ihm jedes Detail in Erinnerung geblieben war. Zwar vermutete man, dass mehrere Personen hier gewesen waren, dennoch hatte man nur wenige Spuren sichern können, von Zeugenaussagen ganz zu schweigen.

Er umrundete die Stelle, an der der Tote gelegen hatte. Es war zwar noch der Untersuchungsbericht über die Proben des blutgetränkten Bodens abzuwarten, doch Berking war sicher, dass sie einen stark erhöhten Eisengehalt ergeben würden, was darauf schließen ließ, dass der Mann hier an Ort und Stelle erstochen worden war. Mit großer Sorgfalt sezierte sein Blick Zentimeter um Zentimeter des Areals, wobei er sich wie in einem unsichtbaren Quadratraster vor und zurück bewegte. Als die tief stehende Wintersonne auf die Sandsteinwand gegenüber der Kapelle fiel, verharrte er.

Der Sandstein war so verkratzt, dass ihm die Zeile gleichmäßiger Zeichen erst gar nicht aufgefallen war. Bei näherem Hinsehen stellte er fest, dass die Kratzer ein gewisses System aufwiesen. Der überwiegende Teil der feinen Rillen verlief senkrecht, auch waren die Vertiefungen etwa gleich lang. Berking hatte kurz das Gefühl, dass hier etwas geschrieben worden war. Er fegte vorsichtig den Raureif zur Seite, der sich in den Rillen festhielt, trat einen Schritt zurück und betrachtete den Stein erneut. Enttäuscht stellte er fest, dass die Rillen nun viel schlechter zu sehen waren als mit dem Reif. Vielleicht hatte er die Zeichen nur deswegen überhaupt bemerkt. So genau er auch hinschaute, er konnte keinen Buchstaben entziffern, obschon das Ganze eine gewisse Ähnlichkeit mit Schrift hatte. Er nahm sich vor, die

Tatortfotos noch einmal daraufhin anzusehen und Gerd Wegener danach zu fragen.

Unschlüssig ließ er den Blick nochmals über den Boden schweifen. Er war zwar Staatsanwalt, aber auch durch und durch Ermittler. Sein Vater hatte für die Kriminalpolizei gearbeitet und Jan Berking hatte diese Form der Arbeit seit frühester Jugend in sich aufgenommen wie sein täglich Brot. Im Gegensatz zu seinen Kollegen verließ er seinen Schreibtisch sehr oft, um sich ein Bild von Tatorten und Zeugenaussagen zu machen. Trotz seiner schroffen Art wurde er wegen seines Engagements von den Ermittlern der Kripo respektiert.

Familienlos – seine Kollegin hatte sich gerade von ihm getrennt – hatte er die Feiertage mit den Akten zu diesem Fall an seinem Schreibtisch verbracht, was ihn jedoch keinen Deut weitergebracht hatte. Es wurmte ihn ungemein, dass man ihm so wenig Spuren hinterlassen hatte. Würde dieser Tote der erste ungeklärte Fall auf seinem Schreibtisch bleiben?

Reiß dich zusammen und beginne mit der Viktimologie, wenn der Tatort schon nichts hergibt, mahnte Berking sich selbst und überdachte die Situation des Opfers. Im Geiste ging er noch einmal die Zeugenaussagen durch, die Wegener und Kamenz zusammengetragen hatten. Jeder beschrieb Harald Schakenbeck als freundlich, aufopfernd und warmherzig. Er war in seinem Job geradezu aufgegangen. Schakenbeck hatte ein solides Leben ohne spektakuläre Ereignisse und Überraschungen geführt – bis zum Abend des einundzwanzigsten Dezember. Er war verheiratet mit einer Frau, die überdeutlich unter dem Verlust litt, ebenso wie seine zwei Söhne, die wegen ihrer Ausbildung in Göttingen lebten und sofort angereist waren. Der Mann hatte keine erkennbaren Feinde. Im Gegenteil, er hatte in seinem Beruf so manch prekäre Situation mit geschicktem Agieren und einer zur Harmonie tendierenden Persönlichkeit zum Guten gewandelt.

Selbst die Familie Gülcan, die unglücklicherweise zunächst in den Fokus der Ermittlungen geraten war, hatte sich respektvoll über ihn geäußert. Als man die Gülcans mit der Information konfrontierte, dass Lore Schakenbeck ausgesagt habe, Hülya hätte sich mit ihrem Mann treffen wollen, hatten alle einschließlich des Mädchens nur verwirrt den Kopf geschüttelt und gestenreich beteuert, niemand aus ihrem Kreise habe sich mit Schakenbeck treffen wollen.

Jan Berking hatte dem Verhör persönlich beigewohnt und glaubte den Leuten, denen die Angst, in diesem Land unschuldig in die Mühlen einer fremden Justiz zu geraten, in die Gesichter geschrieben stand. Doch das brachte seine Ermittlungen nicht weiter. Nach dem, was Lore Schakenbeck über den Anruf an jenem Abend ausgesagt hatte, musste irgendjemand genau über die Familie Gülcan und die Arbeit von Harald Schakenbeck Bescheid gewusst haben. Eine Überprüfung der Anrufe hatte jedoch nichts ergeben, denn der bei den Schakenbecks war von einem gestohlenen Handy geführt worden, das kurz darauf deaktiviert worden war.

Missmutig tappte Staatsanwalt Berking, die Hände in den Manteltaschen vergraben, auf und ab. Schakenbeck war offenbar von seinem Mörder beobachtet worden. Das geklaute Handy, die perfekt geplante Vorgehensweise und dann auch noch das Töten mittels einer Stichwaffe … das alles sah verdammt nach einem Profi aus. Die diversen Fußspuren, wenn sie denn mit der Tat im Zusammenhang standen, ließen sogar den Gedanken an einen gemeinschaftlich begangenen Mord aufkommen. Eine Art Ritual? Kamenz und Wegener würden sich noch einmal Schakenbecks bearbeitete Fälle vornehmen müssen. Vielleicht fand sich dort ein Hinweis.

Jan Berking bemerkte aus den Augenwinkeln eine sich nähernde Gestalt. Ärger stieg in ihm auf, doch er ließ sich nichts anmerken.

»Oh, guten Morgen, Herr Dr. Berking!« Sonja Grabowski war wie immer perfekt gestylt. Es war ihr nicht anzusehen, dass sie die Vierzig bereits vor einigen Jahren überschritten hatte. Die attraktive Braunschweiger Journalistin war die letzte Person, die sich Jan Berking hier und jetzt zu sehen gewünscht hatte. Er nickte ihr sparsam zu, was der zur Schau gestellten guten Laune der Journalistin absolut keinen Abbruch tat.

»Sind Sie ein Weihnachtsverweigerer oder sind Sie dienstlich hier?«, fragte sie munter, während sie eifrig Fotos von dem weitgehend geräumten Tatort schoss.

Berking starrte ungnädig den Platz an, an dem Harald Schakenbeck kurz vor Weihnachten sein Leben verloren hatte. Eigentlich war er hier fertig, aber wenn er sich jetzt entfernte, sähe es aus, als flüchte er vor der provokanten Journalistin.

»Bilderbuchehe, Vater von zwei wohlgeratenen Söhnen, freundlich, kompetent, warmherzig … der Mann war ein Heiliger. Das wird nicht einfach …«, sinnierte Sonja Grabowski, hob die Kamera und knipste scheinbar wahllos in die Umgebung.

Berking bedachte sie mit einem kalten Seitenblick. »Sind Sie hier, weil Sie sich plötzlich für die Ermittlungen interessieren, Frau Grabowski? Das ist ja mal ganz was Neues. Bisher haben Sie doch immer Ihre eigenen Geschichten geschrieben. Geschichten, die sich fernab der Realität befanden.«

Sonja Grabowski seufzte vernehmlich. »Sie sind immer noch sauer … wegen der Gülcans, nicht wahr?«

»Ihr schlecht recherchierter Artikel hat die Leute auf das Ärgste kompromittiert!«

»Tut mir leid«, gab die Journalistin ohne die geringste

Spur von Bedauern zurück. »Aber wären Sie mit Ihren Informationen etwas offener gewesen, würden solche Dinge nicht passieren! Irgendetwas muss ich schreiben. Das ist mein Job. Und wie steht es mit Ihrem Job? Haben Sie mittlerweile eine neue Spur?«

Jan Berkings Augen verengten sich. Am liebsten hätte er ihr eine Abfuhr erteilt, doch die Frau war schon schlimm genug, ohne dass man sie gegen die Ermittlungsbehörden aufbrachte. Bei ihr war es sowieso völlig egal, was er sagte. Gab er zu, keinerlei Anhaltspunkt zu haben, würde sie das Thema der ahnungs- und wirkungslosen Polizei und Staatsanwaltschaft auswalzen oder sie würde sich einen neuen Verdächtigen ausdenken und ihren nächsten Artikel im Konjunktiv formulieren. Der Leser registrierte den Unterschied eh nicht.

»Sind Sie extra meinetwegen hier heraufgekommen? Wie dumm von Ihnen. Frau Grabowski, Sie wissen doch, Informationen bekommen Sie ausschließlich von unserer Pressestelle.«

Sie lächelte amüsiert. »Oh, nun überschätzen Sie sich aber, Herr Dr. Berking. Ich gehe hier oft spazieren. Ich liebe historische Orte – vor allem so alte, bedeutende Kultstätten wie diese. Hier ist in grauer Vorzeit schon so manches Urteil vollstreckt worden. Aber das wissen Sie ja sicherlich, immerhin kommen Sie ja von hier.«

Jan Berking zuckte innerlich zusammen. Woher wusste die Journalistin, dass er aus Goslar stammte? Eigentlich wollte er es nicht wissen und schickte sich an, zu gehen. Eindringlich hörte er ihre summende Stimme hinter sich.

»Der Mann hat aber auch ein Pech. Vor dreißig Jahren war es Ihr Vater, der ihn auf dem Kieker hatte, und nun haben Sie ihn als Leiche zu bearbeiten!«

Jan Berking erstarrte. Dann sah er sich um. Sonja Grabowskis zufriedenes Lächeln verschwand hinter ihrer mattsilbern glänzenden Kamera, die sich auf ihn richtete und klickte.

Sein Vater war lange in Goslar Ermittler gewesen, bevor er nach einer Sonderausbildung im Bundeskriminalamt gelandet war. Was sollte sein Vater mit Schakenbeck zu tun gehabt haben? Das Archiv der Zeitung war wohl effizienter als das der Ermittlungsbehörden. Verärgert wandte er sich ab und folgte dem Weg zurück zu seinem Wagen.

»Was hatte Ihr Vater denn damals gegen ihn?«, tönte es hinter ihm her.

Berking reagierte nicht, doch Sonja Grabowskis Frage brannte sich förmlich in seinen Kopf.

Berühmt ist die keltische Gastfreundschaft.

Poseidonios

Tilla hatte ihre Bankauszüge und die Rechnungen des letzten Monats vor sich ausgebreitet. Kaum ein Eckchen ihres Schreibtisches war noch unbedeckt. Dazwischen lagen mehrere Listen ihrer Fixkosten, auf denen sie herumgeschrieben und durchgestrichen hatte. Mit einem Schrei des Unmutes riss sie das aktuelle Blatt von ihrem Block, zerknüllte es und warf es auf ihren völlig überfüllten Papierkorb.

»Verdammter Mist!« Sie ließ sich in ihrem Stuhl zurück fallen. »Egal, wie ich es drehe und wende, ohne Borderfeld bin ich geliefert.« Wenn sie ohne sein Geld auskommen wollte, brauchte sie eine neue Geldquelle, und zwar eine ergiebige.

Am Vortag hatte sie im Touristenzentrum Goslar nach

weiteren Aufträgen gefragt, wo man ihr versprochen hatte, ihre Bewerbung weiterzureichen, falls sich etwas Passendes biete. Auf dem Rückweg war sie dann auch noch ihrem ehemaligen Mitbewohner Daniel Regner begegnet, der mittlerweile in Goslar wohnte. Sie hatten sich mit ihm in ein Café gesetzt, da er enormen Redebedarf hatte.

In einem emotionsgeladenen Schwall von Worten hatte er seinem Ärger und seiner Abscheu vor der sexuellen ›Entgleisung‹ seines Bruders Luft gemacht. Sein Bruder Oliver hatte ihm seine sexuelle Neigung gestanden und ihm seinen Partner als neuen Mitbewohner vorgestellt. Das Zusammentreffen mit Dirk Sundermann, der Tillas ehemaliges Zimmer übernehmen sollte, musste einem Desaster gleichgekommen sein.

»Armer Oliver«, murmelte Tilla in Erinnerung an Daniels Zorn. Sie stierte noch eine Weile ihren Schreibtisch an, bevor sie sich erhob, um ihr Laufdress zu suchen.

Nach einer Stunde trat Tilla erfrischt aus dem Wald, sicher, dass sie nun fähig war, sich ihrem Problem erneut zu stellen. Sie hörte ein Geräusch hinter sich, drehte sich um und sah Gerred Assmut auf sie zuradeln.

»Hallo, Tilla«, begrüßte er sie freundlich und stoppte sein futuristisch aussehendes Geländefahrrad.

»Gerred«, sagte Tilla mit einem breiten Grinsen, »ich glaube, du bist genau der Mann, den ich jetzt brauche!«

»Tatsächlich? Schön. Was kann ich denn für dich tun?«, antwortete Gerred sichtlich amüsiert. Sein Lächeln geriet immer ein wenig schief, da seine rechte Wange wegen der Narbe unbeweglicher war. Tilla war wie immer leicht irritiert.

Doch sie hatte seit einigen Kilometern eine Idee entwickelt, und antwortete nun eifrig: »Ich habe mir gerade überlegt, ob es möglich wäre, das Obergeschoss meines Hauses zu einer Mietwohnung umzubauen.«

»Du willst vermieten?«, fragte Gerred erstaunt nach.

»Äh … ja. Weißt du, Mieteinnahmen könnte ich im Moment wirklich gut brauchen«, gab Tilla etwas betreten zu.

Er betrachtete sie forschend, was Tilla etwas nervös machte. Sie zog eine Grimasse: »Wahrscheinlich ist es eh eine Schnapsidee … man müsste ja sicherlich einiges teuer umbauen …«

Doch Gerred antwortete freundlich: »Ich habe heut Morgen etwas Zeit. Lass es uns anschauen und ich kann dir sagen, was du investieren müsstest.«

»Fein!«, strahlte Tilla ihn an.

Kurze Zeit später standen sie vor dem Treppenabsatz, der ins Obergeschoss führte.

»Ich nutze nur die Räume hier unten, um Heizkosten zu sparen«, sagte Tilla zu Gerred, der seinen Fahrradhelm auf der Flurkommode ablegte.

»Solange das Treppenhaus offen ist, nutzt dir das nicht viel«, erklärte er fachkundig.

Gemeinsam gingen sie nach oben und Tilla führte ihn durch die Räume. Mit versiertem Blick stellte Gerred fest: »Die Aufteilung ist gar nicht schlecht.«

Tilla dagegen wurde immer unsicherer. »Irgendwie komme ich mir wie ein Idiot vor … das Grün des Badezimmers war vor dreißig Jahren schon veraltet, es fehlt eine Küche und dann all die Schrägen …«

»So schlimm finde ich es gar nicht. Das dürften hier gut sechzig Quadratmeter sein, aus denen sich etwas machen lässt.«

»Ich habe leider keine finanziellen Reserven …«

Gerred überlegte kurz. »Das Einzige, was du wirklich brauchst, ist eine neue Innentür unten im Flur. So etwas kann man recht günstig im Baumarkt kaufen. Mir fällt gerade ein: Das Büro, in dem ich arbeite, baut zurzeit eine Arztpraxis um. Nächste Woche kommt dort die alte Gemeinschaftsküche raus. Ich bin sicher, die würden sie gegen Abholung kostenlos abgeben. Hast du vielleicht jemanden, der mir zur Hand gehen könnte? Dann wäre die in Nullkommanix umgebaut.«

Tilla staunte ihn an. »Echt? Das hört sich ja toll an!« Sie überlegte kurz. »Ich könnte meinen ehemaligen Mitbewohner aus Braunschweig fragen. Er wohnt jetzt hier. Vielleicht hat er Zeit.«

Tilla rief Daniel an und reichte ihr Telefon an Gerred weiter. Sie einigten sich darauf, sich am folgenden Wochenende für den Umbau zu treffen. Tilla konnte es kaum fassen. Mit unaufhörlichen Dankesbekundungen brachte sie Gerred an die Tür und machte sich danach mit Feuereifer an eine neue Berechnung ihrer Haushaltskasse. Die ersten Mieteinnahmen würde sie brauchen, um ihre Investitionskosten zu decken. Doch dann rückte die Möglichkeit, ohne Borderfelds Geld auszukommen, in erreichbare Nähe.

*

Berkings Zorn zeigte sich nach außen hin lediglich durch ein missbilligendes Hochschnellen seiner Augenbrauen, aber seine drängende Frage bezüglich der Zeichen an dem Stein veranlassten den Kriminaltechniker zu hektischer Betriebsamkeit. Gerd Wegener und Andreas Kamenz hielten sich tunlich zurück, bis sich der Ärger des Staatsanwaltes etwas gelegt hatte.

Der junge Mann aus der KTU klickte grob mit der Maus auf seinem Pad herum, um dann kleinlaut festzustellen: »Nein … von diesem Stein habe ich auch keine weiteren Fotos als die in der Akte.« Dann murmelte er: »Hier ist zwar ein Teil dieses Steins mit drauf, aber ich sehe keine Zeichen.«

»Können Sie den Bereich vergrößern?«, fragte Berking

mit nur mühsam unterdrücktem Ärger und zeigte auf den unteren Bildschirm.

Schon bei geringer Vergrößerung waren gleichmäßige Rillen in der grüngrauen Fläche zu sehen. Aber leider war die Zeile auf keinem der Fotos vollständig zu erkennen.

»Ich weiß gar nicht, warum mir diese Zeichen nicht aufgefallen sind«, murmelte der junge Mann sichtlich zerknirscht und klickte sich weiter hektisch durch seine Bildbearbeitungsmöglichkeiten, ohne jedoch etwas auszurichten.

»Meinen Sie wirklich, dass da etwas Sinnvolles steht?«, fragte Andreas Kamenz, der das Foto von den teilweise aufgenommenen Zeichen interessiert betrachtete.

»Die Striche sehen wie Buchstaben aus. Vielleicht konnte man sie gestern Morgen durch den Frost so gut erkennen, weil sie zum Teil bereift waren«, überlegte Berking laut.

»Ich hab das damals auch nicht gesehen«, versuchte Gerd Wegener die Nöte des noch immer hektisch arbeitenden Tatorttechnikers mit Solidarität zu mildern. Er wusste nur zu gut, wie Berking auf unsichere Charaktere wirkte.

Jan Berking übernahm nun resolut die Herrschaft über die Computermaus und klickte sich durch die Dateien. Unzufrieden betrachtete er die Fotos. »Gehen Sie noch einmal hin und fotografieren Sie diese Zeichen!«, befahl er barsch. Der Techniker nickte eilfertig.

»Seinen Rang als Beweismittel hat das Ganze aber nach dieser Zeit verloren«, stellte Wegener sachlich fest.

Berking knurrte. »Wir nehmen es als Arbeitsgrundlage.« Eine Wolke frostigen Ärgers umgab ihn, als er das Büro verließ.

Gerd Wegener klopfte dem Tatorttechniker, der nun völlig kraftlos zusammensackte, aufmunternd auf die

Schulter. »Mach dir nichts draus, Thomas. Der beruhigt sich schon wieder.«

Andreas Kamenz, der ebenfalls hörbar ausgeatmet hatte, als der Staatsanwalt hinter der zufallenden Tür verschwunden war, meinte kopfschüttelnd: »Der hat wirklich den Charme eines Blizzards, wenn er sauer wird.«

Wegener grinste. »Ja. Man tut gut daran, ihm nicht in die Quere zu kommen. Aber er hat was drauf.«

Kamenz blickte seinen Chef interessiert an. »Ach? Hast du schon mal mit ihm zu tun gehabt?«

Wegener griff nach seiner Jacke und grinste. »Ja. Der ist wie ein Terrier. Macht uns viel Arbeit, bis so eine Anklage steht. Aber dafür kriegt er seine Strafanträge auch immer durch. Bei dem arbeiten wir selten umsonst.«

Zum Mond sagen Sterbliche Scheibe der Götter
Bei Hel sagt man rollendes Rad
Sputer bei Riesen, Schein bei Zwergen ...
Edda, Das Lied von Alwis, 15

Zufrieden betrachtete Tilla die neue Tür, die ihr Daniel und Gerred im Flur eingebaut hatten. So hatte sie nicht nur einen doppelten Schutz vor ungebetenen Gästen, sie hatte für das Obergeschoss auch einen separaten Eingang gewonnen. Die beiden hatten ihr auch wie versprochen die Küchenzeile montiert, die zwar nicht hochmodern, aber doch noch gut in Schuss war. Daniel und Gerred hatten dafür sogar ein Stück Wasserleitung verlegt. Die beiden verstanden sich gut und Tilla gewann den Eindruck, dass man Männern mit nichts eine größere Freude bereiten konnte als mit einer Rohrzange und einem Eimer voll Kaffee.

Nun, wieder allein, dachte Tilla zufrieden, dass sie doch Stückchen weitergekommen war. Zwar hatte diese Investition ein Loch in ihre chronisch angegriffene Kasse gerissen, aber dafür würde ja bald Miete fließen. Eine entsprechende Annonce in der Tageszeitung hatte sie auch schon geschaltet. Seufzend raffte Tilla die letzten Kartonreste zusammen und trug sie nach draußen in den Schuppen. Sie würde den Berg aus Pappe bei nächster Gelegenheit zum Container bringen müssen, damit der Schuppen nicht platzte. Fix trabte sie zurück zum Haus, da es noch immer eisig kalt war. Schnell schloss sie die zwei Türen hinter sich.

»Es tut gut, wenn man sich Wünsche erfüllen kann, nicht wahr, Tilla?«

Tilla fuhr herum. Borderfeld stand lässig in der Tür zu ihrem Wohnzimmer. »Ich habe Ihnen einige neue Texte und Ihr Geld auf den Schreibtisch gelegt.«

Tilla funkelte ihn wütend an. »In mein Wohnzimmer? Das ist meine Wohnung!«

»Ihre Türen standen offen«, erklärte er gelassen.

»Das ist aber kein Grund, einfach hier reinzuspazieren«, fauchte sie.

»Warum diese Maßnahme?«, fragte er ungerührt und wies mit dem Kinn auf die neue Innentür.

»Ich glaube zwar nicht, dass Sie das etwas angeht, aber bitte. Ich will die obere Etage vermieten«, schnappte Tilla, noch immer zornig.

Er nickte schweigend. Tilla dachte schon, er wollte gehen, doch dann hörte sie ihn fragen: »Sie fühlen sich allein, nicht wahr?«

Verblüfft starrte Tilla ihn an. Seine hellbraunen Augen, die Tilla unangenehm an einen Bären erinnerten, schienen stets eine andere Sprache zu sprechen als sein Mund. Tilla wusste nicht, wie sie reagieren sollte.

»Sie haben viel durchgemacht«, stellte Borderfeld fest und zog sich seine Handschuhe wieder über.

»Das geht niemanden etwas an«, entgegnete Tilla abweisend, um dann nachdenklich nachzuhaken: »Woher wissen Sie das eigentlich?«

Er grinste leicht. »Natürlich habe ich Sie überprüft, Tilla, immerhin arbeiten Sie für mich und meine Organisation.«

»Organisation?«, fragte Tilla verunsichert nach. »Welche Organisation?«

»Darüber werden Sie später mehr erfahren.«

In Tillas Kopf begann sich unwillkührlich eine Abfolge von Überlegungen abzuspulen, die Borderfeld als beängstigend kriminell einstuften. Wie von selbst formulierten sie ihre Worte. »Ich weiß nicht, ob ich das will, Herr Borderfeld. Ihre ganze undurchsichtige Art ... Ich sage Ihnen ganz offen, ich denke darüber nach, unsere Vereinbarung zu kündigen.«

Seine hellen Augen hielten sie einen Moment lang fest. »Uns beide, Tilla ... uns verbindet weit mehr als ein Arbeitsvertrag. Glauben Sie mir, zu gegebener Zeit werde ich Ihnen alles erklären und Sie werden verstehen ...«

Damit drehte er sich um und verließ Tillas Wohnung. Tilla starrte ihm verwirrt nach. Als sie die Türen hinter ihm schloss, glaubte sie, vor Zorn schier platzen zu müssen. Gleichzeitig kündigten ihr sämtliche körpereigene Alarmglocken bevorstehenden Ärger an.

Schmeichelnd soll reden und Geschenke bieten
Wer des Mädchens Minne will

Edda, Havamal, des hohen Lieds 91

Hermann saß in seinem Schreibtischstuhl und dachte über Tilla nach. Am Vortag war er versucht gewesen, ihr alles zu erzählen, doch dann hatte er sich doch dagegen entschieden. Es war noch zu früh. Tilla ließ sich nicht so leicht einwickeln, weder durch nette Worte noch durch Geld. Er wusste, wie es um ihre Finanzen stand, und doch dachte sie daran, auf sein Geld zu verzichten. Sie suchte nach Möglichkeiten, von seinen Zahlungen unabhängig zu werden. Er lächelte kurz in sich hinein. Sie hatte viel von ihrer Mutter. Sein Lächeln gefror. Aber vor allem hatte sie das Wissen ihrer Mutter und dieses Wissen brauchte er. Ohne ihre Mitarbeit würde er gar nichts finden. Würde sie ihm entgegenkommen, wenn er ihr sagte, dass er ihr Vater war?

Er wunderte sich selbst, wie sehr es ihn drängte, ihr das zu erklären, aber wenn die Organisation davon erfuhr, würde man ihn sofort als Risiko einstufen. Dann hatte er alsbald einen Killer auf dem Hals und Tilla vermutlich auch. Wenn sie ihm jedoch half, das sagenhafte Artefakt zu finden, hatten sie beide ausgesorgt. Aber wie konnte er sie in die richtige Richtung bringen?

Durch das raumhohe Fenster sah er Magnus mit eckigen Bewegungen über den Parkplatz auf das Gebäude zu eilen. Es war deutlich zu sehen, dass sein Adlatus kurz vor einer Eruption stand. Hermann hatte ihn für einige Zeit in seine Institute nach Magdeburg geschickt und ihn damit degradiert. Magnus würde nun wohl zahmer sein. Vielleicht konnten seine blauen Augen sich jetzt doch noch als ganz nützlich erweisen. Hermann grinste befriedigt und wandte sich wieder seinem Schreibtisch zu.

Nach wenigen Minuten betrat Arthur den Raum und meldete erwartungsgemäß: »Er ist da.«

Hermann nickte. Arthur ließ Magnus eintreten, ebenfalls eine schmerzhafte Degradierung, da Magnus Hermanns Büro früher stets nach eigenem Dünken betreten hatte. Nun blieb er vor Hermanns Schreibtisch stehen und wartete.

»Hast du deine Sachen dabei?«, fragte Hermann, ohne von seinem Schriftstück aufzusehen.

»Ja.«

Dann sah er Magnus endlich an. »Gut. Du wirst eine neue Wohnung beziehen. Hier ist deine neue Adresse.« Er schob Magnus eine Zeitungsanzeige zu. Der nahm sie und blickte Hermann fragend an. Nur ein leichtes Zucken seiner zusammengebissenen Kiefermuskeln gaben einen Hinweis darauf, wie ihm zumute war.

»Du wirst ab jetzt in Bad Harzburg wohnen. Kontrolliere sie und mache sie etwas gefügiger. Aber rühre sie nicht an, verstanden?«

Magnus entspannte sich etwas. Er nickte und verließ das Büro.

*

Andreas Kamenz sah seinen Chef über einer Reihe von Fotos brüten und gesellte sich dazu. »Ach, die neuen Tatortfotos. Und? Kann man etwas erkennen?«

Gerd Wegener brummte etwas Unverständliches. Dann griff er nach einem Filzstift. Er zog die Linien, die er auf dem Stein zu erkennen glaubte, nach und übertrug sie auf ein Blatt Papier.

»Meine Güte … was soll denn das bedeuten?«, fragte Kamenz.

»Tja, schwer zu sagen. Einige Buchstaben erkenne ich … aber einige sind mir völlig fremd«, entgegnete Wegener ratlos.

Auf dem Steine schläft die Streiterfahrene
Und lodernd umleckt sie der Linde Feind

Edda, Das Lied von Fafnir, 43

Tilla türmte sich ihre Einkaufstaschen auf den einen Arm, nahm den Schlüssel in die andere Hand, schloss die Wagentür mit dem Fuß und bugsierte ihre wackelige Fracht Richtung Haustür. Kurz vor der Treppe zur Haustür kam die obere Tüte bereits ins Rutschen und die ersten Äpfel kullerten durch schlafende Rosenstrünke. Zu Tillas Verwunderung gab die Tüte jedoch nicht vollständig der Erdanziehung nach, auf halber Höhe wurde sie abgefangen. Von dem Gesicht, das so unvermutet hinter ihrer Tüte auftauchte, registrierte Tilla zunächst nur ungewöhnlich tiefblaue Augen, umrahmt von hellblondem, kurzem Haar.

»Hallo«, brachte sie erstaunt hervor und fragte sich, wie wohl dieser Wikinger nach Bad Harzburg geraten war. Als wollte sie sich für ihre Gedanken entschuldigen, zeigte sie ihm ein breites Lächeln. »Einkaufstüten wollen irgendwie nie dahin, wo ich hin will.«

Er lächelte kurz und nahm ihr auch die zweite Tüte ab. »Mein Name ist Magnus Rennert, ich bin wegen Ihres Wohnungsangebotes hier. Ich hoffe, ich komme nicht ungelegen.«

»Nein, kein Problem. Kommen Sie doch am besten gleich mit rein«, sagte Tilla und lächelte noch eine Nuance einladender, da bisher noch niemand Interesse an ihrem Wohnungsangebot bekundet hatte. Er folgte ihr in ihre Küche und stellte die Tüten auf dem Küchentisch ab. Artig lobte er: »Schön haben Sie's hier.«

»Danke. Ich habe gerade alles renoviert. Das Haus liegt schön ruhig und naturnah«, pries Tilla ihr Heim eifrig an.

Sie ging ins Obergeschoss vor und zeigte ihm die Räume. Durch das deutlich veraltete Badezimmer huschte sie in Windeseile hindurch, um ihren potentiellen Mieter sogleich mit dem wirklich schönen Anblick des Südzimmers zu beglücken. Es hatte zwei große Gaubenfenster, die einen Blick auf den Garten und den angrenzenden Wald erlaubten. Wie bestellt stahl sich ein warmer Sonnenstrahl ins Zimmer und wanderte liebkosend über den Parkettboden.

Als sie wieder im Flur ankamen, erklärte sie: »Hier ist noch ein Spitzboden drüber. Dort liegen einige Möbel in zerlegtem Zustand, die Sie verwenden können, falls sie Interesse haben.«

Der blonde Hüne schien der Vermieterin mehr Beachtung zu schenken als den Räumen, doch dann schaute er sich doch noch einmal um. »Es ist perfekt«, bekundete er und ließ ein einnehmendes Lächeln sehen.

»Schön«, freute sich Tilla. »Wie Sie sehen, steht es leer. Sie können also jederzeit einziehen.«

»Das passt ausgezeichnet. Ich werde meine Sachen bereits in den nächsten Tagen bringen.« Sein Blick hielt sie wieder einen Moment fest. »Ich bin viel unterwegs. Meine Post bekomme ich an ein Postfach gesandt. Sie brauchen sich deswegen also keine Umstände zu machen.«

»Ah, gut«, entgegnete Tilla, die sich in Wahrheit noch keinerlei Gedanken über einen zweiten Briefkasten gemacht hatte. Während ihr zukünftiger Mieter sich noch einmal in den Räumen umsah, stellte sie fest, dass dieser Bursche nicht nur recht gut aussah, er bewegte sich auch sehr geschmeidig und selbstsicher. Die breiten Schultern hatten etwas Beeindruckendes. Sie war sicher, dieser Mann konnte recht hilfreich sein, sollte es Borderfeld noch einmal einfallen, sie ungefragt zu besuchen.

Er kam in den Flur zurück, griff in seine Jackeninnentasche und holte einige Geldscheine hervor. »Ich würde Ihnen erst einmal drei Monatsmieten in bar zahlen. Dann habe ich etwas Zeit, die Formalien bei meiner Bank zu regeln. Wäre Ihnen das recht?«

So etwas Profanes wie Miete hatte Tilla über den Anblick des attraktiven, blonden Hünen völlig vergessen. »Oh, ja schön, danke. Äh … was machen Sie denn beruflich?«, fragte sie und kehrte nun doch noch ein Stück versierte Vermieterin hervor.

Er schien sich darüber zu amüsieren und antwortete mit einem angedeuteten Lächeln: »Ich bin Sprengmeister, arbeite aber zurzeit im Bereich der Schulung. Deswegen bin ich auch viel unterwegs.«

»Sprengmeister, wie interessant.« Da Tilla dazu absolut nichts Sinniges einfallen wollte, verkündete sie lächelnd: »Na, dann hole ich Ihnen mal Ihre Schlüssel.«

Als sie ging, fühlte sie, dass sein Blick ihr folgte. Zufrieden murmelte sie in sich hinein: »Ha! Ich hätte es schlechter treffen können.«

Herzlich sey mir gegrüßt, werthes Cheruskerland!
Land des nervigen Arms und der gefürchteten Kühnheit, freieren Geistes
denn das blache Gefild umher!
Furchtbar und ewig steht,
gleich dem Brocken, dein Ruhm!
Donnernd verkünden dich Freiheitsschlachten!
Und donnernd dich unsterblicher Lieder Klang.

Friedrich Leopold Graf zu Stolberg, 1772

Nachdenklich nahm Tilla den braunen, mit vielerlei amtlich-postalischen Hinweisstempeln versehenen Umschlag vom Flurboden auf und strebte eilig in ihr Wohnzimmer. Noch im Mantel ließ sie sich an ihrem Schreibtisch nieder, riss den Umschlag auf und zog die Manuskriptseiten heraus.

Die Ruhe, die ihnen die Kraft des Schwertes bescherte, neigte sich dem Ende zu. So manches Volk war gegen das Dorf angestürmt, um von den Celtae zurückgeschlagen zu werden. Auch die stolzen Frauen des Dorfes taten hier mit. Ihr wütendes Geschrei allein vermochte so manchen Germanen zu entsetzen, der noch nie ein kampfwütiges Weib erlebt. Besonders stolz war Calvagh auf das seine. An Größe tat es Niadh ihrem Gemahl nahezu gleich. Ihr Haar war von der Farbe der aufgehenden Sonne und ihre Haut strahlte mit kaum mehr Tönung als der Schnee der harcynischen Berge. Seit vielen Fruchtzeiten waren sie sich innigst zugetan und hatten die Schar der lärmenden Zöglinge des Dorfes um so manchen Schopf bereichert. Niadh war von hohem Stand. Da sie gern ritt, trug auch sie die Bracea der Männer, wobei ein metallener Gürtel von feinster Zierart ihren Stand erkennen ließ.

Der schroffe Berg mit seinem geschützten Einschnitt,

der das Lager des Stammes beheimatete, eröffnete frühzeitig den Blick auf jeden Feind. Im Kampf Mann gegen Mann schien es, als hätten sich die Keltengötter höchstselbst in das Getümmel gemischt und den Ihren geholfen. Dennoch wartete ein weit gefährlicherer Feind auf sie. Die Welt war im Umbruch.

Es waren die Römer, die bereits Kunde von dem magischen Schwert hatten. Nicht zum ersten Male waren die Truppen, die aus kleinwüchsigen, dunkelhaarigen Mannen bestanden, aus dem fernen Süden nach Harcynia gekommen. Oberhalb des Dorfes zeugten die Reste eines römischen Tempels davon, dass einst Gaius Julius Caesar ihn dort zu Ehren des griechischen Gottes Chronos bauen ließ, eine Gottheit, die bei den Römern Saturn geheißen wurde. Längst hatten die römischen Horden Harcynia wieder verlassen und der Platz des Tempels diente Thurizan nunmehr als heiliger Hain, denn der Platz war von mannigfaltigen magischen Kräften beseelt. Nun kam das Volk des Südens, welches stets nach neuem Land hungerte, zurück. Sie kämpften anders, als man es gewohnt. Ihre Kohorten marschierten gleichförmig wie die Vögel, wenn sie zum herbstlichen Flug in den Süden aufbrachten. Sie überlegten klug, doch sie siegten nicht selten mit Mitteln, für die das alte Volk nur Verachtung übrig hatte.

So begab es sich, dass das Beltanefest zu dem letzten Jahresfest wurde, welches das alte Volk im Schoße des Harcynischen Berges feierte. Als die Celtae in der ersten Nacht des vollen Mondes des frühen Maius zu Ehren ihres Gottes Belenos die Vorbereitungen für die große Jagd trafen, ahnten sie nicht, dass römische Blicke ihr Tun arglistig verfolgten.

Die junge Priesterin Llif erhielt ihre Weihe und ward für diese Nacht die Stellvertreterin der großen Göttin. Calvagh war angetan mit einer Maske und allerlei Tierfellen.

Er wurde zur Jagd auf den Hirsch ausgesandt. Nur wenn er mit einem erlegten Tier zurückkehrte, erwies er sich als würdig genug, sich mit der Priesterin zu vereinigen. Gebar sie einen Sohn aus dieser Nacht, so würde er zu Thurizans Nachfolger ausgebildet werden. Niadh überreichte ihm den Jagddolch und wünschte ihm Glück, denn sein Glück sicherte auch das der Sippe und somit das ihre.

Das Licht des Belenos war noch nicht ganz hinter den Kuppen der Berge verschwunden, da flossen Met und gegorener Gerstensaft bereits in Strömen. Mannigfaltig waren Gesang und blumige Worte zu hören. Beltane war ein heiteres Fest voller Frohsinn, doch leider auch voller Unaufmerksamkeit. Die Götter der Fruchtbarkeit ließen bei Weib und Mann die Säfte wallen, die den Fortbestand der Sippe seit jeher gesichert hatten. So manche Jahresehe wurde verlängert, andere tauschten ihre Partner ein. Als Calvagh das Dorf zur rituellen Jahresjagd verließ, waren bereits alle in ausgelassener Stimmung.

Wie lange war es eigentlich her, seit sie das letzte Mal Beltane gefeiert hatte?, fragte sich Tilla mit plötzlich aufwallender Wehmut. Sie blickte hinaus auf die bereifte Terrasse. Fast glaubte sie den fröhlichen Singsang ausgelassener Stimmen zu hören, der den Garten zu Beltane früher immer erfüllt hatte. Alljährlich hatten Hedera und Tilla ihre Freunde eingeladen. Einige wussten, dass in diesem gastfreundlichen Waldhäuschen die Rückkehr des Sommers gefeiert wurde, andere erfreuten sich einfach nur an einer lauen Nacht in fröhlicher Gesellschaft. Tilla fühlte sich wieder einmal unendlich einsam. Ihr Blick heftete sich wieder auf die Zeilen vor ihr.

Rom verlangte nach dem sagenhaften Schwert. Dem römischen Offizier, der zahlreiche kampferprobte Legionäre mit sich führte, waren das Beltanefest und sein Procedere wohlbekannt, diente er doch schon im fernen Britannien, wo dieses Fest ebenfalls Usus war. Harcylugh befand sich von Moos und Zweigen getarnt in einer kleinen Felsgrotte hinter dem Stammeshaus, wo es schnell erreicht werden konnte. Doch niemand, der nicht eingeweiht war, würde die Waffe finden können. Lucius Vincelius, der römische Offizier, ahnte, dass die Waffe in einem schwer auszumachenden Versteck lagerte. Nicht nur mit Gewalt, sondern vor allem mit List gedachte er das Kleinod zu stehlen.

Allein Thurizan plagte eine ungute, von den Göttern gesandte Vorahnung. Immer wieder zog es ihn hinter das Stammeshaus, wo er vor der schroffen Wand aus Gneis und der verborgenen Grotte auf und ab ging. Er horchte, er schnupperte, er besah sich die Sterne, er betrachtete das Wachstumsgespinst der Eichenmistel, die er im frühen Morgenlicht geschnitten hatte, er deutete die Runen, doch das erhellende Zeichen der bevorstehenden Katastrophe blieb ihm verborgen. Fremde Götter waren es wohl, die ihm die Sicht nahmen.

Lucius Vincelius sandte einen Teil seiner Männer aus, um dem, wie er wusste, mäßig bewaffneten Calvagh zu folgen. Als dieser die Kuppe des Berges überschritten hatte und der Lärm eines Kampfes die anderen nicht mehr erreichen und warnen konnte, stellten sie den stolzen Keltenfürsten. Doch Calvagh war auch ohne das magische Schwert ein Kämpfer, der es keinem Gegner leicht machte. Der Feinde ansichtig, riss er sich die störenden Tierfelle herunter, brüllte aus Leibeskräften und griff seine Widersacher mit unbändiger Wut an. Es brauchte ein halbes Dutzend Männer, um Calvagh zu bezwingen. Doch ein Sieg war es nicht, denn er gab sich nicht lebend. Mit letzter Kraft führte er den Dolch, der für den Hirsch vorgesehen, in sein eigenes Herz.

Lucius Vincelius entledigte sich seiner Rüstung und übernahm die Felle und die Tiermaske des getöteten

Calvagh, die ihm seine Mannen brachten. Er schlich zu jener Hütte, in der die junge Priesterin auf die Rückkehr des Stammesfürsten wartete. Die viel zu frühe Rückkehr machte Llif misstrauisch. Sie nahm den Ritualdolch und verbarg ihn in ihrem Gewand. Vincelius stürmte vermeintlich unerkannt in die Hütte, doch Llif war eine junge Druidin, die nicht nur mit den Augen sah. Als Vincelius merkte, dass seine List aufgeflogen war, griff er sich Llif als Geisel und versuchte ihr das Versteck des Schwertes abzupressen. Doch Llif ging den gleichen Weg wie ihr Fürst. Den zierlichen Ritualdolch hieb sie zuerst dem Feind in die Seite, den sie jedoch nur mäßig verletzte, und beendete sodann ihr eigenes Leben mit einem Stich in ihre Mitte. Im Todeskampf stieß sie ihren durchdringenden Kampfschrei aus, der alle im Dorf warnte.

Sofort war alle Fröhlichkeit vergessen und man stürzte zu den Waffen. Niadh hörte Llifs Schrei und wusste, nun war es an ihr, das Schicksal der Sippe zu sichern. Blitzschnell eilte sie zur Felswand, um das Schwert zu holten. Doch die Legionäre waren von Vincelius angewiesen, Niadh im Auge zu behalten. An ihrem metallenen Gürtel war sie dem Römer sofort als Führerin aufgefallen. Nun setzten die Legionäre ihr nach, ahnend, wohin ihr Weg sie führen würde. Thurizan fiel, während er ihren Lauf zur Felsnische mit seinem Körper schützte. Bevor Niadh das Schwert greifen konnte, durchbohrte sie das Pilum eines Römers.

Niemand des alten Volkes überlebte die Nacht des Bel. Einzig Seghana, die Tochter von Calvagh und Niadh, empfing viele Tagesmärsche fern der Katastrophe zu Ehren Bels gleich doppelte Leibesfrucht und trug das Leben weiter.

Das magische Schwert jedoch ging nach Rom und brachte die große Waage aus dem Gleichgewicht.

Tilla sah auf die Uhr. Nachdenklich klopfte sie den Stapel von DIN-A4-Bögen auf ihrem Arbeitstisch in Form. Mit der letzten Postsendung, die ihr durch nunmehr zwei Nachsendeanträge verzögert von Göttingen über Braunschweig nach Bad Harzburg gefolgt war, schien das Manuskript nun endlich vollständig zu sein. Es drängte sie zu lesen, wie es mit dem Schwert weiterging, doch sie musste zu einer weiteren Führung aufbrechen. Kurzerhand heftete Tilla den Stapel zusammen und stopfte ihn in ihre Handtasche. Vielleicht fand sie ja zwischen ihren Führungen etwas Zeit zum Lesen.

Auf ihre äußere Erscheinung
hielten die Kelten sehr viel,
hassten Lumpen und Schmutz
und betrachteten als größtes Unglück Missform.

Wilser/Grupp

Tilla erkannte zwar das Fahrrad und die silberblaue Ausrüstung, doch fiel es ihr schwer zu glauben, dass der Mountainbiker, der in kernigem Tempo einen schmalen Pfad herunterraste, Gerred Assmut sein sollte. Staunend verlangsamte sie ihr Laufttempo und blieb schließlich stehen. Er bremste ebenfalls ab, als er sie bemerkte.

»Oh, hallo Tilla«, begrüßte er sie sichtlich erfreut.

»Hallo Gerred … du bist es ja wirklich«, stellte Tilla schmunzelnd fest und erntete einen fragenden Blick.

»Wieso? Hast du mir nicht zugetraut, dass ich des Fahrradfahrens kundig bin«, fragte er ironisch.

Tilla lachte auf. »Tut mir leid … aber es ist *diese* Art des Fahrradfahrens, die mich bei dir doch etwas verblüfft. Du saust einen Pfad runter, an dem Fußgänger zur Sicherheit eine Seilschaft bilden. Das passt irgendwie nicht zu dem Gerred, den ich bisher kennengelernt habe.« Tilla schaute ihren Nachbarn nachdenklich an. »Du scheinst mit Worten vorsichtiger umzugehen als mit einem Fahrrad.«

Er grinste etwas. »Es freut mich, dass ich dich überraschen konnte.«

»Das hast du«, gab Tilla zu. »Noch dazu gibt es sowieso nicht viele Menschen, die sich bei diesen Temperaturen im Wald vergnügen.«

Er sah sich genießerisch im kahlen Winterwald um. »Ich liebe diese Jahreszeit. Die eisige Luft ist wie ein Aufputschmittel.«

»Noch eine Überraschung. Du brauchst also Aufputschmittel«, stellte Tilla mit erhobenen Augenbrauen fest.

Er grinste wieder. Noch immer bemühte sich Tilla, nicht ständig auf diese Narbe zu starren, die sein Lächeln verzerrte, und ärgerte sich über sich selbst. Eigentlich war ihr Gerred sehr sympathisch.

»Du hast schon recht, normalerweise bin ich ein Langweiler«, gab er süffisant zurück.

»Das hab ich nicht gesagt«, beeilte sich Tilla richtigzustellen.

Amüsiert durch ihr schlechtes Gewissen erklärte er: »Aber selbst ein Langweiler wie ich will hin und wieder das Leben deutlicher spüren. Vor allem, wenn ich den ganzen Tag im Büro sitzen muss oder wenn alles nicht so läuft, wie ich es mir vorstelle, dann hilft mir eine Fahrt durch den Wald, um mit mir wieder ins Reine zu kommen. Hier habe ich mein Leben wieder selbst in der Hand … Ich glaube, in diesem Punkt sind wir uns sogar ähnlich. Wenn ich dich laufen sehen, dann habe ich auch immer das Gefühl, dass du deine Grenzen suchst.«

Die Klarheit, mit der seine Worte die Wahrheit trafen,

verwirrte Tilla. »Ich bin halt ... etwas verrückt. Aber dass du so etwas brauchst ...«

»Tja, wir haben wohl alle unsere Geheimschubladen in der Seele, in denen Dinge sind, die wir nicht gern ansehen. Aber sie rühren sich von Zeit zu Zeit und senden fiese Störgeräusche. Wenn man den ganzen elenden Seelenkasten etwas durchschüttelt, geben die Störsender Ruhe.« Gerred lächelte zwar, doch wirkten seine Worte schwer.

Tilla starrte ihn an und wusste nicht, was sie sagen sollte. Ihre Mutter hätte augenblicklich an diesem Punkt nachgehakt und nicht eher Ruhe gegeben, bis sie die Ursache sämtlicher von ihm erwähnten Störgeräusche gekannt hätte. Tilla dagegen war erleichtert, als er das Thema wechselte.

»Sag mal Tilla, hättest du in deinem Terminkalender noch etwas Platz? Mein Chef würde gern mal mit dir sprechen. Er will unsere Internetseite gern auch englischsprachig gestalten. Außerdem steht demnächst ein Hotelbau an. Er sucht jemanden, der das ausländische Investorenkonsortium in regelmäßigen Abschnitten über die Baustelle führt und diese Leute in englischer Sprache darüber informiert, wo ihr Geld bleibt. Könntest du so was einschieben?«

»Oh ... aber natürlich, gern«, antwortete Tilla begeistert. »Ich dachte immer, du baust nur Öko-Wohnwürfel. Du baust auch Hotels?«

Gerred lachte herzlich. »Nicht ich, mein Büro baut. Ich bin nur ein kleines Rädchen im Getriebe. Das Hotel wird ein etwas größerer Würfel, aber auch Öko.«

»Na, dann bin ich ja beruhigt«, gab Tilla zurück. »Wo wird denn der Hotelpalast gebaut? In Wernigerode?«

Er bejahte dies und erzählte Tilla ein wenig darüber. Sie fand, seine Begeisterungsfähigkeit war mitreißend, obwohl er seine Worte stets recht bedächtig aneinander reihte. Er beendete seine Rede mit der Frage: »Dein Mieter hatte dir wohl nichts gesagt, oder?«

»Äh … mein Mieter? Nein, er hat nichts gesagt«, stellte Tilla unwillig fest.

Gerred betrachtete sie forschend und nickte. »Ich wollte dich neulich schon wegen dieses Auftrags fragen, da kam mir dann dieser Rennert entgegen. Kommst du mit ihm zurecht?«

Tilla glaubte deutlich erkennen zu können, dass Gerred ihn nicht mochte. »Er ist nicht ständig da«, antwortete sie ausweichend. »Ist also ein ruhiger Mieter und zahlt bar. Was will man mehr.«

»Er zahlt bar?«, fragte Gerred erstaunt nach.

»Ja, die ersten Mieten hat er mir in bar gegeben, danach läuft es wohl über die Bank.« Sie hatte das ärgerliche Gefühl, sich verteidigen zu müssen.

Gerred runzelte die Stirn, sagte aber nichts mehr zu dem Thema. Er nahm eine Karte aus der Tasche und gab sie ihr. »Hier ist die Adresse von unserem Büro. Du kannst dich bei meinem Chef melden. Er wird sich freuen.«

»Gern, das mache ich.« Auch wenn seine Blicke recht verhalten ausfielen, merkte Tilla deutlich, dass sie bei Gerred Gefühle auslöste – Gefühle, die nicht sein durften. Er ist ist ein toller Typ … aber ein Typ mit Frau und deswegen auch kein Mann für mich, mahnte sie sich im Geiste. Eigenartigerweise frustrierte Tilla diese Feststellung im Hinblick auf Gerred mehr als sonst. Sie wollte sich schon abwenden, als sie eine in dicke Jacken verpackte Gestalt auf sich zukommen sah. Das schmale Gesicht der jungen Frau wirkte blass und kränklich, doch ihre blauen Augen schienen vor Energie zu sprühen.

»Hallo, Gerred«, begrüßte sie ihn und blickte interessiert zu Tilla.

»Geht es dir gut? Du siehst heute wieder so blass aus«, stellte Gerred besorgt fest.

»Mir geht es gut!«

Gerred wandte sich an Tilla. »Du kennst meine Schwester Dana noch nicht! Sie hat sich übrigens um die Katze deiner Mutter gekümmert.«

Und bei allen Gegensätzen,
welche die Kelten auszeichnen,
ist ein jeder von ihnen stets bereit
für sich selbst in höchsten Tönen zu schwärmen.

Cassius Dio über den Charakter der Kelten

Beschwingt trabte Tilla über den Marktplatz von Wernigerode. Nachdem sie sich mit Gerreds Chef über die Modalitäten ihres künftigen Arragements schnell einig geworden war, hatte sie spontan einen Besuch im Rathaus eingeschoben. Die nette Dame dort hatte Tillas werbendem Vortrag über sich und ihr Angebot, Übersetzungen zu fertigen, mit großem Interesse gelauscht, ihre Daten abgespeichert und versprochen, man werde sich vermutlich sehr schnell mit ihr in Verbindung setzen. Sehr gut. Wenn sie noch ein paar Kunden dieser Art ergattern konnte, käme sie bald aus Borderfelds Fängen.

Selbst auf die Rückfahrt in dem modernen Leihwagen freute sie sich. Am Vortag hatte sie ihr betagtes Gefährt für längst fällige Reparaturen in die Werkstatt gebracht. Mit einem fröhlichen Blinken reagierte der Leihwagen auf den Knopfdruck von Tillas Schlüssel und sie ließ sich genießerisch in die dunklen Polster fallen.

»Vielleicht reicht es ja auch irgendwann für so einen Wagen ...«, murmelte sie versonnen.

Als sie die Altstadt hinter sich gelassen hatte, wartete sie an einer Ampel auf die Chance, sich in den Verkehr

Richtung Bad Harzburg einzufädeln. Rechts neben ihr drängte sich ein dunkler Wagen in Millimeterabstand vorbei, der geradeaus fahren wollte. Sie wollte den Quetscher schon böse anstieren, als sie zu ihrem Erstaunen Borderfeld im Fond des Wagens erkannte. Er telefonierte. Dann stob der Wagen durch engste Lücken im Verkehr vorwärts. Tilla, die vor Staunen fast die Grünphase verpasst hatte, fuhr einem spontanen Impuls folgend hinterher. Als sie der dunklen Limousine bis in einen recht einsamen Randbereich von Wernigerode gefolgt war, der mit unattraktiven Industriehallen aufwartete, waren ihre Spionagefähigkeiten jedoch bereits zur Gänze erschöpft.

»Heilige Göttin … was tue ich eigentlich hier?«, beschimpfte sie sich selbst und fuhr an den Fahrbahnrand. Sie sah den Wagen abbiegen und auf einem Parkplatz vor einem grauen Hallenbau halten. Der massive Zaun um das Grundstück herum ließ lebhafte Erinnerungen an die alten Grenzanlagen der DDR aufkommen. Es war keine Menschenseele zu sehen, obwohl noch einige andere Autos auf dem Parkplatz standen.

Erst passierte eine Weile gar nichts. Dann sah Tilla Borderfeld aussteigen. Für eine Schrecksekunde dachte sie, dass er ihren Wagen fixierte, doch dann drehte er sich um und verschwand in dem grauen Hallenbau.

»Ich fahre jetzt sofort wieder nach Hause«, erklärte Tilla sich selbst mantraartig. Doch sie tat nichts dergleichen. Ihre Neugier brannte. Wider besseres Wissen stülpte sie ihre grasgrüne Wollmütze über ihr Haar, wickelte sich den Schal um und verließ vermeintlich getarnt den Wagen. Scheinbar ziellos schlenderte sie an der grauen Halle vorbei. Auch an der Rückseite ließ sich nicht erkennen, welchem Zweck der fensterlose Bau diente.

Ein weiterer Wagen fuhr auf den Parkplatz. Ihm entstiegen zwei jüngere Männer mit schwarzen Sporttaschen und länglichen Gegenständen, die in speziellen Taschen untergebracht waren. Tilla blickte den Männern verstohlen nach. Dann fiel ihr ein kleines, dunkles Auge mit einem leuchtenden roten Punkt unterhalb des Dachfirstes auf. Eine Kamera schien den Parkplatz und die Umgebung zu überwachen. Fluchend wandte sich Tilla ab und verbarg ihr Gesicht im Schal. Sie beeilte sich, um die Ecke zu ihrem Wagen zu kommen und verwünschte sich für ihren dummen Einfall, Borderfeld zu folgen. Ihre Agentenfähigkeiten waren derart miserabel, dass sie sich über das plötzliche Auftauchen von Borderfeld eigentlich nicht zu wundern brauchte, dennoch fuhr ihr der Schreck wie ein Blitzschlag in die Glieder, als sie ihn an ihrem Wagen warten sah.

»Tilla, was tun Sie hier?«

Sie hielt die Hand vor der Brust und keuchte: »Heilige Göttin, warum müssen Sie einen immer so erschrecken?«

»Ich habe Sie etwas gefragt.«

Tillas Ausredengerüst nahm nur langsam Form an. Auf Gut Glück plapperte sie los. »Ach Mist, das war eine ziemliche Schnapsidee. Ich hab Sie vorhin an der Hauptstraße im Wagen gesehen und bin Ihnen spontan hinterhergefahren.«

»Ich weiß. Aber warum verfolgen Sie mich?«

Verunsichert haspelte Tilla weiter: »Äh … wissen Sie, ich komme nämlich gerade aus dem Rathaus hier in Wernigerode, weil ich hier meine Dienste anbieten wollte. Als ich Sie hier sah, dachte ich … Ich wollte mal fragen, ob Sie hier jemanden in der Verwaltung kennen. Jemand, der meine Bewerbung obenauf legen könnte. Verstehen Sie, was ich meine?« Tilla hatte sich wieder einigermaßen gefangen und brachte sogar ein Lächeln zustande.

Borderfeld sah sie abschätzend an. Tilla bildete sich ein, ein amüsiertes Lächeln aufblitzen zu sehen, doch sie irrte sich sicher.

»Kommen Sie«, verlangte er barsch und schob sie in Richtung Industriebau.

»Wohin gehen wir?«, fragte Tilla zaghaft, die mittlerweile sicher war, turmhohen Blödsinn gemacht zu haben.

»Nun, Sie sind offenbar mit meiner Arbeit nicht ausgelastet und suchen einen weiteren Job«, sagte er und schob sie zum Eingang der Halle. Dort lotste er sie durch mehrere Gänge und Türen, bis sie vor einer standen, durch die kurze, aber laute Schreie an Tillas Ohr drangen. Als er die Tür öffnete, wurden die Schreie noch lauter. Zögernd folgte Tilla Borderfelds Handzeichen und betrat einen hell erleuchteten hohen Raum.

Mehrere Paare in dunkelblauen gegürteten Kutten, die an asiatische Mönchsgewänder erinnerten, standen sich gegenüber. Ihre Köpfe waren durch einen im Nacken gebundenen Überwurf bedeckt, der das Gesicht mit einem Gitter verdeckte. Es erinnerte Tilla an riesige Ameisenköpfe. In den Händen hielten sie lange Holzschwerter. Tilla zuckte zusammen, als sich das Paar, das ihr am nächsten stand, urplötzlich aus der Starre löste und mit lauten Schreien wild aufeinander eindrosch. Nach einem gellend geschriehenen »Men« und einem dem Schrei unmittelbar folgenden Schlagabtausch bewegte sich das Paar wieder zur Ausgangsposition zurück.

Tilla starrte das Szenario mit offenem Mund an. Von anderer Stelle tönte es in merkwürdig hohem Geschrei »Kote« und »Do«, begleitet von klatschenden Geräuschen der nackten Füße auf dem Holzboden und dem lauten Klicken, wenn zwei Stäbe aufeinander trafen. Die Luft war erfüllt von dem Geruch nach Schweiß, Testosteron und Kampflust.

»Sie sehen hier die große Kunst des Kendo, Tilla«, erklärte ihr Borderfeld, »eine moderne Form des japanischen Schwertkampfes.«

»Ach«, machte Tilla mit dünner Stimme. »Es sieht

ziemlich beängstigend aus. Können sich die Kämpfer mit den Waffen verletzen?«

»Im Training benutzen sie das Shinai aus Bambus«, antwortete Borderfeld. »Ich persönlich bevorzuge deutsche Techniken, aber ich gebe zu, das Kendo ist eine außerordentlich gute Grundübung.«

»Deutsche Techniken?«, echote Tilla verwirrt, »Deutsche machen so was auch?«

»Machten«, verbesserte Borderfeld. »Aber der urdeutsche Schwertkampf kommt zurück. Es interessieren sich immer mehr junge Männer dafür.«

Tillas Gedanken rasten. Einerseits würde sie gern mehr erfahren und sie hatte das Gefühl, Borderfeld würde ihr auch gern mehr darüber erzählen. Andererseits kam sie ihm dadurch zu nahe, was ihr höchstes Unwohlsein einbrachte. Sie hatte mal wieder Mist gebaut. Aber sie konnte auch genauso gut versuchen, das Beste daraus zu machen. Sie hatte etwas über Borderfeld erfahren wollen, die Chance hatte sie jetzt.

»Wie unterscheidet sich denn der deutsche Schwertkampf von dem hier?«, fragte Tilla vorsichtig.

»Die japanische Rasse ist klein und gedrungen.« Borderfelds Ton war verächtlich. »Somit ist der Katana, das japanische Langschwert, mit rund einem Meter Gesamtlänge und einem Kilo Gewicht nach unseren Maßstäben eine kurze und leichte Trainingswaffe. Ein Schwert wie der deutscher Zweihänder wiegt zweieinhalb Kilo und ist je nach Bauart mehr als anderthalb Meter lang.«

»Ah«, machte Tilla schmallippig und stellte sich widerstrebend vor, wie diese schreienden blauen Ameisen vor ihr mit fast drei Kilo Stahl aufeinander droschen. »Du meine Güte, Schwerter? Wie im Mittelalter? Ich habe noch nie gehört, dass man so was wie Schwertkampf irgendwo lernen kann. Ist es nicht auch verboten, so lange Klingen zu besitzen?«

»Alle Gesetze haben Lücken«, entgegnete Borderfeld. »Ihr Stichwort ›Mittelalter‹ ist diese Lücke. Mittlerweile erinnert man sich in Deutschland wieder überall gern an seine Geschichte. Nahezu jede größere Stadt veranstaltet Ritterfeste, mittelalterliche Märkte und dergleichen. Nicht selten hat vor den Toren dieser Städte eine bedeutende Schlacht stattgefunden, die gern und aufwändig mit Historiendarstellern nachgestellt wird. Eine der Hauptattraktionen solcher Spektakel sind mittelalterliche Schaukämpfe mit Langschwertern. Die Schaukampfschwerter können Sie daher überall kaufen.«

»Ach«, machte Tilla erstaunt. »Und die …« Tilla wies auf die Kämpfer vor ihr, »… können so etwas auch?«

Borderfeld maß die Kämpfer mit prüfendem Blick, als sähe er sie zum ersten Mal. In zufriedenem Ton erklärte er: »Einige der besten Schwertkämpfer des Landes sind hier. Sie sind deshalb gut, weil sie mit absoluter Entschlossenheit zuschlagen.«

Wie auf ein Zeichen erschollen neue Schreie. Gebannt starrte Tilla auf ein Paar auf der anderen Hallenseite. Einer der Kämpfer wurde durch eine schnelle Abfolge von Schlägen quer durch die Halle getrieben. Jeder Versuch, sich zu wehren, wurde von einer neuen Salve von Schlägen im Keim erstickt. Die anderen Kämpfer wichen zurück und ließen den beiden den Platz, den sie brauchten. Tilla sah verstohlen zu Borderfeld hin. Das Spektakel schien ihm nicht zu gefallen.

Der letzte Schlag auf den Kopf wurde wie jeder Schlag von einem Schrei begleitet. Der Getriebene geriet ins Torkeln und sein Gegner senkte den Stab.

»Ich glaube, ich verstehe, was Sie mit entschlossenem Zuschlagen meinten«, sagte Tilla zögernd.

»Jeder von den Kämpfern hier ist bereit zu töten«, sagte Borderfeld leise und maß das Paar mit kaltem Blick.

Tilla betrachtete die Waffen. »Gottlob hauen sie sich mit einem Bambusstab.«

»Die Schläge dieser Kämpfer sähen nicht anders aus, würde sie einen scharf geschliffenen Katana in der Hand halten«, erklärte Borderfeld. »Alle hier sind schon einmal verletzt worden. Sie wissen, was Schmerz ist, und haben gelernt, damit umzugehen.«

Tilla verstummte ernüchtert. Nun war sie sicher, Borderfeld war irre und diese blauen Ameisen in dieser Halle schon gar.

Sie sah, dass der Verlierer noch immer Schwierigkeiten hatte, sich auf den Beinen zu halten. »Na, da bin ich aber froh, den Kerl dort nicht mit einem Schwert kämpfen zu sehen. Er hat seinem Gegner ja fast den Schädel eingeschlagen.«

»Ja … ein Schwert hätte ihm den Kopf gespalten«, antwortete Borderfeld ungerührt und blickte durch die Halle. »In einem Kampf zu sterben, der Auge in Auge geführt wurde, ist etwas Edles. Weitragende Waffen sind etwas für Feiglinge. Diese Kämpfer hier sind alle sehr gut, dennoch sind es nur wenige, die die hohe Kunst des echten Schwertkampfes erlernen können. Es braucht einiges an Training, um die Handgelenke von einem Kilo auf zweieinhalb Kilo zu trainieren. Diese Disziplin bringen nur wenige auf.«

Seine Worte kamen so leise und unschuldig daher, dass Tillas Geist ihnen schon fast folgen wollte. Doch dann löste sie sich von der faszinierenden Vorstellung ritterlicher Schwertkämpfe und hielt entschlossen dagegen. »Waffe bleibt Waffe. Sie glauben wirklich, dass ein Schwert edler ist als eine Pistole? Irgendwann kam der erste Schwertkämpfer daher, der ein Schwert warf, anstatt es von Angesicht zu Angesicht zu schwingen. Er stellte fest, wie viel einfacher es ist, jemandem das Schwert in den Rücken zu schleudern, als sich in den

Kampfkreis seines Gegners zu wagen, das Schwert wurde zum Wurfspeer und anschließend zum Pfeil. Es fehlte nur noch das Schwarzpulver und die Feiglingswaffe war geboren. Und wie hat es angefangen?«

Borderfeld betrachtete Tilla, deren verschiedenfarbige Augen ihn ärgerlich anfunkelten, nachdenklich. »Deine Wortgewandtheit macht deinem keltischen Erbe alle Ehre.« Seine sanft versonnenen Worte verwirrten Tilla mehr als die Tatsache, dass er plötzlich zum ›Du‹ übergegangen war.

Sie wandte sich verunsichert ab und blickte durch die Halle. Die Siegerameise fixierte sie. Der Blick störte Tilla ebenfalls ungemein, da sie durch das Schutzgitter seiner Maske sein Gesicht nicht sehen konnte. Er stand völlig regungslos da, das Bambusschwert lässig geschultert, und blickte in ihre Richtung. Tilla wusste sein so offenkundiges Interesse nicht zu deuten. Dass sein Gegner mittlerweile von anderen Kämpfern aus der Halle gebracht werden musste, schien ihn wenig zu interessieren.

Borderfeld fixierte ihn unzufrieden und schüttelte dezent den Kopf. Er gab ein kurzes Zeichen mit der Hand, woraufhin sich der Sieger abwandte und kurze, harsche Befehle in die Halle brüllte. Offenbar war er auch der Trainer der Gruppe. Dann wandte sich Borderfeld zum Gehen und bedeutete Tilla, ihm aus dem Raum zu folgen.

»Ich werde dir in nächster Zeit Material über verschiedene Kampfsportarten zukommen lassen. Schreib mir gut verständliche Reports in Englisch und Deutsch, die in Homepages verwendet werden können.«

»Über Kampfsport?«, fragte Tilla ungläubig nach. »Ich verstehe rein gar nichts davon.«

Borderfeld lächelte leicht. »Du wirst es lernen müssen. Das hier wird mal deine Zukunft.«

»Das hier?«, echote Tilla verständnislos und folgte ihm zur Tür, die auf den Parkplatz führte. Fassungslos blickte sie auf das Heck ihres Wagens, der nicht mehr dort stand, wo sie ihn geparkt hatte, sondern vor ihr auf den Parkplatz. »Wie kommt der denn hier her?«

»Eine reine Vorsichtsmaßnahme«, entgegnete Borderfeld beiläufig. »Tilla, du bist nun Teil unseres Netzes, finde dich damit ab. Ein Zurück gibt es für dich nicht mehr. Du hast aber dadurch auch viele Vorteile zu erwarten, glaub mir. Doch wenn du versuchst, mir oder der Organisation zu schaden, wirst du es schwer bereuen. Die Strafen sind ziemlich drakonisch. Ich kann dich nur bis zu einem gewissen Grade schützen ... Selbst ich habe zuweilen noch Befehlen zu gehorchen.« Er musterte sie eindringlich. »Ich erwarte, dass dieses Treffen und dieser Standort hier unter uns bleiben. Verstanden?«

Tilla brachte nur noch ein verstörtes Nicken zustande.

Borderfelds hellbraune Augen ruhten auf ihr. »Eigentlich wollte ich dir etwas Zeit geben, aber nun hast du das Tempo unserer Zusammenarbeit selbst forciert. Ich möchte, dass du die Geschichtsstudien deiner Mutter weiterführst.«

Tilla starrte ihn an. »Geschichtsstudien?«, wiederholte sie dümmlich.

Ihr so offenkundiges Nichtverstehen schien Borderfeld sehr zu ärgern. Sie sah seine Kiefer arbeiten. »Der Harz zählt zur Wiege Deutschlands, Tilla, denn dort ereigneten sich in der Vergangenheit einige sehr folgenreiche Entscheidungen. Du weißt, wie viel Zeit deine Mutter in die Geschichte deiner Heimat investierte. Sie hat etwas von großer Bedeutung herausgefunden. Es gibt ein Artefakt, das die wahrscheinlich wichtigste Schlacht auf deutschem Boden begleitete und beeinflusste. Eine Schlacht, welche die Deutschen zum ersten Male einte. Ich will dieses Artefakt haben!« Sein Blick bohrte sich ihren und Tilla war versucht, schnell auf Distanz zu gehen, doch sie hatte eine Tür im Rücken.

»Bisher hast du in deinem Leben offenbar nur herumgespielt. Fang an, dein Erbe anzutreten! Suche gezielt nach Spuren historischer Blankwaffen und deren Überbleibseln. Ich suche ein ganz bestimmtes Schwert. Finde es!«

Sie vergaß vor Schreck fast zu atmen, als Borderfeld nach ihrer Hand griff. Behutsam legte er ihren Schlüsselbund hinein.

Tilla wusste nicht mehr, was sie denken sollte. Ihr Erbe? Was für ein Erbe? Und wie war er überhaupt an ihren Schlüssel gekommen? Als sie von dem Schlüssel in ihrer Hand wieder aufsah, schloss sich die graue Außentür vor Tilla und sie stand allein auf dem Parkplatz. Erst jetzt merkte sie, dass die Stelle, an der sich ein Türgriff hätte befinden müssen, leer war.

»Au Scheiße auch«, schimpfte Tilla in aufsteigende Tränen hinein und machte, dass sie wegkam.

*

Als Tilla endlich nach einer wirren, viel zu schnellen Rückfahrt von Wernigerode in ihre Straße einbog, tauchte zu allem Unglück Gerreds Schwester Dana urplötzlich vor Tillas Wagen auf, die von ihrem täglichen Spaziergang aus dem Wald zurückkam. Tilla bremste scharf ab. Dana erschrak ebenfalls. Tilla fuhr ihren Wagen an die Seite und stieg aus.

»Oh, Mann, Dana tut mir leid, ich bin wohl heute der größte Volltrottel gleich hinter Thyr!«

»Es ist ja nichts passiert … Wer ist denn Thyr?«, antwortete Dana etwas atemlos, aber freundlich.

»Ein Typ aus der germanischen Mythologie. Er hielt einem Wolf seine Hand hin und der hat sie dann gefressen«, antwortete Tilla fahrig.

»Oh. Ja, das war sicher nicht sehr klug«, erwiderte die junge Frau und betrachtete Tilla forschend. »Kann ich dir helfen, Tilla? Du wirkst ziemlich durcheinander.«

Tilla wiegelte ab. »Ich hatte nur Ärger mit einem meiner Kunden.«

»Oh. Sag, magst du nicht reinkommen? Ich mache uns einen Tee«, bot Dana an.

Am liebsten wäre Tilla nach Haus gestürmt, um allein zu sein, aber sie hatte das Gefühl, Gerreds Schwester nicht einfach auf dem Weg stehen lassen zu können, nachdem sie Dana eine Minute zuvor fast überfahren hatte.

Die junge Frau führte Tilla in ihren Teil des Assmut'schen Hauses, der kühl und modern möbliert und sparsam, aber wirkungsvoll dekoriert war. Sie bot Tilla Platz an und begann damit, eine weiße Kanne in Blütenform mit Tee zu füllen. Dana erzählte ihr ein wenig davon, dass sie ihr Architekturstudium abbrechen und Altenpflegerin werden wolle. Gutmütig mokierte sie sich über Gerred, der sich so um sie sorgte, dass er sie am liebsten in einem Kinderwagen durch die Gegend schaukeln würde. Tilla hörte lächelnd zu und entspannte sich tatsächlich etwas. Auf einer Kommode bemerkte Tilla inmitten einer Anzahl von gerahmten Fotos eines, das Dana zusammen mit ihrer Mutter Hedera zeigte. Dana brachte den Tee zum Tisch und folgte Tillas verwundertem Blick.

»Ich bin lange Zeit bei deiner Mutter in Behandlung gewesen«, erklärte Dana. »Sie hat mir sehr geholfen. Ich vermisse deine Mutter sehr.«

»Ach, das wusste ich gar nicht.« Tilla nippte an ihrem Tee. Sie erkannt eine Sorte, die auch ihre Mutter häufig gekocht hatte. Nachdenklich betrachtete sie das Foto. Ihre Mutter und Dana lachten in die Kamera. Wahrscheinlich hatte Gerred es aufgenommen. »Es ist ein hübsches Foto, sie hat dich gemocht«, stellte Tilla mit einem Anflug von Eifersucht fest.

»Ich habe sie vergöttert«, gab Dana offen zu. »Hätte

ich sie nicht gehabt, ich hätte bis heute nicht gelernt, mit dem umzugehen, was mir passierte. Nur sie hat die richtigen Worte gefunden, weil ihr ja damals das Gleiche passiert ist.«

Verwirrt blickte Tilla Dana an. »Das Gleiche ... was meinst du denn?«

Dana flüchtete sich in das Kontrollieren der Teestände und schob die Zuckerschale umher, bevor sie antwortete. »Ich meine ... die ... Vergewaltigung.«

Danas Worte wandelten sich in Tillas Kopf nur zögerlich in Erkenntnis um. Dann jedoch traf es sie mit solcher Wucht, dass ihr die Beine weich wurden. Völlig verstört fragte sie: »Meine Mutter wurde vergewaltigt?«

In der keltischen Sprache gibt es
eine Verbindung zwischen dem
Wort für ›Wissen‹ und dem Wort für ›Wald‹,
das gälische ›vidu‹
Jean Markale

Wie kam Dana bloß darauf, dass ihre Mutter vergewaltigt worden war?

Nach dieser bedeutungsschweren Aussage hatte sich Tilla alsbald mit dem Kommentar verabschiedet, Dana habe da wohl etwas missverstanden.

Mittlerweile war sich Tilla sicher, ihre Mutter hatte Dana in dem Glauben gelasssen, vergewaltigt worden zu sein, um ihr besser helfen zu können. Dass Danas Gemütszustand recht labil war, konnte selbst Tilla als Laie sehen. Ja, so musste es gewesen sein.

War es so?

Sie hatte das unangenehme Gefühl, dass ihr Leben nur noch aus unbeantworteten Fragen bestand. Nach dem Besuch in Wernigerode war sie davon überzeugt, dass es schwierig bis unmöglich werden würde, aus Borderfelds Fängen herauszukommen. Zuweilen hatte sie den sonderbaren Eindruck gewonnen, dass er sie irgendwie mochte, doch sie konnte diesen Umstand so gar nicht einordnen. Auch löste schiere Angst vor diesem undurchsichtigen Mann dieses Gefühl immer wieder ab. Wie weit würde Borderfeld gehen, wenn etwas nicht seinen Wünschen gemäß lief? Seine Warnung war ja ziemlich deutlich gewesen.

Er hatte eine Gruppe von martialischen Kämpfern unter seinem Befehl. Tilla war sicher, er würde ihr diese Irren vorbeischicken, die sie ohne zu zögern mit diesem Bambusdings versohlen würden. Oder sie kamen gar mit einem Schwert. Tilla wurde die Kehle eng bei der Vorstellung, was man ihr mit einem Drei-Kilo-Schwert alles antun könnte.

»Schwerter, heilige Göttin, wozu braucht man heute noch Schwerter?«, schimpfte sie lautstark. Es half bei der Bewältigung der plötzlich aufkommenden Angst.

Kampfameisen in blauen Kutten sollten ihre Zukunft sein? Was hat er bloß damit gemeint? Er hatte ihr Vorteile versprochen. Tilla stieß ein abfälliges Schnaufen aus, denn diese Vorteile hatte sie ja bereits kennengelernt. Geld war doch das Netz, in dem man sich am leichtesten verfing – indem auch sie sich bereits verfangen hatte. Was sollte sie tun? Weglaufen? Tilla sah sich in ihrem Wohnzimmer um, in dem sie sich immer wohler fühlte. In den letzten Wochen hatte sie sich mehr Annehmlichkeiten geleistet als während ihres gesamten Studiums. Beschämt schloss sie die Augen, denn sie war sicher, sie hatte diese Annehmlichkeiten bereits mit ihrer Seele bezahlt.

Nachdenklich öffnete sie die Computerdatei mit den

Texten, die sie für Borderfeld bearbeitet hatte, und stellte mit bedrückender Klarheit fest: Ja, einen Teil ihrer Seele hatte sie bereits verkauft.

Ihr Blick huschte über Zeilen, die sich eindeutig mit der nationalsozialistischen Historie der Region beschäftigten. Schon damals war ihr höchst unwohl gewesen, als sie Passagen übersetzt hatte, die von der bedeutenden Rolle der Region in den Plänen von Hitlers Schergen erzählten. Eine Region, in der sie aufgewachsen war und die sie liebte. Zwar war Tilla noch aus ihrer Schulzeit bekannt, dass diese Gegend, in der sich schon immer alles um Erz und Bergbau gedreht hatte, zu jeder Zeit von strategischer Bedeutung gewesen war. Aber dass der Aufbau der Stahlwerke in Salzgitter, damals Hermann-Göring-Werke genannt, der Aufbau des späteren Volkswagenwerkes sowie der Bau des Stichkanals zum Mittellandkanal die Region im Nationalsozialismus zur größten Baustelle Europas gemacht hatten, hatte Tilla zuvor nicht in diesem Umfang begriffen. Das 1942 gegründete Salzgitter, so hatte in den Texten gestanden, sollte damals so etwas wie das Metropolis der Nationalsozialisten werden. Harzburg selbst, so hatte Tilla erfahren, war 1931 sogar zum Standort einer Tagung der NSDAP geworden.

Tilla starrte ihren Bildschirm an. Damals hatte sie es für eine einfache Geschichtsstudie gehalten und ihren Widerwillen damit erklärt, dass sie das Nazithema schon in der Schulzeit nicht gemocht hatte. Sie hatte schon damals Zweifel gehegt – inwiefern sollten diese regionalen Geschichtsfakten für ausländische Investoren interessant sein? Heute war sie sicher, Borderfeld hatte sie damit an dieses Thema gewöhnen wollen. Aber warum? Warum sie?

Es half nichts. Sie musste der Sache irgendwie ein Ende machen. Aber wie? Tilla biss nachdenklich auf ihrer Lippe herum. Kurz entschlossen legte sie einen CD-

Rohling in das Laufwerk ihres Computers und brannte alle Texte, die sie für Borderfeld gemacht hatte, auf eine CD. Sie verpackte die CD in einer unbeschrifteten Hülle, die sie hernach nachdenklich in ihren Händen drehte. Für eine Anzeige bei der Polizei würde weder das noch sein Verhalten reichen.

»Heilige Göttin ... der Kerl bestreitet vermutlich den Hauptteil der kommunalen Steuereinnahmen von Wernigerode! Die werden auch gerade einer vorbestraften Hexe glauben, die den angesehenen, kaschmirtragenden Herrn Borderfeld anschwärzen will«, wetterte Tilla und ließ die CD resigniert auf den Tisch fallen.

Er suchte ein Schwert, hatte er gesagt. Vielleicht konnte sie ihn damit loswerden? Zögernd rief Tilla ihre Internetsuchmaschine auf und gab die Begriffe ›Harz‹ und ›Schwert‹ ein. Nach kurzer Zeit des Suchens las sie sich auf einer Seite fest, auf der ein Historiker von einem zweitausend Jahre alten Schlachtfeld bei Halberstadt erzählte. Die archäologischen Funde dort ließen den Schluss zu, dass die berühmte Varusschlacht möglicherweise nicht in Kalkriese, sondern bei Halberstadt stattgefunden haben könnte. Tilla hielt erstaunt inne. War das möglich? Arminius der Cherusker im Harz?

Sie stöberte weiter und erfuhr, dass die einstigen Siedlungsgebiete der Cherusker tatsächlich bis an den nordwestlichen Harzrand reichten. Da diese Fakten so gar nicht mit ihrem geschichtlichen Wissensgerüst vereinbar waren, klinkte sie sich aus und verließ das Internet.

Eine ferne Erinnerung tat sich auf. Hatte ihre Mutter nicht auch mal davon gesprochen, dass das Denkmal von Armin dem Cherusker im Teutoburger Wald völlig falsch stehe? Seufzend zog sich Tilla einen silberfarbenen Rahmen heran, in den sie ein neueres Foto von Hedera gesteckt hatte. Die tannengrünen Augen schienen sie direkt aus dem Bild heraus anzublicken.

»Warum hast du dich verdammt noch mal gerade jetzt davongestohlen, wo ich so dringend von dir eine Erklärung brauche?«, murrte Tilla das Bild an. Ihr Blick verdüsterte sich. Das Lächeln ihrer Mutter blieb starr und leer.

Seufzend drehte sie sich von ihrem Schreibtisch weg und lehnte sich zurück. Ihr Blick blieb an einem dicken Buchrücken in ihrem Raumteilerregal hängen. Es handelte sich um ein Standardwerk einheimischer Heilpflanzen, das wichtigste Buch ihrer Mutter. Wenn sie sich auch mit geradezu boshafter Befriedigung vom Besitz ihrer Mutter getrennt hatte – dieses Buch mochte sie dann doch nicht wegwerfen. Tilla nahm den schweren Band in die Hand. Sie wusste, er war voll unzähliger, von ihrer Mutter beschriebener Notizzettel. Fast ehrfürchtig ließ Tilla die Seiten auseinanderfallen. Das Buch öffnete sich bei einer Pflanze mit strahlend gelben Blüten und einem Text, in dem vieles gelb unterstrichen und mit Randbemerkungen versehen war. Brassica Nigra – Schwarzer Senf, las Tilla. Zögerlich blätterte sie vor bis zum Buchstaben ›E‹. Eisenhut, Aconitum Napellus, tödlich giftig, geschützt, war dort zu lesen.

Tilla legte den ansehnlichen Stapel von handschriftlichen Notizblättern, der in dieser Doppelseite lagerte, zur Seite und begann zu lesen. Die Beschreibung der tiefblauen Dolden und ihr hauptsächliches Vorkommen auf den feuchten Hochwiesen der deutschen Mittelgebirge barg für Tilla nichts Neues. Auch die Wirkung des Nervengiftes Aconitin war ihr bekannt. Sie überflog die Potenzen, die das giftige Gewächs für die Anwendung in der Homöopathie anwendbar machte, und mögliche Gegenmaßnahmen für den Fall einer Vergiftung, die mehr oder minder hilflos wirkten. Ein abschließender Absatz erzählte, dass der Eisenhut im Altertum häufig als Gift benutzt worden war. Man habe mit ihm Pfeile, Speere und vor allem Schwertscheiden vergiftet.

»Na super … und mit so was bringst du dich um? Oh, Mutsch, was ist nur in dich gefahren?«, murmelte Tilla und schloss die brennenden Augen. Dann legte sie den Stapel handgeschriebener Notizzettel zurück in das Buch. Der Zettel, der zu oberst lag, wies im Gegensatz zu den anderen keinerlei Zahlen auf. Tilla betrachtete ihn näher und erkannte staunend, dass ihre Mutter hier eine alte Keltensage aufgeschrieben hatte.

Tilla kannte die Geschichte noch aus Erzählungen, hatte sie aber nie recht gemocht. Sie las die Sage von Sinatos, der von der Keltin Kamma in deren Tempel zu einem Friedenstrunk eingeladen wurde. Sinatos hatte Kammas Mann Sinorix getötet, weil er die schöne Keltin zur Frau begehrte, die sich ihm jedoch nachhaltig verweigerte. Kamma hatte ihren Mann sehr geliebt und trauerte um ihn. Dann sandte sie Sinatos eine Einladung. Die sollte ihn glauben machen, dass Kamma seinem Werben endlich nachgab. Der Trank, den Kamma Sinatos im Tempel anbot, war vergiftet. Er ahnte dies jedoch nicht, weil Kamma den ersten Becher davon selbst trank. Beide starben – so wie die Keltenfürstin es geplant hatte.

Tilla starrte verwirrt ins Leere. Hatte es einen Grund, dass diese Geschichte gerade in diesem Buch lag? Sollte dies womöglich ein Hinweis an sie sein? Es würde alles passen. Die zweite Tasse. Die gute Kanne …

»Das wird ja immer irrer! Du wolltest also tatsächlich nicht nur Selbstmord begehen, sondern du wolltest dabei auch noch jemand anderen töten?« Sie dachte nach. Ihre Mutter eine Mörderin?

Unmöglich! Entschlossen klappte Tilla das Buch zu und warf es fast ins Regal zurück. Das gerahmte Foto in ihrem Schoß stellte sie mit einem lauten Knall zurück neben ihren ›Runenstein‹ und grabschte nach der CD mit Borderfelds Texten. Sie bewahrte Borderfelds Originaltexte in einer Schublade hinter sich auf. Sie zog die

Lade auf und nahm den Papierstapel heraus, um die CD darunterzulegen. Sinnend verharrte ihr Blick auf dem Papierpacken. Sie überlegte, ob sie ihm daraus ein Strick drehen konnte. Obenauf lagen die letzten Texte, die sie noch nicht bearbeitet hatte und die sie auch nicht mehr bearbeiten würde.

Lustlos blätterte sie durch die aktuellen Texte, die in einem Pappordner obenauf lagen. Sie öffnete den Ordner und las über Crodo und den Sturz dieser altheidnischen Götzenstatue oberhalb der Siedlung, die sich in ferner Zukunft Bad Harzburg nennen würde. Das Manuskript enthielt mehrere Textquellen, die verschiedene Vermutungen zum einstigen Standort der Statue anstellten. Dann stieß Tilla auf die Kopie einer handgeschriebenen Seite zu diesem Thema. Irgendwas daran war ihr vertraut. Sie zog das Blatt heraus, betrachtete es ungläubig und begann zu lesen. Es war, als würden sich die Worte in ihrem Kopf verselbstständigen und mit einer Stimme verbinden – einer Stimme, die ihr sehr vertraut war. Nun erkannte sie auch die Schrift. Sie hatte sie wenige Minuten zuvor gesehen: Es war die Schrift ihrer Mutter.

Von Runen hört ich reden und
vom Ritzen der Schrift
Und vernahm auch nütze Lehren.

Edda, Loddfafnirs Lied, 101

Hermann Bordfeld legte den Telefonhörer beiseite. Zufrieden lehnte er sich zurück und schaute durch das große Fenster über die frostglitzernden Dächer Ilsenburgs. Die Zahlen, die er von seinem ranggleichen Kollegen bekommen hatte, boten allen Grund zur Zufriedenheit. Die Organisation war stark wie nie zuvor und er hatte maßgeblichen Anteil daran.

Magnus betrat den Raum und begann ohne Aufforderung zu sprechen. »Ein Mitglied der Söldner hat sich in Braunschweig gemeldet.«

Auf Hermanns Stirn bildete sich eine Unmutsfalte, doch Magnus ließ sich davon nicht beeindrucken. Ein feines Lächeln umspielte seine Züge. »Glaub mir, dieser Söldner wird dich interessieren. Er sieht aus wie du. Hast du einen Bruder?«

Hermann ließ sich nichts anmerken und schwieg. Er drehte seinen Stuhl, sodass er aus dem Fenster sehen konnte, und starrte nachdenklich in den Wald. Zum zweiten Mal innerhalb kurzer Zeit überfielen ihn lang zurückliegende Bilder. Sein Bruder. Er hatte ihn seit dreißig Jahren nicht mehr gesehen. Und er hatte gehofft, dass er ihn nie wieder sehen würde.

Nach einer Weile fragte Hermann, ohne sich Magnus zuzuwenden: »Weiß er von mir?«

»Er hat nicht nach dir gefragt.«

Hermann dachte nach. Er war also hierher zurückgekommen. Genau wie er selbst. Endlich wandte er sich wieder nach vorn und wies Magnus an: »Übergib ihm die Gruppe in Braunschweig. Du wirst mehr Zeit in

Wernigerode brauchen. Die Gruppe dort ist miserabel.«

Magnus versuchte gar nicht erst, seinen Unmut zu verhehlen. »Er soll meine Gruppe in Braunschweig übernehmen?«

Magnus' Zorn gefiel Hermann. »Ja. Gerfried kann weit mehr als du.«

Magnus sog deutlich hörbar die Luft ein, aber er nickte.

»Gerfried soll sich die Besten heraussuchen und sie am Zweihänder einführen. Sorge dafür, dass er beschäftigt bleibt. Er soll in Braunschweig bleiben. Ich traue ihm nicht. Keinesfalls darf er unsere Übersetzerin sehen. Ich kümmere mich später um ihn.«

»Er kennt sie?«, fragte Magnus.

»Er kennt ihre Familie.«

»Und er weiß von ihrer ... ihrer Besonderheit?«

Hermann sah Magnus abschätzend an, gab ihm dann aber die gewünschte Information. »Ja, er weiß, dass sie eine Hexe ist.« Nach einer kurzen Pause kam er Magnus noch weiter entgegen. »Du bleibst Gerfrieds Vorgesetzter und wirst ihn kontrollieren. Versuch herauszubekommen, was er hier will und wie viel er weiß.« Hermann fixierte Magnus nachdenklich. »Wie geht es Christian?«

»Der erholt sich schon wieder«, antwortete Magnus abfällig.

Hermann sah seinen Adlatus kalt an. »Ein guter Lehrer missbraucht seine Schüler nicht, indem er an einem von ihnen seine eigenen Fähigkeiten darstellt. Christian war kein ebenbürtiger Gegner und dein Kampf mit ihm letztlich eine Schande für dich, Magnus.« Er wandte sich seinen Schreibtischaufgaben zu. »Wirf Christian raus. Er wird nie wieder entschlossen zuschlagen. Wir brauchen ihn nicht mehr. Sorg dafür, dass so etwas nicht noch einmal passiert, und suche Ersatz für ihn!«

Magnus nickte verdrossen und verließ den Raum.

Hermanns Blick kehrte sich nach innen. Wie so oft in letzter Zeit tauchte eine junge Frau mit rotem Haar vor seinem inneren Auge auf. Das Grün ihrer Augen hatte sie nur zur Hälfte an ihre Tochter weitergegeben.

Mit dem, was dieser elende Wicht Schakenbeck ihm offenbart hatte, war das vibrierende Glücksgefühl zerstoben, das er bei Tillas Anblick gespürt hatte. Hederas Tochter … Wenn er den Kampfgeist in ihren Worten spürte, konnte er einfach nicht anders, als sich zu fragen, wie ähnlich sie sich wohl noch waren. Noch immer bestand eine Chance …

TEUTIBURGIENSISALTU
te uti burgi ensi saltu
Eine Region wurde verwüstet als Türme sie sicherten und das Schwert sie schützte …

Tacitus

Auch Lucius Vincelius erlebte die Macht des Schwertes, doch nicht vom Hefte aus, er empfing die tödliche Klinge, kaum dass er das Schwert seinem Vorgesetzten darbot. Auch für diesen drehte sich das Rad des Jahreskreises nicht mehr. Zu stark war das Begehren immer neuer Neider nach dem Artefakt und schon auf der Reise gen Süden ging es von Hand zu Hand und hinterließ eine blutgetränkte Spur. Thurizans Waffe trat einen Vernichtungsfeldzug an, ohne dass mit ihr auch nur ein Kriegsstreich geführt ward.

Während Harcylugh nach Süden verbracht wurde, hatten sich die Seelen von Calvagh, Thurizan, Niadh und den anderen guten Menschen des Zaunlandes am Fuße des Crodoberges längst von den vergehenden Leibern getrennt. Doch ein junges Paar machte sich in großem

Schmerz auf dem Weg zum jenem alten Orte, der Heimat von Seghana, der Tochter Calvaghs und Niadhs war. Mit schwellendem Leib wanderte Seghana und ihr Gatte Sigimer, der seiner Frau in großer Liebe zugetan, durch den frostigen Wald. Seghana besaß das dritte Auge, sie war eine fähige Seherin und wusste von der Katastrophe, bevor die Kunde von dem feigen Überfall auf die Ihren bei dem Stamm der Cherusker anlangte. So hatte sich das Paar auf den Weg gemacht.

Das Hercynische Vorland schien geradezu zu brodeln. Das Volk des Südens verbreitete sich wie Unkraut. So hatte Sigimer sich für die Route entschieden, die im Wald verlief. Am Fuße des Berges, von dem Seghana erzählte, dass er voll der Erdgaben des Crodo sei, rasteten sie. Eine Quelle spendete ihnen wohlmundendes Wasser. Der Kummer und die Anstrengung des langen Marsches forderten ihren Tribut und Seghana begann sich zu krümmen. Sigimer rief nach der Heilerin, welche sie seit dem Moment begleitete, da sie von der doppelten Leibesfrucht wussten. Er eilte zu seinem geliebten Weib. Amra hob Seghanas Röcke und untersuchte sie. Als sie mit ernstem Gesicht von Sigimer verlangte, er solle Wasser aus der Quelle holen, wurde diesem klar, dass seine Kinder zu früh ins Leben strebten. In wilder Hast wurden Decken von den Pferden genommen und zu einem Lager gefasst. Es war früh im Jahr und kalt.

Nach einem ganzen Sonnenlauf gebar Seghana unter großer Pein zwei gesunde Kinder, einen Knaben und ein Mädchen. Sie wurden Siegfried und Swanhild geheißen. Seghana war nur noch ein letztes Stückchen Kraft gegönnt, sodass sie ihre Kinder im Leben begrüßen und ihre große Liebe verabschieden konnte, dann starb sie in Sigimers Armen. Die Götter hatten Mitleid mit dem jungen Vater, dessen Trauer ihn nahe zur Schwelle der Hel führte. Crodo, der Herr der Elemente, ließ das Wasser der

Quelle so reichhaltig werden, dass es den neugeborenen Zwillingen bestens zur Nahrung diente, bis ein Schaf gefunden ward, dessen Milch diese Aufgabe übernahm. Seghanas Asche wurde später ihrem Wunsche gemäß an jener Quelle hinterlassen, die dareinst Kinderbrunnen würde genannt werden.

Während Siegfried und Swanhild im Dorfe der Cherusker aufwuchsen, vergiftete Harcylugh mit seiner Magie zahllose Seelen im fernen Rom. Immer und immer wieder war das Ziel der Befehle auf die ferne Heimat des magischen Schwertes gerichtet und das Volk des Südens eroberte sogar die östlichen Ebenen Germaniens. Die Stämme des Nordens waren es müde, gegen eine Bestie zu kämpfen, deren Glieder stets nachwuchsen. Kaum verzog sich der germanische Winter, ergossen sich neue Legionen über die Region Hercynias. Selbst Sigimer, längst Führer seines Stammes, hatte resigniert und suchte sich mit den Besatzern aus dem Süden zu einigen. Sigimer hatte nicht nur seine geliebte Seghana verloren. Seine zweite Frau vertrieb seine Tochter Swanhild. Siegfried und seinen Halbbruder hatte er, wie es damals üblich war, als Ehrengeisel nach Rom schicken müssen. Viele Fruchtzeiten später erfuhr er, dass Swanhild bei einer kleinen Sippe von Celtae im hohen Harce Unterschlupf gefunden habe, wo sie als geachtete Druidin in dem Zaunland nahe des Gipfels lebte, der nach einem dort schlafenden Drachen ›Wurmberg‹ geheißen. So fügte sich Sigimer, allein und gebrochen an Herz und Seele, in die Regeln des fremden Volkes.

Im fernen Rom fand Harcylugh immer neue Nahrung in nimmersatten Seelen, die nach Macht dürsteten. Es war der Herrscher Augustus, der die Waffe auf Anraten seines geschätzten Heerführers Publius Quinctilius Varus einem jungen römischen Feldherrn, der einst als Ehrenunterpfand aus dem fernen Germanien gekom-

men war, übergab. Siegfried, der sich nunmehr nach römischer Manier Arminius nannte, hatte viele Jahre in der römischen Armee zugebracht und wusste die Errungenschaften der römischen Zivilisation wohl zu schätzen. Viel Ansehen brachte man dem fähigen Reiter und Kämpfer aus dem fernen Germanien entgegen, der mittlerweile mit Offizierswürden angetan. Zusammen mit Publius Quinctilius Varus sollte Arminius in das aufrührerische Germanien aufbrechen und seine Ahnen mit der Macht des Schwertes befrieden, welches er aus der Hand des Kaisers entgegennahm. In dem Moment, da er den Harcynischen Stahl berührte, schien ihn das Schwert mit einem leisen Singen der Klinge bei seinem ursprünglichen Namen zu begrüßen. Siegfried, Sohn von Seghana, Enkel des Calvagh.

Lächelnd schüttelte Tilla den Kopf und murmelte. »Na, da hast du dir ja eine wilde Geschichte einfallen lassen, Mutsch.« Als sie sah, dass sich schon eine ansehnliche Gruppe versammelt hatte, steckte sie das Manuskript zurück in ihre Tasche, in der sich auch die in Zeitungspapier verpackte Wedgewood-Tasse befand, und eilte der nächsten Führung entgegen.

*

Andreas Kamenz studierte den Bericht der Pathologin, was ihn aber auch nicht weiterbrachte.

Es fehlte an einem nachvollziehbaren Motiv für den Mord an Schakenbeck. Das klingelnde Telefon stellte daher eine willkommene Unterbrechung dar, der er augenblicklich nachging.

Als er hörte, wer an der Anmeldung auf ihn wartete, wurde er augenblicklich eine Nuance wacher. »Ja, gut, ich komme runter.«

Tilia Leinwig – was mochte sie von ihm wollen? Das

Bild der hübschen jungen Frau, die bei ihrem letzten Zusammentreffen in einem so bedauernswerten Zustand gewesen war, weil sie gerade ihre Mutter verloren hatte, stahl sich in seine Erinnerung. Ihr Gesicht und diese verschiedenfarbigen Augen hatte er lange nicht aus dem Gedächtnis bekommen können. Mit eiligen Schritten ging er durch das Entree auf sie zu. »Hallo, Frau Leinwig, was kann ich für sie tun?«

Sie wedelte unsicher mit einem kleinen, in Zeitungspapier verpackten Paket herum. »Ich weiß gar nicht, ob sie überhaupt etwas für mich tun können oder ob ich die größte Idiotin unter der Sonne bin …«

Er lächelte. »Wenn Sie mir erklären, was Sie herführt, finden wir es vielleicht heraus.«

Sie erwiderte sein Lächeln kurz und hielt ihm das in Zeitungspapier verhülltes Etwas hin. »Das ist eine Tasse. Sie gehört zu dem Service, das meine Mutter an diesem letzten Tag auf dem Tisch hatte.« Sie erklärte ihm die Einzelheiten und wo sie die zweite Tasse gefunden hatte.

Nachdenklich nahm Andreas Kamenz das Paket entgegen. »Das ist ja wirklich seltsam.«

Tilia Leinwig wedelte mit den Armen herum. »Ich weiß, ich hätte die Tasse längst zu Ihnen bringen müssen, aber … die Erkenntnis, was es damit auf sich haben könnte, hat mich so geschockt … Ich habe mich einfach nicht überwinden können.«

Kamenz lächelte ihr aufmunternd zu. »Es war gut, dass sie die Tasse jetzt hergebracht haben. Ich werde sie ins Kriminaltechnische Labor schicken. Und ich verspreche Ihnen, ich informiere Sie über das Ergebnis. Aber ich fürchte, Sie müssen sich etwas gedulden. Das Labor hat leider zurzeit viel zu tun.«

Tilia Leinwig nickte freundlich. »Danke!« Andreas Kamenz sah ihr nach, bis sie zwischen den parkenden Wagen verschwunden war.

Ick vinde in der schrift dat hyr in ostsassen
to der hartezborch gestan hadde eyn affgode
na Saturno. Konigh karl quam in dat lant
unde bekorde de ostsassen,
do sprack he: we is iuwe got?
do rep dat meyne volck: »krodo, krodo is unse got!«

Chronik der Sachsen, Conrad Bothe, 1492

Tilla ging langsam durch den Saal der Kaiserpfalz. Der Kollegin, die hier eine Gruppe von Touristen führte, hörte sie schon längst nicht mehr zu. Für sie übernahm eine Stimme, die nur sie selbst in ihrem Kopf hörte, die Führung durch den Kaisersaal.

Eigentlich waren es zwei Stimmen, die zu ihr sprachen. Die eine sprach in kehligem Englisch, durchsetzt mit einzelnen waliser Worten, und die andere erzählte in einem singenden Deutsch, dessen lebhafte Töne nicht recht zur deutschen Sprache passten. Sie fühlte sich, als sei sie wieder fünf Jahre alt. Damals gingen ihre Mutter und ihre Großmutter Leandra mit ihr durch den Saal und erzählten ihr von der Geschichte des Harzes.

»Sagen sind nicht nur wunderschön, sie sind auch unendlich wichtig. Sie bewahren die alten Götter vor dem Vergessen«, hatte schon ihre Großmutter Leandra immer gesagt. Hedera hatte sich mit gleicher Begeisterung in das Studium regionaler Geschichte gestürzt. Tilla hatte zwar neben Englisch auch Geschichte studiert, doch hatte sie sich nicht so sehr für jene Historie erwärmen können, die zwischen Realität und Märchenwelt lag.

Nun erkannte Tilla in den vielen Ausflügen – auch in dem zur Burg Lichtenberg an ihrem zwölften Geburtstag – den Versuch ihrer Mutter, in ihr endlich das Interesse für das sagenhafte Gestern zu wecken, ein ebenso verzweifelter wie erfolgloser Versuch. Tilla blickte sich um.

Die Gefühle von damals kamen zurück. Der Saal war groß, riesig, die dunklen Hölzer der Decke bedrückend, und dann dieses Pferd …

Alle Wände waren mit übermannshohen Fresken von Hermann Wislicenius angefüllt, die von der Geschichte Deutschlands, insbesondere der von Goslar, und einigen Legenden und Märchen erzählten. An der Stirnseite ritt Kaiser Wilhelm I. auf einem edlen Rappen scheinbar direkt in den Saal hinein. Das weißgeränderte Auge seines Pferdes warf dem Betrachter einen Blick zu, der nach Tillas Empfinden irgendwo zwischen Wirrnis und Aggression lag. Als kleines Mädchen hatte sie sich damals so nachhaltig vor diesem Pferd gefürchtet, dass sie auch später der Pferdeleidenschaft ihrer Freundinnen nichts abgewinnen konnte. Doch das Schlimmste an diesem Pferdeauge war, dass es dem Betrachter hartnäckig durch den Saal folgte.

Tilla suchte das Pferdeauge und fand es. Es war nicht mehr ganz so beängstigend wie damals. Heute wusste Tilla, dass es sich bei diesem Trick um einen gängigen Manierismus von Künstlern aus dieser Zeit handelte, dennoch starrte sie fasziniert auf das Pferdeauge und ging rückwärts hin und her, überprüfend, wohin ihr das Auge zu folgen vermochte.

Plötzlich erscholl ein hässliches, lautes Ratschen, und ihr spitzer Schrei durchbrach die Stille des edlen Saales. Tilla rappelte sich wieder auf die Beine. Sie stellte den Stuhl, über den sie gerade rücklings gefallen war, artig wieder an seinen Platz und begegnete den verständnislosen Gesichtern um sie herum mit einem gezwungenem Lächeln und einem »Entschuldigung!«, das wiederum unangenehm laut hallte.

Ihr stieg die Hitze in die Wangen. Hier und da ein weiteres entschuldigendes Lächeln ausstreuend bewegte sie sich zur Wand und versuchte nach Kräften, unsichtbar zu werden. Noch immer wanderten tadelnde Blicke zu ihr. Blödes Volk!, dachte Tilla mit eisern festgetackertem Lächeln, es kann doch nicht so ein Sakrileg sein, in der Kaiserpfalz über einen Stuhl zu fallen. Ihr Lächeln geriet zur Grimasse und sie gab es auf – auch deshalb, weil sie gerade das entdeckt hatte, was sie eigentlich suchte.

Sie strebte zur Stirnseite, wo ein kleineres Bildnis von dem Sturz der Crodo-Götzenstatue auf dem Burgberg oberhalb von Bad Harzburg erzählte. Die Worte ihrer Mutter kamen wie von selbst zu ihr …

»… es war Kaiser Karl, der das Christentum in alle Gegenden Deutschlands bringen wollte. Das Götzenbildnis, welches er den Germanen zuordnete, war ihm ein rechter Dorn im Auge. Germanen waren Heiden und das Anbeten ihrer Götter führte die Menschen in die ewige Verdammnis …«

Tilla hatte verwundert gefragt, was denn Verdammnis sei. Sie erinnerte sich an den ermüdenden Vortrag, mit dem man ihr vergeblich den Dualismus des Christentums verständlich zu machen versuchte. Bei den Altgläubigen gab dieses Nebeneinander von Gut und Böse, von Himmel und Hölle nicht. In jedem Menschen steckten lichte Kräfte und dunkle Kräfte und es war an jedem selbst, diese Energien im Gleichgewicht zu halten. Nach dem Tode wartete auf einen Altgläubigen ein neues Dasein und keine Verdammnis. Daher war den Altgläubigen ein Crodo stets näher als die Gottesfigur der Christen.

Tilla versuchte sich in Erinnerung zu rufen, was ihre Mutter über Crodo erzählt hatte, doch die vagen Erinnerungsfetzen zerfaserten immer wieder. Tilla war damals einfach zu jung gewesen, aber sie wusste, wie wichtig ihrer Mutter diese Gottheit gewesen war. Immer wieder hatte sie erzählt, dass sie etwas Neues über Crodo herausgefunden hatte. Sie war dann stets mit einem dicken Schreibheft in der Hand in die Küche geeilt und hatte Leandra aus diesem Heft vorgelesen. Sie musste zahlreiche Schreibhefte mit ihren Nachforschungen gefüllt haben.

Bewusst betrachtete Tilla nun das Wandbild in der Kaiserpfalz. Das Gesicht der Götzenstatue wirkte grotesk. Muskulöse Recken hatten Seile um die Statue geschlungen und zerrten, was das Zeug hielt. Ein Edelmann, offenbar Karl der Große, hielt dem Götzen ein Schwert entgegen. Im Hintergrund war eine im Bau befindliche Kapelle zu sehen. Tatsächlich erzählte eine Sage, Karl habe dort eine Kapelle errichten lassen, die es jedoch nicht mehr gab.

Tilla erinnerte sich vage, dass ihre Mutter damals etwas über ein Schwert gesagt hatte, doch das Bildnis half ihr in dieser Hinsicht nicht weiter. Es stammte aus dem späten 19. Jahrhundert, als der restaurierte Kaisersaal von dem Düsseldorfer Akademieprofessor Wislicenius mit Fresken verschönt worden war. Deutlich war der romantische Überschwang in dessen allegorischen Bildern zu sehen. Wie viel der Künstler über die Historie von Bad Harzburg herausgefunden und in seinem Bildnis über den Sturz der Götzenstatue verarbeitet hatte, war ungewiss.

Doch eines wusste sie: Die Texte von Borderfeld, die in ihrer Schublade lagen, enthielten eine Seite der Notizen ihrer Mutter. Wie war er daran gekommen? Und wo waren eigentlich die gefüllten Schreibhefte ihrer Mutter? Handelte es sich dabei um die ›Studien‹, von denen Borderfeld gesprochen hatte?

Keltische Barden bildeten einen erheblichen Stand.
Ihre Spott- und Schmählieder vermochten
dem Feind die Ehre zu rauben.

Alexander Demandt

Zu Hause angekommen, stürzte sie ins Wohnzimmer und nahm sich abermals das Manuskript ihrer Mutter vor.

Der junge Cherusker kehrte ins Land seiner Väter zurück und mit ihm das Keltenschwert. Varus hatte den Befehl, Germanien Rom einzuverleiben, so brach er zeitig im Frühjahr mit drei Legionen in das Sommerlager gen Osten auf. Arminius nahm die Gelegenheit wahr und besuchte die Seinen. Die jammervollen Reden seines Vaters Sigimer erschütterten ihn zutiefst. Auch dass er seine geliebte Schwester nicht vorfand, zerrüttete seine Seele um ein Weiteres. Die Seinen darbten unter der Last der Tribute, die sie an die Eroberer zu zahlen hatten, und schimpften den Eindringling aus dem Süden einen Drachen, der die Ihren auffraß. Arminius' Seele spaltete sich. Er verdankte Rom viel, doch vermochte er auch die Empörung der stolzen Germanen zu fühlen. Waffenlos und nackt hatten sie sich zu fügen. Zahlte jemand den Tribut nicht und behielt das Korn ein, so erwartete ihn der Tod am Kreuz. Das bejubelte Recht der Römer war ein anderes als das der Germanen. Thyr, der Herr der Gerechtigkeit und des Things, zürnte.

Arminius fühlte dieses Zürnen bis tief in seine Seele. So stahl er sich aus dem Lager der Besatzer und fand sich eines Nachts zum Thing ein, wo zahlreiche Stammesfürsten zusammenkamen. Alles zeterte, alles klagte, alles murrte, doch ein jeder der Fürsten bejammerte nur sich selbst, ohne dem Elend seiner Nachbarn Ohr oder Herz zu schenken.

Es war, als raune ihm das Schwert das Denken seiner Ahnen ein. Plötzlich erkannte Arminius seine wahre Aufgabe als Germanenfürst, der er war, und ergriff das Wort. Als Siegfried stellte er sich ihnen vor und rief die Seinen zur geeinten Wehr auf. Er, der er die Kampfeskunst der Römer besser kannte als jeder andere, wusste einen wirksamen Plan zu schmieden. Die Fürsten waren nicht wenig erstaunt, doch erschienen ihnen Siegfrieds Worte so weise wie die Stäbe der Götter, obwohl er nicht alt an Jahren und Erfahrung. Siegfried schwor, seinen römischen Namen werde er nur noch für die Ohren der Römer tragen, doch längst schon sei er wieder zu dem geworden, was er war: Siegfried, Sohn des Sigimer und der Keltenfürstin Seghana und Bruder der Druidin Swanhild. Nicht mehr Mars, sondern Thingsus Thyr streckte er das legendäre Schwert gen Himmel entgegen. Sodann maß er wohl die doppelte Manneshöhe. Die Fürsten bekundeten durch Schlagen der Waffen ihre Zustimmung und wählten ihn zum Anführer.

Die Regenzeit brach an und Varus gab Befehl zum Aufbruch in das Winterlager Castra Vetera am Rhein. Sie durchschritten Germania Magna, welches sich bis zur Elbe zog, in westlicher Richtung, als ihnen die germanischen Götter Regen und Sturm im Unmaß sandten. Der Tross der in Reih und Glied marschierenden Römer zog einem Lindwurm gleich durch die bewaldete Ebene von Hemipolis. Am Fuße der Harcynischen Berge ließ Varus ein Lager aufschlagen. Es schien, als würde die Kraft der römischen Götter an der Undurchdringlichkeit der germanischen Wälder scheitern. Siegfried sah mit grimmiger Zufriedenheit, wie sehr der Marsch durch Wald und Morast die römischen Legionäre schwächte und erkannte, wie er den Lindwurm aus dem fernen Rom besiegen konnte. Längst hatte er sich unter dem Vorwand, dem Gerücht über einen Aufstand nachgehen zu wollen, von Varus Heerscharen entfernt. Nun folgte er den vom Marsch im Morast ermatteten römischen Truppen zusammen mit seinem Volk, das sich bar metallener Rüstungen behände und lautlos wie das Wild durch das Unterholz zu bewegen wusste.

Die Schlacht begann zunächst mit einzelnen, von Siegfried sorgfältig geplanten Scharmützeln, welche den Tross der Römer in mehrere Teile sprengte. Nicht wenige suchten ihr Heil in der Flucht. Sie entfernten sich von der Truppe und wurden sodann von den Germanen aufgerieben. Allmählich verlor die römische Bestie an Form. Nach Tagen des mürbenden Flüchtens durch verregneten Hochwald und nach zahlreichen Kämpfen lichteten sich die Truppen des Varus immer mehr. Um gleiches Maß füllten sich die Reihen der Germanen. Die Kunde von Stärke und Kriegsglück des Siegfried, der nicht nur mit der sagenumwobenen Waffe bestückt, sondern auch mit dem Segen der alten Götter kämpfte, hatte auch die wankelmütigsten unter den Germanenstämmen kampfeslustig gestimmt.

Endlich lichtete sich der Wald, den die Römer fürchteten, als wäre es die Unterwelt selbst. Varus formierte seine verbliebenen Mannen zum Kampf, doch sie waren dem Ansturm der zwar zahlenmäßig weit unterlegenen Widersacher, deren Zorn sie jedoch verdoppelt und verdreifachte, nicht gewachsen. Siegfried widerhielt Rom die Klinge seines Langschwertes und vernichtete in jener Schlacht unvergleichlichen Ausmaßes den achten Teil des gesamten römischen Heeres. Sein Schwert, so hieß es, färbte den Boden im Vorland des Harces mit dem Blut seiner Feinde.

»Die Ebene von Hemipolis?« Tilla stutzte und ließ das Manuskript sinken. »Das ist doch der römische Name für Halberstadt!«, murmelte sie erstaunt und warf einen misstrauischen Blick auf ihren Computerbildschirm, der ihr einige Tag zuvor etwas Ähnliches gezeigt hatte. Ein Schwert. Borderfeld suchte ein Schwert. Mit offenem Mund starrte Tilla das Manuskript in ihren Händen an.

Drei Wurzeln strecken sich nach drei Seiten
unter der Esche Yggdrasil. Hel wohnt unter einer,
unter der anderen Hrimthrusen,
aber unter der dritten die Menschen.

Edda, Das Lied von Grimnir, 31

»Es ist alles für Imbolc vorbereitet. Ich habe ein passendes Opfer ausgesucht.«

Hermann nickte. Offenbar war die Polizei im Fall Schakenbeck noch keinen Deut weitergekommen. Gut, gut. Dennoch blieb er bei seinem Plan. Ein weiterer Mord nach gleichem Muster würde die Ordnungshüter ganz schön in die Bredouille bringen und – was für ihn noch wichtiger war – der Mord brachte Magnus in seine Hand, denn der würde die nächste Hinrichtung durchführen. Aber er musste auf der Hut sein und maß den jungen Mann, da allzu zufrieden dreinblickte, mit abschätzendem Blick.

Magnus stand schweigend vor dem Eichentisch und wartete auf weitere Anweisungen. Hermann sah ihm an, dass der genau wusste, welche Aufgabe er bekommen würde. Eine Aufgabe, die jemand wie Magnus mit Bravour erledigen würde.

Die Erteilung des zweiten Auftrags fiel Hermann schwer, zeigte er doch, dass er bei Tilla nicht weiterkam und also sein Scheitern. Dennoch sah Hermann keine andere Möglichkeit. Widerwillig formulierte er seinen Befehl – den Befehl, den er selbst vor dreißig Jahren bekommen hatte. »Magnus, du wirst dich mit der Hexe beschäftigen. Mach ihr Komplimente und lass deinen Charme spielen. Bring sie auf den richtigen Weg und interessiere dich für das, was sie herausgefunden hat. Horche sie aus.«

»Wie weit soll ich gehen?«

Hermann drängte seinen Zorn über Magnus' Grinsen mit Mühe zurück. »Spiel mit ihr, manipuliere sie, lüge ihr vor, was sie hören will ... aber rühr sie nicht an!«

Hermann bildete sich ein, ein arrogantes Aufblitzen in Magnus' blauen Augen zu sehen. Dann fragte Magnus: »Hin und wieder taucht ein Nachbar bei ihr auf. Scheint sich sehr für sie zu interessieren. Soll ich ihn verscheuchen?«

Hermann ließ ein mitleidiges Lächeln sehen und seufze hörbar. »Ich hatte gehofft, dass du mehr Erfahrung mit Frauen hast.«

Magnus' Miene verdüsterte sich.

»Wenn du einen ihrer Freunde angehst, wird die Wirkung deines Charmes verflogen sein«, erklärte Hermann amüsiert. »Sie würde dich bei nächster Gelegenheit kastrieren. Nicht, dass ich etwas dagegen hätte ...«

»Ich denke, ich werde schon auf mich aufpassen können«, antwortete Magnus überheblich.

»Magnus, sie ist zwar nur eine Frau und dir im Kampf unterlegen. Aber du solltest sie deshalb nicht unterschätzen. Sie ist verdammt clever. Also fang es ebenfalls clever an. Die harte Tour beeindruckt sie nicht sehr nachhaltig. Und für diesen Part werde ich verantwortlich sein. Du gibst den Frauenversteher. Bring sie über ihre Hormone dazu, dir zu erzählen, was wir wissen wollen.«

»Ohne sie anzurühren?«

Hermann lächelte kalt. »Wenn du mit ihr schläfst, hast du verspielt, denn sie wird dich unmittelbar danach abservieren ... und ich werde dich unmittelbar danach umbringen!«

Keltische Rituale und Feste
sind magische Handlungen mit dem Ziel,
die Harmonie zwischen Wesen und Dingen,
Menschen und Göttern,
sichtbaren und unsichtbaren Kräften zu sichern.

Jean Markale

Tilla saß an ihrem Schreibtisch und kämpfte gegen das ständige Abwandern ihrer Gedanken an. Konnte Borderfeld wirklich das Schwert aus der Geschichte ihrer Mutter meinen? Ein Keltenschwert?

Auf dem Bildnis im Kaisersaal hielt Kaiser Karl der Götzenstatue tatsächlich ein Schwert entgegen. Daher hatte sich Tilla nach ihrem Besuch im Kaisersaal die Exponate in den Gewölben der Kaiserpfalz angesehen. Dort waren einige historische Schwerter zusammen mit anderen Herrschaftsinsignien in großen Glasvitrinen ausgestellt. Die braunrostigen Fragmente mittelalterlicher Schwerter hatten Tilla jedoch gezeigt, dass von einem Schwert aus der Keltenzeit heute kaum mehr als metallene Brösel existieren konnten. Nein. Ein Schwert übelebte keine zweitausend Jahre. Das konnte es nicht sein.

Mit dem Gefühl bevorstehenden Übels, das abzuwenden sie nicht in der Lage war, starrte Tilla in das kahle Geäst der Linde vor ihrem Fenster und wünschte sich sehnlichst, endlich erste Zeichen wiederkehrenden Lebens darin zu entdecken. Doch es war erst Anfang Februar. Der Baum würde noch eine ganze Weile schlafen. Tilla seufzte und fröstelte.

»Reiß dich zusammen und konzentriere dich auf die Harzburg!«, schimpfte sie und wandte sich dem Text zu, der für einen englischsprachigen Internetauftritt des hiesigen Touristenzentrums gedacht war. »Also ... The ruined castle named Harzburg has been the oldest kind of stronghold in the Northeuropean area ... « Sie gab die Formulierung in ihrem PC ein und las sich in die bewegte Geschichte der einstigen Residenz, die nach so kurzer Zeit des Bestandes geschleift worden war. Während sie sich Heinrich IV vorstellte, der die Burg einst erbauen ließ, übersetzte sie spontan. Ihre Finger tanzten über die Tastatur. In einer späteren Überarbeitung würde der Feinschliff folgen. Sie erfuhr von dem Wiederaufbau und der Aufwertung zur Reichsburg bis zur Abgabe der Reichsinsignien an die Staufer durch Kaiser Otto IV.

Plötzlich glaubte sie die Stimme ihrer Mutter zu hören, die ihr das Märchen der Harzburg erzählte. Die Geschichte des listigen Zwerges, der die Burg zum Schutz vor angreifenden Feinden einfach über Nacht von einem Berg auf den nächsten zauberte, hatte Tilla als kleines Mädchen stets auf das Höchste ergötzt. Sie hatte ihre Mutter immer wieder derart mit Fragen nach den verdutzten Angreifern gelöchert, die das Ziel ihres Angriffs nicht mehr finden konnten, dass ihrer Mutter regelmäßig die Worte ausgegangen waren.

Jede Sage hatte einen wahren Kern; wo mochte der Kern einer auf einen anderen Berg gezauberten Burg liegen? Vielleicht in der alten und der neuen Harzburg? Tilla blätterte durch ihre Unterlagen, ob dort irgendwo etwas über die alte Harzburg stand. Nichts. Wahrscheinlich hatte man in einer Zeit, in der die Beschaffung und Bearbeitung der Baumaterialien noch sehr aufwändig war, die Steine der alten Harzburg für den Neubau auf dem nächsten Bergrücken genommen. Jemand, der nach längerer Zeit in die Region zurückkehrte, mochte vielleicht an einen zaubernden Zwerg gedacht haben, als er die Burg plötzlich auf einem anderen Platz wiedersah. Tilla grinste breit. Sie beschloss, diese Geschichte und ihre Mutmaßung in einem Infokasten beizufügen.

Es klopfte an ihre neue Wohnungstür. Sie stand auf, öffnete und blickte in Magnus Rennerts bergseeblaue Augen.

»Hoffentlich störe ich Sie nicht. Ich wollte Ihnen nur sagen, dass ich heute Abend erst ziemlich spät zurückkomme«, erklärte er ihr höflich und fügte hinzu: »Nur dass Sie sich keine Sorgen machen, wenn Sie mitten in der Nacht Ihre Tür hören.«

»Oh, wie nett von Ihnen, dass Sie Bescheid sagen. Ich hätte mich tatsächlich gegruselt«, erwiderte Tilla mit breitem Lächeln. »Kommen Sie doch herein.«

Magnus folgte ihrem Angebot und betrat ihr Arbeitszimmer. Sein Blick fiel auf ihren Schreibtisch, auf dem ein aufgeschlagenes Buch mit dem Bild der Harzburg lag. »Oh, die Harzburg. Es ist wirklich schön dort oben. Von manchen Orten scheint irgendwie eine besondere Kraft auszugehen, finden Sie nicht auch?«

Tilla staunte nicht schlecht, dass ausgerechnet er so etwas sagte. »Ja unbedingt. Die Burg steht auf einem Bergrücken. Auf solchen Erdformationen, so sagen Geomanten, verlaufen immer besondere Energieströme. Einen Bergkamm nannte man in früheren Zeiten Drachenrücken. Es gab Erddrachen und Feuerdrachen. Der Bergrücken, der in ost-westlicher Richtung – also parallel zur Sonnenbahn – lag, war ein Feuerdrache.« Tilla merkte, dass sie ins Dozieren geriet und lachte unsicher. »Wie auch immer, es ist ein Ort der Kraft. Mich wundert, dass Sie so etwas empfinden.«

»Ein Drache – wie interessant.« Er lächelte kurz. »Ich schätze diese Gegend sehr, gerade weil die Bedeutung so vieler Orte bis ins Germanentum zurückreicht. Die Harzburg ist zwar erst vor tausend Jahren entstanden, aber sie ist äußerst faszinierend ... und nun, da ich weiß, dass die Burg auf einem Drachenrücken liegt ...« Er legte seinen Kopf schief und staunte Tilla ehrfürchtig an.

Tilla sonnte sich in seiner Bewunderung. »Der Platz, an dem man die Harzburg erbaute, war sicher schon vorher ein bedeutsamer Ort. Vermutungen zufolge ein alter Versammlungsort für Druiden, ein heiliger Hain sogar.«

»Tatsächlich?«, antwortete er mit deutlichem Interesse.

»Man weiß nicht ganz genau, wo die Druiden gebetet haben. Ob oben auf dem Burgplatz, oder etwas darunter, wo man vor der Zeit der großen Harzburg die kleine, alte Harzburg erbaut hatte«, erklärte Tilla.

Ihr schien, als halte sein Blick sie eine Nuance zu lange fest, bevor er lächelnd erwiderte: »Ich sehe, Sie wissen eine ganze Menge mehr als ich über diese Gegend. Vielleicht können Sie mir irgendwann vor Ort etwas darüber erzählen?«

»Gern, warum nicht«, gab Tilla mit einem wohligem Gefühl zurück.

»Schön, ich freue mich darauf«, antwortete er lächelnd und zog sich dann zurück.

Tilla schloss die Tür hinter ihm und ging nachdenklich zu ihrem Arbeitsplatz zurück. »Heilige Göttin, das ist ja wirklich ein verflucht attraktiver Bursche … aber von der Offenheit einer erkälteten Auster«, stellte sie belustigt fest, als ihr auffiel, dass sie wieder einmal nichts über ihn erfahren hatte. Ihre Gedanken eilten zur Harzburg zurück. Sie beschloss, der Ruine bei nächster Gelegenheit einen Besuch abzustatten, vielleicht schon morgen früh.

Heute Nacht wurde Imbolc gefeiert, eines der acht Jahresfeste der Altgläubigen. Imbolc war nach der Wintersonnenwende der zweite Jahresfeiertag nach dem Tod ihrer Mutter, den Tilla allein beging.

Imbolc – Tilla gab sich dem Tagtraum hin, wie die Lichtgöttin Brigid auf dem Hirschgott Cernunnos durch die Natur ritt und die Pflanzen wachrüttelte, um sie auf den nahenden Frühling vorzubereiten. Versonnen öffnete sie die Augen wieder. Der riesige Garten hinter dem Fenster schlief und sah nicht aus, als ob hier irgendetwas in nächster Zeit erwachen würde. Warum gab es eigentlich keinen Frühling mehr?, überlegte Tilla verdrossen. In den letzten Jahren hatte es trockenen Frost bis in den April gegeben, der im Mai plötzlich hochsommerlichen Temperaturen gewichen war. Ihr fehlte es, dass die Frühlingsblumen nach und nach erblühten. Die Schneeglöckchen, Blumen der Lichtgöttin Brigid, die den Märzenbechern das Szepter überreichten. Die Schlüsselblumen, die Forsythien, die Veilchen, das erste zarte Grün von Büschen, gefolgt von den ersten weichen, hellgrünen Blättern der wiedererwachenden Bäume ... In den letzten Jahren brach die Natur eher explosionsartig auf und verschoss innerhalb kürzester Zeit ihr Pulver. Hatte Crodo seine Macht über die Elemente verloren? Hatten die alten Götter diese Welt verlassen?

»Heilige Göttin, gib mir den Verstand zurück!«, schimpfte Tilla gegen die aufsteigende Melancholie an und begann erneut auf ihre Tastatur einzuklopfen.

»Morgen«, sagte sie sich, ohne mit dem Tippen aufzuhören, »morgen ganz früh laufe ich zur Burg hoch und rüttele an jedem Zweig, den ich erreichen kann!«

*

Jan Berking betrachtete nachdenklich das in den Boden eingelassene Rondell. Die eisige Morgenkälte kroch Polizisten und Tatorttechnikern gleichermaßen in die Kleider.

»Was ist das hier?« Berking wies mit dem Kinn in Richtung des Rings aus groben Steinen.

»Das ist das Fundament des ehemaligen Rundturms der Harzburg«, erhielt er von einer ortsansässigen Kollegin zur Antwort.

Tatorttechniker und Polizisten bevölkerten die Ruine. Rot-weißes Absperrband flatterte im eisigen Wind. Die frostige Wiese zwischen den Ruinenresten war trotz der Jahreszeit durch Wildschweine aufgeworfen, was der ganzen Szenerie etwas Kriegerisches gab. Die Leiche des jungen Mannes lag genau in der erdgefüllten Mitte des ringförmigen Fundamentes. Er lag ebenso wie Schakenbeck auf dem Bauch, die gebrochenen Arme ausgebreitet, die Mitte seines Leibes völlig zerstört.

»Gleiche Vorgehensweise …«, murmelte Staatsanwalt Berking vor sich hin.

»Nicht nur das«, fügte Gerd Wegener hinzu, »auch der Tatort ist wieder eine historische Kultstätte.«

»Ich hab sie«, hörten die beiden Andreas Kamenz triumphierend rufen. Beide folgten sie dem Ruf bis zu einem Baum, der die östliche Ecke der einstigen Burg markierte. Die Rinde wies eindeutige Rillen auf. Die Ähnlichkeit mit den Zeichen im Sandstein der Klus war nicht zu leugnen.

»Die Morde hängen also zusammen!«, murmelte Wegener.

Das Blitzlicht einer Kamera tauchte den Stamm mehrfach für Sekundenbruchteile in gleißendes Licht. Dieses Mal wollte der Tatorttechniker alles richtig machen und drückte wie besessen auf den Auslöser.

Jan Berking drehte sich um und fragte in die Runde: »Wissen wir schon, wer der Tote ist?«

»Dirk Sundermann. Wohnt in Braunschweig-Lehndorf«, rief Dr. Girresch über den Platz und hielt eine kleine grüne, laminierte Karte in die Höhe. Die Polizistin nahm der Pathologin den Ausweis ab und tütete ihn sorgfältig ein.

Berking schaute zwischen der Pathologin und einer kleinen Gruppe von Menschen hinter dem Absperrband hin und her. Hatte er gerade von dort einen Laut gehört? Er war sicher, irgendjemand hatte auf die Identität des Toten reagiert, die Dr. Girresch eben etwas zu laut preisgegeben hatte. Berkings Blick maß die Gruppe. Eine jüngere Frau hatte sich zur Ruine abgewandt und hielt eine Hand vor dem Mund.

Gerd Wegener registrierte den Blick des Staatsanwaltes und meinte: »Kaum zu fassen, dass sich zu dieser frühen Stunde und bei dieser Kälte Menschen hier oben herumtreiben.«

Berking nickte. Er mochte den Kommissar aus Goslar. Es kam selten vor, dass er jemanden mochte und noch seltener, dass er Menschen mochte, die älter waren als er selbst. Ältere gingen ihm mit ihrer Besserwisserei und ihrem Moralisieren auf den Wecker. Kriminalhauptkommissar Wegener tat das nicht. Ein wenig erinnerte er Berking an seinen Vater – und daran, dass er den dringend wegen Schakenbeck anrufen musste. Es hatten sich keinerlei Spuren bei dem Mord vom Klusfelsen ergeben und nun kam schon die nächste Tat … Es war ein großer Fehler gewesen, den Anruf vor sich herzuschieben. Er presste die Lippen aufeinander und wandte sich Wegener zu. »Wer von denen hat den Toten gefunden?«

»Die dunkelhaarige Frau ganz rechts, sie arbeitet im Restaurant.«

»Und die andere? Die junge Frau, die sich gerade umdrehte, als sie den Namen des Toten hörte?«

Wegener und Andreas Kamenz folgten dem dezenten Fingerzeig des Staatsanwaltes. Kamenz' Augen weiteten sich. »Mensch … das ist doch …«

»Was denn?«, fragte Wegener.

»Na, die Rothaarige … das ist doch die Tochter von der Frau, die sich Ende Oktober umgebracht hatte. Leinwig, Tilia Leinwig.«

Wegener und Berking betrachteten die junge Frau gleichermaßen interessiert. Sie hatte die Arme um den Körper geschlungen. Das Muster ihres Laufdress ließ sie überschlank wirken. Sie machte einen völlig desolaten Eindruck und schien den Blick kaum von der bereits abgedeckten Leiche wenden zu können. Selbst auf die Entfernung war zu sehen, dass ihr Gesicht eine ungesunde kalkweiße Farbe angenommen hatte. Das kleinlockige rote Haar, das zu einem lockeren Zopf gebunden über ihrer Schulter lag, mehrte durch seinen Kontrast den Eindruck noch.

»An die würde ich mich auch erinnern«, stellte Wegener mit einem versonnenen Lächeln fest.

Kamenz trat auf Berkings Geheiß auf Tilla zu. Die beiden folgten ihm, ließen ihn jedoch die erste Kontaktaufnahme selbst durchführen, da er sie kannte.

Tilia Leinweg zuckte unter Kamenz' Worten zusammen und starrte den Polizisten wirr an. »Oh ... Herr Kamenz, entschuldigen Sie, ich bin wohl ein wenig durcheinander.« Sie kämpfte sichtlich gegen die Fassungslosigkeit und starrte fortwährend auf die Leiche. Berking beobachtete die junge Frau mit Argusaugen.

»Ja, das ist kein schöner Anblick«, stimmte Andreas Kamenz zu und fragte im unverfänglichen Plauderton: »Was machen Sie denn bei dieser Kälte hier oben?«

Tillas Blick huschte zwischen ihm und der Leiche hin und her. »Ich war laufen.«

»So früh am Morgen? Alle Achtung, an Ihnen sollte ich mir ein Beispiel nehmen«, entgegnete Kamenz lächelnd.

Die junge Frau zwang ihre Aufmerksamkeit nun endgültig ihrem Gesprächspartner zu, der sich so sehr um sie bemühte. »Na ja, ich laufe nicht jeden Tag so früh. Heute ist ... es ist ein besonderer Tag für meine Mutter und mich«, sie stockte und fügte dann hinzu: »... ein besonderer Tag gewesen. Ich konnte nicht schlafen. Deshalb die frühe Lauferei.«

»Ah«, machte Kamenz verstehend. »Geburtstag?«

Sie lächelte kurz. »Nein, nein. Meine Mutter und ich

haben einen etwas anderen Glauben und heute ist bei uns ein Festtag.«

»Es ist, glaube ich, Maria Lichtmess. Sind Sie katholisch?«, fragte Gerd Wegener freundlich nach.

»Nein«, antwortete Tilia Leinwig nun unsicher werdend. »Es ist eher ein privater Gedenktag.«

Wegener nickte. »Das Ganze hier scheint Sie ja sehr mitzunehmen«, merkte er in mitfühlendem Ton an, wurde aber von Berking unterbrochen, dem die Eröffnung zu lange dauerte.

»Sie haben doch vorhin den Namen des Toten gehört, nicht wahr? Kannten Sie ihn?«

Ob es die marmornen Gesichtzüge des Staatsanwaltes waren oder sein inquisitorischer Ton – die Antwort der jungen Frau geriet deutlich zu laut und zu schnell. »Nein!«

Nicht länger wähn ich des Königs Leben
Übler Trug ist angelegt

Edda, Das Lied von Sigrdrifa, 37

Hermann fragte argwöhnisch. »Wen hast du ausgesucht?«

»Jemand mit entartetem Sexualtrieb«, erklärte Magnus gelassen.

Hermann nickte. Irgendetwas an Magnus' aalglattem Auftreten störte ihn. Er hatte ihn nun zwar in der Hand, aber er durfte ihn niemals unterschätzen. Magnus war ebenso gefährlich wie intelligent. Ihre Blicke maßen sich. Magnus sah eine Spur zu zufrieden aus. »Wer genau?«, hakte Hermann nach.

»Dirk Sundermann. Wohnt in Braunschweig mit einem anderen Studenten zusammen«, antwortete Magnus.

Seine Mundwinkel zuckten vor Vergnügen, als er hinzufügte: »Braunschweig-Lehndorf.«

Hermann wurde innerlich kalt. Er hatte Magnus tatsächlich unterschätzt. Dennoch ließ er sich nicht das Geringste anmerken. »Ich nehme an, er wohnt dort, wo unsere Übersetzerin gewohnt hat?«

Magnus' Gesicht blieb unbewegt, aber Hermann brauchte auch keine Antwort. Magnus hatte begonnen, ein Netz zu spinnen, in dem sich sowohl Tilla als auch er selbst verfangen konnten.

Es war, als habe Magnus seine Gedanken gelesen. »Sie war übrigens heut Morgen oben an der Burg. Sie weiß, wer der Tote ist, und die Polizei weiß, wer sie ist«, sagte Magnus leise. Ihm war deutlich anzumerken, wie sehr er sich über dieses Bonbon amüsierte, das ihm das Schicksal zugespielt hatte.

Hermann starrte ihn eisig an. Er schwieg.

Magnus ließ eine Andeutung von einem Nicken sehen, drehte sich um und verließ den Raum.

Ob die Celtae selbst Unrecht zufügten oder sich gegen Unrecht wehrten, immer befinden sich alle diese im Krieg. Sie kennen diese eine Ehre.

Caesar

Wieso hatte sie den Staatsanwalt angelogen, fragte sich Tilla. Nur weil er sie so schmerzlich an diesen Richter Jürgens erinnert hatte? »Ich bin ein Idiot«, haderte sie.

Die Harzburg, ihre Harzburg, durch einen Mord entehrt ... Völlig durchgefroren kam sie zu Hause an und stürmte hinein. Tilla stob durch den Flur in ihr Arbeitszimmer und griff mit zittrigen Händen nach dem Telefon. Sie musste zwei Mal ansetzen, da sie sich in der Aufregung verwählte. Endlich hörte sie, wie sich die Verbindung aufbaute.

»Ja«, meldete sich Daniel Regner kurz angebunden.

Tilla hörte Verkehrsgeräusche im Hintergrund, offenbar saß er im Auto.

»Daniel … auf der Burg, der Harzburg … sie haben einen Toten gefunden«, stotterte Tilla ins Telefon.

»Ach du Schande«, gab Daniel nur mäßig beeindruckt zurück.

»Daniel, es war Dirk!«

»Dirk?«

»Ja.«

»*Der* Dirk?«, fragte Daniel nun seinerseits verwirrt. »Ich meine … der schwule Dirk?«

»Ja, genau der.«

»Ach du Scheiße«, entfuhr es Daniel und Tilla hörte, dass er den Wagen anhielt. »Das kann doch gar nicht sein. Wie sollte denn Olivers Schwuchtelkumpel von Braunschweig auf die Harzburg kommen?«

»Das weiß ich doch nicht«, fauchte Tilla böse, »aber er liegt dort oben und ist tot! Ermordet!«

Das Telefon in ihrer Hand schwieg. Nur der Verkehrslärm im Hintergrund zeigte Tilla an, dass Daniel noch dran war.

»Sie haben seinen Namen und seine Adresse quer über den Burgplatz gebrüllt«, schnappte Tilla ins Telefon, da sie bei Daniel Zweifel vermutete.

»Au Mann. Und jetzt?«, fragte Daniel leise.

»Mensch, ruf deinen Bruder an! Kümmer dich um ihn!«

Daniel brummte etwas und beendete das Gespräch.

*

»Was denn, die hübsche Leinwig hat in der Wohnung des Toten gewohnt? Das ist ja ’n Ding!«, stellte Gerd Wegener mit erhobenen Brauen fest.

»Ja, aber das war, bevor unser Opfer dort eingezogen ist«, erklärte Kamenz und merkte, dass das klang, als wolle er Tilia Leinwig schützen. Das wollte er im Grunde seines Herzens auch, doch der mahnende Blick seines Vorgesetzten brachte ihn schnell in die Realität zurück. »Ja, gut, das bedeutet natürlich nicht, dass sie ihn nicht gekannt hat.«

»Genau!«, nickte Wegener ihm zu. »Was ist mit Sundermanns Wagen?«

»Der wurde in Braunschweig auf einem Parkplatz in der Nähe des Magniviertels gefunden.«

»Dann ist er also in einem anderen Wagen nach Bad Harzburg gekommen.«

Kamenz nickte. »Das ist anzunehmen. Ist der Bericht des Pathologen eigentlich schon da?«

»Noch nicht«, entgegnete Wegener. »Sag, was hast du noch über die Leinwig herausgefunden?«

Fast widerstrebend fasste Kamenz zusammen: »Ihre Mutter lebte früher in Braunlage. Tilia Leinwig ist aber in Bad Harzburg geboren und aufgewachsen … studierte in Göttingen. Im Herbst letzten Jahres zog sie dann nach Braunschweig, vermutlich ihrem Ex hinterher – übrigens ein Anwalt, Dr. Achim von Steinfels –, dessen Tochter sie angeblich belästigt hat.«

»Angeblich?«

»Na ja … es gab einen Prozess, sie hat eine Abstandsverfügung und Bewährung gekriegt und ist aus Braunschweig weggezogen.«

»Ist etwas mehr als angeblich, oder?«

Kamenz verzog das Gesicht. »Ja«, gab er widerstrebend zu. »In der Nacht zum ersten November starb ihre Mutter – hat sich umgebracht. Danach ist sie in deren Haus gezogen.«

Wegener überdachte die Informationen. »Das sind ja einige aufrüttelnde Ereignisse, mit denen die Leinwig in den letzten drei Monaten zu tun hatte. Du hast doch damals den Tod der Mutter bearbeitet, gab es da irgendeinen Zweifel an dem Selbstmord?«

Andreas Kamenz zögerte.

»Was?«, fragte Wegener.

»Eigentlich nicht. Ihre Mutter war Heilpraktikerin – hat sich mit einem Aufguss von Eisenhut umgebracht.«

»Eisenhut? Ein Pflanzengift?«

»Ja. Ein Versehen schließe ich aus, immerhin kannte sie sich mit Pflanzen bestens aus. Die hatte eine Riesenapotheke da im Haus, alles voll getrockneter Pflanzen. Weiß der Geier, was die da alles an Kräutern hortete. Über sie haben wir gar nichts. Sie hatte einen sehr guten Ruf. Habe mit einem Freund gesprochen, dessen Mutter von Hedera Leinwig behandelt wurde. Sie war wohl richtig gut in dem, was sie tat. Tilia Leinwig wollte an diesem Tag ihre Mutter besuchen und fand sie.«

»Und was meinst du mit: *eigentlich*?«, hakte Gerd Wegener nach.

»Na ja … Tilia Leinweg kam vor zwei Wochen mit einer Tasse hier an …« Andreas Kamenz setzte Wegener über das Beweisstück in Kenntnis.

»Aha. Und was haben die Jungs aus der KTU herausgefunden?«

»Nicht viel. Die Tasse enthielt tatsächlich Spuren des gleichen Giftes.«

»Aha … und? Fingerabdrücke?«

»Ja, aber die stammen von Tilia Leinwig. Wir haben sie mit denen außen an dem Paket verglichen, das sie mir gab«, erklärte Andreas Kamenz widerstrebend. Er fügte hinzu: »Das muss aber nichts bedeuten. Sie hat die Tasse ja in dem Schrank gefunden, wo sie nicht hingehörte. Sie gab ja zu, sie in der Hand gehabt zu haben.«

»Keine anderen Fingerabdrücke oder DNA?«

»Nein. Wenn jemand dort war, hat er die Tasse gespült und die Spuren vernichtet.«

Gerd Wegener betrachtete seinen jungen Kollegen forschend.

»Mensch, Gerd, warum soll sie uns diese Tasse bringen, wenn sie etwas damit zu tun hat«, bemerkte Kamenz ungeduldig.

Wegener bedachte das Gesagte. »Überprüfe das Alibi unserer hübschen Leinwig für den Todestag der Mutter noch mal.«

»Die Nachbarn haben damals niemanden gesehen«, wandte Kamenz ein.

»Trotzdem. – Sag mal, hat diese Tilia Leinwig auch in Braunlage gelebt?«

Kamenz blätterte in der Akte Leinwig herum. »Nein, nur ihre Mutter. Wieso?«

»Dieser Harald Schakenbeck stammte doch auch aus Braunlage. Der Ort ist ja nicht so groß. Die werden sich gekannt haben.«

Kamenz konnte den Unmut nicht völlig aus seiner Stimme heraushalten. »Okay, da könnte es eine Verbindung geben, aber das ist doch nicht wirklich eine Spur für uns.«

»Warum nicht?«, fragte Wegener leicht ungehalten.

Kamenz schüttelte den Kopf und verzog das Gesicht. »Diese Frau … du hast sie doch gesehen. Mensch, Gerd, du kannst mir doch nicht erzählen, dass du dir vorstellen kannst, dass diese Tilia Leinwig zwei Männer so zurichtet.«

Gerd Wegeners Blick wurde hart. Natürlich hatte er bemerkt, wie beeindruckt Kamenz von der hübschen Zeugin war. »Na, na, na … mein lieber Andreas …«, machte der ältere Polizist gutmütig warnend.

»Hör auf«, wiegelte Kamenz unwillig ab.

Wegener ließ sich in seinem Stuhl zurückfallen. »Andreas, stell dir mal vor, die Leinwig würde dich anrufen und irgendwo hinbestellen. Sagen wir mal, sie hat Angst und bittet dich, ihr zu helfen. Was würdest du tun?«

Andreas Kamenz verdrehte die Augen. »Hinfahren«, gab er grummelnd zu.

»Und dann steht sie da, die Arme wie neulich um den Körper geschlungen, ihre langen schönen roten Locken offen … aber sie hat ein Messer unter dem Mantel, das du nicht sehen kannst. Du rennst zu ihr hin und willst sie schützend in den Arm nehmen, so hübsch und schutzbedürftig, wie sie da auf dich wartet. Was dann?«

»Ja, ja … ich hab's verstanden!«, nölte Kamenz.

»Gut! Vergiss es nicht wieder«, meinte Wegener für seine Verhältnisse ungewöhnlich scharf. »Und jetzt geh und finde raus, ob deine hübsche Leinwig oder ihre Mutter Harald Schakenbeck gekannt haben.«

Was wirst du finden, befragst du die Runen
Die hochheiligen, welche Götter schufen,
Hohepriester schrieben?
Dass nichts besser sei als Schweigen

Edda, Havamal, Des Hohen Lied, 79

Tilla bog von der B 4 ab. Es war ein zermürbender Tag gewesen. Oliver Regner hatte haltlos geheult. Gottlob hatte Daniel seinen Frust über die sexuellen Vorlieben seines Bruders beiseitegeschoben und war bei ihm geblieben. Stunde um Stunde hatten sie in der kleinen Küche zugebracht, Tonnen von Tee gebrüht und über das ›Warum‹ gegrübelt. Ohne Ergebnis.

Dass Dirk und Oliver sich bereits eine ganze Weile gekannt hatten, war ein Umstand, der Daniel aufs Neue verschnupft hatte. Händeringend und unter einem neuerlichen Tränenstrom hatte Oliver versichert, dass Dirk keine Feinde gehabt hätte – im Gegenteil. Die Familie Sundermann war recht wohlhabend und Dirk war stets bereit gewesen, jemandem zu helfen, der vielleicht einen finanziellen Engpass hatte.

Auf die im Raum stehende Frage, warum man Dirk ausgerechnet auf der Harzburg umgebracht hatte, wusste niemand eine Antwort. Die Frage ›warum dort‹ hatte vor allem Tilla schmerzhaft ausgegrenzt.

Es war völlig vertrackt gewesen. Erst hatte Oliver unter Tränen gefragt, ob Dirk vielleicht zu ihr habe fahren wollen, was Tilla wortkarg verneint hatte. Dann steigerte er sich regelrecht in die Vorstellung hinein, dass Dirk zu ihr habe fahren wollen. An diesem Punkt war das Gespräch in vorwurfsvolle, frostige Starre verfallen. Schließlich war Tilla gefahren. Sie konnte nichts mehr für ihre Freunde tun.

Auf der Fahrt von Braunschweig in den Harz zermarterte sie sich ihrerseits den Kopf darüber, was mit Dirk geschehen sein könnte. Es war eine Tatsache: Sie war das einzige Bindeglied zwischen Dirk und Bad Harzburg.

Endlich erreichte sie ihr Efeuhäuschen, das ihr heute wie eine rettende Burg vorkam. Deprimiert stellte sie ihren Wagen vor dem maroden Gartenzaun ab. Müde schloss sie die Haustür auf und kickte die Schuhe von den Füßen. Tasche und Mantel ließ sie achtlos auf dem Stuhl neben ihrer Garderobe zurück und steuerte das Wohnzimmer an. Tilla sehnte sich so sehr nach ein bisschen entspannender Musik und einem großen Glas Wein, dass sie den fremden Mantel an ihrer Garderobe gar nicht bemerkt hatte. Als sie die Wohnzimmertür öffnete und unvermutet von Licht eingehüllt war, erstarrte sie.

Borderfeld saß an ihrem Schreibtisch und arbeitete an ihrem Computer.

»Was … was tun Sie da?«, fragte Tilla völlig verstört.

»Ich habe mir erlaubt, dir dein Geld zu bringen und … ich hole ab, was mir gehört. Ich habe die Dateien gelöscht, die du für mich gemacht hast. Eine lästige, aber notwendige Sicherheitsmaßnahme.« Er lächelte leicht. »Hast du diese Dateien auch noch an anderer Stelle gespeichert?«

»Nein«, antwortete Tilla verkniffen.

Er schüttelte tadelnd den Kopf. Dann zog er die Schublade des Schreibtisches auf und stellte Tillas CD-Box auf die Tischplatte. Er nahm CD für CD heraus und brach sie in der Mitte durch.

»Was soll das? Da sind Dateien drauf, die nichts mit Ihnen zu tun haben«, beschwerte sich Tilla aufgebracht.

Unverdrossen machte er weiter und ließ auch die Schubladen der Regalwand nicht aus. Natürlich fand er die Sammlung von Texten und die CD. Seine hellbraunen Augen maßen Tilla mit einem kalten Blick, bevor er die CD und den Papierstapel auf Tillas Schreibtisch fallen ließ.

»Was für ein interessanter Stein«, stellte Borderfeld nun fest und nahm Tillas Runenstein in die behandschuhte Hand.

Tilla war erleichtert, dass sich sein Interesse auf ihren Runenstein konzentrierte. Das plötzliche Abflauen seiner Aggressionen gab ihr ein Stückchen Mut zurück. Sie versuchte sich an einem möglichst kühlen Ton: »Ja, ich mag den Stein auch. Herr Borderfeld, ich denke, es ist besser, wenn Sie jetzt gehen. So wie ich Sie kenne, mögen Sie es doch sicher nicht, wenn Sie jemand hier sieht. Sehen Sie, ich wohne hier mittlerweile nicht mehr allein. Er …«, sie schaute ostentativ auf ihre Uhr. »Er müsste eigentlich gleich da sein.«

»Tilla«, sagte Borderfeld tadelnd. »Du weißt so gut wie ich, dass er heute nicht mehr kommt.«

Tilla schlug das Herz bis zum Hals. Fast versagte ihre Stimme. »Woher wollen Sie das wissen? Verdammt noch mal, was wollen Sie eigentlich von mir?«

Er ließ sich Zeit für eine Antwort. »Ich habe dir einen Auftrag gegeben. Was hast du bisher herausgefunden?«

»Über historische Schwerter aus dieser Gegend habe ich gar nichts herausgefunden«, antwortete Tilla zögernd. Sie hatte keineswegs vor, ihm etwas über das Manuskript ihrer Mutter zu erzählen.

»Du enttäuschst mich, Tilla.«

»Verdammt, ich weiß doch gar nicht richtig, wonach ich suchen soll«, verteidigte sich Tilla. Obwohl sein Gesicht im Halbschatten lag, fühlte sie seinen schneidenden Blick auf sich ruhen. Sie ließ sich auf der Kante des Sofas nieder, weil sie in Gefahr stand, vor Angst umzukippen.

Er schien mit seinem Ärger zu ringen. Dann hielt er den Runenstein in die Höhe. »Du weißt doch, was das für eine Rune ist, nicht wahr Tilla?«

»Die Thurisaz-Rune?«, stammelte Tilla verwirrt über diesen abrupten Themenwechsel.

Er nickte zufrieden. »Gut! Du kennst also deine Bestimmung«, sagte er so leise, dass Tilla ihn fast nicht gehört hatte.

»Was für eine Bestimmung?«

»Es ist das Erbe deiner Abstammung. Du hast doch die Texte über Abstammung, Typenlehre und die Wurzelrasse gelesen?«

»Ja«, antwortete Tilla unbehaglich.

»Und du weißt, wofür die Thurisaz-Rune steht?«

»Äh … ja.« Natürlich war die Runenkunde auch Teil ihrer Ausbildung gewesen, die ihr ihre Mutter hatte angedeihen lassen. Im Moment bedauerte Tilla es zutiefst, dass diese Wissenschaft in weiten Teilen an ihr vorbeigerauscht war, ohne nennenswerte Spuren zu hinterlassen. Was hatte ihre Mutter über die Thurisaz-Rune erzählt? »Thurisaz steht für spirituelle Macht und für die Aufforderung, diese zu nutzen.«

Er nickte. »Das dritte Zeichen des alten Futharkg, eine Rune mit hoher Symbolkraft ...«, resümierte er mit leiser Stimme. »Die Thurisaz-Rune steht auch für das Umsetzen eines Gedankens in die Tat, sie steht also auch für aktive Verteidigung und Kampf!«

»Kampf?« Ob es die alten Begriffe waren, oder ob die Angst vor Borderfeld verschollene Erinnerungen in ihr heraufbeschwor, Tilla erinnerte sich nun, dass das Runenalphabet in drei Gruppen unterteilt wurde, das erste, zweite und dritte Aett. Plötzlich rannen ihr die Worte wie von selbst von den Lippen: »Die Thurisaz-Rune steht nicht für den Kampf! Sie stammt aus dem ersten Aett – Freyas Aett. Freya ist die Göttin der Fruchtbarkeit. Der Gott des Krieges und des Kampfes ist Thyr, er steht für das dritte Aett!«

Sie vermochte die anschließende Stille nicht recht einzuschätzen. War sie zu weit gegangen?

Er nickte versonnen. »Ich freue mich zu hören, dass du die Grundlagen kennst. Ich bin überrascht ... positiv überrascht.« Eindringlich sagte er: »Deine Mutter hat gute Arbeit geleistet, bevor sie starb. Ich erwarte, dass du diese Arbeit weiterführst!«

In Tillas Kopf purzelte alles durcheinander. »Was meinen Sie?«

Nun wurde sein Ton überraschend scharf, sodass Tilla zusammenzuckte. »Du weißt genau, was ich meine! Von dem, was ich haben will, hatte ich nur wenige Seiten.« Er griff in den Papierstapel und zog das zuoberst liegende Blatt heraus. Es war das von ihrer Mutter. »Dies ist eine davon!« Er stand auf und blieb dicht vor Tilla stehen. »Du hast doch erkannt, was es für eine Seite war, nicht wahr?«, fragte er sie. »Sie enthält einen Hinweis auf das, was ich haben will! Deine Mutter wusste, wo es ist. Finde es!« Er ließ das Blatt vor ihr auf den Boden segeln, griff sich den Papierstapel und die CD vom Schreibtisch und ging.

Als Tilla die Haustür zuklappen hörte, schrie sie sich in einem wilden Zornesausbruch ihre Angst von der Seele und prügelte wüst mit den Fäusten rechts und links auf ihr Sofa ein.

*

Es war spät und fast alle Büroräume der Staatsanwaltschaft verwaist. Einzig Jan Berking brütete noch über seinen Akten. Ungnädig folgte sein müder Blick den Zeilen, die er längst auswendig kannte. Dementsprechend präsentierten sie ihm auch keine neuen Erkenntnisse. Auch bei dem zweiten Opfer ließen sich keine Ansatzpunkte für Ermittlungen finden. Es war wie verhext. An dem jungen Mann, den man auf der Harzburg gefunden hatte, gab es wirklich nichts Außergewöhnliches. Er war viel jünger als Schakenbeck, etwas korpulent und wurde als freundlich und zurückhaltend beschrieben. Äußerlich gab es kaum Übereinstimmungen mit dem Opfer vom Klusfelsen.

Die gleiche Vorgehensweise – das Töten mittels einer breiten, zweischneidigen, langen Klinge – und die Zeichen an dem Baum sprachen dafür, dass die Morde zusammenhingen. Der rituelle Charakter der Taten und die Tatorte wiesen auf die Möglichkeit eines Serienmordes, doch er verwarf diese Theorie wieder. Es gab keinerlei Übereinstimmungen bei den Opfern, was bei krankhaften Serientätern typisch wäre. Er war sicher, einen überlegt handelnden Mehrfachtäter zu jagen.

Es war davon auszugehen, dass man Dirk Sundermann irgendwo auf dem Rückweg vom Magniviertel entführt und nach Bad Harzburg gebracht hatte. Berking überflog den Bericht des Pathologen. Der Einstichwinkel verlief von oben nach unten. Die Gerichtsmedizinerin hatte als Vermutung angemerkt, dass Sundermann vor seinem Mörder gekniet haben musste, genau wie Schakenbeck. Das Opfer der Harzburg hatte Fesselungsspuren an Händen und Füßen. Den letzten Aufstieg hatte er zu Fuß machen müssen, wie man seinem für diesen Zweck völlig ungeeignetem Schuhwerk hatte ansehen können.

Warum ging jemand das Risiko ein, das Opfer aus Braunschweig zur Burgruine Harzburg zu bringen? So eine Vorgehensweise sprach entweder für mehrere Täter – oder einen Profi, der eine eventuelle Gegenwehr des Opfers problemlos parieren konnte.

Auch beim ersten Mord sprach einiges dafür. Jan Berking lehnte sich zurück. Eine professionelle Hinrichtung? Wozu? Die Opfer gaben für so etwas doch gar nichts her. Nach welchen Kriterien tötete der Mörder? Wie schnell würde er wieder zuschlagen? War es wirklich *ein* Mörder?

Bevor sich Berking nochmals die Tatortfotos vornahm, machte er sich eine Notiz für die Pressestelle. Die Nachrichtensperre musste unbedingt eingehalten werden. Die Morde hatten eindeutig einen Aussagecharakter. Keinesfalls wollte er dem Täter mit reißerischen Zeitungsartikeln in die Hände spielen. Er würde den Oberstaatsanwalt um Hilfe bitten, vielleicht konnte sein Chef erreichen, dass Sonja Grabowski sich zurückhielt.

Jan Berking hatte ein ungutes Gefühl. Er hatte wenig Erfahrung mit diesem Tätertyp, der ja doch recht selten war. Das Wenige, was er über Mehrfachtäter wusste, hatte er von seinem Vater gelernt, der war Spezialist für operative Fallanalyse.

Berking wusste, er musste endlich seinen Vater kontaktieren.

Unwillig schob er diese unangenehme Pflicht nochmals auf und zog sich stattdessen die Fotos heran. Er legte die Fotos von dem Klus-Sandstein und dem Baum an der Harzburg nebeneinander.

ᛁᛞᛒᛟᛚᚲ ᛉᚢᚱ ᛗᚺᚱ

Die letzten sechs Zeichen glichen denen des Mordes am Klusfelsen. Er blätterte zurück.

ᛞᛁᛗᚱ ᛊ ᚹᛗᚾᛞ ᛉᚢᚱ ᛗᚺᚱ

Nachdenklich betrachtete er das eckige S. Es könnte eine Rune sein. Runen …?

Er nahm seinen Stift auf und notierte sich, jemanden zu suchen, der ihm diese Zeichen entschlüsseln konnte. Dann nahm er zum wiederholten Male die Gerichtsakte Leinwig zur Hand, die ihm seine Assistentin kurz vor Feierabend zusammen mit einem Aktenvermerk von Gerd Wegener hereingereicht hatte. Er schlug die erste Seite auf. Susanne Bleibtreu, seine Expartnerin, hatte die Anklage vertreten. Unwillig drängte er den Gedanken an Susanne zurück. Kommissar Wegener glaubte, dass Tilia Leinwig das verbindende Puzzleteilchen war. Es konnte kein Zufall gewesen sein, dass sie am Tatort war. Sie hatte gelogen, was den Toten an der Harzburg anging, und er war sicher, sie log auch, wenn sie behauptete, diesen Schakenbeck nicht zu kennen.

Tilia Leinwig, eine Altgläubige. »Sie ist eine neuzeitliche Hexe, mein lieber Junge, also seien Sie vorsichtig, damit sie Sie nicht verhext«, hatte ihm Richter Jürgens eine Stunde zuvor unter glucksendem Gelächter erklärt. Sein Lallen hatte vermuten lassen, dass Jürgens seinem Feierabendrotwein bereits üppig zugesprochen hatte. Berking mochte Jürgens zwar nicht, dennoch waren seine Informationen über die Frau nicht uninteressant. Sie war demnach so etwas wie eine Sektiererin, der es erheblich an Impulskontrolle mangelte, wie das Gerichtsprotokoll ergab. Angesichts dessen, was Tilia Leinwig Richter Jürgens und seiner Ex-Partnerin alles entgegengeschrien hatte, stahl sich dann doch ein Grinsen in Berkings Züge. So ganz unrecht hatte die Leinwig vermutlich gar nicht. – Sie war demnach sehr impulsiv, aber war sie damit auch eine mögliche Mörderin? Wie passte der Selbstmord ihrer Mutter ins Bild? War sie womöglich deswegen auf einem Rachfeldzug?

Berking rief sich ihr Bild ins Gedächtnis. Sie war schon hübsch, vor allem war sie von einer besonderen Ausstrahlung umgeben, der man sich als Mann kaum entziehen konnte. So eine Frau konnte einen Mann durchaus an die entlegensten Orte locken.

Vielleicht umgab sie sich mit anderen Sektierern, bei denen Ritualmorde auf dem Programm standen? Sie hatte Sundermann gekannt. Das stand fest. Da ihre Mutter wie auch Schakenbeck aus Braunlage stammte, kannte sie ihn womöglich auch.

Die Stimme seines Vaters in seinem Kopf begann damit, die typischen Merkmale von Mehrfachtätern und von Serientätern der verschiedenen Couleur aufzuzählen. Ungehalten versuchte er das Alter Ego seines Vaters zu unterdrücken, das sich ihm so ungebührlich aufdrängte.

Dann warf Berking seinen Stift so vehement auf den Schreibtisch, dass dieser vom Tisch und quer durch den Raum kullerte. Er schloss die Augen und gönnte sich ein paar Augenblicke Ruhe, bevor er seine Computertastatur heranzog. In kurzen, emotionslosen Sätzen reihte er die wichtigsten Informationen über die zwei Mordfälle aneinander. Er schloss mit der Frage, was sein Vater damals mit Harald Schakenbeck, dem Toten vom Klusfelsen, zu tun gehabt hatte, und sandte seine Nachricht via Datenautobahn an Hans Joachim Berking, BKA Wiesbaden.

Runen wirst du finden und Ratstäbe,
Sehr starke Stäbe, sehr mächtige Stäbe.
Erzredner ersann sie, Götter schufen sie,
Sie ritzte der hehrste der Herrscher.

Edda, Odins Runenlied 142

»Heilige Göttin, Mutsch ... was hattest du mit so jemandem wie diesem Borderfeld zu tun!«, haderte Tilla lautstark und starrte auf das Manuskript ihrer Mutter. Eigentlich mochte sie gar nicht mehr weiterlesen. Würde es ihr helfen?

Der junge Siegfried hatte die Bestie, welche das Land seiner Ahnen so lange in blutigem Griff gehalten hatte, besiegt. Noch lange sprach man von dieser Schlacht, die der Schreiber Tacitus für die Nachwelt bewahrte. ›Te uti burgi ensi saltu – Eine Region wurde verwüstet, als Türme sie sicherten und das Schwert sie schützte ...‹ so stand in Tacitus' Werk geschrieben, welches lagerte im Kloster zu Corvey unweit der Weser. Ein Ort, an dem Siegfrieds Schicksal sich Jahre später zum Üblen wandelte.

Doch zunächst kehrte Friede ein in die Region Harcynia. Die Besatzer blieben im Westen, geschützt hinter turmbestückten Mauern, und überließen den Rest Germaniens seinen Bewohnern. Siegfried ließ das Schwert ruhen und seinen Gefühlen seinen Lauf. Es war Thusnelda, Tochter des Segestes, die seine Liebe errungen.

Das stolze Rom unterdessen sann auf Rache. So war es der Feldherr Germanicus, der es darauf anlegte, die weithin gepriesene Unbesiegbarkeit Siegfrieds zu testen. Er wusste, der Unverletzbare hatte eine Schwachstelle, die da war seine Familie. Ein Teil davon befand sich unter seinem eigenen Befehl, es war Siegfrieds Halbbruder Flavius.

Im siebten Jahr nach der Schlacht des Varus standen sich Rom und der stolze Siegfried erneut gegenüber. Flavius erbat sich ein Treffen mit seinem Bruder. Mit blumigen Worten des Wiedersehens und des Gedenkens an innige Familienbande lullte er seinen Bruder ein und zechte mit ihm nach Kräften. Da er selbst mit dem Met in aller Heimlichkeit den Boden netzte, während Siegfried die glückliche Wiedervereinigung feierte, gelang es dem Verschlagenen, seinem Bruder die magische Waffe zu stehlen. Stolz übergab Flavius die Beute seinem Feldherrn Germanicus, dessen Kriegsglück sich daraufhin auf wundersame Weise wandelte.

Auch Siegfrieds Schicksal wandelte sich, er wurde bei dem folgenden Gefecht schwer verletzt. Viel schlimmer als der Verlust des Schwertes traf Siegfried der Verlust seines geliebten Weibes Thusnelda. Er wähnte seine Liebste bei ihrem Vater Segestes in Sicherheit, doch der Verschlagene übergab Siegfrieds junge Braut an Germanicus. Es war, als habe Siegfried mit dem Verlust Thusneldas und der erlittenen Schmach durch Germanicus und Segestes all seine Lebenskraft gegeben. Der ruhmreichste Kämpfer Germaniens starb nicht im Kampf und nicht durch des Feindes Schwert, es war der Familie listige Hand, die ihn mit feiger Hinterlist durch Gift ins Reich der Hel führte, nachdem er das Land seiner Ahnen für sie zurückerobert hatte. Vielerlei erzählt man die Mär, nie habe seine Seele die Wälder Harcynias verlassen.

In Rom begann die sagenhafte Keltenwaffe erneut ihren Vernichtungszug, indem sie einen Geist nach dem anderen vergiftete. Germanicus übergab das Schwert seinem Sohn Gaius Caesar Augustus Germanicus, den man postum Caligula geheißen. Nach ihm war es Nero, der die Waffe sein Eigen nannte. Das Schwert überdauerte zahlreiche Edle, bis es die Hand des Soldatenkaisers Maximus Thrax erreichte. Der Riese aus Thrakien brachte die Waffe zurück in den nordwestlichen Vorharce, wohin ihn sein Weg führte, um die Alamannen aufs Neue niederzuschlagen. Am Harcynischen Horn kam es zu einer wilden Schlacht zwischen Römern und Germanen. Wer siegte? Niemand weiß es zu sagen. Kein Siegervolk fand sich, einzusammeln die Waffen der Gefallenen. Doch es geht die Mär, dass die mächtige Keltenwaffe nach dieser Schlacht zurück an seinen Ursprung fand.

Die verheerende Kraft, die nicht von dieser Welt zu sein schien, verkehrte nahezu jeden vormals redlichen Geist ins Gegenteil. Das wussten auch die Harcer Hexen, welche die Sage von Harcylugh und dem alten Volke im Land des Crodo für zahllose Fruchtzeiten am Leben hielten. Es war Chelana, eine Nachfahrin der weisen Swanhild, die ihren Trupp kundiger Frauen zum Harcynischen Horn unweit des Keltensteines Hübichen führte. Chelana wendete den Blick nicht von der Waffe, die einst vom Bruder der Druidin Swanhild geführt wurde. Auch den Hünen aus dem fernen Thrakien ließ sie nicht aus den Augen, bereit, den Moment mangelnder Aufmerksamkeit für sich zu nutzen. Als der römische Riese an einem Rinnsal innehielt, um zu trinken, umringten ihn die Harcer Hexen. Sie blendeten ihn mit Bärlappsporen, die sie durch eine Flamme bliesen, und versetzten ihn mit schweren Kräutern, die sie mit einer Klinge an unschädlicher Stelle in seinen Leib trieben, in tiefen Schlaf. Dann nahmen sie das Schwert mit sich und flüchteten zurück in die Tiefen des hohen Harces. Zwei Tage wanderten sie gemeinsam über das bergige Hochland, wohin ihnen niemand zu folgen wagte.

Direkt auf dem hohen Plateau, wo das magische

Schwert einst geschmiedet wurde, errichtete man Crodo, dem Herrn über die Elemente, eine Statue, die weit in das Land blickte, wes Schutz sein Anliegen sein sollt. Ihm zu Füßen gab man das Schwert. Gehüllt in einen Stein, der Crodo als Podest diente, ruhte es hunderte von Fruchtzeiten, ohne Schaden anzurichten. Doch die Harcer Hexen wurden nicht müde, die Mär an die ihren weiterzugeben, auf das die Warnung vor der Waffe lebendig bliebe.

Viele hundert Fruchtzeiten später erwachte Harcylugh erneut zum Leben.

Obwohl sie nach der schlaflosen Nacht todmüde war, erwachte Tillas Interesse schlagartig, als sie von der Crodo-Statue las. Es klingelte an ihrer Tür und Tilla quälte sich fluchend aus dem zerwühlten Bett.

*

Eine blasse Tilla in einem Morgenmantel, der nachlässig über ihrer Brust auseinanderklaffte, öffnete Dr. Jan Berking die Haustür. Nach Borderfelds Besuch am vergangenen Abend hatte sie kaum geschlafen und war bei jedem leisen Knacken hochgeschreckt – aber das konnte Berking natürlich nicht wissen. Auf ihn wirkte sie daher eher lasziv als müde. Unwillkürlich sog sich sein Blick an dem hellen Dreieck fest, das sich aufreizend von dem lindgrün geblümten Stoff ihres Morgenmantels absetzte. Sie ist eine Hexe, schwirrte es ihm plötzlich durch den Kopf. Er hob den Blick und schaute ihr bewusst ins Gesicht, doch das verwirrte ihn noch mehr, denn ein braunes und ein grünes Auge schauten ihn fragend an. Mit dem Ärger über seine eigene Reaktion kämpfend, geriet seine Begrüßung recht barsch.

»Dr. Berking, Staatsanwaltschaft Braunschweig. Wir kennen uns von der Harzburg. Ich hätte ein paar Fragen an Sie.«

Tilla fuhr sich durch das Haar, das ihr hernach noch wirrer ins Gesicht fiel. Trotz ihres störrisch vorgeschobenen Kinns nickte sie und öffnete ihm die Tür. »Gehen Sie einfach geradeaus ins Wohnzimmer. Ich ziehe mir nur schnell was an.«

Seine dargebotene Visitenkarte ignorierte sie und verschwand im Bad. Berking vermochte nicht zu sagen, was ihn mehr ärgerte: Dass ihn diese Frau so gründlich verwirrte, oder dass sie ihn mit seiner Karte – dem Sinnbild all dessen, was er erreicht hatte – wie einen Pennäler im Flur stehen ließ. Er schluckte seinen Ärger hinunter und ging wie geheißen ins Wohnzimmer. Nach kurzem Umschauen trat er an den Schreibtisch heran, um seine Karte abzulegen, die er noch immer in der Hand hielt. Dabei fiel sein Blick auf den Stein mit dem Runenzeichen.

»Na bitte«, murmelte er zufrieden.

Als sie ins Wohnzimmer trat, war sie mit einem grünen Pullover und Jeans bekleidet. Das Haar war mit einer Spange zusammengefasst.

»Was kann ich für Sie tun, Herr Berking?«

Zu seinem Ärger ließ sie den Doktortitel weg, doch er mahnte sich zur Ruhe. »Interessanter Stein. Ist das eine Rune?«, fragte er im Plauderton.

Merkwürdigerweise nahm sie augenblicklich eine Abwehrhaltung ein und verschränkte die Arme vor dem Körper. Jan Berking wartete ruhig auf eine Antwort.

»Ja.«

»Sehr interessant. Kennen Sie sich mit Runen aus?«

»Ein bisschen«, antwortete sie abweisend.

Er merkte, dass er das Thema wechseln musste, sonst machte sie dicht. Dies war immerhin noch kein Verhör. Noch konnte sie ihn jederzeit aus ihrem Haus werfen.

Sie standen sich vor dem Schreibtisch gegenüber. »Frau Leinwig, Sie scheinen ja öfter im Bereich des Burgberges zu laufen. Ist Ihnen in letzter Zeit dort etwas aufgefallen? Fremde vielleicht?«

»Das haben mich die Kripobeamten doch auch schon gefragt. Nein, mir ist nichts und niemand aufgefallen.«

Zufrieden registrierte er, dass sie wieder etwas offener wurde. Sie wies ihn zum Sofa und nahm in einem alten Sessel Platz.

»Laufen Sie dort oben regelmäßig?«, fragte er, während er sich setzte.

»Nein, meist laufe ich den Weg Richtung Stapelburg.«

»Aber an diesem Tag liefen Sie zur Burg?«

»Ja.«

»Ach ja, ich erinnere mich, Sie sprachen von einen familiären Feiertag, nicht wahr. Können Sie mir Näheres dazu sagen?«, bohrte er nach.

»Ist das wichtig für die Ermittlung?«, fragte sie zurück.

»Ja. Sehen Sie, es gehört zur Routine, alle Leute zu überprüfen, die an diesem Tag dort oben waren.«

Ihre gleichmäßig geschwungenen Augenbrauen zogen sich unwillig zusammen. »Für uns ... also meine verstorbene Mutter und mich, ist der zweite Februar ein Tag, den wir traditionell mit einem frühen Spaziergang in der Natur begonnen haben. Oft sind wir an diesem Tag zur Ruine hochgewandert, deshalb kam ich allein zur Ruine hoch.«

»Eine hübsche Tradition ... hängt sie mit Ihrem Glauben zusammen?« Zufrieden sah er ihre Augen abermals groß werden. Dann verengten sie sich wieder und schienen sich mit goldenen Sprenkeln des Zornes zu füllen.

Sie ließ ein freudloses Lachen hören. »Na klar ... Sie sind ja Staatsanwalt aus Braunschweig ... Sicher hat Ihnen mein Ex oder dieser Richter mit diesem grässlichen Imperatorengehabe irgendeinen Blödsinn über mich und meinen Glauben erzählt.« Sie kämpfte mit ihrem Zorn und stieß einen ungehaltenen Seufzer aus. »Ja, ich bin eine Altgläubige und der zweite Februar ist eines unserer Jahresfeste.«

Berking ignorierte ihren Unmut. »Es gibt noch mehr Festtage bei Ihnen?«

»Ja … so wie bei Ihnen auch. Bei uns sind es vier Mondfeste und vier Sonnenfeste«, antwortete sie widerwillig.

Er wartete schweigend und sah sich alsbald in seiner Vermutung bestätigt, dass ein Mensch wie sie nicht gut mit Stille umgehen konnte.

Unwillig fuhr sie fort. »Der zweite Februar ist das Imbolc-Fest. Eigentlich wird es nach Mondphasen berechnet, daher Mondfest, aber wir sind heute dazu übergegangen, auch den Mondfesten feste Termine zu geben. Als Nächstes gibt es das Sonnenfest Ostara am 21. März, Mondfest Beltane am 1. Mai, Sonnenfest Litha am 21. Juni, Mondfest Lughnasadh am 1. August, Sonnenfest Marbonadh am 21. September, Mondfest Samhain am 1. November und das Sonnenfest Yul am 21. Dezember«, leierte sie betont gelangweilt herunter.

Bei Staatsanwalt Berking meldete sich ein inneres Triumphgeläut. Sundermann war am 2. Februar und Schakenbeck am 21. Dezember getötet worden. Was hatte sie gesagt? An Yul? »Und das sind Jahresfeste, die Altgläubige wie Sie feiern?«

Sie lächelte etwas arrogant. »Nicht nur wir, Herr Berking, diese Feste sind uralt, viel älter als das Christentum. Sie werden von Neokelten, Heiden, Asatru und anderen Neogermanen gleichermaßen gefeiert.«

»Haben Sie Kontakt zu diesen Gruppierungen?«

»Nein.«

Es wurde Zeit für mehr Druck. »Frau Leinwig, warum haben Sie uns angelogen? Sie haben auf dem Burgberg ausgesagt, dass Sie den Toten nicht kennen.«

Ihr Blick flitzte unsicher hin und her. »Wie kommen Sie darauf, dass ich ihn kenne?«

»Kommen Sie ... er wohnt dort, wo Sie zuvor gewohnt haben. Sie haben doch seinen Namen gehört.«

Sie überlegte kurz und lenkte vorsichtig ein. »Ich kenne Herrn Sundermann nur flüchtig. An dem Tag oben auf der Burg war ich nicht sicher, dass der Tote der Dirk Sundermann sein könnte.«

»Kennen Sie Harald Schakenbeck?«

»Schakenbeck ... meine Mutter kannte einen Schakenbeck ... aus Braunlage.«

»Und Sie?«

»Na ja ... ja ... flüchtig. Was ist mit ihm?«

Forschend betrachtete er ihr Gehabe. Sie war verwirrt, aber nicht unsicher. »Er ist tot, Frau Leinwig.«

Es folgte Unglauben, dann erstes Verstehen. Er nutzte ihre Verwirrtheit und schob nach: »Er wurde ebenso wie Sundermann ermordet. Schakenbeck hat man am Klusfelsen aufgefunden, an einem Ihrer Festtage, den Sie Yul nennen. Wo waren Sie an diesem Tag gegen zehn Uhr abends?«

Mein Gott wird einen Druidenwind senden,
der sie alle in Stein verwandelt.

Aus der Sage um die Belagerung von Druim Dumhgaire

Tilla hatte das Gefühl, im falschen Film zu sein. Das konnte doch alles gar nicht sein. Erst brachte sich ihre Mutter um, dann verlebte sie zur Wintersonnenwende ein einsames, verheultes Yulfest, ohne zu ahnen, dass sie dafür irgendwann ein Alibi brauchen würde. Dann erfuhr sie von der Vergewaltigung ihrer Mutter und nun, zu Imbolc, geriet sie auf die Mörderliste eines karrieregeilen Staatsanwaltes. Was würde ihr an Ostara widerfahren?

Mit einer wilden Geste tauchte sie die Spülbürste ins Wasser und schrubbte grob an einem längst sauberen Kaffeebecher herum.

»Entweder hänge ich meine Ostereier im Knast auf oder dieser Borderfeld hat mich bis dahin umgebracht, weil ich ihm nicht gegeben habe, was er haben will. Wenn es sich wirklich um ›Harcylugh‹ handelt … davon kann doch nach zweitausend Jahren gar nichts mehr übrig sein! Verdammt auch …«, lamentierte sie lautstark durch die Küche und schepperte grob mit dem gebeutelten Geschirr herum.

Es klopfte an den Rahmen der Küchentür. »Brauchen Sie Hilfe? Die Tür stand offen«, erklärte Magnus. Wie immer zeigte sein Mund ein amüsiertes Lächeln, das jedoch seine kühlblauen Augen nicht erreichte.

Tilla warf die Spülbürste endgültig ins Wasser und schnitt eine Grimasse. »Ja, können Sie. Erschießen Sie bitte diesen blöden Staatsanwalt für mich, bevor er seine dusseligen Ideen bei der Goslarer Polizei verbreitet!«

»Gern«, antwortete Magnus und grinste sie an.

Tilla lachte schallend. »Kommen Sie der Anstiftung zum Mord immer so schnell nach?«, fragte sie und begann ihre Kaffeemaschine zu füllen.

»Nun, das kommt auf den Anstifter an.«

»Tatsächlich?«, gab Tilla amüsiert zurück.

»Erzählen Sie mir von den Ideen des Staatsanwaltes?«, fragte er, woraufhin Tilla ihre Empörung nur allzu gern heraussprudelte.

Nach einigen Bechern Kaffee war Magnus bestens über den Stand der Ermittlungen unterrichtet und meinte lässig: »Ich glaube nicht, dass Sie Ihre Ostereier im Knast aufhängen müssen, Ihr Staatsanwalt hat dafür dann doch etwas wenig in der Hand.«

»Das hört sich beruhigend an. Verstehen Sie etwas von Juristerei?«

»Das muss im Geschäftsleben wohl jeder.« Magnus beugte sich vor. »Machen Sie sich keine Sorgen – solange der Typ hier bei Ihnen aufkreuzt, hat er gar nichts gegen Sie in der Hand. Und auch mit dem, was er von Ihnen erfährt, kann er erst dann etwas anfangen, wenn Sie ihm die Aussage in einem Protokoll durch Ihre Unterschrift bestätigen.«

Tilla dachte nach. »Ach so … aber warum kommt er dann hier vorbei?«

»Nach dem, was Sie erzählt haben, wollte er vielleicht etwas mehr über Sie und Ihren Glauben erfahren.«

»Aber warum denn das?«

Magnus lachte und hielt sie mit Blicken fest. »Tilla, Sie sind eine enorm attraktive Frau und noch dazu eine Altgläubige … eine Hexe … das ist eine absolut faszinierende Kombination!«

*

Berking fuhr gleich in Goslar vorbei, da er Wegener und Kamenz von seinem Gespräch mit Tilia Leinwig unterrichten wollte. Natürlich hätte er Wegener auch anrufen können, doch er vermied Telefongespräche nach Möglichkeit. Er hatte die Menschen lieber vor sich und studierte ihre Reaktionen. Routiniert steuerte er seinen Wagen die Heinrich-Pieper-Straße entlang, umfuhr den aus achteckigen Elementen bestehenden Gebäudekomplex der Goslarer Polizeiinspektion und bog auf den Parkplatz ab. Vor dem Haupteingang traf er prompt mit Kamenz zusammen. Der junge Kripobeamte überfiel den Staatsanwalt sofort mit der für Berking nicht mehr taufrischen Nachricht, Lore Schakenbeck habe ausgesagt, dass sie mit den Leinwigs bekannt sei.

»Ja, ich weiß«, antwortete Berking ungeduldig. »Ich

sprach eben mit der Leinwig«, fügte er etwas weniger abweisend hinzu. »Deswegen bin ich hier. Ist Ihr Kollege Wegener oben?«

»Ja klar, Gerd hat eben Besuch bekommen, von einem ehemaligen Kollegen, glaube ich. Wussten Sie, dass Gerd Wegener früher in Frankfurt war?«, plauderte Kamenz unverdrossen auf Berking ein, der es vorzog, schweigend neben dem jüngeren Beamten herzugehen.

Als Jan Berking die Tür zu Wegeners Büro öffnete, blieb er starr vor Verblüffung stehen.

»Hallo, mein Junge, schön dich zu sehen«, begrüßte ihn sein Vater hochvergnügt.

Die Celtae pflegten das Wissen
um Erz und seine Verwendung
mit großer Sorgfalt

Murus Gallicus

Über das Gespräch mit Magnus, der sich angeboten hatte, sie zu begleiten, hatte Tilla fast die Zeit vergessen und war erst im letzten Augenblick am Rammelsberg angekommen. Irgendwie hatte sie die Hektik ihrer überstürzten Fahrt nach Goslar kaum aus den Knochen bekommen und ihre japanische Reisegruppe fast im Laufschritt durch den Roederstollen gejagt. Fast am Ende der Führung mahnte sie sich endlich zu Ruhe, mühte ihr charmantestes Lächeln hervor und versuchte nach Kräften den Eindruck zu vermitteln, dass sie sich nun alle Zeit der Welt für die Fragen ihrer Gruppe nähme. Sämtliche Teilnehmer quittierten ihre Bemühung mit wohlmeinendem und glücklichem Nicken. Magnus, der sich der Führung angeschlossen hatte, fragte, ob man im Rammelsberg nur Silber gefunden habe.

Tilla erklärte sowohl in Englisch als auch in Deutsch, dass man im Rammelsberg verschiedene Erztypen abgebaut habe und zählte kundig auf: »Man fand Bleizink-Erz, Kupfererz, Schwefelerz, Melierterz, Braunerz, Grauerz und Banderz. Daraus hat man dann in weiteren Arbeitsgängen Silber, Blei, Kupfer, Zink und sogar Gold herausgelöst.«

Magnus bemerkte charmant: »Erstaunlich, dass eine Frau wie Sie so gut über den Bergbau Bescheid weiß.« Sie hatten bereits den Ausgang erreicht, als er sie fragte: »Ist es richtig, dass dieses Bergwerk erst unter den Nationalsozialisten zu voller Effizienz anwuchs?«

Das leidige Thema rief in Tilla unwillkürlich Abwehr hervor, dennoch bemühte sie sich um eine freundliche Antwort, die sie hernach für ihre anderen Zuhörer ins Englische übersetzte. »Ja, durchaus. Die Tagesanlagen, die Hangaufbereitung und auch der Schacht wurden 1936 im Zuge des ›Rammelsbergprojektes‹ völlig neu konzipiert. In dieser Zeit löste man auch das Problem der Aufbereitung der hiesigen Erze ...«

Sie erzählte noch ein wenig über die Entwicklung der Region nach dem Krieg und verabschiedete sodann eine Schar zufriedener Zuhörer.

Mit Magnus verbrachte sie ein angenehmes Mittagessen in einem griechischen Restaurant und wunderte sich einmal mehr darüber, dass er das Treffen dann doch so zurückhaltend beendete. Sein Kuss war kaum mehr als ein Hauch, als er sich vor ihrer Tür nach oben verabschiedete, um sich für einen Termin umzuziehen.

*

Jan Berking hasste Überraschungen. Er hatte nicht damit gerechnet, seinen Vater hier anzutreffen, nur zwei Tage nach seiner nächtlichen E-Mail. So rutschte ihm ein fast vorwurfsvolles: »Was machst du denn hier?« heraus.

»Och, weißt du, ich habe eh noch eine Menge Urlaub abzusitzen und deine Mail war so interessant, dass ich spontan beschlossen habe herzukommen«, erklärte Hanjo Berking gut gelaunt.

Sowohl Kamenz als auch Wegener beobachteten die beiden, ohne sich einzumischen. Vater und Sohn sahen sich unglaublich ähnlich und waren doch so verschieden wie Tag und Nacht. Hanjo Berkings Blond ging mehr in Grau über und die Konturen seiner Züge hatten an Härte verloren. Seine Figur war eine Spur fülliger als die seines Sohnes, dennoch war der enge Verwandtschaftsgrad nicht zu leugnen. Doch während sich Hanjo Berking in einen lässigen Pulli, Jeans und Tweedjackett gekleidet auf einem der Stühle lümmelte und dabei mit sichtlichem Genuss Kaffee aus einem großen, gelb geblümten Besucherbecher trank, stand sein Sohn perfekt mit Anzug und Krawatte unter einem edlen Mantel kerzengerade im Büro wie ein gestaltgewordener Vorwurf mit gewichsten Schuhen.

Die Spannung, die von ihm ausging, schien an seinem Vater abzutropfen. »Gut siehst du aus, Junge!«, erklärte er fröhlich.

Endlich rührte sich Jan Berking und mühte unbeholfen eine neutrale Antwort hervor. »Danke. Du auch.«

Gerd Wegener stand auf und zog dem jungen Staatsanwalt einen Stuhl heran. »Ich kenne Ihren Vater noch aus meinen Frankfurter Zeiten«, erklärte er freundlich. »Ich habe ihm angeboten, bei mir und Marianne zu bleiben. Ich hoffe, das ist Ihnen recht?«

Insgeheim war Jan Berking unendlich erleichtert, dass sein Vater nicht bei ihm wohnen würde. Seine Braunschweiger Wohnung verfügte nicht einmal über eine Schlafmöglichkeit für Gäste. »Ja … ja natürlich.« Er setzte sich endlich. Dann versuchte er so schnell wie möglich die Regie des Gespräches zu übernehmen, wie er es gewohnt war. »Ich komme gerade von der Leinwig und meine, wir sollten sie sehr sorgfältig beobachten …« Er erzählte den Ermittlern, was er von ihr erfahren hatte.

»Eine Hexe?«, fragte Kamenz amüsiert nach.

Gerd Wegener erklärte sachlich, dass es im Harz noch einige Frauen, aber auch Männer gäbe, die sich zwar selten selbst Hexen nannten, die aber den alten Glauben, eine Art Neo-Keltinismus, praktizieren. »Bei uns werden sie jedoch nie auffällig. Sie sind harmlos. Aber das mit diesen Feiertagen ist ja interessant. Habe ich auch nicht gewusst.«

Fast versonnen ließ Hanjo Berking hören: »Jetzt fällt es mir auch auf. Euer erster Toter starb in der Nacht der Wintersonnenwende und der zweite … wie nennt man das noch? Imbolc?«

»Du kennst diese Feste?«, fragte Jan Berking seinen Vater bass erstaunt.

»Ja … ich hatte vor vielen Jahren mal mit einer Altgläubigen zu tun. Sie war ein Vergewaltigungsopfer. Ich hatte mich damals ein wenig über Altgläubige schlau gemacht.« Er schaute einen Moment ins Leere, bevor er hinzufügte: »Komisch … das Vergewaltigungsopfer hieß auch Leinwig. Woher stammt deine Frau Leinwig?«

»Aus Bad Harzburg«, antwortete Jan Berking.

»Hm … hat sicher nichts mit dem Fall damals zu tun. Der Name Leinwig ist ja nicht gerade selten.«

»Wo wir schon dabei sind – erinnerst du dich an Harald Schakenbeck?«, fragte Jan Berking.

Hanjo nickte. »Ich habe deine Mail gelesen. Ja, das war fast zur gleichen Zeit wie diese Vergewaltigung … oder nein … es war etwas später. War eine merkwürdige Sache damals. Ein Dr. Volkerts, Arzt aus Braunlage, rief meinen Kollegen Ulli Schüssler an und erzählte, dass da oben in der Nacht die Hölle los gewesen sein musste. Es hatte wohl eine Riesenprügelei gegeben, bei der neben einigen anderen vor allem Harald Schakenbeck schwer verletzt wurde. Er hatte ein Messer in die Oberschenkelarterie bekommen und ist damals fast verblutet, wollte aber keinesfalls ins Krankenhaus. Volkerts hatte einige Mühe, ihn wieder zusammenzuflicken. Da Volkerts aber nicht mehr über diese Prügelei wusste, bin ich in den Oberharz gefahren und habe mir Schakenbeck in mehreren Sitzungen vorgenommen.«

»Ja und?«

»Nichts! Der schwieg wie ein Stein. Ich habe nie herausbekommen, was los war. Es hat mich echt gewurmt, denn jemand, der mit so einer Verletzung nicht ins Krankenhaus will, hat meist etwas zu verbergen. Aber da niemand Anzeige erstatten wollte, musste ich die Sache ruhen lassen. Es war auch bereits ein Bericht in der Zeitung erschienen, in der Schakenbeck als Rädelsführer einer wilden Prügelei betitelt wurde, was ja nicht bewiesen werden konnte. Ich habe die Ermittlungen auf Anordnung meines damaligen Chefs Harmsen eingestellen müssen.«

»Das ist alles?«

»Das ist alles!«

Keltische Töchter und Witwen waren thronfähig.

Tacitus

Tilla saß am Fenstertisch in Hederas Apotheke und dachte über die Aufzeichnungen ihrer Mutter nach. Weder die zahlreichen vollgeschriebenen Schreibhefte noch die Ölbilder von Hedera hatte Tilla finden können. Hatte sie die Bilder vielleicht verkauft? Möglich wäre es. Gern erinnerte sich Tilla an die farbenfrohen Werke mit den feenhaft lang gezogenen, schwebenden, unendlich lebendigen Figuren. Sie waren voller versteckter Symbole gewesen, ähnlich wie Tarotkarten. Die Bilder waren wunderschön gewesen. Umso mehr freute sich Tilla an dem Manuskript, in das kleine Skizzen dieser Ölbilder eingefügt waren. Das Harcylugh-Manuskript und der Runenstein bildeten die letzte Verbindung zu ihrer Mutter.

Seufzend drehte sie sich herum und ließ den Blick über die Schubladen des alten Apothekenschrankes schweifen. Zahllose in beschrifteten Beuteln verpackte Kräuter warteten in mehreren Kartons im Gang auf ihren Umzug nach Osterode. Unter dem Vorwand, sie möge doch auf einen Tee vorbeikommen und die Kräuter abholen, hatte Tilla Astrid Volkerts angerufen. Sie hoffte, ihr einige Informationen entlocken zu können.

Astrid war immer die engste Vertraute ihrer Mutter gewesen, trotz ihres völlig unterschiedlichen Naturells. Unter Hederas Führung hatte sich Astrid vor langen Jahren dem alten Glauben zugewendet, doch sie hatte nie Hederas immer ein wenig entrücktes Wesen angenommen. Astrid war Ärztin und stand mit beiden Beinen im Leben.

In ihrem Inneren hörte Tilla ihre Mutter von Crodo erzählen. Wieso befand sich ausgerechnet diese Seite der alten Aufzeichnungen im Besitz von Borderfeld?

Die Türglocke riss Tilla aus ihren Grübeleien. Eilig ging sie zur Tür, um Astrid Volkerts einzulassen.

Als sie wenig später nach einem Rundgang durch das Haus vor einer dampfenden Kanne Grüntee saßen, war Astrid die Wehmut anzusehen.

»Habe ich es zu sehr verändert?«, fragte Tilla vorsichtig.

Astrid mühte ein aufmunterndes Lächeln hervor. »Nein, es war richtig, Tilla. Glaub mir, deiner Mutter hätte es gefallen!«

»Ich weiß nicht … ihr hat nie gefallen, was ich tat«, entgegnete Tilla leise.

»Unsinn! Wie kommst du denn darauf?« Astrid lachte, obwohl ihr noch einige Tränen über die Wangen liefen. »Sie sprach ständig von dir und nannte dich immer ihr störrisches kleines Bäumchen!«

In Tillas Gesicht stahl sich ebenfalls ein feuchtes Lächeln.

»Glaub mir«, sagte Astrid, »sie hat immer respektiert, dass der Glaube für dich nicht die Bedeutung hat wie für sie. Sie hat dich geliebt und sehr, sehr viel für dich getan.«

Tilla fühlte sich durch den letzten Satz unter Druck gesetzt und antwortete schärfer als beabsichtigt: »Warum hat sie dann alle Fotos von mir weggeworfen?«

Astrid atmete tief durch. »Darüber habe ich auch schon nachgedacht. Ich glaube, dass sie dich vor irgendetwas oder irgendwem schützen wollte.«

Dieser Gedanke war Tilla noch gar nicht gekommen. Beschämt musste sie sich eingestehen, dass dies besser zu ihrer Mutter passte als die Theorie von einer zornigen Verbannung ihrer Fotos.

»Oh Tilla-Mädchen, wie konntest du nur denken, dass sich Heddi je von dir abgewandt hätte«, fragte Astrid mitfühlend.

Tilla kam sich unsagbar dumm vor. »Ich bin wohl dem Tod in letzter Zeit zu oft begegnet und ein wenig neben der Spur …«

Astrid lächelte und nickte. »Der Tod eines Menschen bringt das Gleichgewicht arg durcheinander. – Heddi wusste das«, fügte sie nachdenklich hinzu. »Ich wünschte, ich wüsste, was sie zu einem so extremen Schritt veranlasste.« Dann sah sie auf. »Du bist dem Tod noch mal begegnet?«

»Ja … zwei Menschen, die ich entfernt kannte, starben. Und dann ist da auch noch Nina … Sie ist natürlich wohlauf, aber ich darf sie nicht mehr sehen oder sprechen. Gerichtliche Anordnung«, schloss Tilla und zog eine Grimasse.

»Ja, du erzähltest es am Telefon. Es ist, als hättest du auch sie verloren. Und dieser grässliche Jurist hat dir gerichtlich verboten, sie zu sehen?« Astrid schüttelte den Kopf. »Was für ein dummer Mensch!«

Tilla lachte freudlos auf. »Ich bin halt eine Hexe und damit eine Sektiererin, Nymphomanin und potentiell gefährlich für Ninas Seelenleben – ach ja: und ich bin vorbestraft!«

Astrids Augen verdunkelten sich. »Du hast wirklich einiges mitmachen müssen, du Arme.«

»Gut eigentlich, dass Mutsch das nicht mehr erlebt hat«, meinte Tilla. Dann brachen alle Dämme. Die Tränen, die längst hätten geweint werden wollen, lösten sich erst jetzt und verbanden sich zu einem nicht enden wollenden Strom. Astrid hielt Tillas Hände und wartete geduldig, bis sich Tilla wieder etwas beruhigt hatte.

»Ach Astrid, ich hab mir eingebildet, dass Mutsch enttäuscht und ärgerlich auf mich ist und bin ihr aus dem Weg gegangen. Ich habe ewig nicht mit ihr gesprochen. Und nun hab ich alle Chancen verspielt. Ich kriege aber auch nichts auf die Reihe«, heulte Tilla und wischte mit ihrer verlaufenden Wimperntusche breite Striemen in ihr Gesicht.

»Aber das stimmt doch gar nicht. Ich habe in dir eine völlig neue Tilla kennengelernt, als du mir eben das Haus zeigtest und von deiner Arbeit erzählt hast. Du bist zurückgekehrt und beginnst dich selbst zu ordnen. Glaub mir, Heddi wäre sehr stolz auf dich!«

»Das glaube ich eher nicht. Ich habe schon wieder so viel Mist gebaut … außerdem gibt es da so vieles, was ich nicht verstehe. Sag mal … ist dir nicht doch irgendetwas an meiner Mutter aufgefallen, bevor sie starb?«, fragte Tilla flehentlich.

Astrid wurde nachdenklich. »Ich glaube, sie war besorgt über irgendetwas, über das sie nicht sprechen wollte. Es schien nur eine Kleinigkeit zu sein, denn ansonsten war sie bester Dinge.«

Tilla wusste, sie musste Astrid endlich die Frage stellen, die ihr am meisten auf der Seele brannte, bevor sie völlig der Mut verließ. »Da ist noch etwas … man sagte mir vor einigen Tagen, dass meine Mutter … dass sie vergewaltigt worden sei.«

Astrid wurde aschfahl. »Wer hat dir denn das erzählt?«

»Ist es wahr oder nicht?«, fragte Tilla schärfer als beabsichtigt.

Astrid senkte das Gesicht und hauchte ein leises: »Ja.«

»Verdammt … wieso wusste ich nichts davon?«

»Es ist lange her«, wiegelte Astrid ab.

»Wer war dieses Schwein? Warum hat sie nicht mit mir geredet?« Tilla geriet immer mehr in Rage.

»Heddi wollte dich schützen. Darum.«

»Schützen? Wovor?«, begehrte Tilla zornig auf.

Astrid schloss die Augen und atmete tief durch, bevor sie sprach. »Tilla … es war dein Vater.«

Tilla hatte das Gefühl, als habe man sie in Eiswasser getaucht. Erst blieb ihr die Luft weg, dann fügten sich einige Puzzleteilchen in ihrem Kopf zusammen, die jahrelang frei umhergeflogen waren. »Ich bin … ich bin das Kind einer Vergewaltigung?«

»Nein, nein … Heddi und dein Vater kannten sich schon eine Weile. Anfangs war alles gut … ich weiß auch nicht, wie es zu dieser Katastrophe kam«, stammelte Astrid.

Tillas Blick saugte sich an Astrid fest. »Wer war es?«

»Du kennst ihn nicht … und du kannst ihn auch nicht mehr kennenlernen. Er ist tot.«

Nach einer Weile verlangte Tilla in festem Ton: »Erzähl mir von ihm!«

Es war Astrid anzusehen, wie sehr sie mit sich rang, doch dann nahm sie sich ein Herz und erzählte: »Nun … er sah wirklich gut aus. Wenn er irgendwo auftauchte, drehten sich die Frauen nach ihm um. Er war groß, dunkelhaarig, immer gut gekleidet, intelligent, zuweilen etwas zu selbstbewusst, aber mit guten Umgangsformen. Ich glaube, er war Student in Clausthal …« Astrids Blick verdüsterte sich wieder. »Ich verstehe es bis heute nicht. Eigentlich war er recht charmant, aber einmal … ich traf ihn mal oben im Wald. Ich fragte ihn, ob er auf Heddi warten würde … da hat er mich so aggressiv angefahren, dass ich weglief.« Sie schüttelte den Kopf und suchte nach den passenden Worten. »Als ich meinem Vater davon erzählte, sprach er von der Möglichkeit einer bipolaren Persönlichkeitsstörung. Wir sprachen auch mit Heddi darüber …« Astrid schloss kurz die Augen, »doch sie sagte, mit Hans sei alles in Ordnung … sie hatte sich geirrt.«

Tilla hörte nachdenklich zu, als sie Astrids Hand auf der ihren fühlte. »Harald … vielleicht erinnerst du dich an ihn … er wollte Heddi trotzdem heiraten, als herauskam, dass sie schwanger war. Aber Heddi lehnte das ab. Sie verließ Braunlage, damit du ohne Getuschel und unbeschwert von dem, was geschehen war, aufwachsen konntest. Ich glaube, es gibt niemanden, den ich mehr bewundere als deine Mutter.«

Tilla brauchte eine ganze Weile, um das Gesagte zu verarbeiten. Ihre Mutter hatte also einzig für sie alles aufgegeben. Sie hatte einen harten Weg gewählt, denn leichter wäre es sicher an der Seite eines Ehemanns gewesen. Harald Schakenbeck war ein guter Kerl gewesen. Sie hätte nichts zu leiden gehabt. Tilla wusste aus Erzählungen ihrer Mutter, dass er seine Frau buchstäblich auf Händen trug. Aber eine Ehe zwischen ihm und Hedera wäre Harald gegenüber ein Betrug gewesen – ein Betrug, den sich jemand wie Hedera nie erlaubt hätte. Harald Schakenbeck ... Wieder erstarrte Tilla innerlich. »Harald Schakenbeck wollte Mutsch heiraten?«

»Ja.«

»Astrid, er ist einer der zwei Toten, die ich vorhin erwähnte.«

»Tot? Harald? Heilige Göttin ... das wusste ich gar nicht«, antwortete Astrid bestürzt.

Tilla erzählte ihr von dem Gespräch mit dem Staatsanwalt, bei dem sie von Haralds Ermordung erfahren hatte, und von dem zweiten Toten auf der Harzburg. »Er ist der Tote vom Yulfest und nun verdächtigen sie mich, weil ich beide Tote gekannt habe.«

Eine Weile schwiegen beide. Dann sagte Tilla nachdenklich: »Mutsch sagte immer, mein Vater starb bei einem Unfall, lange vor meiner Geburt.« Fragend blickte sie Astrid an.

Astrid biss sich auf die Lippe. »Ja, das ist richtig«, sagte sie und flüchtete vor Tillas Versuch, Blickkontakt aufzunehmen.

Tilla ahnte Übles. »Bei allen Göttern des Harzes ... nun erzähl mir bitte auch den Rest. Ich bin es leid, alles bröckchenweise zu erfahren.«

»Na ja … es war … nicht gerade ein Unfall.« Astrid sah Tilla abschätzend an und nickte dann entschlossen. »Du hast recht, du musst es erfahren. Also, Harald … er war völlig verrückt nach deiner Mutter. Als dieser gut aussehende Hans auftauchte, dein Vater, war mit Harald kaum noch umzugehen. Als er dann hörte, was Hans deiner Mutter angetan hatte, drehte er völlig durch. Er rief seine Kumpels zusammen und machte alle heiß. Nun waren sie alle ein wenig in deine Mutter verliebt und jeder war bereit, dem Fremden eine Lektion zu erteilen. Irgendwie haben sie es geschafft, ihn nach Braunlage zu locken. Es wurde damals über einen gefälschten Brief getuschelt – ich weiß es nicht genau. Aber dass der Typ überhaupt kam, nach dem, was er getan hatte, verstehe ich bis heute nicht.«

»Und dann?«

»Ich weiß nicht, wer alles an dieser entsetzlichen Jagd beteiligt war … es waren viele. Sie trieben ihn bei eisigen Temperaturen durch den Wald, schlugen ihn zusammen und ließen ihn schwer verletzt oder vielleicht auch schon tot in der Kälte liegen … an Yul vor dreißig Jahren.«

»Heilige Göttin«, wisperte Tilla betroffen. »Sie haben ihn umgebracht?«

Astrid nickte. »Ich fürchte, ja. Harald ist dabei übrigens auch fast gestorben. Als die anderen ihn fanden, war er schon fast verblutet. Der Scheißkerl hatte ihm ein Messer in den Oberschenkel gejagt. Mein Vater hat ihn wieder zusammengeflickt. Wegen dem, was Harald angezettelt hatte, wollte er natürlich nicht ins Krankenhaus und weigerte sich. Mein Vater hat ihn dann notdürftig mit Mitteln seiner Landarztpraxis versorgt.«

»Und … mein Vater?«

»An dem Abend wusste ja noch keiner, was die Burschen getan hatten, auch mein Vater nicht. Das sickerte erst nach und nach durch. Ich weiß nicht, wer hinterher die Leiche hat verschwinden lassen … jedenfalls hat man ihn nie gefunden. Bis heute wissen nur die Beteiligten und einige von deren Familienmitgliedern von diesem Gemetzel.«

Tilla schloss die Augen.

Nach einer Weile des Schweigens hörte sie Astrids mahnende Stimme. »Tilla … wenn Harald tatsächlich umgebracht wurde … an Yul, das könnte natürlich bedeuten, dass jemand Hans rächen wollte. Wenn ich nicht sicher wüsste, dass Heddi sich selbst vergiftet hat, ich würde nun schwören, dass auch ihr Tod mit den Vorfällen damals zu tun hat.«

Tilla schlug mit der flachen Hand auf den Küchentisch, sodass Astrid erschrocken zusammenzuckte. »Ich bin sicher, ihr Tod hat mit den Vorfällen damals zu tun. Und ich bin auch sicher, sie hatte jemand anderen mit dem Gift umbringen wollen!«

»Unsinn! So etwas würde sie nie tun. Hexen schaden niemandem!«, hielt Astrid kathegorisch dagegen.

Tilla stand abrupt auf und ging aus der Küche. Astrid schaute ihr verblüfft nach. Wenige Augenblicke später kehrte Tilla mit dem Pflanzenatlas ihrer Mutter aus dem Wohnzimmer zurück. Sie schlug die Seite des Eisenhuts nach und reichte Astrid den Zettel mit der Keltensage. »Und was sagst du dazu?«

Astrid nahm den Zettel entgegen und las. Als sie wieder aufsah, war ihr das Entsetzen deutlich anzusehen. »Und das lag dort drin? Das … das klingt wirklich, als habe deine Mutter ihren Sinatos gefunden und wollte ihn töten!«

*

»Du hast sie gekannt?« Die Frage kam eindeutig als Vorwurf zur Welt. Jan Berking wusste selbst nicht recht, was ihn an der Erkenntnis so aufregte, dass sein Vater Hedera Leinwig gekannt hatte.

Hanjo Berking reagierte entsprechend gereizt. »Jetzt mach doch nicht so ein Theater darum. Mein Gott, Junge ... ja, ich habe die Frau gekannt. Ich habe hier schließlich viele Jahre gelebt und gearbeitet!«

Jan Berking fuhr sich durch das kurze Haar. »Entschuldige bitte ...dieser Fall macht mir zu schaffen, ich habe überreagiert.«

Hanjo nickte. »Sicher hast du dir von meinen Informationen mehr versprochen. Es tut mir auch leid, dass ich nicht schon neulich, als ich den Namen Leinwig das erste Mal hörte, auf den Zusammenhang gekommen bin.«

Jan Berking machte eine abwehrende Handbewegung. »Nach dem Mord an diesem Sundermann bin ich mir gar nicht mehr sicher, ob Informationen von damals überhaupt helfen. Ich fürchte, ich habe dich völlig umsonst hier hergelockt.«

»Ach was. Ich genieße es sehr, wieder Harzer Luft zu schnuppern. Schade, dass du im Moment so wenig Zeit hast, aber so ein Fall frisst einen regelrecht auf. Das weiß ich wohl besser als jeder andere. Wie verkraftet denn Susanne deine ständige Abwesenheit?«

Das anschließende Schweigen hatte etwas Zähes. Hanjo bemerkte wohl, dass sein Sohn seinem Blick auswich. »Autsch, jetzt bin ich wohl wieder ins Fettnäpfchen getreten.« Als Jan nicht antwortete, fragte er nach: »Susanne hat sich verabschiedet?«

»Ja.«

Hanjo nickte. »Tut mir leid. Sie war eine schöne Frau und eine fähige Juristin.«

»Klingt ja fast, als hättest du sie gemocht«, antwortete Jan ironisch.

Hanjo zog ein schiefes Gesicht. »Na ja ... so weit würde ich nicht gehen.«

Nun verzog sich Jan Berkings Gesicht doch zu einem Grinsen, was bei ihm eine Seltenheit war.

»Was ist denn passiert?«, fragte Hanjo.

»Nichts. Eines Tages war sie weg.«

Hanjo staunte. »Wie? Ohne eine Erklärung?«

Jan hob die Hände und nickte.

»Ein anderer Mann?«

»Könnte sein … ich weiß es nicht. Susanne hat mir immer vorgeworfen, dass ich mein Fortkommen zu wenig forciere.« Nach einem nachdenklichen Moment wechselte Jan Berking das Thema und verlangte: »Erzähl mir mal von dem Fall Hedera Leinwig.«

Hanjo betrachtete seinen Sohn mit einer Spur Sorge, ging aber auf den angebotenen Themenwechsel ein. »Es wurde nie zu einem Fall. Ich war damals mit dieser Neonazi-Fahndung beschäftigt, vielleicht erinnerst du dich noch daran. Kurzzeitig vermuteten wir eine Zelle im Oberharz, deswegen hatte ich Kontakt zu diesem Braunlager Arzt, der eine Menge Leute im Umland kannte und viel hörte. Er erzählte mir von der jungen Frau und dass er sicher sei, dass sie vergewaltigt worden war. Sie war die Tochter seiner Kinderfrau. Er wusste aber nichts Näheres. Sie selbst sprach nicht über den Vorfall und sie hat auch nie eine Anzeige gemacht.«

»Und was hast du gemacht?«

»Nichts. Ich konnte nichts tun, sie wollte keine Hilfe.«

»Du scheinst ja mit den Oberharzern nicht viel Glück gehabt zu haben«, meinte Jan Berking versöhnlich.

»Nein, hatte ich nicht. Sag mal … und es war wirklich Selbstmord, bei Hedera Leinwig?«

»Kommissar Kamenz hat die Sache aufgenommen. Er hat da zwar neulich noch so eine Notiz beigefügt …« Jan Berking blickte suchend über seinen Schreibtisch, bis er die gesuchte Akte fand. Er schlug sie auf und erzählte seinem Vater von der Tasse. »Komisch ist das schon«, gab Jan Berking nachdenklich zu, »aber die Spuren reichen nicht aus, um irgendwas zu unternehmen.«

Hanjo schüttelte den Kopf. »Diese ganze Selbstmordsache ist merkwürdig. Weißt du, diese Frau war damals so gefasst und ruhig, trotz allem, was passiert war. Ich hätte nie gedacht, dass sie sich einmal umbringen würde.«

»Sagt man das nicht von jedem Selbstmörder?«

Auf der Hauptfeste der heidnischen Sachsen
stand die Irmensäule und auf ihr
Hermann der Cherusker in voller Waffenrüstung.
Als nun von Karl im Jahre 772 die Irmensäule gestürzt
war, schlichen sich die Sachsen nachts heimlich
an die Trümmerstätte und vergruben sie später.

Sage nach Johannes Letzer

Tilla konnte tagelang an nichts anderes denken als das, was sie von Astrid Volkerts erfahren hatte. Vieles wurde nun klarer. Einerseits hatte Tilla das Gefühl, auch noch ihren Vater verloren zu haben, andererseits war das Gespräch wie ein reinigendes Gewitter gewesen.

Zeit ihres Lebens hatte sie in ihrem Inneren eine Vaterfigur heraufbeschworen, die irgendwo zwischen einem Helden und einem Heiligen lag. Dass dies wohl kaum den Tatsachen entsprechen konnte, war Tilla schon klar gewesen, doch das wohlmeinende Trugbild hatte ihr stets über die schmerzhafte Lücke in ihrem Leben hinweggeholfen. Jetzt war Tilla dankbar für die lange Zeit, die sie mit der heldenhaften Vaterfigur hatte verbringen dürfen und dass ihre Mutter ihr diese tröstliche Lebenslüge nicht genommen hatte. Erstaunt stellte sie fest, dass der Zorn auf ihre Mutter vollständig verschwunden war. Plötzlich verstand sie, wenn ihre Mutter sie gemahnt hatte, sich nie solch dunklen Gedanken und Gefühlen wie Zorn hinzugeben. Sie verstand, so etwas konnte einen Menschen nachhaltig verändern. Sie verstand plötzlich so vieles, doch dafür war auch vieles hinzugekommen, was völlig unverständlich war.

Träge tappte sie in den Flur, holte sich Hederas Skript aus ihrer Handtasche, kuschelte sich in die Ecke ihres Sofas und begann zu lesen.

Crodo – groß und voller Manneskraft stellte sich die riesige Statue dar. Die Harcer huldigten dem Herrn über die Elemente, was ringsherum, wo das Christentum längst Fuß gefasst, übel Anstoß fand. In der schroffen Natur des Harces hielten sich die Menschen lieber an jene alten Götter, welche ihnen behilflich waren, die Natur und ihre Launen zu meistern. Der Gott der Christen störte sie nicht, doch hielten sie es lieber mit Crodo. Gebietend der Elemente Feuer, Erde, Wind und Wasser höhnte der Götze Crodo der Christenwelt.

Dies hörte König Karl, der die Völker zwischen dem Nordmeer und der Donau unter dem einen wahren Christengotte zu einen suchte. Er wanderte durch die teutschen Reiche und bekehrte allüberall die Heiden, nur im Harce stieß er auf hehren Widerstand. Man erzählte ihm von dem Götzen und es erzürnte ihn nicht wenig, dass die Harcer zu ihrem Gotte hielten.

So stieg denn König Karl den Berg hinan, um sich selbst ein Bild von der Götzenstatue zu machen. In beeindruckender Größe blickte Crodo weit über das Land und Karl glaubte seine üble, heidnische Macht zu spüren. Daher gab er Befehl, den Götzen nebst allem Beiwerk zu stürzen und zu zerstören, wie er es schon mit der Irminsul, Sinnbild der Weltenesche Yggdrasil, auf dem zentralen Thing der Sachsen tat. Sofort schritten seine Mannen ans Werk. Sie schoben und rückten, doch Crodo widerstand. Der Franke und die Seinen wurden unruhig.

Alsbald wurden Seile gebracht. Pferd und Mann waren nötig, um den Götzen schwankend zu machen. Als das höhnende Standbild zur Zeit des Mondaufgangs endlich von seinem Platz gestürzet, zerbarst die betagte Klinge des magischen Schwertes im Sockel desselben mit einem so wehleidigen Laut, dass es weithin zu hören war. Karl und seinen Getreuen fuhr der Schrecken in die Knochen, als wäre der Leibhaftige persönlich über sie gekommen. In maßloser Angst vor dem Zorn alter Götter rannten sie den Berg hinunter bis zum Lager in der Ebene. Angstvoll blickten alle den Berg hinan bis zu jemem Baumeinschnitt, wo Crodo gestanden. Die Leere zwischen den Druidenbäumen sah wie ein feindliches Zyklopenaug auf sie herab. Karl gönnte den Seinen ein Stückchen Ruhe nach diesem Schreck. Erst am nächsten Tage, so ordnete es der edle Franke an, sollten die Fragmente des Unglaubens gesammelt und in einem schützenden Schrein gebannt werden.

Wieder waren die Harcer Hexen schneller. Lautlos kamen sie bei Nacht und sammelten die metallenen Fragmente der alten Waffe. Sorgsam betteten sie die Artefakte in eine hölzerne Kiste, füllten diese zusätzlich mit Steinen und trugen die schwere Last bis in den hohen Harce, wo sie die Truhe in einem der vielen Seen versenkten und Harcylugh damit der Macht Crodos zurückgaben. Doch damit war das Gleichgewicht noch immer nicht wieder hergestellt, denn sie alle vergaßen den Sonnenstein, der vormals das Heft des Schwertes zierte. Als die Statue stürzte und alle Ringe um den Sonnenstein zerbarsten, schleuderte der Stein der Götter heraus. Während die Truhe mit Harcylughs metallenen Überresten auf den Seengrund sank, weilte Hacylughs Herz ungesehen im Unterholz, nahe den Trümmern Crodos.

Wie tobte der Sturm des großen Karl, als ihm hinterbracht, dass des heidnischen Volkes Arm schneller gewesen. Im Licht des heidnischen Mondes seien vielerlei Fragmente des Götzen verschwunden, allen voran ein eigenartiges Schwert, welches habe geweilt im Podest des Götzen. Doch auch der Kopf des Crodo sei verschwunden, so der unglückliche Bote. Sofort stieg Karl den Berg hinauf, um sich von den Worten des Boten selbst zu überzeugen. Es half kein Toben und Zürnen, fort waren nicht nur die Metallfragmente des beschriebenen Schwertes, auch zahllose Stücke der Götzenstatue. Zornbebend schritt er auf und ab. Alsbald sah er etwas blitzen. Er kniete nieder, schob Trümmer und Geäst zur Seite und fand ein schimmerndes Kleinod von großer Schönheit, in dem sich die Morgensonne spiegelte – fast als sei es ein Gruß dersselben. Er schaute den Stein und ein wilder Kampf entbrannte im Inneren des Edlen, wusste er doch, dass dieses Kleinod heidnischer Herkunft. Doch das Begehr, es zu halten und zu besitzen, überwog alle Zweifel. Er steckte den Stein ein, schwor jedoch an Ort und Stelle, dem Herrn eine Kapelle errichten zu wollen.

Karl verbrachte sein Leben mit der Bekehrung des Landes, doch brachte sein Vorhaben nicht nur Gutes. Immer zügelloser wurde sein Feldzug gegen Unglauben und Heidentum. Ein Blutgericht folgte dem anderen nach und alsbald schimpfte man den großen Franken ob seiner Mitleidslosigkeit schmählich ›Sachsenschlächter‹. Ahnend, welchem Umstand er seine grausame Zielstrebigkeit verdankte, kehrte Karl zum Tor des Harces zurück. Abermals stieg er auf den Hartesberg und suchte reuig die Kapelle auf, die er nach dem Sturz des Götzen hatte errichten lassen, um zu beten. Einer göttlichen Eingebung folgend, trennte er sich von dem goldenen Stein, den er in der Wand der Kapelle verbarg. Unendlich erleichtert verließ der Edle die Kapelle, welche unweit des Ortes stand, wo Thurizan den Götterstein einst zum Kopf der magischen Waffe machte.

Nachdem Karl begonnen hatte, die Ungläubigen in seinem unmäßigen Rachefeldzug zu verfolgen, zu töten und sogar Frauen und Kinder zu verschleppen, ahnten die Hexen des Harces, dass noch etwas Wichtiges fehlte, um die Macht des Bösen vollständig zu bannen. Wieder gaben sie die Sage weiter und warteten viele Generationen lang auf die Gelegenheit, das fehlende Stück des Schwertes zu finden und seine Macht zu bannen, wussten sie doch, dass das heilige Artefakt immer wieder an den Ort seiner Entstehung zurückkehrte. Die Sage erreichte auch andere, weniger gerechte Ohren. Alsbald zerstörte man die von Karl errichtete Kapelle auf der Suche nach dem Stein des Bösen, doch den hatte schon jemand anderes an sich genommen.

Klug war Kostbera und kundig der Runen
Sie besah die Lautstäbe bei Lichtes Schein
Und sie zwang die Zunge zu zwifachem Anschlag
Denn sie schienen ungeschnitzt und schwer zu erraten.

Edda, Atlamal 9

Magnus wartete in der Eingangshalle auf Tilla. Sie nahm ihren Steppmantel und ging langsam auf ihn zu. »Hallo, wartest du auf eine weitere Führung?«

Er lächelte ihr zu. »Nein, ich warte auf dich.«

Gemeinsam verließen sie das Bergwerksgelände. Nur wenig später saßen sie sich in der *Butterhanne* gegenüber.

»Was macht denn dein Staatsanwalt?«, fragte Magnus und nippte an seinem Wein.

Tilla lachte perlend auf. »Du hattest recht, er lässt mich in Ruhe!«

»Na prächtig. Und der andere?«

»Welcher andere?«, fragte Tilla kauend.

»Ich meine mich zu erinnern, dass du dich damals ziemlich laut über jemanden beschwert hast, der dich umbringen will, weil du ihm nicht gibst, was er will«, sagte Magnus grinsend und stellte das Weinglas auf den Tisch. »Möchtest du mir von dem erzählen?«

Tilla legte die Gabel beiseite und blickte Magnus überlegend an. »Heilige Göttin ... du hast ja ein Gedächtnis wie ein Elefant!«

»Leider nur dann, wenn mich etwas ... oder jemand sehr interessiert«, antwortete er schmunzelnd.

Tilla nahm einen großen Schluck Weißwein, bevor sie ihre Erklärung begann. »Tja ... da ist tatsächlich jemand, der mir ziemliche Angst macht.«

»Inwiefern?«

»Na ja ... er bedroht mich, beobachtet mich, dringt in mein Haus ein ... aber ich will nicht zur Polizei, denn ich habe für ihn gearbeitet ... schwarz gearbeitet«, erklärte Tilla und zog die Nase kraus.

»Verstehe. Und was will er von dir?«, fragte Magnus arglos.

Wieder zögerte Tilla. Sie wollte niemanden in Schwierigkeiten bringen und das tat sie, wenn sie jemand anderen in ihre Probleme einbezog. Aber die Chance, mit jemandem über das Chaos ihres Lebens zu sprechen, war einfach zu verlockend. »Nun ... er will etwas haben, was es so nicht mehr gibt ... und ich habe Angst vor dem Moment, an dem er das erkennt.«

»Was genau will er denn?«

»Er will, dass ich etwas finde. Ein historisches Schwert.«

»Und das gibt es nicht mehr?«

»Es existieren – wenn überhaupt – nur noch Fragmente davon, aber ich weiß nicht wo.«

»Wie schade. Du weißt doch so viel über die Historie dieser Region.«

Tilla lachte geschmeichelt auf. »Ich? Meine Mutter war der absolute Spezialist für die regionale Geschichte. Sie hat in ihrem Leben unzählige Hefte mit ihren Erkenntnissen gefüllt – Erkenntnisse, die in keinem Geschichtsbuch stehen. Diese Aufzeichnungen könnte ich jetzt gut brauchen, aber sie sind weg.«

Magnus hob die Augenbrauen. »Weg?«

Tilla zuckte die Schultern und wedelte gefährlich mit dem halbvollen Weinglas herum. »Ja. Ich kann mir das auch nicht erklären.«

»Hm … wenn ich mich ein Leben lang mit etwas beschäftige und darüber Aufzeichnungen mache, dann schmeiße ich so was doch nicht plötzlich weg. Aber wenn ich das Gefühl habe, jemand anderes ist hinter dieser Sache her, dann würde ich so etwas gut verstecken.«

»Ja, schon, aber ich habe alles abgesucht. Sogar die Bilder sind weg.«

»Bilder?«

»Ja, Ölbilder. Meine Mutter malte fantastisch. Manche ihrer Erkenntnisse hat sie in Bildern zusammengefasst … unheimlich schöne Bilder, voller Symbole, sicher zwanzig Stück.«

»Spannend«, stellte Magnus lächelnd fest. »Wie wäre es mit einem Bankschließfach?«

Tilla dachte nach. »Nein … einer Bank, Fremden, würde sie so etwas nie anvertrauen.«

»Vielleicht sind die Sachen bei einer Freundin deiner Mutter«, schlug Magnus vor.

»Meine Mutter hatte eine gute Freundin, aber die hätte mir gesagt, wenn sie die Bilder oder Aufzeichnungen gehabt hätte.«

»Hätte sie das wirklich?«, fragte Magnus zweifelnd nach.

»Ja, das hätte sie!«, erklärte Tilla fest.

Magnus betrachtete sie nachdenklich. »Und ohne

diese Aufzeichnungen und diese Bilder kannst du das Gesuchte nicht finden?«

Tilla dachte an das Manuskript ihrer Mutter. Sie war sicher, es war das Schwert Harcylugh, das Borderfeld suchte. Ihr Blick kehrte in die Wirklichkeit zurück und bliebt an Magnus' Gesicht hängen. Sie konnte sich nicht erklären, warum sich alles in ihr dagegen sperrte, ihm von dem Manuskript zu erzählen. »Nein. Ich bin mir nicht einmal sicher, dass von dem, was dieser Kerl sucht, überhaupt noch etwas existiert«, schwindelte sie daher.

»Hast du die Aufzeichnungen deiner Mutter mal gelesen?«

»Nur einige wenige Passagen. Sie hat natürlich immer viel darüber gesprochen, was sie gerade bearbeitete … aber ich fürchte, ich habe nicht sehr aufmerksam zugehört.«

»Wenn du dich mit der Materie beschäftigst, dann kommt vielleicht einiges an Erinnerung zurück. Aber du solltest das für dich tun und nicht, um irgendeinen Irren zu befriedigen, der dich bedroht. Es gibt andere Mittel, um mit solchen Leuten umzugehen«, erklärte Magnus selbstbewusst.

Tilla grinste. »Jaa … du würdest mit so jemandem fertig, aber für mich ist dieser Kerl ein Problem … ein Problem, dass ich nicht einschätzen kann.« Sie wurde nachdenklich. »Manchmal denke ich: Jetzt bringt er mich um – dann wieder … wird er so komisch, irgendwie weich.«

Magnus runzelte die Stirn. »Ist er verliebt in dich?«

Zörgernd antwortete Tilla: »Eigentlich glaube ich das nicht, aber manchmal spricht er von meiner Zukunft … Es ist schon sehr merkwürdig.« Sie sah Magnus in sich hineinlächeln. Er schüttelte kurz den Kopf und griff dann nach seinem Glas, um den Rest Wein auszutrinken. Tilla tat es ihm nach und meinte: »Ich glaube, ich brauche frische Luft. Wollen wir noch etwas durch die Altstadt spazieren?«

»Ja gern«, antwortete Magnus galant und gab der Bedienung ein Zeichen, dass er zahlen wollte.

Während sie durch die Goslarer Altstadt spazierten, hatte Tilla mehrfach das Gefühl, dass sich Magnus kontrollierend umsah. Doch sie hatte an diesem Tag keine Lust, sich daran zu stören. Er sah gut aus und gab ihr die Zerstreuung, die sie brauchte. Kurz, ganz kurz kam ihr Gerred in den Sinn und damit ein Anflug von schlechtem Gewissen, doch das verlor sich, als Magnus über die Faszination der Schätze zu plaudern begann, die die Erde in ihrem Innern versteckte. Er sparte nicht mit Lob für Tillas Vortrag über den Bergbau. Während er sie zu ihrem Wagen brachte, riet er ihr, ihre historischen Kenntnisse über die Kelten, die den Bergbau ja überhaupt erst möglich gemacht hätten, in ihren Vortrag mit einfließen zu lassen.

»Eine interessante Idee. Ich werde darüber nachdenken«, antwortete Tilla.

»Ich habe auch viel, über das ich nun nachdenken werde. Es war ein wirklich schöner Abend«, raunte er, nahm ihr Kinn hoch und küsste sie. Sein Finger strich noch einmal genießerisch vom Kinn an ihrem Hals hinab über ihren Ausschnitt, umkreiste liebkosend ihr Pentagram und streifte leicht wie ein Hauch über ihren Brustansatz, bevor er zurücktrat. Mit den leisen Worten: »Ich muss heute leider noch mal weg. Ich melde mich bei dir!« verschwand er aus dem Lichtkegel der Laterne und war schon einen Moment später nicht mehr zu sehen.

Tilla sah ihm verdutzt nach. Sie setzte sich in ihren Wagen und murmelte in sich hinein. »Dein Lächeln ist hinreißend … aber irgendwas stimmt an dir nicht, mein Junge!«

Viel erfuhr ich, viel versucht ich, befrug der Wesen viel
Wer lebt und leibt noch, wenn der lang besungene
Schreckenswinter schwand?

Edda, das Lied von Wafthrudnir 44

»Weg? Das kann nicht sein!«, antwortete Hermann ungehalten.

»Ich glaube nicht, dass sie lügt«, sagte Magnus bedächtig. »Sie hat die Aufzeichnungen wirklich nicht.« Er ließ seine Worte wirken und fügte dann hinzu: »Zu den Aufzeichnungen gehören übrigens auch zwanzig Ölbilder.«

Hermann konnte sein Erstaunen vor Magnus nicht verbergen, was ihn sehr ärgerte. Sein Blick kehrte sich nach innen. Tatsächlich hatte Hedera schon damals viel gemalt, ein Handwerk, das sie von ihrer Mutter erlernt hatte. Wieso war er nicht früher darauf gekommen, dass sich die Essenz von Hederas Wissen möglicherweise in diesen Bildern verbergen könnte? »Ich erinnere mich an einige Gemälde … und hat sie die Bilder?«

»Nein, die sind auch weg.«

»Sie müssen doch irgendwo sein«, beharrte Hermann. »Eine Freundin?«

»Das habe ich sie auch gefragt. Tilla verneinte das ziemlich vehement. Wenn ich sie nach einem Namen gefragt hätte, wäre sie misstraisch geworden.«

»Versuch herauszubekommen, mit wem ihre Mutter engen Kontakt hatte«, verlangte Hermann. »Vielleicht ist es Zeit, wieder etwas mehr Druck zu machen.«

»Ich denke, sie hat genug Angst vor dir. Du musst ihr Zeit geben, die Aufzeichnungen zu finden und auszuwerten«, antwortete Magnus und verließ das saalartige Büro in Ilsenburg.

Hermann stierte unzufrieden in den nächtlichen Wald. Zeit – das war aber nun leider etwas, was ihm immer knapper wurde. Es würde nicht mehr lange dauern, bis die Organisation von Tilla erfuhr. Er hatte keine Zeit mehr. Er brauchte das Artefakt!

Das Artefakt. Er lachte auf. Wie mochte es aussehen? Gab es das Artefakt überhaupt? Das legendäre Schwert existierte der Sage nach nicht mehr. Seine letzte Erwähnung fand es im Zusammenhang mit dem Sturz der Crodo-Statue. Der Sturz des Götzenstandbildes hatte auch das Schwert zerstört. Übrig geblieben war angeblich ein Edelstein mit magischer Kraft, der den Griff des Langschwertes geziert haben sollte. Es ging die Mär, dass dieser Stein Feuer spie, wenn das Schwert im Kampf geführt wurde. So hatte es ihm Hedera erzählt. Es gab ihm einem unendlich schmerzhaften Stich, als er an jenen Abend vor dreißig Jahren dachte. Es war Ende Oktober gewesen und noch so lau, dass sie das wiesengrüne, sommerliche Kleid getragen hatte, dass er ihr geschenkt hatte. Nie hatte er eine schönere Frau gesehen.

Entschlossen verdrängte er die Erinnerung. Welchen Weg dieser Stein nach Crodos Sturz genommen hatte, wusste niemand genau. Hatte Hedera es herausgefunden? Es hieß, Heinrich Himmler sei dem Artefakt näher gekommen als jeder andere der Ihren.

Hatte der Stein tatsächlich die Kraft, seinem Besitzer Macht zu verschaffen? Hermann tat sich schwer, an Magie zu glauben. Doch die Organisation hatte nie von diesem Gedankengut gelassen.

Hitler war mit der Germanenromantik und dem Drang nach Okkultem aufgewachsen. Das Österreich des ausgehenden 19. Jahrhunderts hatte die Theorien Guido von Lists und seine Ariosophie geliebt und gelebt. Sie bildeten die Grundlage von Hitlers Weltanschauung. Es entstanden die Orden der neuen Templer, der Germanenorden und der Thulegesellschaft und damit die Grundlage für die Organisation, der er sein Leben geweiht hatte. Hitler war es, der in den Hexen die Bewahrer des alten, wahren deutschen Glaubens gesehen hatte. So war es zu dem berüchtigten Sonderauftrag ›H‹ – H stand für Hexen – gekommen, in dessen Verlauf Heinrich Himmler zahlreiche Fachleute zur Aufarbeitung der alten Hexenprozesse ausgesandt hatte.

Er selbst hatte Einblick in Himmlers Hexenkartothek nehmen können. Hermann schüttelte verächtlich den Kopf. Da hatte man mit Dr. Wilhelm Spengler und Dr. Rudolf Levin zwei hochkarätige Wissenschaftler auf diesen besonderen Forschungsauftrag angesetzt, doch alles, was diese beiden Aktenkämpfer bis 1944 zustande gebracht hatten, waren dreißigtausend Karteikarten mit völlig unsystematisch zusammengetragenem Blödsinn. Eigentlich hätte die Kartothek die Schuld von Juden, Kirche und Freimaurern am deutschen Volke beweisen sollen. Ihm waren derartige Beweise nicht ins Auge gefallen.

Langsam ging Hermann an seinem Fenster auf und ab, ließ die Dämmerung und den nachlassenden Winter auf sich wirken.

Hexen als Bewahrerinnen des wahren deutschen Glaubens … Der altgermanische Glaube sollte auf Dauer die bestehenden Religionen der Kirchen ersetzen, so hatte es sich Hitler vorgestellt.

Hermann musste lächeln. Hätte Hitler Hedera und Tilla kennengelernt, hätte er erkannt, dass Hexen ihm nie in die Hände gespielt hätten.

Im Recht der Celtae wird derjenige hingerichtet,
der einen Fremden tötet.
Wer jedoch ein Stammesmitglied tötet,
den trifft der Bann.

Poseidonios

»Wie? Bin ich jetzt verhaftet?«, fragte Tilla besorgt und überlegte tatsächlich, ob sie versuchen sollte, dem jungen Kripobeamten vor sich mit einem Spurt durch Wohnung und Garten in den angrenzenden Wald zu entkommen.

Andreas Kamenz lächelte arglos. »Nein, natürlich nicht. Wir möchten Ihnen nur noch ein paar Fragen stellen.«

»Na dann fragen Sie doch!«, antwortete Tilla schnippisch und blieb in der geöffneten Haustür stehen – fluchtbereit.

»Mein Kollege und auch der zuständige Staatsanwalt möchten Sie befragen. Es ist aber wirklich nur eine Routineangelegenheit«, beteuerte Kamenz.

Obwohl es bislang immer mit irgendeiner Katastrophe verbunden gewesen war, wenn sie diesen Kamenz getroffen hatte, so hatte sie seine bewundernden Blicke jedoch sehr wohl registriert. Und da er nicht mit Handschellen herumklapperte, schien die Gefahr überschaubar. Tilla entschied, dass es ihr nur helfen konnte, wenn sie ihn mit freundlichem Entgegenkommen auf ihre Seite zog. Also beglückte Tilla ihn mit einem breiten Lächeln und gab sich kooperativ: »Na gut. Dann hole ich mal meine Sachen. Äh … ich habe heute Nachmittag eine Führung zu machen. Ich werde doch wohl bis dahin nicht im Knast sitzen?«

Andreas Kamenz lachte herzlich. »Bis dahin sind Sie zurück. Versprochen!«

»Gut!«, flüsterte Tilla, griff nach ihrem Mantel und schloss zu ihm auf.

Wenig später trat Tilla in ein Besprechungszimmer, in dem bereits ein weiterer Beamter auf sie wartete, der sich als Gerd Wegener vorstellte. Tilla erinnerte sich, ihn schon einmal auf der Burg gesehen zu haben.

Kurz darauf stob Staatsanwalt Jan Berking energiegeladen in den Raum. In seinem Fahrwasser folgte ein älterer Mann, dessen Züge große Ähnlichkeit mit seinen aufwiesen. Tatsächlich stellte man ihr den Neuankömmling als Hans-Joachim Berking vom BKA vor.

Während Tilla noch mental an der Anwesenheit des Bundeskriminalamtes kaute, begrüßte Gerd Wegener sie freundlich: »Schön, dass Sie sich Zeit für uns nehmen, Frau Leinwig.«

Alle setzten sich, bis auf Hans-Joachim Berking. Mit der Hand auf dem Stuhl starrte er Tilla an. »Meine Güte … Sie sehen Ihrer Mutter ja zum Verwechseln ähnlich.« Nur mühsam löste er sich aus seiner Starre.

Tilla blickte verwirrt von einem zum anderen. »Sie kannten meine Mutter?«

In Hanjo Berkings Gesicht hielten sich Nachdenklichkeit und ein versonnenes Lächeln die Waage. »Ja, es ist eine ganze Weile her. Ich habe früher hier in der Region gearbeitet. Es tut mir sehr leid, was mit Ihrer Mutter passiert ist!«

»Danke. Nett, dass Sie das sagen«, entgegnete Tilla noch immer verwundert, merkte aber, dass er meinte, was er sagte.

Jan Berking versuchte die emotional geladene Atmosphäre mit Betriebsamkeit zu zerstreuen und hievte einen Packen Akten aus seinem Aktenkoffer, den er klatschend auf den Tisch fallen ließ. Er entnahm den Akten einige Fotos, die er Tilla zuschob, während er weitere Utensilien seines bevorstehenden Verhörs zusammensuchte. Tilla betrachtete den Staatsanwalt verstohlen und versuchte ihn einzuschätzen. Er war groß und etwas hager, was jedoch seine gut geschnittene Kleidung größtenteils verbarg. Sein dunkelblondes Haar war gerade so kurz geschnitten, dass es seine Locken nur bis zu einem dezenten Kräuseln der Haarspitzen brachten. Tilla hätte ihn als gut aussehend bezeichnen, wäre sein Gesicht nicht so gänzlich ohne Mimik gewesen.

Da er fertig ausgepackt hatte, beendete Tilla ihre Musterung und betrachtete artig die Fotos. Die Bilder der Opfer legte sie mit einer Grimasse des Widerwillens beiseite.

Berking junior wählte einige weitere Fotos aus und schob sie Tilla zu. »Erkennen Sie das?«

Sein aggressiver Ton ließ sie aufblicken, doch von seinen marmornen Zügen konnte sie den Grund für den Ärger in seiner Stimme nicht ablesen. Allmählich kam ihr der Gedanke, dass ihr Witz mit dem Knast doch nicht so weit daneben lag. Gehorsam schaute sie sich die Fotos an und blickte fragend auf.

Berking nahm ein einzelnes Blatt aus der Akte und schob es ihr hin. Es enthielt die abgeschriebenen Runenzeilen der Fotos auf Papier.

ᛁᛗᛒᛟᛚᚲ ᛉᚢᚱ ᛖᚺᚱ

ᛞᛁᛖᚱ ᛋ ᚹᛖᚾᛞ ᛉᚢᚱ ᛖᚺᚱ

»Es geht um die Runen. Wissen Sie, was da steht?«, fragte Berking kühl.

Tilla verglich die Zeilen mit den Fotos und sagte zögerlich: »Also das da …«, sie zeigte auf die erste Zeile, »heißt *Imbolc zur Ehr* aber das hier …« Tilla starrte abermals zwischen dem Foto und dem Runen auf dem Zettel hin und her. »Da ist eine Rune dazwischen, das könnte eine Symbolrune sein«, überlegte Tilla laut.

»Symbolrune? Aha. Und wofür steht sie?«

»Eine Symbolrune steht meist für ein ganzes Wort. Dies ist eine Sig-Rune. Sie steht für den Buchstaben S, hier könnte es auch ein Symbol für *Sonne* sein. Dann hieße es: *Der Sonnenwend zur Ehr*. Aber ich bin mir nicht sicher ...«

»Ah ja? Das ist ja wirklich interessant«, befand Jan Berking und blickte Tilla an wie eine Raubspinne ihre Beute.

Unsicher sah sich Tilla in der Runde um. Alles starrte sie an. Sie bildete sich ein, von einer Mauer wachsenden Misstrauens umgeben zu sein. »Normalerweise benutzt man Runen aber nicht auf diese Weise ... jedenfalls wir Altgläubigen benutzen Runen so nicht«, setzte Tilla nach.

»Wie benutzen Sie denn Runen?«

Ein Déjà-vu ... dachte Tilla beklommen. Alle Gefühle der Angst und des Ausgestoßen-Seins kamen wieder hoch, die sie bei dem Prozess gegen sie erstmals überfallen hatten. Zögernd versuchte Tilla eine Erklärung. »Alle Runen haben neben ihrem Buchstabenwert einen Symbolcharakter. Also, die Sig-Rune steht für Sonne und Lebensenergie oder dort, die Odal-Rune, sie steht für Heimat und Geborgenheit. Wir Altgläubigen orakeln gern mit Runen ... so wie Sie alle an Neujahr Bleigießen betreiben. Auf die Idee, Sätze in Runenschrift umzuschreiben, bin ich noch gar nicht gekommen.«

»Aber Sie können diese Sätze flüssig lesen.«

»Na ja ... mehr oder weniger. Das Runenalphabet hat zwei Buchstaben weniger als unser heutiges Alphabet, aber eine Entsprechung findet sich.«

»Was könnten Harald Schakenbeck und Dirk Sundermann mit Runen zu tun gehabt haben?«

Tilla schob trotzig ihr Kinn vor. »Ich sagte Ihnen doch schon, ich kannte die beiden Opfer nur flüchtig. Mir sind diese Runen so unbegreiflich wie Ihnen, Herr Berking. Ich weiß, Dirk Sundermann war ein wirklich netter Kerl und ich wünschte wirklich, ich könnte Ihnen irgendwie weiterhelfen. Aber sehen Sie«, Tilla begann an ihren Fingern abzuzählen, »Sundermann war homosexuell und Schakenbeck war Sozialarbeiter. Beide hatten mit Menschengruppen zu tun, in denen sich zuweilen Querdenker, vielleicht sogar Mörder befinden. Wieso fragen sie mich ständig nach meiner Beziehung zu den beiden?«

Es war Wegener, der bass erstaunt nachhakte: »Dirk Sundermann war homosexuell?«

Es wollte Tilla einfach nicht gelingen, die Spur mitleidigen Hohnes aus ihrer Stimme herauszuhalten, als sie mit großen Augen fragte: »Ja ... haben Sie das etwa nicht gewusst?«

Jan Berkings Augen nahmen die Farbe eines Schneesturms an. Mit heimlichem Amüsement registrierte Tilla um sich herum unbehagliches Rutschen auf den Stühlen.

»Hatte er einen Partner?«, fragte Berking mit deutlichem Unmut.

Tillas kurzes Hochgefühl zerbarst, als ihr klar wurde, dass sie den Kripobeamten gerade den armen Oliver ausgeliefert hatte.

»Frau Leinwig«, drängte Berking eisig.

»Ja ... er war mit Oliver Regner zusammen. Aber der hat ihn nicht umgebracht. Er hat ihn geliebt!«

Wähle nun, da Wahl dir geboten ist,
scharfer Waffenstamm
Sagen oder Schweigen, ersinne dir selber
Alle Meintat hat ihr Maß

Edda, Das Lied von Sigrdrifa, 20

Hermann sah in die verregneten Tannenwipfel auf der anderen Seite der Ilse und dachte an seinen Bruder Gerfried.

Eine Zeit lang hatte er in Tillas Zügen und in ihrer Persönlichkeit nach etwas von sich gesucht, hatte geglaubt, es in ihrer Energie und in ihrem Kampfgeist zu finden … bis ihm Schakenbeck die Wahrheit gesagt hatte. Sein Bruder hatte Hedera vergewaltigt. Darum hatte man ihn gejagt. Wieso hatte er das Pech, einen Halbbruder zu haben, der ihm fast wie ein Klon ähnelte?

War Tilla nun seine oder Gerfrieds Tochter? Aus irgendeinem Grunde war er sicher, sie war seine.

Würde Tilla auf Magnus' hübsches Äußeres hereinfallen? Würde sie ihm das Artefakt geben? Würde Magnus es an ihn weitergeben? Vermutlich nicht. Sein weiteres Agieren hing vom richtigen Timing ab und davon, Magnus sorgfältig zu kontrollieren.

Nachdenklich ging Hermann zu einem Schrank nahe der Tür und öffnete ihn. Augenblicklich erleuchtete ein gelbwarmes Licht das Schwert, das funkelnd in seinem Samtbett ruhte. Sein Blick wurde weich.

»Na, mein Freund«, begrüßte er das glänzende Langschwert und nahm es aus der leicht schrägen samtenen Halterung. »Wir sind uns ziemlich ähnlich, nicht wahr?«, murmelte er und ließ das Schwert blitzschnell um sein rechtes Handgelenk kreisen. Er hatte diesen Raum als Büro gewählt, weil er hoch und groß genug für seine Trainingseinheiten war.

Doch heute vermochte das Schwert ihn nicht wie sonst mit Ruhe zu erfüllen. Der verdrießliche Gedanke, dass es von ihm, Hermann, ein Abbild gab, ließ sich nicht verleugnen. Nachdenklich betrachtete er das Schwert in seiner Hand. »Wir sind uns wirklich ähnlich … du hast auch einen Zwilling«, murmelte er, während seine Linke sachte an der Scheide entlangfuhr. Sein Halbbruder Gerfried besaß ebenso ein Schwert. Unwillig schob er den Gedanken fort.

»Es wird Zeit«, flüsterte er der glänzenden Scheide zu. »Zeit für eine Lektion. Da gibt es jemanden, der dich kennenlernen wird!«

Die Druidinnen der Ile de Sein vermochten
durch ihre Zaubersprüche
die Winde zu besänftigen

Pomponius Mela III 6

»Ich glaub das alles nicht«, schimpfte Tilla. »Glauben Sie etwa auch, dass ich etwas mit diesen Morden zu tun habe, Herr Kamenz?«

Andreas Kamenz blickte kurz zu ihr her, konzentrierte sich aber dann wieder auf die Straße. Zögernd antwortete er: »Es kommt nicht darauf an, was ich denke …«

»Schade«, antwortete Tilla und knurrte: »Diesen Berking würde ich ja gern nach guter alter Hexenmanier in eine Kröte verwandeln!«

Kamenz lachte auf. »Nehmen Sie es nicht persönlich, Berking ist halt Staatsanwalt. Die haben immer so einen eisigen Ton am Leibe.«

Tilla betrachtete ihren Fahrer. Im Profil wirkte er erwachsener, als wenn er jemandem direkt gegenüberstand. Die ausgeprägte Nase und das kantige Kinn nahmen ihm jetzt das Jungenhafte. »Sie mögen ihn auch nicht besonders, oder?«, fragte Tilla. Sie hatte seine entnervten Blicke während der Befragung wohl bemerkt. Das Teufelchen des Ärgers über Berking in ihr wollte nun austesten, wie loyal Kamenz war.

Kamenz antwortete bedächtig. »Er arbeitet sehr gewissenhaft, aber er ist kein einfacher Zeitgenosse.«

»Gewissenhaft?«, echote Tilla empört. »Wenn er mich verfolgt, arbeitet er idiotisch und nicht gewissenhaft! Hat er denn wenigstens noch andere Spuren?«

Tilla glaubte dem jungen Kripobeamten seine widerstreitenden Gefühle förmlich ansehen zu können, als der mit unzufriedener Miene überlegte, was er ihr antworten sollte.

»Also nicht. Ist ja super«, maulte Tilla, um dann jedoch einzulenken. »Entschuldigen Sie … ich fürchte, ich benehme mich wohl etwas kindisch. Wissen Sie, vor einigen Monaten bin ich mit einem Prozess überzogen worden … mit völlig aus der Luft gegriffenen Vorwürfen. Da hab ich mich schon so ausgeliefert und hilflos gefühlt. Und vorhin habe ich mich wieder genauso gefühlt. Ich kriege einfach langsam Angst.«

»Das ist verständlich. Sie hatten ja auch einiges zu verarbeiten«, kam ihr Kamenz entgegen.

Tilla fuhr sich durch das Haar. Sie kaute auf ihrer Lippe herum. »Wissen Sie … dieser Prozess damals … wahrscheinlich sagt das jeder Verurteilte, aber ich verstehe bis heute nicht, wie es zu diesem Urteil kommen konnte. Ich habe mich jahrelang um die Tochter meines Ex gekümmert. Nina hat mich auch nach der Trennung täglich angerufen, um mir ihren Alltag zu erzählen. Sie hatte doch schon ihre Mutter verloren. Ich wäre mir vorgekommen wie eine Verräterin, wenn ich auf ihren Vater gehört und sie einfach ignoriert hätte.« Tilla wandte sich zu Kamenz um, der sich zwar auf die Straße konzentrierte, ihr aber aufmerksam zuhörte. »Ich bin zwar eine Altgläubige, aber ich bin doch deshalb keine Sektiererin. Diese Staatsanwältin und dieser entsetzliche Richter, übrigens ein guter Freund meines Ex, die haben mich behandelt wie eine Aussätzige. Und heute … eben bei diesem Berking … es war genau das Gleiche. Für den bin ich als Altgläubige eine böse Hexe.«

Kamenz warf ihr einen erstaunten Seitenblick zu. »Ihr Ex kannte den Richter?«

»Ja, mein Anwalt war damals auch völlig überrascht, wie sich der Richter, die Staatsanwältin und mein Ex die Bälle zuspielten. Er sagte, ich hätte von Anfang an keine Chance gehabt und solle es einfach vergessen. Aber nun bin ich vorbestraft, was mich in den Augen von diesem Berking nur noch mehr verdächtig macht. Verstehen Sie meine Angst?«

»Ja«, gab Andreas Kamenz nachdenklich zur Antwort, »da haben Sie aber auch wirklich Pech gehabt. Hätte Ihr Anwalt nicht auf diese Freundschaft reagieren müssen?«

»Habe ich auch gefragt. Aber er sagte, ein Befangenheitsantrag hätte keine Chance gehabt. Immerhin hat er es ja wenigstens zu einer Bewährungsstrafe für mich gebracht … obwohl ich während des Prozesses ziemlich ausgerastet bin. Ich hab ernsthaft versucht, den Richter zu verhauen«, gab Tilla kleinlaut zu.

Kamenz grinste. »Das hätte ich gern gesehen.«

Eine Weile hingen beide schweigend ihren Gedanken nach. Als sie das Okertal überfuhren, fragte Tilla vorsichtig: »Sie alle stehen wegen dieser Mordserie ziemlich unter Druck, nicht wahr?«

»Ja schon … solche Taten kommen bei uns ja doch nicht allzu häufig vor.«

»Das dachte ich mir. Und ich bin der Strohhalm, nach dem der untergehende Berking greift.«

»Machen Sie sich keine zu großen Sorgen, Frau Leinwig …«

»Tilla«, unterbrach sie ihn. »Nennen wenigstens Sie mich Tilla … ich komme mir schon vor wie meine eigene Oma.«

Er lächelte sie kurz an. »Gut, Tilla … Ich heiße Andreas. Ich weiß, ich dürfte das eigentlich nicht sagen, aber wir haben derzeit wirklich noch sehr wenige Anhaltspunkte. Beide Mordopfer waren grundsätzlich unauffällige Menschen, zu denen sich kein Mordmotiv finden lässt. Wir haben keinen auch nur ansatzweise Verdächtigen, da ist uns tatsächlich jeder Strohhalm recht. Ohne Sie wüssten wir nicht einmal, was die Runen bedeuten. Sie haben uns sehr geholfen.«

»Ich habe eher das Gefühl, mich verdächtig gemacht zu haben … mich und meinen ehemaligen Mitbewohner und guten Freund Oliver Regner. Was passiert denn jetzt mit ihm?«

»Unsere Kollegen in Braunschweig werden sich noch einmal mit ihm unterhalten … Natürlich werden sie ihn fragen, wo er an diesem Abend war.«

»Er und sein Bruder Daniel waren bei ihren Eltern in Hildesheim. Seine Mutter hatte Geburtstag. Deswegen ist Dirk ja auch an diesem Abend allein losgezogen«, erklärte Tilla.

»Wenn die Eltern diese Aussage bestätigen, passiert Ihrem Freund gar nichts«, versuchte er Tilla zu beruhigen.

Tilla dachte eine Weile nach. »Wie halten Sie so etwas bloß aus? Ich meine … Ich hab ja nur diese Fotos von den Opfern gesehen und mir gehen die Bilder schon nicht mehr aus dem Kopf.«

»Na ja … in diesem Fall ist es wirklich schlimm gewesen. Ich musste auch erst mal durchschnaufen … Mein Kollege Wegener hat schon Schlimmeres gesehen. Er war früher in Frankfurt. Aber auch er sagt, er könne sich an so einen Anblick nie gewöhnen und ist deswegen aus Frankfurt weg.«

»Er ist nett«, befand Tilla.

»Ja, Gerd ist ein feiner Kerl. Hab schon viel von ihm gelernt.«

»Dürfen Sie mir sagen, warum jemand vom BKA mit dabei ist?«, fragte Tilla vorsichtig.

Kamenz zögerte. »BKA-Beamte werden immer dann losgeschickt, wenn ein Fall den normalen Polizeialltag sprengt und wenn Spezialgerät oder, wie in diesem Fall, Spezialwissen gefragt ist. Hans Joachim Berking ist Spezialist für die operative Fallanalyse. Er erstellt Täterprofile.«

»Oh, ein Profiler?«

»Ja. In Deutschland wird dieser Ausdruck allerdings nur im Fernsehen benutzt«, erklärte Kamenz.

Sie bogen in Tillas Straße ab und hielten alsbald vor ihrem Haus. Tilla griff nach dem Türöffner. Dann fragte sie Kamenz: »Ich bin eine Hexe und ich kenne die Runen. Halten Sie mich deshalb für eine Mörderin?«

Sein Gesicht verzog sich belustigt. »Nein«, antwortete er.

Tilla lächelte breit, beugte sich vor und küsste ihn kurz. »Danke«, hauchte sie und verließ den Polizeiwagen wesentlich friedfertiger, als sie eingestiegen war.

Das Gespräch mit diesem Andreas Kamenz hatte ihr gutgetan. Inmitten von Polizisten, die sie verdächtigten, war er ihr wie ein rettendes Floß vorgekommen.

Gallische Druiden warnen
vor dem Vertrauen in die Schrift.
Die die im Vertrauen auf die Schriften studieren,
zeigen weniger Eifer für das Gedächtnis

Caesar

In ihrem Wohnzimmer angekommen, versank Tilla in ängstliche Nachdenklichkeit. Noch nie in ihrem bisherigen Leben hatte sie sich so allein und schutzlos gefühlt. Wenn sie doch nur mit ihrer Mutter sprechen könnte. Seufzend stand sie auf und holte sich das Manuskript.

Heinrich III. ließ auf dem Residenzbezirk zu Goselar ein großes Gotteshaus errichten, dessen Pracht bis an den Rhein gelobt wurde. Auf dem Altar der Stiftskirche ruhte ein bronzener Schrein, genannt der Crodo-Altar. Vier Atlanten trugen den vergoldeten Corpus und zeigten an, welch weltschwere Last sich darin befand. Christliche Symbole im Inneren des Schreins wussten das Böse des Artefakts zu bannen.

Doch das Artefakt fand nicht einmal hier, am Fuße des reichen Rammschen Berges, zur ewigen Ruhe. Heinrich der IV. ließ auf dem nahen Hartesberge in weiser Voraussicht eine Burg errichten, deren Mauern mit dem Berg sich verschmolzen. Kein noch so kriegerisches Volk sollte diese trutzige wie prachtvolle Burg einnehmen können. Heinrichs üble Ahnungen erfüllten sich, denn die Sachsen erhoben sich gegen ihn. Schnell sammelte der Salier seine Getreuen, die Reichsinsignien sowie zahlreiche Reliquien – darunter auch der goldene Sonnenstein aus dem Crodo-Altar – und flüchtete auf die Hartesburg.

Gar arg gestaltete sich die Belagerung der Burg durch die sächsischen Grafen und Heinrichs Getreue hatten schwer zu entbehren. So beschloss Heinrich, dem Elend ein Ende zu setzen. In der Nacht nahm er den machtvollen Sonnenstein an sich. Sein Ziel war der Burgbrunnen. Seine Klugkeit half ihm abermals, denn er hatte beim Bau des Brunnens weise vorausschauend verfügt, man möge über der Wasserfläche einen Seitengang graben und befestigen. Nun, in der dunklen Nacht, machte sich Heinrich mit einer Fackel in der Hand an den gefährlichen Abstieg über Leitern in die dunkle Tiefe des Brunnens. Seine Hände umfassten angstvoll Leitersprossen und Seile, doch ebenso die Fackel. Er wusste wohl, verlor er das Licht, war er zur Gänze verloren, da er den Fluchtstollen nicht würde finden können. Nachdem er das Wasser fast erreicht hatte, sah er das erdige Tor zur Freiheit, welches ihn einige hundert Ellen weiter aus dem Berg führen würde. Doch als er von den schwankenden Stricken ließ, um sich waghalsig in den Fluchtstollen zu werfen, verlor er seine Krone und auch den Sonnenstein an das dunkle Nass unter ihm. Doch er entkam.

Das Schicksal wendete sich, wie für jeden, der das Artefakt besessen und verlor. Die aufgebrachten Sachsen verlangten die Zerstörung der stolzen, gerade mal zehn Jahre jungen Burg. Heinrich fügte sich schweren Herzens und ließ Türme und Mauern der Hartesburg umlegen. Die Nachricht vom Verschwinden des Sonnensteins machte die Runde und rief so manchen Glücksritter auf den Plan. Sicher waren unter denen, welche die mauerlose und damit schutzlose Hartesburg plünderten, einige, die auf das Artefakt hofften, doch nie dünkte es jemand, im Brunnen zu suchen.

Hundert Jahre später zollte Kaiser Friedrich Barbarossa der Hartesburg seinen Respekt und errichtete sie neu. Ein wenig hoffte wohl auch er auf den Sonnenstein, der dem Besitzer großes Kriegsglück garantierte. Obwohl seine Suche erfolglos war, ließ er listig durchblicken, im Besitze des Artefaktes zu sein. Zunächst schien ihm auch ohne das Artefakt das Schicksal hold, doch dann verließ ihn das Kriegsglück. Er bat seinen Vetter im nahe gelegenen Braunschweig um Hilfe, doch der machtbesessene Welfe, Heinrich der Löwe geheißen, verlangte für diesen Kriegsdienst das reiche Goslar und auch das machtbringende Artefakt. Barbarossa lehnte ab. Sodann musste er sich dem lombardischen Pakt geschlagen geben. Maßlos ward sein Zorn. Der unedle Braunschweiger Welfenfürst fiel daraufhin in Acht und Bann und die Hochgeborenen des Landes mieden ihn fortan. Hernach war es des Welfen Sohn Otto IV., der die Hartesburg sein Eigen nennen durfte.

Es folgten zahlreiche Besitzer der Harzburg und viele suchten nach dem Artefakt der alten Götter. Doch noch immer blieb der Brunnen von den vielen Suchenden verschont. Dreihundert Jahre später war die einst so stolze Burg dem Verfall nahe. Aus den Steinen der Burg errichtete man in Bündheim ein Gotteshaus. Dabei geschah etwas höchst Eigenartiges. Niemand weiß, wo er herkam und wer ihn nahezu tausend Jahre bewacht, doch als man das Portal der Kirche enthüllte, blickte ein steinernes Gesicht auf das Volk herab. Es war der Kopf des Crodo. Viele mögen gedacht haben: Nun bewachen der Christengott und der Herr der Elemente zusammen das Artefakt des Bösen, doch der Stein des Kelten Thurizan lag sicher im Schoße von Crodos Element Wasser, hoch oben auf dem Burgberg.

Ein Stück ruhiger geworden, legte Tilla ihr Lesezeichen zwischen die Seiten und klappte das Manuskript zu. Ein Blick auf die Uhr zeigte ihr, dass sie zur nächsten Führung starten musste.

Immer wenn die Kelten entweder durch Schulden oder durch die Ungerechtigkeit der Mächtigeren bedrückt werden, begeben sie sich in Knechtschaft

Caesar

Tilla saß am Computer und suchte verzweifelt nach Dateien. Dieser Borderfeld, sollten ihn alle Götter des Harzes verfluchen, hatte fast ihre gesamte Dateiablage vernichtet. Sie würde den Harzburgtext noch einmal schreiben müssen.

»Verdammter Mistkerl«, schrie Tilla ihren Bildschirm an und ließ die Fäuste auf die Tischkante knallen, dass Tastatur und Maus hüpften. Dann rieb sie sich ermattet über die Augen. Zwei Tote. Zwei Tote, die sie gekannt hatte und an deren Tatorten Runen auftauchten. Tillas Blick fiel auf ihren Runenstein. Verdrossen drehte sie die Thurisaz-Rune nach hinten.

Es klingelte und Tilla ging zur Haustür, wo ein Postbote auf ein riesiges Paket neben seinem Wagen deutete. »Frau Hedera Leinwig?« Er linste über eine schmale Brille.

Die Frage beschwor ein beklemmendes Gefühl herauf. Zögerlich antwortete Tilla: »Äh … das ist meine Mutter.«

»Fein! Wenn Sie dann hier unterschreiben würden?« Beflissen hielt er ihr ein Gerät entgegen. Tilla folgte ihm zum Wagen, doch es gelang ihr nicht mal ansatzweise, das Paket hochzuwuchten. Das leise Scheppern eines Fahrrades kam Tilla geradezu wie ein göttlicher Fingerzeig vor. Gerred, der von seiner morgendlichen Tour zurückkam, stellte das Rad ab und eilte herbei, um Tillas Platz einzunehmen. Zusammen mit dem Postboten trug er den Karton in Tillas Flur.

»Du meine Güte. Hat dir jemand ein Klavier geschickt?«, fragte Gerred schmunzelnd.

Tilla lachte und ging in die Küche, um ein Messer zu holen. »Ich fürchte, das ist eine von Mutschs Kräuterlieferungen, die niemand abbestellt hat. Ich denke ja, dass mir Astrid die Lieferung abnimmt.«

Mit vorsichtigen Schnitten öffnete Tilla das gut verklebte Paket. Ein Wust von Luftpolsterfolie quoll ihr entgegen. Sie zog die Folie ungeduldig heraus und warf sie beiseite. Endlich tauchte ein Stapel eingepackter Vierecke auf. Tilla nahm das oberste heraus und wickelte es vorsichtig aus. Es war ein Ölbild ohne Rahmen. Eine Gestalt in fließenden Formen, deren Ende sich mit der sie umgebenden Natur vereinte, saß auf einem galoppierenden Pferd. Die Gestalt mit rotblondem, langem Haar hob die Arme und lachte. Ihre wallenden Gewänder bauschten sich und wurden optisch zu Flügeln …

»Das ist Niadh!«, stieß Tilla begeistert hervor.

»Wer?«

»Das ist eines der Bilder meiner Mutter, sie haben mit einer Geschichte zu tun, die sie geschrieben hat.« Vorsichtig legte Tilla das erste Bild beiseite und holte die anderen aus dem Karton. »Sie sind alle da«, freute sie sich und erzählte Gerred, dass sie schon überall danach gesucht hatte.

»Sie sind unglaublich schön … und du wusstest nicht, wo sie sind?«, fragte Gerred erstaunt. Fasziniert betrachtete er die Bilder.

»Ich weiß so vieles nicht«, antwortete Tilla betreten.

Gemeinsam wickelten sie die Bilder aus und brachten sie ins Wohnzimmer. Dort bettete Tilla ihren wiedergefundenen Schatz sorgfältig in die Ecke ihres Wohnzimmers.

»Du solltest sie rahmen lassen«, riet Gerred.

»Ja.« Tilla zog an dem fast leeren Karton, der sich noch immer schwer anfühlte. »Da ist ja noch was drin«, stellte sie fest und entfernte eine weitere Schicht Kartonage, auf der ein Brief des Verlages lag. Unter der Pappe kamen mehrere Autorenexemplare des Buches ihrer Mutter zum Vorschein. Staunend nahm Tilla eins in die Hand. *Harcylugh* von H. Lleynwitch. Unter dem Titel prangte ein altertümlich wirkendes Schwert vor den Konturen des Harzes.

»Wenn mir meine Mutter noch mehr Überraschungen aus dem Jenseits schickt, drehe ich noch durch!«, murmelte Tilla.

*

Hanjo Berking ließ sich neben Gerd Wegener ins Auto fallen. Er war oft so müde in letzter Zeit. Vielleicht sollte er wirklich aufhören. Er war ausgebrannt.

»Hast du Hedera Leinwig eigentlich gut gekannt?«, fragte Gerd Wegener, als er den Wagen startete.

Hanjo antwortete schmunzelnd: »Na ja, ich hätte sie gern gut gekannt, aber da war ja Annalena …«

Wegener nickte und fädelte sich in den Verkehr ein. »Sind sie sich ähnlich? Sie und ihre Tochter?«

Hanjo dachte nach. »Als ich Tilia Leinwig da sitzen sah … so jung wie Hedera damals … da dachte ich, mich trifft der Schlag. Aber dann … nein, sie sind sich nur äußerlich ähnlich.«

»Und wie war Hedera?«, fragte Wegener.

»Irgendwie … weise.«

»Komische Beschreibung für eine Frau, der man gern nähergekommen wäre«, kommentierte Gerd Wegener mit einem verschmitzten Grinsen.

Hanjo lachte. »Ja, wohl wahr, aber so war es.« Er überlegte kurz und suchte nach den richtigen Worten. »Sie war es, die kurz zuvor vergewaltigt worden war und ich war es, der darüber wütend war. Sie sagte damals, dass eine Anzeige nichts bessern würde. Heute verstehe ich, was sie meinte.«

»Ach ja?«

»Sicher. Sie muss doch gewusst haben, dass sie durch die Vergewaltigung schwanger geworden war. Sie wollte das Ganze nicht an die große Glocke hängen, weil sie das Kind behalten wollte.«

»Ach so. Mensch … und diese Tilia ist das Kind aus dieser Vergewaltigung?«

»Ich denke schon.«

Die beiden Polizisten überlegten, ob sich aus dieser Tatsache ein neues Puzzleteilchen ergab, das in die laufenden Ermittlungen passte.

»Mist. Der Einzige, der noch etwas über diese Vergewaltigung gewusst haben könnte, ist tot«, murmelte Hanjo mehr zu sich selbst.

»Schakenbeck?«

Hanjo gab ein zustimmendes Geräusch von sich.

»Glaubst du, dass die Vergewaltigung und diese Prügelei, von der du sprachst, irgendwie zusammenhingen?«

»Ja, heute bin ich davon überzeugt.«

»Wann war denn das mit der Vergewaltigung?«

»Das muss so sechs Wochen vor dieser Prügelei gewesen sein.« Hanjo dachte nach. »In der Nacht zu Allerheiligen …«

Wegener runzelte die Stirn. »Ist das nicht auch so eines dieser Hexenfeste?«

»Ja. Samhain«, antwortete Hanjo tonlos. »Hedera … starb sie nicht an Samhain?«

»Ja«, antwortete Wegener betreten. »Mist. Das war mir bisher gar nicht aufgefallen. Nun wissen wir wenigstens, warum sie sich an diesem Tag das Leben nahm.«

»Genau dreißig Jahre später … aber warum erst nach dreißig Jahren?«, murmelte Hanjo.

Wegener wechselte vorsichtig das Thema. »Was hältst du von Tilia Leinwig?«

»Tja … sie war vorhin extrem misstrauisch und ihre

Aussagen verhalten, was sie natürlich irgendwie verdächtig macht.« Hanjo lachte kurz auf. »Im Gegensatz zu ihrer Mutter kennt Tilia Leinwig ihre Wirkung auf Männer sehr genau. Inwieweit sie so etwas für ein Verbrechen ausnutzen könnte, vermag ich nicht zu sagen, aber deinen jungen Kollegen hat sie jedenfalls gründlich um den Finger gewickelt!«

»Ich weiß«, seufzte Wegner mit einem gutmütigen Lächeln. »Andreas ist ihr nicht gewachsen.«

»Sie versteht ihr Handwerk ... selbst mein eisiger Sohn reagiert auf sie.«

»So? Wie äußert es sich denn, wenn ihm eine Frau gefällt?«, fragte Wegener zweifelnd.

»Er wird dann besonders garstig!«

»Ach du Schreck«, lachte Wegener, »na, dann brauchst du ja nicht in nächster Zeit mit Enkelkindern zu rechnen.«

Hanjo seufzte. »Nein, wahrlich nicht!«

»Und, was meinst du? Hängt sie mit drin oder nicht?«

»Schwer zu sagen. Ich hatte bei der Vernehmung den Eindruck, dass sie uns wohldosiert einige Happen gab, die uns eine Weile beschäftigen sollen. Ich denke, sie weiß mehr, als sie sagt. Aber dass sie direkt an den Morden beteiligt war, glaube ich eher nicht, so fix, wie sie die Tatortfotos von den Opfern von sich weg schob.«

»Inwiefern spielt so etwas eine Rolle?«, fragte Wegener erstaunt.

»Na ja, in diesem Falle wurde die Leichen drapiert. Der Täter wollte einen ganz bestimmten Eindruck erwecken, und so ein Täter ist immer ein wenig stolz auf *seinen* Tatort, der ist quasi ein Kunstwerk für ihn. Der Täter würde die Fotos also eher höchst interessiert betrachten.«

»Ist ja krank«, meinte Wegener.

»Nicht unbedingt. Unser Täter ist keineswegs ein

krankhafter Serienkiller, sondern ein sehr organisierter und kontrollierter Mörder, dessen Tatorte einen gewollten Aussagewert haben.«

»Eine Art Unterschrift also?«

»Ja.« Dann fügte Hanjo hinzu: »So etwas ist übrigens ziemlich untypisch für weibliche Mörder. Wenn weibliche Mörder einem Mord eine wiedererkennbare Handschrift geben, so ist der Aussagewert meist sexueller Natur, wie etwa Verstümmelungen im Genitalbereich.«

»Ah«, machte Wegener mit angewidertem Gesicht. Dennoch gab er zu: »Deine Einschätzung klingt sehr schlüssig. Irgendwie kann ich mir diese Frau auch nicht als Messer schwingende Mörderin vorstellen. Kamenz hat neulich das Gleiche gesagt und ich habe ihn dafür ziemlich zusammengebürstet.«

Hanjo lachte herzlich. »Bei ihm hat es sicher nicht den Falschen getroffen.«

»Diese Augen … hast schon mal solche Augen gesehen?«, meinte Wegener kopfschüttelnd. »Ich habe gar nicht gewusst, dass Menschen verschiedenfarbige Augen haben können.«

Hanjo grinste. »Ja, sie erinnert mich an einen hungrigen Husky.« Nach einem kurzen Moment fügte er versonnen hinzu: »Die Augen ihrer Mutter waren beide dunkelgrün.«

Wegener schaute kurz zur Seite. »Na, es hatte dich wohl doch erwischt.«

Hanjo schaute aus dem Fenster. Adrette Villen zogen an ihnen vorbei, bevor Wegener den Stadtring verließ. Endlich antwortete Hanjo: »Ja, es hatte mich erwischt und ich war gewaltig wütend auf mich selbst, denn Annalena war und ist die Liebe meines Lebens.«

»Solche Gefühle lassen sich nun einmal nicht kontrollieren, Hanjo.«

»Ja, heute weiß ich auch, dass man nicht alles kontrollieren kann«, entgegnete Hanjo und seufzte. »Ich wünschte, jemand könnte Jan diese Weisheit überbringen.«

»Ich nicht«, flachste Gerd Wegener mit einem gutmütigen Grinsen.

»Da hab ich befürchtet«, meinte Hanjo. »Ist wohl nicht einfach mit ihm?«

»Ach was«, wiegelte Wegener ab. »Macht gute Arbeit, dein Junge. Er kniet sich immer voll rein. Klar, dass es da mal Reibereien mit den Kollegen gibt. Aber er ist gut in seinem Job.«

»Schön zu hören«, gab Hanjo unüberzeugt zurück und fragte seinen Freund süffisant: »Was, glaubst du, würde unser Chef sagen, wenn er hören würde, dass wir uns für einen Sauerbraten deiner Marianne früher abgesetzt haben?«

Wegener verdrehte theatralisch die Augen. »Das erzählen wir ihm besser nicht!«

Hanjo lachte und freute sich auf einen gemütlichen Abend. Allerdings wusste er auch, er musste noch einmal an einen Fall, den er schon vor dreißig Jahren zu den Akten gelegt hatte.

Hercynia Silva bezeichnet die Waldgebiete
vom Alpenrand bis zum Harz ,
die jedwedes schnelles Einnehmen
durch geordnet marschierende Truppen
unmöglich machen.

Tacitus

Tilla saß seit Stunden auf ihrem Sofa. Sie wusste selbst nicht, wie lange sie auf den Einband gestarrt hatte. Auch in dem Bild darauf erkannte sie den typisch lang gezogenen, ruhigen Pinselstrich ihrer Mutter. Jede Seite des Buches enthielt eines der Bilder, eingebettet in die dazu passende Textstelle.

Zunächst hatte sich Tilla darauf beschränkt, das Buch immer wieder und wieder durchzublättern. Es war von ungewöhnlichem Format, das durch die Bilder ihrer Mutter vorgegeben wurde. Die Aufmachung ließ darauf schließen, dass es sich hier um mehr als ein Kinderbuch handelte.

Das Manuskript war noch immer in ihrer Handtasche. Nun brauchte sie es nicht mehr. Genüsslich schlug sie die erste Seite auf und begann zu lesen.

Dies ist die Geschichte des sagenhaften Keltenschwertes Harcylugh …

*

Hanjo nahm den Fuß vom Gaspedal, öffnete das Fenster der Fahrerseite etwas und sog genussvoll die würzig-erdige Waldluft ein. Es war März, und seit ein paar Tagen kletterte das Thermometer tagsüber bis zur Zehngradmarke.

Die Serpentine wand sich einen bewaldeten Berg hinunter. Kurze Zeit später glitzerte rechts neben ihm eine wiesengesäumte Wasserfläche. Er verließ die Vegetation des Oberharzes. Vereinzelte Laubbäume mit noch kahlen Zweigen lockerten hier das dunkle Tannengrün auf. Die Straße senkte sich in einen Taleinschnitt und die ersten Häuser Osterodes rauschten an ihm vorbei, bevor ihn ein Tunnel aufnahm.

Astrid Volkerts lebte im westlichen Teil von Osterode, jenseits der Schnellstraße. Hier ließ die Landschaft jedwede Harzer Schroffheit vermissen und schmiegte sich in sanfte Hügel. Sein Navigationsgerät wies ihn an, die Landstraße am Ortsausgang von Osterode zu verlassen und leitete ihn durch ein modernes Wohnviertel inmitten hügeliger Wiesen. Endlich nahmen die properen Klinkerbauten zugunsten eines älteren, regionaltypischeren Wohngebiets ab. Astrid Volkerts' Haus war eindeutig von Harzer Bauart. Ein Mantel aus dunkelbrauner Verbretterung und ein hohes spitzes Dach, einer roten Zwergenmütze gleich, zierten es.

Hanjo stieg aus dem Wagen und streckte sich wohlig. Er hatte die Fahrt über den Oberharz so sehr genossen, dass er sich nun fragte, ob er den bevorstehenden Ruhestand nicht lieber in seiner Heimat verbringen sollte. Zufrieden langte er nach seiner Jacke und schritt auf die Haustür zu. Er klingelte mehrfach. Während er nachdenklich ein hübsches Arrangement aus Primeln und zarten Nazissen in einem irdenen Gefäß betrachtete, tönte ein einladender Ruf vom Garten her. Er umrundete das Haus, vorbei an Rabatten gelb-violetter Hornveilchen zwischen noch winterlich wirkenden Schnittsträuchern, und erreichte einen großen Garten, der an ein Wäldchen grenzte.

Astrid Volkerts kam über die Rasenfläche auf ihn zu. »Hallo, Herr Berking.«

Als Hanjo in ihr Gesicht sah, war alles wieder da. Zwar hatte er sie damals kaum registriert, war sie doch stets in Gesellschaft von Hedera gewesen, dennoch erkannte er sie sofort. Das einst dunkle Haar war noch immer voll, aber von einigen grauen Strähnen durchzogen. Auch ihr Gesicht zeigte deutliche Spuren des Lebens. Einige Fältchen zeugten von harten, Lachfältchen aber auch von schönen Zeiten. Wie früher strahlte sie Ruhe und Freundlichkeit aus. Nun stand sie vor ihm und schien sich über seine Musterung zu amüsieren.

Endlich fand Hanjo zu einem Lächeln und reichte ihr die Hand. »Frau Volkerts, ich freue mich, Sie wiederzusehen.«

»Ihr Charme hat sich wirklich nicht verändert, Herr Berking!«, antwortete sie schmunzelnd.

Er zog ein schiefes Gesicht. »Es wundert mich, dass Sie sich überhaupt an mich erinnern.«

Sie warf ihm einen erstaunten Blick zu. »Natürlich erinnere ich mich an Sie!« Kopfschüttelnd, als sei es das Dümmste gewesen, was er je hervorbringen konnte, stapfte sie in Richtung Haus. Etwas verwirrt folgte er ihr.

Als sie sich an einem rustikalen runden Tisch niederließen und sie ihm einen süßwürzigen Tee eingoss, fragte sie: »Nun Herr Berking, was möchten Sie denn heute von mir wissen?«

Er schnupperte und probierte einen Schluck. »Hmm, was ist denn das?«

»Rotbusch mit einer Spur Zimt.« Astrid Volkerts lächelte. »Die Buschpflanze heißt Aspalathus linearis, genauso genommen ist dieses Getränk gar kein Tee. Der Busch für diesen Aufguss kommt aus den Zederbergen im Südwesten von Südafrika. In Afrikaans heißt er Rooibos. Dieser Tee enthält kein Teein, aber sehr viele Mineralien und Spurenelemente«, sie lächelte spitzbübisch. »etwas, von dem Sie zu wenig haben »Sie achten nicht sehr auf sich, Herr Berking.«

Verblüfft blickte er seine Gastgeberin an. »Ach? Sieht man mir das so deutlich an?«

Sie musterte ihn ungeniert. »Ihre Haut ist fahl und blass, Sie haben helle Flecken auf Ihren Nägeln und trockenes Haar. Ich schließe daraus, dass Sie unregelmäßig und falsch essen. Gemüse und Milchprodukte stehen wohl nicht auf Ihrem täglichen Speiseplan?«

Ein wenig schwermütig dachte er daran, dass auch Annalena ihn stets angehalten hatte, Obst und Gemüse zu essen. Seit sie gestorben war, hatte sich niemand mehr darum gekümmert, was er aß. Er am allerwenigsten.

»Sie haben einen guten Blick für Menschen«, stellte er fest und versuchte nach Kräften den Hauch von Trauer zurückzudrängen, der ihn so unvermutet überfallen hatte.

»Das ist mein Beruf. Ich habe mich der Pflanzenheilkunde angenommen.«

Er schaute sie interessiert an. »Wie ungewöhnlich für die Tochter eines Arztes. Warum haben Sie nicht Medizin studiert?«

Wieder schien sie sich über ihn zu amüsieren. »Ich habe Medizin studiert!«

»Oh«, brachte er heraus und kam sich vor wie der größte Trottel auf Gottes Boden.

Sie schmunzelte. »Meine Brüder sind auch beide Ärzte geworden. Ich bin Ärztin mit dem Schwerpunkt pflanzlicher Heilmittel. Manfred hat seine Praxis oben in Braunlage und Stefan hat mit der Sprachschulung durch unsere englische Kinderfrau sein amerikanisches Staatsexamen gemacht und lebt heute in Atlanta.«

»Interessant. Komisch, ich habe gar keinen Volkerts im Einwohnermeldeverzeichnis Braunlage gefunden«, entgegnete Hanjo nachdenklich.

Astrid Volkerts lachte wieder. »Er nahm damals seiner Frau zuliebe ihren Namen an«, klärte sie ihn auf und lehnte sich dann entspannt zurück. »Sie haben also nach der Familie Volkerts gesucht? Warum denn?«

Irgendwie fiel es ihm schwer, die Plauderei hinter sich zu lassen, um zu dem zu kommen, was ihn hergeführt hatte. »Tja … ich brauche mal wieder Ihre Hilfe bei einem Fall, dessen Wurzeln möglicherweise weit zurückliegen.«

»Na, da bin ich aber gespannt.«

»Sagen Sie, Frau Volkers, haben Sie gehört, dass Harald Schakenbeck ermordet wurde?«

»Ja«, antwortete sie knapp und wartete, dass er weitersprach.

»Wir tappen ziemlich im Dunkeln, was diesen Mord angeht. Leider wurde noch eine weitere Person nach dem gleichen Muster umgebracht. Beide Opfer waren weitgehend unauffällige Menschen, die mehr Freunde als Feinde hatten. Auffällig ist jedoch Harald Schakenbecks Vergangenheit. Hier hoffe ich, dass Sie mir helfen können. Sie wissen doch sicher, dass es Ihr Vater war, der mich über die Prügelei vor dreißig Jahren informierte.«

Sie nickte, schwieg aber abwartend. Es war offensichtlich, dass ihr dieses Thema unangenehm war. Hanjo ahnte, dass sie ihm nicht freiwillig über diese Zeit erzählen würde. Er musste sich geradezu zwingen, seine Sympathie für Astrid Volkerts unter Verschluss zu nehmen, um ihre Reaktionen objektiv betrachten zu können. »Natürlich wissen Sie auch von dem Tod von Hedera Leinwig«, begann er und registrierte, dass ihr Blick nun zur Gänze flüchtete. Er zählte auf: »Frau Leinwig starb an Samhain, Harald Schakenbeck wurde zur Wintersonnenwende umgebracht.« Hanjo ließ ihr einen Augenblick Zeit, bevor er weitersprach. »Sie kennen doch die Bedeutung dieser Tage, nicht wahr?«

Astrid Volkerts lehnte sich endgültig zurück und antwortete zögerlich. »Ja … ich kenne sie …«

»Damals vor dreißig Jahren, die Prügelei, nach der Ihr Vater Harald Schakenbeck zusammengeflickt hatte, sie war auch drei Tage vor Weihnachten, also zur Wintersonnenwende.«

»Ach, tatsächlich?«

»Ja … tatsächlich. Was war der Anlass für die Prügelei?«

Sie wich seinem Blick aus und zuckte mit den Schultern. »Meine Güte … junge Kerle unter sich … Sie wissen doch, wie das ist.«

»Ich war zwar auch mal einer von diesen jungen Kerlen, aber ich habe nie jemandem ein Messer in die Femoralisarterie gejagt«, gab Hanjo kühl zurück.

Astrid Volkerts räumte ein: »Die Jungs sind damals wirklich zu weit gegangen.«

»Zu weit gegangen? Frau Volkerts, Sie sind Ärztin! Schakenbeck wäre um ein Haar verblutet! Wer war so wütend auf ihn? Und warum rammte der ihm ein Messer ins Bein?«

»Ich weiß es nicht.« Astrid Volkerts begann unruhig auf ihrem Stuhl herumzurutschen.

»Warum war halb Braunlage an diesem Abend dabei? Ihr Vater sagte damals, er habe mehrere Leute versorgen müssen.«

»Herr Berking, ich war nicht dabei und weiß nicht genau, was an jenem Abend passierte. Mein Vater starb vor fast zehn Jahren. Also können Sie auch ihn nicht danach fragen«, antwortete Astrid Volkerts abweisend.

Ihr ungehaltener Ton gab Hanjo einen Stich. Viel lieber hätte er sich mit ihr über ganz andere Themen unterhalten. Doch erst musste er diesen Fall zu Ende bringen. »Ich glaube, Sie wissen sehr wohl, was damals passiert ist!« Wieder wich sie seinem Blick aus. Er bohrte weiter: »Es ging doch bei diesem Gemetzel um Hedera, nicht wahr?«

An ihrem unruhigen Blick erkannte er, dass er ins Schwarze getroffen hatte.

»Wie kommen Sie denn darauf«, fragte Astrid Volkerts unsicher zurück.

Er beobachtete sie genau. »Nun … Hedera ist damals, sechs Wochen zuvor – an Samhain – vergewaltigt worden.«

Ihre Augen wurden groß. Als Lügnerin war diese Frau völlig talentfrei, stellte Hanjo mit stetig wachsender Sympathie fest.

»Woher wissen Sie das? Hatte mein Vater Ihnen das erzählt?«

»Ihr Vater deutete die Vergewaltigung nur an, hielt sich aber ansonsten an sein Schweigegebot. Sie selbst hatten ja damals ausgesagt, gar nichts von einer Vergewaltigung zu wissen. Das mit dem Termin hab ich mir zusammengereimt. Offen gesagt kam mir die Erkenntnis erst, als ich von Hederas Selbstmord an Samhain hörte. Nun, nach Ihrer Reaktion, bin ich mir sicher.«

»Oh.« Sie zog ärgerlich die Lippen zusammen. Dann gab sie überraschend zu: »Ja. Sie wurde am späten Abend des einunddreißigsten Oktober vergewaltigt.«

Hanjo, der dreißig Jahre zuvor so sehr auf diesen Satz von ihr gewartet hatte, war für einen Moment sprachlos. Dann fragte er vorsichtig weiter: »Von wem?«

Das Schweigen stand wie eine Wand zwischen ihnen.

»Ich kenne ihn nicht!«, presste sie schließlich zwischen ärgerlich zusammengekniffenen Lippen hervor.

Er ahnte, dass dies nur ein Teil der Wahrheit war. »Hat Hedera Schakenbeck damals das Messer ins Bein gerammt?«

»So ein Unsinn! Wie kommen Sie denn auf so etwas?«

Ihre Empörung schien echt zu sein. Hedera war es nicht gewesen. Er versuchte es anders. »Dann waren es vielleicht Freunde von Hedera?«

Sie blickte ihn nachdenklich an. »Nein! Herr Berking, Sie sind da auf einem völlig falschen Weg.«

»Dann führen Sie mich doch auf den richtigen Weg, Frau Volkerts.«

Sie musterte ihn ruhig und meinte: »Lassen Sie das Gestern ruhen! Glauben Sie mir, es bringt nichts.«

*

Wegener stellte seinen Kaffee ab blickte flüchtig zu seinem jungen Kollegen, der seit geraumer Zeit unbewegt eine Akte studiert hatte und sich nun kopfschüttelnd zurücksetzte.

»Was denn?«, fragte Wegener und schlürfte einen ersten Schluck seines noch zu heißen Kaffees geräuschvoll.

»Das ist die Gerichtsakte von Tilla Leinwig. Du, das ist unglaublich … erinnert mich wirklich an einen alten Hexenprozess. Was die ihr hier alles vorwerfen«, grummelte er.

Wegener runzelte die Stirn. »Ich hab es überflogen. Was stimmt daran nicht?«

»Was daran nicht stimmt?«, echote Andreas Kamenz aufgebracht. »Das ist doch lächerlich, was diese Staatsanwältin hier an Vorwürfen aneinanderreiht. Letztlich hat sie ja auch nicht viel durchbringen können. Aber auch dieser Richter ist zu weit gegangen. Die Hälfte der Urteilsbegründung ist eine einfache Verunglimpfung dieses alten Glaubens.«

»Tatsächlich?«, fragte Gerd Wegener etwas genervt.

»Ja. Wusstest du, dass dieser Richter und der Ex von der Leinwig gut befreundet sind?«

Wegener ließ sich Zeit mit seiner Antwort. »Nein … wusste ich nicht«, antwortete er langgezogen und fragte zurück: »Und woher weißt du das?«

Nach dem Prinzip der Damenwahl verschenken Keltinnen ihre Gunst ohne Heimlichkeit – ein Wunsch, den ein Mann nicht abschlagen darf.

Diodor

Tilla hockte quer auf Großmutter Leandras Sessel, das Buch ihrer Mutter an ihre Knie gelehnt, und las. Ohne den Blick von den Zeilen zu wenden, nippte sie an ihrem Wein. Als sie das Glas auf dem kleinen Tischchen neben sich abstellte, wo bereits ein anderes Glas stand, zog sie die Nase kraus. Sinnend betrachtete sie das zweite Glas. Andreas Kamenz hatte es benutzt.

»Enthaltsamkeit ist einfach nicht mein Ding«, murmelte Tilla in sich hinein. Am Morgen hatte er mit der Bitte, ihr noch einige Fragen stellen zu dürfen, vor ihrer Tür gestanden. Tilla hatte ihm angemerkt, wie unwohl ihm war, als er die offenbar vorgegebenen Fragen herunterleierte. Als er bei seiner Frage nach der Vergewaltigung ihrer Mutter ins Stottern geriet, waren Tillas Hormone mal wieder explodiert. Vielleicht war ihr die hehre Zurückhaltung – die sie sich bei dem hübschen Magnus, den sie nicht einschätzen konnte, und bei Gerred, der eine vernünftige Frau statt einer wirren Hexe verdiente – befohlen hatte, doch nicht so gut bekommen.

Als sie Andreas Kamenz ihr Mitgefühl über die Pflichten seines Jobs bekundet und ihn ermuntert hatte, seine Fragen zu stellen, war der Ärger über die Ermittlungsrichtung bei ihm durchgebrochen. Sein aufrichtitiger Glaube an ihre Unschuld hatte so gutgetan.

Während Tilla auf dem Nagel ihres kleinen Fingers herumkaute, fragte sie sich, wie sie beide bloß so schnell in ihrem Bett hatten landen können. Sie konnte nicht verhindern, dass sich ihr Mund zu einem breiten Krokodilgrinsen verzog.

»Es hat sich gelohnt – der Junge war klasse«, erklärte sie trotzig und widmete sich wohlig den letzten Seiten des Buches ihrer Mutter.

Das Land veränderte sich. Unweit des Ortes, wo einst die Celtae lebten, war ein Dorf mit Namen Schulenrode entstanden. Daneben erhoben sich die Siedlungen Hartesborch und Neustadt aus dem Boden. Die drei Flecken wuchsen unter dem Namen der Harzburg zusammen. Als das Salz wiederentdeckt wurde, kam der Flecken zu Wohlstand und Ansehen, wenn er auch immer ein wenig im Schatten seiner großen Schwester Goslar weilte, die mit einem Berg voller Gold, Silber und anderer Metalle aufwarten konnte.

Viele Fruchtzeiten lang gab das Artefakt im Schoße des Urelementes Ruhe. Doch als Deutschland wieder einmal von einem Drachen – dieses Mal von Soldaten in brauner Uniform – heimgesucht wurde, da kam die Ruine der einstig stolzen Harzburg zu zweifelhaftem Glanz. Es war Heinrich Himmler, der die Region um die Harzburg zu einem brodelnden Kessel des Endkampfes machte. Divisionen der Waffen-SS und des Volkssturmes entehrten das Gebiet mit einem letzten Aufbäumen eines unmenschlichen Regimes gegenüber der zurückkehrenden Menschlichkeit. Natürlich suchte auch Heinrich Himmler nach dem keltischen Artefakt, welches dem fallenden Diktator der Unmenschlichkeit die Wende vor dem Fall hätte bescheren sollen. Er, der bereits zehn Jahre zuvor einen Sonderauftrag ins Leben gerufen hatte, mit dem das Wirken aller Hexen im Gestern und Heute erforscht werden sollte, kam mit mehr Wissen als all seine Vorgänger auf die Harzburg. Gefährliches Wissen, denn er ahnte, wo der Sonnenstein geblieben war.

Dies wussten auch die Nachfahrinnen von Seghana. Die Harzer Hexen hatten den Stein seit fast tausend

Jahren belassen, wo Heinrich ihn einst verlor. Die weisen Frauen beschlossen jedoch, nicht zu warten, bis Heinrich Himmler fand, was Heinrich der IV. bei seiner Flucht von der belagerten Harzburg verlor. So wanderten zahlreiche weise Frauen der Region in der Nacht der Tagundnachtgleiche des Frühlings 1945 zur Ruine der Harzburg hinauf. Sie alle trugen schwer, denn sie brachten Salz zum Berge. Ihre Suche galt den Resten eines Halbturms im Norden der Ostburg. Vorsichtig öffneten sie den Brunnenschacht. Hier schütteten sie das mitgebrachte Salz hinein. Als das Wasser des Brunnens von Salz gesättigt war, ließen sich zwei Hexen an schweren Seilen hinab und begannen mit langen Stecken das Sediment zu rühren. Fackeln erhellten den engen Brunnenschacht. Immer wieder rührten sie vorsichtig und betrachteten mit Spannung die Wasseroberfläche. Ihre Geduld wurde belohnt. Der Sonnenstein verlor gegenüber dem salzigen Wasser an Gewicht und trieb nach oben. Die Hexen nahmen das Artefakt an sich, ließen sich heraufziehen und brachten das gefährliche Kleinod an einen sicheren Platz.

Als Heinrich Himmler das salzverseuchte Wasser des Brunnens probierte und angewidert ausspie, wusste er, dass er das Artefakt verloren hatte. Für ihn und die Schergen maßlosen Unrechts war der Göttin sei Dank alles verloren.

Einst zierte es ein Schwert von Keltenhand
Gestohlen ward es von südlichem Land
Eine Spur der Vernichtung es nach sich zog
die dunkle Macht immer schwerer wog
Zurückgekehrt ins Land seiner Entstehung
verhalf es Germanien zur Auferstehung
Vom Harzer Herrn der Elemente gebannt
versteckte es sich in steinernem Gewand
Vom Gestern ins Morgen trugen die Hexen ihr Wissen
zu verhindern dass die Macht des Steines vergessen

Immer eine bewacht den Stein ein Yol
reicht dann ihn weiter, den Menschen zum Wohl
Wo ist er heute? Niemand weiß es zu sagen
außer der Einen welche die Last hat zu tragen

Fassungslos starrte Tilla die letzten Zeilen an.

»Das kann doch nicht wahr sein«, entfuhr es ihr in lautstarker Empörung. Alles in ihr schrie nach einer Antwort. Ungehalten blätterte sie vor und zurück, aber es blieb bei den letzten Worten, die keinerlei Klarheit lieferten. Tilla stieß einen Wutschrei aus, denn sie hatte nicht die geringste Ahnung, wo sich der Sonnenstein befinden könnte. Schimpfend ließ sie das Buch auf den Boden fallen, wo es halb unter dem Sofa liegenblieb.

*

»Was hat denn die Vernehmung von Oliver Regner ergeben?«, fragte Jan Berking gewohnt barsch.

Andreas Kamenz wand sich mit dem Telefonhörer in der Hand um den Schreibtisch herum und zupfte sich das Verhörprotokoll aus einem übervollen Stapel auf den eigenen Schreibtisch, bevor er mit seinem telefonischen Rapport begann. »Nicht viel. Hat ziemlich herumgeheult und konnte sich nicht erklären, warum man die Leiche seines Freundes ausgerechnet auf der Harzburg fand.«

»Wo war er in dieser Nacht?«, fragte Berking.

»Die Regner-Brüder waren beide in Hildesheim beim Geburtstag der Mutter. Die Eltern bestätigen das.«

Berking grunzte unzufrieden. »Hatte Regner irgendwelche Vermutungen zu der Tat?«

Kamenz zögerte. Widerwillig zitierte er aus der Akte. »Er sagte, dass er zuerst gedacht habe, dass sein Partner mit Tilia Leinwig habe sprechen wollen, verwarf diesen Denkansatz aber später wieder.«

»Aha«, machte Berking. »Von den Fesselmalen und

davon, dass man Sundermann gegen seinen Willen nach Bad Harzburg verbrachte, hat er nichts gewusst?«

»Nein. Regner hat sicher nichts mit der Sache zu tun. Er hat ein absolut wasserdichtes Alibi …«

»Von den Eltern«, warf Berking abfällig ein.

»Und seinem Bruder. Die Eltern wirkten absolut glaubwürdig. Außerdem war er wirklich völlig fertig.«

Berking ging nicht auf dieses emotionale Statement ein. »Gab es jemand, mit dem Sundermann Streit gehabt hatte?«

Kamenz blätterte. »Nach Aussage von Regner muss Sundermann geradezu ein Heiliger gewesen sein. Aber die Kollegen hörten in der Kneipe, in der Sundermann an seinem letzten Abend war, dass kurz nach ihm zwei Typen aufbrachen, die ihn wohl vorher etwas angemacht hatten. Es waren keine Stammkunden, daher kannte der Wirt die beiden nicht. Er ist auch nicht sicher, ob sie Sundermann wirklich gefolgt sind, wäre aber möglich.«

»Angemacht? Wie sah das aus?«, wollte Berking wissen.

»Offenbar hat der ältere von den beiden Sundermann ›Schwuchtel‹ genannt. Sundermann ist deswegen ziemlich schnell aufgebrochen.«

»Wildfremde Leute? Wieso wussten die, dass er schwul war? War er in einer Schwulenkneipe?«

»Nein, das war eine Studentenkneipe im Magniviertel.« Kamenz dachte nach. »Nach Regners Worten haben die beiden ihre Beziehung ziemlich unter Verschluss gehalten.«

»Wer wusste denn davon?«

Wieder zögerte Kamenz etwas. »Die Mutter hat wohl was geahnt, der Vater hat gebrüllt wie am Spieß, als unsere Kollegen ihn dazu befragt haben. Wirklich gewusst haben es wohl nur sein Bruder, also Daniel Regner … und Tilia Leinwig.«

»So, so. Interessant«, bemerkte Berking zufrieden. »Haben Sie eine Personenbeschreibung von den beiden Typen aus der Kneipe bekommen?«

Kamenz gab einen unzufriedenen Laut von sich. »Einer etwa dreißig, der andere älter, beide schlank, der Jüngere sei blond gewesen. Vom Älteren haben wir nichts, außer dass beide so brutal ausgesehen hätten.« Kamenz hatte den letzten Satz absichtlich affektiert von sich gegeben.

»Waren Sie schon bei der Leinwig, um sie mit dieser Geschichte rund um die Vergewaltigung ihrer Mutter zu konfrontieren?«, fragte Berking.

Kamenz nahm kurz den Hörer runter und schloss die Augen. Er räusperte sich, bevor er antwortete: »Ich wollte eigentlich gestern bei ihr vorbeifahren, aber dann fing mein Wagen plötzlich an zu stottern. Ich hole es bei nächster Gelegenheit nach.« Er zögerte etwas und schob dann nach: »Ist vielleicht auch besser, wenn Gerd mit dabei ist.«

»Ja, ja … das ist sicher besser«, antwortete Berking konfus, der in Gedanken schon längst wieder bei seiner Akte war und nichts von den emotionalen Nöten des Kripobeamten bemerkte.

Da schwanden die Eide, Worte und Schwüre
Alle festen Verträge jüngst trefflich erdacht

Edda, Der Seherin Weissagung, 30

Tilla lief temperamentvoll vor Magnus her und erzählte mit lebhaften Gesten, die so typisch für sie waren. Ihr Mantel stand offen und erlaubte einen Blick auf ein hellgrünes, kurzes Kleid. Magnus folgte ihr und hörte zu. Sie hielt an einem Felsen inne und er gesellte sich zu ihr. Seine Berührungen überschritten das Maß der Zufälligkeit deutlich, er machte kein Hehl daraus, was er von ihr wollte.

Hermann nahm das Fernglas kurz herunter und spürte brodelnden Hass aufsteigen. Wie lange würde sich Magnus noch an seinen Befehl halten, Tilla nicht anzurühren? Dicht, viel zu dicht stand er hinter ihr und strich mit seiner Hand über ihren Rücken. Sie lachte und wies in nördliche Richtung.

Obwohl es ihn reizte, Magnus mit bloßen Händen zu erwürgen, gebot er sich, weiter im Hintergrund zu bleiben und die beiden zu beobachten. Immerhin hatte Magnus seit seinem Einzug bei Tilla bereits wertvolle Informationen erhalten. Widerstrebend musste Hermann anerkennen, dass sich sein Adlatus geschickt anstellte. Er wusste nun, dass Tilla die Bilder gefunden hatte. Allerdings sagten ihm die Fotos, die Magnus mit seinem Handy von den Bildern gemacht hatte, gar nichts. Er war weiter auf das angewiesen, was Tilla herausfand. Magnus hatte ihm erzählt, Tilla habe etwas gefunden, was mit dem Artefakt zu tun habe, aber sie habe ihm nicht genau erzählen wollen, was das war. Sie hatte also eine Spur. Und er war weiterhin darauf angewiesen, dass Magnus ihr Vertrauen gewann.

Hermann blickte den Berghang hinab und erkannte

mit wieder aufkeimendem Ärger, dass Magnus als Verführer ein nicht unbeträchtliches Talent besaß.

Er konzentrierte sich auf Tilla, wohl wissend, wie überaus sinnenfroh sie war und wie wenig sie sich dabei um Konventionen scherte. Noch am Tag zuvor hatte er sie dabei beobachtet, wie sie sich doch tatsächlich mit diesem jungen Kripobeamten vergnügt hatte. Hermann grinste bei der Erinnerung in sich hinein. Sie war wirklich mit allen Wassern gewaschen. Der Polizistenbengel würde ihr sicher nunmehr ein treuer und folgsamer Informant sein. Sie hatte wahrhaftig Keltenblut in den Adern, sie ging ihrer Lust hemmungslos nach.

Hermann stand etwas unterhalb der Canossasäule. Sein Fernglas hatte er auf eine Lichtung unterhalb von ihm gerichtet, auf der das erste Frühlingswaldgras seine hellgrünen Spitzen dem Licht entgegenstreckte. Er stellte sein Glas neu ein und sah, dass Tilla Magnus näherkommen ließ und seine Berührungen – seine Finger wanderten nun von ihren Schultern abwärts bis zur Taille – durchaus genoss. Sie küsste ihn kurz, fuhr ihrerseits mit der Hand wie zufällig über seinen Bauch, entzog sich ihm jedoch, indem sie um ihn herumging. Er erkannte, dass Tilla sich Magnus keineswegs kopflos ergab. Sie spielte mit ihm, testete aus, wie weit sie gehen konnte. Sie ahnte ja nicht, wie gefährlich dieses Spiel war. Sie spielte mit einem Drachen!

Was passierte, wenn Tilla entschied, mit dem Spiel aufzuhören? Hermann betrachtete Magnus, der seinen Blick nicht von Tilla wenden konnte, nachdenklich. Irgendwie hatte er das Gefühl, dass Magnus im Moment nicht gerade zielgerichtet agierte. Hermann war beunruhigt. Verfing sich sein Adlatus gerade in der gleichen Falle wie er selbst vor dreißig Jahren?

*

Jan Berking jagte seinen Wagen die A 395 entlang, zog sich wutschnaubend den Freisprechbügel seines Handys vom Ohr und warf ihn auf den Beifahrersitz. Der Zorn verursachte bei ihm ein unangenehmes Gefühl der Enge. Mit ungeduldigen Bewegungen öffnete er den oberen Kragenknopf und zog ihn mitsamt der Krawatte auseinander. Widerstrebend nahm er den Fuß vom Gas, stob aber immer noch viel zu schnell an Vienenburg vorbei.

Der zunehmende Stress der letzten Wochen forderte selbst bei dem sonst so emotionslosen Jan Berking seinen Tribut.

Das unbekümmerte »… ist es nicht interessant, dass …«, mit dem sein Vater ihn gerade darauf aufmerksam gemacht hatte, dass Hedera Leinwig auf den Tag genau dreißig Jahre nach ihrer Vergewaltigung Selbstmord begangen hatte, brachte ihn schier zur Weißglut. Es hatte ihn schon gewurmt, als sein Vater vor ein paar Tagen so ganz nebenbei mit dieser Vergewaltigungsgeschichte und seinen Fakten dahergekommen war, und jetzt das. Ausgerechnet sein Vater kam mit unendlich wichtigen Informationen derart kleckerweise heraus.

Er war gerade dabei, sich mit diesem Fall, den er nicht lösen konnte, die Karriere zu versauen. Aber offenbar interessierte sich sein Vater für ganz andere Dinge. Wo trieb er sich überhaupt herum? Half er nun bei den Ermittlungen? Oder machte er Urlaub im Harz? Und dann dieser Kamenz, er war immer noch nicht bei der Leinwig gewesen. Die taten alle so, als hätte er alle Zeit dieser Welt zur Verfügung – während er gerade auf dem Altar der Karrieredenker in der Braunschweiger Staatsanwaltschaft geopfert wurde.

Jan Berking brodelte vor sich hin und wollte schon den Blinker betätigen, um nach Goslar abzubiegen, überlegte es sich jedoch anders. Er entschloss sich spontan, selbst bei Tilia Leinwig vorbeizufahren. Er wollte mit eigenen Augen sehen, wie sie reagierte, wenn er sie nach der Vergewaltigung ihrer Mutter und nach dem zeitlichen Zusammenhang mit deren Freitod befragte, der auf den Tag genau dreißig Jahre nach diesem Geschehen stattgefunden hatte. Irgendwie wurde er das Gefühl nicht los, dass mit dem Selbstmord der Mutter etwas nicht stimmte. Die Tasse, die Kamenz in die KTU gebracht hatte, enthielt eindeutig Spuren des Giftes und Fingerabdrücke von Tilia Leinwig. Allerdings hatte die Leinwig dieses Beweisstück freiwillig gebracht –. Jan Berking begrübelte diesen Umstand eine Weile und stellte ärgerlich fest, wie wenig er diese Frau einschätzen konnte. Vielleicht hatte er ja Glück und sie war da.

Fünfzehn Minuten später betätigte er den Klingelknopf. Die frisch gestrichene weiße Tür öffnete sich zwar erstaunlich schnell, wurde aber dann aber auf halbem Wege losgelassen und schwang langsam allein auf. Eine zweite Tür stand ebenfalls halb offen.

»Komm rein, bin gleich fertig«, flötete Tilia Leinwigs Stimme von innen. Unschlüssig, ob er dem Ruf, der ganz eindeutig nicht ihm gegolten hatte, folgen sollte, schob er die Tür ganz auf, um dann wie paralysiert stehen zu bleiben.

Die junge Frau trug lediglich ein paar Kleidungsstücke auf dem Arm, ansonsten huschte sie nackt über den Flur. Offensichtlich hatte sie gerade geduscht. Jan Berking konnte den Blick nicht von ihrem hellen Rücken wenden, über dem sich ihr feuchtes Haar kringelte, bevor sie hinter der Flurecke aus seinem Blickfeld verschwand. Seiner Faszination folgte Zorn auf sich selbst, da er merkte, wie sehr ihn dieser Anblick aus der Bahn warf. Er atmete tief durch und trat einen Schritt in den Flur. »Frau Leinwig?«

Ihr Gesicht erschien erneut an der Flurecke. »Oh … Sie sind's … Sie habe ich gar nicht erwartet!«

»Ja, das sehe ich«, antwortete er schärfer als beabsichtigt.

»Momentchen noch …«, tönte es aus den für ihn nicht einsehbaren Tiefen des Flurs. Offenbar verschwand sie erneut im Bad. Er trat ein, schloss Haustür und Innentür hinter sich und wartete.

Ihr Haar war noch feucht, aber sie stand immerhin mit Bluse, Pullover und Jeans bekleidet vor ihm. Ihre verschiedenfarbigen Augen forschten in seinen Zügen und Jan Berking überfiel die unsinnige Angst, sie könnte darin lesen, welche Explosion der Anblick ihres nackten Körpers in seinen Sinnen entfacht hatte. Tatsächlich glaubte er für einen Moment ein spöttisches Lächeln in ihrem Gesicht zu entdecken, schalt sich aber selbst für diesen Unsinn und erklärte in geschäftsmäßigem Ton: »Wir sind auf einige Fakten gestoßen, zu denen ich Sie befragen muss.«

Sie nickte, ging voraus ins Wohnzimmer und ließ sich in dem alten Ohrensessel nieder. »Kann ich Ihnen etwas anbieten?«, fragte Tilia Leinwig höflich, allerdings ohne Anstalten zu machen, wieder aufzustehen.

»Nein«, entgegnete er barsch und fügte mühsam ein artiges »Danke« an. »Frau Leinwig, ich hätte da eine Frage zu der Vergewaltigung Ihrer Mutter.«

Ihre Augen verdunkelten sich und sie senkte kurz den Blick. Dann schaute sie wieder auf. »Ja … und?«

Sie weiß es also, dachte er triumphierend. »Nun … da diese Vergewaltigung, wie ich hörte, auf den Tag genau dreißig Jahre vor dem Freitod Ihrer Mutter passierte, drängt sich natürlich der Gedanke auf, dass der Selbstmord in diesem Geschehen seinen Ursprung hat.«

Sie blickte ihn düster an. »Das ist denkbar. Aber warum untersuchen Sie nun den Selbstmord meiner Mutter?«

»Nun … war das nicht in Ihrem Interesse? Sie waren es doch immerhin, die das Beweisstück zur Polizei brachte.«

»Die Tasse? Ja natürlich. Haben Sie denn irgendetwas daran feststellen können?«, fragte sie arglos.

»Die Tasse enthielt Reste des Giftes, durch das Ihre Mutter zu Tode kam …« Er ließ eine kurze Pause verstreichen, bevor er hinzufügte: »… und Ihre Fingerabdrücke.«

Tilia Leinwigs Augen wurden erst groß, dann verengten sie sich zornig zu schmalen Schlitzen. »Natürlich sind meine Fingerabdrücke dran! Ich wohne hier und hab die Tasse aus dem Schrank genommen, wo sie nicht hingehörte, verdammt noch mal!«

»Aha … gut.« Berking lächelte ohne Beteiligung seiner Augen. »Lassen Sie uns noch einmal auf den Zeitpunkt zurückkommen, an dem Ihre Mutter sich umbrachte.«

»Was soll an dem Todestag meiner Mutter so interessant sein, dass Sie sich damit beschäftigen?«, begehrte sie noch immer ungehalten auf.

»Oh, das ist schon interessant. Sehen Sie, Harald Schakenbeck, das Opfer vom Klusfelsen, wurde vor dreißig Jahren in eine Prügelei verwickelt, bei der er ziemlich verletzt wurde … genau sechs Wochen nach der Vergewaltigung Ihrer Mutter.« Berking registrierte zufrieden, dass Tilia Leinwig diese Information nachdenklich verdaute. Doch sie hatte sich nun recht gut unter Kontrolle und wartete schweigend, dass er fortfuhr. »Da liegt es natürlich nahe zu fragen, ob nicht auch sein Tod seinen Ursprung in dem Geschehen vor dreißig Jahren hatte.«

»Aha«, antwortete Tilla und schwieg abwartend.

Ungeduldig fragte er sie direkt: »Was denken Sie darüber?« Er hatte erwartet, dass sie gleich wieder ausrasten würde, doch er wurde enttäuscht. Sie hielt ihre Selbstkontrolle eisern aufrecht und antwortete ihm im Plauderton.

»Tja, Herr Berking … wie Sie auch mit mäßigen Rechenkünsten feststellen könnten, war ich damals noch nicht geboren. Was soll ich Ihnen also dazu sagen?«

Verdrossen beschloss er noch etwas zu sticheln und sagte arrogant: »Ich beneide Sie um Ihr Naturell. Also, mich würde es stören, das Kind einer Vergewaltigung zu sein!«

Ihre Lider zuckten nur für den Bruchteil einer Sekunde. Aufgeräumt erklärte sie: »Ob Sie's glauben oder nicht, ich habe es nie gemerkt. Meine Mutter war sehr liebevoll und hat mir immer das Gefühl gegeben, der wichtigste Mensch auf dieser Erde zu sein.«

»Tatsächlich? Wie schön für Sie, dass Ihre Mutter dieses Trauma so erfolgreich überspielen konnte. Aber warum hat sie sich erst dreißig Jahre später umgebracht?«

»Hätte sie sich Ihrer Meinung nach besser gleich hinterher umbringen sollen, Herr Dr. Berking?«, fragte Tilia Leinwig mit unschuldigem Augenaufschlag.

»Das wäre zumindest irgendwie verständlicher gewesen, finden Sie nicht auch?«

Tilia Leinwig hob die Brauen. »Tatsächlich? Nun ... erst war sie zu verstört dazu und dann stellte sie fest, dass sie schwanger war.«

»Mich interessiert – warum jetzt?«, wiederholte er seine Frage, wohl wissend, dass sie gerade einen Punktsieg eingefahren hatte.

»Ich weiß es nicht. Vielleicht war sie depressiv.«

Berking platzte fast der Kragen, so brachte ihn diese lapidare Antwort in Rage. »Frau Leinwig ... auf den Tag genau dreißig Jahre nach der Vergewaltigung, an einem Ihrer sonderbaren Hexenfeste, begeht Ihre Mutter Selbstmord. Sechs Wochen später, wieder an einem Ihrer Feste, wird Harald Schakenbeck ermordet, an einem weiteren Hexenfesttag finden wir den toten Dirk Sundermann. Und Ihnen will so gar nichts dazu einfallen?«

Er merkte, dass sie ihre Taktik änderte.

»Es mag Ihnen merkwürdig vorkommen, aber ich habe mich bisher der Frage nach dem ›Warum‹ des Selbstmordes meiner Mutter völlig verweigert.« Sie wirkte plötzlich sehr verletzlich. »Es tut so weh … verstehen Sie?« Mit großen feuchten Augen blickte sie ihn an.

Er brauchte tatsächlich einige Augenblicke, um sich wieder zu sammeln und fluchte innerlich. Fast wäre er auf sie hereingefallen. »Halten Sie es für denkbar, dass alle diese Fälle ihren Ursprung in den Geschehnissen vor dreißig Jahren haben könnten?«

Sie wischte sich kurz eine nicht vorhandene Träne von der Wange und schien angestrengt nachzudenken. »Ich wünschte selbst, ich wüsste es.« Dann blickte sie ihn eifrig an. »Aber ich kenne da jemand, der Ihnen bei dieser Frage vielleicht weiterhelfen könnte. Meine Mutter hatte eine gute Freundin, die heute in Osterode lebt. Astrid Volkerts!« Sie strahlte ihn an, als habe sie gerade zum ersten Male erfolgreich das Einmaleins aufgesagt. Es war anzunehmen, dass die beiden ihre Aussagen bereits eingehend miteinander abgesprochen hatten. Jan Berking gab entnervt auf.

Auf dem Berge da stand er mit blankem Schwert
Den Helm auf dem Haupte.
Da hob Mimirs Haupt an, weise das erste Wort
Und sagte wahre Stäbe

Edda, Das Lied von Sigrdrifa, 14

»Junghanns hat angerufen«, erklärte Arthur sichtlich nervös.

Hermann blickte ihn kurz an, fuhr dann aber mit seiner Schreibtischarbeit fort. »Ja?«

»Er ist mit deinen Geschäften mehr als zufrieden«, sagte Arthur eilfertig, doch dann wusste er nicht mehr weiter und tappte nervös von einem Fuß auf den anderen.

Hermann hasste nichts mehr als Unsicherheit und fuhr seinen Sekretär an. »Arthur, hör auf dich zu winden wie ein Regenwurm. Was ist los?«

»Er fragte nach der Hexe«, platzte Arthur mit einer Spur von Vorwurf heraus. »Ich wusste nicht, was ich ihm antworten sollte. Was meint er?«

Hermann legte den Stift weg und ließ sich in seinem Stuhl nach hinten fallen. Sie wussten es also. Natürlich war er sich darüber im Klaren, dass man auch ihn kontrollierte. Das war eine völlig normale Vorgehensweise für den Orden. Selbst Junghanns würde Späher unter seinen eigenen Leuten haben. Dennoch passte es Hermann nicht, dass man ihm ausgerechnet jetzt keine Zeit mehr ließ. Magnus war geschickt, aber Tilla war selbst ihm gegenüber noch nicht offen genug. Irgendwas schien sie an Magnus zu stören. Eigentlich gefiel Hermann dieser Umstand. Aber es hieß auch, dass er die Information, die sie so dringend von Tilla brauchten, nicht schnell genug bekam. Es half nichts, er musste die Sache wieder selbst in die Hand neben und Druck auf sie ausüben. Was würden sie tun, wenn sie erfuhren, wer Tilla wirklich war?

Tilla hatte nicht nur sich selbst, sondern auch ihn in die Bredouille gebracht, als sie in Wernigerode aufgetaucht war. Alle hatten sie dort gesehen und so mancher mochte sich gefragt haben, warum sie das Institut unbeschadet wieder verlassen hatte. Es war nicht weiter verwunderlich, dass der Orden davon erfahren hatte.

Sein Blick kehrte zu Arthur zurück. »Es geht um das Artefakt. Vor einiger Zeit tauchten hierzu neue Hinweise auf.«

»Das Keltenartefakt?«, fragte Arthur ehrfürchtig.

Hermann nickte. »Die Übersetzerin, die ich beschäftige, hat diese Hinweise. Aber sie ist noch nicht gefügig genug.«

»Ah«, nickte Arthur, stolz, dass Hermann ihn aufklärte, obwohl er nur zu jenen Mitarbeitern zählte, die mit Aktenbergen und nicht mit Feinden kämpften.

»Was hat Junghanns noch gesagt?«

»Er wollte wissen, wie es mit der Hexe stehe … und dass er sich wundere, von dir noch nicht informiert worden zu sein. Er sagt, er sei drei Tage nicht zu erreichen, danach solltest du ihn anrufen.« Arthur blickte Hermann an, wagte aber nicht, seine Frage zu stellen.

Hermann beantwortete sie dennoch. »Ich habe Junghanns noch nicht informiert, weil ich mir noch nicht sicher bin, was sie wirklich weiß.« Er betrachtete Arthur nachdenklich. Mit seinem gedrungenen Körperbau und seinem struppigen Haarkranz sah der Mittvierziger älter aus als er selbst. Aber er wusste, Arthur war loyal, etwas, was man von Magnus nicht gerade behaupten konnte. »Deswegen habe ich Magnus auf sie angesetzt. Es könnte durchaus sein, dass seine hübschen blauen Augen mehr Erfolg bei ihr haben.«

»Verstehe«, nickte Arthur.

»Aber Magnus ist mehr an seinem eigenen Fortkommen im Orden interessiert, ihm ist nicht zu trauen.« Er blickte Arthur offen an. »Also lass ihn nicht aus den Augen, wenn er hier ist. Es könnte sein, dass er es war, der den Orden vor mir informiert hat, weil er sich davon Vorteile verspricht.«

Arthur machte große Augen. »Er würde das Artefakt nicht abgeben, wenn er es bekäme?«

Mehr zu sich selbst als zu Arthur murmelte er: »Sed quis custodiet ipsos custodes … ich werde wohl bald einen Wächter für den Wächter brauchen.«

Die Druiden überzeugen die ihren davon,
dass die Seelen nicht untergehen,
sondern von der Einen nach dem Tod
zu den anderen gehen, und sie glauben,
dass sie durch das besonders
zu Mut angetrieben werden, nachdem
die Angst vor dem Tod abgelegt worden ist.

Caesar

Als Tilla die Tür hinter dem Staatsanwalt geschlossen hatte, kniff sie die Augen zusammen und trampelte ärgerlich auf der Stelle herum. Zwar hatte sie sich im Verlauf des Gespräches gefangen, doch der Moment, als sie ihm nackt die Tür geöffnet hatte, war eindeutig ein Desaster gewesen.

»Wieso passieren mir immer solche Peinlichkeiten?«, haderte sie. Dann hielt sie nachdenklich inne. Hoffentlich hatte er Andreas Kamenz nicht gesehen. Die beiden mussten sich ja eigentlich fast getroffen haben. Tilla verdrehte die Augen. »Na super. Ich habe den armen Jungen nicht nur völlig demoralisiert, nun hab ich auch noch seine Karriere vernichtet.«

Mit einem ungehaltenen Seufzer stieß sie die Luft aus und ließ sich auf ihren Schreibtischstuhl fallen. Sie dachte an Andreas und ihre zugegebenermaßen recht vergnügliche Affäre.

Am heutigen frühen Morgen hatte er wieder vor ihrer Tür gestanden und ihr unter der Last eines tonnenschweren Gewissens eröffnet, wie leid ihm sein Verhalten tue, und dass er sich nunmehr zurückziehen müsse, um noch schlimmere Katastrophen für sie und auch für ihn zu vermeiden. Tilla hatte es ihm leicht gemacht und extrem schamerfüllt beigepflichtet, dass ein derartiges Verhalten auch für sie völlig untypisch sei, und dabei ihre Finger hinter dem Rücken gekreuzt, bis es schmerzte. Dann war er gegangen. Als es kurz darauf wieder klingelte, hatte Tilla allen Ernstes angenommen, er habe es sich überlegt und wäre zurückgekommen.

Tilla schlug die Hände vor das Gesicht und betete lautstark: »Heilige Göttin, verteile meine Hormone unter einer Herde Kühe, die einem armen Hirten im Jemen gehört!« Dann stieß sie einen Stoßseufzer aus und murmelte: »Da wären sie endlich mal nutzbringend angelegt. Die Viecher würden sich vermutlich innerhalb kürzester Zeit vervierfachen.«

Was musste dieser Staatsanwalt von ihr denken?

Sie blickte auf die Uhr und beschloss, eine Kanne Kaffee aufzusetzen. Daniel und Gerred hatten sich angesagt. Sie wollten die eingezogene Wand im Treppenhaus mit Silikon abdichten. Als sie in den Flur trat, drang ein zarter Hauch von einem Aftershave in ihre Nase. Sie stutzte. Es war ein herber Geruch ohne jedwede blumige Note. Sie schnupperte noch einmal, aber der Duft war schon wieder verflogen. Tilla dachte an ihre beiden Besucher. Andreas trug eine sportliche Duftnote und Berking benutzte ein teures Aftershave mit einer Grundnote aus Moschus.

Vielleicht stammte dies hier von Magnus. Sie öffnete die Innentür. Hier erhaschte sie noch eine schwache Note des Duftes. Dann verzog sie wieder das Gesicht und schüttelte den Kopf.

»Jetzt grusele ich mich schon vor einem Geruch«, schalt sie sich und steckte für Daniel und Gerred den Schlüssel nach außen in die Haustür. Als sie sich umwandte, prallte sie fast gegen Borderfeld. Er musste von oben gekommen sein, als sie gerade vor der Haustür war. Tilla war zu verdattert, um etwas Sinnvolles hervorzubringen. Borderfeld packte sie an den Schultern und schob sie rücklings in ihr Wohnzimmer. Dort setzte er sie grob auf ihren Schreibtischstuhl. Der Umstand, dass er Handschuhe trug, ließ bei Tilla üble Vorahnung aufkommen.

»Was wollen Sie von mir?«, schrie sie.

»Du weißt doch, was ich will, Tilla«, sagte er nur scheinbar freundlich. »Ich warte auf etwas. Hast du es gefunden?«

Er beugte sich dicht zu ihr herunter und Tilla drückte sich in die Lehne ihres Schreibtischstuhles. »Ich weiß nicht, was Sie meinen«, log sie.

Er ließ ein amüsiertes Schnaufen hören, richtete sich auf und schlenderte scheinbar ziellos durch ihr Wohnzimmer. »Glaubst du wirklich, dass du es mit mir so leicht hast wie mit dem Herrn Staatsanwalt?« Er drehte sich um und fixierte sie. »Oder dem Bengel von der Kripo?«

Tilla schluckte. Sie kam sich unendlich hilflos vor, weil er sie beobachtet hatte, ohne dass sie es bemerkt hatte. Wie lang war er schon im Haus gewesen? Wieder fiel ihr auf, wie unangenehm seine Augen waren. Seinem Gesicht war kaum eine Regung zu entnehmen, lediglich die feine weiße Linie, die seine rechte Augenbraue teilte, schien unmerklich zu zucken. Aus seinen Augen sprach der pure Zorn. Sie beschloss auf Kooperation zu setzen und setzte ein betont zerknirschtes Gesicht auf. »Der Kripobeamte … wissen Sie, ich habe ein wenig Ärger mit der Polizei und …«

Er lachte abfällig: »Nach Ärger sah das nicht gerade aus, meine Liebe.«

»Ja gut, mit dem Polizisten habe ich weniger Ärger, aber … aber das geht Sie nun wirklich nichts an.«

Nun wurde sein Ton scharf. »Alles, was du tust, geht mich an. Sowohl meine Geduld als auch meine Zeit sind an einer Grenze angekommen, Tilla. Also, was hast du herausgefunden?«

Tilla zuckte zurück und schluckte. Allen Mut zusammennehmend sagte sie: »Heilige Göttin … ich brauche Ihnen ja wohl nicht zu erklären, wie Sie auf Menschen wirken, Herr Borderfeld. Ich habe eine Scheißangst vor Ihnen. Glauben Sie mir, hätte ich, was Sie suchen, ich würde es Ihnen augenblicklich vor die Füße werfen und hoffen, dass Sie aus meinem Leben verschwinden!«

Tilla sah seine Kiefer arbeiten. »Hast du nach den Aufzeichnungen deiner Mutter gesucht?«, fragte er.

Ausweichend haspelte Tilla: »Ich … ich bin sicher, sie hat die Aufzeichnungen vernichtet. Sie sagte mal …«

Borderfeld drehte sich um und zog sie grob an den Schultern hoch. »Rede nicht so einen Unsinn!«, herrschte er sie an. »Deine Mutter hätte diese Aufzeichnungen niemals vernichtet. Offenbar hast du noch lange nicht genug Angst vor mir, wenn du denkst, du könntest mich anlügen.«

»Lass sie los, du Schwein!« Es war Daniel, der plötzlich wie ein wütender Stier durch das Wohnzimmer stürmte und sich auf Borderfeld stürzte.

Tilla fiel rücklings zu Boden, da Borderfeld sie wegstieß. Verstört sah sie, dass es Daniel nicht einmal annähernd gelang, Borderfeld aus dem Gleichgewicht zu bringen. Eine kurze Bewegung seiner Arme sprengte Daniels Klammergriff. Mit einer schnellen Körperdrehung trat er Daniel in die Rippen, sodass dieser hustend strauchelte. Ein Handkantenschlag traf seinen Kehlkopf, der zweite warf ihn rückwärts gegen den Türrahmen, wo Daniel endgültig zusammensackte. Tilla sah mit Entsetzen, dass ihr Beschützer regungslos am Boden liegenblieb.

Borderfeld ließ die Hände, die in Kampfstellung auf Gesichtshöhe erstarrt waren, sinken. Wieder fixierte er Tilla, die sich zitternd auf die Beine rappelte. »Wo sind die Aufzeichnungen?«, fragte er sie in scharfem Ton.

Tilla starrte ihn an und wusste nicht, was sie tun oder sagen sollte. Borderfeld nahm ein Messer aus der Innentasche seiner Jacke und ging vor dem am Boden liegenden Daniel in die Hocke. Mit einer langsamen Bewegung setzte Borderfeld die Spitze des Messers an Daniels Schläfe und legte seine Hand über den Griff.

»Nein!«, schrie Tilla entsetzt.

»Wo sind die Aufzeichnungen?«, wiederholte er und spreizte seine Hand über dem Messergriff, um Tilla zu zeigen, dass er bereit war, Daniel das Messer in den Kopf zu treiben.

»Aufzeichnungen habe ich nicht gefunden«, stammelte Tilla panisch und hob die Hände in der Hoffnung, dass Borderfeld innehielt, mit dem, was er in Begriff war zu tun, »aber neulich kam etwas bei mir an.« Hektisch schnappte sie sich das Buch ihrer Mutter, das noch immer halb unter ihrem Sofa lag. Wahllos schlug sie es auf und hielt es Borderfeld offen hin. »Das ist alles, was von ihren Aufzeichnungen übrig blieb.«

»Ein Bilderbuch?«, fragte Borderfeld sichtlich verstört. Er richtete sich auf und nahm Tilla das Buch ab.

»Mehr habe ich nicht«, jammerte Tilla mit ängstlichem Blick auf Daniel, der völlig bewegungslos am Boden lag.

Borderfeld blätterte das Buch ungeduldig durch, das Messer noch immer in der Hand. »Wann ist das Buch erschienen?«, fragte er barsch.

»Noch gar nicht, es kommt erst nächste Woche in den Handel. Das hier ist eines der Autorenexemplare.«

Mittlerweile blätterte er langsamer. Er überflog interessiert einige Textpassagen. »Noch kennt es also niemand?«

»Nur der Verlag … und ich«, bestätigte Tilla dünn.

Von der Haustür her erklang ein schepperndes Geräusch. Tilla hielt vor Entsetzen die Luft an. Kurz darauf rief Gerred ihren Namen.

»Wer ist das?«, fragte Borderfeld scharf.

»Es ist ein Freund von Daniel. Er wollte ihm hier zur Hand gehen. Ich kenne ihn nicht weiter«, log Tilla und versuchte das Messer, das Borderfeld noch immer in der Hand hatte, aus ihrem Blick auszuklammern.

Borderfeld klemmte sich das Buch unter den Arm und verließ ohne ein weiteres Wort den Raum durch die Terrassentür. Tilla hielt sich nicht damit auf, ihm nachzusehen, sondern eilte zu Daniel, den sie vorsichtig auf den Rücken drehte.

Gerred Assmut erschien in der Tür und blickte entsetzt zwischen Tilla und einem Daniel hin und her, der stöhnend zu sich kam.

*

»Ein Einbrecher … mitten am Tage?«, fragte Wegener und schaute Tilla zweifelnd an.

»Wieso fragen Sie so blöde«, fauchte Tilla aufgebracht. »Glauben Sie nun auch noch, *ich* hätte das hier angerichtet?«

Wegener blickte etwas säuerlich drein, sagte aber begütigend: »Nein, natürlich nicht. Erzählen Sie, was passiert ist.«

Tilla atmete stoßweise aus, als wollte sie damit ihren Zorn loswerden. Sie funkelte Wegener an, bemühte sich aber dann um einen ruhigen Ton. »Er stand urplötzlich im Flur, packte mich und stieß mich in meinen Schreibtischstuhl.«

»Das ist schon merkwürdig, Frau Leinwig. Einbrecher fliehen normalerweise, wenn sie überrascht werden«, erklärte Hanjo Berking, der am Türrahmen ihres Wohnarbeitszimmers lehnte.

»Dieser aber nicht«, hielt Tilla aggressiv dagegen. »Er hat mich angeschrien und mich an den Schultern gepackt. Ich war wie von Sinnen vor Angst. Dann war plötzlich Daniel da … Daniel Regner.«

»Was denn ... das Opfer von Ihrem Einbrecher ist der Bruder von Oliver Regner?«, fragte Wegener und zeigte mit dem Daumen in Richtung Tür, durch die man Daniel wenige Minuten zuvor aus dem Zimmer getragen hatte.

»Was heißt hier *mein* Einbrecher!«, keifte Tilla und funkelte den Ermittler böse an.

Wegener mahnte etwas genervt: »Frau Leinwig ...«

Mühsam riss sich Tilla zusammen. »Verdammt ... Entschuldigung. Ich bin etwas durch den Wind. Ja, das war Daniel Regner ... er und mein Nachbar, Gerred Assmut ...«, Tilla zeigte auf Gerred, der sich auf das Sofa zurückgezogen hatte und dem Verhör schweigend folgte, »... haben mir hier bei einigen Umbauarbeiten geholfen. Heute wollten sie den Rest machen. Daniel kam etwas früher und sah, dass der Typ mich festhielt. Dann schrie er irgendetwas und griff den Typen an, aber ...« Tilla schüttelte den Kopf und hob in hilfloser Geste die Hände. Sie bemühte sich, angesichts der Erinnerung an Daniel und das Messer an seiner Schläfe ihre Gefühle in den Griff zu bekommen, und kniff kurz die Augen zusammen. »Dieser Typ ... er war wahnsinnig brutal ... und so schnell ...« Stockend beschrieb Tilla die kurze Kampfszene. »... ich hätte irgendetwas tun sollen«, schloss Tilla ihren Vortrag kläglich.

Wegener betrachtete sie forschend. »Nein, nein ... vermutlich wäre das Ganze völlig eskaliert, wenn Sie auch noch mitgemischt hätte. Haben Sie den Typen vorher schon mal gesehen?«

Ein Teil von ihr wusste, dass es dumm war zu lügen, doch ein anderer Teil ihres derzeit zu aufgebrachten Wesens fürchtete sich davor, der Polizei zu erzählen, dass sie seit Monaten für eine so zwielichte Gestalt wie diesen Borderfeld arbeitete, noch dazu schwarz. Also antwortete mit arglosem Gesicht: »Nein.«

»Hat er gesagt, was er von Ihnen wollte?«

Da sie sich ansonsten so eng wie möglich an die Wahrheit halten wollte, antwortete sie zögernd: »Er erwähnte ein historisches Schwert, dass er suchen würde. Meine Mutter soll es bereits gesucht haben. Aber ich weiß davon nichts.« Sie sah sich von zweifelnden Gesichtern umgeben und fügte hinzu: »Es handelt sich möglicherweise um ein recht wertvolles Artefakt, aber wie gesagt, ich weiß weder, ob es dieses Teil wirklich gibt, noch wo es sein könnte.«

»Ein Schwert?«, echote Wegener ungläubig.

»Ja, ich weiß, wie sich das anhört«, jammerte Tilla und wedelte ärgerlich mit den Händen. Dann stand sie auf, ging zu dem Karton in der Ecke ihres Zimmers und nahm ein Exemplar des Buches ihrer Mutter heraus, das sie Wegener reichte. »Vielleicht hängt es damit zusammen.«

Gerd Wegener griff in die Innentasche seines Jacketts, friemelte umständlich seine Lesebrille heraus und betrachtete das Buch zweifelnd.

Hanjo Berking löste sich vom Türrahmen und blickte seinem Kollegen über die Schulter. »Von H. Lleynwitch?«

»Lleynwitch ist der ursprüngliche Name meiner Familie, das Buch ist von meiner Mutter.«

Die beiden Polizisten blätterten ohne wirkliches Interesse darin herum. »Scheint so was wie ein Märchen zu sein«, stellte Gerd Wegener eine Spur belustigt fest. »Die Bilder sind wirklich sehr hübsch, aber Sie wollen uns doch nicht erzählen, dass jemand dafür einbricht und fast einen Menschen tötet?«

Tilla sah sich von zweifelnden Gesichtern umgeben, was ihren Zorn erneut anstachelte. »Dann kann ich ihnen auch nicht weiterhelfen. Denken Sie sich selbst was aus!«, fauchte sie den Kripobeamten an.

Bevor ihr Wegener antworten konnte, fragte Hanjo Berking: »Sagen Sie, Frau Leinwig … Ihre Mutter war doch Heilpraktikerin. Hatte Sie Medikamente hier, für die sich ein Einbruch lohnen würde?«

»Nein. Nur Kräuter, Tinkturen und Salben und die hat Frau Volkerts neulich abgeholt.«

Andreas Kamenz kam herein und verkündete: »Keiner der Nachbarn hat etwas gesehen.« Sein Blick streifte Tilla nur kurz.

Wegener nickte murrend, klappte das Buch zu und sah sich dann nachdenklich im Zimmer um. »Sagen Sie, stammt das Blut dort an der Tür nur von Ihrem Freund, oder könnte auch Blut des Täters dabei sein?«

Tilla folgte seinem Blick mit Widerwillen. Ihr Wohnzimmer sah furchtbar aus. Sie schüttelte nachdenklich den Kopf. »Nein. Ich habe bei ihm keine Verletzungen bemerkt.«

»Und seine Hände? Er hat Ihren Freund geschlagen. Manchmal platzen die Handrücken dabei auf.«

Abermals schüttelte Tilla den Kopf. »Er trug Handschuhe ... schwarze Handschuhe.«

Wegener schnaufte unzufrieden. Er wandte sich an Gerred. »Herr Assmut, haben Sie den Angreifer gesehen?«

Gerred Assmut antwortete mit wohlüberlegten Worten. »Leider nicht. Als ich kam, war er schon weg. Ich habe zwar dort hinten auf dem Waldweg hinter dem Haus einen schwarzen, kastenartigen Wagen bemerkt, habe aber nicht genau hingeschaut, weil ich gesehen hatte, dass die Haustür von Frau Leinwig aufstand. Ich bin reingegangen und fand Frau Leinwig, die vor Daniel Regner kniete. Die Terrassentür stand offen.«

»Aha. Und der Wagen? Marke oder Teile des Kennzeichens?«

Gerred schüttelte mit bedauerndem Gesicht den Kopf. »Ich denke, es war ein dunkler Geländewagen, auf das Kennzeichen habe ich nicht geachtet. Tut mir leid.«

»Haben Sie schon einmal jemanden hier bemerkt?«

»Nein.«

»Was haben Sie denn hier umgebaut? Waren Handwerker beteiligt?«, fragte Wegener.

»Nein«, antwortete Gerred, »die Umbaumaßnahmen waren recht gering und dienten dem Zweck, dass Frau Leinwig das Obergeschoss vermieten konnte.«

»Ach so … und da wohnt nun jemand?«

»Nein … na ja, also er heißt Rennert und wohnt nur hin und wieder hier«, antwortete Tilla.

»Eine Ferienwohnung? Wo wohnt Ihr Mieter denn sonst?«

Tillas Blick flitzte verwirrt hin und her. »Das weiß ich gar nicht«, gab sie betreten zu. »Äh, er sagte, er mache hier Schulungen … im Moment ist er nicht hier.«

Gerd Wegener hob entnervt die Augenbrauen. »Na dann wird uns seine Aussage wohl kaum helfen«, sagte er und reichte Tilla das Buch zurück.

Tilla erklärte unwirsch: »Behalten Sie es. Der Einbrecher hat auch schon eines!«

»Er hat das Buch mitgenommen?«, fragte Hanjo Berking ungläubig.

»Ja, er hat es mitgenommen. Vielleicht haben ihm ja die Bilder gefallen und er schenkt es jetzt seinen Kinderchen«, schnappte Tilla.

Als die Polizisten gegangen waren, erhob sich auch Gerred. An der Tür blieb er stehen und fragte Tilla mit ernstem Gesicht: »Und du weißt wirklich nicht, wer das war?«

Tilla blickte auf den Boden vor ihren Füßen. Im Geiste sah sie, wie Borderfeld Daniel das Messer an die Schläfe setzte. Gerred hatte Borderfeld – der Göttin sei Dank – nicht getroffen. Sie durfte ihn keinesfalls mit in diesen Schlamassel hineinziehen. Sie hatte Borderfeld gesagt, dass sie Gerred nicht kennen würde. Sie musste künftig dafür sorgen, dass die Wirklichkeit dieser Lüge nahe kam. Er sollte tunlichst aus ihrem Leben verschwinden, möglichst bald.

Tilla sah ihn kurz an und schüttelte stumm den Kopf.

*

»Ein Einbrecher also«, wiederholte Jan Berking abfällig. Er nahm kurz Hederas Buch in die Hände, blätterte wirr darin herum, um es dann entschieden wieder wegzulegen. »Das wird ja immer verworrener. Was macht denn dieser Regner bei ihr?«, fragte er barsch.

»Regner ist mittlerweile in Goslar gemeldet. Offenbar besucht er unsere hübsche Zeugin und geht ihr in handwerklichen Dingen zur Hand«, sagte Wegener. »Er und ein weiterer Nachbar.«

»Offenbar versteht sie es, Männer zu mobilisieren«, bemerkte der Staatsanwalt spitz.

Hanjo Berking ging nicht darauf ein und resümierte ihm die Aussagen. Nach einem Moment des Nachdenkens wandte sich Jan Berking direkt an seinen Vater. »Was hältst du von dem Ganzen?«

Hanjo Berking antwortete zögernd. »Tja … auf mich wirkte sie im Großen und Ganzen glaubwürdig.« Unschlüssig griff er nach Hedera Leinwigs Buch.

Staatsanwalt Berking reagierte verkniffen. »Also, den Quatsch mit dem Schwert können wir wohl getrost ad acta legen. Was ist mit diesen Kräutern? Es kann doch sein, dass unser Einbrecher nichts von dem Abtransport der Kräuter wusste. Waren Drogen dabei, die einen Einbrecher interessiert hätten?«

»Ja, das ist wohl denkbar … aber dass diese Kräuter einen Einbrecher in ihre Wohnung gelockt haben könnten, glaube ich eher nicht«, antwortete Hanjo und bot an: »Aber ich könnte es nachprüfen. Ich werde bei Astrid Volkerts nachfragen, sie hat die Apotheke von Hedera Leinwig abgeholt.«

Jan Berking ignorierte das Angebot und schnaufte unzufrieden. »Die Leinwig verschweigt uns doch etwas. Was könnte sie besitzen, was einen kampferprobten Mann in ihre Wohnung lockt?«

»Vielleicht schuldet sie jemandem Geld. Inkassobüros werden ja zurzeit immer griffiger«, schlug Gerd Wegener vor.

»Das müsste aber eine ziemlich hohe Summe sein, der Kerl hat diesen Regner fast umgebracht, das macht doch keiner für drei Euro fuffzig«, wandte Kamenz ein.

»Ihre Einrichtung ist zwar neu, aber nicht übermäßig teuer. So hohe Schulden kann sie da nicht gemacht haben«, überlegte Jan Berking laut. »Denkbar wäre, dass sie selbst Drogen nimmt und deswegen in Geldnot geraten ist, aber ich habe bei ihr keinerlei Anzeichen von Drogenkonsum bemerkt. Andererseits ... wenn sie ihr Obergeschoss vermietet, heißt das doch wohl, dass sie Geld braucht.«

Alle blickten etwas ratlos in die Runde.

»Was wissen wir von diesem Einbrecher?«, fragte Berking.

»Groß, schlank, dunkle Kleidung, braune Haare, nicht mehr jung, keine Fingerabdrücke, keine DNS, keiner der Nachbarn hat etwas bemerkt«, ratterte Gerd Wegener mit unzufriedenem Gesicht herunter.

Jan Berking verdrehte die Augen und ließ sich auf einen der Stühle fallen. »Eine junge Frau, vormals unauffällig, gerät innerhalb eines knappen halben Jahres in einen sie belastenden Gerichtsprozess sowie in den Dunstkreis zweier Morde, eines Selbstmordes und eines Einbruchs ... und sie will weder gewusst haben, warum sich ihre Mutter umbrachte noch warum man bei ihr einbricht – von unseren Mordopfern ganz zu schweigen. Da passt doch wirklich nichts zueinander«, grummelte er unzufrieden.

»Und wenn sie wirklich zufällig in irgendetwas reingeraten wäre?«, bot Andreas Kamenz an.

»Ach, hören Sie doch auf, Herr Kamenz. Diese Frau ist alles andere als unschuldig. Die verschweigt uns einiges.«

Kamenz schluckte eine bissige Antwort herunter und schwieg, vor allem, da ihn sein Chef mahnend anblickte.

Wegener bemerkte: »Da mögen Sie recht haben, Herr Dr. Berking, aber aus der Leinwig bekommen wir nichts heraus.« Er grinste schief und fügte hinzu: »Ich glaube, wir haben Glück gehabt, dass sie uns nicht verdroschen hat ... so fuchtig, wie die war.«

Hanjo lachte kurz auf und bestätigte: »Sie ist tatsächlich ziemlich temperamentvoll.«

»Mein Gott ... kurz vorher hat ihr ein ungebetener Gast die Wohnung aufgemischt«, hielt Kamenz dagegen.

»Ach was«, erklärte Berking resolut, »das Verhalten dieser Leinwig ist weder mit Temperament zu erklären noch mit einem Trauma zu entschuldigen! Sie sollten sich mal durchlesen, was die Frau im Gerichtssaal in Braunschweig für einen Aufstand gemacht hat. Die hat getobt wie eine Furie. Es brauchte zwei kräftige Wachbeamte, um sie aus dem Saal zu bringen!«

Gerd Wegener grinste breit. »Das kann ich mir lebhaft vorstellen.«

Andreas Kamenz holte bereits Luft für eine Antwort, doch Hanjo Berking kam ihm zuvor. »Die Aussage der Leinwig war aber bis auf kleine Ungereimtheiten schlüssig. Vielleicht müssen wir wirklich früher anfangen ... viel früher«, sagte der BKA-Beamte, während er auf Hederas Buch blickte. »Damals ist einiges passiert ... einiges, was ich seinerzeit nicht aufklären konnte. Ich werde das Gefühl nicht los, dass ich damals was versäumt habe.«

»Etwas versäumt? Hast du eine Vermutung?«, fragte Jan Berking seinem Vater.

Hanjo sammelte seine Gedanken und begann mit vorsichtig gesetzten Worten. »Nun … der Anfang liegt sicher darin, dass Hedera Leinwig an Samhain vor dreißig Jahren vergewaltigt wurde. Schakenbeck wird sechs Wochen später verletzt, vermutlich in einer Prügelei. Eine mögliche Variante der Geschichte wäre: Schakenbeck vergewaltigte Hedera Leinwig und wird an Yul, sechs Wochen später – entweder von Hedera selbst oder von einem ihrer Verehrer aus Rache verletzt. Dann brachte sich Hedera vor ein paar Monaten um und Tilia Leinwig brachte zu Ende, was Hedera vor dreißig Jahren fast gelungen war. Sie tötete Schakenbeck«, bot Hanjo an und fuhr nachdenklich fort. »Vielleicht hatte der Mord an Schakenbeck einen Auslöser …«

»Der Selbstmord war dieser Auslöser«, stellte Jan Berking befriedigt fest. »Aber warum bringt sich Hedera Leinwig erst jetzt um?«

»Vielleicht hat jemand … vielleicht sogar Schakenbeck selbst … Tilia Leinwig von der Vergewaltigung ihrer Mutter erzählt, von der die Leinwig bis dato gar nichts wusste. Sie hat dann ihrer Mutter Vorwürfe gemacht, weil die es ihr nicht erzählt hatte …«

»Und die bringt sich dann um«, beendete Jan Berking den Satz und nickte.

»Und darüber war dann die Tochter wiederum so sauer, dass sie Schakenbeck umbringt?«, meinte Wegener zweifelnd.

»Und wie passt dann dieser Sundermann ins Bild?«, fragte Kamenz gereizt, dem die gesamte Denkrichtung immer weniger gefiel.

»Vielleicht hat Sundermann auf irgendeine Art und Weise von dem Mord an Schakenbeck erfahren und sie brachte ihn um, weil er ein Mitwisser war«, überlegte Jan Berking.

Andreas Kamenz schwieg mühsam.

Wegener bemerkte den Unmut seines jungen Kollegen sehr wohl und übernahm die Rolle des Advokatus Diabolus an seiner Statt. »Könnte sein. Aber warum dann die Runen?«

»Hm, sie ist ziemlich clever ... vielleicht wollte sie eine Spur zur rechtsradikalen Szene legen«, meinte Jan Berking.

Wegener nickte nachdenklich. »Würde passen ...«

»Aber diese Runen weisen doch auch in ihre Szene, also auf diese Altgläubigen hin!«, hielt Andreas dagegen.

Jan Berking wiegelte ab. »Nein, nein ... das passt ganz gut. Dieser Schakenbeck hat zuletzt Ausländer betreut und Sundermann war schwul, beide Fälle sind Neonazis ein Dorn im Auge. Ihre Spur wäre gut.«

»Stimmt«, warf Wegener ein, »vielleicht sogar deswegen der Mord an Sundermann. Als Schwuler passte er gerade so gut. Vielleicht tarnte sie einen Mord mit einem weiteren als die Tat eines wirren Serienkillers.«

»Na, das ist doch endlich mal etwas Fassbares«, stellte Jan Berking befriedigt fest. »Und unser Einbrecher?«, fragte er in die Runde. »Wäre es denkbar, dass sie hier irgendwas inszeniert hat? Vielleicht um von sich abzulenken?«

»Gott, so ein Blödsinn«, entfuhr es Kamenz lautstark.

Alles starrte Kamenz missbilligend an.

Etwas betreten mäßigte Andreas Kamenz seinen Ton und bemühte sich nun, objektiver dagegen zu argumentieren. »Ich bin noch immer der Meinung, dass es abwegig ist anzunehmen, Tilia Leinwig habe zwei Männer erstochen. Wenn eine Frau einen kräftigen Mann töten will, denn geht sie doch nicht das Risiko ein, ihn zu erstechen. Ist doch angesichts des Kräfteunterschiedes viel zu gefährlich.«

»Tatsächlich töten Frauen selten mit einer Stichwaffe«, warf Hanjo ein, »aber möglich ist es schon, nämlich dann, wenn eine Frau das Überraschungsmoment ausnutzt. Außerdem kommt man leichter an eine Stichwaffe als an eine Pistole ... und ein Messer tötet geräuschlos.«

»Ich habe mich in der Zwischenzeit etwas über neuzeitliche Hexen schlau gemacht. Einige benutzen einen Ritualdolch, eine Atame«, erklärte Jan Berking. »Und in der Akte über den Selbstmord der Leinwig stand, dass neben der Schublade mit dem Eisenhut ein ziemlich langes Messer auf dem Apothekentisch lag.«

»Ja, das habe ich auch gesehen. Aber wozu sollte Tilia Leinwig eine geräuschlose aber unsichere Waffe benutzen? Nachts ist man auf der Burg und am Klusfelsen garantiert allein«, wandte Kamenz ein.

»Um den Klusfelsen herum wohnen Leute. Eine Schusswaffe würde ich dort nicht benutzen. Ein Messer wäre ideal«, hielt Jan Berking dagegen.

»Und wenn sich ein Gegner wehrt?« Kamenz schüttelte den Kopf. »Wir wissen doch, dass Sundermann entführt worden ist. Wie soll sie so was denn schaffen? Und dann soll sie auch noch einen Einbruch inszeniert haben? Dazu hätte sie einen ausgebildeten Bundeswehrsoldaten bewusstlos prügeln müssen.« Er hob dann entschuldigend die Hände. »Tut mir leid, aber das klingt völlig daneben.«

Seine Argumente führten tatsächlich zu einem Moment ratloser Stille.

»Kamenz hat recht. Ich glaube, uns fehlt noch ein entscheidendes Puzzleteil. Dieser Einbrecher hat wirklich nach etwas gesucht«, schloss Hanjo und trommelte nachdenklich auf den Einband von Hederas Buch.

»Na, das war es garantiert nicht«, blaffte Jan Berking und wies auf das Buch. »Ich bleibe dabei: Tilia Leinwig ist vorerst unsere Hauptverdächtige. Ob als Täterin, Mittäterin oder als Anstifterin, mag erst mal dahingestellt bleiben. Ihr gilt unser Hauptaugenmerk.« Er erhob sich energiegeladen und verkündete: »Ich besorge mir einen

Beschluss. Ihre Fingerabdrücke haben wir ja, nun werden wir uns ihre DNS holen und mit unseren Spuren von den Tatorten, vor allem mit der DNS von Schakenbeck vergleichen. Ein Blick auf ihre Konten könnte auch nicht schaden.«

Im Vertrag mit Hannibal ist eigens festgelegt,
dass bei Klagen der Katharger gegen die Kelten
deren Frauen zu richten haben.

Plutarch

»Oh, Astrid, wenn dich nun jemand sieht!«, begehrte Tilla auf, als sie sah, wer vor ihrer Haustür stand, doch Astrid Volkerts stürmte resolut an ihr vorbei.

»Ach was, wir müssen gemeinsam überlegen, was wir tun. Wenn dich dieser Irre noch einmal besucht, passiert wer weiß was. Los, komm rein!«

Tilla schloss gehorsam die Tür und folgte der Freundin ihrer Mutter in die Küche, wo Astrid sich bereits geschäftig über die Kaffeemaschine hermachte. Tilla, der es wohltat, mal wieder umsorgt zu werden, setzte sich brav an den Küchentisch und harrte der Dinge.

»Hast du der Polizei Hederas Buch gegeben?«

»Ja. Aber ich fürchte, nun halten sie mich für total bekloppt.«

»Warum?«, fragte Astrid mit großen Augen.

»Astrid … mit Geschichten von einem alten Artefakt kann man Polizisten nicht kommen«, erklärte Tilla und wunderte sich über Astrids Naivität.

»Tilla, Liebes, die Polizei muss die Geschichte von Harcylugh doch nicht glauben. Es reicht doch, wenn sie verstehen, dass dieser Borderfeld sie glaubt!«

»Oh … du hast recht«, lenkte Tilla ein, die sich nun dafür schämte, dass sie Astrid für naiv gehalten hatte. »Aber wie bringen wir ihnen deine Weisheit bei?«

»Ich denke ja, du hättest ihnen ruhig von diesem Borderfeld erzählen sollen.«

Tilla wusste natürlich, dass Astrid recht hatte, aber sie fühlte sich in die Enge gedrängt und argumentierte trotzig dagegen. »Na klar … der unbekannte Fremde mit Namen Borderfeld – womöglich sogar ein falscher Name – von dem ich weder Adresse noch Telefonnummer habe, für den ich schwarz arbeite und der mich wegen einer Märchensammlung meiner Mutter bedroht.«

»Tilla …«, machte Astrid mahnend.

Tilla seufzte. »Ja gut … vielleicht hätte ich es sagen sollen.«

»Du solltest es bei nächster Gelegenheit nachholen«, stellte Astrid in strengem Ton fest. »Warum hast du eigentlich auch Gerred nichts gesagt?«

Tilla blickte zu Boden. »Ich will keine Missverständnisse.«

»Missverständnisse?«

Tilla sah Astrid ins Gesicht. »Er könnte es falsch interpretieren, wenn ich ihn zu sehr ins Vertrauen ziehe … ich werde Gerred nicht in mein Leben lassen!«

Astrid runzelte die Stirn. »Komisch … ich dachte, du magst ihn.«

»Ja schon … aber diese Narbe«, sagte Tilla und schämte sich sehr für diese unwahre Aussage. Eigentlich störte sie die Narbe schon längst nicht mehr.

Astrid blickte Tilla ruhig an. »Tilla. Gerade jetzt brauchst du Freunde.«

Tilla lachte unfroh auf und bemerkte sarkastisch: »Ja, einer von meinen Freunden liegt gerade im Krankenhaus, weil er mir helfen wollte. Meine Freunde brauchen mich nicht, verstehst du?« Tilla beugte sich nach vorn und sagte eindringlich: »Astrid, Borderfeld hat Daniel ein Messer an die Schläfe gesetzt. An die Schläfe! Er hätte ihn um ein Haar umgebracht ... er wollte ihm ein Messer in den Kopf rammen. Kannst du dir so etwas vorstellen?! Ich gab ihm das Buch, damit er Daniel am Leben lässt. Und dann tauchte auch noch Gerred auf. Borderfeld hatte das Messer noch in der Hand. Weißt du, was passiert wäre, wenn Gerred hereingekommen wäre und ihn gesehen hätte? Borderfeld hätte ihn garantiert nicht am Leben gelassen. Glaub mir ... ich habe seine Schergen erlebt. Die sind irre!«

»Du hast sie erlebt? Wie meinst du das?«, fragte Astrid mit dünner Stimme.

Tilla kniff die Augen zusammen. »Vor einigen Wochen in Wernigerode ... Ich sah Borderfeld im Auto und bin ihm gefolgt. Leider hat er es gemerkt.«

»Und was ist dann passiert?«, fragte Astrid verhalten.

»Er hat mir einen Einblick gegeben, was er so treibt ... als Warnung.«

Astrid wartete schweigend und Tilla fuhr nach einem Stoßseufzer fort, ihr von dem Kampfsportzentrum und von Borderfelds drohenden Worten zu erzählen.

»Oh«, machte Astrid ernüchtert.

»Borderfeld spricht immer von einem Netz, zu dem auch ich gehören würde, seit ich für ihn arbeite. Versteh doch ... er ist nicht allein!«

»Ja, langsam verstehe ich«, meinte Astrid nachdenklich. »Wenn du ihn verrätst, reißt er dich mit.«

»Und alle, die mir helfen und die etwas von ihm wissen könnten. Selbst wenn ich ihn ans Messer liefern könnte, es würde mir nichts nutzen. Dieses Netz ist eine Hydra, deren Köpfe ich nie alle erwische.«

Astrid schwieg und starrte sichtlich verstört in ihren Kaffee. Nach einer Weile fragte sie: »Du sagtest, du hättest ihm Hederas Buch gegeben?«

»Ja. Mutsch hat mich sicher in diesem Moment verflucht.«

»Das glaube ich nicht. Sie hat sich entschlossen, die alte Geschichte neu zu beleben und öffentlich zu machen. Damit wollte sie dir die Last von den Schultern nehmen. Hedera wusste, was sie tat, als sie das Buch schrieb, glaub mir.«

»Du wusstest davon?«

»Ja. Ich habe ihr dazu geraten und ihr geholfen, eine Auswahl aus ihren Aufzeichnungen zu treffen. Sie glaubte immer, die Last dieses Wissens allein tragen zu müssen. Wir anderen Altgläubigen haben die Geschichte ja fast vergessen, nur einige der älteren wussten noch davon.«

»Ich komme mir wie ein Verräter vor. Ich habe mich nie dafür interessiert. Mutsch hat so viel Wissen ausgegraben …«

»Ja, das hat sie. Ohne sie wäre die Geschichte wirklich vergessen worden. Aber was will dieser Borderfeld damit?«

Tilla zuckte mit den Schultern. »Er sucht wohl das Artefakt.«

Mehr zu sich selbst fragte Astrid: »Wird er mit dem, was er von dir bekommen hat, zufrieden sein oder besteht die Gefahr, dass er zurückkommt?«

»Ich hoffe, er ist schlauer als ich«, antwortete Tilla leise. »Ich hab das Buch nämlich zig Mal gelesen, aber ich weiß nicht, wo sich dieser Sonnenstein befindet.«

»Ich auch nicht«, lächelte Astrid. »Sag mal, du hast doch auch etwas Geschichte studiert, wie authentisch sind eigentlich all diese Quellen, die Hedera da zusammengetragen hat?«

»Na ja, also, Crodo ist eine Sage, die allerdings vielfach Erwähnung findet. Von Thurizan habe ich noch nie gehört, ist aber vielleicht auch ein Trick, um die

Geschichte glaubwürdiger zu machen. Über Kelten weiß man generell nicht viel. Es gibt Caesars Kommentare zum Gallischen Krieg und einige vereinzelte Aussagen bei einigen Geschichtsschreibern. Ein magisches Schwert findet hin und wieder auf Umwegen Erwähnung. So wird Arminius der Cherusker tatsächlich meist mit einem erhobenen Langschwert dargestellt. Ich habe mich auch ein wenig in die Geschichte des Goslarer Kinderbrunnens, oben am Herzberger Teich, eingelesen und war ziemlich erstaunt, dass es tatsächlich eine Sage gibt, nach der der berühmte Siegfried und seine Schwester dort geboren wurden. Die alte Steintafel in dem Brunnen zeigt zwei miteinander verbundene menschliche Figuren. Schlangenmenschen, sie sollen die Zwillinge darstellen.«

»Wie interessant!«

»Dass es sich bei Arminius dem Cherusker und Siegfried um ein und dieselbe Person handelt, halten einige namhafte Historiker für denkbar, aber Beweise gibt es natürlich nicht. Allerdings existieren eine ganze Menge Parallelen in Arminius' und Siegfrieds Lebenslauf. Und Arminius ist ja nachweislich nicht sein richtiger Name, den hatte er ja im römischen Exil angenommen. Arminius' germanischer Name ist nach wie vor ein Rätsel. Er könnte auch Siegfried oder, wie in der Edda beschrieben, Sigurd geheißen haben, denn Arminius' Vater hieß nachweislich Sigimer.«

»Aha«, machte Astrid. »Aber die große Varusschlacht hat doch nun wirklich nicht hier stattgefunden.«

»Auch da ist man sich nicht mehr sicher. Die meisten Historiker sagen, sie habe in Kalkriese stattgefunden, andere behaupten, das Schlachtfeld läge in Xanten.«

»Der Heimat des schönen Siegfried?«, fragte Astrid erstaunt nach. »Und ich dachte immer, die Schlacht wäre im Teutoburger Wald gewesen, denn da steht ja auch das Denkmal von Armin dem Cherusker.«

»Das mit dem Teutoburger Wald scheint ein Übersetzungsfehler bei einem Text von Tacitus zu sein«, erklärte Tilla. »Auf den Teutoburger Wald kam man, da die ursprünglichen Texte in Latein ohne Zwischenräume zwischen den Worten geschrieben wurden. Dann hat man sie sorgfältiger übersetzt und aus dem ›Teutoburgensisaltu‹ – Teutoburger Wald – wurde: ›te uto burgi ensi saltu‹. Und ›Saltu‹, so sagt man heute, heißt auch nicht Wald, sondern Domäne, Gebiet oder Latifundie. Außerdem bekam der Teutoburger Wald seinen Namen erst viel später. Das Gebiet hieß früher Osning.«

»Ich bin platt. Und was heißt dann ›te uto burgi ensi saltu‹?«

»Frei übersetzt heißt es: das Gebiet, das verwüstet worden ist, als Türme und Schwert es sicherten.«

»Ich fasse es nicht«, kommentierte Astrid beeindruckt. »Und wo liegt das Schlachtfeld nun?«

»Tja, das möchten alle Historiker gern wissen. Neuerdings spricht tatsächlich einiges für eine große Schlacht zwischen Germanen und Römern bei Halberstadt im Jahre neun nach Christus. Man hat auf dem historischen Schlachtfeld sogar Tafeln mit den Buchstaben VARII gefunden.«

»Du meine Güte. Die Varusschlacht hier im Harz? Glaubst du das auch?«

Tilla zuckte die Schultern und meinte diplomatisch: »Auch wenn die Geschichtsschreiber immer so emsig *eine* große Schlacht beschwören, vielleicht sind Römer und Germanen doch an mehreren Standorten aufeinander getroffen. Aber ich glaube schon, dass das Schlachtfeld bei Halberstadt dazu gehört.«

Astrid nickte. »Die Wahrheit liegt meist irgendwo dazwischen. Und Arminius? Hat er hier gekämpft?«, fragte sie schmunzelnd.

»Denkbar wäre es. Die Cherusker lebten unter anderem am Westharz, in der Gegend zwischen Seesen und Goslar. So gesehen ist verständlich, warum Borderfeld wie besessen nach diesem Schwert sucht«, erklärte Tilla. »Es handelt sich womöglich um das legendäre Schwert *Balmung.*«

»Siefrieds Schwert? Unglaublich. Aber was will er damit?«, fragte Astrid kopfschüttelnd.

»Weißt du, ich habe ja einige Texte für ihn übersetzt. Diese Texte waren jedenfalls ziemlich eindeutig rechtsradikal.«

»Ach du Schreck! Er ist ein Nazi?«

»Oh ja«, nickte Tilla überzeugt. »Nach Mutschs Buch waren die Nazis ja schon einmal hinter dem Stein her.«

»Das schien mir immer ziemlich weit hergeholt«, zweifelte Astrid.

»Gar nicht«, hielt Tilla eifrig dagegen, »Nazis waren immer heiß auf heilige Artefakte. Und wenn es sich hier wirklich um das Schwert von Arminius handelt ... die Varusschlacht gilt immerhin als der Beginn des Deutschtums.«

Hinter Astrids Stirn arbeitete es merklich. »Stimmt. Das passt alles haargenau. Und dieser Borderfeld sucht nun nach einem feuerspuckenden Edelstein aus dem Griff des Siegfriedschwertes?«

Tilla schmunzelte. »Nach Mutschs Geschichte muss es sich um einen Bernstein handeln.«

»Wie kommst du denn darauf?«

Tilla kicherte. »Das Wort Bernstein kommt von ›Burnstone‹, der Stein, der brennt.«

»Bernstein brennt?«, fragte Astrid verblüfft.

»Ja. Und in Salzwasser schwimmt er. So fischt man alljährlich Tonnen von Bernstein aus dem Strand der Ostsee. Man kippt den Schlamm mit den Bernsteinen darin einfach in Salzwasser.«

»Donnerwetter. Dann könnte diese wilde Theorie mit

dem versalzenen Brunnen ja stimmen. Ein Bernstein also ...«, sinnierte Astrid.

»Der Stein würde auch in den sagenumwobenen Crodo-Altar aus dem Goslarer Museum passen, über den sich die hiesigen Historiker so emsig den Kopf zerbrechen. Vielleicht hat man ja diese goldene Truhe extra gebaut, um den Sonnenstein und seine dunkle Magie zu bannen«, vermutete Tilla eifrig.

Astrid nickte versonnen. »Ja, irgendwo habe ich gelesen, dass dieser Crodo-Schrein mit christlichen Symbolen ausgekleidet war. Vielleicht sollte er Reliquien aufnehmen, wie die Historiker vermuten. Aber es wäre auch denkbar, dass er eine Reliquie des Bösen bannen sollte.«

Beide Frauen grübelten in ihren erkaltenden Kaffee.

»Es wird wirklich schwer sein, so etwas der Polizei begreiflich zu machen«, gab Astrid nun zu. »Obwohl ... dieser Berking senior macht einen wirklich vernünftigen Eindruck.«

»Mmh ...«, maulte Tilla unwillig. »Sein Sohn ist weniger vernünftig, er hält mich für die Mörderin von Harald Schakenbeck und auch von dem armen Dirk Sundermann. Dieser Staatsanwalt dreht mir doch tatsächlich einen Strick daraus, dass an der Tasse von damals meine Fingerabdrücke sind. Und gestern haben sie in meinem Haus herumgewühlt und mir mit einem pelzigen Wattestäbchen durch den Mund gewischt, als sei ich ein Schwerverbrecher. Der Göttin sei dank lagen keine Texte von diesem Borderfeld herum und es war auch nichts auf meinem Computer. Borderfeld hatte da ja sowieso schon alles gelöscht. Sie haben nichts Verdächtiges gefunden. Nein, nein ... ich werde mich schön bedeckt halten. Ich bin nämlich, wie du weißt, eine vorbestrafte Hexe!«

Astrid presste die Lippen aufeinander. »Du hast recht.

Du hast ihnen ja das Buch gegeben. Mehr kannst du nicht tun.«

Brüder befehden sich und fällen einander
Geschwisterte sieht man die Sippe brechen

Edda, Der Seherin Weissagung, 45

»Nach Dresden?«, fragte Magnus ungläubig. »Wieso soll ich nach Dresden gehen?«

Hermann ließ sich Zeit. Mehrfach ließ er das Schwert um sein Handgelenk kreisen. Endlich blieb die Blankwaffe fest im Griff seiner Hand aufrecht stehen. Das Licht spiegelte sich in der auf Hochglanz polierten, scharfen Klinge. »Ich habe, was ich will. Dein Job hier ist erledigt. Sonst noch was?«, sagte er kalt.

Eigentlich war Magnus entlassen, doch er blieb wie ein gestaltgewordener Vorwurf neben dem Schreibtisch seines Chefs stehen. Hermann begann, Magnus bewusst ignorierend, eine schnelle Abfolge von Kampfübungen. Das Schwert surrte leise durch die Luft.

Magnus, der ihn beobachtete, fragte eisig: »Was wird dort meine Aufgabe sein?«

Hermann ließ sich nicht anmerken, wie sehr er sich an Magnus' Ärger ergötzte. Mehrfach wiederholte er eine schnelle Drehung, kombiniert mit einem Schwertstreich in Kopfhöhe und schloss diese Übung mit einem Ausfallschritt und einem Stich ab. Er ließ Magnus noch etwas zappeln, bevor er das Schwert sanft mit der Spitze nach unten vor sich abstellte, die Hände auf den Knauf legte und ihn mit einem verächtlichen Blick bedachte.

»Du bist ein brauchbarer Schlächter, Magnus, aber der Rang eines Offiziers scheint dir weniger zu liegen, denn

Begriffe wie Gehorsam und Loyalität scheinen dir fremd zu sein.« Hermann ließ seine Worte wirken, bevor er weitersprach. »Du wirst ein paar Stufen weiter unten neu beginnen und unsere Brüder dort in deinem Handwerk unterrichten. Die Organisation will in Zukunft mehr Präsenz zeigen. Es werden Demonstrationen stattfinden, Demonstrationen, die von den Medien begleitet werden. Du und deine Rekruten, ihr werdet euch unter die Demonstranten mischen und der Polizei medienwirksame Kostproben eurer Kunst geben. Das wird künftig deine Aufgabe sein. Du meldest dich innerhalb der nächsten zwei Tage bei unseren Brüdern in Dresden.«

Magnus traten vor Zorn über diese rüde Degradierung die Schläfenadern hervor.

Hermann wandte sich um und schob dann hinterher: »Ach, Magnus ... Arthur und ein paar von meinen Leuten haben den Auftrag bekommen, dich zu bewachen, solange du noch hier bist. Wenn du nur daran denkst, Tilla zu treffen, dürfen sie mit dir machen, was sie wollen. Glaub mir, sie warten nur darauf.«

Magnus konnte sich nicht mehr beherrschen. »Tilla ist der Grund, nicht wahr? Ist es das? Billige Eifersucht?« Magnus stieß ein abfälliges Lachen aus. Er fixierte seinen Chef arrogant. »Hermann, ich glaube, du bist es, der ein Problem hat, das du nicht haben dürftest.«

»Tatsächlich? Und das wäre?«, fragte Hermann desinteressiert, während er das Schwert mit einem ölgetränkten Tuch polierte.

»Tilla ist dein Problem«, erklärte Magnus in mitleidigem Ton. »Du bist ziemlich oft bei ihr gewesen.« Er lächelte. »Weiß die Organisation eigentlich, dass dich an unserer süßen Tilla nicht nur das Artefakt interessiert?«

Hermanns Hand am Heft des Schwertes spannte sich an.

Magnus geriet völlig in Rage. »Glaubst du wirklich,

dass die Organisation mich wegschickt, damit du freien Weg bei ihr hast?«

»Für dich, Magnus, bin *ich* die Organisation!«, herrschte Hermann ihn an und setzte ein höhnisches Lächeln auf. »Und was Tilla angeht … glaubst du wirklich, du wärst mit ihr fertig geworden? Ich glaube, du unterschätzt sie. Bisher waren deine Bemühungen nicht so erfolgreich, wie ich es erwartet hatte.«

»Hey, alter Mann«, sagte Magnus provozierend, »glaubst du wirklich, du könntest ihr irgendwas bieten? Hermann, begreife es endlich! Deine Zeit ist vorbei! Vielleicht … in mehrfacher Hinsicht.«

Hermann zeigte ihm ein kaltes Lächeln. Er drehte sich um und ging zu dem Schrank, in dem er sein Schwert aufbewahrte. Doch er stellte nicht etwa seines hinein, sondern zog ein zweites Schwert heraus. Mit den höhnischen Worten: »Hier … *junger* Mann«, warf er Magnus das Schwert zu. Magnus griff instinktiv danach und schnitt sich prompt die rechte Handfläche auf. Das Schwert fiel zu Boden.

Sie maßen sich mit eisigen Blicken. Hermann wusste, Magnus würde sich diese Chance nicht entgehen lassen. Magnus bückte sich, ohne Hermann aus den Augen zu lassen und hob das Schwert auf. Beide wussten, dass Magnus einen Anderthalbhänder wie diesen noch nie geführt hatte. Er würde auf seine guten Reflexe vertrauen und Hermann wusste, dass er diese nicht unterschätzen durfte.

So gab er Magnus auch nicht viel Zeit zum Nachdenken, denn die ersten Sekunden eines Kampfes waren bestimmend für seinen Verlauf. Eine erste Abfolge von hohen Hieben drängte den Jüngeren bereits bis zur Wand zurück. Hermann registrierte mit Befriedigung, dass seinem Gegner das Gewicht der Waffe zu schaffen machte. Hinzu kam die Schnittverletzung an der

Handfläche. Sicher wusste auch Magnus, lange würde sein untrainiertes Handgelenk das schwere Schwert nicht führen können. Blitzschnell drehte er sich von der Wand weg und versuchte einen waagerechten Hieb, der Hermann nur knapp verfehlte. Hermann setzte mit einer ganzen Salve von Schlägen nach, die Magnus mit sichtbarer Mühe abfing. Es war ihm anzusehen, dass ihn die Vehemenz der Schwertschläge überraschte. Während Hermann den Schlagkreis perfekt mit dem Gewicht des Schwertes zu verbinden wusste, brauchte Magnus für jeden Schlag viel Muskelkraft. Das Abwehren von Hermanns Hieben endete immer dichter vor Magnus' Gesicht. Dann zögerte Hermann plötzlich etwas und Magnus ergriff die Chance, seinerseits zu einem Streich anzusetzen. Zu spät erkannte er die Falle. Gerade als er das Schwert in Schulterhöhe erhoben hatte, trat Hermann ihm blitzschnell entgegen und parierte seinen Schlag hinter Magnus' Schwerpunkt. Er drückte Magnus' Schwert mit dem Parierstück seines eigenen Schwertes nach hinten. In diesem ungünstigen Hebelwinkel hatte Magnus dem Angriff nichts mehr entgegenzusetzen. Ein Sekundenbruchteil später traf Magnus ein Faustschlag am Kinn und warf ihn nach hinten. Er prallte gegen die Zimmerwand. Das Heft seines Schwertes war blutverschmiert und glitt ihm aus der Hand. Benommen kippte er auf die Knie. Hermann griff ihm in die Haare und zog seinen Kopf zur Seite. Seine Klinge schnitt Magnus seitlich in den Hals. Die beiden Kämpfer verharrten in dieser Position.

»Meister Hermann?«, scholl es ängstlich von der Tür her.

Die Klinge bewegte sich nicht und Magnus wagte es nicht, sich zu rühren. Hermann fixierte ihn mit einem Blick, der vor Zorn zu explodieren schien. »Einen Millimeter tiefer und dein jämmerliches Leben würde unwiederbringlich in meinen Teppich laufen.«

Unvermutet wurde Magnus losgelassen.

Mit den an einen entsetzensstarren Arthur gerichteten Worten: »Sorg dafür, dass er hier verschwindet«, verließ Hermann den Raum.

Magnus wusste, wie knapp er dem Tod entronnen war. Doch er war nicht der Typ, der sich damit aufhielt, sich über die Fortsetzung seines Lebens zu freuen. Ohne Schmerzen zu fühlen oder auf das Blut zu achten, das ihm von Hals, Gesicht und Hand rann, stand er auf. Er war noch nicht bis zur Tür von Hermanns Büro gekommen, da begann sein Geist bereits mit der Formung eines Racheplans. Er musste mit Gerfried sprechen. Sofort.

Die Celtae sind immer nur
Teil ihrer Sippe nie eines Ganzen.
Unterordnung ist nicht ihrs.
Cicero

Tilla verlangsamte das Lauftempo, als sie die letzte Kurve des Waldweges nahm, der bei ihrem Haus endete. An diesem Abend wollte sie nach Osterode fahren, um mit Astrid die Tagundnachtgleiche zu feiern. Sie wusste, Astrid hatte ein paar Freundinnen zum Ostarafest eingeladen. Sie war froh, an diesem Tag nicht allein zu sein. Magnus hatte sie seit Tagen nicht gesehen. Gerred versuchte sie nach Kräften aus dem Weg zu gehen.

Langsamer werdend, tappte sie auf ihr Haus zu. Sie zögerte den Augenblick, es betreten zu müssen, aus Angst vor einem neuerlichen Zusammentreffen mit Borderfeld hinaus. Vorsichtig durchschritt sie die Haustür und horchte. Nichts. Sie schnupperte. Kein fremder Duft, nur eine Geruchsmischung ausgehend von dem Katzenfutter in der Küche und einem Blumenstrauß, den sie für Astrid gekauft hatte. Der Göttin sei Dank, sie war allein. Den Rest des Nachmittags verbrachte Tilla mit der Hausreinigung, bis es Zeit wurde, sich für den Abend fertig zu machen. In einem dunkelgrünen Hosenanzug und auf bloßen Füßen tappte sie ins Wohnzimmer, wo sie den Blumenstrauß für Astrid in eine Vase gestellt hatte. Sie nahm ihn heraus und trocknete die Stängel mit Küchenkrepp, als sie hinter sich ein Geräusch hörte. Hektisch griff sie nach ihrem Runenstein und drehte sich kampfbereit um. Paris kam ihr maunzend durch die Katzenklappe entgegen, die ihr Daniel und Gerred eingebaut hatten, und eilte sogleich zu ihrem gefüllten Futternapf in der Küche. Tilla keuchte vor Schreck. Noch immer hatte sie sich nicht an das Geräusch der neuen Katzentür gewöhnt.

Aufatmend sah sie sich nach ihrer Handtasche und ihren Pumps um und ging zurück in den Flur. Ihr Garderobenspiegel zeigte eine Hexe mit hübsch hochgesteckten Haaren, bloßen Füßen, einen Blumenstrauß in der einen und einen Mordsstein in der anderen Hand. Tilla musste schallend lachen. Sie wollte gerade zurück ins Wohnzimmer gehen, um den Runenstein wieder an seinen Platz zu stellen, dann betrachtete sie das Utensil nachdenklich.

»Man kann nie wissen …«, murmelte sie grimmig und öffnete ihre voluminöse Handtasche. Sie nahm die zusammengehefteten Manuskriptseiten, die sie seit Ankunft des Buches völlig vergessen hatte, heraus und stopfte den Runenstein hinein. Während sie in bequeme Ballerinas für die Autofahrt schlüpfte, blätterte sie das Manuskript durch. Auf der letzten Seite stutzte sie. War das Schlussgedicht im Buch nicht kürzer gewesen? Sie sah auf ihre Armbanduhr und blickte sich nach einer Ablage für das Manuskript um, da die Kommode bereits übervoll war. Mit einem Unmutsgeräusch stopfte sie die gerollten Seiten einfach in die Bodenvase neben der Flurgarderobe, schnappte sich ihre Pumps, Mantel und Schlüssel und verließ das Haus.

Gerade als sie ihr Gefährt starten wollte, wurde überraschend die Beifahrertür geöffnet und Borderfeld stieg zu. Tilla wurde eiskalt.

»Wir müssen uns unterhalten«, sagte er barsch.

Tillas Hände krampften sich um das Lenkrad. »Worüber?«, fragte sie mit kratziger Stimme.

»Kannst du dir das nicht denken?«

Tilla überlegte fieberhaft. Wenn sie sich aus dem Auto warf und aus Leibeskräften schrie …?

Sie spürte seinen Griff um ihren Arm. »Wo ist das Artefakt jetzt?«

Tilla höhnte: »Ach, ist ja großartig. Sie wissen es also auch nicht?«

Seine Augen verengten sich. »Dieses Buch kann nicht alles sein, es muss noch mehr geben – deine Mutter hatte ziemlich umfangreiche Aufzeichnungen … und die Ölbilder«, fügte er drohend hinzu.

Tilla schluckte. Wieso wusste er von den Bildern? »Alle Bilder, die ich habe, sind in diesem Buch abgebildet … und die Aufzeichnungen meiner Mutter – ja, die hat es gegeben, aber ich habe sie nicht.« Tilla setzte ein boshaftes Grinsen auf. Sich in Gedanken bei ihrer Mutter entschuldigend, fuhr sie fort: »Ich habe schon das letzte Mal versucht, es Ihnen zu erklären. Wenn es diese Aufzeichnungen gegeben hat, dann wäre ich der letzte Mensch, dem sie dieses Zeug gegeben hätte.«

»Du bist ihre Tochter! Warum sollte ich so einen Unsinn glauben?«

»Weil wir uns gehasst haben!«

Er rührte keinen Muskel. Noch immer hielt er Tillas Unterarm schraubstockartig fest.

Tilla kam die zweite Tasse in den Sinn. War er es gewesen? War er der Sinatos, den ihre Mutter hatte töten wollen? Es würde passen. »Sie haben meine Mutter doch sicher selbst gefragt! Sie waren doch bei ihr … letztes Samhain, was hat sie Ihnen denn erzählt?«, bluffte Tilla und streckte ihm frech das Kinn entgegen.

Er zeigte ein verhaltenes Grinsen. »Du bist wirklich clever!«

Auf gut Glück machte sie weiter. »Hat sie Ihnen denn gar nichts von ihrer störrischen Tochter erzählt, die nie etwas von ihrem Scheißhexenglauben wissen wollte?« Entschuldige, Mutsch, dachte Tilla bei sich und blickte Borderfeld provozierend an.

Seine Antwort ließ auf sich warten. »Nein. Sie hat nichts von dir erzählt.«

Tilla fragte sarkastisch: »Nachdem sie tot war, haben Sie doch sicher das Haus durchsucht und ganz offensichtlich auch keine Aufzeichnungen gefunden. Haben Sie denn nicht bemerkt, dass im ganzen Haus kein einziges Bild von mir hing?«

Befriedigt erkannte sie, dass sich sein Blick kurz nach innen richtete. »Es war nichts da, was auf dich hindeutete«, gab er zu.

»Meine Mutter hat diese komischen Geschichtsstudien betrieben, weil meine Oma das schon getan hat. Es war etwas, was immer der nächsten Generation weitergegeben wurde.« Tilla setzte ein theatralisches Hollywoodlächeln auf und zeigte mit dem Zeigefinger ihrer freien Hand auf sich selbst. »Ich bin diese Generation.« Dann änderte sie abrupt den Ton und knurrte: »Und ich hätte die Scheiß-Aufzeichnungen im Klo versenkt, wenn sie sie mir gegeben hätte!«

Sein Blick umwölkte sich zusehends und Tilla fügte hinzu: »Deshalb hat sie ihre Aufzeichnungen zusammengefasst und öffentlich gemacht. Soll sie nun weiterführen, wer will!« Sie verbrachte bange Augenblicke damit, auf seine Reaktion zu warten, versuchte sich aber ruhig zu geben.

Endlich ergiff er wieder das Wort. »Wo willst du hin?«

Schnippisch antwortete Tilla: »Zu einem meiner Geliebten. Was sonst?«

»Daraus wird nichts. Fahr los!«

*

Der Zeitungsartikel begann mit der reißerischen Überschrift: *Toter auf der Harzburg … Schlug der Mörder vom Klusfelsen erneut zu? Von Sonja Grabowski … Wieder wurde ein schrecklich zugerichteter Toter gefunden* – in diesem Tenor ging es weiter. Sonja Grabowski wusste geschickt Spekulationen mit Fakten zu vermischen. Zudem nutzte sie hemmungslos eine ganze Palette von emotionsgeschwängerten Adjektiven, die sie im Aufmacher des Tages untergebracht hatte, und rundete das Ganze mit bildhaften Zitaten ab, die sie den Mitarbeitern des Restaurants auf dem Burgberg entlockt hatte.

Jan Berking warf die Zeitung quer über den Tisch der Goslarer Kriminalleitstelle. Um seine zusammengepressten Lippen herum bildete sich ein weißes Dreieck. »Das erschien in Braunschweig!«, blaffte er.

Gerd Wegener entgegnete ruhig: »Ja, in der *Goslarschen* erschien der Artikel auch.«

»Und?«, blökte Berking, »wo zum Henker hat die Grabowski die Informationen her?«

»Junge«, mahnte Hanjo ihn, »du hast es doch selbst gelesen. Die Grabowski hat Zeugen ausfindig gemacht.«

»Ja, aber sie verweist in ihrem Artikel auch auf einen *anonymen Informanten aus dem Umkreis der Ermittlungen* … Wer soll das bitteschön sein?«

Betretenes Schweigen breitete sich aus.

Yggdrasil zittert, die Esche, doch steht sie
Es rauscht der alte Baum, da der Riese frei wird

Edda, der Seherin Weissagung, 48

»Das ist doch krank! Was wollen Sie denn mit dem Artefakt?«, fauchte Tilla, während sie ihren Wagen mit zittrigen Händen durch Bad Harzburg steuerte.

Seine Antwort ließ auf sich warten, als würde er sich dies selbst gerade fragen. »Es ist ein Auftrag.«

»Ein Auftrag? Von wem? Sie wollen mir doch nicht weismachen, dass es noch mehr Irre gibt, die hinter sagenhaften Überresten von Schwertern her sind?« Tilla drehte sich zu ihm um. »Herr Borderfeld … Sie haben das Buch doch gelesen. Das ist ein Märchen! Das sind doch keine historisch fundierten Erkenntnisse. Ich bitte Sie, glauben Sie wirklich, dass es dieses Schwert überhaupt gegeben hat?«

»Meine Auftraggeber glauben es. Das reicht. Fahr auf die Harzhochstraße!«

Tilla wurde flau im Magen, als sie auf die B 4 abbog. »Wo fahren wir hin?«, fragte sie dünn.

Er ignorierte ihre Frage. Nach einer Weile sagte er im Plauderton: »Ich habe dich übrigens mit deiner neuesten Errungenschaft an der Harzburg gesehen. Wenn es dieser Magnus ist, zu dem du wolltest, hast du dich umsonst so hübsch gemacht.«

Tilla wurde die Kehle eng. »Wie? Was haben Sie getan?«

Er lachte kurz auf. »Noch nichts. Aber ich werde ihn töten, wenn ich ihn noch mal bei dir erwische!«

Tilla glaubte sich verhört zu haben, da Borderfelds ruhiger, fast zufrieden wirkender Tonfall einfach nicht zum Inhalt seiner Rede passte. Langsam gewann Zorn die Oberhand und drängte Tillas Angst zurück. »Herr

Borderfeld, ich habe der Polizei bereits Ihre Personenbeschreibung gegeben. Was sollte mich davon abhalten, der Polizei zu sagen, dass Sie jemanden umbringen wollen?«

Er lächelte leicht. »Da du meinen richtigen Namen nicht kennst, würde deine Aussage mir kaum schaden. Aber dir schadet sie. Du steckst schon viel zu tief in der Ermittlung von zwei Mordfällen, Tilla. Noch ein paar kleine Indizien, die ich der Polizei zuspiele, und sie holen dich ab. Unter der Anklageerhebung dieses ehrgeizigen Staatsanwaltes wirst du nicht mit einer Bewährungsstrafe davonkommen.«

In Tillas Kopf purzelte alles durcheinander. »Was? Ist ja lächerlich. Wie wollen Sie denen denn einreden, dass ich zwei mir kaum bekannte Männer umbringe?«, fragte sie, sicher, dass sie die Antwort nicht hören wollte.

»Jeder hat einen Schwachpunkt. Du, Tilla, hast gleich mehrere. Du bist impulsiv, unüberlegt, völlig ungehemmt … und du umgibst dich mit den falschen Leuten!« Er beugte sich zu ihr vor und flüsterte ihr ins Ohr: »Du bist dem Mörder sogar schon begegnet …«

»Was?«, keuchte Tilla ungläubig.

Grinsend setzte er sich zurück. »Ein Anruf von mir und die Polizei erfährt ein paar pikante Details, garniert mit Fotos und belastenden Fakten. Glaub mir, das wäre dein Untergang.«

Tilla fiel ernüchtert in sich zusammen. Ihr schossen die Gedanken durch den Kopf wie Silvesterraketen. Er kannte den Mörder von Schakenbeck und Sundermann? Nein, er sagte, *sie* sei dem Mörder begegnet, korrigierte sich Tilla in Gedanken. Wer konnte es sein? Er selbst? Sie schielte verstohlen zur Seite. Er war wie immer dunkel gekleidet, das Hemd mittelgrau, dunkelgraue Krawatte aus Seide, darüber ein dunkler Mantel. Seine Kleidung war teuer. Geld schien für ihn keine Rolle zu spielen. Mit der rechten Hand griff er nach dem Spiegel und stellte ihn so ein, dass er den Verkehr hinter ihnen beobachten konnte. Tilla sah an seinem Unterarm einen Teil einer Tätowierung aufblitzen.

»Du warst ziellos wie ein Stück Treibholz, Tilla. Nicht jeder macht sich die Mühe, Treibholz so zurechtzustutzen, dass es Wert und Nutzen bekommt.«

»Oh ... Treibholz ... verstehe. Und weshalb machen Sie sich die Mühe, Treibholz aufzulesen, das in den Müll gehört? Ich habe jedenfalls nicht darum gebeten.«

Seine Antwort ließ auf sich warten. »Vielleicht, weil ich den Baum kenne, von dem das Treibholz stammt.«

»Sie haben den Baum doch vernichtet«, schoss Tilla zurück.

Er blickte ungnädig zur Seite. »Deine Mutter hat sich selbst vernichtet.«

»Hat es Ihnen Freude gemacht, ihr dabei zuzusehen?«

Er ließ sich Zeit mit der Antwort. »Ich habe große Hochachtung vor deiner Mutter. Sie war eine Kämpferin und hat verloren. Vielleicht war sie die Einzige, die mir je ebenbürtig war ...« Er sah aus dem Fenster, als würden ihm die vorbeihuschenden Tannen Zerstreuung bieten. »Es gibt Starke und Schwache, Herrscher und Sklaven – Sklaven der eigenen Unsicherheiten und Ängste. Letztere werden es nie zu etwas bringen. Sie haben keinen Nutzen für die Menschheit. Da die Menschheit wegen ihrer zu hohen Zahl sowieso eine Belastung für sich selbst und die Ressourcen der Erde wird, muss sie dezimiert werden.« Borderfeld blickte Tilla forschend an, als gelte es in diesem Moment zu entscheiden, ob sie zu dem nutzlosen Gewürm oder den brauchbaren Exemplaren zählte. »Manche werden der Menschheit nie nutzen. Sie existieren nur aus einem einzigen Grunde, nämlich aus falsch verstandener Philosophie, subsumiert unter dem schwammigen Begriff ›Menschenfreundlichkeit‹.«

Tillas Hände krampften sich um das Lenkrad. »Ist

eine Kette nicht so stark wie ihr schwächstes Glied?«, hielt sie dagegen.

»Ein schöner Vergleich, Tilla. Dumme Menschen verschwenden ihre gesamte Energie, um das schwache, schadhafte Kettenglied zu bewachen und zu hätscheln. Intelligente Menschen bauen das schwache Glied aus und werfen es weg. Dann ist die Kette stärker. Die Natur hat diese Auswahl immer betrieben. Doch die Werte haben sich ins Gegenteil gewandelt. Aber wir werden das wieder ändern.«

»Wer? Sie und Ihre Kampfkünstler? Das ist doch absurd! Wir leben in einer Demokratie. Leute wie Sie werden sich nicht durchsetzen.«

»Demokratien sind träge Regierungssysteme, deren Hauptziel die Gleichmacherei ist. Doch das richtet die Menschheit zugrunde. Es war seit jeher nur die Elite, eine Herrenrasse, die die Menschen weitergebracht hat.«

Tilla schaute starr auf die roten Bremslichter ihres Vordermanns. »Heilige Göttin, *Herrenrasse* … wer hat Sie bloß so falsch gepolt?«

Er lachte leise. »Genau wie du, Tilla, entstamme ich einer besonderen Familie, eine Familie mit einem etwas anderen Weltbild. Mein Vater, mein Großvater – sie alle haben stets für dieses Weltbild gekämpft. Diese Familie stand aber nie so allein da wie deine. Ihr Hexen habt euch schon immer viel zu sehr exponiert und seid in jede Falle gelaufen, die man euch gestellt hat. Dabei könntet ihr so nützlich sein …«

Am liebsten hätte sie sich schreiend und zähnefletschend auf ihn geworfen. Zum ersten Mal in ihrem Leben wünschte sie sich die Kraft, jemanden umbringen zu können. Entsetzt stellte sie fest, dass sie es tatsächlich tun würde, gäbe man ihr eine Waffe in die Hand. Offenbar war seine menschenverachtende Bosheit ansteckend.

*

Astrid stapfte ungeduldig durch ihr Wohnzimmer und verfluchte das Telefon, das mit zermürbendem Tuten anzeigte, dass Tilla nicht abheben würde. Einer Vorahnung folgend rief sie nun schon das dritte Mal bei ihr an, da sie sichergehen wollte, dass Tilla auch kam. Sie machte sich Sorgen um Hederas Tochter, die so viel hatte einstecken müssen.

Es läutete an der Tür und Astrid legte das Telefon missmutig auf den Esstisch, der mit dem frischen Grün jungen Mooses und Frühlingsblumen geschmückt war.

Ihre Gefühle ähnelten dem widerstreitenden Wetter am Tag des Frühlingsanfanges, als sie die Haustür öffnete und ihren Besucher erkannte. Dennoch bat sie Hanjo Berking mit einer einladenden Geste hinein. »Ich hatte Sie eigentlich schon früher erwartet«, bemerkte Astrid Volkers ironisch und ließ sich ihm gegenüber auf einem Sofa nieder.

»Tatsächlich?«, antwortete er amüsiert. »Wieso?«

»Nun, ich erinnere mich, dass Sie schon damals sehr hartnäckig waren.«

»Das ist wohl eine Berufskrankheit«, entschuldigte er sich lächelnd. »Aber Sie haben recht. Es ist auch wieder ein bisschen so wie vor dreißig Jahren. Ich habe das Gefühl, dass etwas fürchterlich schief läuft und ich weiß einfach nicht, wo ich ansetzen muss, um das zu ändern.«

Sie blickte ihn forschend an. »Und damit kommen Sie nun wieder einmal zu mir?«

»Ich weiß«, lachte er, »Sie erteilten mir damals eine Abfuhr und meine Chancen stehen wohl auch heute nicht viel besser, oder?«

Astrid Volkerts war ebenso hin und her gerissen wie damals, als er von ihr wissen wollte, warum Hedera keine Anzeige erstattete. Sie hatte damals Hederas Wunsch respektiert und bestritten, etwas von einer Vergewaltigung zu wissen – obwohl sie Berking schon damals für grundehrlich gehalten und seine Meinung, eine Anzeige sei nötig, insgeheim geteilt hatte. Dennoch erklärte sie: »Vielleicht deshalb, weil Sie damals wie heute Dinge verlangen, die im Widerspruch zu Werten stehen, von denen ich nicht lassen will.«

»Fanden Sie es damals falsch, eine Vergewaltigung anzuzeigen?«

Astrid Volkerts wog ihre Worte sorgfältig ab. »Nein, das nicht. Aber ich hielt es für falsch, mit Ihnen über etwas zu sprechen, was nicht mich, sondern Hedera anging.«

Er nickte nachdenklich.

Astrid lächelte kurz. »Sehen Sie, Herr Berking, ich bin Ärztin und entstamme einer Arztfamilie. Als Arzt gewöhnt man sich ab, über das, was man gehört hat, zu sprechen. Es wäre ein unvergleichlicher Vertrauensbruch gegenüber dem Patienten, der einem im Vertrauen auf Verschwiegenheit sein Herz ausgeschüttet hat. Daher spreche ich nicht gern über andere Menschen.«

»Ich werde es mir merken«, versprach er.

»Und was möchten Sie heute von mir?«, fragte Astrid.

»Haben Sie von dem Überfall auf Tilla Leinwig gehört?«

»Sicher«, nickte sie und wartete.

»Frau Leinwig gab an, dass Sie die Kräuterapotheke ihrer Mutter abgeholt hätten. Ist das richtig?«

»Ja, das habe ich. Wieso?«

»Sagen Sie, halten Sie es für denkbar, dass es ein Einbrecher auf diese Kräuter abgesehen haben könnte?«

Astrid betrachtete ihren Besucher sinnend und sagte dann: »Denkbar wäre es. Für jemanden, der etwas von Heilkräutern versteht, war diese Apotheke von immensem Wert.«

»Von so hohem Wert, dass man dafür einen Menschen fast umbringt?«

»Für meine Begriffe nicht, aber das kommt sicher auf den Menschen an, der danach verlangt.«

Hanjo fragte interessiert: »Mir scheint, Sie glauben nicht daran, dass die Kräuter einen Einbrecher in Tilia Leinwigs Haus gelockt haben. Und was, glauben Sie, war der Grund für den Überfall?«

»Nun, was hat Tilla Ihnen denn gesagt?«

»Sie zeigte uns ein Buch ... von ihrer Mutter«, gab Hanjo zur Antwort. Es war Astrid deutlich anzusehen, dass sie diese Antwort befriedigte. Sie nickte. Hanjo blickte sie zweifelnd an. »Ich bitte Sie ... für so etwas bringt man doch niemanden fast um.«

»Warum erscheint Ihnen das so abwegig?«

Hanjo hatte ihren schneidenden Ton wohl registriert. Dennoch antwortete er ruhig. »Ich habe das Buch durchgelesen. Es ist sehr spannend und amüsant. Die Bilder sind wirklich wunderschön. Aber was an diesem Buch sollte einen Schläger auf den Plan rufen? Er hätte ja nicht einmal bei Tilla Leinwig einbrechen, sondern nur ins nächste Buchgeschäft gehen müssen.«

»Wenn er zu diesem Zeitpunkt gewusst hätte, dass alles, was er haben will, in einem Buch steht, hätte er das auch sicher getan«, antwortete Astrid.

Hanjo blickte sie nachdenklich an. »Sie glauben also wirklich, er hatte es auf dieses Buch abgesehen?«

»Auf bestimmte Informationen, ja.«

»Sie glauben diese Geschichte?«

Ihre Augen blitzten auf. Ein leichtes Lächeln umspielte ihren Mund. »*Er* glaubt daran!«

Hanjos kurzes Schmunzeln verflog wieder, als er sie fragte: »Frau Volkerts ... wissen Sie eigentlich, wann Tilia Leinwig von dieser Vergewaltigung erfahren hat?«

Arglos berichtete Astrid ihm: »Ach, das ist noch gar nicht so lange her. Erst ein paar Wochen. Eine Patientin von Hedera hatte sich vor Tilla verplappert, daher habe ich Tilla dann alles erzählt. Sie war völlig durcheinander. Es war wirklich viel, was sie in letzter Zeit verkraften musste.«

Hanjo nickte. »Sie hat es also erst nach dem Tod von Schakenbeck erfahren«, murmelte er, bevor sein Blick zu Astrid zurückkehrte. »Dann war es also wirklich nicht Schakenbeck, der Hedera vergewaltigte?«

»Harald Schakenbeck? Natürlich nicht«, stellte Astrid entrüstet klar. »Harald war bis über beide Ohren in Hedera verliebt und hätte alles für sie getan … auch nach diesem Unglück. Er wollte sie damals trotz allem heiraten.«

»Hm … dann war ich ja wirklich auf einer völlig falschen Spur.« Er blickte Astrid Volkerts forschend an. »Wenn Tilia Leinwig nach ihrem Vater gesucht hätte, was hätte sie gefunden?«

Astrid lachte freudlos auf. »Sie geben wohl nie auf?« Sie seufzte. »Sie hätte das Grab eines Fremden gefunden!«

»Er ist tot?«

Astrid nickte und erklärte vage: »Soweit ich hörte, starb er kurz nach der Tat … bei einem Unfall. Ich weiß nur, dass er Student in Clausthal war.« Sie blickte ihn entschuldigend an. »Nun verstehen Sie vielleicht, dass eine Anzeige oder eine Ermittlung nichts gebracht hätte. Die Schuld war quasi gesühnt.«

Hanjo nickte langsam. »Es muss für Tilia Leinwig erschütternd gewesen sein, zu erfahren, dass ihr Vater ein Vergewaltiger war.«

Astrid blickte ihn traurig an. »Ja. Es wäre besser gewesen, wenn sie es nie erfahren hätte. Sie hatte wirklich gedacht, ihr Vater sei Hederas große Liebe gewesen.« Dann lachte sie unfroh auf. »Am Anfang war er das sogar … Heddi hat nie auch nur einen Augenblick an eine Abtreibung gedacht. Sie ist nur aus Braunlage weggezogen, damit Tilla nichts erfuhr. Sie hat ihr all die Jahre nichts erzählt, um ihr den Kummer der Wirklichkeit zu ersparen.« Astrids Augen wurden feucht. »Nur einmal sprach sie über die Vergewaltigung ... mit einer jungen Frau, der das Gleiche passiert war. Der hat es sehr geholfen, mit jemandem zu sprechen, der ihr Trauma verstand. So was Vertracktes, dass Tilla ausgerechnet an Dana Assmut geriet ... Es ist, als läge ein Pechzauber auf Tilla.«

Erst dachte sie, er würde noch etwas sagen wollen, doch dann erhob er sich. Während er seinen Mantel überzog, bemerkte er anerkennend: »Wie hübsch dieses Arrangement auf Ihrem Tisch ist. Ich hatte völlig vergessen, dass der Frühling beginnt.«

»Schön, dass es Ihnen gefällt. Ich habe heute Abend ein paar Freunde zu Besuch.«

»Ah, wie nett. Kommt Frau Leinwig auch?«

»Ja«, antwortete Astrid und folgte ihm zur Haustür. »Herr Berking ...«

Er drehte sich zu ihr um.

»Tilla ... Frau Leinwig, sie erzählte mir, dass Sie sie verdächtigen. Das ist wirklich absurd.«

Er wog seine Worte sorgsam ab. »Glauben Sie mir, Frau Volkerts, ich wäre froh, wenn wir eine andere Spur hätten. Doch da gibt es gar nichts, nichts außer Tilia Leinwig, die für viele Fakten ein Bindeglied darstellt. Sie kannte beide Opfer und sie hat eine gewisse Vorgeschichte.«

»Sie meinen den unseligen Prozess wegen der Tochter von Steinfels? Hören Sie, diese Anzeige war lächerlich. Tilla hatte sich fast zwei Jahre lang rührend um das Mädchen gekümmert. Die Kleine hing an ihr.«

Er nickte. »Ich habe die Akte gelesen und ein junger Kollege hat mir auch schon berichtet, dass man Frau Leinwig da wohl übel mitgespielt hat ... Trotz allem werde ich das Gefühl nicht los, dass sie uns nicht alles erzählt. Ein Selbstmord, zwei Morde und nun dieser undurchsichtige Einbruch … Sie werden zugeben müssen, das ist alles sehr merkwürdig.«

Astrid atmete einmal tief durch. Sie suchte seinen Blick und sagte eindringlich: »Tilla bringt niemanden um, Herr Berking. Bitte denken Sie daran!«

Die Esche Yggdrasil duldet Unbill
Mehr als Menschen wissen …

Edda, Das Lied von Grimnir, 35

Es begann zu regnen, als Tilla wie geheißen in den Waldweg einbog und den Wagen am Wegrand abstellte. Auf den letzten Kilometern hatte sich Borderfeld mehrfach missmutig umgesehen. Auch jetzt schien es, als sondiere er das Gelände, nachdem er ausgestiegen war. Tilla konnte gerade noch nach ihrer Tasche greifen, als Borderfeld sie grob aus dem Wagen zerrte. Ihren Schlüsselbund warf er achtlos in den Graben. Tilla starrte angstvoll das Vorjahreslaub an, in dem ihr Schlüssel gerade versunken war. Offenbar war er der Meinung, dass sie den Schlüssel nicht mehr brauchte. War der heutige Tag ihr letzter? Sie spähte hilfesuchend auf den Parkplatz einer Gaststätte unweit von ihr, aber der war wegen des schlechten Wetters völlig leer.

»Los, komm schon«, befahl er.

»Wohin gehen wir?«, fragte Tilla ängstlich.

Borderfeld packte sie am Arm und dirigierte sie den Waldweg entlang. Unsicher sah Tilla sich um. Sie wusste, dass sie sich irgendwo kurz vor Braunlage befanden, aber sie kannte sich hier oben kaum aus. Es schien endlos durch dichten Tannenwald zu gehen. Ein Weg zweigte ab. Sie kam nicht dazu, den Touristenwegweiser zu lesen. Der Wald wurde lichter. Zotteliges gelbes Gras säumte den geschotterten Weg, der Tillas leichte Ballerinas arg überforderte. Nach einer Zeit passierten sie eine verwaiste, offene Hütte, die im Sommer zu Wanderpausen einlud. Vor einem Stein mit der Aufschrift *Hahnenkleeklippen* verließen sie den befestigten Weg. Das Wort ›Klippen‹ verursachte bei Tilla ein angstvolles Zusammenziehen ihres Magens.

Auf dem feuchten Gras rutschte Tilla mehr, als dass sie lief. Sie folgten einem gewundenen Pfad, der sich zwischen Felsen hindurchschlängelte, bis sie eine Lichtung erreichten. Ein eisiger Lufthauch streifte Tilla. Zwischen den Felsbrocken kämpften sich mühsam einige Büsche aus dem kargen Boden. Vor ihr erhoben sich die grauen, rauen Steinbrocken der zerklüfteten Hahnenkleeklippen. Borderfeld schob sie bis zum Klippenrand. Ein wenig vertrauenerweckender, weil morscher Holzzaun trennte sie von der Tiefe. Tilla blickte über schier endlose, mit Tannen überzogene, grüne Kuppen. Schreien konnte sie sich sparen. Sie stand mitten im Nichts. Wenn er sie hier tötete und hinunterwarf, würde es ewig dauern, bis sie jemand fand, wenn sie hier überhaupt je gefunden wurde.

»Was tun wir hier?«, fragte Tilla mit dünner Stimme.

»Du hast das Buch doch gelesen. Schau dich um.«

Tilla blickte einigermaßen ratlos umher.

»Hier fand Thurizan den Stein«, klärte er sie auf.

»Oh«, machte Tilla. In diesem Moment interessierte sie sich weder für Thurizan noch für den Sonnenstein, befand aber, dass es ihr nützen könnte, Borderfeld in eine Unterhaltung zu verstricken. Also antwortete sie mit leicht zittriger Stimme: »Ja, könnte hinkommen. Wie sind Sie darauf gekommen?«

»Ich kenne diesen Platz sehr gut.«

»Ah«, gab Tilla dünn zur Antwort.

»Offenbar kannte deine Mutter diesen Platz auch gut«, murmelte er. Es klang verbittert. Tilla hatte das Gefühl, dass diese Feststellung nicht für sie bestimmt war und schwieg.

Plötzlich zog er sie am Handgelenk zu sich herum und sagte in schneidendem Ton: »Du würdest mir den Stein nie geben, nicht wahr?«

Die bevorstehende Katastrophe ließ Tilla klarer sehen als jemals zuvor. Es war plötzlich alles so einfach. Tilla blickte in seine Bärenaugen und wunderte sich selbst darüber, dass sie ihm mit stählerner Stimme »Nein!« antwortete.

Er grinste und schüttelte den Kopf. »Wir sind uns ähnlicher, als du denkst. Hättest du die Möglichkeit, du würdest mich umbringen. Ich sehe es dir an«, stellte er zufrieden fest.

Tilla starrte ihn verblüfft an.

Ohne sie loszulassen, wandte er sich wieder dem Panorama des Harzes zu. »Als du bei unserem Institut in Wernigerode auftauchtest, hast du dein Todesurteil unterschrieben.«

Tilla wurde eiskalt. Er lockerte den Griff um ihren Unterarm und nahm ihre Hand in die seine, als wäre sie ein Kleinkind, das geführt werden musste. Tilla war einerseits über diese eigenartige Geste irritiert, gleichzeitig suchte ihr Geist fieberhaft nach einem Ausweg aus dem Desaster. Eine waghalsige Idee begann sich in ihrem Geist zu formen.

Er begann eine Geschichte von einem jungen Mann aus Clausthal zu erzählen, der an dieser Stelle fast zu Tode gekommen war, doch Tilla hörte kaum hin. Ein unbekannter, zerstörerischer Zorn ergriff von ihr Besitz. Eine andere Art von Zorn als das Strohfeuer, das ihr ständiger Begleiter war: Es war ein ruhiger Zorn mit einem einem konkreten Ziel. Dieses Ziel stand vor ihr.

Ich lasse mich nicht einfach von dir töten, du Mistkerl, dachte sie und griff sachte in ihre Tasche, die sie leise geöffnet hatte. Ihre Finger umklammerten den Stein. Sie drehte ihn so, dass die Brockenspitze ihres Minigebirges zur Waffe wurde. Es war, als flüsterte ihr just in diesem Moment der Stein selbst zu: Du wirst nicht Opfer, sondern Richter sein!

Vielleicht hatte Borderfeld ihre Gefühle geahnt, vielleicht hatte er auch ihre Bewegung bemerkt, doch als er sich zu ihr umwandte, war es bereits zu spät. Ihre Blicke hatten sich ineinander verhakt, als die Spitze des Steins seine Schläfe traf. Eine Stelle, an der seine Schläfe schon einmal zertrümmert worden war, etwas mehr als dreißig Jahre zuvor, an genau diesem Ort.

*

»Jan, ich bin es«, tönte es durch die geschlossene Tür der exklusiven Dachgeschosswohnung im Südviertel von Braunschweig. Jan Berking öffnete, und sein Vater stürmte im Eiltempo an ihm vorbei. Achtlos warf Hanjo seinen Mantel über einen der weißen Designerstühle vor dem Nussbaumesstisch und steuerte das umbrafarbene Benzsofa an.

Jan schloss verwundert die Tür, nahm den Pinot Noir aus dem Kühlschrank und folgte seinem Vater zur Sitzecke. Während er ihm ein Glas Wein einschenkte, begann Hanjo von seinem Besuch bei Astrid Volkerts zu erzählen.

»Mensch, Jan, ich hab euch auf den Holzweg geschickt. Jetzt weiß ich, dass Tilia Leinwig erst vor ein paar Wochen von der Vergewaltigung ihrer Mutter erfahren hat … *nach* Schakenbecks Ermordung.«

»Das heißt also, unser angenommenes Motiv der Leinwig ist gerade zu Staub zerfallen.« Nachdenklich starrte Jan Berking das helle Rot seines Weines an.

»Ja. Und ich glaube Astrid Volkerts auch, wenn sie sagt, Schakenbeck sei nicht der Vergewaltiger gewesen.« Hanjo nahm einen herzhaften Schluck.

»Hm ... dann müssen wir deine gesamte Theorie wohl tatsächlich auf den Müll karren«, stellte Jan Berking unzufrieden fest. »Hoffentlich bringt uns der DNA-Vergleich etwas Fassbares.«

Hanjo sah seinen Sohn forschend an. »Du bist ganz schön unter Druck, nicht wahr?«

Jan nickte verhalten. Er stellte sein Glas beiseite und ließ sich von seinem Vater das gesamte Gespräch mit Astrid Volkerts wiedergeben. Nachdem er still zugehört hatte, meinte er: »Ich habe dieses Märchenbuch nur überflogen. Was soll denn bloß da stehen, das einen kampferprobten Mann in ihre Wohnung lockt?«

Hanjo hob die Hände. »Schwer zu sagen. Obwohl ... diese Bilder stecken voller Symbole. Vielleicht ist irgendetwas dran, was wir auf den ersten Blick nicht erkennen.«

Jan Berking überlegte. »Sag mal, wie sehr hängen diese Altgläubigen da oben im Harz denn zusammen?«

»Soweit ich weiß, treffen sich manche regelmäßig, um gemeinsame Rituale vorzunehmen. Man nennt das dann einen Coven.«

»Aha. Nehmen wir mal an, es gibt dort so einen Coven von Leuten, die die gleiche falsche Idee hatten wie du.«

»Die gleiche falsche Idee?«, wiederholte Hanjo verständnislos.

»Ein Coven, der ebenfalls glaubte, dass es Schakenbeck war, der Hedera vergewaltigte.«

Hanjo verstand, worauf sein Sohn hinauswollte und verzog unwillig das Gesicht. »Ein Racheakt? Jan, Altgläubige sind keine Sektierer. Die bringen niemanden um.«

»Es sind Menschen. Und Menschen bringen andere Menschen um«, beharrte Jan Berking gereizt. »Was ist mit dieser Volkerts, ist sie auch eine Hexe?«

Hanjo antwortete etwas verkniffen: »Ja, das ist sie.«

»Und? Kann es sein, dass sie da irgendwie mit drinsteckt?«

»Verdammt, Jan. Jetzt verrenn dich nicht schon wieder. Nein, Astrid Volkerts steckt nicht irgendwo mit drin. Ich kenne sie von früher. Wenn sie ihre Freundin hätte rächen wollen, dann hätte sie es vor dreißig Jahren getan«, erklärte Hanjo und erzählte ihm von dem Zusammentreffen und seinen Gründen dreißig Jahre zuvor.

»Du kennst auch sie von früher?«, fragte Jan Berking, ohne dass er seine Verwunderung unterdrücken konnte.

»Ja, ich kenne sie. Damals habe ich sie kaum bemerkt. Hedera Leinwig war einfach zu ... präsent. Astrid Volkerts verschwand irgendwie hinter ihr ... wie wahrscheinlich jede Frau. Heute verstehe ich das gar nicht mehr«, erklärte Hanjo nachdenklich.

Jan war die so offenkundige Sympathie seines Vaters für Astrid Volkerts sichtlich suspekt. Hanjo konnte ihm am Gesicht ablesen, dass sich sein Sohn nun fragte, wie objektiv sein Vater gegenüber Astrid Volkerts war. Dementsprechend sah Hanjo den Blick seines Sohnes flüchten, als der sagte: »Ich hab meinem Chef übrigens gesagt, dass du nur privat hier bist. Vermutlich musst du dich künftig mit den Ermittlungen etwas zurückhalten.«

Hanjo beeilte sich zuzustimmen. »Ja, das ist gut. Ich habe schließlich offiziell Urlaub.« Gutmütig lächelte er seinen Sohn an und fügte hinzu: »Mein letzter übrigens.«

Jan horchte alarmiert auf. »Wie? Du hörst auf?«

Hanjo amüsierte sich über die Ungläubigkeit seines Sohnes. »Ja. Es wird Zeit!«

Jan Berking griff nach seinem Glas und trank es in einem Zug leer, was Hanjo zu lautem Gelächter veranlasste. »Meine Güte, Junge, hätte ich gewusst, dass dich diese Nachricht so aus der Bahn wirft, ich hätte es dir vorsichtiger gesagt!«

»Nein, natürlich nicht«, meinte Jan pikiert, besann sich dann aber und fügte mit schiefem Gesicht hinzu: »Doch … die Vorstellung, dass du nicht mehr mit einem Job verbunden bist, ist irgendwie komisch.«

»Ja, für mich auch. Und trotzdem habe ich das Gefühl, dass der Zeitpunkt richtig ist. Ich habe einfach keine Lust mehr, Menschen nach den Grundsätzen der operativen Fallanalyse zu beurteilen. Man findet wirklich jeden verdächtig, so wie du eben. Mich kotzt es mittlerweile an, dass ich mir ständig überlege, ob meine Brötchenverkäuferin mir ein Brötchen vom Vortag in die Tüte geschmuggelt hat, nur weil sie beim Guten-Tag-Sagen nach links geguckt hat.«

Jan lachte verhalten. »Das wirst du auch weiterhin tun, glaub mir. Du warst es immerhin, der das Profiling ins Deutsche übersetzt hat!«

Hanjo wiegelte mit einem Geräusch des Unmutes ab und goss sich Wein nach.

»Komm schon, du bist der Profiler, sag mir, was du wirklich von der Leinwig hältst!«, verlangte Jan.

Hanjo verzog das Gesicht. »Profiler … du weißt, dass die Polizei dieses blöde Fernsehwort nicht benutzt.«

»Ich weiß, sag's mir trotzdem.«

Hanjo lehnte sich zurück und betrachtete seinen Sohn abschätzend. »Ich glaube, es ist weniger wichtig, was ich von ihr halte. Was hältst *du* von ihr?«

Jan betrachtete seinen Wein. »Sie ist impulsiv und wird schnell wütend. Wie weit ihre Affektivität geht, weiß ich nicht. Ihr Verhalten wirkt oft unüberlegt, andererseits ist sie aber auch clever … und ich bin sicher, dass sie uns belügt.«

»Und sie ist hübsch«, warf Hanjo schmunzelnd ein. »Sie gefällt dir, nicht wahr?«

Jan sah seinen Vater missmutig an. »Selbst wenn das so wäre: Ich würde ihr deswegen nie um einen Deut entgegenkommen.«

Hanjo grinste. »Ich weiß, Junge. Aber kannst du garantieren, dass du sie nicht schneller auf deine schwarze Liste setzt – eben weil es dir nicht gefällt, dass sie dir gefällt?«

Steinberge stürzen, Riesinnen straucheln,
Zur Hel fahren Helden, der Himmel klafft.

Edda, Der Seherin Weissagung, 51

Tilla wusste kaum noch, wie sie den Weg zurück zu ihrem Wagen gefunden hatte. Es regnete mittlerweile in Strömen. Sie stieß hysterische Schreie aus, bis sie endlich ihren Schlüssel im Unkraut neben dem Graben gefunden hatte. Mit zittrigen Fingern schloss sie ihren Wagen auf und ließ sich hinter das Steuer fallen. Als würde ihr Hirn ihr den Dienst verweigern, überlegte sie, wie sie den Schlüssel von der linken in die rechte Hand bekommen sollte, die noch immer völlig verkrampft den Runenstein umschloss. Sie betrachtete den Stein so verwirrt, als wisse sie nicht, wie er je in ihre Hand gelangen konnte. Ihr Drang, von den Hahnenkleeklippen wegzukommen, war so übermächtig gewesen, dass sie weder zurückgeblickt noch den Stein weggeworfen hatte.

War Borderfeld tot? War sie zur Mörderin geworden? Vermutlich. Nachdem sie ihm den Stein an den Kopf geschlagen hatte, war er rücklings durch den morschen Zaun gebrochen und über die Kante gefallen.

Er hatte recht gehabt: Sie waren sich ähnlich. Sie hatte zugeschlagen. Tilla ließ den Stein in den Fond des Wagens fallen, als hätte sie sich daran verbrannt. Sie brauchte mehrere Versuche, den Zündschlüssel ins Schloss zu stecken. Endlich sprang der Moter an. Tilla begann ein hektisches Wendemanöver auf dem engen Waldweg. Mit ihren durchnässten Ballerinas rutschte sie prompt von der Kupplung ab und der kleine Geländewagen schoss vorwärts, um dann mit einem gurgelnden Geräusch zu verstummen. Tilla trat auf die Bremse und versuchte gegenzulenken, doch der Wagen hatte einen zu großen Wenderadius. Bedrohlich senkte sich die Beifahrerseite, als die rechten Reifen neben dem Waldweg im Matsch versanken. Tilla stieß einen spitzen Verzweiflungsschrei aus. Wenn sie sich jetzt hier festfuhr, brauchte sie erst gar nicht mehr zu fliehen. Dann hätte sie Borderfeld genau so gut ihre Visitenkarte auf die Stirn kleben können.

Zitternd und keuchend rang sie um Fassung. Sie nahm ihre nassen Ballerinas von den Füßen und warf sie nach hinten. Mit unsicheren Händen ließ sie ihr Gefährt erneut an und schaltete den Vierradantrieb zu. Langsam ließ sie die Kupplung kommen. Als der Wagen noch ein Stück mehr nach rechts wankte, schloss Tilla die Augen und gab vorsichtig Gas. Endlich zog sich der Wagen mit durchdrehenden Reifen röhrend aus dem Graben, zurück auf den Weg. Panisch sauste Tilla zur Harzhochstraße. Ihre Flucht war unsinnig, denn sie floh ja viel mehr vor sich selbst als vor Borderfelds Leiche.

Sie war von den Klippen geflohen, ohne noch irgendetwas zu registrieren. Auch den blauen Kleinwagen am Wegesrand beim Abzweig zu den Hahnenkleeklippen hatte sie nicht bemerkt.

Nimm dich des Toten an
Wo du im Feld ihn findest
Sei der siechtot oder seetot oder am Stahl gestorben.

Edda, Das Lied von Sigrdrifa, 33

Magnus und Gerfried, die Tilla und Hermann gefolgt waren, konnten kaum glauben, was sich nun in einiger Entfernung vor ihnen abspielte. Ausgerechnet Hermann, der Magnus vor einigen Tagen so schmerzhaft bewiesen hatte, wie sehr er ihm im Kampf überlegen war, kippte dreißig Meter vor ihnen wie ein gefällter Baum über die Klippen.

»Das kann doch nicht wahr sein«, entfuhr es Gerfried, der sich wie Magnus hinter einer stämmigen Fichte verbarg.

»Ich fasse es nicht«, murmelte Magnus, ohne den Blick von Tilla zu wenden, die mittlerweile auf dem unebenen Felsen zusammengesunken war. Dann fragte er flüsternd: »Sag mal, woher wusstest du eigentlich, dass er hier herkommen würde?«

Gerfried kicherte leise. »Es war so eine Ahnung ... aber dafür, dass unsere kleine Hexe die Karten völlig neu mischt, reichte meine Ahnung nicht. Ich dachte eigentlich, dass er sie umbringt und nicht umgekehrt.« Sein Ton verriet eine Spur von Hochachtung.

»Sie umbringen? Ich glaube nicht, dass er das vorhatte«, antwortete Magnus.

Gerfried runzelte die Stirn. »Was hat sie ihm da eigentlich an den Schädel geschmettert?«

»Ich weiß nicht, einen Stein, glaube ich.«

»Sie hatte doch in ihre Tasche gegriffen.«

»Stimmt! Sie muss ihn mitgebracht haben«, murmelte Magnus beeindruckt.

So standen sie von Fichten verborgen kurz vor der

Lichtung, die an den Hahnenkleeklippen mündete, und betrachteten versonnen die junge Frau vor ihnen, die völlig traumatisiert auf dem Boden kniete.

»Los Magnus, schnapp du dir die Kleine«, riet Gerfried, »ich kümmere mich um Hermann.«

»Und was was soll ich dann mit ihr tun?«, fragte Magnus sarkastisch.

Gerfried verdrehte die Augen. »Das Artefakt, du Träumer. Wenn wir im Orden Erfolg haben wollen, brauchen wir das Artefakt.«

»Ach, du denkst, sie hat das Artefakt dabei?«, fragte Magnus ihn hohntriefend.

Gerfried machte ein unwilliges Geräusch. »Sterben muss sie eh. Sie war in Wernigerode und hat auch dich dort gesehen, hast du das vergessen?«

»Sie hat mich nicht erkannt, ich habe das Bogu getragen.«

»Trotzdem«, maulte Gerfried trotzig.

»Ich habe eine bessere Idee«, meinte Magnus und zog sein Handy heraus. Leise ging er ein paar Schritte vor, zog einen Ast zur Seite und schoss ein paar Fotos von Tilla. »Für heute hat sie ihr Adrenalin verschossen. Ich glaube nicht, dass wir etwas aus ihr herausbekommen würden. Aber damit haben wir ein Druckmittel«, erklärte er und steckte sein Handy wieder ein.

»Keine schlechte Idee«, gab Gerfried nachdenklich zu. Dann blickte er wieder zu Tilla, die sich gerade auf die Beine rappelte. »Das ist einfach irre. Wie oft habe ich gegen ihn gekämpft … und dann kommt eine kleine Hexe daher und schlägt ihm einfach so den Schädel ein.«

Jeder seinen eigenen Gedanken nachhängend, sahen sie Tilla nach, die in hektischer Flucht zwischen den Bäumen verschwand. Endlich wagten sie sich aus ihrem Versteck und gingen auf die Klippen zu. Hermann lag einige Meter unterhalb der Klippe im Hang. Magnus und Gerfried blickten ungerührt nach unten.

»Hast du ihn eigentlich mal geschlagen?«, fragte Magnus süffisant.

Gerfrieds Blick wurde kalt. »Er lebt noch und ich lebe noch. Reicht das als Antwort?«

Magnus lachte abfällig. »Und wie wolltest du ihn heute schlagen?«

»Endgültig«, antwortete Gerfried. Er lüftete seine Jacke und zeigte ihm eine Waffe, deren schwarzer Stahl aus einem Holster lugte.

»Aha, du wolltest also kein Risiko eingehen«, stellte Magnus abfällig fest.

»Risiken sind unnötig. Aber dank der Vorarbeit unserer kleinen Hexe mache ich es doch stilvoll, mein Schwert liegt im Wagen.« Zufrieden murmelte Gerfried: »Heute werde ich es endlich zu Ende bringen.«

Sutur fährt von Süden mit flammendem Schwert
Von seiner Klinge scheint die Sonne der Götter.

Edda, Der Seherin Weissagung, 51

Tilla brauste die B 4 entlang und überlegte fieberhaft, was sie tun sollte. Kurz hinter dem Königskopf trat sie vehement auf die Bremse. Zum Glück war sie völlig allein auf der Straße, ein nachfolgender Fahrer wäre bei dieser abrupten Bremsung sicher bis zu ihrem Beifahrersitz vorgedrungen. *Osterode* stand auf dem gelben Schild vor ihr, das ihr in diesem Moment wie ein Fingerzeig der Göttin erschien. Kurz entschlossen bog sie ab.

Eine knappe Dreiviertelstunde später parkte sie vor Astrid Volkerts' Haus. Die Fenster waren einladend beleuchtet. Ihr Blick fiel auf ihren Runenstein. Seine Spitze war blutverschmiert. Mehrfach hatte sie überlegt, ob sie ihn einfach irgendwo aus dem Fenster werfen sollte. Sie hatte es nicht übers Herz gebracht. Dieses hässliche Teil war wie eine letzte Verbindung zu ihrer Mutter. Mit langen Fingern schob sie den Stein unter den Beifahrersitz. Dann langte sie nach ihren Pumps, zog ihren völlig verdreckten Mantel aus und ging mit den Blumen auf dem Arm der Haustür und ihrem Alibi entgegen.

*

Was sich in den Gesichtern der Tatortermittler abspielte, reichte von Fassungslosigkeit über Entsetzen bis hin zu Ekel. Einige der jüngeren Beamten erbrachen sich, und selbst Kommissar Wegener wurde eine Nuance blasser, als er über die Kante sah. Die Bemühungen der Tatorttechniker, an die Leiche heranzukommen, erwiesen sich an dem abschüssigen Hang, der mit nassem, rutschigem Gras bewachsen war, als äußerst schwierig.

»Unser Freund wird zorniger«, rief Hanna Giresch, die mit einem Gurt gesichert am Hang stand, nach oben. »Schwere Stichverletzung im Bauchbereich, die übrigens denen bei den anderen Opfer ähnelt. Multiple Brüche … das Gesicht des Mannes ist so zerstört, dass es sehr schwierig sein wird, ihn zu identifizieren … den rechten Unterarm hat man ihm postmortem abgetrennt«, referierte die Pathologin in gleichbleibendem Ton.

Jan Berking sah, wie sie an dem zerstörten Gesichtsschädel herumtastete. Den blutigen Armstumpf sparte er aus seinem Blick aus.

»Der gehört eindeutig mit zur Serie, wir haben hier wieder Runen«, meinte Kamenz und zeigte auf den Felsen hinter ihnen.

ᛟᛊᛏᚨᚱᚨ ᛉᚢᚱ ᛗᛁᚱ

Gerd Wegener trat an den Stein heran, auf dessen zum Pfad geneigter Stirnseite *Hahnenkleeklippen* zu lesen stand. Die Rückseite des Steines war mit der Runenzeile versehen worden. »Schreib das doch mal ab«, sagte er zu Kamenz. »Wir fahren am besten auf dem Rückweg bei der Leinwig vorbei und fragen sie, was das heißt.«

Jan Berking ging ungeduldig auf und ab.

»Todeszeitpunkt?«, fragte Wegener den Hang hinab.

»Da müsst ihr mir etwas Zeit geben, aber ich denke mal ... irgendwann gestern am frühen Abend.«

»Hat er einen Ausweis dabei?«, fragte Jan Berking hoffnungsvoll.

»Nein«, antwortete es aus dem Hang.

»Scheiße«, fluchte Wegener. »Da können wir nur auf Vermisstenanzeigen warten.«

»Ich glaube nicht, dass eine passende eingeht«, murmelte Jan Berking. »Ich glaube eher, man wollte nicht, dass seine Identität herauskommt.«

»Könnte der Grund für sein zerstörtes Gesicht sein«, gab Gerd Wegener nachdenklich zu. »Und was ist mit dem Arm?«

»Vielleicht war irgendetwas an diesem Arm, was ihn identifiziert hätte«, überlegte Berking laut.

»Das wäre jedenfalls eine Erklärung dafür, warum man ihm den Arm abtrennte«, pflichtete Wegener bei und verzog angewidert das Gesicht.

»Ich möchte, dass Sie nach dem Arm suchen«, wies Jan Berking die Kollegen im Hang an, die sich an Seilen hängend unschlüssig umsahen. Berking ignorierte die entnervten Blicke der Tatortkriminalisten, stattdessen gab er bereits weitere Anweisungen und verlangte, man möge die erreichbaren Parkplätze nach Autos absuchen und alle Kennzeichen aufnehmen. Sein Blick wechselte von den Tatorttechnikern in weißen Overalls zum Himmel, der sich noch immer ungemütlich stahlgrau zeigte.

Gerd Wegener folgte seinem Blick und bestätigte: »Hier oben hat es seit zwei Tagen ununterbrochen geregnet. Spuren werden wir kaum noch sichern können.«

Jan Berking nickte missmutig und schaute dem Beamten zu, der seit einer Ewigkeit den Boden um den Felsen mit den Runen ableuchtete, ohne dass seine Pinzetten und Tütchen zum Einsatz kamen. »Gibt es denn wenigstens Fußabdrücke?«, fragte er den Mann barscher als notwendig.

Der weiße Overall schüttelte den Kopf. »Hier auf diesem krautigen Untergrund gibt es keine Fußabdrücke. Dort ist überall Gras und an den Klippen ist es felsig. Ich kann absolut nichts entdecken.«

Jan Berking machte ein geriztes Gesicht.

»Ich nehme aber vorsichtshalber Pflanzenproben mit, damit wir eine Vergleichsprobe haben, falls Sie einen Verdächtigen auftreiben«, gab der weiße Overall spitz zurück.

Berking biss die Zähne aufeinander. Die Aussage *falls Sie einen Verdächtigen auftreiben* hallte unangenehm in seinem Kopf nach.

»Brauchen Sie Herrn Lorenz noch?«, fragte eine Polizistin den Staatsanwalt. Jan Berking sah Wegener fragend an, doch der schüttelte den Kopf und klärte Berking auf: »Rolf Lorenz ist für diesen Teil des Forstes zuständig. Der wird uns nicht weglaufen.«

»Wenn der nicht diesen anonymen Tipp bekommen hätte, wer weiß, wann wir die Leiche gefunden hätten«, meinte Kamenz und sah zweifelnd in den Hang.

»Na ja, im Sommer kommen öfter Touristen hier her. Aber es ist schon ein Glück, dass der Förster die Leiche vor den Luchsen gefunden hat. Sonst wäre für die Rechtsmediziner womöglich gar nichts mehr übrig geblieben«, fügte Wegener hinzu und erreichte erwartungsgemäß, dass Andreas Kamenz ihn einigermaßen entsetzt ansah. »Nun mach nicht so ein Gesicht, du Stadtkind«, zog er seinen jüngeren Kollegen gutmütig auf.

Hanjo betrachtete nachdenklich den steilen Hang hinter der zerborstenen Absperrung. Vor ihm schob sich eine weitere Felsklippe einem mahnenden Finger gleich aus dem Hang. »Wenn dort unten im Hang jemand verletzt liegen bleibt, hat er ja wirklich keine guten Karten. Wenn er bis unterhalb der Felsen runterrutscht, wo ihn nicht einmal Touristen sehen können …«

Jan Berking schaute über die graue, zerklüftete Kante. »Ja, das stimmt wohl.« Er blickte seinen Vater an, der nun völlig abwesend in die Ferne starrte. »Was denkst du?«

»Ich muss gerade an die Prügelei von vor dreißig Jahren denken. Leider weiß ich nicht genau, wo die stattgefunden hat. Das Haus der Volkerts lag am westlichen Ortsrand von Braunlage, nicht weit vom Andreasberger Teich entfernt, der heute Silberteich heißt.« Hanjo sah sich um. »Habe ich nicht vorhin einen Wegweiser zum Silberteich gesehen? – Wie weit ist es von hier bis zum Silberteich?«, fragte er die Polizistin, die hinter ihnen stand.

»Das ist nicht weit, vielleicht fünf Kilometer. Der Weg zum Silberteich zweigt dort hinten von dem Schotterweg ab. Sie sind auf dem Weg hierher daran vorbeigefahren«, erklärte die Polizistin bereitwillig.

Hanjo tippte mit dem Zeigefinger gegen seine Lippen und überlegte in Richtung der Polizistin, die sich offenbar gut auskannte. »Ich stelle mir gerade vor, wie es wäre, wenn jemand nachts, im tiefsten Winter, vom Silberteich aus durch die Wälder gejagt würde. So jemand würde doch sicher versuchen, in einem Bogen zur Straße zu kommen, oder?«

Die Polizistin nickte überlegend. »Normalerweise würde er am Königskrug, dort wo Sie von der Harzhochstraße abgebogen sind, zurück zur Straße kommen, aber das ist nicht so einfach, vor allem nicht nachts. Man vertut sich leicht in den Himmelsrichtungen, weil die Wege den Bergen folgen. Und wenn dann auch noch Schnee liegt, wird das ein harter Marsch.«

Hanjo nickte. »Er müsste also eine eiserne Kondition, gute Ortskenntnis und eine gehörige Portion Glück haben, oder?«

Die Polizistin grinste und fügte hinzu: »Und die Verfolger müssten möglichst blöd sein. Wären sie nämlich clever, würden sie sich aufteilen. Die einen jagen ihn hier hoch und die anderen springen ins Auto und fahren zum Königskrug, um ihn dort hinten am Abzweig abzufangen.«

Hanjo blickte der Polizistin fasziniert ins Gesicht. »Genau! In diesem Falle würden sie einen Flüchtenden wieder von der Straße wegtreiben. Wenn er nichts von den Klippen weiß, würde er hier abbiegen, um von dem befahrbaren Weg herunterzukommen, und er würde genau hier landen.«

Die Polizistin nickte und Hanjo sah sich nachdenklich um.

»Hm. Das wäre wohl für den Gejagten ein ziemliches Pech. Aber wie kommst du darauf?«, fragte Jan Berking verwundert.

»Na ja, ist vielleicht ein bisschen weit hergeholt, aber Astrid Volkerts erwähnte, dass Hederas Vergewaltiger kurz nach der Tat bei einem Unfall starb.«

»Ah, du vermutest nun, dass bei dem Unfall des Vergewaltigers vielleicht jemand nachgeholfen hat? Du meinst, das war die Prügelei von damals?« Wieder sah sich Jan Berking prüfend um. »Die Chancen, hier oben wegzukommen, wenn man verletzt ist, sind tatsächlich ziemlich gering.«

»Als Gerd eben Luchse erwähnte, kam mir die Frage in den Kopf, ob eine Leiche tatsächlich völlig verschwinden könnte«, erklärte Hanjo.

»Tja, Luchse gab es aber vor dreißig Jahren hier nicht«, sagte Gerd Wegener. »Die sind vor zweihundert Jahren im Harz ausgerottet und erst 1999 hier wieder ausgewildert worden. Wölfe gab es damals auch nicht. Ich hörte, man hat einzelne Tiere erst nach dem Fall der Grenzanlagen in Westdeutschland gesichtet. Aber soweit ich mich erinnere, fressen auch Wildschweine Fleisch. Der Oberharzer Winter kann hart sein ...«

Andreas Kamenz verzog angeekelt das Gesicht. »Ihr meint, hier könnte eine Leiche so mir nix dir nix in den Bäuchen von irgendwelchen Viechern verschwinden?«

Die Ermittler warfen einen letzten Blick auf den zerschundenen Körper, bevor der an Seilen den Berg heraufgezogen werden sollte, und überdachten Hanjos Theorie. Plötzlich fragte Jan Berking verwundert nach: »Was hatte dieser anonyme Anrufer gesagt? Hier oben würde ein *Verletzter* liegen?«

Kamenz schlug seinen Notizblock auf und bestätigte dem Staatsanwalt: »Ja ... *ein Verletzter unterhalb der Hahnenkleeklippen*. Lorenz war nicht sicher, ob es sich um eine Frau oder eine junge Männerstimme gehandelt hat.«

»Ist das nicht irgendwie merkwürdig?«, sagte Berking nachdenklich. »Der Tote lag auf dem Rücken. Eine stark blutende Bauchwunde, sein Gesicht ist ein einziger blutiger Brei und dann auch noch ein abgetrennter Arm ... bei all dem Blut, warum spricht der Anrufer eigentlich von einem Verletzten und nicht von einem Toten?«

Alle schauten ratlos den Hang hinab.

»Der Harz scheint sich mit Macht gegen Mordermittlungen zu wehren«, brummte Berking verdrossen.

Die Celtae können Staaten nur zerstören,
aber nicht aufbauen.

Cicero

Tilla war ihre Antworten so oft durchgegangen, dass sie nun geradezu erleichtert war, als sie den Tross von Autos von ihrem Küchenfenster aus kommen sah.

Am liebsten wäre sie zur Haustür gestürmt, um es hinter sich zu bringen, doch sie mahnte sich zur Ruhe. Schon der Abend bei Astrid und ihren Freundinnen war ihr schier endlos vorgekommen, doch sie hatte sich zusammengerissen und beste Laune vorgetäuscht, wenn sie auch kaum etwas zu den lebhaften Gesprächen hatte beitragen können. Ob sie auch Astrid hatte täuschen können, wusste sie nicht genau. Sie ahnte, dass dem nicht so war. Es war zermürbend gewesen. Ständig hatte sie sich gefragt, ob sie bereits eine Mörderin war, oder ob sie gerade zu einer wurde. War er tot? Oder hatte sie ihn nur verletzt? Sie war so panisch von den Klippen geflohen, dass sie es nicht wusste. Sie war nur froh, selbst noch am Leben zu sein.

Auf dem Rückweg von Astrid hatte sie es nicht mehr ausgehalten. Als sie in Clausthal-Zellerfeld eine Telefonzelle entdeckte, hatte sie im Forstamt Braunlage angerufen. Mit verstellter Stimme hatte sie einen völlig verschlafenen Förster davon unterrichtet, dass ein Verletzter an den Hahnenkleeklippen lag.

Doch ihr Gewissen war dadurch nur mäßig leichter. Ihr adrenalinüberflutetes Leben lief gerade in einer Art Schnelldurchgang ab, so dass ihr selbst die Zeit endlos vorkam, bis die Polizisten an ihrer Tür ankamen. Es läutete. Endlich. Sie bemühte sich um ein möglichst erstauntes Gesicht, als sie die Ermittler begrüßte.

»Kommen Sie herein«, sagte Tilla kooperativ, nachdem

Gerd Wegener ihr berichtet hatte, dass sie Tilla wegen weiterer Runen befragen wollten. Sie lotste Wegener, Hanjo Berking, Kamenz und Staatsanwalt Berking in ihr Wohnzimmer. Da sie das Thema Runen für ein Manöver hielt, wunderte sie sich sehr, dass ihr Gerd Wegener tatsächlich ein Stück Papier mit Runen darauf reichte.

ᛟᛋᛏᚨᚱᚨ ᛉᚢᚱ ᛖᚺᚱ

Tilla schaute sich das Papier an und erklärte stirnrunzelnd: »Das bedeutet *Ostara zur Ehr.*«

»Ostara?«, fragte Jan Berking.

Da Tilla ganz andere Fragen erwartet hatte, war sie verwirrt und völlig arglos. »Ostara ist das Sonnenfest, das den Frühling begrüßt. Es war gestern … die Tagundnachtgleiche des Frühjahres.«

»Aha. Und wo waren Sie gestern?«

»Ich war bei einer Freundin in Osterode. Wir haben gefeiert.«

»Und die kann das bestätigen?«

»Aber sicher. Sie und fünf weitere Personen«, spulte Tilla ihre einstudierte Antwort ab.

Hanjo bestätigte: »Astrid Volkerts erwähnte gestern etwas von einer Feier, zu der sie auch Frau Leinwig erwartete.« Dann ging er in den Flur.

Jan Berkings graue Augen verdüsterten sich. »Frau Leinwig, in der Nähe dieser Runen haben wir wieder eine Leiche gefunden.«

In Tillas Kopf purzelte alles durcheinander, daher wiederholte sie völlig verwirrt: »Eine Leiche? Mit Runen? Wo denn?«

»Unterhalb der Hahnenkleeklippen.«

Tilla starrte Jan Berking verstört an. »Und da waren Runen?«, fragte sie ungläubig.

»Ja. Sie waren in einen Felsen geritzt.«

»Und … äh … die Leiche?«, fragte Tilla mit dünner Stimme.

»Lag hinter den Klippen im Hang. Übel zugerichtet, erstochen, ein zerschlagenes Gesicht und ein abgetrennter Arm.«

»Was?«, fragte Tilla erheblich zu laut. Wie paralysiert stand sie in ihrem Wohnzimmer und wusste nicht mehr, was sie denken sollte.

»Diese Nachricht scheint Sie ja ziemlich mitzunehmen. Wollen Sie sich nicht setzen?«, fragte Gerd Wegener besorgt.

»Ja … danke«, murmelte Tilla und ließ sich fahrig auf ihrem Sessel nieder. »Man hat den Mann erstochen … wie bei dieser Serie?«

Jan Berking beobachtete Tilla sehr genau. »Woher wissen Sie, dass es sich um einen Mann handelt?«

Tillas Blick huschte von einem zum anderen. »Das wusste ich nicht … ich habe es vermutet. Die anderen Toten waren ja auch Männer. Und er wurde erstochen?«, fragte sie abermals nach.

»Ja. Warum wundert Sie das so? Die anderen Toten sind ebenfalls erstochen worden.«

»Ja … ja, stimmt, war eine blöde Frage.« Erst jetzt bemerkte sie, dass Hanjo Berking zurück ins Wohnzimmer kam.

Er hielt kurz sein Handy hoch und sagte: »Astrid Volkerts hat bestätigt, dass Frau Leinwig gestern Abend bei ihr war.«

Langsam bekam Tilla ihre zittrige Spannung in den Griff. »Natürlich war ich bei Astrid. Was haben Sie denn gedacht? Dass ich mitten in der Nacht im Oberharz herumrenne und Leute ersteche?«

»Von wann bis wann waren Sie bei Frau Volkerts?«

»Ich bin wohl so gegen halb neun angekommen.«

»Wie sind Sie nach Osterode gefahren?«

Tilla zuckte die Schultern. »Über Goslar und Clausthal-Zellerfeld«, erklärte sie vage.

»Sie bleiben also dabei, Sie haben keinen Abstecher nach Braunlage gemacht?«

»Nein!«

*

»Vier Zentimeter? Eine vier Zentimeter breite, zweischneidige Klinge?«, fragte Gerd Wegener ungläubig nach.

Kamenz verzog das Gesicht. »Und ziemlich lang noch dazu, die Wunde war ziemlich tief, sie ging praktisch durch den Körper des Opfers hindurch.«

»Meine Güte, was soll das denn sein?«

»Ein Schwert«, brach es triumphierend aus Andreas Kamenz heraus. »Es könnte ein Schwert gewesen sein«, wiederholte er eifrig. »Vielleicht war er bei so einer Schwertkampfgruppe.«

»*Er*?«, hakte Wegener stirnrunzeld nach.

Andreas Kamenz begegnete seinem Blick trotzig. »Ja, *er*. Wenn meine Theorie stimmt und es sich bei der Tatwaffe um ein Schwert handelt, dann können wir Frau Leinwig weitgehend ausschließen, denn Schwerter mit einer vier Zentimeter breiten Klinge sind in der Regel ziemlich schwer und unhandlich.«

»Schwertkampf?«, echote Gerd Wegener zweifelnd.

»Ja, das ist schwer im Kommen. Auf diesen Mittelaltermärkten, die es hier immer mehr gibt, agieren sogenannte Reenactors, Leute, die den Schwertkampf beherrschen«, erklärte er seinem Vorgesetzten nicht ohne Stolz.

»Reenactors?«, fragte Wegener nach, der sich generell über die zunehmende Vergewaltigung seiner Sprache durch das Englische ärgerte.

»Das sind Leute, deren Hobby es ist, alte Schlachten

nachzustellen. Die machen sich mit großem Aufwand mittelalterliche Gewänder nach und führen unter anderem Showkämpfe mit Schwertern vor. Weißt du, ich hab so was mal in Seesen beim Sehusafest gesehen. Im Schloss Ölber bei Salzgitter gibt es auch jedes Jahr so ein Mittelalterfest. Schwertkampf sieht wirklich irre aus. Das sind natürlich eingeübte Schläge, sozusagen eine einstudierte Bewegungsabfolge, aber trotzdem. Die schlagen mit Kraft und Gebrüll aufeinander ein, da wird einem ganz anders. Allerdings sind Schaukampfschwerter nicht scharf. Wären sie es, könnte man mit so einem Teil leicht einen Arm abschlagen.«

»Schwerter!«, brummte Wegener unzufrieden. »Schon wieder ein Schwert – wenn ich das Berking erzähle, wirft der mich glatt mitsamt diesem Buch von Hedera Leinwig aus dem Fenster.« Er überlegte eine Weile und fragte dann: »Wo bekommt man denn heutzutage ein Schwert her?«

»Man bestellt es im Internet«, antwortete Andreas Kamenz grinsend.

Wegener verzog das Gesicht. »Mist. Was waren das noch für herrliche Zeiten, wo man in ein Geschäft ging, ein Foto zeigte und der Besitzer einem sagen konnte, ob der Typ bei ihm ein Schwert gekauft hat oder nicht.«

Kamenz lachte. »In Goslar habe ich mal ein Schwert im Schaufenster eines kleinen Ladens gesehen. Aber in Seesen gibt es einen größeren Laden, dort gab es eine ganze Menge Schwerter. Das waren aber nur leichtere Dekoschwerter. Echte Schaukampfschwerter sind nur über's Internet zu bekommen. Ich könnte aber mal nach Seesen fahren und mich umhören. Vielleicht weiß der Besitzer des Ladens ja etwas über die Reenactorszene hier in der Gegend.«

Wegener brummte wieder etwas in sich hinein, was wohl eine Zustimmung sein sollte. Jedenfalls nahm es

Kamenz als solche und verließ das Büro, zufrieden, endlich eine Ermittlungsrichtung gefunden zu haben, die von Tilla wegführte.

Die Belange des Stammes
wurden in einer Versammlung, dem Thing, geregelt.
Hier bedeuteten sie
durch Schlagen der Waffen Zustimmung
und durch lautes Murren Ablehnung.

Strabon

»Ich will jetzt wissen, was mit dir los ist«, verlangte Astrid resolut. »Glaubst du, ich merke nicht, dass etwas passiert ist? Du hast dich an Ostara wie ein Zombie benommen!«

Tilla hielt die Last auf ihrer Seele nicht mehr aus. Sie musste sie teilen und sich erleichtern. »Ich glaube ich habe an diesem Abend jemanden getötet!«, antwortete sie nahezu tonlos.

Astrids Augen wurden groß. »Was hast du?« Ungläubig starrte sie Tilla an, die nur noch einen Haufen gestaltgewordenen Jammers darstellte. Astrid ließ sich schwer auf einen Stuhl fallen und verlangte: »Erzähl!«

Ohne Tilla zu unterbrechen, hörte Astrid ihr mit wachsendem Entsetzen zu.

»Glaub mir, ich hätte nie gedacht, dass ich zu so etwas fähig wäre«, flüsterte Tilla. »Es war, als wäre eine völlig Fremde aus mir herausgekrochen.« Sie sah Astrid mit verweinten Augen an. »Und dann habe ich nichts Besseres zu tun gehabt, als dich auch noch da mit hineinzuziehen. Ich schäme mich so … Ich war an diesem Abend völlig durcheinander.«

Astrid dachte eine Weile über das Gehörte nach. Tilla wartete bang. Dann fragte Astrid: »Und er hat dich zu den Hahnenkleeklippen gelotst?«

»Ja«, antwortete Tilla mit matter Verwunderung.

Astrid starrte eine Weile sinnend die Tischplatte an. »Wie eigenartig. Er muss sich ja ziemlich gut ausgekannt haben. Hat er dir gesagt, was er dort oben wollte?«

Tilla blickte Astrid bass erstaunt an. »Na … ich habe angenommen, dass er mich dort umbringen wollte … Da oben hätte mich so schnell niemand gefunden.«

»Ja … ja, natürlich.« Astrid gingen offenbar einige Gedanken durch den Kopf, die sie aber wieder beiseite schob. »Die Polizei ist schon am nächsten Tag bei dir gewesen. Wie haben sie ihn so schnell finden können?«

»Ich hab's nicht ausgehalten und das Forstamt anonym angerufen, als ich von dir zurückfuhr. Ich dachte … ich hoffte … vielleicht hab ich ihn nur verletzt«, stammelte Tilla. »Und dann kam die Polizei und erzählte, dass man eine völlig verstümmelte Leiche dort oben gefunden habe. Ich verstehe einfach nichts mehr. Ich hab doch nur mit einem Stein nach ihm geschlagen und bin weggelaufen.«

Astrid legte ihr beruhigend die Hand auf den Arm und sagte mit fester Stimme: »Es war gut, dass du angerufen hast.« Nachdenklicher fügte sie hinzu: »Aber dass man dann einen Toten mit so grausamen Verletzungen gefunden hat, verstehe ich auch nicht. Können die Verletzungen vielleicht vom Sturz herrühren?«

»Nein. Sie sprachen von einer Stichverletzung, von einem völlig zerstörten Gesicht und … und man hatte dem Toten … einen Arm abgetrennt.«

»Oh, heilige Göttin …«

»Ich war das aber nicht!«, beteuerte Tilla unter neuerlich aufsteigenden Tränen. »Ich schwöre dir, ich habe ihm nur den Stein an den Kopf geknallt!«

Astrid nickte. »Ich glaube es dir. Aber ich fürchte, das wird dir die Polizei nicht glauben.«

*

»Ihre Theorie mit dem Schwert erscheint mir recht schlüssig, Herr Kamenz. Und das Schwert, das Sie gekauft haben, ist schon in der KTU?«, fragte Jan Berking.

Andreas Kamenz staunte nicht schlecht darüber, von dem schroffen Staatsanwalt mal keine Abfuhr erteilt zu bekommen, und nickte.

»Gut«, lobte Berking.

Auch Gerd Wegener zog angesichts Berkings Offenheit verwundert die Brauen hoch. Doch die allgemeine Verwunderung währte nur kurz, da sich die Tür öffnete und eine Kollegin Daniel Regner herein führte. Sein Gesicht sah noch immer aus wie eine grün-blau emaillierte Mondlandschaft.

Wegener beeilte sich, seinem lädierten Gast einen Stuhl anzubieten. »Schön, dass Sie kommen konnten, Herr Regner. Ich hoffe, Sie haben sich von dem Überfall einigermaßen erholt?«

»Geht schon, danke«, brummte Daniel Regner und ließ sich auf den dargebotenen Stuhl fallen.

»Herr Regner, Ihre Freundin Frau Leinwig war nach dem Überfall so durcheinander, dass wir uns gern noch einmal Ihre Version anhören möchten. Können Sie uns erzählen, was damals passierte?«

»Ich weiß gar nicht, ob ich Ihnen helfen kann, ich habe dort nicht viel ausrichten können«, antwortete Regner sichtlich verstimmt.

»Okay, bitte erzählen Sie einfach der Reihe nach. Was ist an diesem Tag passiert?«

»Ich wollte noch ein paar letzte Handgriffe an der neuen Innentür machen, die Gerred Assmut und ich eingebaut hatten. Ich bin rein und ...«

»Wie sind Sie denn reingekommen?«

»Tilla … Frau Leinwig wusste, dass Gerred und ich vorbeikommen wollten und hat den Schlüssel außen stecken lassen.«

»Aha … macht sie so was öfter? Den Schlüssel stecken lassen?«, fragte Jan Berking dazwischen.

Daniel lachte kurz auf. »Na ja, sie ist schon ein wenig chaotisch …«, meinte er, verstummte dann aber misstrauisch. Ganz offensichtlich mochte er Tilia Leinwig nicht belasten.

Gerd Wegener wechselte fix das Thema. »Haben Sie den Einbrecher vorher schon einmal gesehen?«

»Nein«, antwortete Daniel Regner sichtlich erstaunt über diese Frage.

»Haben Sie eine Vorstellung, warum der Mann bei Ihrer Freundin eingebrochen ist?«, fragte Wegener weiter. Der Ermittler merkte, dass Daniel Regner nachdenklich zögerte. »Herr Regner?«

»Äh … ich habe da wohl einiges nicht mitbekommen. Offen gesagt wusste ich nicht einmal, dass es sich um einen *Einbrecher* gehandelt hat. Ich dachte irgendwie, die kennen sich.«

Alarmiert fragte Berking: »Wie kommen Sie darauf?«

Daniel Regner starrte nachdenklich zu Boden. Dann sah er auf und erklärte hilflos: »Als ich hereinkam, brüllte der Kerl sie an und schüttelte sie an den Schultern.«

»Was hat er denn gesagt?«, wollte Gerd Wegener wissen.

Daniel Regner überlegte. »Ich glaube, er sagte so etwas wie: Du hast noch nicht genug Angst vor mir, wenn du mich belügst.«

»Aha«, machte Gerd Wegener. »Und dann haben Sie ihn angegriffen?«

Daniel Regner blickte betreten zur Seite. »Hm ja«, knurrte er.

Wegener ahnte, was Daniel Regner so wurmte. »Frau

Leinwig erzählte uns schon, dass er wohl ein ausgebildeter Kämpfer war. Mit so einer gezielten Gegenwehr hatten Sie sicher nicht gerechnet?«

»Nee, natürlich nicht.« Regner kaute unzufrieden auf seiner Backe herum. Dann schob er nach: »Mann, war der schnell. Der hat nur ein paarmal zugeschlagen und dann ging bei mir schon das Licht aus.«

Gerd Wegener nickte mitfühlend. »Nach dem, was wir von Frau Leinwig hörten, war der Mann ein Profi. Sie hatten nicht den Hauch einer Chance. Seien Sie froh, dass Sie das Ganze überlebt haben. Sagen Sie, haben Sie noch irgendwas von dem mitbekommen, was nach Ihrem Kampf geschah?«

Daniel Regner schüttelte den Kopf. »Ich bin irgendwo gegen geknallt … von da an habe ich einen Seilriss. Als ich wieder aufwachte, war er weg.«

»Okay. Es war sehr freundlich von Ihnen, herzukommen. Ihre Informationen helfen uns wirklich weiter«, sagte Gerd Wegener freundlich und gab ihm seine Visitenkarte. »Sollte Ihnen noch irgendetwas zu dem Ganzen einfallen, dann rufen Sie mich bitte an.«

Daniel Regner nahm die Visitenkarte, nickte den anwesenden Beamten zu und stand auf.

»Können Sie denn fahren?«, fragte Wegener ihn.

»Mein Bruder fährt. Er wartet unten.« Daniel Regner steckte die Visitenkarte in die Tasche, während sein Blick auf eine kleine Auswahl der Tatortfotos von den Hahnenkleeklippen fiel, die an einer Pinnwand hingen. Er verzog das Gesicht und wandte sich der Tür zu.

Während Jan Berking über Daniel Regners Aussagen nachdachte, stand Andreas Kamenz auf und bot an: »Kommen Sie, ich bringe Sie nach unten.«

Die Blicke von Wegener und Berking trafen sich. »So, so … die Leinwig kannte den Einbrecher also«, murmelte Berking.

Bei den Celtae tanzen Männer und Frauen zusammen, indem sie sich an den Händen halten. Die Stellung der Geschlechter ist dort andersherum.

Strabon IV 4,3

»Hör auf damit, Tilla«, sagte Gerred in einem so harten Ton, dass es Tilla für einen Moment die Sprache verschlug. Resolut drückte er die Tür auf, die Tilla ihm eigentlich wieder vor der Nase zuschlagen wollte, und betrat den Flur. »Findest du nicht, dass du mir eine Erklärung schuldig bist?«, fragte er sie tadelnd.

Tilla biss sich auf die Lippe. Borderfeld war tot. War die Gefahr für sie und ihre Freunde damit vorbei? Gerreds dunkle Augen ruhten auf ihr. Fragend. Voller Sorge.

In Tillas Mitte begann es zu kribbeln. »Du hast recht. Ich bin dir eine Erklärung schuldig«, sagte sie und ließ ihn herein.

Sie hatten ihren Kaffee kaum angerührt, seit Tilla angefangen hatte, ihm alles zu erzählen. Gerred hatte still zugehört, ohne sie zu unterbrechen. Doch nun hielt er, für den ein logisches Agieren zum Credo seines Lebens gehörte, es doch nicht mehr aus. »Weshalb hast du der Polizei denn nicht gesagt, dass es dieser Borderfeld war, der dich überfallen hat?«

Tilla sackte von schlechtem Gewissen gebeutelt in sich zusammen. »Ja, das war blöde«, antwortete sie und schlug sich ungehalten eine Haarsträhne aus dem Gesicht. »Wie alles, was ich tue. Ich wünschte, ich wäre wie du … so berechenbar, umsichtig und … vernünftig. Aber im Falle eines Falles kannst du sicher sein, ich reagiere völlig wirr. Vor allem nach diesem Gerichtsprozess kann ich wohl gar nicht mehr klar denken. Scheiße. Ich hab einfach Angst gehabt, mich noch weiter reinzureiten.« Sie blickte auf den Silberring an ihrem Finger und drehte an dem Keltenmuster herum. »Mich nicht ... und vor allem meine Freunde nicht«, fügte sie hinzu und blickte Gerred in die Augen. »Weißt du ... an dem Tag, als Borderfeld da war ... er hatte Daniel nicht nur zusammengeschlagen ...« Stockend erzählte Tilla ihm von Borderfelds Messer. »Ich hatte einfach Angst, dass er dir auch noch etwas antut.«

Ihre Blicke trafen sich, doch Tilla senkte schnell wieder den Kopf. Sie wurde das Gefühl nicht los, dass sie gerade den nächsten Fehler machte. Gerred ins Vertrauen zu ziehen, bedeutete, dass sie sich auf ihn einzulassen begann. Aber das wollte sie doch nicht!

Als hätte er ihre Gedanken gelesen, fragte er: »Und nun? Wie soll es weitergehen? Willst du weiter weglaufen?«

Tilla brauchte einen Augenblick, um seine Frage richtig zu verstehen. Zögerlich antwortete sie. »Weglaufen ... wenn das mal so einfach wäre.« Sie stieß ein unfrohes Lachen aus. »Du wirst es kaum glauben, aber ich habe noch größeren Mist gebaut und weiß absolut nicht, wie ich da wieder rauskommen soll.«

Gerred versuchte ihr offensichtlich eine Brücke zu bauen und sagte vorsichtig: »So etwas passiert manchmal, ohne dass man es merkt. Auch mein Vater hatte sich damals auf Kriminelle eingelassen. Sein Lokal wurde zu einer Geldwaschanlage und zwar so schleichend, dass er es erst gar nicht richtig gemerkt hat. Dann war es zu spät und er war dem Druck nicht mehr gewachsen. Sein Herz machte nicht mehr mit und er starb. Sie zwangen meine Mutter, diese Geschäfte weiter zuzulassen. Sie wollte es nicht, aber sie erpressten sie, indem sie Dana und mich bedrohten.«

Tilla schaute eine Weile schweigend auf ihren Kaffeebecher. Dann fragte sie leise: »Stammt daher deine Narbe?«

Er nickte.

Tilla seufzte vernehmlich. »So unschuldig wie ihr war ich aber nicht. Ich hätte gleich wissen müssen, dass an seinem Angebot etwas faul ist. Ich brauchte das Geld und wollte es nicht wahrhaben.«

»Er hat dich gezielt abgepasst, er hatte von Anfang an seine Pläne mit dir. Ich glaube nicht, dass er dich hätte entkommen lassen. Auf die eine oder andere Weise hätte er dich gekriegt. Dein Fehler war lediglich, nicht um Hilfe zu bitten!«, erklärte Gerred und fragte dann: »Und du glaubst, er wollte von Anfang an das Buch?«

Tilla nickte zögernd. »Er wollte die Aufzeichnungen meiner Mutter. Das Buch enthält vieles von diesen Aufzeichnungen. Nur steht nicht drin, wo dieser sagenhafte Stein zu finden ist, von dem meine Mutter darin erzählt. Deshalb kam Borderfeld letzte Woche zurück.«

Gerred wartete schweigend. Tilla musste sich sammeln und erzählte ihm dann stockend, was an jenem Ostara-Abend passiert war.

Gerred fuhr sich sichtlich beunruhigt durchs Haar. »Der Tote da oben in Braunlage ist also wirklich dieser Borderfeld?«

Tilla nickte. »Ja. Sonst hätte ich dich heute nicht hier reingelassen. Solange er da war, war jeder in Gefahr, der sich mit mir eingelassen hat.«

Gerred registrierte diese Information mit einem Blick, der Tilla klar machte, dass sie mit ihren Worten vorsichtiger sein musste. Sie machte ihm zu viel Hoffnung. Sie wollte ihn nicht verletzen und musste ihn mehr auf Distanz halten.

»Und du hast ihn mit einem Stein geschlagen?«, fragte er.

»Ja, mit meinen Runenstein. Ich weiß auch nicht … die Götter höchstselbst müssen mir geraten haben, das Ding in die Tasche zu stecken. Er hat sich kurz weggedreht … und ich hab … «

Während Tilla noch um Worte rang, stellte Gerred folgerichtig fest: »Du hast dich gewehrt, es war ganz klar Notwehr.«

»Ja schon, aber die Lage hat sich verschärft.« Sie erzählte Gerred, in welchem Zustand man Borderfelds Leiche gefunden hatte. »Es waren auch wieder Runen da, aber ich war das nicht«, jammerte Tilla.

»Dann sag das der Polizei«, riet Gerred.

Tilla herrschte ihn böse an: »Blödsinn! Ich kannte alle drei Opfer und ich war mit diesem Borderfeld da oben im Oberharz. Die werden mich sofort wegsperren, wenn ich denen alles erzähle.«

Gerred versank eine Weile in Nachdenklichkeit, bevor er Tilla riet. »Entweder klärst du die Morde selbst auf oder du hilfst der Polizei, sie aufzuklären – und dazu gehört wenigstens, dass du ihnen erst einmal sagst, wer dich überfallen hat.«

*

»*Harzmörder schlug erneut zu ... von Sonja Grabowski. Wie gerade bekannt wurde, hat die Mordserie, die den Harz seit Monaten in Atem hält, ein weiteres Opfer gefunden. Wieder tauchte eine verstümmelte Leiche auf ...*«, las Oberstaatsanwalt Rüpping vor. »Das erschien nicht nur in der *Braunschweiger Zeitung*, sondern auch in der *Goslarschen Zeitung* und im *Harzkurier*. Wieso wird die Nachrichtensperre nicht eingehalten, Herr Dr. Berking?«, fragte er kühl und warf die Zeitung auf den Tisch.

»Ich wünschte, ich wüsste es, aber ich habe keine Erklärung dafür«, antwortete Jan Berking seinem Chef.

»Die Informationen können doch nur von den beteiligten Polizeibeamten kommen.«

Jan Berking schüttelte den Kopf. »Nein.«

»Nein?«, fragte der Oberstaatsanwalt erstaunt.

»Nein, schauen Sie, wenn es dort jemand gäbe, der sich mit so etwas hätte wichtig machen wollen, der hätte diese Grabowski doch nicht mit so relativ spärlichen Informationen abgespeist. Der hätte ihr brühwarm von den Runen erzählt. Immerhin sind die Runen neben den Verletzungen das Hauptmerkmal, das all diese Morde verbindet. Die Grabowski würde dann nicht zwischen den Schlagzeilen *Burgmörder* und *Harzmörder* hin und her springen, wir würden allmorgendlich etwas über *Todesrunen* lesen, glauben Sie mir.«

Dr. Rüpping ließ sich Berkings Worte durch den Kopf gehen. »Hm, ja, da liegen Sie wohl richtig«, lenkte er ein und nahm den Zeitungsartikel nochmals in die Hand. »Es stehen wirklich nur sehr wenig fundierte Informationen drin.«

»Wie schon beim letzten Mal hat Frau Grabowski den Artikel mit blutrünstigen Zitaten von Passanten aufgebläht. So etwas versteht sie prächtig. Gegen so etwas haben wir rechtlich keinerlei Handhabe. Aber in diesem Falle fürchte ich, dass die Grabowski ihre Tipps zum Teil aus unserem Hause hat.«

»Aus der Staatsanwaltschaft?« Das Gesicht des Oberstaatsanwalts wechselte zwischen Entrüstung und Zweifel hin und her. Dennoch überdachte er Jan Berkings Vermutung. »Mit wem haben Sie denn über den Fall gesprochen?«, fragte er ihn.

Jan Berking setzte seine Worte nun sehr bedächtig: »Nun … natürlich habe ich mich mit dem einen oder anderen Kollegen beraten … aber es ist niemand darunter, bei dem ich einen dezidierten Verdacht hätte.«

Dr. Rüpping nickte. »Bei diesem schwierigen Fall ist es sicher nicht falsch, sich mit den Kollegen zu beraten.« Er blickte Berking nachdenklich an. »Was für einen Grund sollte jemand haben, solche Informationen weiterzugeben?«

Berking zeigte ein freudloses Lächeln. »Wie Sie ja sicher über eben dieselbe Korridor-Verbreitungsmethode gehört haben, hält man mich für zu jung und zu unfähig für meinen Job. Vielleicht wollte da jemand nachhelfen, damit mein Stuhl schneller frei wird.«

Der Oberstaatsanwalt lächelte kurz zurück, legte die Hände V-förmig zusammen und überlegte. »Ja, könnte sein. Und? Sind Sie überfordert, Herr Kollege?«

Würde ihm sein Vorgesetzter den Fall entziehen? Jan Berking sah seinen Chef offen an und wusste, alles kam auf die nächsten Sekunden an. »Nein«, entgegnete er ruhig und erntete einen forschenden Blick.

Es schien für Jan Berking eine Ewigkeit zu dauern, bis Dr. Rüpping sich zu einer Antwort herabließ. »Gut. Dann machen Sie weiter, wir brauchen dringend Ergebnisse. Und gehen Sie auch Ihrem Verdacht nach! Ein so ein infantiles Bombardement in unseren eigenen Reihen werde ich keinesfalls dulden. Sollte ich allerdings erfahren, dass ein Polizist geredet hat, dann droht ihm das Disziplinarverfahren!«

Die Celten halten gern großsprecherische Reden,
die leicht in Schlägereien ausarten.

Ammianus Marcellinus

Tilla stand vor dem Eingangsportal des Polizeigebäudes und kniff die Augen zusammen. Wie ein Mantra betete sie sich vor, dass das, was sie vorhatte, sein müsse. Als sie glaubte, genügend Kraft für ihr Vorhaben geschöpft zu haben, drehte sie sich abrupt um und stob mit einer Vehemenz, die jedweden Rückzug unmöglich machen sollte, durch die Eingangstür.

Nicht nur die Tür ächzte unter Tillas Ansturm, auch Staatsanwalt Berking, der gerade nachdenklich in Richtung Ausgang geschritten war, konnte sich kaum noch auf den Beinen halten, als er so unvermutet gerammt wurde. Er geriet ins Straucheln und ließ seinen Aktenkoffer los, der mit hörbarem Knall auf dem Boden aufschlug. Tillas nach innen gerichteter Blick kehrte jäh in die Realität zurück.

»Oh, Herr Dr. Berking«, stammelte sie und mühte ein breites Lächeln hervor. »Was für ein Zufall, zu Ihnen wollte ich gerade!«

»Zu mir?«, fragte Jan Berking, der sich noch immer haltsuchend an der Wand abstützte.

Tilla bemühte sich, möglichst zerknirscht auszusehen. »Da ist etwas, was ich Ihnen sagen muss … schon längst hätte sagen müssen … Es geht noch mal um diesen Einbrecher.«

»Tatsächlich?«, antwortete Jan Berking kühl und langte nach seinem Aktenkoffer. »Tja, dann lassen Sie uns nach oben gehen. Wenn Ihre Aussage mit dem Fall zu tun hat, sollten die ermittelnden Beamten dabei sein.«

Artig folgte Tilla dem Staatsanwalt durch das Gewirr von Treppen und Gängen. Andreas Kamenz kam ihnen entgegen und erstarrte förmlich vor Staunen. Gerd Wegener, der Kamenz folgend gerade in seine Jacke schlüpfen wollte, blickte ebenso verwundert. Er zog die Jacke wieder aus und öffnete den Ankömmlingen die Tür zu seinem Büro.

Tilla war zu nervös, sich zu setzen, daher begann sie mit ihrer Beichte, kaum dass sie den Raum betreten hatte. »Es geht um den Einbrecher«, begann sie und begleitete ihre Rede mit wildem Gewedel ihrer Hände. Eine Reihe von goldfarbenen Armreifen klapperte an ihren Armen.

»Ja?«, machte Wegener und ließ sich auf seinem Stuhl nieder, um etwas Ruhe in das Geschehen zu bringen.

»Ich hab Ihnen da etwas verschwiegen. Der Einbrecher … mein Einbrecher … also, ich kenne ihn doch.«

Zwar hatte Tilla keinen Sturm des Erstaunens erwartete, aber die Ungerührtheit, mit der die Ermittler ihre Beichte aufnahmen, irritierte sie dann doch.

»Dann erzählen Sie uns doch mal bitte etwas über den Mann«, verlangte Wegener nun.

»Äh … ja, also …« Tilla kramte nervös in ihrer Handtasche herum und förderte endlich die Visitenkarte hervor, die ihr Borderfeld damals gegeben hatte. »Mir gegenüber nannte er sich Janus Borderfeld, aber ich weiß nicht, wo er herkommt oder wo er wohnt«, sagte sie und legte die Karte, auf der keine Adresse verzeichnet war, auf den Tisch.

Interessiert betrachtete Jan Berking die Visitenkarte, ohne sie jedoch in die Hand zu nehmen. »Projektentwicklung«, las er vor und schaute Tilla fragend an. Niemand der Anwesenden rührte die Karte an, doch alle Blicke sogen sich daran fest.

Tilla zuckte die Schultern. »Er sagte, er sammle Informationen über bestimmte Regionen, in denen seine Auftraggeber und Investoren sich geschäftlich niederlassen wollen. Ich arbeitete als Übersetzerin für ihn. Also, ich bekam von ihm Texte per Post, übersetzte sie ins Englische und sandte sie zurück an die auf der Karte angegebene E-Mail Adresse. Das war's.«

Gerd Wegener fixierte Tilla mit erhobenen Brauen. »Und Sie haben überhaupt keine Fragen gestellt?«

»Doch, schon, aber Antworten habe ich keine bekommen«, antwortete Tilla betreten und verzog entschuldigend das Gesicht. »Ich bekam eine wirklich gute Bezahlung und die auch noch in bar.«

»Sie haben also schwarz gearbeitet«, stellte Jan Berking fest und blickte Tilla, die er um Haupteslänge überragte, von oben an.

»Ja«, gab Tilla zu, »darum habe ich ja nichts gesagt. Ich habe das Geld nach dem Tod meiner Mutter wirklich dringend gebraucht. Da war diese blöde Strafzahlung von dem Prozess, das Haus und … «

»Okay. Und warum ist der Kerl dann bei ihnen eingebrochen? Was wollte er?«

»Na, dass ich weitermache«, erklärte Tilla in einem Ton, als habe Jan Berking gerade die dümmste Frage der Welt gestellt.

»Dass Sie weitermachen? Hatten Sie denn gekündigt?«, fragte er erstaunt nach.

»Ja! Ich hatte einfach ein ungutes Gefühl. Und dann kamen Sie auch noch mit diesen Runen …«

»Was haben denn die Runen damit zu tun?«, fragte nun auch Wegener, der bei Tillas wirren Worten ebenfalls nicht mehr mitkam.

Tilla gab sich ob so viel Mangel an Cleverness ostentativ ungeduldig. »Na, weil die Texte, die ich zu übersetzen hatte, Nazitum in Reinkultur waren!«

»Er war aus der rechten Szene?«, fragte Wegener.

»Ja« antwortete Tilla genervt. »Ich werde doch nicht für einen Nazi arbeiten und mailte ihm das.«

»Aha. Und dann wurde er wütend und kam vorbei?«, machte Berking weiter.

»Ja, mehrfach sogar. Der Kerl kam einfach rein, hat das Schloss meiner Haustür geknackt, als hätte er einen Schlüssel. Das hat mich echt fertig gemacht.« Befriedigt sah Tilla, dass man sie bei weitem nicht mehr so feindlich betrachtete wie bei ihrem letzten Besuch in diesen Räumlichkeiten.

»Können Sie uns die Texte geben, die Sie übersetzt haben?«, fragte Jan Berking.

»Leider nicht«, antwortete Tilla wahrheitsgemäß. »Bei einem seiner Besuche hat er all meine Dateien gelöscht, alle CDs zerstört und die Textstapel wieder mitgenommen. Ich kann Ihnen einen Karton voll CD-Brösel geben, falls Sie etwas damit anfangen können.«

Sie sah, wie sich Berkings Stirn umwölkte. »Wann haben Sie ihn zuletzt gesehen?«, fragte er schneidend.

»Am 20. März«, gab Tilla nun kleinlaut zu. »Ich war laufen. Als ich zurückkam, hat er mich wieder einmal beschimpft und hat mir dann einen weitschweifigen Vortrag über seine abstruse Weltanschauung gehalten. Dass gerade eine Umerziehung der Menschheit stattfindet, dass er zur Herrenrasse gehört und all diesen Quatsch.«

»Und dann?«

»Dann ist er gegangen«, log Tilla.

»Einfach so?«

Tilla bog die Wahrheit ein wenig zurecht und sagte vage: »Ich denke, er war sicher, alles vernichtet zu haben, was auf ihn hindeutet.«

»Um welche Zeit war das?«

»Es muss gegen halb sieben gewesen sein. Vielleicht haben die Nachbarn ihn gesehen. Nachmittags waren sie noch im Garten und haben ihre Büsche beschnitten«, erklärte Tilla mit großen Augen.

»Und Sie?«

»Ich bin dann zu Astrid Volkerts gefahren.«

Als einziges Volk der Antike zogen Kelten
kostbar geschmückt
in den Kampf.

Diodor

Zufrieden mit sich und dem Verlauf des Gespräches verließ Tilla das Polizeigebäude.

»Das lief doch bestens!«, murmelte sie grimmig grinsend vor sich hin und sog genießerisch die Frühlingsluft ein. Spontan beschloss sie, sich einen Bummel in der Altstadt von Goslar zu gönnen, und verließ den Stadtteil Georgenberg in südlicher Richtung. Pfeifend bog sie vom Ring in die Wallstraße ab, um sich kurz darauf in eine überaus günstig gelegene Parklücke am Straßenrand zu quetschen.

Sie stöberte mal in dieser, mal in jener Boutique, probierte unzählige Schuhe an und hielt sich gerade vor einem Spiegel ein lindgrünes, knappes Top unters Kinn, als sie Magnus' Gesicht neben ihrem im Spiegelbild sah. Er stand dicht hinter ihr und raunte ihr ins Ohr. »Du wirst hinreißend darin aussehen!«

Perfekt, dachte Tilla und lächelte ihn im Spiegel an. »Schön, dass es dir gefällt, ich bin nämlich wild entschlossen, es zu kaufen.«

Er küsste sie auf den Hals, nahm es ihr ab und trug es zur Kasse. Ein wenig verwundert blickte sie dem blonden Hünen nach. Seine frühere Zurückhaltung in der Öffentlichkeit schien er aufgegeben zu haben. Für einen Moment fiel ihr auf, dass seine rechte Hand verbunden war.

Als sie hernach gemeinsam durch die Breite Straße schlenderten, fragte Tilla: »Und was machst du hier?«

»Ich habe nach dir gesucht«, antwortete er lächelnd und zog sie an sich.

»Hmm ... wie schön«, gurrte Tilla. Magnus war ein hübscher Herzensbrecher, garantiert frei von langfristigen Intentionen ... ganz im Gegensatz zu Gerred, gegen dessen Bild in ihrem Kopf Tilla immer heftiger ankämpfte. Tilla blickte ihm in die tiefblauen Augen. »Dann hast du also nach mir gesucht, seit wir uns das letzte Mal trafen? Das ist aber schon eine Weile her«, antwortete sie gutmütig schmollend.

»Ich hatte einen Auftrag ... aber du bist mir ständig im Kopf herumgeschwirrt«, beteuerte er.

Sie suchten sich einen Platz in einem Eiscafé am Marktplatz. Tilla nippte an ihrem Cappuccino und plauderte über dies und das, wobei Magnus in regelmäßigem Abstand Komplimente einfließen ließ. Zuweilen hatte Tilla sogar das Gefühl, dass er es ernst meinte. Es schmeichelte ihr zwar, aber es machte sie auch nervös. Offenbar konnte sie ihn wohl doch nicht so gut einschätzen, wie sie angenommen hatte. Sie betrachtete ihn verstohlen. Trotz des lauen Wetters trug er einen Rollkragenpullover, unter dem ein weißes Dreieck hervorblitzte. Seine Hand war ebenfalls verletzt. Sie glaubte auch eine leichte Verfärbung an seinem Kinn erkennen zu können, war sich aber nicht sicher. Sie verließen Café und Marktplatz und schlenderten an der Kaiserworth vorbei Richtung Lohmühle. Plötzlich kam ihr in den Sinn, dass Borderfeld während der traumatischen Autofahrt zu den Hahnenkleeklippen Magnus als ihre neue Errungenschaft erwähnt hatte. Die Erinnerung an diesen Dialog kam nur bruchstückhaft zurück, da Tilla bisher nach Kräften versucht hatte, dieses ganze Geschehen mit Vergessen zu mildern. Doch nun drängten seine Worte mit Macht in ihr Bewusstsein zurück. Borderfeld hatte gesagt, er habe sie beide an der Harzburg beobachtet. Er hatte auch gesagt, Magnus würde sie nicht mehr belästigen ... Tilla hörte Magnus' gefällig dahinplätschernden Worten nur noch mit halbem Ohr zu. »Sag mal Magnus, hat dich mal jemand meinetwegen angesprochen?«, fiel sie ihm schließlich ängstlich ins Wort.

Er blieb stehen und sah sie fragend an. »Was meinst du?«

»Ich hatte dir doch erzählt, dass ich Probleme mit diesem Mann hatte, der das Artefakt sucht … also, er hat mich beobachtet und dabei auch dich gesehen. Er deutete mir neulich an, er habe dir verboten, mich zu treffen«, erklärte Tilla vorsichtig.

Magnus lächelte breit. »Oh, den meinst du. Ja, er sprach mit mir über dich«, antwortete er fast vergnügt.

Tilla blieb wie vom Donner gerührt stehen und schaute Magnus schockiert an. »Und? Was ist passiert?«

Sie sah eine Reihe ebenmäßig weißer Zähne aufblitzen. »Du glaubst doch nicht, dass mich so jemand davon abhält, dich zu treffen, wenn ich das will.«

Tilla betrachtete ihn, als sähe sie ihn zum ersten Mal. Er war nicht nur attraktiv, er war vor allem groß und durchtrainiert. Offenbar hatte er keine Mühe gehabt, sich gegen Borderfeld durchzusetzen. Ihre Musterung endete bei seinen tiefblauen Augen.

»Und? Gefällt dir, was du siehst?«, fragte er sie amüsiert.

»Das beantworte ich dir lieber nicht hier auf offener Straße, sonst werden wir noch wegen Erregung von öffentlichem Ärgernis und Sittenlosigkeit verhaftet«, sagte Tilla samtweich und registrierte mit Genugtuung das Verlangen in seinem Blick. Er machte einen Schritt auf sie zu und blickte dann über ihre Schulter. Sein Blick umwölkte sich. Dann erklärte er für Tilla überraschend: »Ich habe leider noch einen Termin.« Er lächelte sie entschuldigend an. »Ich muss mich noch mit jemand treffen, den ich gerade gesehen habe.«

»Aha. Dann hast du also doch nicht nur nach mir

gesucht?«, flötete Tilla mit verführerischem Lächeln.

»Ich melde mich bald bei dir ... sehr bald«, raunte er ihr zu. Sichtlich widerstrebend wandte er sich ab und verschwand zwischen den bummelnden Menschen.

Verwundert setzte Tilla ihren Weg zu ihrem Wagen fort.

Vorsichtiger Mann, der zum Mahle kommt, schweigt, lauschend still
Mit Ohren horcht er, mit Augen späht er
Und forscht zuvor verständig.

Edda; Havamal, Des Hohen Lied 7

»Mein lieber Magnus«, warnte Gerfried grinsend, »Ich fürchte, du bist gerade dabei, den gleichen Fehler zu machen wie mein feiner Bruder!«

»Ich mache keine Fehler«, erwiderte Magnus großspurig und trat das Gaspedal durch, um die Ampel am breiten Tor noch bei Gelb passieren zu können. »Kümmere du dich lieber um deine Aufgaben. Das ist nicht wenig. Du musst noch einiges lernen, wenn du deinen Bruder auf Dauer ersetzen willst, ohne dass jemand etwas merkt. Ich kümmere mich derweil um das Artefakt.«

»Klar ... das Artefakt«, wiedeholte Gerfried verächtlich. Sie passierten einen hübsch sanierten Fachwerkturm, unweit der Stelle, wo ein viertel Jahr zuvor Harald Schakenbeck sein Leben gelassen hatte.

Gerfried leckte sich über die Lippen. »Schon die Mutter von der kleinen Hexe war heiß, Hermann war damals völlig verrückt nach ihr. Sie war wirklich eine süße Schnecke.« Gerfried kicherte anzüglich. »Es hat Spaß gemacht mit ihr.«

»Wie? Du hattest was mit Tillas Mutter?«, fragte Magnus mit einem ungläubigen Seitenblick.

Gerfried wiegte mit bösartigem Grinsen den Kopf. »Ich habe sie gehabt, das ist etwas anderes.«

»Verstehe.«

»Komm der Kleinen nicht zu nahe«, warnte Gerfried ihn.

Magnus grinste. »Uhh. Was, wenn doch?«

Sein Beifahrer bleckte kurz die Zähne. »Hexen wie sie besitzen einen Venuszauber. Wenn der dich erwischt, bist du verloren«, erklärte Gerfried unheilsschwanger, um dann in glucksendes Gelächter auszubrechen.

Magnus nickte genervt und murmelte: »Ich werd's mir merken.«

»Das will ich dir auch geraten haben«, sagte Gerfried nun gefährlich leise. »Diese Leinwig-Frauen haben mir schon einmal empfindlich in meine Pläne gepfuscht. Wenn du die gleiche Schwäche zeigst wie mein werter Bruder, bringe ich dich um.«

»Das dürfte dir schwerfallen, Gerfried«, erklärte Magnus gelassen.

»Sei dir da nicht zu sicher, mein Junge. Am Breitschwert stellst du dich ja ziemlich dämlich an«, höhnte Gerfried. »Wie man sich im Büro erzählt, hat mein Bruder dich bei diesem Kampf ganz schön zurechtgestutzt.«

Magnus' Kiefer pressten sich aufeinander. Diesen Vorfall hätte er am liebsten aus seinem Gedächtnis gestrichen. Gerfried hatte seit Hermanns Tod dessen Platz eingenommen. Die Ähnlichkeit zwischen den Brüdern hatte diesen kühnen Plan ermöglicht, der Magnus schon im Kopf herumgeschwirrt war, seit er Gerfried das erste Mal gesehen hatte.

»Ich wette, diesen Unsinn hat Arthur in die Welt gesetzt. Er versucht mit dieser Speichelleckerei seinen früheren Posten zurückzubekommen. Es passt ihm nicht, dass er nicht mehr der persönliche Sekretär vom Chef ist«, antwortete Magnus höhnisch.

Magnus hatte diesen ewig winselnden Arthur nie leiden können, so war ihm dessen Degradierung mehr als recht gewesen. Aber sie war vor allem notwendig, um ihn von Gerfried fernzuhalten. Arthur hatte Hermann zu gut gekannt und würde den Betrug irgendwann bemerken. Niemand im Büro sollte viel Gelegenheit bekommen, Gerfried allzu lange und allzu intensiv von Nahem zu sehen. Verstohlen blickte Magnus zu Seite. Die Brüder sahen einander wirklich zum Verwechseln ähnlich, aber war Gerfried wirklich ebenso gut mit dem Schwert wie sein Bruder Hermann?

Als hätte Gerfried Magnus' Gedanken gelesen, sagte er: »Es war unser Vater, der uns trainierte. Wir haben über zwanzig Jahre lang fast täglich gegeneinander gekämpft. Glaub mir, was er konnte, kann ich auch.«

Magnus drängte seinen Ärger zurück und dachte nach. Im Auftreten ähnelten sie sich gar nicht. Hermann hatte sich stets unter Kontrolle gehabt. Er war äußerst diszipliniert gewesen, ebenso unnahbar wie undurchschaubar, und er war ein Gegner gewesen, den er, Magnus, gewaltig unterschätzt hatte. Diese Erkenntnis hatte er fast mit dem Leben bezahlt. Diesen Fehler wollte er kein zweites Mal begehen. Er brauchte mehr Informationen, um Gerfried richtig einschätzen zu können. »Zwanzig Jahre? Und dann?«, fragte Magnus scheinbar einlenkend.

Gerfried ließ sich Zeit mit der Antwort. »Die Politik des Ordens passte mir nicht. Mir ging damals alles zu langsam. Dann hatte sich mein sauberer Bruder wegen der Mutter der Kleinen eine satte Tracht Prügel eingefangen, an der er fast eingegangen wäre – übrigens genau dort, wo er starb – und die Organisation musste sich aus dieser Region zurückziehen. Ich bin dann zur Fremdenlegion gegangen.«

»Dort, wo er starb? Warst du damals dabei?«

Aus den Augenwinkeln sah Magnus Gerfrieds Kiefer arbeiten. »Nicht direkt ... ich war in der Nähe ... dachte erst, es hätte ihn erwischt. Später ... viel später hörte ich, dass er diesen Abend damals überlebt hatte.«

Magnus schwieg und verarbeitete die Information.

*

»Das glaube ich einfach nicht«, entfuhr es Andreas Kamenz, als er den Laborbericht überflog. Er erntete prompt einen strafenden Blick seines Chefs.

»Na, das lass mal nicht unseren guten Dr. Berking hören, sonst zieht er dich doch noch wegen Befangenheit von dem Fall ab«, maßregelte ihn Wegener.

»Hör auf, ich bin nicht befangen«, gab Andreas Kamenz bockig zurück, »ich kann mir das einfach nicht vorstellen ... Tilla Leinwig und dieser Borderfeld?« Noch einmal überflog er kopfschüttelnd das Papier.

»Ich denke nicht daran aufzuhören, denn mir scheint, du bist noch immer nicht von deiner Verliebtheit geheilt.«

»Mensch, Gerd, ich bin seit zwei Jahren mit meiner Freundin Sina glücklich«, verteidigte sich Andreas Kamenz aufgebracht.

»Ich hoffe, Sina ist auch mit dir glücklich«, gab Wegener zurück.

»Geht das hier irgendjemand was an?«, schnappte Kamenz.

»Es geht uns etwas dann etwas an, wenn du wegen der Leinwig deinen Job vergisst.«

»Was meinst du?«

»Andreas, auf den Gängen munkelt man schon, dass du es warst, der diese Informationen an die Grabowski weitergegeben hat.«

Kamenz ließ den Laborbericht sinken. »Was? Wer erzählt denn so was? Was hätte ich davon?«

»Nun, du würdest Berking damit ärgern, der sich an der Leinwig als Täterin festgebissen hat. Du lässt ja nun wirklich keine Möglichkeit ungenutzt, klarzustellen, wie sehr dir das gegen den Strich geht«, antwortete Wegener gelassen.

»So ein Blödsinn«, erwiderte Andreas Kamenz nun sichtlich aufgebracht.

»Hoffentlich, denn nun scheint sich Berkings Verdacht ja wohl als richtig zu erweisen. Diese Leinwig tischt uns nämlich eine Lüge nach der anderen auf.«

Andreas Kamenz verdrehte die Augen und schüttelte unwillig den Kopf, doch Wegener sah das schon nicht mehr. Er hatte bereits das Telefon in der Hand.

»Hallo, Herr Dr. Berking ... es gibt interessante Neuigkeiten. Ich habe soeben die DNS-Proben von unserem mysteriösen Toten bekommen und es gibt einen Treffer ... Nein, er ist nicht selbst in unserer Datenbank, aber ein sehr naher Verwandter ... Es ist Tilia Leinwig! Sie ist die Tochter des Toten.«

Nicht von ihrem Verstand lassen sie sich leiten,
sondern von Trieben, Gefühlen und Aufwallungen.

Wilser/Grupp

Nach einem wohltuenden Bad räkelte sich Tilla auf ihrem Sofa und gönnte sich ein Glas Rotwein, als sie Magnus' Schlüssel hörte, der sich im Schloss drehte. Die Haustür schloss sich. Dann folgte Stille. Tilla grinste in sich hinein. Offenbar ging er doch nicht nach oben. Er stand vor der Innentür und schien zu überlegen. Dann hörte sie, wie die Klinke niedergedrückt wurde. Einen Augenblick später erschien er in der Tür.

Sie legte den Kopf schief und schnurrte: »Na … fertig mit deinem Termin?«

Magnus kam herein und lächelte sie an. Tilla wusste, dass er sie begehrte, doch sie wusste nicht, warum er sich so lange zurückgehalten hatte. Irgendetwas hatte ihn seine selbst auferlegten Fesseln ablegen lassen. Fast eine Spur zu forsch zog er Tilla an sich, öffnete ihren Bademantel und erkundete ihren nackten Körper, während er sie küsste. Sie merkte ihm an, wie sehr er auf dieses Zusammensein gewartet hatte, als er sie ins Schlafzimmer trug. Der Sex, den er ihr bot, war hart und fordernd, doch Tilla war selbst eine aktive Liebhaberin und genoss seine Leidenschaft.

Der Schein des vollen Mondes fiel durch Tillas Schlafzimmerfenster und tauchte Magnus' Rücken in fahles Licht. Tilla richtete sich etwas auf und betrachte den gut gebauten Körper ihres Galans mit Wohlgefallen. Er drehte sich schlaftrunken um. Dabei fiel Tillas Blick auf seinen rechten Unterarm.

Ihr wurde von einem auf den anderen Augenblick eiskalt.

Sie hatte von Borderfelds Tätowierung nur den unteren Teil gesehen, doch sie erkannte das Schwert mit dem Kranz aus Eichenlaub sofort wieder. Magnus hatte genau die gleiche Tätowierung am Arm. Starr vor Panik ließ sie sich zurück auf das Kissen sinken.

Nun war ihr auch klar, warum Borderfeld so viel von ihr gewusst hatte. Magnus war es, der sie beobachtet hatte. Er … und wer noch alles? Jeder konnte zu ihnen gehören. Sie blickte zur Seite. Was sollte sie tun? Fliehen?

Sie fühlte seine Hand über ihren Bauch streichen. Tilla schloss kurz die Augen und mahnte sich zur Ruhe. Wenn sie recht hatte, war er genauso gefährlich wie Borderfeld. Sie musste mitspielen.

Er wachte auf. Seine Hand umkreiste ihren rechten Hüftknochen, wanderte an ihrer Seite hoch und streichelte ihre Brust. Tilla fühlte, wie er näher rückte. Was sie eine Stunde zuvor noch wohlig entzückt hatte, konnte sie nun nicht mehr ertragen. Sie kam sich unendlich schmutzig vor.

»Ich muss morgen früh raus. Schlaf weiter«, flüsterte er ihr ins Ohr, küsste sie noch einmal und erhob sich.

Tilla entspannte sich erst, als sie seine Schritte auf der Treppe hörte. Eine schlaflose Nacht wartete auf sie.

Sie jauchzen im Kampf und
heulen bei Krankheiten.

Cicero über die Kelten

Astrid wanderte nachdenklich vor dem Wohnzimmerfenster auf und ab, während Tilla immer tiefer in ihr Sofa rutschte und erzählte. Am liebsten hätte sie sich zwischen den Kissen versteckt.

»Dann geht es also doch weiter«, stellte Astrid leise fest, als Tilla geendet hatte.

»Ja«, antwortete Tilla flüsternd. Sie sah auf. »Deshalb darfst du nicht mehr hier herkommen, Astrid. Ich will nicht, dass er auf dich aufmerksam wird. Bisher haben wir Glück gehabt, Magnus war jedes Mal weg, wenn du da warst.«

Astrid blieb nachdenklich und schweigsam, während sie Tillas Wohnzimmer durchwanderte.

»Heilige Göttin, ein paar blaue Augen, ein paar Komplimente und ich kann nicht mehr denken«, haderte Tilla mit sich und rutschte noch ein wenig tiefer in die Kissen.

Astrid drehte sich um und blickte Tilla forschend an.

»Was Männer angeht, so holst du wohl alles nach, was Heddi in ihrem Leben versäumt hat.«

Tilla murmelte wüste Verwünschungen in sich hinein und verbarg ihr Gesicht in den Knien. Astrid setzte sich zu ihr auf das Sofa und legte ihr den Arm um die Schultern. »Erstens: Du wusstest es nicht. Zweitens: Auch wenn du ihn hättest abblitzen lassen, wäre er dir auf den Pelz gerückt. Wir wissen schließlich beide, was er haben wollte.«

»Ich hätte ahnen müssen, dass er zu ihnen gehört, so undurchsichtig wie er war«, begehrte Tilla auf.

»Hat er das Artefakt je angesprochen?«

»Nein. Na ja … nicht direkt. Er war ein perfekter Zuhörer. Ich hab ihm einiges erzählt und nicht gemerkt, wie geschickt er mich ausgehorcht hat«, sagte Tilla verbittert. »Er stellte höflich interessierte Fragen, schaute mich mit seinen himmelblauen Augen an und ich plappere wie angestellt.«

»Er muss ja wohl ziemlich gut aussehen«, meinte Astrid eine Spur amüsiert.

»Gutaussehend und vor allem unkompliziert«, bestätigte Tilla ärgerlich auf sich selbst.

»Unkompliziert?«, hakte Astrid verwundert nach.

Es dauerte einen Moment, bis Tilla in ihrem Selbszerfleischungseifer begriff, was Astrid nicht verstand. Zögerlich erklärte sie: »Ein Mann, der nur ein bisschen Spaß aber kein langfristiges Engagement wünscht, genau die Art von Beziehung, die ich bevorzuge. Um Männer, denen der Wunsch Haus-Frau-Kinder-und-Labrador-im-Vorgarten auf die Stirn geschrieben steht, mache ich einen Riesenbogen.«

»Oh«, entfuhr es Astrid, die sichtliche Mühe hatte, diese Lebensauffassung zu begreifen. »Und dein Ex? Achim, war er nicht genau so ein Typ?«

»Ja … also, zu dieser Zeit wollte ich es wirklich mal mit

dieser Variante probieren. All meine Hin-und-wieder-Liebhaber liefen gerade in den Ehehafen ein oder waren längst gebunden, da dachte ich, es wäre angebracht, dass ich auch … irgendwie normal würde. Aber ich hab's nicht ausgehalten. Treu war ich Achim nicht gerade. Er hatte nur wegen Nina länger etwas von mir«, gab Tilla kleinlaut zu.

Astrid schüttelte den Kopf. »Eigentlich seid ihr euch gar nicht so unähnlich, du und deine Mutter.« Sie lachte freudlos auf. »Heddi ließ sich von vorneherein nicht auf Männer ein und du schläfst nur mit ihnen.«

»Hoffentlich verachtest du mich jetzt nicht«, fragte Tilla mit einem bangen Seitenblick auf die Freundin ihrer Mutter.

»Nein, das steht mir nicht zu«, antwortete Astrid, »ich denke nur ganz anders.«

Tilla nickte. »Sag mal, warum hast du dich nach dem Tod von deinem Klaus nie wieder nach einem Mann umgesehen?«

Astrid lächelte. »Hauptsächlich aus Respekt vor Klaus. Ich hatte halt sehr viel Glück mit ihm, auch wenn es nicht so lange dauerte, wie es sollte.«

»Warum hattet ihr eigentlich keine Kinder?«, fragte Tilla.

Astrid hob die Hände. »Die Göttin wollte es wohl nicht.«

»Die Göttin freut sich immer über Kinder«, hielt Tilla dagegen. »Habt ihr euch nicht untersuchen lassen?«

»Doch. Es war alles in Ordnung bei uns beiden.«

Tilla wurde nachdenklich. »Schade. Du wärst eine tolle Mutter geworden.«

Astrid lächelte und meinte dann nachdenklich: »Vielleicht war es eine Art Strafe …«

»Oh, Astrid, weshalb solltest du eine Strafe verdient haben?«

Versonnen sagte Astrid: »Ich hatte Glück mit Klaus, aber er nicht mit mir. Hedera hat so ein Arrangement, wie ich es mit Klaus führte, abgelehnt und ich hätte das auch tun sollen.«

Tilla wandte sich erstaunt zu ihr um. »Arrangement?«

Astrid schaute kurz zu Boden. Dann erzählte sie: »Ich war verliebt, hoffnungslos verliebt – aber nicht in Klaus.«

»Oh«, machte Tilla und blickte Astrid mit großen Augen an. »Und wer war der Trottel, der deine Liebe übersehen hat?«

Astrid lachte kurz auf. »Es ist schon lange her. Er war nicht nur verheiratet, er war auch noch auf dem Wege, sich in deine Mutter zu verlieben. Er hat es nie erfahren.«

Tilla verzog das Gesicht. »Oh, das tut mir wirklich sehr leid für dich. Und Klaus? Und du hattest ja noch nicht einmal seinen Namen angenommen. Warst du denn noch immer in den anderen verliebt?«

»Ich bin es noch.«

Tilla klappte die Kinnlade herunter. »Meine Güte. Nun verstehe ich, wie fremd dir mein Verhalten sein muss.«

»Und du sagst, du kannst erkennen, ob ein Mann nur … nur mit dir schlafen will? Und wenn sich jemand in dich verliebt?«, hakte Astrid lächelnd nach.

»Wenn ich so etwas nur ansatzweise erahne, laufe ich weg. Ganz schnell und ganz weit.«

Astrid lachte leise. »Und du hast dich noch nie verliebt?«, fragte sie.

Tilla war selbst erstaunt, dass ihr plötzlich Gerred in den Sinn kam, doch eine Antwort erübrigte sich, denn es läutete an der Tür. Die beiden sahen sich fragend an, bis Tilla sich träge erhob und kurze Zeit später mit Gerd Wegener, Andreas Kamenz und Hanjo Berking zurückkam.

»Na, meine Herren, was gibt es denn so Wichtiges, dass Sie mich so spät noch besuchen«, fragte Tilla ein wenig spitz, bot den Polizisten aber dennoch Platz an. Hanjo Berking hielt sich wie immer im Hintergrund und blieb an den Türrahmen gelehnt stehen. Auch Andreas Kamenz hielt sich zurück, während Gerd Wegener im Sessel Platz nahm. Tilla sah kurz zu Andreas, der am Regal stand, doch sein Blick flüchtete vor ihr. In ihrem Magen machte sich ein ungutes Gefühl breit.

»Tja, unser Fall hat wieder eine neue, ziemlich überraschende Wendung genommen, Frau Leinwig«, begann Kommissar Wegener.

»Nun machen Sie es nicht so spannend«, sagte Tilla ungeduldig und rutschte nach vorn auf die Kante ihres Sofas.

»Die DNA-Proben des Toten von den Hahnenkleeklippen haben einen sehr engen Verwandtschaftsgrad mit Ihrem Erbgut ergeben, Frau Leinwig. Wir wissen nun, dass der Tote Ihr Vater war.«

Aus Tillas Gesicht wich jegliche Farbe. Völlig verstört starrte sie den Kripobeamten an. Obwohl sich ihre Lippen bewegten, war sie nicht in der Lage, einen Ton herauszubringen.

»Ihr Vater?«, fragte Astrid laut dazwischen und schaute hilfesuchend zu Hanjo Berking, der betreten den Blick senkte. »Das … das kann gar nicht sein! Ihr Vater starb. Schon vor dreißig Jahren.« Auch Astrid war bleich geworden.

Gerd Wegener blickte die beiden Frauen irritiert an. Dann wandte er sich in scharfem Ton an Tilla. »Kommen Sie … Sie wollen mir hier doch jetzt nicht vorspielen, dass Sie nicht gewusst haben, dass Ihr Vater noch lebt und mit Ihnen Kontakt aufgenommen hatte!«

Tilla sackte völlig in sich zusammen. »Ich wusste das nicht«, gab sie krächzend von sich. Dann sah sie hilfesuchend Astrid an. »Du hast doch gesagt, sie haben ihn umgebracht!«, entfuhr es ihr.

»Das habe ich auch gedacht«, antwortete Astrid ratlos.

»Was? Wer hat wen umgebracht?«, fuhr Wegener alarmiert dazwischen.

Tilla begann zu stammeln. »Mein Vater … ich habe …«

Astrid spritzte durch den Raum und herrschte Tilla nun mit erstaunlich fester Stimme an. »Tilla, reiß dich zusammen! Hast du Peter Ehlers' Telefonnummer?«

»Peter? Ja, da im Adressbuch …« Tilla zeigte fahrig auf ihren Schreibtisch.

Energisch baute sich Astrid nun vor Gerd Wegener auf. »Haben Sie sonst noch etwas gegen Frau Leinwig vorzubringen? Sonst würde ich es vorziehen, unseren Anwalt Peter Ehlers anzurufen. Sie werden sich künftig nur noch in seinem Beisein mit ihr unterhalten«, erklärte sie in einem Ton, der eine unmissverständliche Aufforderung zum Gehen darstellte.

Gerd Wegener wechselte einen Blick mit seinen Kollegen und erhob sich dann. An Tilla gewandt mahnte er: »Verlassen Sie bitte die Stadt nicht. Wir werden uns in Kürze noch einmal mit Ihnen unterhalten müssen.«

Immer wenn die Celtae gesiegt haben, opfern sie
die gefangenen Lebewesen
und die übrigen Sachen sammeln sie an einem Ort,
einem heiligen Ort.

Caesar

Dumpf stierte Tilla auf den Runenstein, der vor ihr auf dem Terrassentisch stand. Fahles Mondlicht tauchte den Stein in ein undurchsichtiges Grau, das weder die Rune noch die Muschel erkennen ließ.

Ihr Vater.

Er war also zu ihr zurückgekommen und sie hatte ihn zum zweiten Male verloren. Ihr Gehirn weigerte sich noch immer, den Gedanken zu folgen, die sie seit der Eröffnung der Nachricht durch Kommissar Wegener geradezu ansprangen. Tilla zog sich den Kragen ihres Anoraks hoch. Sie wusste nicht, wie lange sie schon hier saß. Hier unter der Linde, dem Lieblingsplatz ihrer Mutter, von der sie sich nun mehr denn je Hilfe ersehnte. Doch es war nur Stille, die sie umgab. Lähmende Stille.

Ein lauer Windhauch strich ihr über das Gesicht. Keltische Seelen gingen zuerst im Wind auf. War es ihre Mutter oder ihr Vater, der ihr mit diesem Windhauch übers Gesicht strich?

Tillas Augen füllten sich mit dicken Tränen, obwohl sie nicht wusste, ob es ihr Vater überhaupt wert war, beweint zu werden. Obwohl … so manche dieser merkwürdig zarten Gesten, die Tilla damals nicht verstanden hatte, wurden nun klarer. *Er* hatte es gewusst. Hatte er sie geliebt? Oder wenigstens gemocht? Warum hatte er sie dann so behandelt? Was hatte er ihr an den Hahnenkleeklippen antun wollen? Und warum?

Tilla durchzuckte plötzlich ein eisiger Schreck. Hatte er es ihr an diesem Tag sagen wollen? Oben auf den

Klippen, als er ihre Hand in die seine nahm, als sei sie ein kleines Mädchen, und ihr eine sonderbare Geschichte erzählt hatte? War es seine Geschichte gewesen? Hatte sie ihn falsch womöglich völlig falsch verstanden?

»Heilige Göttin …« Tilla ließ das Gesagte dieses Tages Revue passieren. »Nein, da war nichts falsch zu verstehen. Vielleicht wollte er es mir sagen, aber dann hätte er mich getötet! Er hat ja mehrfach zugegeben, zum Töten bereit zu sein.«

Dumpf brütete Tilla vor sich hin. Seit wann war er in ihrer Nähe? Hatte er es schon immer gewusst? Hatte er sie schon früher beobachtet? Hatte er in all den Jahren Kontakt zu ihrer Mutter gehabt? Sie horchte in die Nacht. Sie horchte in sich hinein. Doch niemand antwortete ihr.

*

Hanjo versuchte nicht einmal zu klingeln. Mit großen Schritten durchquerte er den Vorgarten und umrundete Astrid Volkerts' Haus, wie er es in letzter Zeit so oft getan hatte. Er fand sie wie erwartet im Garten, wo sie wüst an braunen Vorjahresstrünken zerrte. Astrid war sichtlich in innerem Ungleichgewicht. Obwohl sie ihn gesehen hatte, hackte sie weiter aggressiv in ihrem Beet herum.

»Astrid, bitte … rede mit mir!«

Sie richtete sich auf und warf ihm das Gartengerät so vehement vor die Füße, dass er mit einem Satz zurückwich. »Und warum hast du nicht mit mir geredet?«, herrschte sie ihn an.

»Ich bin Polizist. Ich durfte es nicht. Das müsstest doch gerade du verstehen, die du immer so viel Wert auf Loyalität legst.«

Astrid schnaufte zornig und wischte sich eine Träne von der Wange. »Es hat Tilla umgehauen, uns beide umgehauen«, sagte sie weinerlich.

»Ich habe es gemerkt«, sagte Hanjo bekümmert. »Glaub mir, es tut mir wirklich leid.«

Astrid zog sich die Gartenhandschuhe von den Fingern und atmete tief durch. »Wer steht jetzt vor mir? Hanjo oder der Berking vom BKA?«

Verdrossen kaute Hanjo auf seiner Backe.

»Gut. Bringen wir es hinter uns. Was willst du wissen?«

»Astrid, es tut mir leid, wirklich.«

»Hör auf damit. Der ermittelnde Staatsanwalt ist dein Sohn. Aber denke dran, Tilla ist für mich wie eine Tochter, die ich nie hatte.«

Er nickte. Vorsichtig begann er: »Tilla sagte, sie habe geglaubt, man hätte ihren Vater *umgebracht* und du hast ihr zugestimmt. Was hat es damit auf sich?«

Astrid blickte zu Boden und stocherte mit der Gummistiefelspitze an einer Löwenzahnpflanze herum. »Wir … nein ich … ich habe gedacht, dass sie Hederas Vergewaltiger damals umgebracht haben. Ich hatte es Tilla so erzählt. Es ist meine Schuld, ich habe da wohl etwas falsch verstanden.«

»Es ging um diese Prügelei damals, nicht wahr?«

»Ja.«

»Wer war ihr Vater?«

»Er nannte sich Hans. Seinen Nachnamen kenne ich nicht.«

Hanjo nickte. »Was weißt du über ihn?«

»Nicht mehr als das, was ich dir bereits sagte. Er war Student aus Clausthal und er umwarb Heddi bereits eine ganze Weile.«

Erst jetzt fanden die Bruchstücke seiner Erinnerung zusammen. Hanjo erinnerte sich an den verschwundenen Studenten aus Clausthal und an dessen Wagen, den man in Braunlage gefunden hatte. Er hatte damals recht gehabt: All diese Vorfälle hatten im Zusammenhang gestanden. Da war noch ein verschwundener Bundeswehrsoldat gewesen. Was war mit dem? Gehörte auch er dazu? Vorsichtig fragte Hanjo weiter: »Wer hat diese Prügelei angezettelt? Schakenbeck?«

Astrid nickte.

»Wer noch?«

Astrid schwieg muffig.

Er hob beschwichtigend die Hände. »Okay, also Schakenbeck und ein paar andere haben diesen Hans nach Braunlage gelockt und verprügelt?«

Astrid erzählte zögernd: »Damals wurde gemunkelt, man habe ihn mit einem falschen Brief von Hedera hergelockt.«

»Und er kam?«, fragte Hanjo ungläubig. »Er hätte doch damit rechnen müssen, dass man ihn nicht freundlich empfing, nach dem, was er getan hatte.«

»Das habe ich allerdings auch nie verstanden. Aber ja, er kam.«

»Merkwürdig«, urteilte Hanjo und fragte dann: »Wo passierte das Ganze?«

Stockend begann Astrid zu erzählen. »Man hatte ihn zum Silberteich locken wollen, soweit ich weiß. Wahrscheinlich haben sie ihm nur eine Lektion erteilen wollen … ihn im Winter ins Wasser werfen oder so … aber dieser Hans hat wohl ziemlich schnell gemerkt, was los war und ist in nördlicher Richtung geflohen. Es entbrannte eine wilde Jagd. Harald Schakenbeck hat man verletzt etwa einen Kilometer nördlich vom Silberteich gefunden, dieser Hans hatte ihn zusammengeschlagen und ihm ein Messer ins Bein gerammt. Danach sind die anderen wohl völlig außer Rand und Band geraten. Später sickerte durch, man habe ihn gestellt und schwer verprügelt. Einige der anderen hatten auch gewaltig was abbekommen. Es gab ausgeschlagene Zähne, Platzwunden, Rippenbrüche und einen schweren Kieferbruch. Dieser Hans konnte ganz schön zulangen.«

»Hm ... könnten sie diesen Hans bis zu den Hahnenkleeklippen gejagt haben?«

»Möglich wäre es«, urteilte Astrid zunächst nachdenklich. Dann sah sie Hanjo an und knurrte: »Wenn du mich jetzt fragst, ob Tilla das gewusst haben könnte, dass man ihren Vater an den Klippen verprügelte – ich schwöre dir, ich hebe meine Hacke auf und schlage sie dir über deinen hartnäckigen Schädel!«

Er konnte nicht umhin, breit zu grinsen. »Das glaube ich dir aufs Wort.«

Astrids Blick wurde weicher. »Gut. Aber jetzt, wo du es erwähnst ... vielleicht hat er sich an den Klippen versteckt und alle dachten, er sei abgestürzt, oder so.«

Hanjo nickte nachdenklich. Alles passte zu seiner Theorie. Auf die Idee, in den Klippen ein Versteck zu sehen, war er allerdings noch nicht gekommen. Mit ein wenig Glück könnte man sich wirklich im Hang festhalten und wieder hinaufklettern.

»Und wer bringt ihn nun dreißig Jahre später genau an diesen Klippen um? Gab es noch jemanden, der heimlich in Hedera verliebt war?«

Astrid lächelte und bemerkte spitz: »Alle waren in sie verliebt. Du doch auch.«

Er zog ein schiefes Gesicht, schüttelte aber dann entschieden den Kopf. »Sie war eine Schönheit, ja, aber geliebt habe ich meine Frau.« Sie blickten sich eine Zeit lang in die Augen, bevor Hanjo wieder fragte: »Gab es da noch jemanden?«

Astrid schüttelte den Kopf. »Ich weiß von niemandem. Aber ... vielleicht war es ja andersherum.« Sie sah Hanjo eindringlich an. »Vielleicht war es ja dieser Hans, der jemand anderen an diesen für ihn bedeutsamen Platz gelockt hat ... vielleicht, um sich genau dort zu rächen.«

Hanjo überdachte diese Variante.

»Schau, da war doch dieser Brief, der angeblich von Hedera stammen sollte. Ich weiß wirklich nicht, wer diesen Brief geschrieben hat, aber es muss jemand aus Braunlage gewesen sein. Vielleicht hat er herausgefunden, wer das war«, bot Astrid an.

Hanjo lächelte. »Aus dir wäre ein recht passabler Ermittler geworden.«

»Danke. Und wie lange bist du noch Ermittler?«

»Für heute wäre ich fertig.«

»Na endlich. Können wir jetzt unseren Tee trinken?«

Oft geben die Celtae tagelang große Gastmähler,
bei denen sie nicht liegen,
sondern auf Bänken an Tischen
in Form eines offenen Rings im Kreis sitzen.

Strabon

Tilla wurde langsamer und blieb endlich vor der Fachwerkfassade des kleinen Harzburger Heimatmuseums stehen. Mit einem Ausdruck verwirrten Erstaunens presste sie ihr Handy ans Ohr. »Ja, Sie sind die Journalistin, die über die Morde geschrieben hat«, antwortete Tilla der Gesprächspartnerin und horchte wieder. »Mich warnen? Wovor?«, fragte Tilla und hörte der Journalistin andächtig zu. Sie brachte gerade noch ein verwirrtes »Aha« zustande, bevor die Gesprächsteilnehmerin den Dialog beendete. Tilla betrachtete ihr Mobiltelefon nachdenklich und murmelte kopfschüttelnd »Danke!«, bevor sie das Gerät in ihre Manteltasche gleiten ließ. Nachdenklich setzte sie den Weg zu ihrem Wagen fort. Sie war so in Gedanken, dass sie erschreckt zusammenfuhr, als sie eine Stimme neben sich hörte.

»Tilla, du Träumer«, rief ihr Astrid zu, die neben ihr hielt und ihr die Wagentür öffnete. »Los, steig ein!«

»Astrid! Was machst du denn hier? Waren wir verabredet? Ich hab nämlich hier einen Termin«, haspelte Tilla verwirrt.

»Nein, nein, du sagtest, dass du den Text abliefern musst. Und? Du bist doch fertig oder?«

»Äh … ja.«

»Gut. Dann rein mit dir. Du hast jetzt einen weiteren Termin!«

Nur knappe zehn Minuten später saß Tilla an einem hübsch gedeckten Tisch in einem italienischen Restaurant.

»Wieso ein Restaurant?«, fragte Tilla.

»Hättest du mich ins Haus gelassen?«

»Nein!«

»Siehst du«, gab Astrid zufrieden zurück und fuhr fort. »Weißt du, mir ist da nämlich eine geniale Idee gekommen.« Astrid sah sich in dem Restaurant um. »Wenn es so gut schmeckt, wie es duftet, sollten wir uns öfter hier treffen.«

»Ja, riecht lecker. Und? Erfahre ich nun etwas von der Idee?«, fragte Tilla ungeduldig, woraufhin Astrid in ihre Tasche griff und einen recht großen Bernsteinanhänger zutage förderte, den sie vor Tilla auf den Tisch legte.

»Ich habe hier etwas, was du deinem blauäugigen Lieblingsnazi geben solltest«, erklärte sie mit einem Feenlächeln.

Das köstliche Essen im *Bella Roma* hatte Tilla tatsächlich besänftigt. Nicht nur das Essen, auch die Sorge von Astrid, die sie eigentlich gar nicht verdient zu haben glaubte, rührte sie sehr. Nachdenklich betrachtete sie den Halbedelstein vor sich.

»Aber nach dem Buch hat das Artefakt einen Einschluss in Form einer Rune in seinem Inneren«, wandte Tilla ein und hielt den Bernstein, den Astrid ihr gebrachte hatte, gegen das Licht. Der Stein war tropfenförmig und für einen Kettenanhänger recht groß. Er war von dichter, eigenwilliger Struktur und eher braun als golden. Je nachdem, wie man ihn gegen das Licht hielt, zeigten sich Sprenkel, Formen oder zuweilen auch Linien.

»Es ist doch in fast jedem Bernstein irgendwas zu sehen. Mit ein bisschen Fantasie werden die schon eine Rune darin erkennen«, meinte Astrid und legte das Besteck beiseite. »Die werden glauben, dass es sich um das Artefakt handelt, so gierig wie die danach sind. Vielleicht erreichen wir damit, dass wenigstens eine Front Ruhe gibt. Die andere Front ist die Polizei. Eine Auseinandersetzung mit dieser Front bleibt dir allerdings nicht erspart.«

»Ja, da hast du wohl recht«, gab Tilla widerstrebend zu und überdachte das Ganze. Sie traute Magnus durchaus zu, dass er sich von einem falschen Stein blenden ließ. Sie lächelte Astrid an und sagte: »Ich versuche es. Bei nächster Gelegenheit gebe ich Magnus den Stein« und steckte den Bernstein ein. »Dank dir!«

»Gut«, erklärte Astrid zufrieden und nahm dann Tillas Hände in die ihren. »Und jetzt zur wichtigsten Frage … wie geht es dir? Ich meine … nachdem du nun weißt, wer dieser Borderfeld war?«

Tilla sackte wieder zusammen. Sie hatte mehr als eine schlaflose Nacht mit diesem Thema verbracht. Auf der einen Seite war da diese Vaterfigur aus dem Nichts zu einer lebendigen Person erwachsen. Borderfeld, ihr Vater! Ein Teil von ihr ließ unaufhörlich jede Sekunde und jedes Wort von ihm vor ihrem Inneren ablaufen, in der Hoffnung, nachträglich doch irgendetwas Väterliches zu entdecken. Etwas, das sein Verhalten erklärte. Dem bot ihr Zorn Widerpart, der Tilla immer wieder mahnte, sich von diesem leibhaftigen Vater zu distanzieren. Aber konnte sie das? Sie war ein Teil von ihm. Ihre Seele war geradezu in zwei Teile zerborsten, die einen harten und schmerzhaften Kampf gegeneinander ausfochten.

Unnachgiebig bohrte Astrid in Tillas Schweigen hinein. »Tilla, ich weiß, du bist eine Meisterin des Verdrängens. Aber über so etwas musst du reden.«

Du must darüber reden … es war, als wäre es ihre Mutter gewesen, die diesen Satz gesagt hatte. »Ja, ich weiß.« Tillas Augen begannen zu brennen. »Ich fühle mich wie amputiert. All die Jahre hatte ich eine Vaterfigur im Kopf …« Tilla stieß ein schnaufendes Geräusch aus. »Als ich älter wurde, war mir natürlich schon irgendwo klar, dass mein Vater vermutlich viel weniger Held war als in meiner kindlichen Vorstellung, aber dass er so ein …« Sie zog ihre Hände zurück und wischte sich eine Träne von der Backe. Sie presste die Lippen aufeinander und brauchte eine Weile, um sich zu fassen. Ihr innerer Zorn drohte sie völlig zu überrollen.

Astrid ließ ihr die Zeit und wartete.

Endlich atmete Tilla durch und stellte mit harter Stimme fest: »Er war ein Nazischwein und er war ein Mörder … und ich habe seine Gene.«

»Du bist weder das Eine noch das Andere«, hielt Astrid dagegen.

Tilla schnaufte abfällig. »Ich bin mir da nicht so sicher. Da oben an den Hahnenkleeklippen … da war so ein Zorn in mir … ich wollte zerstören, ich wollte …«

»Er wollte dich umbringen und du hast dich gewehrt«, fiel ihr Astrid ins Wort.

Tilla stierte vor sich hin. Der Satz von ihm … *wir sind uns ähnlich* … hämmerte in ihrem Kopf nach.

Astrid begann vorsichtig. »Tilla-Schatz … da ist etwas, was du wissen solltest.« Sie setzte ihre Worte nun sehr vorsichtig. »Auch ich habe in den letzten Tagen viel über ihn nachgedacht. Borderfeld habe ich zwar nie gesehen, aber ich kannte ihn ja als Hans von früher. Weißt du, bis auf dieses eine Mal, wo mich Hans so erschreckt hat, habe ich ihn immer sehr kultiviert und höflich, zuweilen sogar charmant erlebt. Ich weiß ja bis heute nicht, warum er sich dieses eine Mal so sonderbar aufgeführt hatte. Worauf ich hinauswill ... vielleicht war dieser Hans früher ganz anders als heute. Eines weiß ich jedenfalls mit Bestimmtheit: Deine Mutter hat Hans damals wirklich geliebt. Außerdem solltest du wissen, dass die beiden ja schon seit dem Lughnasadhfest im August zusammen waren ... äh, was ich sagen will, also du bist nicht in dieser unglücklichen Nacht an Samhain entstanden ... sondern vorher. Und da waren Heddi und Hans wirklich sehr verliebt ineinander. Zuweilen denke ich heute, vielleicht war da irgendwie ein furchtbares Missverständnis ... vielleicht hatte Harald damit zu tun, er hat ja immerhin die furchtbare Jagd auf deinen Vater angezettelt. Glaub mir, Tilla, dein Vater und deine Mutter waren mal glücklich miteinander«, schloss Astrid hilflos.

Auf der einen Seite hatten Astrids Worte etwas ungemein Tröstliches. Dennoch blieben zu viele schmerzhafte Fragen zurück. So antwortete Tilla mit stählernem Ton: »Irgendwann waren sie es aber nicht mehr. Ganz gleich, was an Samhain oder in der Yulnacht mit meinem Vater geschehen ist, er ist nicht zu meiner Mutter zurückgekehrt. Das tat er erst nach dreißig Jahren.« Tillas Augen wurden zu zornigen schmalen Schlitzen. Sie repetierte Astrid mit brutaler Genauigkeit, was Borderfeld über Hedera und ihren Tod auf der Fahrt zu den Hahnenkleeklippen gesagt hatte. Astrid schwieg betroffen. Tilla setzte mit kaum verhaltenem Zorn nach: »Er hat meine Mutter vergewaltigt und dreißig Jahre später in den Selbstmord getrieben. Glaub mir, er ist der ›Sinatos‹ aus der Sage und Mutsch hat mir diesen Zettel, den ich dir zeigte, mit Absicht in die Seiten ihres Heilpflanzenatlas' gelegt. Sie wollte mich warnen – vor ihm warnen und sie hatte recht. Mich wollte er ebenfalls umbringen. Wenn meine Mutter diesen Irren wirklich irgendwann geliebt hat, muss sie total blind gewesen sein!«

Die Celtae gehorchen den Gesetzen
und nicht den Waffen.

Trogus

Beeindruckt und kleinlaut tappte Tilla hinter der zierlichen Assistentin von Peter Ehlers her. Sie kam sich vor wie ein Kalb, das einem Pfau folgte, und war versucht, vor der professionellen Geschäftigkeit in Peter Ehlers' Kanzlei die Flucht zu ergreifen. Tilla wurde in einen hohen, stuckverzierten Raum mit hochmodernen dunklen Möbeln geführt. Auch Peter war gerade erst eingetroffen. Er fügte dem Aktenberg auf einem langen Tisch am Fenster weitere Akten aus seiner Tasche hinzu, warf seine schwarze Robe achtlos zur Seite und eilte auf seine Besucherin zu. »Hallo, Tilla … wie schön dich zu sehen. Setz dich doch!«

Tilla nahm zögernd an einem schwarzen Besuchertisch Platz. Ihr Blick fiel auf ein Foto auf seinem Schreibtisch. Seine Frau hatte ein hübsches, von Sommersprossen übersätes Gesicht und das gleiche helle Haar wie die zwei Mädchen, die zusammen mir ihr in die Kamera lachten. Offenbar hatte ihre Mutter alle Mühe gehabt, die zwei quirlig wirkenden Kinder für die Zeit der Aufnahme still zu halten, was das Bild besonders lebendig machte. An der Wand hing eine fantasievolle Mondlandschaft von

Robert Kölling und mehrere moderne geometrische Inszenierungen, deren Künstler Tilla nicht bekannt waren. Er lebt in einer anderen Welt, stellte Tilla beklommen fest und hatte das Gefühl, vor einem Fremden zu sitzen, obwohl sie jeden Zentimeter seines Körpers kannte.

Er ahnte offensichtlich nichts von Tillas Unsicherheit. Alle Hektik abwerfend, schlug er die Beine übereinander und nahm sich einen Block nebst Stift zur Hand. »Na, dann erzähl mir mal die ganze Geschichte.«

Tilla fand nur schwer zu Anfang und Rhythmus in ihrer Erzählung. Dass sie mal wieder wirr und unstrukturiert redete, schien Peter Ehlers nicht zu stören. Unbeirrt stellte er Zwischenfragen, betreffs der Adresse der Sporthalle in Wernigerode und zu dem richtigen Namen von Janus Borderfeld, und Tilla kam sich unendlich dumm vor, da sie kaum eine der Fragen fundiert beantworten konnte. Bei ihrem Vortrag über das Geschehen mit Borderfeld am Abend der Tagundnachtgleiche hörte er nur still zu. Als Tilla endete, breitete sich unangenehme Stille aus, die selbst bei dem sonst so zuversichtlichen Peter Ehlers frappierend nach Ratlosigkeit roch.

Er räusperte sich. »Tja, du hast ja einiges verdauen müssen, seit du nach Bad Harzburg zurückgegangen bist.« Er überflog seine Notizen. »Ich werde mich zunächst mit dem zuständigen Staatsanwalt in Verbindung setzen und sehen, was er sagt.« Er überlegte einen Augenblick. »Also, für die ersten zwei Verbrechen sehe ich keineswegs einen hinlänglichen Verdacht, der dir Probleme bereiten könnte. Aber diese Sache mit Borderfeld kann sehr heikel werden. Bisher hast du der Polizei verschwiegen, dass du mit ihm da oben warst?«

»Ja«, antwortete Tilla dünn.

Peter Ehlers kommentierte dies nicht. Stattdessen fragte er: »Und du hast an diesem Abend niemanden dort oben gesehen?«

Tilla schüttelte den Kopf. »Niemanden. Aber ich habe auch nicht so sehr auf die Umgebung geachtet, denn ich hatte eine Scheißangst.«

Peter Ehlers nickte. »Aber irgendjemand hat hinterher den Tatort präpariert und zwar so, dass auch dieser Tote in die Mordserie passt.« Nach kurzem Überlegen fügte er hinzu: »Eine Mordserie, die es sogar bereits bis in die hiesigen Göttinger Medien gebracht hat.«

Tilla schluckte. Dann sagte sie nachdenklich: »Eigentlich passt Borderfeld gar nicht in die Serie ... ich meine, der Tatort ... Ich hörte nämlich, man hat ihm das Gesicht zerschlagen und ... und einen Arm abgeschnitten.« Tilla schüttelte sich.

Peter Ehlers ließ sich zurückfallen und dachte nach. »Ich denke, damit wollte der Täter die Identifizierung erschweren. Ein zerschlagenes Gesicht passt dazu. Aber das mit dem Arm ... hm ... ist dir vielleicht irgendetwas an seinem Arm aufgefallen? Eine Narbe vielleicht?«

Tilla machte große Augen. »Äh ja ... er hatte eine ziemlich auffällige Tätowierung am rechten Arm!«

»Sehr gut«, lobte Peter. »Kannst du sie mir beschreiben?«

»Ich denke, ich könnte sie aufzeichnen«, bot Tilla an.

»Noch besser.« Peter schob ihr ein Blatt und einen Bleistift hin.

Während Tilla ebenso eifrig wie versiert zeichnete, fragte er sie nach den genauen Zeiten ihres Besuches bei Astrid und wollte genau wissen, von welcher Telefonzelle aus Tilla beim Forstamt Braunlage angerufen hatte.

Nachdenklich betrachtete er Tillas Zeichnung, die er sorgfältig in eine Klarsichtfolie gesteckt hatte.

»Wieso tut jemand so etwas?«, fragte Tilla und verzog das Gesicht.

»Schwer zu sagen. Irgendjemand scheint von der Abwesenheit dieses Mannes zu profitieren. Und wenn er wirklich so kampferprobt war, wie du sagst, hast du jemandem einen Riesengefallen getan, indem du ihn mit dem Stein kampfunfähig gemacht hast.«

Tilla nickte verstehend.

»Sag mal, hast du den Stein noch? Oder liegt der da oben irgendwo?«, fragte Peter Ehlers.

»Äh … nein, ich hab ihn mitgenommen«, antwortete Tilla betreten.

Peter Ehlers hob fragend die Brauen.

Tilla erzählte ihm wortreich die Geschichte des Runensteins und erklärte abschließend: »Ich weiß, es ist blöd, aber ich hänge daran, weil ich ihn von meiner Mutter bekam.«

Peter Ehlers nickte. »Warum hattest du den Stein in der Tasche?«

Tilla erzählte ihm von ihrer Angst und dass ihr Borderfeld schon mehrfach aufgelauert hatte. Der Jurist schrieb sich alle Details auf. »Sieht aus, als hätte ich geplant, ihm den Stein über den Schädel zu schlagen, nicht wahr?«, fragte Tilla ängstlich.

»Hm, ja. Aber das müssen sie dir erst einmal beweisen.« Er sah Tilla über seine Brille hinweg forschend an. »Sag mal, hast du die Kleidung noch, die du dort oben getragen hast?«

Tilla verzog angewidert das Gesicht. »Mein Mantel, der Hosenanzug und die Schuhe liegen im Keller.«

»Hast du die Sachen gewaschen?«

»Nein, ich hab sie nicht mehr angerührt.«

»Wie blutig ist der Mantel denn?«

Tilla dachte nach. »Eigentlich sind nur am Ärmel ein paar Blutstropfen. Am Hosenanzug ist gar nichts außer Matschflecken. Aber ich ekele mich so davor.«

»Nur ein paar Flecken, das ist gut«, erklärte Peter Ehlers zufrieden.

»Das ist gut?«, fragte Tilla erstaunt.

»Ja. Die Sachen des wirklichen Täters dürften über und über mit Blut besudelt sein. Schick mir bitte alle Sachen, die du getragen hast, so wie sie sind, in die Kanzlei. Es sind Beweismittel, die dir helfen könnten.«

»Ja, gut«, nickte Tilla und fragte dann: »Und wie geht es jetzt weiter?«

»Wir lassen die Ermittlungsbehörden das Tempo bestimmen. Ich stelle mich ihnen als dein Anwalt vor, dann werden die sich bei mir melden, wenn sie dich verhören wollen. Wir werden ihnen einige von mir sorgfältig vorbereitete Häppchen geben. Irgendwann bekommen sie auch deine Zeichnung und vielleicht auch deine Kleidungsstücke als Zeichen der Kooperation. Aber das entscheide ich recht kurzfristig.«

»Aha.« Ein Anflug von Zuversicht erfüllte Tilla.

Peter zog kurz die Mundwinkel auseinander. »Dass du in großen Schwierigkeiten steckst, brauche ich dir nicht zu sagen.« Er zögerte kurz. »Natürlich könnte ich dir sagen, du hättest früher zur Polizei gehen sollen, aber ich habe ja auch mitbekommen, wie übel sie dir bei diesem infamen Prozess mitgespielt haben. Ich glaube, selbst ich hätte danach den Glauben an die Justiz verloren. Du bist danach in ziemlich üble Kreise gerutscht, gefährliche Kreise. Ich kümmere mich um die Vorwürfe vonseiten der Staatsanwaltschaft, aber du, Tilla, darfst natürlich keinerlei Kontakt mehr zu diesen Leuten pflegen. Du rufst mich sofort an, wenn sich einer von diesen Typen noch mal meldet. Ist das klar?«

Tilla nickte eifrig und kreuzte heimlich Zeigefinger und Mittelfinger ihrer rechten Hand, da sie das Thema Magnus zur Gänze ausgelassen hatte.

Die Eiche war ihnen heilig,
ebenso die darauf wachsende Mistel,
die der Druide am sechsten Tag nach Vollmond
in weißem Gewand und goldener Hippe schnitt,
um daraus einen Trank zu brauen,
der Gesundheit und Fruchtbarkeit verspricht.

Plinius

Tilla konnte sich kaum auf ihre Führung konzentrieren, so sehr freute sie sich über die zwei Besucher, die ihrer kleinen Gruppe folgten. Mit jedem anderen hätte sie eher gerechnet als mit Nina, die doch tatsächlich in Begleitung von Achims neuer Frau, Gerda von Steinfels, zu einer Führung im Rammelsberg erschienen war. Tilla konnte es kaum erwarten, ihre anderen Besucher zu entlassen, die ausgerechnet heute mit zahlreichen Fragen über sie herfielen.

Als sie sich endlich allein gegenüberstanden, kam dann doch so etwas wie Befangenheit auf, die Nina jedoch sehr schnell zerstreute, da das Mädchen einen wahren Wasserfall von Informationen über Tilla ausschüttete. Es war herrlich sonnig, daher suchten sie sich eine Bank. Tilla ließ Nina erst ein bisschen erzählen. Auf die Frage nach der Schule gab Nina ein lapidares »Nullproblemo« von sich. Woraufhin sich erstmals Gerda von Steinfels zu Wort meldete.

»Nun weiß ich, woher Nina bereits jetzt so gut englisch spricht. Hat sie das von Ihnen gelernt?«

Tilla war ihrer Nachfolgerin gegenüber noch immer unsicher. »Ja, Englisch war sozusagen unsere Geheimsprache«, erklärte sie vorsichtig und zerbrach sich den Kopf darüber, was diese Frau dazu gebracht haben mochte, herzukommen.

»Paps peilte echt gar nichts, wenn wir Englisch gesprochen haben«, ließ Nina stolz hören und strahlte Tilla an. Gerda zeigte eine Andeutung von einem Lächeln und nickte.

Tilla hatte das Gefühl, dass eine völlig andere Gerda vor ihr saß als die Frau, die sie erstmals im Gerichtssaal gesehen hatte. Es war Zeit für ein paar freundliche Worte. »Frau von Steinfels, ich kann Ihnen gar nicht sagen, wie sehr ich mich freue, dass Sie sich so gut mit Nina verstehen. Und noch dankbarer bin ich Ihnen für Ihren Besuch hier.« Tilla wandte sich dem Mädchen zu. »Ninchen, ich freu mich so, dich zu sehen. Hoffentlich bist du mir nicht böse, weil ich mich nach dem Prozess nicht gemeldet habe.«

»Nee, Gerda hat's mir erklärt, das mit diesem blöden Gerichtsurteil«, antwortete Nina und betrachtete unwillig die weißen Gummispitzen ihrer Turnschuhe. »Aber blöd ist es trotzdem.«

Tilla strich Nina liebevoll das Haar nach hinten. »Na ja, weißt du, dein Vater hat sich einfach Sorgen gemacht. Wahrscheinlich hat er gedacht, ich würde dir oder ihm etwas Böses wollen, weil wir uns getrennt haben. Expartner tun so etwas manchmal.«

»Ja, ich weiß, deswegen sind wir ja auch hier«, sagte Nina und blickte Tilla mit großen Augen an.

»Nun ja … Nina hat recht«, meldete sich nun Gerda zu Wort.

Tillas Blick sog sich förmlich an ihr fest. »Was habe ich denn nun zu erwarten? Wieder einen Prozess?«

»Nein. Dafür haben Achim und sein Freund Jürgens nicht genug Beweise zusammenbekommen.« Auf Gerdas Stirn zeigte sich eine Falte des Unmutes.

»Sein Freund Jürgens? Richter Jürgens?«, fragte Tilla nach, und Gerda nickte.

»Sie kennen doch die Staatsanwältin Susanne Bleibtreu?«

»Die Staatsanwältin, die in meinem Prozess die Anklage geführt hatte? Ja, ich kenne sie.«

»Sie war eine Zeit lang mit einem Kollegen liiert«, sagte Gerda, »und ist nun die Verlobte von Konrad Jürgens. Der Kollege, den sie verließ und über den sie sich sehr geärgert hatte, hieß Dr. Jan Berking. Kennen Sie den?«

»Oh«, sagte Tilla erstaunt. »Ja, den kenne ich auch. Er ermittelt gerade gegen ...« Tilla blickte kurz zu Nina, » äh ... er ermittelt hier. Ich habe ihn mal getroffen.«

Gerda nickte zum Zeichen, dass sie sehr wohl verstand, was Tilla weggelassen hatte. »Konrad Jürgens und seine Partnerin Susanne Bleibtreu waren neulich bei uns zum Abendessen. Die beiden haben kaum ein anderes Thema als Berking und Sie. Kennen Sie eine Journalistin namens Grabowski?«

»Ja, sie rief mich vor ein paar Tagen an«, sagte Tilla nachdenklich.

»Frau Leinwig, die Bleibtreu gibt Informationen an diese Journalistin weiter. Sie will damit ihrem Exfreund schaden und Richter Jürgens will Ihnen schaden.« Ein kurzes Lächeln stahl sich auf ihr Gesicht. »Er kann sich noch immer nicht darüber beruhigen, wie Sie mit ihm umgesprungen sind, damals.«

Tilla schwieg unbehaglich.

»Also, bei dem letzten Abendessen ... man redete über Sie und diese Morde. Dieser Jürgens blies zu einer Treibjagd auf Sie. Die Bleibtreu hat der Grabowski wohl hinterbracht, dass Sie ...« Gerda presste die Lippen zusammen und gab sich dann einen Ruck, »dass Sie wegen Ihres anderen Glaubens etwas mit diesen Morden zu tun haben könnten. Sie hatte der Journalistin wohl schon mehrfach Informationen zugespielt. – Das ist alles nicht richtig«, schloss Gerda etwas hilflos.

Tilla ahnte, wie schwer es Gerda von Steinfels gefallen sein musste, zu ihr zu kommen und ihr das zu erzählen.

»Danke, dass Sie es mir sagen. Ich weiß das sehr zu schätzen.«

»Tilla, diese Staatsanwältin sagte, sie wollen dich verurteilen«, sagte Nina und blickte Tilla ängstlich an.

Tilla mühte ein zuversichtliches Lächeln hervor. »Ach was. Ich werde zurzeit als Zeugin vernommen, weil ich einige der Opfer flüchtig gekannt habe und weil …« Tilla zögerte etwas, »… weil ich der Polizei in einer bestimmten Sache helfen konnte.«

»Und du hast wirklich keine Schwierigkeiten?«, fragte Nina nochmals nach. »Diese Frau, sie sagte, du wärst vorbestraft und daher …«

Tilla seufzte. »Ja, dieses Urteil hat natürlich dazu geführt, dass die Polizei bei mir etwas genauer hinsieht. Aber ich habe ja nichts getan und das wird die Polizei schon herausfinden«, beteuerte sie, glaubte aber selbst nicht an ihre Worte.

Neben ihr murmelte Gerda wieder: »Das war alles nicht richtig …« Sie sah Tilla an. »Es tut mir wirklich leid, was Ihnen passiert ist. Nina hat mir einiges über Sie erzählt … über Sie und Ihren Glauben. Ich hab auch ein wenig nachgelesen. Dieser Prozess, das war … Man hat Sie sehr ungerecht behandelt.«

Tilla lächelte warm. »Danke. Schön, dass Sie das sagen. Aber es war auch nicht richtig von mir, mit Nina über meinen Glauben zu sprechen, ohne dass ihr Vater davon wusste.«

»Doch! Ich wollte es doch wissen«, begehrte Nina trotzig auf.

Tilla wandte sich Nina mit ernstem Gesicht zu. »Weißt du, es ist nicht wichtig, auf welche Weise man zum Glauben findet. Es ist wichtig, dass man glaubt. Kein Glaube ist besser als ein anderer. Am besten geht man den Weg des Glaubens, bei dem einem die eigenen Eltern auf den Weg helfen können. Meine Mutter war nun einmal eine

Altgläubige. Deshalb bin ich es auch. Dein Vater und auch Gerda sind Christen. Sie können dir viel besser auf diesem Wege helfen. Alle Wege sind gleich schwierig. Ich habe damals nicht richtig nachgedacht. Du warst damals sehr allein und ich wollte dir all das geben, was meine Mutter mir gab ...« Tilla musste kurz innehalte, weil ihr die Augen zu brennen begannen. »Aber ich würde mich freuen, wenn du nicht vergisst, dass du mal eine Hexe gekannt hast und weißt, dass Hexen nichts Böses im Sinn haben.«

Nina strahlte mit der Sonne um die Wette. »Tu ich nicht!«

»Gut!« Tilla lächelte Nina breit an, zog sich dann ihren Silberring aus keltischen Knotenmustern vom Finger und steckte ihn Nina an. »Der wird dir Glück bringen!«, flüsterte sie dem Mädchen zu. Nina umarmte Tilla innig.

»Frau Leinwig, es war schön, dass wir uns mal richtig kennengelernt haben«, sagte Gerda nun und stand auf. »Es wäre gut für Nina, wenn Sie ihr weiterhin schreiben. Ich sorge dafür, dass Sie die Briefe bekommt.«

»Danke, das mache ich gern.« Sie stupste Nina sacht auf die Nase. »Und über eine Antwort würde ich mich auch freuen.« Nina nickte eifrig.

»Den Computer kontrolliert er übrigens immer noch«, meinte Gerda und lächelte.

Tilla grinste zurück. »Ich werde es mir merken.«

Keltische Frauen weisen
ein amazonenhaftes Verhalten auf
und stehen ihren Männern
an Mut und Kraft in nichts nach.

Diodor V 32,1

Es war schon dunkel, als Tilla nach Hause kam. Dem Treffen mit Nina wohlig nachsinnend, ließ sie ihren Wagen vor ihrem Häuschen ausrollen, stieg aus und ging auf ihre Haustür zu – um im nächsten Moment zu erstarren. Hatte sie gerade einen Lichtschein im Türglas aufblitzen gesehen? Wie gebannt fixierte Tilla die Milchglasscheibe. Ein Blick nach oben zeigte ihr, dass Magnus nicht da war. Zögernd näherte sie sich ihrer Haustür. Dort ließ sie sich auf die Knie nieder, tippte vorsichtig die Klappe des Briefschlitzes nach innen und spähte hindurch. Die Innentür stand offen, obwohl sie sicher war, sie am Mittag geschlossen zu haben. Dann glaubte Tilla, ein Geräusch zu hören.

Was sollte sie tun? Ihr Handy lag mal wieder auf ihrem Schreibtisch. Zu den Nachbarn laufen? Die aus dem Bett klingeln und sich lächerlich machen? Sie horchte. War da jemand in ihrem Wohnzimmer? Leise erhob sie sich und umrundete ihr Haus. Wenn jemand im Wohnzimmer war und sie vor dem raumhohen Fenster auftauchte, sah er sie sofort. Tilla drückte sich an die Wand des Schuppens. Ihr Blick fiel auf das kleinere Fenster vor ihrem Schreibtisch, in dem sich das Mondlicht spiegelte. Sie flitzte leise über den Weg, quetschte sich möglichst lautlos durch Rhododendron und Forsythienbüsche, bis sie die Hauswand unter dem Fenster erreichte.

Vorsichtig versuchte sie am Fensterbrett Halt zu finden. Sie stieg auf den schmalen Überstand des Kellersockels und zog sich nach oben. Von der Ecke des

Fensters aus linste sie vorsichtig in den Raum. Das Herz klopfte ihr bis zum Hals, als sie jemanden die Fächer ihrer Regalwand durchsuchen sah. Die Person sah nach einem Mann aus, aber es war nicht Magnus. Offenbar fand er nicht, was er suchte. Er stemmte die Hände in die Seiten und drehte sich überlegend zum Gartenfenster um. Als das Mondlicht für einen Moment auf sein Gesicht fiel, fuhr Tilla ein so eisiger Schreck durch alle Glieder, dass sie den Halt verlor und nach hinten in die Büsche kippte.

Der Rhododendron hatte ihren Sturz gebremst, aber nicht aufgehalten. Nun lag Tilla starr vor Entsetzen auf dem Erdboden zwischen den Sträuchern und hoffte, dass der Mann ihren erstickten Schrei nicht gehört hatte. Sie krabbelte dicht an die Hauswand, für den Fall, dass er etwas gehört haben und aus dem Festen schauen sollte. Als sie kurz darauf ein Geräusch an der Haustür hörte, wechselte sie ihre Position und kauerte sich angstvoll unter den Rhododendron, der allerdings durch ihren Sturz sehr an Üppigkeit verloren hatte. Später hörte sie etwas entfernt ein Auto starten.

In der endlos scheinenden Zeit, in der sie unter dem Gebüsch verharrt hatte, um sicher zu gehen, dass ihr ungebetener Besuch auch wirklich verschwunden war, hatte sie sich etwa hundert Mal gefragt, ob sie nun den Verstand verlor. Dass diese Nazischweine weiter hinter dem Artefakt her waren und daher die Suche nach den Aufzeichnungen ihrer Mutter wieder aufnahmen, wunderte sie weniger. Ihre zitternden Beine hatten ihre Ursache vielmehr darin, dass sie sich für einen kurzen Augenblick eingebildet hatte, in das Gesicht ihres Vaters zu sehen.

*

»Mensch, Gerd, du hast doch ihre Reaktion gesehen. Daran war nichts gespielt«, beharrte Andreas Kamenz. »Außerdem wissen wir ja nun, dass der Name falsch sein muss. Es gibt keinen Janus Borderfeld. Glaub mir, sie hat nichts von ihrem Vater gewusst.«

»Ich gebe zu, ihre Fassungslosigkeit sah tatsächlich echt aus«, gab Wegener nachdenklich zu und blickte auf den Bericht, der vor ihm lag. »Fakt ist aber, die Fingerabdrücke auf der Visitenkarte, die uns die Leinwig brachte, stimmen mit denen des Toten überein. Und die DNA lügt auch nicht. Sie hatte also seit Monaten Kontakt zu ihrem Vater.«

»Vielleicht hat er sich ihr wirklich nicht zu erkennen gegeben. Dann stellt sich die Frage: Warum nicht?«, fragte Kamenz.

Gerd Wegener bot an: »Er ist in der rechtsradikalen Szene … vielleicht wollte er sie testen.«

»Ja genau … er gibt ihr Texte zum Bearbeiten, Texte mit radikalem Inhalt, und fragt sie hinterher aus, was sie davon hält«, sinnierte Andreas. »Er versucht, an sie heranzukommen. Er bezahlt sie gut und bringt sie damit in eine gewisse Abhängigkeit.« Mit eindringlichem Blick wandte er sich seinem Chef zu. »Ich glaube, sie steckt bis zum Hals in Schwierigkeiten.«

Wegener blickte seinen Kollegen forschend an. »Ach, komm … wenn sie in Gefahr ist, warum kommt sie dann nicht zu uns?«

»Sie traut uns genauso wenig wie diesem Nazigesindel.«

Wegener fragte mit erhobenen Brauen. »Aha. Hat sie dir das gesagt?«

»Sie machte damals eine Andeutung, als ich sie nach dem Verhör zurückgefahren habe.«

»Aha. Hast du sonst noch mal mit ihr gesprochen?«, fragte Wegener.

»Nein«, log Kamenz.

Gerd Wegener blickte Kamenz zweifelnd an.

Das Keltische Volk lebte viel zu sehr in einer mystischen Scheinwelt.

Wilser/Grupp

Während der letzten Nacht hatte sich Tilla immer wieder gefragt, wie sie sich nur so etwas Irres hatte einbilden können. Die fixe Idee, sie habe ihren Vater in ihrem Wohnzimmer gesehen, begann allmählich zu verblassen. Mittlerweile war sie sicher, dass ihre Einbildung von ihrem schlechten Gewissen herrührte. Sie hatte immerhin eine radikale Ausseinandersetzung mit ihrem Vater hinter sich. Sie hatte ihm einen Stein an die Schläfe geschlagen. Schon dadurch hätte er den Tod finden können. Sämtliche Götter des Harzes mussten ihr zu Hilfe geeilt sein, um zu verhindern, dass sie zur Mörderin wurde. Zwar war sie nicht für den tatsächlichen Mord verantwortlich, aber sie hatte diesen immerhin ermöglicht. Vielleicht war es der zürnende Geist ihres Vaters, der sie von nun an mit derart beängstigenden Visionen verfolgen würde.

Es kostete sie geradezu übermenschliche Anstrengungen, sich auf den letzten Durchgang ihrer Übersetzung für den Museumskatalog zu konzentrieren. Die Arbeit half ihr jedoch, ruhiger zu werden. Als sie die fertige Übersetzung abgespeichert und via Datenautobahn weggeschickt hatte, beschloss sie, niemandem etwas von dem nächtlichen Besucher zu erzählen.

Sie sah sich zum wiederholten Male in ihrem Arbeitszimmer um. Der nächtliche Besucher hatte kaum Unordnung hinterlassen. Dennoch hatte sie das dringende Bedürfnis, diesen entweihten Raum zu verlassen. Sie betrat den Flur, schlüpfte in die Gummistiefel ihrer Mutter, zog sich eine Jacke über und ging energiegeladen in den Garten. Aber bereits nach einem ersten Rundgang tappte sie nur noch unschlüssig umher.

Solange sie zurückerinnerte, hatte ihre Mutter jede freie Minute in diesem Garten zugebracht. Es war Frühling. Es musste hier doch irgendetwas zu tun geben? Ratlos sah sich Tilla um. Sie wanderte die Beete entlang und stellte fest, dass sie nicht annähernd zu bestimmen wusste, welche der Pflanzen hier eine Daseinsberechtigung hatten und welche nicht. Also ging sie zur Linde zurück und setzte sich auf die Bank.

Es war an diesem Tag empfindlich kühl und doch genoss Tilla die Luft, die so gut nach aufbrechenden Jungpflanzen duftete. Der Platz unter der Linde war locker mit basaltschwarzem Kopfsteinpflaster belegt. Die Beete, mit denen die Linde eingefasst war, beherbergten neben einigen Frühblühern anspruchslose Pflanzen, die mit wenig Licht und wenig Wasser auskamen. Der Mangel an Üppigkeit wurde hier mit Steinen ausgeglichen, die Hedera zum Teil unter größten Anstrengungen hier hergeschleppt hatte. So manches Abendessen mit Freunden hatte den Abschluss einer solchen Stein-Holung aus dem gesamten Harzgebiet gebildet.

Schmunzelnd entdeckte Tilla einen Stein, den sie noch gar nicht kannte. Hellgraue Schichten wechselten sich mit senkrechten Linien und gelbgrünen Flechten ab. Tilla betrachtete die Linien näher. Erst hatte sie gedacht, er würde Runen enthalten, doch es waren nur senkrechte und leicht schräge Linien natürlichen Ursprungs. Sie hatte solche Steine schon einmal gesehen, als ihre Mutter mit ihr zu den Schierker Feuersteinen gewandert war. Sie stand auf und fuhr mit dem Finger darüber.

Ihr Blick streifte ihren Runenstein und die düstere Stimmung kam augenblicklich zurück. Sie hatte ihr Minigebirge in der Regentonne gereinigt. Wegwerfen konnte sie ihn einfach nicht, allerdings mochte sie den Stein auch nicht mehr in ihrer Wohnung haben. Er thronte inmitten eines Erikakissens neben der Terrasse.

Tilla setzte sich wieder auf die Bank und grübelte. Wenn sie weitere ungebetene Besuche von diesem Nazigesindel verhindern wollte, musste sie Magnus alsbald den falschen Bernstein zuspielen.

Magnus.

Er durfte keinesfalls erfahren, was sie von ihm wusste. Tilla schloss die Augen. Wenn sie ehrlich zu sich selbst war, hatten auch bei ihm einige ihrer körpereigenen Alarmsignale angeschlagen. Sie hatte schon die ganze Zeit das Gefühl gehabt, dass etwas mit ihm nicht stimmte.

Ihr Vater hatte sie unter Druck setzen, Magnus hatte es mit Charme versuchen sollen. Wie hatte ihr Vater eigentlich zu Magnus gestanden? Waren sie Freunde gewesen? Zweifelnd fiel Tilla ein, dass ihr Vater gedroht hatte, Magnus umzubringen. Nein, Freunde waren sie wohl nicht gewesen.

Mühsam drängte Tilla die ständig wiederkehrenden Gedanken an ihren Vater zurück. Er war tot. Aber der charmante Magnus lebte. Magnus und seine Schergen waren, das hatte ihr der nächtliche Besucher – wer auch immer das gewesen war – deutlich gezeigt, ihr vorrangiges Problem.

»Ich bin wirklich ein Trottel«, murrte sie und stierte grimmig auf den Runenstein. Die Thurisaz-Rune ihres Minigebirges wies auf den Nachbarstein mit den runenähnlichen Verwitterungen.

»Und was willst du mir damit sagen?«, fragte Tilla ihren Runenstein. »Soll ich den hübschen Magnus zu den Schierker Feuersteinen locken und dort nach guter alter Sitte auf dem Blutaltar hinrichten? Das täte ich ja gern, lieber Stein, aber ich bezweifle, ob Magnus sich dort freiwillig auf den Opferstein legt und still hält, bis ich mit meiner Hinrichtungszeremonie fertig bin.« Tilla schenkte ihrem Runenstein ein aufgesetztes Zahnpastalächeln, um sich dann verstohlen umzublicken. Sie hatte

Glück. Ihre Nachbarn standen nicht etwa mit verstörten Gesichtern hinter ihr am Zaun, während sie hier ihre blutigen Visionen verbreitete.

Tilla verzog das Gesicht und murmelte: »Wieso denke ich eigentlich immer daran, jemanden zu ermorden, wenn du in der Nähe bist?« Böse fixierte sie den Runenstein. Wenn ihre Mutter geahnt hätte, was sie mit ihrem Geburtstagsgeschenk getan hatte …

Mutsch.

Kannte Magnus eigentlich Mutschs Buch? Wenn Borderfeld es ihm gegeben hätte, wäre er sicher darauf zu sprechen gekommen. Sie überdachte ihre Dialoge mit ihm. Nein. Er hatte das Buch nie erwähnt. Tilla überlegte fieberhaft, wie sie Meister Zufall dazu bringen konnte, dass Magnus von dem Buch erfuhr. Plötzlich hatte sie eine Idee. Sie ging hinein, griff nach ihrem Handy und rief sich in der Liste eingegangener Anrufe die Nummer von Sonja Grabowski auf. »Vielleicht würde die Journalistin ja gern hören, aus welchen Gründen die gute Staatsanwältin sie als Vertreterin der Presse missbraucht … und dann kann sie mir einen Gefallen tun«, zischte Tilla grimmig und wählte.

*

»Nun reg dich doch nicht so auf, Junge«, meinte Hanjo gelassen. »Sie promotet doch nur das Buch ihrer Mutter. Wahrscheinlich braucht sie Geld.«

»Verdammt. Wenn ich mir vorstelle, dass die Leinwig und diese Grabowski zusammenhocken …«, wetterte Jan Berking.

Andreas Kamenz betrachtete Berkings Gehabe unzufrieden. In eisigem Ton bemerkte er: »Ich finde, Sie sollten hingehen und sich bei der Leinwig bedanken!«

Jan Berking blickte Andreas Kamenz verwirrt an. »Was? Wie kommen Sie denn darauf?«

»Die Grabowski war bei ihr und es erscheint lediglich ein herziger Bericht über dieses Buch«, entgegnete Andreas Kamenz kühl. »Die Leinwig hätte Ihnen auch richtig Ärger machen und ihr alles Mögliche über unseren Fall erzählen können. Hat sie aber nicht getan.«

»Da ist was dran«, pflichtete Hanjo ihm bei.

Streitlustig bemerkte Berking: »Ja, ja. Ich weiß, Herr Kamenz hält die Leinwig ja für eine Heilige.«

Kamenz stierte den Staatsanwalt mit unverhohlenem Unmut an. »Das ist nicht wahr! Ich finde nur Ihre Ermittlungsrichtung entschieden zu einseitig!«

»Andreas …«, mahnte Wegener.

»Nein, lassen Sie nur … warum ist Tilia Leinwig eine falsche Ermittlungsrichtung, Herr Kamenz?«

»Weil wir mittlerweile wissen, dass die Opfer dieser Mordserie höchstwahrscheinlich mit einem Schwert getötet worden sind. Wissen Sie, wie schwer so ein Teil ist?«

»Ah ja, zierliche Frau, nicht wahr?«, höhnte Berking.

»Verdammt, Herr Dr. Berking, das passt doch alles nicht«, fluchte Kamenz lautstark.

»Und – Vorschläge? Haben Sie verdächtige Personen gefunden, die des Schwertkämpfens kundig sind?«

»Jede Kleinstadt bietet heute Kurse im japanischen Schwertkampf an«, antwortete Andreas Kamenz verdrossen.

»Also waren Ihre Recherchen nicht sehr erfolgreich?«

Kamenz schwieg, wohl wissend, dass er recht hatte.

»Gut, gehen wir mal davon aus, dass sie so ein Schwert nicht selbst schwingen kann. Ihr Vater war in einer rechtsradikalen Gruppe, sie hat für ihn gearbeitet, bei allen Opfern wurden Runen gefunden, Tilia Leinwig kennt nicht nur Runen, sie kennt auch alle Opfer und ist vorbestraft. Und Sie wollen mir erzählen, dass unsere Ermittlungsrichtung völlig falsch ist?«

»Sie ist aber nicht *einschlägig* vorbestraft«, hielt Kamenz trotzig dagegen.

»Nein, sie ist wegen Belästigung einer Minderjährigen verurteilt worden. Sie ist eine Sektiererin!«

»So ein Blödsinn«, echauffierte sich Kamenz.

»Ihre Arbeit ist zurzeit tatsächlich ziemlich kontraproduktiv, Herr Kamenz«, bemerkte Hanjo Berking begütigend. »Denken Sie doch mal nach! Durch die Artikel der Grabowski wird der Druck der Öffentlichkeit immer größer. Auch der Chef meines Sohnes will dringend Ergebnisse haben und nun bauen Sie eine dritte Front auf.«

Andreas stellte fest, dass er es von dieser Seite noch nicht betrachtet hatte und schwieg nachdenklich.

Hanjo fuhr in versöhnlichem Ton fort. »Wenn Sie Staatsanwalt wären, Herr Kamenz, ich versichere Ihnen, Sie würden ganz genau so einseitig ermitteln – wenn auch genau in anderer Richtung.«

Andreas sog verärgert die Luft ein. »Ich versuche doch lediglich ein Gegengewicht in der Denkrichtung herzustellen. Aber ich habe weder irgendwelche Informationen an die Presse gegeben, noch habe ich irgendetwas getan, was die Ermittlungen gefährdet oder blockiert.«

»Sich gegen Tatsachen zu stemmen, ist keine Ermittlungsrichtung, Herr Kamenz.«

Kamenz lachte unfroh auf. »Ich weiß auch, dass Tilla Leinwig eine Verbindung zwischen unseren Opfern darstellt. Nur interpretiere ich diesen Link anders. Was wäre, wenn diese Nazis sie bewusst zu diesem Verbindungsteilchen gemacht haben? Jemand, den man ausliefert, falls es eng wird … ein Bauernopfer.« Andreas sah sich von zweifelnden Gesichtern umgeben und versuchte einzulenken. »Vielleicht habe ich es etwas übertrieben … ich werde einfach das Gefühl nicht los, dass hier etwas schief läuft und ich nichts daran tun kann.«

Hanjo lächelte. »Wissen Sie, dieses Gefühl ist für einen guten Ermittler ein chronischer Begleiter. Wahrscheinlich sind Sie ein guter Ermittler, doch im Moment hat das Gefühl, das Sie beschreiben, zu sehr mit Tilia Leinwig zu tun. Haben Sie diese Gefühle mal einer genaueren Analyse unterzogen?«

»Seit Monaten … täglich … ja, ich gebe zu, ich finde Tilla Leinwig attraktiv, aber dass ist nicht der Grund für meine Meinung.«

»Sie nennen sie Tilla?«, fragte Jan Berking mit erhobenen Brauen.

»Tilia Leinwig«, verbesserte Andreas sich.

Hanjo nickte. »Ich weiß von Astrid, dass Frau Leinwig sich selbst *Tilla* nennt und ich denke, dass Sie das wissen, Herr Kamenz. Bei welcher Gelegenheit hat sie Ihnen angeboten, sie Tilla zu nennen?«

Andreas Kamenz schwieg.

Hanjo lächelte wissend. »Glauben Sie nicht, dass ich kein Verständnis dafür habe. Ich war vor dreißig Jahren in einer ähnlichen Situation. Ich hatte mich ein wenig in Hedera Leinwig verguckt und war ziemlich aufgebracht darüber, dass ich ihr nicht helfen konnte.«

Kamenz' Ärger fiel in sich zusammen. Ruhiger fragte er: »Und dann? Was ist dann passiert?«

»Tja … da mir weder Hedera noch ihre Freundin Astrid Volkerts helfen wollten, gab es wegen der Vergewaltigung keine Anzeige und auch bei der folgenden Prügelei kam ich nicht weiter. Da mich meine Kollegen sowieso schon schief ansahen, weil ich mich so in die Sache reingekniet hatte – ähnlich wie Sie jetzt – zog ich mich zurück und gab auf. Ich hätte sonst den gleichen Ärger bekommen, den Sie im Moment haben, Herr Kamenz.«

Andreas blickte Hanjo Berking forschend ins Gesicht und fragte leise: »Und was wäre gewesen, wenn Sie damals nicht aufgegeben hätten? Sie haben doch schon ein paarmal gesagt, dass die Vorfälle damals der Anfang von den Morden heute waren. Was wäre gewesen, wenn sie dem Gerede ihrer Kollegen zum Trotz an der Sache weitergemacht hätten?«

Nun war es Hanjo, der unschlüssig dreinblickte.

Gerichtsrunen kenne, wenn du vor der Rache deiner
Freunde sicher willst sein;
Die winde du ein, die wickle du ein,
und setze sie alle zusammen.

Edda, Das Lied von Sigrdrifa, 12

Endlich wurde es warm. Überall duftete es nach frischem Grün. Tilla hielt nach ihrem Aufstieg auf den Burgberg an der Canossasäule inne, bis sich ihr Atem beruhigt hatte. Ein Blick auf die Uhr sagte ihr, dass sie das Treffen nicht mehr länger aufschieben konnte, also ging sie langsam auf die Ruine zu. Magnus hatte sicher die Seilbahn genommen. Ihre Vermutung, ihn beim Brunnen zu finden, bestätigte sich. Sinnend lehnte er an dem Geländer und blickte in die Tiefe. Tilla musterte ihn und dachte einen Moment darüber nach, wie er wohl in die Gesellschaft der Nazis gerutscht war. Trotz dieses Hauches von Mitleid für ihn wirkte seine Attraktivität bei ihr nicht mehr nach. Im Gegenteil – auf einmal erschienen ihr sein Haar zu blond und seine Statur zu muskulös, um attraktiv zu sein.

Als hätte er ihre Musterung gespürt, drehte er sich um, sah sie und kam sogleich auf sie zu. Tilla begrüßte Magnus mit einem lang gezogenen »Hey!«

Er zog sie an sich und küsste sie zur Begrüßung. Die Begrüßung geriet Tilla viel zu intim, doch dass was sie mit ihm vorhatte, war ein Stück weit auch süße Rache, also riss sie sich zusammen und spielte mit. Gemeinsam gingen sie zum Brunnen zurück.

»Tut mir leid, dass ich mich nicht gemeldet habe«, entschuldigte er sich artig. »In meiner Firma gab es einige Umstrukturierungen.«

Tilla strich ihm über den Rücken und gurrte: »Ich hoffe, du hattest etwas von diesen Umstrukturierungen.«

Er grinste. »Ja, das kann man so sagen.«

»Gut«, erklärte Tilla, »dann ist es in Ordnung.«

Er warf ihr einen interessierten Seitenblick zu. »Du magst den Erfolg, nicht wahr?«, flüsterte er.

»Ja«, hauchte sie genießerisch.

Niemand wusste von diesem Treffen, was bei Tilla nun ein mulmiges Gefühl hervorrief. Sie vergaß zu keinem Zeitpunkt, wer und was Magnus war. Sie brauchte Distanz und ging mit einem Lächeln an ihm vorbei in das Brunnenhäuschen hinein. Scheinbar interessiert beugte sie sich über das Geländer im Inneren und blickte durch das metallene Gitter. Er folgte ihr und blieb dicht hinter ihr stehen.

»Und was hat dich dazu gebracht, dass ich dir wieder eingefallen bin?«, fragte sie möglichst arglos.

Er platzierte seine Hände rechts und links neben ihr auf dem Brunnengeländer. Noch vor zwei Wochen hätte sie diese sinnliche Nähe genossen, doch nun blickte sie sich verstohlen nach möglichen Helfern um. Das schöne Wetter hatte der Göttin sei Dank noch mehr Besucher auf die Harzburg getrieben. Bei all den Touristen würde Magnus hier sicherlich nichts Spektakuläres unternehmen. Tilla spürte seinen Atem neben ihrem linken Ohr.

»Ich habe meine wunderschöne Tilla in der Zeitung gesehen«, flüsterte er.

»Oh, du hast es gelesen«, antwortete Tilla und gab sich erfreut.

»Natürlich. Ich habe sogar das Buch gekauft.«

»Wirklich? Und gefällt es dir?«

»Es ist sehr interessant, besonders die Geschichte um diesen Brunnen hier. Wie schade, dass das Gitter da ist.«

Tilla beschlich ein ungutes Gefühl. Sie vergewisserte sich mit einem kurzen Rundblick, ob Schloss und Scharniere des alten Schutzgitters intakt waren. Unter ihr ging es schließlich über vierzig Meter in die Tiefe.

»Also, wenn dieses massive Gitter nicht wäre, würde ich hier nicht stehen«, antwortete sie.

»Oh, ich glaube doch«, raunte er ihr ins Ohr und ließ seine Hände an ihrer Taille hinaufwandern.

»Schön, dass du mich für so mutig hältst. Aber ich fürchte, du irrst dich. Ich spiele nie mit dem Feuer.«

»Du spielst doch auch mit mir.«

Sie drehte sich in seinen Armen um. »Uhh, ist das gefährlich?«, trällerte sie betont arglos.

»Das kommt darauf an, wie man diese Spiel spielt«, antwortete er und fixierte sie.

Tilla erkannte, dass er seine Strategie gerade änderte. Borderfeld war tot – sicher gab es ein emsiges Nachrücken im Netzwerk, an dem sich auch Magnus beteiligte. Das Artefakt brauchte er schnell, dann würde er erfolgreich im Kampf um Führungsposten mitmischen können. Sie war sicher, er würde nicht mehr viel Zeit verplempern und zur Sache kommen.

Ihre eigene Strategie hatte Tilla seit Tagen ebenfalls sorgfältig geplant. So glaubte sie zu wissen, dass seine Nazifreunde nicht gerade begeistert sein würden, wenn sie wüssten, wie weit er sich auf sie eingelassen hatte. Dieser Punkt war sein Schwachpunkt und ihr Trumpf. Was sie nicht genau wusste, war: Wie weit konnte sie bei ihm gehen? Tilla beugte sich vor und suchte seine Lippen. Sie trieb ihr Spiel des kurzen Berührens und sich Zurückziehens, bis er reagierte und ihren Kuss fordernd erwiderte. Zufrieden fühlte sie, wie sich sein

Herzschlag erhöhte. So, so. Deine Selbstkontrolle bricht ja doch recht schnell zusammen, mein Junge, dachte Tilla zufrieden. Sie raunte ihm zu: »Da wir das nun geklärt haben, lass uns doch zum Kern der Sache kommen. Wie möchtest du denn weiterspielen?«

Er lächelte. »Okay«, sagte er und griff in seine Jackentasche. Ein Handy kam zum Vorschein. Er lud einige Fotos hoch und zeigte sie Tilla, indem er sie von hinten umfasste und ihr das Display zeigte.

Tilla hatte sich so ziemlich jede Schliche vorgestellt und tausende von Reaktionen durchgespielt, doch auf diese Fotos war sie nicht gefasst. Sie sah sich selbst, kniend an den Hahnenkleeklippen im Regen. Unter dem Foto prangten Datum und Uhrzeit. Er musste es gemacht haben, nachdem sie ihren Vater niedergeschlagen hatte. Die Erinnerung an jenen unseligen Tag war schon schlimm genug, aber sich selbst dort zu sehen, auf einem Foto ... Tilla schluckte ihr Entsetzen mühsam hinunter. Es brauchte eine gefühlte Ewigkeit, bis Tilla begriff – Magnus war dort gewesen!

Sie hoffte sehr, dass er nicht merkte, wie sehr diese Bilder sie aufwühlten, und zwang ihren Blick von dem Handyfoto weg. Mühsam fand sie zu äußerlicher Ruhe. Sie drehte sich langsam um und blickte in seine blauen Augen, die nun überaus interessiert ihre Reaktion erforschten.

Dieser verdammte Bastard. Mit dem Zorn auf Magnus gelang es Tilla, ihren Ton überzeugend zu ändern. »Na super. Du warst also da oben und hast mich die ganze Arbeit allein machen lassen?«, fragte sie tadelnd.

Erst stutzte er mit ungläubigem Gesicht, um dann in herzhaftes Gelächter auszubrechen. »Du bist wirklich unglaublich!«, sagte er anerkennend und strahlte sie vergnügt an. »Ich hatte nicht das Gefühl, dass du Hilfe gebraucht hast.«

»Bist du irre?«, fragte Tilla und gab sich sehr empört. »Er wollte mich umbringen!«

»Nein, das wollte er nicht«, erklärte Magnus gelassen.

»Woher willst du das wissen?«

»Ich weiß halt, was er von dir wollte.«

»So?« Tilla brannte darauf, nachzuhaken, ob ihr Vater sie tatsächlich nicht hatte umbringen wollen. Magnus' Augen waren von eisigem Blau. Sie traute sich nicht und machte weiter wie geplant. »Und dasselbe willst jetzt du haben, nicht wahr?«, fragte Tilla und reckte selbstbewusst das Kinn vor.

Sie maßen sich mit abschätzenden Blicken.

»Hast du den Stein?«, fragte er und seine Augen wurden eine Spur kühler.

Während Tilla sich mit einem wissenden Lächeln von ihm weg drehte, griff sie flink in ihre Tasche und ließ den Bernstein von Astrid in ihre Hand gleiten. Sie lehnte sich über das Geländer und warf den Bernstein spielerisch hoch. Sie hörte, wie Magnus die Luft einsog und sich schnell nach vorn beugte, um den Stein zu fangen, doch Tilla war schneller. »Hey«, beschwerte sie sich, »fast wäre er wieder in den Brunnen gefallen.«

Seine Augen wurden schmal. »Gib ihn mir!«

»Nein«, antwortete Tilla kokett. Sie drehte sich wieder von ihm weg und spielte weiter über dem Gitter mit dem Stein herum. Magnus wagte nicht zuzugreifen, aus Angst, Tilla könnte das Artefakt fallen lassen, und wartete geduldig. Tilla wusste, sie durfte es ihm nicht zu leicht machen.

»Er wirkt, weißt du«, erklärte Tilla im Plauderton. »Ich war mir nämlich nicht sicher, ob es mir gelingen würde, ihn zu töten. Ohne diesen Stein hier hätte es vielleicht nicht geklappt.«

»Es hat nicht geklappt«, sagte Magnus. Tilla konnte förmlich spüren, wie sich sein Blick an dem Stein fest sog.

»Nein?«, fragte Tilla und gab sich enttäuscht.

»Nein, meine Süße, wir mussten ein wenig nacharbeiten«, antwortete er grinsend.

»Oh«, machte Tilla und überlegte, wie sie unauffällig herausbekommen konnte, wen er mit *wir* meinte. Sie kam zu dem Schluss: Gar nicht.

Seine Hände strichen sacht über ihre Schultern. »Warum wolltest du ihn denn umbringen?«, fragte er interessiert.

»Na, du bist ja ein miserabler Spion. Seit Wochen wohnst du bei mir und weißt es nicht?« Tilla blickte ihn mitleidig an. »Ach ja, ich vergaß: Wenn er mich besuchte, warst du ja immer weg. Wo hat er dich denn hingeschickt, wenn er mich besuchen kam?«, fragte sie höhnisch und registrierte mit Genugtuung seinen aufsteigenden Zorn.

»Er war ziemlich oft bei dir, nicht wahr?«, fragte Magnus und seine hübschen blauen Augen schienen um mehrere Kältegrade eisiger zu werden.

»Aber sicher.« Tilla lächelte zuckersüß. »Was glaubst du eigentlich, warum er dir verboten hat, mich zu verführen?«

Angesichts der Explosion von Gefühlen, die ihm nun überdeutlich anzusehen waren, wurde Tilla allerdings mehr als unwohl. Sie kannte diese Form von Zorn. Er war eifersüchtig. Das passte doch gar nicht! Tilla war einigermaßen verunsichert. Ein kurzer Blick zur Seite zeigte ihr, dass sie allein waren. Sie musste dieses Spiel sofort beenden.

»Er war mein Vater«, erklärte sie daher fast ein wenig zu schnell.

Seine Augen weiteten sich ungläubig.

Sie gab sich arg verstimmt und spielte für ihn gut sichtbar mit dem Stein herum. »Weißt du, meine Mutter hatte ihn rausgeworfen, weil er sich mehr für dieses Teil hier interessierte als für sie. Und bei mir war es ebenso.« Sie hielt den Bernstein wütend in die Höhe und erklärte dem noch immer verwunderten Magnus: »Ich hätte ihm das Mistding ja gegeben … dort auf den Klippen. Ich hatte den Stein dabei.« Tilla presste die Lippen aufeinander, denn sie wurde wieder einmal von einem Sturm widerstreitender Gefühle überrascht, als sie an das Geschehen auf den Hahnenkleeklippen dachte. Was ihre Wirkung auf Magnus anging, so kam es ihr in diesem Moment bestens zupass, dass sie sich in letzter Zeit gedanklich ständig mit dem auseinandergestezt hatte, was ihr Vater ihr und ihrer Mutter angetan hatte. Selbst wenn Magnus recht hatte, und ihr Vater sie an den Hahnenkleeklippen gar nicht hatte umbringen wollen – das Schwein hatte ihre Mutter vergewaltigt und in den Selbstmord getrieben; er hatte sie über Monate drangsaliert, er hatte sie in seine schmutzigen Nazigeschäfte hineinziehen wollen, hatte ihr gedroht, sie umzubringen oder sie als Mörderin an die Polizei auszuliefern. Mit diesem Mann verband Tilla nichts als ein Gefühlsdurcheinander, durchsetzt von loderndem Zorn. Dieser Gefühlssturm machte die eingeübten Worte, die sie Magnus nun präsentierte, absolut glaubwürdig.

»Dieses Arschloch von einem Vater … er hat mal wieder die falschen Worte gesagt, da hat er eben einen anderen Stein an den Schädel gekriegt.« Da sie ihren brodelnden Zorn kaum unter Kontrolle halten konnte, drehte sich Tilla abrupt herum und ging an Magnus vorbei auf die Ruine zu.

Magnus folgte ihr und rief: »Tilla, warte …«

Tilla schlang die Arme um den Körper und mahnte sich selbst, nicht noch einmal die Fassung zu verlieren. Sie musste ihm den Stein andrehen und zwar bald.

»Du hast es die ganze Zeit gewusst?«, fragte Magnus. »Du wusstest, dass ich zu ihm gehöre?«

Seine Frage verwirrte Tilla, doch sie versuchte sich nichts anmerken zu lassen. »Sicher«, antwortete sie arrogant.

Er schüttelte amüsiert den Kopf. »Von dir kann ich wirklich noch etwas lernen. Ich sollte dich kontrollieren und dabei hast du mich kontrolliert.« Er blickte sie nachdenklich an. »Dein alter Herr war schlauer, als ich dachte … und du auch. Ich hab nicht nur ihn gründlich unterschätzt!«

Tilla wusste nicht recht, was sie darauf antworten sollte. Sie erinnerte sich an die Worte ihres Vaters, als er sie gezwungen hatte, nach Braunlage zu fahren. »Er wollte dich umbringen«, erklärte sie nun taff, um sein Interesse wieder von ihr weg zu lenken.

»Das ist ihm aber nicht gelungen«, antwortete Magnus überheblich.

»Ja, ich hab's gemerkt«, antwortete Tilla mit Honiglächeln und gurrte: »Dafür hast du ja auch eine Belohnung bekommen.«

»Ah«, machte er verstehend. Sein Blick begann abschätzend und wandelte sich zu offener Anerkennung. Es hätte ihr gefallen, wenn es nicht Magnus gewesen wäre, der sie so ansah. Wieso brüllte er nicht einfach, dass sie ihm den Stein geben sollte? Das Gespräch lief immer mehr in die falsche Richtung. Sie musste dieses spannungsgeladene Geplänkel zu Ende bringen. Also stieß sie einen genießerischen Seufzer aus und meinte: »Du warst wirklich gut im Bett, Magnus.« Dann maß sie ihn mit einem betont forschen Blick und warf ihm den Bernstein zu. Magnus fing den Stein verdutzt auf.

»Da hast du ihn. Ich denke, du brauchst ihn nun dringender als ich. Wäre schön, wenn du demnächst die Wohnung räumst. Ich betrachte nämlich die Arbeit für das Netz meines Vaters als beendet.« Sie warf Magnus noch ein letztes Lächeln zu, drehte sich um und ging.

Der Blick, der ihr folgte, schien förmlich zwischen ihren Schulterblättern zu brennen. Doch sie beeilte sich, das Plateau zu verlassen, bevor er sie zurückhielt.

Bis sie ihren Wagen unterhalb des kleinen Burgbergs erreicht hatte, brannte ihr allerdings ganz etwas anderes im Kopf, nämlich die Frage, was Magnus mit den Fotos von ihr tun würde.

Wenn feindliche Heere mit gezogenem Schwert aufeinander zumarschieren, begeben sich die Druiden mitten zwischen die feindlichen Parteien und besänftigen diese mit Zaubersprüchen.

Diodor

Tilla begrüßte Peter Ehlers herzlich und betrat mit ihm zusammen das Polizeigebäude. Als sie den Besucherraum gefunden hatten, warteten bereits Gerd Wegener, Hanjo Berking sowie Staatsanwalt Berking auf sie. Peter Ehlers stellte sich kurz vor, dann setzten sie sich um einen Besuchertisch herum. Tilla schlug das Herz bis zum Hals, obwohl Peter sie mit dem Kommentar beruhigt hatte, dass sie selbst gar nichts sagen müsse.

Peter Ehlers lehnte sich bewusst lässig zurück. Mit höflichen Worten bat er den Staatsanwalt darzulegen, wessen er Tilla bezichtigte.

Während sich Kommissar Wegener und Berking Senior bei dieser Unterhaltung völlig im Hintergrund hielten und den Juristen das Feld überließen, begann Staatsanwalt Berking mit der Wiederholung seiner Liste der belastenden Indizien und beendete seine Rede mit der Tatsache, dass man nunmehr anhand von Fingerabdrücken beweisen könne, dass es sich bei dem Toten im

Oberharz um jenen Janus Borderfeld handele, der bei Tilla eingebrochen sei. Als er seinen Vortrag beendet hatte, war Tilla fast selbst davon überzeugt, schuldig zu sein.

Tillas Anwalt zeigte sich weit weniger beeindruckt. »Herr Dr. Berking, so wie ich Sie verstanden habe, ziehen Sie aus der Tatsache, dass meine Mandantin alle drei Opfer gekannt hat, den Schluss, dass sie auch etwas mit deren Ableben zu tun hat. Bitte entschuldigen Sie, aber ich vermag diese Verbindung nicht nachzuvollziehen, zumal Sie nicht einmal ansatzweise beweisen können, dass meine Mandantin überhaupt zu den genannten Tatzeiten in der Nähe der Tatorte war.«

»Herr Dr. Ehlers, bisher bleibt festzustellen, dass Ihre Mandantin nicht nur alle drei Opfer gekannt hat, sie ist zudem die Tochter des letzten Opfers. Gehen wir davon aus, dass die Aussage ihrer Mandantin stimmt – er hat ihr nachgestellt, sie bedroht und ihren Freund fast umgebracht – dann hatte sie damit ein Motiv!«

Peter Ehlers beugte sich vor und antwortete scharf: »Sie sagten es ganz richtig, der Mann hat den Bekannten meiner Mandantin fast umgebracht, er war überaus kampferprobt. Wie sollte meine Mandantin so einen Mann überwältigen? Außerdem hat sie für diese Zeit ein Alibi.«

»Das Alibi einer guten Freundin. Sie erlauben, dass ich das in Zweifel ziehe.«

»Sie dürfen alles in Zweifel ziehen«, Peter Ehlers lächelte spitz, »aber vor Gericht sprechen Zweifel immer für den Angeklagten, nie für den Staatsanwalt.«

Jan Berkings hellgraue Augen umwölkten sich zusehends. Die Blicke von Wegener und Hanjo Berking saugten sich nach dieser Abfuhr an der Tischplatte fest. Sie hielten sich weiterhin im Hintergrund.

»Ihre Mandantin hat uns nicht nur die Identität des

Einbrechers verschwiegen, sie hat uns auch verschwiegen, dass er ihr Vater ist. Und nun ist auch ihr Vater ein Opfer der Mordserie geworden. Ja, ich gehe davon aus, dass Ihre Mandantin mit dieser Mordserie etwas zu tun hat.«

»Ah, und was genau soll sie damit zu tun haben?«, fragte Peter Ehlers gelassen.

Ungerührt breitete Jan Berking Fotos von den Tatorten aus. »Sehen Sie, wir haben an allen Tatorten Runen gefunden. *Der Sonnenwend zur Ehr, Imbolc zur Ehr* und nun *Ostara zur Ehr*.«

Tilla betrachtete die Fotos widerwillig, wobei sie nicht merkte, dass ihre Reaktion sowohl von Hanjo Berking, als auch von Gerd Wegener eingehend beobachtet wurde. Ihr Blick blieb an dem Stein hängen, der vor den Hahnenkleeklippen stand. Die Runen waren mit einem weichen Kalkstein auf den grauen Granit geschabt worden und gut zu sehen. Sie wusste nun, wer die Runen in den Fels geritzt hatte. So etwas passte zu Magnus. Angewidert und zornig schaute sie von den Fotos weg.

»Nicht nur, dass Ihre Mandantin der Runen mächtig ist, auch die Tage, an denen die Opfer starben, waren ausschließlich Festtage ihres ominösen Glaubens.«

»Ominöser Glaube? Herr Dr. Berking, kennen Sie Artikel vier des Grundgesetzes?«, fragte Peter Ehlers herablassend.

»Die Glaubensfreiheit und die Glaubensausübung wird nach diesem Gesetz nur dann geschützt, wenn dabei keine anderen Menschen zu Schaden kommen«, konterte Berking.

»Und Sie schließen aus Ihren Ausführungen, dass meine Mandantin an jedem ihrer Jahresfeiertage jemanden umbringt? Ich bewundere Ihre Fantasie, Herr Kollege!«

»Das hat weniger etwas mit Fantasie zu tun, ich gehe vielmehr davon aus, dass Ihre Mandantin Mitglied einer kriminellen Vereinigung ist, die im rechtsextremen Milieu agiert. Auch hier feiert man diese urgermanischen Feiertage und man benutzt Runen. Ich gehe weiterhin davon aus, dass der Täter in eben diesem Kreis zu finden ist … und ich gehe davon aus, dass ihre Mandantin den Mörder deckt, wenn sie nicht sogar zur Anstifterin geworden ist, was – wie Sie sicherlich wissen – im Strafrahmen einem Täter gleichkommt.«

Peter Ehlers lehnte sich locker zurück. »Vielen Dank für Ihren Nachhilfeunterricht, auch ich kenne das Strafgesetzbuch. Das sind große Worte, Herr Dr. Berking. Worauf gründet sich Ihr Verdacht?«

»Nun, Ihre Mandantin erzählte uns, dass sie für Borderfeld – von dem wir nun wissen, dass es sich um den Vater der Mandantin handelt – gearbeitet hat. Sie selbst war es, die uns erzählte, dass sie Borderfeld in der Naziszene vermutet.«

»Und warum hat sie Ihnen das erzählt, Herr Berking? Um Ihnen zu helfen! Denn Ihnen scheint es bisher nicht gelungen zu sein, die Identität dieses Herrn Borderfeld vollständig zu klären. Oder haben Sie mittlerweile seinen richtigen Namen oder eine Postanschrift?«

»Noch sind die Untersuchungen des kriminaltechnischen Labors nicht abgeschlossen, daher ist die Identität noch unklar. Wir hatten auf etwas mehr Kooperationsbereitschaft Ihrer Mandantin gehofft. Als Tochter von Borderfeld …« Jan Berking ließ kurz die Handflächen sehen.

»Meiner Mandantin war nicht bekannt, wer ihr Vater ist. Sie haben hierzu bereits eine Zeugenaussage von Astrid Volkerts vorliegen, die dies bestätigt. Die Reaktion meiner Mandantin auf Ihre Eröffnung des Ergebnisses der DNA-Probe spricht wohl auch für sie, ebenso wie die Tatsache, dass Frau Leinwig die Arbeit für Herrn Borderfeld abgebrochen hat, als sie bemerkte, in welchen Kreisen er sich bewegte.«

»Wir wüssten gerne etwas mehr von diesen Kreisen.«

»Das herauszufinden, werter Herr Dr. Berking, ist Ihre Sache. Wenn meine Mandantin hier irgendwelche Vermutungen äußert, gerät sie nur noch mehr in Gefahr und das ist auch ein Punkt, den ich Ihrer Ermittlung vorwerfe, Herr Dr. Berking. Auf die Idee, dass meine Mandantin nicht Täterin, sondern Opfer ist, scheint hier noch niemand gekommen zu sein.«

»Opfer?«

Peter Ehlers zählte die Finger hochhaltend auf: »Sie ist mehrfach bedroht worden, man brach bei ihr ein, der junge Mann, der ihr helfen wollte, kam bei diesem Versuch fast um. Sie ist sogar in Wernigerode auf der Straße gekidnappt worden und man hat ihr als Drohung eine Kampfsportgruppe vorgeführt.«

Berking setzte sich alarmiert auf. »Wann und wo war das?«

»Es war Ende Januar im Industrieviertel von Wernigerode. Mehr wird meine Mandantin nicht dazu aussagen, weil es sie gefährden könnte. So, aber Sie haben mir noch immer nicht erzählt, wie Sie darauf kommen, in meiner Mandantin eine Anstifterin zu sehen.«

»Nun, da empfehle ich Ihnen eine Ihrer eigenen Gerichtsakten zur Lektüre«, antwortete Berking süffisant. »Da Sie den Fall verloren haben, werter Kollege, werden Sie die Akte wahrscheinlich ziemlich weit nach unten gelegt haben.«

Peter Ehlers reagierte gelassen auf diese Spitze. »Sie spielen auf diese Farce vor Richter Konrad Jürgens an. Was in diesem Prozessverlauf prädestiniert meine Mandantin zu einer Anstifterin in einem Mordfall?«

»Ihre Mandantin wurde in diesem Prozess als recht promiskuitiv entlarvt. Ich glaube, es fiel der Terminus ›nymphomanisch‹.« Er lächelte Tilla kühl an. »Ich selbst kam auch schon in den Genuss des Anblicks ihres attraktiven Körpers, als sie vor mir nackt über den Flur huschte.«

Tilla stieg die Hitze in die Wangen. »Ich hatte jemand anderen erwartet, verdammt noch mal«, fauchte sie Berking an. »Sie hätten ja nicht wie angenagelt da stehen bleiben müssen und ...« Ein schmerzhafter Tritt von Peter unterbrach ihren Wutanfall, doch Tilla schob trotzig hinterher: »Ich muss doch auch nicht damit rechnen, dass Sie mich zu Hause verhören wollen ... noch dazu ganz allein«, beendete sie ihren Satz mit unschuldigem Augenaufschlag.

»In der Tat ist so etwas wohl auch wenig üblich, nicht wahr?«, pflichtete Peter Ehlers ihr bei.

»Es handelte sich nicht um ein Verhör. Ich wollte damals eine Information, doch unter Kooperationsbereitschaft versteht Ihre Mandantin wohl etwas ganz anderes als ich.« Jan Berking lächelte kalt. »Mit dieser Form der Kooperationsbereitschaft lassen sich Männer zuweilen recht gut manipulieren.«

»Oh, ich verstehe. Meine Mandantin vermag Ihrer Meinung nach ein Netz von Rechtsradikalen allein mit – wie nannten Sie es – ihrer Kooperationsbereitschaft zu lenken? Gar Morde in Auftrag zu geben? Glauben Sie wirklich, dass so etwas vor Gericht standhält?«

»Zumindest ermitteln wir in dieser Richtung.«

Peter Ehlers ergriff die Gelegenheit, nun in lautem Ton seinen Trumpf auszuspielen. »Ja, das hörte ich bereits. Und Sie versäumten es auch nicht, diese Ermittlungsrichtung bereits an die Presse weiterzuleiten, um eine Vorverurteilung meiner Mandantin zu erreichen, nicht wahr? Ich weiß nicht, wo Sie studiert haben, Herr Kollege, aber meines Wissens ist so etwas grob standeswidrig!«

Gerd Wegener und Hanjo Berking wechselten einen fragenden Blick, wärend Jan Berking in scharfem Ton konterte: »Nach unseren Informationen war es Ihre Mandantin selbst, die den Kontakt zur Presse gesucht hat.«

Peter Ehlers lachte gönnerhaft. »Keineswegs. Es war Sonja Grabowski, die meine Mandantin anrief und vor der Intrige, die Sie spinnen, warnte. Darüber lernten sich die beiden kennen und Frau Grabowski schrieb später einen Artikel über das Buch der Mutter meiner Mandantin.«

Es entstand eine fühlbare Stille im Raum. »Von welcher Intrige sprechen Sie bitte?«, fragte Jan Berking vorsichtig.

»Davon, dass es Ihre ehemalige Lebenspartnerin, Frau Susanne Bleibtreu, war, die der Journalistin Informationen gab, die keinesfalls in die Öffentlichkeit gehört hätten. Überdies enthielten diese Informationen Fakten den von Ihnen angesprochenen Prozess betreffend.« Peter Ehlers beugte sich vor. »Fakten, die nicht nur meine Mandantin auf das höchste kompromittieren, sondern auch eine Minderjährige, um die sich der Prozess drehte. Ich weiß nicht, was in diesen Konrad Jürgens und in Ihre Lebensgefährtin gefahren ist, diese Fakten an die Presse herauszugeben. Ich bereite derzeit einen entsprechenden Antrag gegen Konrad Jürgens vor. Auch Ihre Ex-Freundin, die wohl nun mit Herr Jürgens liiert ist, hätte wissen müssen, wie viel Ärger so ein infantiles Verhalten nach sich zieht. Da Ihnen diese Sache aber auch bestens in den Kram passt, kann ich mir nicht vorstellen, dass Sie so gar nichts von dieser üblen Intrige gewusst haben wollen, Herr Dr. Berking.«

Jan Berking war anzusehen, dass ihn diese Information wie ein kalter Wasserguss erwischte. Um seinen Mund herum bildete sich ein weißes Dreieck. Deutlich aufgebracht presste er hervor: »Ich höre dies zum ersten Mal. Seien Sie versichert, ich werde dieser Angelegenheit nachgehen. Aber ich bin nicht dafür verantwortlich, was Frau Bleibtreu tut!«

»Tatsächlich nicht?«, konterte Peter Ehlers mit einem siegessicheren, feinen Lächeln. »Ein solcher Faux Pas aus den Reihen der Staatsanwaltschaft … da werden Sie es schwer haben, Ihre Anklage durchzubringen. Wie auch immer – ich gehe sowieso davon aus, dass meine Mandantin nur durch Zufall in diese Mordserie involviert ist, und ich kann Ihnen nur raten: Verhindern Sie, dass Informationen durchsickern, die meiner Mandantin schaden.«

»Wenn Ihre Mandantin damit wirklich nichts zu tun hat, warum behindert sie dann unsere Ermittlungen?«, fragte Jan Berking untypisch aufgebracht. Der Blick seines Vaters ruhte forschend auf ihm.

»Sie hat Ihnen bei der Übersetzung der Runen bereitwillig geholfen. Jedoch bekam sie dann Angst, da sie merkte, dass Sie sich auf sie als Täterin eingeschossen hatten. Aber als Zeichen ihrer Kooperationsbereitschaft hat meine Mandantin hier eine Skizze angefertigt. Sie betrifft eine Tätowierung, die sie mal am rechten Unterarm von Borderfeld gesehen hat.« Damit zog er einen Umschlag hervor, in dem sich Tillas Zeichnung befand, und reichte ihn Jan Berking. »Im Übrigen … sollten Sie die wahre Identität dieses mysteriösen Janus Borderfeld geklärt haben, so lassen Sie es mich bitte wissen. Auch wenn Sie es nicht glauben, meine Mandantin weiß nichts über ihren Vater, würde diese Wissenslücke aber gerne füllen.« Er zog seinen letzten Trumpf. »Ein Blick auf dessen wirtschaftliche Situation wäre ebenfalls interessant, möglicherweise kann Frau Leinwig Erbansprüche geltend machen. Schon aus diesem Grunde wäre meine Mandantin tätig geworden, hätte sie die Identität ihres Vaters gekannt.«

Damit stand Peter Ehlers auf und tippte Tilla sachte an, die sich erst daraufhin beeilte, es ihm gleichzutun.

Sie konnte sich nur mühsam von dem für sie völlig widersinnigen Gedanken lösen, ihren Vater zu beerben.

Sie ließen zwei erstaunte Ermittler und einen deutlich missmutigen Staatsanwalt zurück.

Auf dem Parkplatz drehte sich Peter Ehlers abrupt zu Tilla um und fragte sie zornig: »Hast du noch jemanden nackt belästigt, der in diesem Raum war?«

»Hä?«, machte Tilla verwirrt.

»Du bist nackt vor dem Staatsanwalt herumgelaufen!«

»Es hat ihm gefallen, glaub mir«, beteuerte Tilla schmunzelnd.

»Bist du irre?«

Tilla verdrehte die Augen. »Entschuldige, war ein Witz. Ich schwöre dir, ich wusste nicht, dass dieser Berking vor der Tür stand! Ich dachte wirklich, es wäre jemand anderes.«

Peter Ehlers fixierte sie böse. »Und? Hat dich noch jemand aus dem Raum da oben nackt gesehen?«

Da Andreas Kamenz bei dieser Unterredung nicht anwesend gewesen war, antwortete sie wahrheitsgemäß: »Nein. Großes Pfadfinderehrenwort.«

»Stürze nicht auch noch die Pfadfinder ins Verderben!«, seufzte er.

*

Hanjo Berking folgte der Unterhaltung nur rudimentär. Ihn beschäftigte viel mehr die Vergangenheit und die Zukunft als die Gegenwart. Zum ersten Mal seit vielen Jahren erwartete ihn etwas, auf das er sich unmäßig freute, nämlich die Rückkehr in seine alte Heimat. Er hatte sogar bereits begonnen, Wohnungsanzeigen zu lesen. Die vage Vorstellung, dass sich vielleicht eine gemeinsame Zukunft mit Astrid Volkerts anbahnte, erfüllte ihn mit einem warmen, wohligen Gefühl. Auf der anderen Seite brannte Andreas Kamenz' Frage in seinem Kopf nach: Wären die Morde heute vielleicht zu vermeiden gewesen, wenn er damals seine Ermittlungen nicht eingestellt hätte?

»Dieses Bild von der Leinwig ist wirklich interessant«, hörte er seinen Sohn sagen, der eine Kopie von einer Zeichnung an alle verteilte.

Bevor Hanjo den Zukunftsaussichten nachgehen konnte, musste dieser Fall zu einem Ende gebracht werden, denn diese Ermittlung stand wie eine Wand zwischen ihm und Astrid. Widerwillig zog sich Hanjo die Zeichnung heran, um augenblicklich mit lang verschollenen Bildern und Erinnerungen konfrontiert zu werden. »Was ist denn das?«, fragte er verstört in die Runde.

Jan Berking sah seinen Vater erstaunt an. »Nicht aufgepasst?«

»Entschuldige, ich war tatsächlich in Gedanken. Wo kommt das her?«, fragte er ungeduldig.

Jan Berking betrachtete seinen Vater forschend und wiederholte: »Die Zeichnung stammt von der Leinwig. Dieser Dr. Ehlers hat sie uns mitgebracht. Es ist eine Tätowierung am rechten Arm von diesem Borderfeld und vermutlich der Grund, warum man ihm den Arm amputierte. Gefunden wurde das Glied ja nicht.«

Hanjo nickte. »Ich habe dieses Bild schon einmal gesehen ... vor dreißig Jahren.«

Im Raum wurde es augenblicklich still. Alle Köpfe schossen hoch.

Hanjo umriss kurz die Fahndung nach der rechtsradikalen Gruppe, die dreißig Jahre zuvor in der Erstürmung eines leeren Hauses in der Nähe von Bad Harzburg ihr Ende gefunden hatte. »Genau dieses Emblem – ein Schwert in Eichenlaub – war damals an die Wand in einem der Zimmer gezeichnet. Der obere Teil, der hier fehlt, bestand aus einer Swastika.«

Nach einer Weile bemerkte Gerd Wegener: »Ein Hakenkreuz, na, da schließt sich ja so langsam der Kreis.«

»Ich habe damals alles fotografieren und sogar im Keller Proben nehmen lassen. Da haben die Kollegen damals Blutspritzer gefunden.«

»Du hast damals Blutproben nehmen lassen? In den Siebzigern?«, fragte Jan Berking erstaunt.

»DNA-Analysen kannten wir zwar damals noch nicht, aber ich hatte gedacht, man könne wenigstens jemand mit einer Blutgruppe überführen. Ich war damals der Klugscheißer vom Dienst, der jeden Artikel über die neusten Errungenschaften der Kriminalistik las«, erklärte Hanjo grinsend.

In das eherne Gesicht von Jan Berking stahl sich ebenfalls ein Grinsen. »Perfekt! Dann lass uns mal im Landeskriminalamt nachfragen, in welchem Keller deine Beweise liegen!«

Die Kunst des Weissagens
steht bei den Kelten in hohem Ansehen.
Die gallischen Auguren übertreffen alle anderen.

Justinus

Tilla saß mit einem Becher Tee in der Hand auf der Bank unter der Linde. Ihr wollten die Fotos von Magnus' Handy nicht aus dem Kopf gehen.

Immer wieder hatte sie jenen Nachmittag auf der Burg Revue passieren lassen. Magnus hatte bekommen, was er wollte. Vielleicht würde er Tilla nun in Ruhe lassen, doch sie war sich da nicht mehr sicher. Er begehrte sie nicht nur, irgendwie hatte sie ihn beeindruckt. Tilla wusste nicht, ob ihr dies zum Vorteil gereichte oder nicht.

Was passierte nun in diesem ominösen Netz?

Ihr Vater, da war sie sich sicher, hatte einen ziemlich hohen Rang bekleidet. Sie erinnerte sich an ihren unfreiwilligen Besuch in der Halle in Wernigerode. Geringste Bewegungen von ihm hatten ausgereicht und die Leute gehorchten. Befehle zu erteilen, war für diesen Mann so natürlich gewesen wie atmen. Nun hatte jemand seine Stelle eingenommen. Dass es Magnus war, glaubte Tilla nicht, er war zu jung. Wie mochte das Netz aufgebaut sein, von dem ihr Vater damals gesprochen hatte? Tilla vermutete eine militärische Hierarchie. Wenn sie nur wüsste, von wo aus er agiert hatte. Wo hatte ihr Vater gewohnt? Wie hatte er gelebt? Hatte er eine Familie? Hatte sie Geschwister? Wollte sie das wissen? Tilla ließ den Kopf hängen. Immerhin wusste sie nun, sie hatte ihn nicht getötet. Und wenn Magnus recht hatte, dann hatte auch ihr Vater sie an diesem Tag nicht töten wollen. Immerhin.

Sie richtete sich auf. Wussten auch andere von diesen Fotos? Magnus hatte gesagt, *wir* mussten nachhelfen. Es war also damals noch jemand an den Hahnenkleeklippen gewesen.

»Scheiße«, fluchte sie vor sich hin und sackte noch mehr zusammen. Sie war sicher, Magnus hatte die Fotos als Druckmittel verwenden wollen, um an den Stein zu kommen. Nun hatte er, was er wollte. Aber von den Fotos wusste auch derjenige, der mit ihm an den Klippen gewesen war. Tilla hatte das Gefühl, dass sie sich nun weniger Sorgen wegen Magnus als vielmehr wegen anderer Schergen aus diesem Nazibund machen musste. Tilla dachte an ihren blödsinnigen Besuch in der Kampfsporthalle. Man hatte sie gesehen. Ihr Vater hatte gesagt, er könne sie nur bis zu einem gewissen Grade schützen. Es war eine geradezu widersinnige Erkenntnis, aber mit ihrem Vater war auch ihr Beschützer gestorben und seine Schergen ließen sicher keine Zeugen laufen.

Entweder lieferten sie Tilla mit den Fotos ans Messer oder sie töteten sie.

»Es ist egal, was ich tue, ich komme da einfach nicht raus«, haderte sie verzweifelt.

Die Asen eilten zum Idafeld, die Heiligtümer hoch erbauten; sie setzten Herde,
hämmerten Erz; sie schlugen Zangen, schufen Gerät.

Aus der Edda, der Seherin Weissagung, 7

Als Magnus das Ilsenburger Büro betrat, kam ihm ein junger Mann entgegen, der Arthurs Aufgaben übernommen hatte, seit Gerfried da war. Magnus schloss die Tür hinter ihm.

»Was ist mit Arthur? Gibt er Ruhe?«, fragte Magnus argwöhnisch.

»Natürlich«, schnappte Gerfried, »Bernhard ist grad bei ihm gewesen und hat mir Arthurs letzte Bilanzen gebracht.«

Magnus murmelte: »Das ist irgendwie alles zu leicht gegangen.«

Gerfried starrte den Bildschirm an, wechselte zu einer Exceltabelle und erklärte mit einer Mischung aus Erstaunen und Anerkennung: »Hör auf zu unken. Schau dir das an, mein Brüderchen hat es tatsächlich zu etwas gebracht.«

Im nächsten Moment wechselte Gerfrieds Gesichtsausdruck zu Ungeduld. Magnus betrachtete missmutig diese weitere Angewohnheit, die Gerfried so offenkundig von seinem Bruder unterschied, sagte aber nichts. Gerfried hatte seinen Stuhl herumgedreht und stierte ärgerlich auf ein Triptychon von Adolf Ziegler an der gegenüber liegenden Wand. Beide wussten sie, dass sich hinter dem mittleren der drei Bilder ein Wandtresor befand.

»Wenn ich nur die Kombination von seinem Safe herausbekäme«, knurrte Gerfried ungehalten, um im nächsten Moment hektisch aufzuspringen und mit dem dahingeworfenen Satz: »Ich brauche was zu trinken«, hinauszustürmen.

Magnus schaute ihm genervt nach. »Dieser Gerfried ist eine Landplage. Lange geht dieses Possenspiel nicht mehr gut«, murrte er und wandte sich wieder dem Bild zu, das den Safe verdeckte. Der plakative Stil der Nazi-Kunst gefiel ihm gar nicht, aber er hielt sich auch nicht für einen Kunstkenner. Immerhin wusste er, dass die vier Frauen jeweils eines der vier Elemente darstellen sollten. Hermann hat ihm seinerzeit den Sinn erläutert. Erst den des Bildes, und dann hatte er Magnus den Sonderauftrag ›H‹ erklärt.

Hermann hatte dieses Bild gemocht. Offenbar war er sein Faible für Hexen nie losgeworden. Was hatte Gerfried gesagt? Er sei verrückt nach Hedera Leinwig gewesen? Magnus löste sich von der Kante des Schreibtisches, trat an das Triptychon heran und öffnete das mittlere Bild, das mit einem Scharnier an der Wand befestigt war. Nachdenklich betrachtete er das Tastenfeld mit den Ziffern. Frauen wie Tilla und ihre Mutter konnten einen Mann wirklich verrückt machen … Unter den neun Ziffern standen Buchstaben. Einen Versuch war es wert. Er tippte ›Hedera‹ ein. Es gab ein klickendes Geräusch und die Tür sprang auf. Magnus konnte es kaum fassen. Mit einem Finger stieß er die Safetür ganz auf. Er hörte Gerfried zurückkommen. Magnus nahm den Bernstein von Tilla aus seiner Jackentasche und legte ihn hinter einen Stoß Bargeld. Als er Schritte hinter sich hörte, schloss er die Tür langsam wieder – so langsam, dass Gerfried es sah. Der blieb denn auch bass erstaunt mitten im Raum stehen.

»*Du* kannst ihn öffnen?«, fragte Gerfried fassungslos.

»Sicher«, sagte Magnus gelassen und drehte sich mit einem gönnerhaften Lächeln um.

Gerfrieds Blick wurde eisig. »Sieh an, sieh an. Du kennst also die Kombination. Und? Verrätst du sie mir?«

»Nein. Das bleibt meine Rückversicherung«, gab Magnus kalt zurück.

Gerfried nickte und bleckte kurz die Zähne. »Hätte ich wohl genauso gemacht.« Er setzte sich, ohne ein weiteres Wort über den Safe zu verlieren, wieder an den Schreibtisch und schüttete sich ein Glas Whiskey ein. »Dann brauchen wir nur noch diesen Stein ... und wir brauchen ihn bald. Wie weit bist du?«

»Ich habe ihr die Fotos von meinem Handy gezeigt.«

Gerfried kicherte. »Und? Wird sie jetzt zahm?«

»Ich denke schon«, antwortete Magnus vage.

*

»Also, dieses Tattoo wurde nicht hier gemacht«, erklärte Andreas Kamenz und legte die Zeichnung auf den Tisch.

Gerd Wegener hob ärgerlich die Augenbrauen. »Na, das war ja wohl auch nicht zu erwarten. Unser Toter ist über fünfzig und das Motiv, von dem Hanjo Berking sprach, hat er vor dreißig Jahren gesehen. Hat der Mann sonst noch etwas über die Arbeit gesagt?«

»Nein.«

»Hast du gefragt?«

Andreas Kamenz murrte abweisend: »Er hat so ein Motiv noch nicht gesehen.«

Gerd Wegener sah seinen so ostentativ unengagierten Kollegen nachdenklich an. »Andreas, dass du zum Ermittlungslaufburschen geworden bist, hast du dir selbst eingebrockt. Ich weiß nicht, was in dich gefahren ist, auch noch den Vater des Staatsanwaltes anzugreifen.

Wenn du willst, dass man dich wieder respektiert, musst du es dir verdienen.«

»Ich hatte recht und das weißt du!«, hielt Andreas Kamenz ärgerlich dagegen. »Wenn die Leinwig hässlich wäre oder ein Mann und ich würde sagen, ich glaube nicht an die Schuld dieses XYZ, dann würde man von Intuition oder kriminalistischem Gespür sprechen. Aber so ... bin ich der Depp, den die hübsche Leinwig um den Finger gewickelt hat.«

Wegener konnte sich ein verhaltenes Lachen nicht verkneifen. »Tja, schon richtig, aber wenn du das weißt, warum benimmst du dich dann so ungeschickt?«

Kamenz verdrehte die Augen. »Mensch, Gerd, stört es dich denn gar nicht, dass uns Berking so im Unklaren über die Ermittlungsrichtung lässt?«

Gerd Wegener antwortete gelassen: »Herr des Verfahrens ist nun einmal immer der Staatsanwalt. Manche Staatsanwälte lassen Ermittlern viel Luft, andere machen außer der Laufarbeit alles selbst. Damit müssen wir Polizisten leben.«

Kamenz seufzte. »Ich bin einfach sauer. Ich wäre bei dem Verhör gern dabei gewesen.«

»Tja, warst du aber nicht und das war nach deinem Auftritt auch nicht zu erwarten. Nun musst du dich mit dem zufrieden geben, was ich dir erzählt habe.«

»Wenigstens hat da auch Berking mal sein Fett abgekriegt«, muffelte Kamenz mit boshafter Befriedigung.

»Das mag dich zwar freuen, aber das Ganze ist auch ziemlich kontraproduktiv. Wenn es tatsächlich so ist, dass Berkings Exfreundin und dieser Richter eine Hetzkampagne aus dem Hinterhalt gestartet haben, kann es am Ende so aussehen, dass wir seit Monaten umsonst arbeiten, weil unsere Ermittlungen deswegen vor Gericht nicht standhalten werden. – Aber vielleicht freut es dich, dass auch ich meine Zweifel an Berkings Theorie habe«, gab Wegener versöhnlich zu. »Am Anfang schien mir die Leinwig verdächtiger. Da war noch die Möglichkeit eines persönlichen Motivs gegeben, nämlich dass da ein Verhältnis zwischen Harald Schakenbeck und den Leinwigs bestand. Aber nach dem Mord an Dirk Sundermann passte gar nichts mehr zueinander. Mittlerweile glaube ich nicht einmal mehr, dass es sich nur um einen Täter handelt.«

»Ach«, machte Andreas Kamenz mit großen Augen, »Und? Hast du deswegen noch mal mit der Pathologin gesprochen?«

»Ja. Dr. Giresch hatte ja ihre Wundkanalplastiken mit dem Schwert verglichen, das du zur KTU geschickt hattest. Sie meinte, es wäre durchaus möglich, dass Sundermann mit einer etwas anderen Klingenform erstochen wurde als Schakenbeck. Der Wundkanal sei bei ihm nicht gerade, sondern nach oben hin breiter gewesen. So, als habe es sich um eine schmalere Klinge gehandelt, mit der man gehebelt habe.«

»Aha. Und was sagt uns das?«

Gerd Wegener zuckte mit den Schultern. »Vielleicht, dass Sundermann aus der Serie herausfällt. Ich weiß es nicht genau.«

»Er passt sowieso nicht richtig. Er ist jünger als die anderen, kommt nicht von hier …«

»Na ja, als einzig passendes Teilchen bleibt jedoch Tilia Leinwig als Verbindungsstück«, erinnerte Wegener.

»Ja«, bestätigte Andreas Kamenz nachdenklich. »Aber bevor wir nicht herausbekommen, wer dieser Janus Borderfeld wirklich ist, kommen wir wohl nicht weiter. Nur, dieses zermatschte Gesicht sagt ja niemandem was. Wann werden wir denn ein Phantombild bekommen?«

Gerd Wegener seufzte. »Beim Landeskriminalamt stapeln sich die Aufträge und so etwas ist wahnsinnig aufwändig. Die müssen den Schädel von dem Toten erst abkochen, die Knochenstücke wieder zusammensetzen und dann anhand der Schädelform ein Gesicht rekonstruieren. Das dauert seine Zeit.«

Eine eigentümliche Keltensitte
ist die heroische Nacktheit der Vorkämpfer.
Polybios

Tillas Herz klopfte bis zum Halse, während sie Magnus' Sachen durchsah. Sie brauchte nicht lange dazu. Es lagen nur wenige Kleidungsstücke im Schrank. Diese jedoch so penetrant ordentlich, dass Tilla der Schweiß ausbrach, als sie diese Ordnung wiederherzustellen versuchte, nachdem sie alles filmreif durchwühlt hatte. Doch anders als im Film fand sie keine schuldbestätigenden Hinweise in Magnus' Sachen oder gar einen auf eine weitere Adresse. Sie fand überhaupt nichts. Fluchend begann sie, alles wieder zusammenzulegen. Sie trat einen Schritt zurück und betrachtete ihr Ordnungswerk. Es war jämmerlich.

»Mist«, schimpfte sie lautstark. »Wie kann jemand T-Shirts stapeln, dass sie hinterher wie ein Block Mamor aussehen?« Sie beschloss, Magnus' Sachen einfach zusammenzupacken. Er würde eh erkennen, dass sie hier herumgeschnüffelt hatte. Grummelnd griff sie nach der schwarz-grauen Sporttasche neben dem Schrank, dann stutzte sie. Hatten die Männer in Wernigerode nicht solche Taschen über den Parkplatz getragen? Vermutlich war Magnus einer dieser Kämpfer gewesen, verborgen unter einem Insektengesicht. War er womöglich der Kämpfer gewesen, der dem anderen mit blitzschnellen Schlägen fast den Schädel eingeschlagen hatte?

Nachdenklich stopfte sie seine Sachen unordentlich

und wahllos in die Tasche. Plötzlich schellte es an der Haustür. Tilla, die noch an die beängstigende Schwertattacke dachte, ließ mit einem Schrei die Tasche fallen und griff sich an die Brust, bis ihr einfiel, dass Magnus wohl kaum klingeln würde. Sie beeilte sich, nach unten zu kommen, und öffnete die Haustür. Erstaunt erkannte sie Andreas Kamenz.

»Hallo«, begrüßte er sie und machte mal wieder ein Gesicht, als hätte er gerade mit einem Fußball ihre Scheibe zerdeppert.

Sie erwiderte seine Begrüßung freundlich und bedeutete ihm mit einer Kopfbewegung, hereinzukommen. Er blickte noch einmal die Straße hinunter und trat dann fix ein. Tilla ging mit ihm in ihr Wohnzimmer.

Andreas Kamenz begann stockend: »Ich, ähm … ich wollte mich nochmals entschuldigen …«

Tilla verdrehte genervt die Augen. »Andreas, das hatten wir schon. Wenn sich jemand entschuldigen sollte, dann bin wohl ich das.« Sie hatte weder Zeit noch Lust, seine neuerliche Gemütskrise zu heilen. Außerdem wusste sie nicht, wann Magnus wiederkam. Sie wollte gar nicht daran denken, was passierte, wenn er mitbekam, dass sie sich so vertraulich mit einem Polizisten unterhielt. Womöglich würde sie dadurch auch Andreas in Gefahr bringen. Es war aber auch zum Auswachsen. Sie musste ihre Freunde nachhaltiger vertreiben. Es war zu deren Besten.

Und so fügte Tilla unbarmherzig hinzu: »Es war nämlich faustdick gelogen, als ich sagte, dass mir so etwas noch nie passiert sei!« Sie grinste breit und ließ die Augenbrauen hochschnellen. »Ich mache so etwas öfter. Und du bist ziemlich attraktiv, da habe ich mal wieder nicht widerstehen können. Aber keine Sorge. Es passiert nicht noch einmal!« Sie musste mit allen Kräften an sich halten, um nicht über das zartrosa verfärbte Gesicht des Kriminalbeamten zu lachen. In möglichst gleichbleibenden Ton fügte sie hinzu: »Ich bedaure es zwar keineswegs, aber ich fürchte, ich habe dir damit gewaltig geschadet. Hast du Ärger?«

Er brachte nur ein mühsames: »Na ja …« hervor.

»Hast du es etwa irgendjemand gebeichtet? Diesem Berking?«, fragte Tilla nun bang.

»Nein! Natürlich nicht«, gab Kamenz zurück, der nur mühsam wieder zu menschlicher Sprache zurückfand.

»Aber er ahnt was?«, bohrte Tilla.

Kamenz schaute betreten drein. »Ich habe mich einfach ein wenig zu weit herausgelehnt und sein Ermittlungskonzept kritisiert.«

Tilla konnte sich ein warmes Lächeln nicht verkneifen. »Kein Wunder, dass du Ärger hast.«

»Ja, aber deswegen bin ich nicht gekommen. Hör mal, Tilla, mein Kollege Wegener zweifelt ja mittlerweile auch an deiner Schuld, aber Berking hält an dir als Hauptverdächtige fest. Und daran bist du ein Stück weit selbst schuld.«

Tillas Ton wurde kühl. »Ich? Na, danke auch. Mensch, Andreas, ich habe weder jemanden umgebracht noch jemanden dazu angestiftet.«

»Das glaube ich dir ja, aber ich glaube auch, dass du uns eine Menge verschweigst und ohne das, was du weißt, kommen wir nicht weiter.«

Tilla blickte zu Boden und sagte dann vorsichtig: »Ich kann euch nicht mehr sagen, es würde mir den Hals brechen … glaub mir, ich versuche euch zu ja zu helfen …«

»Du weißt also, wer es war?«

»Nein … ich ahne zwar, wer es war, habe aber keine Beweise. Es ist auch nicht nur einer, sondern ein wohlorganisiertes Netz. Auf der einen Seite steht dein Berking und stupst mich immer weiter in Richtung Abgrund und auf der anderen Seite habe ich einen irren Trupp Nazis am Hacken. Glaub mir, ich stecke bis zum Hals im Dreck.«

Andreas Kamenz nickte. »Ja, das hab ich mir schon gedacht. Wenn du nicht mit Berking reden willst, was ich verstehen kann, dann rede mit mir! Gib mir einen Anhaltspunkt und ich ermittle. Wo finde ich die Typen?«

Tilla lachte unfroh auf. »Du willst im Alleingang ermittelt? Bist du irre?«

Kamenz zuckte mit den Schultern. »Ich bin Polizist, das ist mein Job.«

Tilla beugte sich vor. »Andreas, ich würde dich in den Tod schicken, wenn ich dich auf diese Leute hetzen würde. Glaub mir, selbst mit einer Waffe hättest du keine Chance.«

»Ich glaube, du unterschätzt mich«, gab Andreas Kamenz beleidigt zurück.

Tilla wurde böse. »Du verstehst es immer noch nicht. Mensch, Andreas, diese Leute sind bestens vernetzt, sie kontrollieren mich seit Monaten. Einer von ihnen wohnt sogar hier.« Tilla zeigte auf die Zimmerdecke.

»Hier?«, fragte Andreas Kamenz entsetzt nach. »Dein Mieter ist einer von denen?«

»Ja, und du kannst froh sein, dass er gerade nicht da ist. Entweder hätte er dir gleich etwas über deinen Dickschädel geschlagen oder du landest auf seiner Abschussliste.« Tilla seufzte. »Deswegen habe ich ja all meinen Freunden verboten, mich zu besuchen. Du hast doch Daniel Regner gesehen. Andreas, Daniel ist Soldat und wirklich kein Schwächling. Glaub mir, was mein Vater mit ihm gemacht hat, können die anderen auch. Gegen so eine Organisation kannst du nichts tun, das sind kämpfende und schwertschwingende Irre.«

»Schwertschwingende Irre?«, hakte Andreas nach. »Hast du das gesehen?«

»Allerdings.«

»Was für Schwerter?«

Tilla schüttelte unwirsch den Kopf. »Mir haben sie ja

nur diese Kämpfer gezeigt, die mit so einem Bambusstock aufeinander einprügeln – Kendo nannten sie das. Aber man sagte mir, dass die auch richtige Schwerter benutzen. Mir hat schon dieses Bambusdings gereicht.«

»Also japanische Kampfschwerter?«

»Ja, Borderfeld ... mein Vater ... er sprach von japanischen Schwertern und auch von deutschen mittelalterlichen Schwertern.«

Andreas Kamenz sah Tilla nachdenklich an. »Sie haben dir gedroht?«

»Ja.«

»Und du wusstest wirklich nicht, dass dieser Borderfeld dein Vater war?«

Tilla machte ein ärgerliches Geräusch. Dann entgegnete sie sarkastisch: »Jahrelang hat Klein-Tilla darauf gehofft, dass ihr Papi plötzlich um die Ecke käme und sie in den Arm nehmen würde.« Tillas Augen wurden schmal und ihre Stimme zu einem Knurren. »Dann kommt er wirklich ... er lügt, betrügt und bedroht mich und will mich dann auch noch umbringen. Ich erfahre, dass er ein Vergewaltiger und ein Mörder ist. Wahrscheinlich hat er sogar meine Mutter auf dem Gewissen und dein dämlicher Chef ist nicht davon abzubringen, dass ich mit so jemandem gemeinsame Sache mache. Ich könnte diesem blankgewichsten Staatsanwalt ins Gesicht springen«, fauchte Tilla.

Andreas Kamenz lächelte. »Das würde ich Berking ja gönnen, ich gebe es zu. Aber sag, offenbar geht es ja nach dem Tod von diesem Borderfeld ... deinem Vater weiter. Was hast du denn mitbekommen?«

Tilla zögerte. »Mein Hauskontrolleur ist nicht mehr ganz so oft da. Ich glaube, im Hauptquartier von diesen Irren hat eine mächtige Rangelei um die Nachfolge stattgefunden.«

»Und du hast keine Ahnung, wo die ihr Hauptquartier haben?«

»Ich hätte es längst angesteckt, wenn ich das wüsste«, stieß Tilla grimmig zwischen den Zähnen hervor.

»Schade«, meinte Andreas grinsend, doch dann fragte er nachdenklich: »Warum lassen sie dich denn noch immer nicht in Ruhe?«

»Das hab ich doch schon gesagt! Sie suchen dieses verdammte Artefakt, aber deine blöden Kollegen glauben mir ja nicht.« Tilla beugte sich vor und sagte eindringlich: »Weißt du, derjenige, der dieses Artefakt jetzt in die Hand bekäme, hätte sicher einen guten Start bei dem Wettlauf um die freigewordene Führungsposition.«

»Und die hatte vorher dein Vater … dieser Borderfeld?«

»Ja, da bin ich ganz sicher.«

Andreas nickte nachdenklich. »Und wo ist dieses Artefakt?«

Tilla seufzte. »Wenn ich das wüsste …«

»Und die glauben immer noch, du hast es?«

Tilla nickte.

»Au Scheiße, verdammte«, gab Andreas sichtlich zerknirscht zurück. »Und was jetzt?«

»All meine Freunde versuchen mir zu helfen und jeder von ihnen gerät dadurch in Gefahr. Das macht mich schier wahnsinnig«, schimpfte Tilla. Dann sah sie Andreas mit bohrendem Blick an. »Versprich mir, dass du hier nicht mehr aufkreuzt. Wenigstens für eine Weile …«

»Wieso für eine Weile?«

»Ich hab einem von ihnen etwas gegeben, einen Stein, der so ähnlich aussieht wie das gesuchte Artefakt. Ich hoffe, dass sie mich nun in Ruhe lassen.«

»Wann wirst du das wissen?«

»Wenn mein Mieter verschwindet.«

Riesenheim rast; beim Rat sind die Götter.
Vor Steintoren stöhnen Zwerge,
die Weisen der Felswand – wisst ihr noch mehr?

Edda, Der Seherin Weissagung 48

Gerfried hatte einen Stapel Zeitungen auf seinem Schreibtisch, die er ärgerlich vor sich hin lamentierend durchblätterte.

»Wenn du mir sagst, was du suchst, kann ich dir vielleicht helfen«, bot Bernhard beflissen an.

Gerfried reagierte nicht. Stattdessen befahl Magnus: »Lass uns allein!« Er wartete, bis der junge Sekretär den Raum verlassen hatte, und betrachtete Gerfried verächtlich.

»Was?«, herrschte der ihn an.

»Du tust wirklich alles, damit unser Plan scheitert«, stellte Magnus mit schlecht verhaltenem Zorn fest.

»Hab dich nicht so! Mein Bruder und ich sehen uns zum Verwechseln ähnlich. Uns hat schon früher niemand auseinanderhalten können«, schnappte Gerfried wütend, wobei er verschwieg, dass ihr Vater es sehr wohl gekonnt hatte. Er brauchte sie nur kämpfen zu sehen. Hermann war stets ein Stück disziplinierter und besser gewesen. Doch Gerfried war dabei, diese Tatsache in der wohltuenden Schublade namens Vergessen verschwinden zu lassen.

»Du bist ein Schlamp!«, sagte Magnus kalt. »Der Schreibtisch sieht aus wie ein Schlachtfeld. Du hast dich nicht rasiert und trägst das Hemd von gestern. So etwas hätte dein Bruder nie getan. Sollte Arthur jemals diesen Raum betreten und dich so sehen, er würde es sofort wissen, glaub mir.«

»Na und? Er sitzt ein Stockwerk tiefer und buddelt in verstaubten Zahlenketten herum. Und wenn schon, was würde er tun? Nichts!«

»Sei dir da nicht so sicher. Er kennt das Unternehmen deines Bruders wie kein anderer … und die Organisation weiß das. Sie schätzen ihn.«

»Ach was. Ich habe sowieso keine Lust, für den Rest meines Lebens einen Schlips zu tragen, nur damit du hier deine Machtposition behältst. Im Gegensatz zu dir hab ich nie geplant, auf Dauer Hermanns Job einzunehmen. Ich will sein Geld. Basta. Und dabei darf mir nichts dazwischen kommen. Hier läuft alles, aber bei den Bullen ist irgendetwas im Gange«, murrte er und schlug zornig auf den Stapel Zeitungen. »Außer der einen Zeitungsmeldung habe ich nichts über den Tod meines Bruders gelesen. Da stimmt doch etwas nicht.«

»Die haben schon vorher nicht viel über die Serie geschrieben. Vermutlich eine Nachrichtensperre«, antwortete Magnus ungerührt.

Gerfried meuterte: »Nachrichtensperre, bei so einer Mordserie, das halten die doch nie und nimmer durch.«

Magnus schüttelte den Kopf und fragte verächtlich: »Du willst, dass sie darüber schreiben? Du hast keine Heldentat vollbracht, Gerfried, du hast einen Bewusstlosen zerstückelt!«

Gerfried musterte Magnus kalt. »Du würdest mich am liebsten auffliegen lassen, stimmt's?« Er beugte sich vor. »Es muss dich ja schrecklich wurmen … denn wenn ich auffliege, dann bekommst auch du kein Stück mehr von dem großen Kuchen ab! Im Gegenteil, dann kommst auch du auf die Abschussliste, mein Lieber.« Er lehnte sich zurück. »Weißt du eigentlich, was das heißt? Der Orden wird dich jagen. Ich bin schon einmal entkommen und ich werde es wieder schaffen. Ich habe da so meine Wege, aber dich werden sie kriegen, Magnus. Dich wird man weit verstreut im Harz finden. Du entkommst ihnen nicht.«

Magnus schwieg. Er wusste sehr wohl, dass Gerfried in diesem Punkt recht hatte.

»Schaff mir endlich diesen Stein ran. Dann wird es der Organisation egal sein, ob ich Hermann oder Gerfried heiße! Das ist auch deine einzige Chance. Und ich unterhalte mich derweil mal mit dieser …«, er blickte auf einen älteren Zeitungsartikel vor sich, »Grabowski.«

Ein vorstehender Bauch war den Kelten ein Graus.

Wilser/Grupp 205

Sie lief völlig gleichmäßig und genoss den Rhythmus zwischen Anspannung und Entspannung. Das durch die Äste fallende Sonnenlicht wechselte sich mit Schattenfeldern ab und führte zu einem anregenden Lichtwechsel. Das aufbrechende Grün der Zweige, die grauen Steinchen auf dem Weg, einzelne blaue Leberblümchen und gelber Huflattich am Wegesrand – das alles sah sie mit einer Klarheit, wie sie sie nur beim Laufen erlebte. Magnus sah sie allerdings erst, als er hinter der Buche hervortrat, sie am Arm packte und vom Weg zog. Tilla stieß einen erstickten Schrei aus.

»Warum hast du mir den Stein gegeben?«, fragte er übergangslos.

»Heilige Göttin, Magnus!« *Mist*, dachte Tilla und schwindelte: »Ich hatte gehofft, dass du und deine Leute mich in Ruhe lasst, wenn ihr das Teil habt.«

Er musterte sie misstrauisch. »Wo hast du den Stein gefunden?«

»Ich hab ihn nicht gefunden, meine Mutter hatte ihn.«

»Und wo?«, bohrte er.

»Im Garten. Er war vergraben. Ihr hättet ihn nie gefunden!«, log sie weiter.

Er grinste und schüttelte den Kopf. Sein Blick kehrte zu ihr zurück. »Es wird nicht mehr lange dauern, dann werde ich in den Auftrag bekommen, dich zu töten.«

In Tillas Magen begann es unangenehm zu flirren. Es kostete sie einige Mühe, sich ihre Angst nicht anmerken zu lassen. Sie beschloss auf die Hoffnung zu bauen, dass er sie noch immer begehrte, und strich an seiner Hemdleiste herunter. »Wie nett von dir, mich darauf vorzubereiten. Weiß dein Chef, dass du hier bist und mich warnst?«

Seine Mundwinkel zuckten leicht. »Dem solltest du besser nicht zu nahe kommen.«

»Nicht?«, fragte Tilla mit großen Augen. »Und was sollte ich deiner Meinung nach tun?«

Er strich ihr am Kinn entlang. »Da gibt es zwei Möglichkeiten ... entweder du setzt dich ab, was du allerdings sehr geschickt anfangen müsstest, oder du gibst mir den richtigen Stein.«

Er hielt ihr Kinn fest und küsste sie grob. Dann verschwand er im Hochwald.

*

In viereckigen Einschließungen von 1.500 Schritten Seitenlänge hielten die Kelten ihre Gelage ab, die zugleich Kultmahle waren.

Zeugnis des Poseidonius Athenaios über keltische Viereckschanzen

Es kam Tilla vor wie ein Déjà-vu. Wieder saß sie mit Peter Ehlers zusammen im Verhörzimmer der Goslarer Polizei und wartete, bis Jan Berking sich herabließ, seine neuerlichen Anklagepunkte zu formulieren. Gerd Wegener war ebenfalls anwesend, hielt sich jedoch zurück.

»Frau Leinwig, haben Sie in letzter Zeit mit Frau Grabowski gesprochen?«, fragte Berking.

Tilla blickte kurz zu Peter, der ihr dezent zunickte. »Nein.«

»Wann haben Sie sie das letzte Mal gesehen?«

»Kurz bevor dieser Artikel über das Buch meiner Mutter erschien«, sagte Tilla, verwundert über die Fragerichtung.

»Also vor drei Wochen? Sind Sie sicher?«

»Herr Dr. Berking, meine Mandantin hat Ihnen geantwortet. Was hat es mit der Frage nach Frau Grabowski auf sich?«

»Sonja Grabowski wird seit etwa einer Woche vermisst. Wir können ihr Handy nicht orten und sie somit nicht aufspüren. Wir wissen aber über den Verbindungsnachweis des Handys, dass Frau Gabowski Ihrer Mandantin Kurznachrichten schickte.«

Peter Ehlers nickte und schaute zu Tilla hin.

»Ja, aber das ist auch schon etwas her«, gab Tilla nachdenklich zu.

»Wie gut kannten Sie sich?«

»Eigentlich nicht sehr gut. Wie Sie wissen, rief sie mich an, um mich vor Frau Dr. Bleibtreu zu warnen. Ich hörte dann auch noch von anderer Seite, dass es diese Staatsanwältin auf mich abgesehen hatte, und ich rief Frau Gabowski zurück, um ihr davon zu erzählen. Dann verabredeten wir uns für das Interview, schwatzten ein bisschen … und das war's.«

»Danach trafen Sie sich nicht mehr?«

»Nein.«

»Können Sie sich vorstellen, wo sie sein könnte?«

»Tja, ich hörte, sie sei recht gut in ihrem Job. Vielleicht bekam sie eine andere Stelle angeboten. Vielleicht hat sie deshalb Hals über Kopf ihre Sachen gepackt, aber noch nicht alle Zelte abgebrochen?«

»Das ist ja das Merkwürdige. Sie hat ihre Sachen nicht gepackt. Ihr Besitz verblieb vollständig in ihrer

Wohnung, einschließlich ihrer Schminkutensilien und einer Packung Anti-Baby-Pillen«, antwortete Berking sarkastisch.

Tilla zog die Nase kraus. »Es ist zwar in meinen Augen absolut diskreditierend, eine Frau auf ihre Toilettenartikel und die Pille zu reduzieren ... aber ich gebe zu, das klingt beunruhigend.«

Peter Ehlers griff ein. »Herr Dr. Berking, bitte kommen Sie zum Punkt. Warum sind wir hier? Werfen Sie meiner Mandantin nun auch noch vor, dass sie irgendetwas mit dem Verschwinden von Frau Grabowski zu tun hat?«

Jan Berking war anzusehen, dass er sich darauf freute, endlich seinen Trumpf ausspielen zu können. Er öffnete einen Aktendeckel, auf dem er bereits eine geraume Weile mit den Fingern herumtrommelte, und legte mehrere etwas unscharfe, körnige Fotos auf den Tisch.

Tilla schluckte. Es waren die Fotos von Magnus' Handy. Dieser Bastard hatte sie der Journalistin gegeben!

Peter Ehlers sah sich die Fotos an und warf sie auf den Tisch zurück. »Und? Das sind Fotos von meiner Mandantin. Wo kommen die her?«

»Sie wurden auf dem Computer von Frau Grabowski gefunden«, erklärte nun Gerd Wegener, während Jan Berking die Tatortfotos von den Hahnenkleeklippen daneben legte.

Peter Ehlers betrachtete sie, schwieg aber vorerst.

»Unsere Fachleute haben anhand der Vegetation festgestellt, dass die Datumsangabe auf diesen Fotos korrekt ist. Wir gehen davon aus, dass Ihre Mandantin an dem Tag, an dem Borderfeld, also der Vater Ihrer Mandantin, dort oben ermordet wurde, dort war.« Er wandte sich an Tilla. »Frau Leinwig, möchten Sie uns etwas dazu sagen?«

Tilla sah zu Peter Ehlers, der ihr zunickte.

»Es ist richtig. Borderfeld ... von dem ich damals noch nicht wusste, dass er mein Vater ist, passte mich an diesem Tag ab, als ich gerade in den Wagen stieg, um zu Astrid Volkerts zu fahren. Er zwang mich, stattdessen nach Braunlage zu fahren. In der Nähe vom Königskrug wies er mich an, den Wagen stehen zu lassen. Er zerrte mich aus dem Auto, warf meinen Schlüssel weg und trieb mich kilometerweit durch den Wald bis an diese Hahnenkleeklippen. Dabei erzählte er mir seine abstruse Weltanschauung. Ich hatte schreckliche Angst ...«

Peter Ehlers fiel ihr an dieser Stelle ins Wort und erzählte weiter. »Nach all den vorangegangenen Drohungen und dem bedrohlichen Verhalten dieses Mannes oben an den Klippen musste meine Mandantin davon ausgehen, dass der Mann sie dort umbringen wollte. Als er sich von ihr wegdrehte, nahm sie sich einen Stein und schlug ihm diesen an die Schläfe. Er kippte über den Hang und Frau Leinwig flüchtete dann zurück zu ihrem Wagen. Meine Mandantin stand unter dem Schock der Geschehnisse und fuhr nach Osterode zu ihrer Freundin Astrid Volkerts, der sie jedoch nichts sagte. Auf dem Weg zurück nach Bad Harzburg hielt meine Mandantin in Clausthal-Zellerfeld und rief anonym im Forstamt Braunlage an und meldete den Vorfall, damit dem Mann geholfen werden konnte.«

»Von wo genau rief Frau Leinwig an?«, fragte Gerd Wegener dazwischen und schrieb sich die von Peter Ehlers genannte Telefonzelle auf. Auf Jan Berkings Nachfrage gab Tilla den genauen Wortlaut ihres Anrufes wieder.

Jan Berking hob die Augenbrauen. »Diese wilde Geschichte macht Ihr Verhalten nicht gerade glaubhaft, Frau Leinwig.«

Peter Ehlers konterte sofort. »Herr Dr. Berking, sehen Sie sich die Fotos doch einmal an, Sie sehen hier meine Mandantin – vermutlich, nachdem sie zugeschlagen hatte ...« Er tippte auf das körnige Foto und sah kurz zu Tilla, die bestätigend nickte. »Hier lief sie weg. Sie trägt einen hellen Trenchcoat. Sehen Sie irgendwo Blut?« Nachdem Berking mit säuerlichem Gesichtsausdruck die Fotos betrachtet hatte, fuhr Peter Ehlers fort. »Meine Mandantin gab die Kleidungsstücke, die Sie auf diesem Foto sehen, nach dem Vorfall bei mir ab. Wir werden sie Ihnen zur Verfügung stellen. Ein Tipp: Lediglich am rechten Ärmel befinden sich einige Blutstropfen, die vermutlich von Borderfeld stammen. Und nun zu der Frage, die Sie sich vorrangig stellen sollten: Wer hat diese Fotos eigentlich gemacht? Die Fotos stammen nicht von einem Profi, also nicht von einer Journalistin. Sie sind körnig und schlecht. Ich gehe davon aus, dass der Fotograf derjenige ist, der hinterher das Massaker veranstaltete.«

»Der Fotograf interessiert auch mich, werter Kollege. Ich gehe davon aus, dass Ihre Mandantin ihren Vater dort oben hingelockt hat. Da er von ihr keinen Angriff erwartete, gelang es ihr, ihn unschädlich zu machen. Der Freund Ihrer Mandantin hat dann den Rest erledigt«, sagte Berking und bedachte Tilla mit einem vernichtenden Blick.

»Und dieser mordende Freund machte netterweise auch gleich ein paar Fotos von Frau Leinwig und gibt diese dann der Presse? Herr Dr. Berking, wer arbeitet hier wohl mit wilden Geschichten? Ich könnte mir vorstellen, dass jemand Sonja Grabowski diese Fotos geschickt hat, um sie zu ködern. Und um Frau Leinwig zu schaden – oder auch um von der eigenen Schuld abzulenken. Jedenfalls – wenn dieser Jemand Frau Grabowski mehr von solchen Fotos und vielleicht noch ein paar Informationen dazu versprochen hat, würde sich eine Frau wie diese Journalistin vermutlich bis in die Hölle vorwagen, um sich mit so einem Informanten zu treffen. Und ich hoffe, sie ist nicht genau dort gelandet.«

Nicht nur Tilla staunte. Sie sah, dass Peter Ehlers' Theorie auch die Ermittler nachdenklich stimmte.

Schneidende blitzschnelle Reden vermögen die Seelen eines Gegners zu verletzen.

Ein Kelte erklärt Lukian das Wesen seines Glaubens

Tilla tappte ruhelos auf Astrids Terrasse auf und ab. »Diese Fotos machen alles noch schlimmer. Ich habe einfach Angst, dass Peter durchdreht, wenn ich ihm auch noch von Magnus erzähle.«

»Tilla, das musst du. Er kann dir nur helfen, wenn er alles weiß.«

Tilla verdrehte die Augen. »Der hat schon einen Handschellenblick gekriegt, als er das von Berking hörte.«

»Wie? Was denn?«, fragte Astrid irritiert nach.

»Der Staatsanwalt ... er schneite eines Tages bei mir rein und ich war gerade unter der Dusche gewesen. Ich hab mich nicht groß angezogen, weil ich dachte, es sei jemand anderes, und hab die Tür aufgemacht«

Astrid verzog das Gesicht. »Oh, Tilla.«

»Ja, ja ... ich weiß ... war Mist. Jetzt bin ich wieder die Hexe, die Männer manipuliert.« Tilla tigerte weiter herum. »Dieser verdammte Bastard Magnus ... neulich dachte ich, er warnt mich, weil er doch noch eine Spur Ehre im Balg hat, und dann gibt er Sonja diese Bilder. Ich fasse es nicht«, wetterte Tilla, um dann stirnrunzelnd stehen zu bleiben.

»Was ist?«, fragte Astrid.

»Als Magnus neulich bei mir aufkreuzte, war Sonja laut den Angaben der Polizei schon verschwunden. Er kann ihr die Fotos nicht gegeben haben ... es muss dieser andere gewesen sein«, überlegte Tilla.

»Ist das nicht völlig egal?«, fragte Astrid gereizt.

»Nein, nein ... das ist nicht egal. Weshalb gibt er Sonja diese Fotos? Er weiß doch, sie ist Journalistin und wird die Fotos veröffentlichen. Dann muss er doch damit rechnen, dass die Polizei mich einsammelt. Dann kriegt er das Artefakt doch gar nicht mehr. Er ahnt doch, dass der Stein der falsche ist ... da passt doch etwas nicht.«

»Tilla, Fakt ist: Dieser Kerl bedroht dich noch immer. Er will dich töten. Du musst der Polizei endlich die ganze Geschichte erzählen!«

»Ja wunderbar«, schnappte Tilla. »Dann haben sie doch gleich denjenigen, der angeblich in meinem Auftrag gemordet hat! Astrid, die drehen mir doch einen Strick daraus, dass ich ihn kenne.« Tilla warf die Hände hoch. »Im Übrigen hast du doch gehört, dass die mir gar nichts glauben. Als ich denen Mutschs Buch zeigte, haben die mich angesehen, als gehöre ich in eine Anstalt. Ich bitte dich, den Unsinn mit dem Stein glaubt mir niemand, außer ... ach, egal.«

»Unsinn? Du nennst die Geschichte, für die deine Mutter starb, Unsinn?« empörte sich Astrid nun lautstark. »Was ist denn in dich gefahren?«

»Astrid, denk doch mal nach. Ich ...« Tilla blieb wie vom Donner gerührt stehen, da Hanjo Berking plötzlich in ihrem Blickfeld auftauchte.

»Hallo, Frau Leinwig. Entschuldige, Astrid. Ich war so in Gedanken ... tut mir leid, dass ich so in euer Gespräch platze«, sagte er zerknirscht.

Tilla blickte entsetzt von einem zum anderen. Astrid hatte den Blick gesenkt und sagte gar nichts. Langsam verstand Tilla. »Kein Wunder, dass du mir dauernd rätst, zur Polizei zu gehen!« Mit einer heftigen Bewegung schnappte sie sich ihre Tasche und Jacke und wollte sich an Hanjo vorbeidrängen.

»Bitte, laufen Sie nicht weg«, sagte Hanjo Berking.

»Glauben Sie mir, Astrid hat nie irgendetwas gesagt, was Ihnen schaden würde.«

Tilla stand mit ihren Sachen im Arm mitten auf der Terrasse und sagte trotzig: »Noch nicht.«

»Dann kennen Sie sie aber schlecht. Ich bin bereits vor dreißig Jahren an Astrids Verschwiegenheit gescheitert, weil ich etwas wissen wollte und Ihre Mutter nicht wollte, dass ich es weiß.«

Tilla lachte freudlos auf. »Ach, Sie sind das also … na, dann lasse ich Sie beide mal besser allein. Sie Trottel haben sowieso schon zu viel Zeit vergeudet!«

Der Tod schreckt sie nicht. Die Kosmologie der Kelten rechnet mit einer Ewigkeit der Welt, die allerdings von Feuer und Wasserkatastrophen unterbrochen wird.

Strabon

Tilla riss ungnädig an ihrem Staubsauger herum, der sich boshaft an jeder Zimmerecke festzuhalten schien. Als sie Gerred neben der offenen Terrassentür auftauchen sah, begann es augenblicklich in ihr zu kribbeln. Sein Besuch war ihr jedoch aus mehrerlei Gründen gar nicht recht. Erstens heizte seine Gegenwart Gefühle an, die sie nicht haben wollte, zudem brachte es ihn in Gefahr. Sein Blick verriet gleichzeitig Sorge und Vorwurf. Tilla seufzte und stellte den Staubsauger aus.

Gerred hielt sich nicht mit einer höflichen Einleitung auf. »Astrid rief mich an. Sie macht sich Sorgen um dich.«

»Ach, tatsächlich? Ruf sie an und sag ihr, ich putze«, gab Tilla ungefällig zurück.

Gerred ging nicht auf ihre Abwehr ein. »Ich hörte von

diesem falschen Stein.« Er betrachtete sie kopfschüttelnd. »Mein Gott, auf was für wahnwitzige Ideen ihr Frauen nur immer kommt. Astrid scheint da um keinen Deut klüger zu sein als du!«

»Fein. Dann sag ihr das auch. Sie wird sich sicher freuen.«

»Hab ich schon.« Sein Blick hielt sie fest. »Und? Hat es geklappt?«, fragte er.

Tilla presste die Lippen aufeinander und überlegte fieberhaft, was sie ihm antworten sollte.

»Hab ich mir gedacht«, grummelte er als Antwort auf ihr ratloses Schweigen. »Und nun?«

»Was heißt hier ›und nun‹?«, blaffte Tilla. »Es war ein Versuch, er ist schief gegangen … jedenfalls, was Magnus angeht.«

»Was ist passiert?«

»Och … nichts Aufregendes. Mein Wikinger hat mich neulich netterweise darauf vorbereitet, dass er mich demnächst umbringen kommt. Es hat sich also im Grunde nichts geändert. War doch reizend von ihm, mich vorzuwarnen. Ich überlege noch, was ich ihm als Termin anbieten kann.«

»Hör auf, Witze zu reißen, Tilla!«, antwortete Gerred ärgerlich. »Du musst hier weg. Vielleicht solltest du doch erst mal zu Astrid ziehen.«

Tilla grinste krokodilbreit. »Geht nicht. Da wohnt schon Berking senior.«

Ihre Blicke maßen einander, bis Tilla das Duell aufgab. Im Gegensatz zu ihr schien er von Berking gewusst zu haben. Wieder einmal war sie die Letzte, die etwas erfuhr. »Astrid kennt ihn noch von früher. Sie haben sich quasi neu gefunden.« Tilla schloss kurz die Augen. »Erstens haben die beiden etwas Zweisamkeit verdient und …« Sie brach ab.

»… und du hast das Gefühl, hintergangen worden zu sein«, beendete Gerred Tillas Rede.

»Ja, verdammt!«, fauchte sie.

Gerred ging nicht darauf ein. »Anstatt dich in Sicherheit zu bringen, willst du also lieber hier herumsitzen und darauf warten, dass dieser Magnus zurückkommt und dich tötet?«

»Ich tüftele noch an einer dritten Variante«, erklärte Tilla trotzig.

Sein Blick fiel auf Hederas Buch, das mit zahlreichen Lesezeichen versehen auf dem Gartentisch lag. »Es wäre sicher hilfreich, wenn du ihnen den echten Stein geben könntest.«

Tilla folgte seinem Blick. Ihre Mutter war dafür gestorben. Plötzlich ärgerte sie sich unsagbar über seine Worte. »Wenn ich den Stein finden würde … ich glaube nicht, dass ich ihn diesem Nazigesindel überlassen würde«, knurrte sie.

Er sah sie einen Moment nachdenklich an, sagte aber nichts dazu. »Diese Bilder von deiner Mutter …« Er zeigte auf das Buch. »Vielleicht enthält ja nicht nur der Text, sondern auch die Bilder versteckte Hinweise.«

Tilla spähte das Buch an, rührte sich aber nicht von der Stelle. »Dieser Geschichte nach weiß niemand, wo der Stein ist.«

»Sie hat dieses Buch aber aus einem bestimmten Grund geschrieben, meinst du nicht? Welchen anderen Grund sollte sie gehabt haben, als den Ort des Steines darin anzugeben?« Er nahm das Buch in die Hand und schlug die letzte Seite auf. »Die letzten Zeilen klingen irgendwie nach einem rotierenden System«, sagte er und betrachtete die quadratischen Bilder, die das Schlussgedicht umrahmten. »Vielleicht wird der Stein immer in regelmäßigen Abständen von einer der Harzer Hexen an einem anderen Ort versteckt. Vielleicht an einem dieser Orte auf den Bildern?«

Tilla grinste ihn an und wedelte mit dem Zeigefinger

hin und her. »Nein, nein, nein. Du bringst mich nicht dazu, nach dem Stein zu suchen.«

»Du hattest das gar nicht vor?«, fragte er verblüfft.

Tilla wunderte sich über ihre eigenen Worte. Gerred hatte eine Art an sich, Dinge aus ihr herauszukitzeln, die ihr selbst nicht klar waren. Trotzig schob sie ihr Kinn vor. »Nein. Ich glaube auch nicht, dass meine Mutter den Ort preisgeben wollte. Sie wollte verdeutlichen, welche Gefahr von dem Artefakt ausgeht und dass Harzer Hexen diese Gefahr seit rund zweitausend Jahren zu bannen versuchen. Es liegt eine hohe Verantwortung in dieser Aufgabe, die uns Altgläubigen zukommt – niemand sonst glaubt mehr an magische Gegenstände. Ich bin eine Hexe und ich darf diese Verantwortung nicht einmal für meine eigene Sicherheit aufgeben.«

Wie immer wog Gerred seine Worte sorgfältig ab. »Und du bist sicher, deine Mutter wäre deiner Meinung?«

Tilla dachte nach. Ihr war fast, als sähe sie das Gesicht ihrer Mutter vor sich, unendlich glücklich über die Worte, die sie soeben ausgesprochen hatte. Entschlossen antwortete sie: »Ja.«

Gerred schüttelte missbilligend den Kopf.

Tilla lächelte leicht. Ihre Worte reihten sich nun wie von selbst aneinander. »Unser Glaube geht nahezu direkt auf das Keltentum zurück, Gerred. Bei uns spielt der Tod eines Einzelnen keine so einschneidende Rolle wie sonst im Glauben der nördlichen Hemisphäre üblich. Bei uns gibt es keine Hölle und auch kein Prüfungsnetz für den Himmelszugang. Ich bin eine Keltin. Ich glaube an den ewigen Kreislauf und ich glaube an die Wiederkehr jeder Seele – in welcher Form auch immer. Der Tod ist für uns Altgläubige nur ein relativ unbedeutendes Übergangsstadium. Wir können den Tod suchen und sogar selbst herbeiführen, ohne dass so etwas von Unseresgleichen verurteilt würde. Versteh mich nicht falsch, natürlich bedauern auch wir, wenn jemand nicht mehr unter uns weilt, und ich vermisse meine Mutter sehr. Aber sie brachte sich um, bevor ihr Widersacher aus ihr herauspressen konnte, wo sich der Stein befindet. Und auch ich werde mich vor meiner Verantwortung nicht drücken.« Sie beugte sich vor. »Und eines werde ich garantiert nicht tun: Ich werde niemals jemand anderen in meine Probleme mit hineinziehen! Würde ich zu Astrid ziehen, wäre sie ebenfalls in Gefahr.«

»Dann komm zu mir!«

Tilla verzog das Gesicht. Sie konnte nicht anders, sie beugte sich vor, strich ihm sachte über die zerstörte Wange und flüsterte: »Zu dir schon gar nicht!«

Heißer brennt als Feuer der Bösen
Freundschaft fünf Tage lang
Doch sicher am sechsten ist sie erstickt
Und alle Lieb erloschen.

Edda, Des hohen Lied 50

Magnus saß auf Hermanns Stuhl und hielt Tillas Bernstein ins Licht. Er ließ den Stein in seiner Hand verschwinden, als Gerfried hereinstürmte.

»Mach, dass du von meinem Platz runterkommst!«, blaffte Gerfried.

»Deinem Platz?«, echote Magnus süffisant. Er blieb, wo er war und drehte sich versonnen hin und her. »Ich hab immer mehr das Gefühl, dass dieser Stuhl ein bisschen zu groß für dich ist, mein Freund.«

Gerfried schloss die Zimmertür, öffnete den Schwertschrank und grinste Magnus böse an. »Möchtest du gerne ausprobieren, ob du mir gewachsen bist?«

Der lächelte gelassen. »Ach, Gerfried, wie lange kennen wir uns jetzt? Ein halbes Jahr? Wie oft habe ich dich in dieser Zeit trainieren sehen?« Magnus stand auf und ging lässig auf Gerfried zu, wobei er bewusst dessen Individualdistanz unterschritt. »Nicht ein Mal. Und das, was du in Braunschweig im Dojo der Kampfsporthalle gezeigt hast, war erbärmlich.« Magnus beugte sich vor und sagte ruhig: »Ich trainiere jeden Tag, weil das mein Job ist.« Er setzte ein abfälliges Lächeln auf. »Sieh dich doch mal an. Du bist zwanzig Jahre älter als ich, die Klamotten deines Bruders sind dir zu eng und ich wette, du hast seit vielen Jahren nicht mehr gekämpft. Du hast dein Schwert nur ein Mal in der Hand gehabt … als du deinen bewusstlos am Boden liegenden Bruder zerstückelt hast. Großartig!«

Gerfrieds Blick wurde unstet. »Wir werden diese Diskussion zu Ende führen, Magnus. Aber nicht heute.« Ohne Magnus aus den Augen zu lassen, bewegte er sich an ihm vorbei Richtung Schreibtisch. »Ich habe einige sehr interessante Informationen von dieser Pressetante bekommen. Was ist mit der Leinwig? Wie weit bist du mit ihr?«

Magnus ließ ein Grinsen aufblitzen und warf ihm den Bernstein zu. Gerfried fing den Stein auf und bestaunte ihn. »Das ist er? Wow. Sieht eigentlich ziemlich unscheinbar aus … – Und was hast du mit ihr gemacht?«

Magnus schwieg.

Gerfried gab ein Geräusch des Ärgers von sich und verdrehte die Augen. »Das hab ich mir gedacht. Los, geh und bring die Sache zu Ende!«

»Wozu?«

»Weil ich will, dass du sie tötest.«

»Das entspricht nicht meinen Plänen.«

»Ja, das kann ich mir vorstellen«, höhnte Gerfried. »Sie hat dich also genauso um den Finger gewickelt wie Hedera damals meinen Bruder.«

Magnus' Gesichtsausdruck wurde höhnisch. »Ich glaube eher, in letzterem liegt der Grund, dass du sie loswerden willst, nicht wahr?« Seine blauen Augen blitzten vor Vergnügen über Gerfrieds fragenden Gesichtsausdruck. »Sie ist immerhin Hermanns Tochter.« Mit Befriedigung registrierte Magnus, wie Gerfrieds Kinnlade der Schwerkraft nachgab und fügte boshaft hinzu: »Und seine Erbin.«

Es klopfte. Unmittelbar darauf wurde die Tür geöffnet. Arthur trat ein. Er ignorierte Gerfried, der völlig entgeistert zwischen dem Bernstein in seiner Hand und Arthur, den er nicht zu sehen erwartet hatte, hin und her blickte.

Arthur wandte sich an Magnus: »Ich habe Junghanns angerufen und Bescheid gegeben, dass du das Artefakt gefunden hast. Ich werde den Stein gleich in Gewahrsam nehmen.«

Mit maßlosem Ärger erkannte Gerfried, dass Magnus ihn gründlich überrannt hatte. In hilflosem Zorn legte er den Stein, den er gerade mal drei Minuten lang in der Hand hatte halten dürfen, widerwillig in Arthurs fordernd ausgestreckte Rechte.

*

»Bei Harald Schakenbeck war es ein mittelalterliches Schwert. Aber bei Dirk Sundermann könnte es sich vielleicht um einen Katana gehandelt haben, ein japanisches Kampfschwert. Auch Dr. Giresch ist der Meinung, dass der Wundkanal bei Sundermann geringfügig anders ist«, erklärte Andreas Kamenz dem Staatsanwalt, als Hanjo den Raum betrat. Der legte einen ansehnlichen Stapel Bücher auf den Tisch und setzte sich still dazu.

»Ich habe es gelesen. Aber was sagt uns das?«, fragte Jan Berking weniger abweisend als sonst.

»Dass Sundermann von jemand anderem umgebracht wurde als Schakenbeck!«

Jan Berking dachte nach. »Aber die Runen … durch die Runen gehören die Morde doch eindeutig zusammen.«

Kamenz antwortete in sachlichem Ton: »Ja, schon, aber nach dem Laborbericht wurden sie von unterschiedlichen Tätern begangen. Schakenbeck ist wahrscheinlich von Borderfeld umgebracht worden, Sundermann von einem anderen Täter. Wahrscheinlich stammt der zweite Täter aus dem Umfeld von diesem Borderfeld, ein Trittbrettfahrer aus den eigenen Reihen, der die genauen Parameter der ersten Tat kannte und etwas gegen Borderfeld hatte. Da wir nicht wissen, wie viele zu diesem Umfeld gehören, wird die Sache zudem mordsgefährlich. Wir wissen aber, dass Borderfeld etwas von der Leinwig haben wollte. Was wäre, wenn die Leute um Borderfeld herum Tilia Leinwig deswegen unter Druck setzen? Vielleicht sollten wir ihr Haus beobachten und schauen, ob dort einige von diesen Typen auftauchen!«

»Die Idee ist nicht schlecht«, befand Gerd Wegener.

Jan Berking merkte deutlich, dass die Ermittler nach neuen Wegen suchten. Er wusste, er stand an der Wand. Andererseits war er zu professionell, um sich jetzt noch den Luxus gekränkter Eitelkeit zu gönnen. Also ließ er sich auf die neuen Theorien ein. »Klingt schlüssig. Aber dann brauchen wir noch mehr Leute für diese Sonderkommission«, sagte er und verzog unwillig das Gesicht.

»Bis wir die haben, übernehme ich selbst ein paar Stunden.« Andreas Kamenz blickte in die Runde und fügte grinsend hinzu: »Ich verspreche hoch und heilig, dass ich nicht zu ihr reingehen werde und mich nicht um den Finger wickeln lasse!«

Gerd Wegener lachte: »Na dann …«

Jan Berking schaute wohl auf eine bessere Variante hoffend seinen Vater an. »Hast du noch etwas aus Astrid Volkerts herausbekommen?«

»Ich war nicht bei ihr, um sie zu verhören«, sagte Hanjo

mit einem Anflug von Missmut. »Aber vielleicht kann ich dir trotzdem weiterhelfen. Ich kam das letzte Mal unangemeldet zu Astrid und platzte in eine Unterhaltung zwischen ihr und Tilia Leinwig.«

»Du bist bei Astrid Volkerts reingeplatzt?«, fragte Jan Berking pikiert, während Gerd Wegener ein amüsiertes Grinsen nicht unterdrücken konnte.

»Ja«, erwiderte Hanjo vergnügt. »Astrid mahnte Tilla, uns die ganze Geschichte zu erzählen, und Frau Leinwig entgegnete, sie hätte es bereits versucht, aber wir hätten ihr nicht geglaubt. Zu dem Zeitpunkt, als diese Worte fielen, hatte keine der beiden mich bemerkt. Es muss also doch etwas dran sein«, schloss Hanjo und hielt Hederas Buch hoch.

Ein Fantasy-Märchen und die Tatsache, dass die Beziehung seines Vaters zu Astrid Volkerts offenbar bereits eine so vertraute Phase erreicht hatte, dass er einfach so bei ihr vorbeikam, waren fast zu viel für einen Jan Berking. »Und? Hast du auch etwas Sinnvolles aufgeschnappt, als du bei … Astrid reingeplatzt bist?«, fragte er spitz.

»Ich hörte, dass die Leinwig gewaltig unter Druck gesetzt wird. Insofern halte ich Andreas Kamenz' Vorschlag, das Haus von Tilia Leinwig zu beobachten, ebenfalls für angeraten. Nach dem, was ich hörte, kann ich nur bestätigen, dass diese Truppe etwas von ihr haben will – und die Lösung liegt vielleicht wirklich in diesem Buch. Astrid erwähnte, dass Hedera Leinwig sogar dafür gestorben sei.«

»Gestorben? Dafür?«, fragte Gerd Wegener mit dem Kinn auf das Buch weisend, »Aber das ist doch ein Märchenbuch. Wieso sollte sie sich deshalb umgebracht haben?«

»Es wohl nicht alles Fiktion«, entgegnete Hanjo. »Es geht um eine alte Sage, die Hedera Leinwig akribisch über viele Jahre hinweg aufgearbeitet hat. Diese Geschichte existiert seit Urzeiten und hat vielleicht sogar einen wahren Kern.«

»Es geht um ein sagenhaftes Schwert«, bemerkte Jan Berking abwertend. Hanjo schob seinem Sohn einen ansehnlichen Stapel verschiedenster Bücher zu, die sich allesamt mit dem Thema des Okkultismus im nationalsozialistischen Denken beschäftigten. Jan schaute beeindruckt über die diversen Buchdeckel. »Du warst aber fleißig.«

»Wusstest du, dass Hitler eine Menge unternommen hat, um historische Artefakte zu finden?« fragte Hanjo lächelnd. »Er war geradezu versessen auf Esoterik. Im ausgehenden 19. Jahrhundert war die okkulte Subkultur sowohl in Deutschland als auch im benachbarten Österreich, in dem Klein-Hitler aufwuchs, geradezu am Brodeln. Die bekannte Hellseherin Helena Blavatzky tourte mit ihren Séancen und ihren Theorien durch beide Länder, und Guido von List entwickelte seine Ariosophie – eine völkische Ideologie, die eine der Grundlagen für die spätere Nazigesinnung bildeten. Er gab übrigens auch eine neue Runenkunde heraus.« Er blätterte durch eines der Bücher und erzählte weiter. »Der List-Gesellschaft, die das Heil der Ario-Germanen verfolgte, folgten der Germanenorden und die Thule-Gesellschaft. Dies ist übrigens das Emblem des Thule-Ordens«, sagte er und hielt den anderen eine aufgeschlagene Buchseite hin.

»Hm, das hat tatsächlich viel Ähnlichkeit mit der Tätowierung«, stellte Jan Berking nachdenklich fest.

»Genau. Es ist durchaus denkbar, dass auch moderne rechtsradikale Gruppierungen sich wie die alten Orden organisieren, also mit mehreren Initialisierungsstufen und Riten, die die Kandidaten vom äußeren bis zu einem inneren, elitären Ring bringen. Eine solche Organisation könnte über ganz Deutschland verteilt sein. Sie würde eine klare Hierarchie aufweisen, befehligt durch eine Führungsloge. Die Mitglieder bringen ihre Wirtschaftskraft, ihr berufliches Wissen und ihre Kontakte zum Wohl und Werden der rechtsradikalen Gesinnung ein. Sie verzahnen sich und bilden so ein fast unangreifbares Ganzes. Mitglieder des äußeren Ringes wissen mitunter nicht einmal genau, welche Ziele die Organisation hat. Der Orden bietet seinen Mitgliedern erst einmal Hilfe und Rückendeckung an, Gehirnwäsche und das Einschwören auf Parolen kommt meist etwas später. Wer in wirtschaftlichen Schwierigkeiten ist, wird so ein Angebot gern annehmen. Vielleicht ist auch die Leinwig so an diese Gruppe geraten.«

Jan Berking überdachte die Ausführungen seines Vaters. »Gegen so eine Organisation wären wir ja nahezu machtlos, denn die wäre ja geradezu unsichtbar, weil in überwiegenden Teilen legal.«

»Ja. Trotzdem gibt es Möglichkeiten. Man könnte denen ganz schön schaden, wenn man an die Führungsriege herankäme. Deren Mitglieder sind aufgrund des elitären Denkens der Rechten meist nicht sehr zahlreich. Und da solche Organisationen mit einer hierarchisch aufgebauten Befehlstaktik arbeiten, werden die ganz schnell kopflos, wenn oben jemand wegbricht. Vielleicht haben wir jetzt und hier die seltene Chance, eine solche Organisation zum Straucheln zu bringen.«

Die Worte wogen schwer.

Andreas Kamenz durchbrach den Augenblick sich ausbreitender Stille. »Vielleicht war dieser Borderfeld einer von der Führungsriege«, warf er an Tillas Worte denkend nachdenklich ein. »Dann wäre es ja gut, wenn wir schnell einen Anhaltspunkt hätten, bevor das Gerangel um seine Nachfolge ausdiskutiert ist!«

Hanjo warf ihm einen anerkennenden Blick zu. »Sehr richtig.«

»Und wie kommen wir an diese Anhaltspunkte?«, fragte Jan Berking.

»Über Tilia Leinwig. Gehen wir doch mal davon aus, dass die wirklich dieses Artefakt suchen.«

Jan Berking machte wieder ein verdrossen-genervtes Gesicht.

»Jan, hör zu«, verlangte sein Vater unwillig. »Die Thule-Gesellschaft war damals sozusagen die zentrale Organisation für die Verfolgung der okkulten Thesen im Nationalsozialismus. Heinrich Himmler träumte von einem großgermanischen Reich und drängte zu einer gezielten Suche nach der urdeutschen, germanischen Vergangenheit. Der Thule-Orden suchte seine Mystik übrigens nicht nur in der eigenen Vergangenheit; 1939 brach sogar eine SS-Expedition nach Tibet auf, um dort nach Wahrheiten zu fahnden. Man vermutet heute Verbindungen mit geheimen tibetanischen Klosterorden. Wie dem auch sei, östliche Kampftechniken wurden und werden demnach durchaus nicht als un-arisch angesehen«, erklärte Hanjo. »Aber ich wollte auf etwas anderes hinaus, nämlich die Suche nach historischen Artefakten, die gerade von Heinrich Himmler ziemlich exzessiv betrieben wurde.«

»Hm, ich glaube mich zu erinnern, dass er nach Hexen suchte«, murmelte Jan Berking.

»Richtig. Hexen sollten nach Ansicht der Nazis die Bewahrer des wahren urdeutschen Glaubens gewesen sein. Aber die haben den Nazis nie in die Hände gespielt.«

»Nicht?«, fragte Jan Berking mit einer ununterdrückbaren Spur von Ironie.

»Nein«, erklärte Hanjo entschieden.

»Okay. Und was birgt nun dieses Märchenbuch an brisantem Wissen, dass man damit jemanden erpressen kann?«, fragte Jan Berking nun deutlich friedfertiger.

Hanjo hielt grinsend wieder Hederas Buch hoch.

»Hier drin wird eine Theorie beschrieben, die sogar unter einigen Historikern Befürworter findet, nämlich dass unser urdeutscher Held Arminius der Cherusker der sagenhafte Siegfried sein soll.«

»Oh nein!«, murrte Jan Berking und lehnte sich zurück, als könne er dem, was kommen sollte, dadurch entkommen. »Du willst mir also erzählen, dass dieses Schwert aus Hedera Leinwigs Buch jenes Schwert ist, welches Germanien einst von dem römischen Joch befreite? Dieses Schwert ist nicht nur das Arminius-Schwert, sondern zugleich das legendäre Balmung?«

»Ja«, stimmte Hanjo fröhlich zu.

»Überreste von dem legendären Siegfried-Schwert wären für einen modernen Thule-Orden tatsächlich höchst interessant, das gebe ich zu«, meinte Jan Berking nachdenklich. »Und du meinst, die verlangen von Tilia Leinwig dieses Artefakt ...«

»Aber die hat es nicht«, entfuhr es Andreas Kamenz. Schnell relativierte er seine Aussage. »Äh ... sonst hätte sie es ihnen wahrscheinlich schon gegeben. Also, ich meine, wenn sie es nicht hat, ist sie in einer saublöden Situation.«

»Da ist was dran«, gab Wegener zu.

»Dann wäre die Leinwig vermutlich tatsächlich nur in etwas hineingeraten, aus dem sie allein nicht mehr herauskommt«, ergänzte Hanjo.

Es war Jan Berking anzusehen, dass ihm diese Theorie nicht behagte. Sein Blick fiel auf Kamenz. »Diese Theorie ist nur leider zu gewagt, als dass wir auf dieser Grundlage weitere Leute beantragen könnten ... aber doch zu schlüssig, um sie ganz vom Tisch zu wischen. Ich will mir nicht noch einmal von diesem Ehlers vorwerfen lassen, meine Pflichten vernachlässigt zu haben. Kamenz, Sie werden es sich in der nächsten Zeit in Ihrem Wagen gemütlich machen. Vielleicht gibt es ja ein paar

Kollegen, die Überstunden und ihr Auto ebenso lieben und die Sie mal ablösen könnten.« Berking dachte noch einen Augenblick nach. »Dieses Nazi-Pack ist nicht ungefährlich. Beobachten Sie einfach nur, was sich bei der Leinwig tut, und melden Sie sich in regelmäßigen Abständen. Falls sich etwas tut, rufen Sie die Kollegen. Greifen Sie keinesfalls allein ein, klar?«

Andreas Kamenz nickte.

Die Liebe der Frau, die falschen Sinn hegt,
Gleicht unbeschlagnem Ross auf schlüpfrigem Eis.

Edda, Havamal, des Hohen Lieds 89

Tilla tappte verdrossen in ihrem Wohnzimmer auf und ab. Ihr Anrufbeantworter blinkte sie an. Ein Blick auf das Display zeigte Tilla, dass bereits zahlreiche Anrufe den Speicher füllten. Die meisten waren sicher von Astrid.

Ungnädig wandte sich Tilla ab. Sie wollte mit niemandem sprechen. Sie wollte, dass man sie in Ruhe ließ. Sie hatte anderes zu denken.

Auf ihrem Schreibtisch prangte eine nagelneue Digitalkamera mit einem starken Teleobjektiv. Sie hatte die letzten Tage genutzt, sich mit der Technik des Gerätes vertraut zu machen, das sie bei ihrer geplanten Detektivtätigkeit einsetzen wollte. Doch nun zweifelte sie, ob das Prachtstück überhaupt je zum Einsatz kommen würde. Magnus' Sachen waren verschwunden, als sie zwei Tage zuvor von einer ihrer Führungen zurückgekommen war. Den Schlüssel hatte er nicht zurückgegeben, aber das war es weniger, was Tilla störte.

Solange sie so inaktiv wie bisher war, blieb sie das

gejagte Wild. Sie hatte den Spieß umdrehen wollen. Sie hatte vorgehabt, Magnus zu folgen, um herausfinden, wo sich seine Nazikumpanen herumtrieben. Aber nun hatte sie ihre Chance verpasst. Er war weg. Wenn sie ihn wiedersah, kam er vermutlich als ihr Mörder. Tilla grübelte in sich hinein. Sie hatte nur einen Ansatzpunkt – die Halle in Wernigerode. Es half nichts, sie musste ihr Glück dort versuchen.

Sie musste sich beeilen, gleich würde Andreas' Golf wieder vor ihrem Haus Stellung beziehen. Schon die letzten zwei Tage hatte er hier ausgeharrt. In den letzten Wochen hätte sie sich über einen Polizisten vor ihrer Tür gefreut. Jetzt allerdings passte ihr diese Entwicklung gar nicht in den Kram.

Sie hörte ein metallisches Klappern und fluchte. Wie schon wenige Tage zuvor kam Gerred durch den Garten. Schnell wollte sie die Terrassentür schließen, doch er war schneller.

»Tilla, ist die Polizei heute gar nicht da?«, fragte er besorgt.

»Die kommt bestimmt gleich«, erklärte Tilla unverbindlich und stellte sich so, dass er die Kamera möglichst nicht sah.

»Astrid sagte, dass die Polizei nun endlich deine Geschichte überprüft. Ihr Freund glaubt dir. Aber es ist nicht gut, dass du hier allein bist.«

Tillas Augenbrauen zogen sich zornig zusammen. »Gerred, ich muss da allein durch. Ich will, dass ihr mich alle in Ruhe lasst! Außerdem habe ich ja gleich wieder Polizeischutz.«

Stirnrunzelnd blickte Gerred links an ihr vorbei. »Schöne Kamera. Ist die neu?«

»Äh … ja. Hab ich mir vor drei Tagen gekauft.«

»Was willst du denn damit?« Er sah sie tadelnd an.

»Blumen fotografieren«, antwortete Tilla spitz.

Gerreds dunkle Augen ruhten auf ihr. »Ich fürchte, du bist im Begriff, einen Riesenblödsinn zu machen. Du willst hinter diesem Typ her, stimmt's?«

»Geht eh nicht mehr. Magnus ist weg … ich meine, seine Sachen, er hat sie abgeholt«, sagte Tilla ausweichend und hob arglos die Schultern.

»Tilla, tu das nicht«, bat er sie in ruhigem Ton.

»Gerred, das geht dich nichts an!« Ihr brannten die Augen, da sie ihm lieber ganz andere Dinge gesagt hätte. Seine Sorge traf sie, rief Gefühle hervor, die sie noch immer mit aller Macht zurückdrängte. Und er hatte offenbar nicht vor, es ihr leicht zu machen.

»Es geht mich etwas an«, gab er eindringlich zurück.

Am liebsten hätte sie sich ihm entgegengeworfen, um sich von ihm schützen zu lassen. Doch es war wichtiger, ihn zu schützen, daher fauchte sie Gerred an: »Warum kapiert ihr es alle nicht! Ich reiße jeden mit rein, der mir versucht zu helfen.« Was sie in seinen Augen sah, rief bei Tilla geradezu Panik hervor. Keinesfalls durfte sich jemand wie er in sie verlieben. Er hatte mehr als jeder andere eine vernünftige, beständige und berechenbare Frau verdient und nicht so etwas wie sie. Es half nichts. Er musste erfahren, wer sie wirklich war.

Kühl erklärte Tilla: »Gerred, ich glaube, du siehst etwas in mir, was ich nicht bin. Mach endlich die Augen auf! Dem Polizisten, der gestern da draußen im Wagen saß, habe ich fast die Karriere vermasselt, weil ich mit ihm geschlafen habe. Magnus hat mich tatsächlich gewarnt – und weißt du auch warum? Ich hab auch mit ihm geschlafen. Ich hoffe, du siehst ein, dass ich es nicht wert bin, dass du oder jemand anderes seinen Hals für mich riskiert.«

Tilla gelang es nicht, seinem Blick standzuhalten. Sie drehte sich weg. Als sie ihn gehen hörte, saß ihr ein Kloß im Hals. Nach einer Weile wischte sie sich entschlossen die Tränen von der Wange und suchte ihre Sachen zusammen. Sie raffte ihre neue Digitalkamera, grabschte nach einer Baskenmütze, einem großen bunten Tuch und sauste zu ihrem Wagen, bevor Andreas kam.

Der Liebe verwundern soll sich
kein Weiser an dem andern Mann.
Oft fesselt den Klugen
was den Toren nicht fängt, liebreizender Leib.

Edda, Das Lied von Grimnir, 31

Gerfried stand vor dem Fenster und dachte über Magnus nach. Er hatte ihn unterschätzt. Einerseits drängte es ihn, Magnus schnellstmöglich loszuwerden. Andererseits wusste er nun, dass Magnus ganz eigene Pläne verfolgte. Pläne, in denen Gerfried garantiert nichts vom großen Kuchen abbekam.

Zorn fraß sich durch seine Eingeweide. Seit der Stein aufgetaucht war, war ihm die Sache völlig entglitten. Magnus' Machtposition in der Organisation wurde immer stärker.

Was hatte Magnus vor? Der hatte ihm ein paar Tage zuvor tatsächlich die Kombination des Safes verraten. Wahrscheinlich hoffte Magnus, dass Gerfried sich das Bargeld aus dem Safe nehmen und verschwinden würde. Doch so einfach wollte er es diesem verdammten Hurensohn nicht machen. Hier war noch viel mehr zu holen – und das würde er nicht diesem Bengel überlassen.

Warum hatte Magnus die Kleine nicht umgebracht?

Bei jedem anderen hätte Gerfried sich mit der Antwort begnügt, dass die Leinwig ihren Venuszauber hatte spielen lassen. Aber bei Magnus? Er war ein kühler Kopf und ein Killer. Er würde doch nicht auf eine hübsche Larve hereinfallen.

Gerfried blickte in den Wald und grübelte vor sich hin. Warum hatte sie ihm den Stein freiwillig gegeben? Wenn sie nur halb so viel Mut wie ihre Mutter gehabt hatte, hätte man die Kleine in Scheiben schneiden müssen, bevor sie das Artefakt herausrückte.

Endlich fiel es ihm wie Schuppen von den Augen. Natürlich. Der Stein war falsch!

Und Magnus wusste das. Er hatte sie deswegen nicht getötet, weil er noch nicht hatte, was er wollte. Gerfried überdachte Magnus' Engagement bei der Kleinen. Vielleicht war es auch gar nicht *nur* der Stein. Sie war nicht nur hübsch, sie war Hermanns Tochter. Genau. Das musste es sein!

Er grinste in sich hinein. Magnus war tatsächlich clever. Der Bursche konnte wirklich weitaus mehr herausholen, wenn er die Kleine am Leben ließ.

»Du listige kleine Kanaille«, knurrte Gerfried. Nach einem Moment des Überlegens drückte er den Knopf seiner Sprechanlage und rief Arthur herein.

Arthur betrat das Büro nicht eben eilig und fragte kurz angebunden: »Ja?«

Gerfried lehnte lässig am Fenster und betrachtete Arthur abschätzend. Unvermittelt fragte er ihn: »Wie viel weißt du mittlerweile?«

Arthur blickte ihn misstrauisch an und schwieg.

Gerfried kicherte amüsiert. »Du weißt es, nicht wahr?« Sein Blick wurde ernst, als er Arthur fixierte, der noch immer abwartend schwieg. »Weißt du, wer ich bin?«

Zögernd antwortete Arthur: »Ich nehme an, du bist sein Bruder.«

Gerfried betrachtete Arthur zufrieden. »Gut«, antwortete er lang gezogen und erklärte dann brüsk: »Hermann ist tot.«

Arthur nickte ernst.

»Ich bin Gerfried Bordfeld, Hermanns Bruder. Magnus hat mich geholt, nachdem er Hermann getötet hat.« Er wartete auf Arthurs Reaktion. Arthur war Hermanns rechte Hand gewesen und hatte berechtigte Hoffnungen auf dessen Nachfolge im Unternehmen gehabt. Hermanns Firma wäre an die Organisation gefallen und Arthur wäre Geschäftsführer geworden. Es war an der Zeit, ihm zu erklären, dass er derartige Träume begraben konnte, wenn nichts geschah.

Gerfried war Realist genug, um zu wissen, dass er selbst garantiert nicht erbberechtigt war. Es sollte ihn wundern, wenn sein verhasster Bruder da nicht vorgesorgt hatte. Aber die Kleine war ein Unsicherheitsfaktor und machte seinen Plänen einen satten Strich durch die Rechnung und der Organisation schon gar.

Gerfried gab sich entgegenkommend. »Weißt du, Arthur, es gab einen Grund für dieses Manöver.« Er legte eine Kunstpause ein und schoss dann die Sensation ab. »Hermann hatte eine Tochter … eine Tochter und also eine Erbin.«

»Was?«, entfuhr es dem völlig verblüfften Arthur, hinter dessen Stirn es offenkundig arg zu arbeiten begann.

Gerfried war höchst zufrieden mit dieser Reaktion. »Verstehst du nun, warum ich diese Farce mitspiele?«

Arthurs Gesichtsausdruck, der sonst eher behäbig war, wechselte plötzlich wie Aprilwetter. Endlich nickte er. »Ja, jetzt verstehe ich.«

Gerfried zog theatralisch seinen rechten Ärmel hoch und ließ Arthur einen Blick auf seine Tätowierung werfen. So kurz, dass Arthur nicht erkennen konnte, dass die letzten Initialisierungszeichen, die sein Tatoo von dem seines Bruders unterschieden hatten, noch zu frisch waren, um berechtigt getragen zu werden. Hauptsache, Arthur glaubte, dass auch Gerfried mit einem hohen

Rang zur Organisation gehörte, auch wenn er eigentlich schon seit dreißig Jahren auf deren Abschussliste stand.

»Du siehst, ich bin ebenfalls ein Kämpfer des Ordens. Aber du hast sicher gemerkt, Hermann war anders als ich. Er war ein Denker und in wirtschaftlichen Dingen recht geschickt. Mir liegt es nicht so sehr, hier hinter diesem Schreibtisch zu arbeiten. Aber ich bin bereit, dieses Theater mitzumachen, weil wir hier keine Erbin brauchen können.« Er trat auf Arthur zu und flüsterte eindringlich: »Eine Erbin würde diesem Unternehmen und damit auch dem Orden gewaltig schaden.«

Arthur nickte bedächtig. »Ja ... ja, das ist zweifellos wahr.«

Gerfried warf scheinbar verzweifelt die Arme hoch. »Hermann war ein hervorragender Kämpfer und er hat es hier wirklich zu etwas gebracht, aber er hat einmal einen großen Fehler gemacht ... vor dreißig Jahren. Deshalb sind wir damals getrennte Wege gegangen.« Er seufzte vernehmlich. »Und nun hat ihn dieser Fehler, diese dumme Schwäche wieder eingeholt.«

Arthur nickte, doch sein Misstrauen war nicht vollständig erloschen. »Und warum erzählst du mir das jetzt?«, fragte er vorsichtig.

Gerfried lachte jovial. »Arthur, ich brauche deine Hilfe. Ich weiß, ich hätte dich von Anfang an mit ins Vertrauen ziehen sollen, aber Magnus hatte es verboten. Er kannte sich hier besser aus und ich habe seine Weisung deswegen respektiert. Aber ich weiß mittlerweile, dass man Magnus nicht trauen kann. Wir müssen den Burschen ausschalten. Ich weiß inzwischen, dass mein Bruder sterben musste, weil er Magnus kaltstellen wollte.«

Arthur nickte nun deutlich eifriger. »Ja. Sie haben gekämpft, hier in diesem Raum. Magnus ist unser bester Kämpfer. Ich bin rein, weil ich Sorge um Hermann hatte, aber das war unbegründet. Im Kampf mit einem Breitschwert hatte Magnus gegen Hermann keine Chance.«

»Ja, unser Vater hat uns gut trainiert. Wieso kam es eigentlich zu diesem Kampf?«

Arthur zog die Brauen hoch und schüttelte den Kopf. »Magnus hatte schon seit Wochen gegen Hermann gearbeitet. Erst hat er versucht, ihm aus der Hinrichtung von Schakenbeck einen Strick zu drehen und hat diese Runen hinterlassen. Hermann hatte Magnus morden lassen, um ihn in der Hand zu haben, aber Magnus hat einfach wieder Runen hinterlassen, sodass alles nach *einem* Mörder aussah. So hätte er Hermann beide Morde in die Schuhe schieben können. Magnus wurde zu einem Unsicherheitsfaktor, den Hermann kaum noch kontrollieren konnte. An jenem Abend brüllten sie sich an, dann hörte ich die Klingen aufeinanderschlagen. Ich alarmierte die anderen und ging rein. Ich weiß nicht, warum Hermann ihn überhaupt am Leben gelassen hatte.«

»Ja, das war wohl sein schwerster Fehler«, sagte Gerfried.

»Magnus hat ihn also getötet?«, fragte Arthur nach.

»Ja. Beim zweiten Mal war Magnus vorbereitet ... und ein fairer, ehrenvoller Kämpfer war er ja nie«, bestätigte Gerfried und gab sich trauernd betroffen.

»Ich habe mich seinerzeit schon sehr gewundert, als Magnus zurückkam, offenbar mit deinem Einverständnis. Dich habe ich auf den ersten Blick natürlich für Hermann gehalten. Da ihr mich nach unten versetzt habt, habe ich nichts gemerkt, ich hatte dich ja kaum gesehen.« Arthur schüttelte den Kopf. »Aber als Magnus sich in deinem Auftrag wieder mit der Übersetzerin beschäftigte, wusste ich gar nicht mehr, was ich denken sollte. Hermann hatte Magnus zwei Tage zuvor weggeschickt und Befehl gegeben, ihn nicht ins Haus und vor allem nicht an diese Übersetzerin heranzulassen.«

Gerfried sagte in verschwörerischem Ton: »Das ist es ja … diese Übersetzerin … sie ist Hermanns Tochter.«

Arthurs Züge klarten sich merklich auf. »Jetzt verstehe ich so einiges. Und was will Magnus von ihr? Den Stein hat er doch.«

Gerfried seufzte geräuschvoll. »Tja, dazu brauche ich nun deine Hilfe. Was, glaubst du, hat Magnus vor?«

Arthur sonnte sich sichtlich in seiner neu gewonnenen Bedeutung und antwortete bedächtig. »Der Stein … es ist der falsche Stein gewesen, den Magnus abgab, nicht wahr?«

Gerfried nickte sorgenvoll. »Davon bin ich überzeugt. Aber da muss noch mehr sein …« Er gab sich den Anschein, sich den Kopf darüber zu zermartern, was das sein könnte.

Arthur zuckte in die Höhe. »Er will an das Erbe! Deswegen ist er so an der Frau interessiert!«

Gerfried klopfte ihm auf die Schulter. »Ich wusste doch, du bist ein kluger Kopf.«

Wir wollen die Bäume, Sträucher und Erdschollen verzaubern, sodass sie wie ein bewaffnetes Heer aussehen, die Feinde in Furcht und Schrecken versetzen und sie die Flucht schlagen.

Aus dem Cad Goddeu von Taliesin

Verärgert kurvte Tilla wieder und wieder durch das Industrieviertel von Wernigerode. Hier sahen alle Straßen gleich aus.

»Scheißmist!«, schimpfte Tilla herzhaft. »Wo ist diese verdammte Halle!«

Nach einer weiteren halben Stunde des wirren Herumkurvens erkannte sie ein Graffiti wieder, das ihr bei ihrem letzten Besuch aufgefallen war. Endlich passierte sie die unscheinbare Industriehalle. Wie beim letzten Mal standen zahlreiche größere und kleinere Wagen auf dem Parkplatz. Kein Schild wies auf Kendo hin – offenkundig wünschte man hier keine Laufkundschaft. Tilla erinnerte sich an die Überwachungskameras. Sie hatte die Scheibe heruntergekurbelt und richtete ihren Fotoapparat im Vorbeifahren auf die Halle, den Auslöser gedrückt. Am Ende der Straße wendete sie und stellte ihren Wagen am Fahrbahnrand ab.

Nachdenklich betrachtete sie eines der Fotos. Sie erkannte einen blauen Kleinwagen. Es könnte der von Magnus sein. Sie erinnerte sich, einen solchen Wagen bei sich in der Straße gesehen zu haben, wenn er dagewesen war. Hatte sie Glück? War er in der Halle?

Tilla fuhr ein Stück zurück und parkte in einer Seitenstraße, an der Magnus zwangsläufig vorbei musste, wenn er die Industriehalle verließ. Sie musste über eine Stunde warten, bis er tatsächlich an ihr vorbeifuhr. Sie erkannte sein helles Wikingerhaar sofort. Fix ließ Tilla ihr Gefährt an und folgte dem blauen Kleinwagen in genügend großem Abstand. Er fuhr Richtung Bad Harzburg, bog aber in Ilsenburg von der Hauptstraße ab.

Leider fuhr er so zügig durch das verwinkelte Ilsenburg, dessen Örtlichkeiten ihm wohl bestens bekannt waren, dass Tilla ihn dort verlor. Zeternd und fluchend folgte sie dem mittelalterlich anmutenden Gässchen. Sie passierte eine malerische Brücke, deren Schönheit sie jedoch ebenso ignorierte wie die schlossartige Villa rechts neben ihr, und erreichte eine mit Kopfsteinen gepflasterte Straße. Magnus musste hier vorbeigekommen sein. Es gab nur zwei Möglichkeiten, entweder war er nach links bergan Richtung Wald gefahren, oder er hatte sie bemerkt und abhängen wollen. Dann wäre er vermutlich an dieser Stelle rechts abgebogen und durch das Ortszentrum zurück zur Hauptstraße gefahren.

Tilla bog links ab und folgte dem alten, offenbar aus DDR-Zeiten stammenden Sträßchen, das von bewaldeten Hängen und der Ilse gesäumt wurde. Sie sah hölzerne Ferienhäuschen, deren angenehmer Anblick sich mit heruntergekommenen Fachwerkbauten ablöste, die unbewohnt auf den Verfall warteten. Als eines der letzten Gebäude in der Straße sah Tilla ein etwas weniger verfallenes, riesiges Fachwerkhaus aus der Gründerzeit. Auf dem Parkplatz davor entdeckte sie Magnus' Wagen.

Tilla gab ein triumphierendes »Ja!« von sich. Sie fuhr an dem Gebäude vorbei, drehte und parkte ihren Wagen einige hundert Meter unterhalb des Gebäudes auf einem Touristenparkplatz. Ihr auffälliges rotes Haar stopfte sie unter die Baskenmütze, wickelte sich das Tuch um und verließ mit ihrem Fotoapparat bewaffnet ihren Wagen, ganz das Bild einer Wandertouristin. Auf dem Trampelpfad entlang der Ilse schritt Tilla weit aus, während sie ihr Ziel und auch die Straße im Blick behielt.

Nach wenigen Minuten hatte sie das Gebäude erreicht, vor dem Magnus' Wagen stand. Das diesige Wetter war ihr ganz recht, auch dass die Bäume ausgeschlagen hatten und den Wanderpfad etwas verdeckten, war günstig für sie, die nicht gesehen werden wollte. Als sie das Haus passierte, blickte sie verstohlen durch die Fenster. Während die Außenfassade mit fahlgelben Klinkersteinen und ungestrichenen Fachwerkbalken eher ungepflegt und unspektakulär aussah, schien das Gebäude innen auf dem neuesten Stand zu sein. Geschäftig umherlaufende Menschen in hellem Büroleuchtenschein zeigten, dass hier emsig gearbeitet wurde.

Tilla überquerte das Flüsschen Ilse auf einer schmalen Fußgängerbrücke und stieg einen Hang in der Kante zwischen Erdreich und Felsen hinauf, wo sie sich einen

Platz suchte, verborgen hinter der steinernen Wand. Perfekt – sie hatte eine gute Sicht auf das Gebäude und stellte ihr Teleobjektiv ein. So konnte sie wie durch ein Fernglas ungehindert in alle Fenster schauen.

Sie hatte mit der Wahl der Hausseite Glück. Fast hätte sie laut aufgejuchzt, als sie Magnus' hellblonden Schopf an einem Fenster aufblitzen sah, das deutlich größer war als die anderen. Es musste sich um eine Art Saal handeln, vielleicht ein alter Tanzsaal. Magnus schaute kurz aus dem Fenster. Dann drehte er sich mit einer ruckartigen Bewegung um, die sehr nach Zorn aussah. Die Kamera klickte im Akkord und in Tilla stieg das vibrierende Hochgefühl eines Jägers auf, der seine Beute nach langer, schwerer Jagd endlich erspäht hatte. Nun konnte sie es ihm mit gleicher Münze heimzahlen.

Er schien mit einer anderen Person zu diskutieren. Sie registrierte abgehackt wirkende Bewegungen. Immer wieder drehte er sich in den Raum. Endlich tauchte auch sein Diskussionspartner am Fenster auf. Tillas Finger traktierte mit bösartiger Genugtuung den Auslöser.

Dann erstarb das Klicken abrupt. Fassungslos starrte Tilla über die Kamera hinweg das Haus an. Ihre Kinnlade sank herab. Tilla brauchte einige Augenblicke, um sich zu fassen. Das konnte es doch gar nicht geben … Der Mann verschwand wieder im Inneren des Saales. Mit zitternden Händen rief sie die zuletzt geschossenen Fotos auf dem Kameradisplay auf. Es war wahr: Sie hatte gerade ihren Vater fotografiert. Verstört blickte sie ihr Foto an und verstand die Welt nicht mehr.

Als sie zurücksah, stellte sie fest, dass der Raum dunkel geworden war. Verstört und unsicher harrte sie hinter dem Felsen aus. Es war also doch noch nicht vorbei. Ihr Vater lebte. Nein, das konnte nicht sein, denn der Tote an den Hahnenkleeklippen war ihr Vater. Die DNA konnte ja wohl nicht lügen. Dann hatte sie sich damals doch nicht geirrt, als sie Borderfeld in ihrer Wohnung gesehen zu haben glaubte. Sie hatte Borderfeld an den Klippen niedergeschlagen. War danach jemand anderes an den Klippen gestorben? Wer war der Tote? Wer war ihr Vater? Bebend starrte Tilla das Haus an und wusste nicht mehr was sie denken sollte.

Als sie Magnus auf dem Parkplatz auftauchen sah, hob sie die Kamera mit zittrigen Händen erneut. Borderfeld folgte ihm, doch er trug nun einen Hut und einen Trenchcoat und war nicht mehr so klar zu erkennen. Sie machte noch ein paar Fotos und wartete, bis sie die beiden in einem dunklen Geländewagen die Straße runterfahren sah. Eine weitere Person verließ das Gebäude, ging über den Parkplatz und fuhr ebenfalls davon. Tilla wusste später kaum zu sagen, wie lange sie verstört an dem Hang gekauert hatte, bis sie es endlich wagte, den Rückweg zu ihrem Wagen anzutreten.

*

Andreas Kamenz fuhr an Tillas Haus vorbei, um auf dem Wendeplatz vor dem Waldweg zu drehen. Im Rückspiegel bemerkt er einen dunklen Wagen, der im Waldweg parkte. Langsamer passierte er Tillas Wohnstatt und stellte sein Auto schräg gegenüber am Wegrand ab. Ihr Geländewagen war nirgends zu sehen, vielleicht hatte sie ihn weiter vorne geparkt. Er hoffte, dass Tilla nicht zu irgendeiner unüberlegten Unternehmung aufgebrochen war. Mit einem unguten Gefühl sah er sich um. Nach einer Weile hielt er die Ungewissheit nicht mehr aus und stieg aus. Als er sich Tillas Haus näherte, war er sicher, im Küchenfenster eine Bewegung gesehen zu haben. War sie doch da?

Er ging zur Haustür und klingelte. Nichts. Er rief nach ihr, doch es rührte sich noch immer nichts. Einer Eingebung folgend ging er noch einmal die paar Schritte bis zum Waldweg und blickte auf das Kennzeichen des Geländewagens, der dort stand. Zügig schritt er zurück zu seinem Auto, während er sein Handy aus der Tasche zog. Er wollte das Kennzeichen durchgeben und es überprüfen lassen.

Noch bevor Andreas den Wahlvorgang beendet hatte, wurde er unvermutet von hinten gepackt und schlug mit dem Kopf schmerzhaft gegen den Kotflügel. Das Handy fiel ihm aus der Hand und verschwand aus seinem Blickfeld. Trotz aufkommender Benommenheit rammte er seinen Ellenbogen nach hinten und griff mit der anderen Hand nach seiner Waffe. Nachdem er mehrere Faustschläge in die Seite hatte einstecken müssen, landete er keuchend auf den Knien. Sein Widersacher presste ihm das Gesicht an das Heck seines Wagens und drehte ihm die rechte Hand auf seinem Rücken. Arm und Schulter schmerzten derart, dass er seine Hand öffnete und die Waffe fallen ließ.

Mit seiner eigenen Waffe im Genick wurde er durch Tillas Haustür getrieben. Ein zweiter Mann wartete im Flur und schloss die Eingangstür unmittelbar hinter ihnen.

Andreas Kamenz hielt sich die Seite, von der sich unangenehme Schmerzwellen ausbreiteten und versuchte seine Angst in den Griff zu bekommen. Er erinnerte sich an seine Schulungseinheiten und versuchte seine Rede anzubringen, ohne weitere Aggressionen heraufzubeschwören. »Hören Sie … ich bin von der Polizei und …«

»Halt die Klappe«, herrschte ihn der ältere Mann an und presste ihm den Lauf der Pistole ins Gesicht. Mit routinierten Bewegungen durchsuchte er Kamenz nach weiteren Waffen. Er fand Andreas' Polizeiausweis.

»Du bist also Kriminalkommissar Kamenz«, höhnte er. »Kamenz, du bist zur falschen Zeit am falschen Ort.« Sein Ausweis flog in die Ecke des Flurs.

»Hat er telefoniert?«, fragte der jüngere Mann.

»Nein«, antwortete der andere und beendete seine Durchsuchung.

Der jüngere, blonde Mann drängte sich in sein Blickfeld. »Was machst du hier?«

Andreas Kamenz überlegte, was er ihm antworten sollte. Seine Überlegung dauerte zu lange. Er hatte den Schlag, der ihn zurückwarf, nicht einmal ansatzweise gesehen und sackte in die Knie. Alsbald wurde er wieder auf die Beine gezogen.

»Ich will wissen, was du hier tust?«

»Das Haus beobachten …«, brachte Andreas Kamenz mit Mühe hervor.

Der Blonde nickte. »Du hast vorhin nach ihr gerufen. Kennt ihr euch gut genug, dass du sie beim Vornamen nennst?«

»Sie ist eine Zeugin … mehr nicht.«

»Tatsächlich? Und was hat die Zeugin dir so erzählt, dass du ihr Haus beobachtest?«

Bevor Andreas antworten konnte, meldete sich ältere Mann zu Wort. »Kamenz …«, wiederholte er nachdenklich. »Irgendetwas habe ich in den Notizen meines Bruders über dich gelesen. Du bist doch nicht zum ersten Mal hier, oder?«

Andreas schwieg. Wieder traf ihn ein Schlag, der ihn gegen die Flurwand warf. Die Aufmerksamkeit des blonden Mannes wandte sich kurz darauf etwas anderem zu. Er ließ von ihm ab und ging in die Küche.

»Und wo ist sie jetzt?«, fragte ihn der ältere Mann und hielt ihm eine Pistole vor das Gesicht.

»Ich weiß es nicht«, keuchte Andreas.

»Aber ich weiß es«, hörte er den Blonden sagen. »Sie ist dort draußen«, erklärte der und wies mit dem Kinn Richtung Küchenfenster.

Auch der ältere Mann trat einen Schritt zurück und

spähte Richtung Fenster. »Warum zögert sie denn so? Komm schon, Mädchen, komm her zu uns ...«, sagte er leise.

Andreas kniete noch immer im Flur. Zwar hatte der ältere Mann seine Waffe noch in der Hand, war aber unaufmerksam. Vielleicht konnte er die Kaffeekanne auf dem Tisch erreichen und sie gegen das Fenster werfen. Dann wäre Tilla gewarnt.

Andreas hechtete vorwärts und stieß den Älteren mit aller Wucht zur Seite. Sofort griff er nach der Kanne, hatte aber die Reaktionsschnelligkeit des anderen unterschätzt. Seine Hand mit der Kaffeekanne wurde bereits auf halber Höhe abgefangen. Der Blonde drehte ihm den Arm um und fegte ihm gleichzeitig die Beine weg. Andreas krachte so hart auf den Boden, dass ihm kurz die Luft wegblieb. Dann trat ihm der Ältere mit lauten Beschimpfungen in die sowieso schon schmerzende Seite. Nach weiteren Schlägen hüllte ihn wabernde Dunkelheit ein.

Den Fußtritten und Faustschlägen
der riesigen blauäugigen Keltenweiber
ist kein Mann gewachsen.

Ammianus Marcellinus

Die Kamera lag auf dem Beifahrersitz. Immer wieder huschte Tillas Blick zu dem Gerät und sie musste mehrfach scharf bremsen, weil sie wegen ihrer Unkonzentriertheit fast ihren Vordermann gerammt hätte. Langsam bog sie in ihre Straße ab, hielt aber dann an und ließ den Kopf auf das Lenkrad sinken. Reichten die Fotos der Polizei für eine Razzia oder so etwas? Würden ihr die Fotos von Borderfeld irgendwelche Vorteile bringen? Sicher würde dieser Staatsanwalt erst einmal hingehen und freundlich fragen, warum Herr Borderfeld nicht die Güte gehabt hatte, bei den Hahnenkleeklippen zu sterben. Tilla konnte sich bildlich vorstellen, wie Borderfeld die Polizeibeamten mit leisen aber eloquenten Worten zu Trotteln machte und sie bitten würde, sein Haus zu verlassen. Danach, da war sie sicher, konnte sie ihr Testament machen. Auch die brennende Frage, wer denn nun wirklich ihr Vater gewesen war, ließ ihre Denkfähigkeit geradezu erstarren. Was sollte sie tun?

Falls sie ihren Wagen für eine Flucht brauchte, war es wohl besser, nicht vor ihrem Haus zu parken. Sie stellte ihren Geländewagen in eine der Parkbuchten an der Straße nach Stapelburg, die von Gästen des nahe gelegenen kleinen Hotels genutzt wurden. Hier fiel er nicht auf. Sie griff nach der Kamera und machte sich nachdenklich zu Fuß auf den Weg nach Haus.

Sie könnte zumindest Andreas informieren, vielleicht wusste er Rat. Ja, das war gut. Zufrieden mit diesem Entschluss bog Tilla um die Ecke und hielt nach Andreas' Golf Ausschau. Tilla erstarrte in der Bewegung. Sein Wagen parkte nicht weit von ihrem Haus entfernt. Die Fahrertür stand offen. Andreas war nirgends zu sehen. Ihre körpereigenen Alarmglocken begannen Sturm zu läuten.

Tilla suchte unwillkürlich hinter der Buschgruppe Schutz und zog sich zurück. Verunsichert wartete sie hinter der Ecke und überlegte. Vielleicht ging Andreas ja gerade um ihr Haus herum und suchte sie. Sie spähte um die Wegecke. Dann glaubte sie eine Bewegung an ihrem Küchenfenster zu sehen. Tilla nahm die Kamera, stellte das Teleobjektiv auf ihr Küchenfenster ein, doch sie konnte nichts mehr erkennen. Nachdenklich ließ sie die Kamera sinken. Sie klopfte die Taschen ihres

Anoraks ab, obwohl sie wusste, dass sie das Handy nicht mitgenommen hatte. Sie sah sich unschlüssig um, bis ihr die Ecke eines in graubraunes Holz eingefassten Wohnwürfels zwischen hellgrünen Zweigen ins Auge fiel. Tilla überquerte die Straße und ging zum Haus der Assmuts. Es war niemand da. Einer Eingebung folgend packte sie die Kamera in Gerreds Briefkasten, einer Blechröhre nach amerikanischem Vorbild und dafür glücklicherweise groß genug.

Dann ging sie langsam auf ihr Haus zu. Tilla schaute kurz in Andreas' Wagen und schob die Tür des Golfs zu. Sie musste seine Kollegen verständigen. Irgendetwas stimmte hier nicht. Vorsichtig sah sie sich um. Es war kein fremder Wagen zu sehen. Sie spähte zu ihrem Küchenfenster. Nichts. Sie erreichte den Eingang zu ihrem Grundstück, wandte sich aber zunächst nach rechts. Langsam umrundete sie ihr Haus, überquerte die Terrasse und linste an einer Fensterecke ins Wohnzimmer. Sie konnte nichts Verdächtiges sehen.

»Wahrscheinlich bin ich paranoid«, murmelte Tilla. Es half nichts, sie musste hinein und an das Telefon. Leise zog sich zurück. Auf dem Rückweg über die Terrasse suchte sie nach etwas, was sich notfalls als Waffe verwenden ließ. Ihr Blick blieb an dem Runenstein hängen. Fix griff sie danach und steckte den schweren Stein in ihre rechte Anoraktasche. So bewaffnet näherte sie sich ihrer Haustür. Vorsichtig steckte sie den Schlüssel ins Schlüsselloch. Ein ungutes Gefühl ließ sie zögern. Vielleicht sollte sie doch lieber bei den Nachbarn klingeln, um die Polizei zu rufen?

Urplötzlich wurde die Tür geöffnet. Eine Hand ergriff ihren Arm und zog sie grob ins Haus. Der Schreck fuhr ihr durch Mark und Bein. Mit einem Arm auf dem Rücken stolperte sie vor Magnus her ins Wohnzimmer.

Andreas Kamenz lag auf dem Boden in dem Bereich

des Wohnzimmers, den sie von draußen nicht hatte sehen können. Seine Arme waren auf dem Rücken gefesselt. Helle Plastikstreifen standen von seinen gekreuzten Händen ab. Er rührte sich nicht. Tilla konnte nur einen Teil seines Gesichts sehen. Es war blutverschmiert.

»Hallo, Tilla!«

Widerwillig riss sich Tilla von Andreas' Anblick los und folgte der Stimme. Fassungslos starrte sie auf einen Mann, der lässig auf ihrem Schreibtischstuhl saß. Erst dachte sie, es sei Borderfeld, doch dann stutzte sie. Seine Augen wirkten nicht wie die eines Bären. Die Augen dieses Mannes hatten zwar die gleiche Farbe, erinnerten Tilla aber eher an ein Reptil. Auch fehlte die kleine Narbe, die Borderfelds rechte Augenbraue geteilt hatte.

»Sie sind ja gar nicht …«, begann sie stammelnd, bevor ihr die Worte im Halse stecken blieben.

Der Mann vor ihr grinste breit. »Nein. Ich bin nicht Hermann.« Er betrachtete Tilla abschätzend. »Ich bin sein Bruder Gerfried Bordfeld.«

»Sie kannte die Namen nicht«, mahnte Magnus ihn unwillig.

Gerfried machte eine wegwerfende Handbewegung. »Ach was.«

Magnus hielt ihren rechten Arm im Hebel hinter ihrem Rücken fest. Ihren Stein hatte sie ausgerechnet in der rechten Tasche. Sie kam nicht heran. Tilla wagte einen vorsichtigen Blick zur Seite. »Warum er?«, fragte sie dünn und wies auf Andreas.

»Tja, er war zu neugierig. Hat hier herumgeschnüffelt.« Gerfried blickte Tilla amüsiert an. »Keine Sorge, noch lebt er. Er war nur … etwas unkooperativ. Er wollte dich warnen. Der Bulle scheint sich ja sehr um dich zu sorgen.« Dann wandte er sich in gönnerhaftem Ton an Magnus. »Von diesem Kamenz hat doch mein lieber Bruder eine kleine Notiz hinterlassen. Wusstest du eigentlich, dass dein Charme nicht der einzige war, dem unsere hübsche Tilla nachgab? Ihn hat sie auch mit ihrem Venuszauber beglückt«, kicherte Gerfried und wies mit dem Kinn in Kamenz' Richtung.

Tillas Schulter schmerzte, als Magnus ihren Arm eine Nuance weiter nach oben zog. Zwar fühlte sie seinen Ärger, doch Magnus gab sich wie immer äußerlich gefasst. »Das ist nicht weiter verwunderlich, sie weiß ihre Trümpfe gut auszuspielen.« Sie hörte Magnus kurz auflachen. »Und was mich angeht, sie wusste auch ziemlich schnell, zu wem ich gehöre.«

»Tatsächlich?« Gerfried betrachtete Tilla interessiert. »Mich hat sie auch gleich erkannt. Sie ist die Einzige, die mich tatsächlich sofort erkannte. Dann muss sie ja wohl wirklich eine Hexe sein.«

Er ging auf Tilla zu und musterte sie ungeniert. Dann schüttelte er den Kopf. »Es ist wirklich erstaunlich. Hättest du nicht diese komischen Wolfsaugen, du sähst aus wie deine Mutter.« Seine Hand wanderte über ihr Gesicht und bewegte sich dann an ihrem Hals hinunter Richtung Brust, während er versonnen murmelte: »Deine Mutter war hübscher als du. Sie hat sich gewehrt, aber da war es schon viel zu spät … auch sie hat mich erkannt. Aber da hatte sie schon keine Chance mehr.« Er verdrehte genießerisch seine Augen und murmelte: »Es war der beste Sex, den …«

Seine letzten Worte erstickten in seinem Schmerzensschrei. Tilla hatte ihr Knie hochgezogen und riss ihren Arm aus Magnus' Griff. Als Gerfried sich vor Schmerzen krümmte, drosch Tilla völlig entfesselt auf ihn ein. Er also hatte ihre Mutter vergewaltigt. Tilla stieß geradezu unmenschliche Schreie aus, während ihre Fäuste ihn wie ein Trommelfeuer trafen. Magnus ließ sich Zeit, bevor er Tillas wilder Attacke ein Ende machte und sie zurückriss. Sie ruderte weiter wild in Magnus' Griff, bis er sie zu

Boden warf. Mit geübtem Griff drehte er Tilla auf den Bauch und fixierte ihr die Arme mit Kabelbindern auf dem Rücken. Keuchend lag Tilla auf dem Boden.

Ihr Vater hatte also einen Bruder gehabt. Dieser Doppelgänger war es gewesen, der ihre Mutter vergewaltigt und ihr Leben damit zerstörte hatte. Das Leben ihrer Mutter, wahrscheinlich auch das ihres Vaters und auch ihr eigenes. Mit einem lauten Wutgeheul warf sich Tilla erneut hin und her und sank erst nach Minuten ermattet zusammen.

Gerfried brauchte ebenfalls eine Weile, bis er wieder auf den Beinen stehen konnte. Zornig riss er Tillas Kopf an den Haaren hoch. »Der einzige Grund, warum du noch lebst, ist der, dass wir den Stein haben wollen«, zischte er.

Tillas Wut war so grenzenlos, dass sie keinerlei Schmerz fühlte. »Du glaubst doch nicht, dass du den je bekommst, du widerliches Stück Dreck!«

Es klickte laut. Die kalte Rundung eines Pistolenlaufs bohrte sich in Tillas Wange.

»Das nützt dir auch nichts«, presste Tilla in vibrierendem Zorn zwischen den Zähnen hervor.

»Gerfried, lass das«, verlangte Magnus harsch. »So kriegst du den Stein nie.«

»Sag du mir nicht, was ich tun soll. Dein Charme hat's ja auch nicht gebracht«, gab Gerfried aufgebracht zurück. »Es wird Zeit, dass sie einen anderen Umgangston kennenlernt.«

Von Magnus hörte Tilla ein prustendes Geräusch. Höhnisch antwortete er: »Den kennt sie schon. Dein Bruder hat sich schon eine Weile an ihr die Zähne ausgebissen. Was glaubst du, warum er mich geschickt hat? Hermann ist an ihr gescheitert.«

»Vielleicht finde ich ja die passenden Worte«, höhnte Gerfried zurück. Dann wandte er sich Andreas Kamenz zu. Tilla drehte mühsam den Kopf auf die andere Seite. Grob zog er den Polizisten auf die Knie und zerrte ihn in Tillas Blickfeld. Sie sah, dass man Andreas bereits sehr zugesetzt hatte. Benommen öffnete er die Augen. Gerfried setzte ihm die Waffe an die Schläfe und starrte Tilla wutentbrannt an. »Ich will den Stein haben! Jetzt!«

Andreas kam nur langsam zu sich. Tilla lag noch immer auf dem Bauch, konnte aber erkennen, dass er die Situation begriff. Sie zermarterte sich das Hirn darüber, wie sie Zeit gewinnen konnte.

»Lieber Onkel Gerfried«, begann sie und betonte ihren Verwandtschaftsgrad abfällig, »du hast hier doch schon alles durchsucht und müsstest wissen, dass der Stein nicht hier ist.«

Gerfrieds zusammengepresste Lippen entspannten sich etwas. Er brachte sogar ein Grinsen zustande. »Und wo ist er … liebe Nichte?«

»Schlag die letzte Seite vom Buch meiner Mutter auf und schau selbst nach«, schnappte Tilla zurück.

Gerfried runzelte die Stirn und blickte dann auffordernd zu Magnus, ohne jedoch die Waffe von Andreas Kamenz' Kopf zu nehmen. Magnus ging zu Tillas altem Sessel und nahm Hederas Buch in die Hand. Er blätterte wie geheißen bis zur letzten Seite und betrachtete sie nachdenklich.. Endlich kehrte er in Tillas Blickfeld zurück und zeigte Gerfried das aufgeschlagene Buch.

»Und was soll das? Ich hasse Gedichte!«, fuhr er wütend auf und wischte sich das Blut von Tillas Angriff von der Nase.

»Die letzten Sätze bedeuten, dass der Stein rotiert«, sagte Tilla. »Immer eine von uns trägt die Verantwortung, die Last für den Stein. Am Ende eines Yols, das steht für Jahr, bringt sie den Stein an einen anderen Ort.«

»Ach ja? Und wo ist er jetzt?«

»Das hättet ihr meine Mutter fragen müssen«, fauchte

Tilla und riss an ihren Armfesseln, doch die dünnen Kabelbinder schnitten ihr in die Haut, ohne auch nur einen Millimeter nachzugeben.

Gerfried zerrte wieder an Andreas herum und drückte dessen Kopf mit der Waffe zur Seite. Tilla sah, dass Andreas in Erwartung eines Schusses die Augen schloss. »Noch so eine blöde Bemerkung und ich verteile sein Hirn in deinem Wohnzimmer.«

Mühsam ruhiger knurrte Tilla: »Ich will damit sagen, dass ich es nicht weiß.« Wenn sie ihn weiter reizte, würde er Kamenz erschießen. »Er ist irgendwo da draußen. Die Bilder zeigen Orte im Harz, an denen wir Rituale abhalten. Es sind uralte Orte der Kraft. Heilige Orte.«

Gerfried spähte wieder zu dem Buch. »Genauer!«, herrschte er Tilla an.

»Ich weiß es wirklich nicht«, antwortete Tilla. Ihr Blick traf den von Andreas. Würde er diesen Tag überleben? Ihr kam eine Idee. Vielleicht konnte sie Zwietracht zwischen Gerfried und Magnus säen. »Als Magnus neulich kam und mich davor warnte, dass du mich töten willst, habe ich mit der Suche nach dem Stein begonnen. Aber gefunden habe ich ihn noch nicht.«

»Ach, das ist ja interessant«, hörte sie Gerfried in kaltem Ton sagen. Tilla konnte geradezu körperlich fühlen, dass seine Aggressionen die Richtung wechselten. »Du hast sie also gewarnt?«

»Gehörte mit zum Plan«, hörte sie Magnus gelassen erwidern. »Ich wusste, dass der Stein, den sie mir gegeben hatte, falsch war. Wärst du nicht so ungeduldig, sie hätte den echten Stein für uns gefunden. Du hörst es doch, sie hat mit der Suche begonnen.«

Der Mistkerl war doch tatsächlich nie um Worte verlegen, ärgerte sich Tilla. Ihr Vater musste es schwer mit ihm gehabt haben.

Gerfrieds Kiefer arbeiteten. »Na gut. Dann müssen wir

eben selbst nachsehen. Ich nehme den Bullen und du die Hexe. Aber halt sie dieses Mal besser fest, du Idiot.« Gerfried zerrte Andreas auf die Beine, der jedoch gleich wieder zusammensackte.

»So wie du den zugerichtet hast, wird der es wohl kaum schaffen, uns bei einem Rundlauf über den Harz zu begleiten«, bemerkte Magnus kalt. »Ich übernehme Tilla und suche den Stein allein.« Tilla fühlte sich auf die Beine gezogen, wobei Magnus sie fest im Griff behielt.

Noch einmal zerrte Gerfried Andreas Kamenz hoch, der nun mühsam und schwankend stehen blieb. »Das könnte dir so passen, mein Freund.« Gerfried steckte die Waffe ins Holster und griff nach seinem Handy. Nach einem kurzen Tastendruck fragte er in das Gerät: »Wo bist du? … Gut. Komm her, sofort.«

Tilla erkannte im Spiegelbild ihres dunklen Computerbildschirmes, dass Magnus offenkundig nicht wusste, was Gerfried vorhatte.

Andreas Kamenz' gekrümmte Haltung zeigte deutlich, dass er Mühe hatte, auf den Beinen zu bleiben.

Tillas Blick streifte das Telefon, das auf der Kante ihres Schreibtisches lag. Ob es ihr gelang, sich rücklings an den Schreibtisch zu schieben und die Tasten zu bedienen? Ihr Blick kehrte zu Andreas Kamenz zurück, der sie beobachtet hatte und nun dezent den Kopf schüttelte.

Nach wenigen Minuten, in denen sich Gerfried und Magnus über die weitere Vorgehensweise stritten, erschien jemand an der Terrassentür. Gerfried ließ einen Mann mit einem stoppeligen Haarkranz ein, der Magnus ein arrogantes Grinsen sandte.

Gerfried zog eine weitere Waffe aus seinem Hosenbund – vermutlich die von Andreas – und gab sie dem Neuankömmling. »Arthur wird auf dich und meine süße Nichte aufpassen.« Dann packte er grob Tillas Kinn und zischte ihr zu: »In vierundzwanzig Stunden fängt sich der

Bulle eine Kugel ein. Also beeil dich mit der Suche, klar?«

Tillas Augen sprühten Funken des Zorns, als sie versuchte, sich nach vorn zu werfen. Doch dieses Mal waren Gerfried und Magnus gewappnet. Magnus' Griff ließ ihr kaum Spielraum.

Gerfried zog die Mundwinkel auseinander. »Du bist eine ganze Ecke wehrhafter als deine Mutter – muss wohl das Erbteil meines lieben Bruders sein … wer weiß, vielleicht ist es ja auch meines!«

Tilla stieß einen wilden Wutschrei aus und bäumte sich in Magnus' Griff auf. Sie wusste zwar, dass der Mann vor ihr nicht ihr Vater sein konnte, dennoch brannte alles in ihr danach, auf diesen feigen Vergewaltiger einprügeln, der sich auch noch mit dieser Tat brüstete und sie verhöhnte. Tilla schrie und war völlig blind vor Zorn. So bekam sie auch nicht mehr mit, dass Gerfried den schwankenden Andreas Kamenz aus ihrem Wohnzimmer zog.

*

Gerred stellte seinen Smart im Carport ab. Sein Blick fiel auf sein Fahrrad, das vor ihm an der Wand hing. Doch heute hatte er absolut keine Lust zu fahren. Das war ziemlich untypisch für ihn. Normalerweise brauchte er die Anstrengung, brauchte das Gefühl, seinen Körper zu spüren und mit ihm auch schwierige Situationen beherrschen zu können. Doch heute war ihm alles egal. Wieder einmal hatte er das Gefühl, hilflos zu sein. Er zweifelte daran, dass er Tilla je näherkommmen würde. Astrid hatte ihm bereits angedeutet, wie schwer er es bei Tilla haben würde, die eine Beziehung strikt ablehnte und sich lieber von einem losen Abenteuer in das nächste flüchtete. Ein bisschen konnte er Tillas Einstellung verstehen. Auch er hatte sich noch nie einer Frau wirklich geöffnet. Seine Narbe hatte ihn vorsichtig gemacht. Auch hatte die Verantwortung für seine Schwester immer Vorrang gehabt.

Doch Dana hatte vor einiger Zeit nachdrücklich von ihm verlangt, sie loszulassen. Er verstecke sich hinter ihr vor dem Leben, hatte sie ihm vorgeworfen. Es hatte wehgetan. Doch das Schmerzhafteste war: Sie hatte recht. Nun traf sie sich mit Daniel Regner und war in dieser Beziehung regelrecht aufgeblüht. Gerred runzelte die Stirn. Er mochte Daniel zwar, aber als Freund seiner Schwester erschien er ihm irgendwie zu unbekümmert. Nun gut. Das ging ihn schließlich nichts an.

Auf dem Weg zur Haustür schaute er in seinen Briefkasten und stutzte. Neben einigen Briefen zog er eine Kamera heraus. Es war eindeutig die Kamera, die er auf Tillas Schreibtisch gesehen hatte. Als er das Gerät genauer inspizierte, bemerkte er, dass die Speicherkarte voll war. Tilla hatte ihm die Kamera gebracht. Warum?

Nachdenklich ging er ins Haus, legte Jacke und Post zur Seite und schaltete sogleich seinen Rechner ein. Gerred steckte die Speicherkarte der Kamera in den Kartenleser seines Computers. Alsbald erschienen Tillas Fotos auf seinem Bildschirm. Auf einem erkannte er den blonden Mann, der bei Tilla gewohnt hatte. Dieser Magnus stand an einem Fenster. Sie hatte es also doch getan: Sie hatte ihn verfolgt. Aber warum lag die Kamera in seinem Briefkasten? Dann musste Tilla doch hier sein. Er griff nach dem Telefon.

Von wildem Aussehen, streitsüchtig und aufbrausend ist das Volk der Celtae.

Ammianus Marcellinus

Magnus hatte alle Mühe, Tilla festzuhalten, die zornbebend und schreiend um sich trat. Als es ihr gelungen war, Arthur mit einem Tritt vor die Brust von den Beinen zu stoßen, spornte sie das nur noch mehr an. Dann ließ Magnus Tilla so unvermittelt los, dass sie unsanft auf den Boden fiel. Magnus setzte sofort nach und drehte sie auf den Rücken, wohl bedacht, ihren wüsten Tritten zu entkommen. Als Tilla versuchte ihn zu beißen, hielt er ihr Kinn fest und fixierte sie mit einem Bein über ihrem Bauch auf den Boden.

»Tilla, ruhig!«, schrie Magnus sie an.

»Die ist ja völlig durchgeknallt«, beschwerte sich Arthur, der sich hustend auf die Beine rappelte. »Wie sollen wir denn so eine Irre dazu bringen, mit uns durch den Harz zu marschieren, um einen Stein zu suchen. Die brüllt doch alles zusammen!«

»Nein, das tut sie nicht.« Magnus sah Tilla in die Augen, als wollte er sie hypnotisieren. »Sie weiß ganz genau, dass der Polizist stirbt, wenn sie das tut. Nicht wahr, Tilla?«

Keuchend erwiderte Tilla seinen Blick. Nur langsam kam sie zur Besinnung.

»Hast du das verstanden?«, herrschte Magnus sie an.

Tilla stieß ein zischendes »Ja« zwischen den Fingern hervor, die ihr Kinn festhielten. Ihre Schultern schmerzten, da ihre Hände noch immer auf dem Rücken fixiert waren. Allmählich tat ihr so ziemlich alles weh. Aber mit dem Schmerz kehrte auch ihre Denkfähigkeit zurück.

»Gut«, sagte Magnus mit einer Sanftheit, der nichts Freundliches anhaftete und richtete Tilla auf. Er griff nach Hederas Buch und hielt ihr die letzte Seite vor das Gesicht. »Und wo fangen wir an zu suchen?«

Eine ganze Weile war nur Tillas Keuchen zu hören. Dann endlich stieß sie unwillig hervor: »Bei dem Bild oben links und dann der Reihe nach.«

»Siehst du, es geht doch«, raunte Magnus ihr zu und zog sie auf die Beine. »Ich werde dir jetzt die Fesseln abnehmen und du wirst dich benehmen.« In Tillas Blickfeld tauchte eine Waffe auf. »Wenn du Theater machst, erschieße ich dich sofort. Dann macht unser guter Freund Arthur hier einen Anruf und Gerfried kümmert sich um deinen Polizistenfreund. Glaub mir, Tilla, Gerfried ist beim Töten ein Genießer, es wird für den Bullen kein Vergnügen werden. Hast du das verstanden?«

Tilla biss die Zähne zusammen, bis sie knirschten. Sie nickte verhalten.

Magnus holte ein Messer aus der Tasche und durchschnitt Tillas Fesseln, die zu Boden fielen. Einen Moment lang ballte sie die Fäuste. Magnus amüsiertes Grinsen zeigte ihr, dass er es sehr wohl bemerkt hatte. Die Wut schnürte ihr die Kehle zu, aber sie zwang sie nieder und öffnete die Handflächen wieder.

Als sie das Haus verließen, warf Magnus den Schlüsselbund, der noch immer in der Haustür gesteckt hatte, in die Rosenbüsche.

»Du fährst«, wies er Arthur an, während er Tilla am Arm packte.

*

Tillas Hörer wurde nicht abgehoben. Gerred legte das Telefon zur Seite. Nachdenklich starrte er auf den Bildschirm, als Dana und Daniel hereinkamen.

»Hallo, Brüderchen.« Dana umarmte ihn flüchtig. »Was sind denn das für Fotos?«

»Tja, wenn ich das wüsste. Sie kommen aus Tillas neuer

Kamera, die ich vorhin in meinem Briefkasten fand. Aber eine Erklärung habe ich nicht.«

»Tillas Kamera? Im Briefkasten?«, fragte Dana erstaunt. »Hast du sie schon angerufen?«

Gerred nickte. »Das Übliche. Sie geht nicht ran.«

Daniel Regner verfolgte den Diadurchlauf auf dem Computerbildschirm mit wachsendem Erstaunen. »Kannst du die Diashow mal anhalten und ein paar Bilder zurückgehen?«

Gerred betätigte einige Tasten, bis alle Fotos im Miniaturformat auf dem Bildschirm auftauchten. Daniel beugte sich vor und zeigte auf eines. Gerred klickte es an. Eine Gestalt hinter einem Fenster füllte den Computerbildschirm aus.

»Mein Gott, das ist ja der Kerl, der mich zusammengeschlagen hat«, stellte Daniel verwundert fest.

»Borderfeld? Das ist Borderfeld?«, fragte Gerred ungläubig.

»Ja, das ist er. Wann hat sie denn dieses Foto gemacht?«

»Offenbar heute Morgen«, erklärte Gerred.

»Was? Ich dachte, der Kerl ist seit über einem Monat tot«, antwortete Daniel verwirrt.

Ratlos starrten sie die Fotos an.

»Los, kommt«, verlangte Gerred.

Zu dritt gingen sie die Straße entlang zu Tillas Haus. Nichts rührte sich. Dana traktierte Tillas Klingelknopf mit Dauerdruck und rief nach ihr. Daniel kam mit eiligen Schritten aus dem Garten zurück. »Ihr Wohnzimmer ist ziemlich aufgemischt. Irgendetwas ist da passiert.«

»Ich hab ihren Schlüsselbund«, rief Gerred. »Er lag dort zwischen den Rosen.«

Sie schlossen auf und betraten ein völlig verwüstetes Wohnzimmer. Der Teppich war blutverschmiert.

Gerred löste sich als Erster aus seiner Starre und griff nach dem Telefon.

*

Das Gewimmel von Polizeibeamten hatte so ziemlich alle Bewohner der sonst so ruhigen Wohnstraße an ihre Gartenzäune getrieben. In einer ordentlichen Reihe, ähnlich der ihrer Tagetesrabatten, standen sie an ihren Zäunen und verfolgten das Treiben mit höchster Aufmerksamkeit und gedämpftem Flüstern.

Niemandem entging, dass geschlechtslose Gestalten in weißen Plastikoveralls den Golf durchkrochen, der in der Straße stand, obwohl er hier gar nicht hergehörte. Befriedigt sah man zu, wie sein Inhalt mit Pinzetten in kleine Tütchen gepickt wurde. Ein Tütchen nach dem anderen wanderte in eine äußerst interessant aussehende Kiste.

Man sah weitere Beamte zwischen dem letzten Haus der Straße und dem merkwürdigen, modernen Wohnklotz am Anfang der Straße hin und her eilen, von dem man ja wusste, dass es schon einmal mit einem Verbrechen verbandelt gewesen war.

Als man das eigenartig bemalte Gefährt der eigenartigen, verschwundenen Bewohnerin des letzten Hauses unten auf der Hauptstraße entdeckt hatte, teilten sich die Gestalten in weißen Overalls in zwei Gruppen auf. Ein Trüppchen von ihnen machte sich auf, auch diesen Wagen mit Pinseln, schwarzem Staub und Pinzetten zu bearbeiten.

Es war ein aufregender Tag für die Bewohner der abgelegenen Wohnstraße am Wald. Noch lange würden sie Freunden und Bekannten davon berichten können, also passten alle gleichermaßen gut auf, dass ihnen keine Bewegung und kein Wort entging.

Druiden sprachen in Form von Rätseln oder Bildern über Welt und Geschichte.

Caesar

Wie ein Trio von guten Freunden stapften sie über die Wiese und bauten sich vor dem Klusfelsen auf. Arthur maß Tilla mit misstrauischen Blicken und hielt Abstand, während Magnus sie mit einem Arm umfasst hielt, als wären sie ein Liebespaar beim Abendspaziergang.

»Und hier soll der Stein sein?«, zweifelte Arthur lautstark.

»Ich weiß nicht, ob er hier ist«, murrte Tilla. »Aber denkbar wäre es. Der Klusfelsen ist eine uralte Kultstätte.« Sie betrachtete die ausladende Linde, die die Klusterrasse überschattete. »Ist Harald Schakenbeck hier gestorben?«

»Schakenbeck?« Magnus gab ein amüsiertes Geräusch von sich. »Ja. Dort oben auf dem Vorplatz der Kapelle.«

»Und? Warst du es?«, fragte Tilla feindselig.

Magnus grinste sie an. »Nein. Ich hatte erst sechs Wochen später das Vergnügen, zum Einsatz zu kommen. Ich habe die Welt von dieser Schwuchtel befreit. Dein Vater hat Schakenbeck hingerichtet.«

»Hingerichtet?«

»So hat er es genannt. War wohl eine alte Rechnung.« Magnus lachte auf. »Schakenbeck hat bis zuletzt nichts begriffen.«

»Wieso soll er denn nichts begriffen haben?«, fragte Tilla. »Ging es denn nicht um diese Jagd auf Hermann vor dreißig Jahren? Die hatte Schakenbeck angezettelt.«

»Ja. Dein Vater hatte von Schakenbeck wissen wollen, *warum* der diese Jagd angezettelt hatte. Und Schakenbeck erzählte ihm dann von Hederas Vergewaltigung.« Magnus dachte kurz nach und lachte dann auf. »Jetzt verstehe ich das Ganze erst … Gerfried hat deine Mutter vergewaltigt und Hermann hat es ausbaden müssen. Schakenbeck wusste ja nichts von Gerfried und hat damals den Falschen gejagt.«

Tilla schwieg. Ihre Hand wanderte sachte zu ihrer rechten Anoraktasche, aber Magnus stand zu dicht bei ihr. Sie konnte den Stein nicht herausholen, ohne dass er es merkte.

»Können wir uns vielleicht mal wieder der Gegenwart zuwenden«, blökte Arthur.

Magnus zog Tilla an sich. Sein Zeigefinger fuhr sacht an ihrem Kinn vorbei. »Und? Wo sollen wir suchen?«

Tilla versuchte sich aus seiner Umarmung zu befreien, doch sein Arm schloss sich fest um ihren Hals. »In Felsnischen und Löchern«, antwortete Tilla widerwillig, und Magnus' Umarmung lockerte sich. »Vorzugsweise in denen, die nicht zu leicht zu erreichen sind. Es wäre ja schließlich schade, wenn der Stein von Touristen weggeschleppt würde. Deswegen ist er sicher ganz oben«, erklärte Tilla spitz.

»Soll das ein Witz sein?«, ereiferte sich Arthur. »Dieser bescheuerte Felsen ist zwanzig Meter hoch und hat tausende von Nischen.«

»Tja, da wirst du wohl eine Weile herumklettern müssen«, gab Tilla hohntriefend zurück.

Arthur baute sich vor Tilla auf. »Ich hätte gern etwas konstruktivere Vorschläge, du Miststück.«

»Gib Ruhe, Arthur«, verlangte Magnus.

Arthur schnaufte unwillig. »Die führt uns doch nur an der Nase herum. Du kannst vielleicht kämpfen, aber nicht denken, Magnus.«

»Und du, mein lieber Arthur, kannst beides nicht. Du bist eine männliche Sekretärin, hast du das schon vergessen? Also führ dich hier nicht so auf!« Während Artur empört schnaufte, wandte sich Magnus an Tilla.

»So meine Liebe, ich würde vorschlagen, du kletterst. Wo möchtest du denn anfangen?«

Mist, dachte Tilla verdrossen und starrte die Felsrippe an. Nun musste sie sich etwas einfallen lassen, um die beiden zu beschäftigen. Es war schon sehr lange her, dass ihre Mutter mit ihr hier gewesen war und ihr die Symbolik des Felsens erklärt hatte. Tilla wies auf einen steinernen, länglichen Wulst im unteren Drittel des Felsens. »Dort ist der Kopf der Midgardschlange, der Sonnenlöwe, der Adler, die Magier und dort neben dem Aufgang die Nornen ...« Tilla starrte überlegend auf die Felswand neben der in den Stein gehauenen Treppe.

»Nornen? Was für Nornen?«, fragte Arthur gereizt.

»Die Nornen bilden die Wurzeln der Weltenesche Yggdrasil. Sie wird in der *Edda* beschrieben. Dieses germanische Heldenepos müsste doch für euch Nazigesindel so etwas wie eine Bibel sein«, höhnte Tilla.

Magnus ignorierte Arthur, der schon wieder zu einem aufgebrachten Kommentar ansetzte, und fragte Tilla mit einer Spur von Ungeduld: »Was hat es mit deinen Nornen auf sich?«

Verdrossen zitierte Tilla: »*Eine Esche weiß ich, sie heißt Yggdrasil* – es ist aus der Seherin Weissagung, dann geht es irgendwann mit den Nornen weiter. Hm ... *Von dort kommen Frauen, vielwissende drei, aus dem Born, der unterm Baume liegt. Urd heißt man eine, die andre Werdani, Skuld die dritte; Lose lenkten sie, Leben koren sie, Menschenkinder, Männergeschick* ... Urd bewachte den Lebensfaden eines jeden Menschen, Werdani war für die Gegenwart zuständig und Skuld für die Schuld, welche die Menschen auf sich geladen haben. Die Nornen werden durch diese drei Steine dort oben dargestellt.«

»Großartig. Und was sagt uns das?«, maulte Arthur.

»Hätte ich zu entscheiden, würde ich einen Stein, an

dem so viel Blut klebt, beim Bildnis der Skuld unterbringen.« Tilla glaubte zwar keineswegs, dass sich der Stein überhaupt hier befand, aber sie musste Zeit gewinnen. Gerred hatte sicher bereits ihre Kamera gefunden und die Polizei alarmiert. Hoffentlich fanden sie das Haus, das sie fotografiert hatte, schnell. Sicher hatte Gerfried Andreas Kamenz dort hingebracht. Sie musste Zeit schinden und hoffen, dass die Polizei Andreas befreite, bevor diese Mistkerle hier endlich begriffen, dass Tilla wirklich nicht die geringste Ahnung hatte, wo der Stein war.

»Dann los«, befahl Magnus und schob sie Richtung Treppe.

Zwischen den Stufen der Sandsteinfelsen hatte eine Kastanie Fuß gefasst. Ihre Wurzeln schlängelten sich sichtbar an den Treppenstufen entlang. Tilla blieb neben dem Baum stehen und betrachtete nachdenklich die aneinander haftenden, mal runden, mal mehreckigen Formen über sich. Felsnischen waren an dieser Stelle nicht zu sehen.

»Dort kann man nichts verstecken«, stellte Magnus mit einem Blick nach oben fest.

Sie folgten der Treppe zur Kluskapelle. Tilla beugte sich an verschiedenen Stellen über das Geländer und sondierte die Nornen von oben. Sie blickte auch in die vergitterte Kapelle. Vorsichtig kletterte Tilla neben dem Eingang hoch und befingerte alle Spalten, die sie erreichen konnte.

Nachdem sie den Platz vor der Kapelle sorgfältig abgesucht hatten, begab sich das Trüppchen wieder auf die Wiese vor der Klus. Sie umrundeten den Felsen, soweit es ging. Tilla kletterte an mehreren Stellen an der Wand hinauf, befühlte alle erreichbaren Ritzen und kletterte wieder hinunter. »Ich glaube nicht, dass der Stein hier ist«, sagte Tilla und stieß mit dem Fuß gegen eine von mehreren leeren Bierflaschen.

Magnus betrachtete die Flaschen unwillig. »Nach einem heiligen Ort sieht es hier nicht aus.«

»Das ist doch alles Unsinn«, quäkte Arthur. »Warum fahren wir nicht gleich zum Blocksberg rauf? Der Brocken ist doch pure Hexengegend, oder?«

Magnus sah zur Uhr. Es dämmerte bereits.

»Auf dem Brocken ist von dem einstigen Hexenkreis nichts mehr übrig«, antwortete Tilla gelassen. »Der Drachenfelsen ist nur noch zum Teil erhalten, und auch die Teufelskanzel ist längst zerstört.«

»Wie? Warum denn das?«, fragte Arthur.

»Na warum wohl? Das ursprüngliche Heiligtum musste den Bauten auf dem Brockengipfel weichen, du Klappskopf.«

*

Gerd Wegener tigerte in Tillas Hausflur auf und ab. Immer wieder linste er ins Wohnzimmer, das zu betreten ihm die Tatorttechniker verboten hatten. Ab und zu reichte ihm jemand ein eingetütetes Beweisstück heraus.

Den eingetüteten Ausweis seines Kollegen in der Hand betrat Gerd Wegener die ebenfalls verwüstete Küche, als Staatsanwalt Berking mit wehenden Mantelschößen durch den Flur auf ihn zu eilte. Mit sorgenvollem Gesicht erstattete Wegener ihm sofort Bericht.

»Die Zeugen, die uns alarmierten, hatten recht, es ist Andreas' Wagen. Er war nicht abgeschlossen. Am hinteren Kotflügel haben die Kollegen Blut gefunden. Andreas' Handy lag unter dem Wagen. Gemäß Wahlwiederholung hatte er uns anrufen wollen, ist aber nicht mehr dazu gekommen.«

»Das klingt nicht gut.« Berking blickte düster durch das Küchenfenster nach draußen, wo sich die Bewohner scharenweise an den Gartenzäunen versammelt hatten.

Wegener schüttelte unwillig den Kopf und sah ebenfalls durch das Fenster. »Jetzt stehen sie alle an ihren Zäunen, doch von dem ganzen Gerangel da draußen will niemand etwas mitbekommen haben«, lamentierte er ärgerlich.

Jan Berking nickte. »Und was ist hier im Haus passiert?«

»Schwer zu sagen. Ich vermute, man hat Andreas entwaffnet und gleich hier in das Haus der Leinwig gebracht.« Wegener hielt die Tüte mit dem Ausweis hoch. »Dies lag in der Ecke des Flurs, sie wissen also, dass er Polizist ist. Im Wohnzimmer und hier gibt es deutliche Kampfspuren. Die dreckigen Schuhabdrücke deuten auf vier bis fünf Personen hin. Einer der Abdrücke ist kleiner, er könnte von einer Frau stammen.«

»Also Kamenz, die Leinwig und drei Angreifer?«

»Sieht so aus.« Gerd Wegener zeigte ihm ein Tütchen mit durchgeschnittenen Kabelbindern. »Sie haben sie wohl damit gefesselt.«

»Hm … offenbar haben sie die beiden mitgenommen.« Jan Berking überlegte. »Das Labor soll die Blutproben vorrangig untersuchen, wir brauchen jetzt schnellstmöglich die Ergebnisse.«

»Die Leinwig hatte dem Nachbarn, der uns anrief – übrigens dieser Gerred Assmut! – ihre Kamera in den Briefkasten gelegt. Die Fotos werden gerade ausgewertet. Daniel Regner ist auch da. Er will auf einem der Fotos den Angreifer erkannt haben, der ihn damals hier zusammenschlug«, sagte Wegener und fügte bedetungsschwer hinzu: »Die Fotos sind von heute.«

»Was?«, fragte Jan Berking verwirrt. »Er hat Borderfeld erkannt? Auf Fotos von heute?«

»Ja, ich war genau so erstaunt. Die Leinwig hat in die Fenster eines Gebäudes reinfotografiert.«

»Was für ein Gebäude?«, hakte Berking nach.

»Wissen wir noch nicht.«

»Verfluchter Mist ... was ist hier bloß passiert?«

»Wahrscheinlich hatte Kamenz etwas gesehen und wollte uns anrufen. Dabei ist er von den Typen ausgeschaltet worden«, mutmaßte Wegener. »Dann kam die Leinwig zurück und sah Andreas' leeren Wagen ...«

»... sie wird misstrauisch und deponiert die Kamera kurzerhand bei ihrem Nachbarn. Ja, das käme hin«, überlegte Berking.

»Assmut sagte aus, sie habe die Kamera extra gekauft, um denjenigen zu verfolgen, der sie bedroht hat. Das soll wohl ihr Mieter gewesen sein«, erklärte Wegener.

»Ihr Mieter? Au Mann, sie steckte ja doch wohl in einer größeren Klemme, als ich angenommen hatte«, gab Berking verdrossen zu. »Dieser Fall wird immer mehr zu einem Desaster!«

*

Andreas Kamenz lag im Heck des Mercedes-Geländewagens, die Hände hinter seinem Rücken an irgendeiner metallenen Öse fixiert. Er hatte diese Öse ein wenig befühlen können und festgestellt, dass sie zu stabil war, um sich befreien zu können. Aber dafür hätte ihm sowieso die Kraft gefehlt. Der dumpfe Schmerz in seiner Seite machte ihm zu schaffen. Er fühlte sich immer schwächer und konnte kaum noch die Augen offen halten.

Der Wagen hielt. Es dauerte eine Weile, bis die Heckklappe geöffnet wurde. Seine Fesseln wurden gelöst. Zwei Männer zogen ihn aus dem Wagen. Derjenige, den der Blonde vorhin mit ›Gerfried‹ angesprochen hatte, bellte Befehle in die Runde, von denen Andreas lediglich verstand, dass er in den Keller gebracht werden sollte. Auf dem Weg vom Wagen zu einem größeren Haus sah er sich kurz um. Sie schienen sich im Wald zu befinden. Die nächsten Häuser konnte er erst weiter unten im Tal ausmachen. Er hörte das Rauschen von Wasser, bis sich die Eingangstür hinter ihm schloss. Zwei Männer zerrten ihn durch Flure und über enge, alte Treppen in ein Kellergeschoss. Als sich eine alte, massive Holztür hinter ihm schloss, war er plötzlich von Stille und dem muffig-feuchten Geruch eines alten Kellers umgeben. Ihm war kalt. Langsam ließ er sich an einer Wand aus unverputztem Mauerwerk heruntergleiten. Er war erleichtert, dass das Rütteln des Wagens aufgehört hatte und dass der Schmerz in seiner Seite nun etwas nachließ. Alsbald fiel er in einen Dämmerschlaf.

Als ich geschaffen wurde, formte mein Schöpfer mich aus der Frucht der Früchte, aus den Stockrosen und den Blumen der Hügel, aus den Blüten der Bäume und Sträucher, aus den Blüten der Nessel.

Aus dem Cad Goddeu von Taliesin

»Es ist idiotisch«, begehrte Tilla auf. »Es ist gleich dunkel. Auf dem Brocken würden wir schon tagsüber nichts finden. Der Drachenfelsen ist umgeben von unzähligen anderen Steinen und das Areal ist auch noch eingezäunt.«

»Aber Berggipfel haben doch für euch Hexen eine besondere Bedeutung!«, beharrte Arthur.

Tilla gab sich genervt. »Gipfel repräsentieren immer das Element Luft.«

»Element Luft?«, wiederholte Arthur verständnislos.

»Die vier Elemente ... Feuer, Wasser, Erde und Luft«, erklärte Tilla ungeduldig. »Aber ich habe hier nun wirklich keine Lust, euch Nachhilfe in Sachen Hexenglauben zu geben. Luft ist das Element der Gipfel. Aber Luftrituale sind mehr persönlicher Natur. Dennoch sind alle Gipfel Kraftorte, die für das Ritual Luft stehen.

Kraftvollere Rituale werden an Erd- und Wasserorten durchgeführt.«

Arthur hatte ihr angestrengt zugehört. »Der Stein ist also nicht dort oben?«

»Nein, er ist nicht dort oben«, echote Tilla affektiert.

»Aber hier im Buch sind doch die Konturen von Brocken, Achtermann und Wurmberg drin. Ich habe das Gefühl, du willst uns von diesen Gipfeln fernhalten«, hielt Arthur aufgebracht dagegen.

»Nein, durchaus nicht. Nur zu. Wandern wir auf den Blocksberg. Das wird sicher lustig«, antwortete Tilla sarkastisch.

»Das werden wir auch!«, schimpfte Arthur und wollte schon den Wagen anlassen.

»Arthur, halt endlich die Klappe!«, herrschte ihn Magnus an. »Ihre Mutter wird wohl kaum einen Ort gewählt haben, der täglich von Touristenhorden überrollt wird«, erklärte er ruhiger und studierte im Schein seiner Taschenlampe Hederas Buch. »Welche Elemente haben für euch die höchste Bedeutung?«, fragte er Tilla.

»Es kommt auf die Persönlichkeit dessen an, der ein Elementritual durchführen will. Es gibt entsprechend der Elemente Lufttypen, Wassertypen …«

»Willst du dir wirklich diesen esoterischen Mist anhören?«, fuhr Arthur dazwischen.

Magnus beachtete ihn nicht. Er blendete Tilla mit der Taschenlampe ins Gesicht und bemerkte süffisant: »Du bist mit Sicherheit ein Feuertyp. Was für ein Typ war deine Mutter?«

Tilla versuchte dem blendenden Lichtstrahl zu entkommen und presste die Lippen aufeinander. Er wartete. Wieder traf der Lichtstrahl Tillas Gesicht. Sie kniff ärgerlich die Augen zusammen und knurrte unwillig: »Erdtyp.«

»Aha. Und wo werden Erdrituale durchgeführt?«

Wieder musste Magnus auf die Antwort warten, da Tilla irgendwie das Gefühl hatte, ihre Mutter zu beschmutzen, in dem sie diesen Kreaturen etwas derart Intimes von ihr offenbarte. Sie dachte an Andreas Kamenz. Er konnte nichts für seine Situation. Das Credo der Altgläubigen lautete: Schade niemandem! Sie musste es tun, um ihm zu helfen. »Felsen ... «, antwortete Tilla leise.

Magnus nickte zufrieden und widmete sich wieder dem Buch. »Was ist das hier?« Er wies auf einen grimmig ins Land blickenden Steinkopf mit Hakennase.

»Das ist der Alte vom Berge, eine Gesteinsformation, die zu den Kästeklippen gehört.«

»Und das?«

»Das ist der Treppenstein, ein Granitfelsen, auf dem sich auch ein Altar befindet«, sagte Tilla bedächtig. »Er liegt etwas von den anderen Kästeklippen entfernt. Aber in Granitblöcken wie denen im Okertal lässt sich nicht so recht etwas verstecken. Wenn sie allerdings einen Platz in der Nähe einer Klippe gesucht hat und den Stein dort vergrub, finden wir ihn nie.«

Magnus überlegte. »Welche der Klippen hätte deine Mutter gewählt?«

»Vielleicht die Hexenküche«, bot Tilla an und erklärte eifrig: »das ist ein großer, von Wald umgebener Steinhaufen, der auch zu den berühmten Kästeklippen gehört.« Allerdings war ihr gar nicht wohl bei dem Gedanken, dass diese zwei Irren womöglich gleich aufbrachen und bei Nacht über den Klippenweg vom Okertal auf die Kästeklippen steigen wollten. Andererseits würde so ein Marsch schön viel Zeit kosten.

Tilla sah ins Buch und runzelte die Stirn. Der Elfenstein. Ihre Mutter hatte den Elfenstein sehr geliebt. Oft hatten sie an dieser Felsklippe oberhalb von Bad Harzbug das Ritual der Tagundnachtgleiche begangen. Es waren immer einige Glaubensschwestern dabei gewesen, meist auch Astrid. Das wäre tatsächlich ein Ort, wo sie den Sonnenstein aus dem Buch versteckt haben könnte. Ein uralter Kraftort, fernab der üblichen Touristenströme. Vielleicht sollte sie vorsichtiger sein. Keinesfalls wollte sie riskieren, dass der magische Sonnenstein tatsächlich in die Hände der Nazis fiel. Tilla versuchte ihre Taktik zu ändern.

»Ich glaube nicht, dass sie den Sonnenstein bei einem dieser Felsgebilde abgelegt hat. Zwar stellen die verschiedenen Felsformationen der Kästeklippen eindeutig Kraftorte dar, aber ich kann mir nicht vorstellen, dass meine Mutter das Artefakt dort verstecken wollte«, erklärte Tilla ein Stück zu schnell. »Denkt doch mal nach, beim ersten Mal hat man Stein und Schwert eingemauert. Die Reste des Schwertes haben Harzer Hexen dem Element Wasser anheim gegeben und irgendwo in den unzähligen Seen versenkt. Ich bin sicher …«

»Wie heißt dieses Felsgebilde?«, unterbrach Magnus sie in schneidendem Ton und tippte auf ein weiteres Bild in Hederas Buch, das einen schroffen, hohen Felsen auf einer Waldlichtung zeigte.

Tilla schwieg.

Magnus fixierte Tilla. »Arthur, vielleicht solltest du Gerfried anrufen und ihm sagen, dass er dem Bullen die erste Kugel verpassen sollte.«

»Es ist der Elfenstein«, zischte Tilla widerwillig.

*

Sie breiteten die Fotos auf einem Tisch aus. Jan Berking beugte sich darüber und studierte sie sorgfältig.

Hanjo sortierte auf der anderen Seite Fotos zu mehreren Haufen zusammen. Zu Jans Unmut zog sein Vater ihm auch das Foto vor der Nase weg, das er gerade betrachtete. Dann legte Hanjo Tillas Aufnahmen neu sortiert aus.

»Hier ist eine Industriehalle ... alle anderen sind irgendwo in oder an einem Wald gemacht worden. Wir haben zwar nur Einzelbilder, offenbar mit Teleobjektiv aufgenommen, aber wenn ich sie aneinander lege, komme ich auf ein Haus mit fünf Etagen, das Tilia Leinwig so eifrig fotografiert hat«, fasste Hanjo zusammen.

»Wir müssen schnellstens herausbekommen, wo die Fotos gemacht wurden. Wenn du mit deinen Vermutungen recht hast, haben wir hier möglicherweise das Hauptquartier einer Nazizelle vor uns«, erklärte Jan Berking.

»Das Foto hier«, Wegener tippte auf eines, auf dem fast das ganze Haus zu sehen war, »wurde bereits kopiert. Mehrere Kollegen sitzen dabei, herauszufinden, wo es gemacht wurde. Es ist wie verhext, niemand hat dieses Haus schon einmal gesehen. Es muss völlig abgelegen stehen.«

»Das wäre typisch für Rechtsextremisten«, sagte Hanjo.

»Fünf Etagen. Wenn wir das stürmen, brauchen wir eine Menge Leute«, meinte Jan Berking nachdenklich.

Gerd Wegener fragte seinen Kollegen: »Was meinst du, Hanjo – wie groß sind die Chancen, dass Andreas und die Leinwig das überleben?«

Hanjo antwortete bedächtig: »Es kommt darauf an, warum sie die beiden mitgenommen haben. Zeugen lassen diese Typen nicht am Leben. Wenn sie von den Fotos erfahren, werden sie dieses Gebäude vermutlich ziemlich schnell räumen. Auf diese Weise ist mir die Zelle vor dreißig Jahren auch durch die Lappen gegangen.« Hanjo versank für einen Augenblick in Erinnerungen, bevor er fortfuhr. »Eine gewisse Chance für Andreas und die Leinwig besteht allerdings darin, dass unsere Nazifreunde weiter an dem Artefakt interessiert sind und noch gar nicht ahnen, dass wir ihnen mit diesen Fotos auf den Fersen sind. Wir wissen ja mittlerweile, dass diese Nazis Tilia Leinwig unter Druck setzen, um das Artefakt zu finden. Das haben sie ja wohl bereits in den letzten Wochen getan. Aber ich denke, jetzt benutzen sie Andreas ihr gegenüber als Geisel, um den Druck zu erhöhen. Da aber Tilia Leinwig laut Astrid Volkerts nicht weiß, wo das Artefakt ist, versucht sie vielleicht mit einer fingierten Suche Zeit zu gewinnen. Das könnte auch uns etwas Zeit verschaffen.«

»Kamenz als Geisel ... und das soll besser funktionieren als der Druck, den sie ihr in den letzten Wochen haben angedeihen lassen?«, zweifelte Jan Berking.

»Nun, Tilia Leinwig kann ganz schon zäh sein. Aber für die Sicherheit ihrer Freunde – und dazu zählt Andreas vermutlich auch – kämpft sie wie eine Tigerin«, erklärte Hanjo nachdenklich.

»Also können wir nur hoffen, dass ihr Plan funktioniert und sie uns irgendwie etwas Zeit verschafft«, murmelte Gerd Wegener verdrossen.

Kelten eröffnen die Schlacht stets mit Gebrüll.

Appian

Arthur steuerte Magnus' Wagen über den Waldweg oberhalb der Rennbahn. Fichten und Birken zogen an Tilla vorbei, bis sie sagte: »Der Elfenstein liegt dort oben« und in den Wald wies.

»Halt an«, verlangte Magnus. »Wir gehen zu Fuß weiter.«

Arthur stellte den Wagen am Rand des Waldwegs ab. Nach wenigen Metern verließen sie den befestigten Weg und folgten einem Grasweg mit tiefen, wassergefüllten Spurrillen, der jedoch alsbald zu einem trittfesten Pfad wurde. Das Mondlicht verwandelte den Wald vor ihnen in eine diffuse Schwarz-Weiß-Landschaft. Endlich tauchte ein verwittertes Felsmassiv vor ihnen auf, das die Kante des Hochplateaus markierte. Diverse aus dem Waldboden ragende Felszähne reihten sich auf einer Länge von rund fünfzig Metern aneinander.

In den Hauptstein, ihnen am nächsten, hatte man Treppenstufen hineingeschlagen, so dass man auf seine Spitze gelangen konnte. Magnus' Taschenlampenkegel wanderte über den Felsen. Tilla hielt die Luft an, als der Lichtstrahl sich der kleinen, knapp achtzig Zentimeter hohen Höhle näherte, die sie von früheren Besuchen her gut kannte. Wenn es dort reflektierte, war der Stein dort. Der Lichtkegel streifte die zwei zusammengewachsenen Bäume, huschte über die von einem weiteren Baum halb versteckte dunkle Öffnung und wanderte weiter, ohne reflektiert zu werden. Tilla atmete auf.

Das Licht erfasste die groben Steinstufen. Sofort schob Magnus Tilla darauf zu. Oben auf dem Elfenstein angekommen, bewegte sich Tilla nur noch sehr verhalten, denn auf der waldabgewandten Seite ging es steil in die Tiefe. Ihre Mutter hatte ihr mal erklärt, dass man auf diesem Stein vor Urzeiten Opferungen durchgeführt habe, deshalb sei der Kopf des Elfensteines von zornigen Energien erfüllt.

»Na, Höhenangst?«, höhnte Magnus dicht hinter ihr.

Tilla schloss kurz die Augen. Ihr Zorn, ob angestachelt durch die Hilflosigkeit oder durch einstmals hingerichtete Seelen, kehrte mit Macht zurück. Sachte öffnete sie den Reißverschluss ihrer rechten Anoraktasche, während sie Magnus abzulenken versuchte. »Fühlst du es denn nicht?«, fragte sie ihn und tastete nach ihrem Stein.

»Was?«

»Die Schwingungen. Sie sind kalt, schnell und aggressiv. Sie gehen von jenen Seelen aus, die man hier oben opferte. Das Energiefeld rings um den Elfenstein ist so stark, dass sie hier oben nicht wegkommen.«

»Ah. Wie bedauerlich. Und? Ist der Stein hier?«, fragte Magnus unbeeindruckt.

»Denkbar wäre es«, antwortete Tilla. Ihr Runenstein war zu groß und hakte in der Öffnung der Tasche fest. Während sie ihn vorsichtig in der Tasche drehte, um ihn leichter herauszubekommen, überlegte sie, wie sie Magnus ablenken konnte.

Der jedoch packte sie plötzlich grob am Arm und stieß sie in Richtung des niedrigen Geländers. Panisch griff Tilla danach.

»Vielleicht sollte ich dich hier ein wenig umherklettern lassen?«, schlug er gereizt vor. Mühsam drängte Tilla ihre Panik zurück, die sie beim Blick in die dämmrige Tiefe erfasste.

Leise antwortete sie: »Magnus, wir sind hier oben allein, also hör auf mit dem Theater!«

Er stand dicht hinter ihr und schwieg.

Das Ausbleiben einer scharfen Antwort ermutigte sie, weiter auf ihn einzureden. »Du bist ein Realist. Du glaubst weder an die Magie des Artefaktes noch an die Energien des Elfensteines. Ich weiß, du bist selbst unter Druck und ich versuche ja, dir zu helfen.« Tilla gab ihm einen Moment Zeit, ihren Vorstoß zu verdauen. Dann setzte sie nach. »Ich sehe doch, wie dir dieser Gerfried auf der Nase herumtanzt. Und dieser Hohlkopf da unten? Gib's zu, du hattest keine Ahnung, dass Gerfried dir diesen einfältigen Arthur als Aufpasser mitschickt, nicht wahr?«

Sie hörte ein leichtes Prusten neben ihrem Ohr. Zwar ging er nicht auf ihre Worte ein, doch Tilla war sicher, dass sie ihn erreicht hatte. Reichte das als Einstieg, ihn irgendwie auf ihre Seite zu bringen?

»Ja, ich brauche den Stein«, sagte er. »Hätte deine Mutter ihn hier oben versteckt? Bei so viel bösen Energien scheint er doch hier in bester Gesellschaft zu sein.«

Noch immer stand Tilla an die dünne Metallstange gepresst, die sie von der Tiefe trennte. »Meine Mutter würde den Stein an einem Ort verstecken, dessen Energien die des Artefaktes aufheben oder mindern«, antwortete Tilla wahrheitsgemäß.

»Die Energien hier oben tun das wohl nicht?«

»Nein.«

Er zog sie zurück zur Treppe. Mit zittrigen Schritten tastete sich Tilla über die verschieden hohen, unebenen Stufen wieder nach unten. Noch nie hatte sie es als so beruhigend empfunden, wieder Erde unter den Füßen zu spüren.

»Also, welche Energien bannen die Macht des Steins?«, fragte Magnus eine Spur gelangweilt.

»Das Artefakt steht für das Element Feuer. Das Element Erde bildet den Gegenpol.«

»Nicht Wasser?«, fragte Arthur aufmüpfig dazwischen.

»Wenn wir Hexen von den Elementen sprechen, meinen wir nicht die Elemente aus dem chemischen Periodensystem, du minderbemittelter Pfeifenkasper«, fauchte Tilla ihn an.

Während Arthur noch vor sich hin schnaubte, fragte Magnus: »Und das Element Erde sind Steine?«

»Ja. Mineralien in verschiedenster Zusammensetzung. Hier am Elfenstein wollen Geomanten ein besonders hohes Maß an Erdstrahlung gemessen haben. Wir Hexen vertrauen da eher auf unsere körpereigenen Sensoren. Elfen sind Naturgeister … sie befinden sich dort, wo die Kräfte der Natur sehr stark sind. Der Name des Steines hat seinen Grund, er …«

Magnus fiel ihr ins Wort. »Also gut. Suchen wir nach Öffnungen und Felsritzen. Arthur, du gehst dort runter. Schau dir auch die anderen Steine genau an. Wir beide suchen hier.«

Arthur grinste. »Falsch! Ihr sucht und ich passe auf.«

Während Tilla halbherzig die Steinwand befummelte, versuchte sie abermals, Magnus in ein Gespräch zu verwickeln. »Du sagtest, Gerfried würde genussvoll töten. Woher weißt du das? Hast du ihn töten sehen?«

Magnus antwortete: »Ich sah ihn Hermann töten, nachdem du ihn niedergeschlagen hast.«

»Was?«, krächzte Arthur hinter ihnen.

Magnus beachtete ihn nicht. Er schüttelte angewidert den Kopf. »Ich hielt Hermann dort am Abhang fest, bis Gerfried mit seinem Schwert wiederkam. Erst rammte er ihm das Schwert in den Bauch, dann hat er wie ein Wilder mit dem Knauf auf das Gesicht seines Bruders eingeschlagen. Hat ihn wohl immer gewurmt, dass es zwei von diesen Gesichtern gab.«

Tilla schluckte würgend, um ihn dann wider besseres Wissen mit der provokanten Frage: »Und hat es dir Spaß gemacht, jemandem bei so einem feigen Mord zu helfen?« zu überfallen.

Magnus hielt inne und starrte den Mond an, als erwarte er von ihm eine Antwort. Endlich stieß er ein angewidertes »Nein, hat es nicht« hervor.

Es kostete Tilla Überwindung, weiterzufragen. Sollte sie dies überleben, war das Wissen ihre einzige Chance gegen den Verdacht dieses verbohrten Staatsanwaltes. »Und warum habt ihr … ihm den Arm abgeschnitten?«

Magnus ließ sich auch jetzt wieder Zeit mit der Antwort. »Gerfried sollte ja Hermanns Platz einnehmen, da durfte man keine Leiche mit dem Zeichen unseres Ordens finden. Außerdem fehlten Gerfried bestimmte Symbole in der Tätowierung. Die werden normalerweise in Berlin gemacht, wenn man eine neue Stufe erreicht hat. Gerfried hat bei weitem nicht Hermanns Rang, er brauchte die Vorlage, um seine Tätowierung vervollständigen zu lassen.«

»Gerfried sagte, *du* hast Hermann umgebracht!«, warf Arthur aufgebracht dazwischen.

»So?«, erwiderte Magnus leicht amüsiert. Es war Arthur selbst in diesem fahlen Mondlicht anzusehen, dass er zu zweifeln begann.

»Wie war er? Hermann meine ich«, fragte Tilla nun mit ehrlichem Interesse und ärgerte sich gleichzeitig unsäglich, dass ausgerechnet ein Mörder wie Magnus der Einzige war, dem sie diese für sie so wichtige Frage stellen konnte. Erst dachte sie, sie würde gar keine Antwort bekommen, dann hörte sie Magnus sagen: »Er und Gerfried ähneln sich nur äußerlich. Hermann war ein guter Kämpfer. Er tötete schnell und effizient ... und nie grundlos. Er war sehr diszipliniert und erwartete viel. Er kämpfte immer offen ...« Die letzten Worte klangen etwas nachdenklich.

»Das klingt ja fast, als hättest du ihn gemocht«, hakte Tilla ein wenig verwirrt nach. Irgendwie hatte sie sich über seine Antwort gefreut. Sie registrierte, dass Arthur ausnahmsweise mal nicht dazwischen redete, sondern auf den Felsen starrte.

»Ich habe ihn respektiert«, brummte Magnus.

»Und trotzdem hast du geholfen, ihn zu töten?«, fragte Tilla spitz.

Magnus blieb ihr die Antwort schuldig.

»Dort sind ja Brandspuren«, meldete sich Arthur zu Wort und blickte verwundert auf den Waldboden.

Tilla folgte seinem Blick und erklärte: »Dort wird meistens das Ritualfeuer entzündet. Offenbar ist der Elfenstein an Ostara besucht worden.« Tilla versuchte, die Situation auszuloten. Magnus' Aggression hatte sich etwas gelegt. Sie betrachtete die Brandspuren. »Hier hat man das erneuernde Feuer angezündet und oben auf den Hahnenklippen ist ein Feuer erloschen. Hermann war auch ein Feuertyp. Eigentlich genau so ein Feuertyp wie du, Magnus. Ihr seid wie hell glimmende Kohle, mit kraftvoller Hitze, aber kontrolliert.«

Magnus schnaufte amüsiert. »Und du? Du bist doch auch ein Feuertyp.«

»Hm ja, das bin ich wohl«, gab Tilla zu. »Ich bin Keltin und also ein etwas unkontrolliertes Strohfeuer. Ich brenne kurz und schmerzhaft, habe aber nicht eure Zerstörungskraft.«

Während Magnus Tilla nachdenklich ansah, keifte Arthur: »Schön, dass wir das jetzt wissen. Ist der Stein nun hier?«

»Ich weiß es nicht«, antwortete Tilla genervt durch seine ständigen Unterbrechungen.

Arthur trat auf sie zu. »Wirst du es vielleicht wissen, wenn ich Gerfried anrufe, der ja so genussvoll tötet?«, höhnte er.

»Fällt dir nicht mal etwas anderes ein?«, fauchte Tilla ihn an.

»Wozu? Es ist doch immer wieder amüsant zu sehen, wie zahm du wirst, wenn es deinem Bullen an den Kragen geht.«

»Es ist nicht *mein* Bulle«, schnappte Tilla.

»Ach? Da habe ich aber was anderes gehört.«

»Dann hast du was an den Ohren, du Idiot!«, fuhr Tilla ihn an.

»Du hast mit ihm geschlafen!«, keifte Arthur triumphierend zurück.

»Na und? Ich hab auch mit Magnus geschlafen!«, entfuhr es Tilla abfällig.

Arthur starrte nun völlig verwirrt zwischen Magnus und Tilla hin und her. »Jetzt verstehe ich …«

»Das glaube ich kaum«, höhnte Tilla.

»Hey! Hört auf!«, fuhr Magnus ärgerlich dazwischen. »Tilla, ist der Stein nun hier oder nicht?«, herrschte er sie an.

Tilla presste bockig die Kiefer aufeinander. Mit Magnus allein würde sie es schaffen, aber dieser Arthur war so überflüssig wie eine Grippe.

»Tilla«, mahnte Magnus deutlich genervt.

»Wenn der Stein hier ist, dann in der kleinen Höhle, dort hinter diesem Baum da rechts neben den Stufen.«

Magnus stierte Tilla kurz an, dann wandte er sich der genannten Stelle zu. »Hier ist wirklich eine Höhle«, stellte er fest.

Arthur schubste Tilla vor sich her. Magnus kniete auf dem Boden und leuchtete in die kleine Höhle hinein.

»Ich kann nichts als Moos erkennen.« Er legte sich seitlich und fasste hinein. Dann suchte er sich einen Ast, denn seine Armlänge reichte nicht, um den tiefsten Teil der Höhle zu erreichen. Er stokelte mit dem Ast in der Höhle herum und leuchtete gleichzeitig hinein. »Hier ist er nicht.«

Arthur verdrehte die Augen. »Das hab ich mir doch gleich gedacht.« Er fasste in seine Tasche und zog das Handy heraus.

Das ist Andreas' Ende, dachte Tilla. Sie drehte sich ohne Vorwarnung um und schmetterte Arthur mit aller Kraft ihre Faust auf die Nase. Während der heulend zusammenbrach, entriss Tilla ihm das Handy und lief los. Im Laufen wählte sie den Notruf. Sie brachte sie gerade noch ihren Namen und das Wort Elfenstein heraus. Bevor sie Andreas' Namen und Ilsenburg in das Telefon schreien konnte, hatte Magnus sie eingeholt. Zu zweit stürzten sie auf den Erdboden. Das Handy flog Tilla aus der Hand, knallte mit einem lauten Klack gegen einen Baum und verschwand irgendwo im Laub. Tillas Enttäuschung und ihre Wut wurden eins. Sie wehrte sich wie eine Furie.

*

Es war bereits weit nach Mitternacht. Niemand dachte an Ruhe.

»Weiß denn keiner von euch, *wo* Tilla nach diesem Magnus gesucht haben könnte?«, fragte Astrid drängend in die Runde.

Gerred antwortete: »Ich habe sie gewarnt, als ich die Kamera auf ihrem Schreibtisch sah. Sie wurde daraufhin wieder einmal stinksauer. Dann bin ich gegangen. Ich fürchte, sie ist danach losgefahren, um nach diesem Magnus zu suchen. Gegen achtzehn Uhr war ich wieder da, da lag die Kamera in meinem Briefkasten. Ich hätte bei ihr bleiben sollen …«

Daniel klopfte ihm auf die Schulter. »Mach dir keine Vorwürfe Gerred, jemand wie Tilla kann man nicht kontrollieren.« Dann schlug er vor: »Wir könnten uns aufteilen und einfach die Gegend abfahren. Vielleicht sehen wir das Haus ja.«

»Gute Idee. Dana und ich fahren in den Oberharz. Da kenne ich mich am besten aus«, bot Astrid an.

»Nein, nein …«, hielt Gerred eindringlich dagegen, »erstens stammt dieser Baustil nicht aus dem Oberharz zweitens ist es für euch zu gefährlich! Ihr wisst doch, was Tilla über diese Leute gesagt hat.«

»Aber wir können doch nicht herumsitzen und gar nichts tun«, begehrte Dana auf.

»Dana, du solltest hier am Telefon bleiben. Vielleicht meldet sich Tilla ja hier. Und du Astrid, vielleicht könntest du der Polizei helfen. Du kennst Tilla doch am besten und weißt, wie sie reagiert und was sie tun wird. Los, ruf Hanjo an«, schlug Gerred vor.

Astrid nickte. »Ja, du hast recht«, sagte sie und griff nach ihrem Handy.

»Habt ihr denn überhaupt eine Ahnung, was die mit Tilla und diesem Polizisten vorhaben?«, fragte Daniel.

Gerred dachte nach und meinte dann bedächtig: »Sie

mitzunehmen war ja ein ziemliches Risiko. Für dieses Risiko gibt es einen Grund und der kann eigentlich nur dieser Stein sein. Ich bin sicher, sie leben noch, weil man versuchen wird, aus Tilla herauszupressen, wo der Stein ist.«

Daniel nickte. »Klingt logisch. Ich hoffe, du hast recht.«

Astrid nahm ihr Handy herunter und erklärte: »Ich fahre gleich nach Goslar zur Kriminalleitstelle.«

Gerred betrachtete abschätzend Tillas Foto des Fachwerkhauses. »Dieser Baustil gehört in die Gründerzeit, in Verbindung mit dieser Fachwerkverzierung scheint mir das eher typisch für den Ostharz.«

Daniel sah auf die Uhr. »In zwei Stunden beginnt es hell zu werden. Los komm, Gerred, wir setzen uns ins Auto und fahren die Dörfer ab. Das ist allemal besser, als hier herumzusitzen.«

Gerred nickte. »Gut, wo fangen wir an?«

Daniel sah überlegend die Fotos an. »Was ist das da eigentlich für eine Industriehalle?«

»Tilla erwähnte mal eine Halle, in der man ihr diese Schwertkünstler vorgeführt hatte. Das war in Wernigerode«, sagte Astrid, während sie ihren Autoschlüssel aus der Handtasche hangelte.

Gerred dachte nach. »Also hat sie dort angefangen zu suchen. Dieses Haus kann nicht weit weg sein, sonst hätte sie mit ihrer Aktion viel mehr Zeit gebraucht. Wernigerode kenne ich wie meine Westentasche. Dort gibt es so ein Haus nicht, jedenfalls nicht in Alleinlage und im Wald. Am besten fahren wir die Dörfer in der Umgebung ab, die am Harzwald liegen.«

»Endlich ein Plan. Lass uns loslegen«, antwortete Daniel.

*

Hanjo erwartete Astrid am Eingang des Gebäudes und begleitete sie bis zu einem großen Raum, in dem es der nächtlichen Stunde zum Trotz vor Geschäftigkeit nur so zu brodeln schien. »Schön, dass du hier bist. Es könnte uns wirklich helfen, wenn wir wüssten, wie Tilla agieren wird.«

Gerd Wegener hielt sich in Fensternähe auf und blaffte lautstark in ein Telefon.

»Was meinst du, was wird Tilla tun?«, fragte Hanjo mit einem kurzen Seitenblick auf Wegener.

»Generell ist sie eine Kämpferin«, erklärte Astrid bereitwillig und meinte nach kurzem Überlegen: »Ich glaube, Tilla wollte, dass Gerred die Kamera findet. Sie kennt ihn und weiß, dass er sie der Polizei übergeben würde. Sicher baut sie darauf und wird versuchen, Zeit zu gewinnen. Allerdings reagiert sie nicht immer besonnen. Du weißt ja, sie kann sehr temperamentvoll sein, sie wird jede Chance sich zu wehren nutzen … ohne groß über die Konsequenzen nachzudenken. Und davor habe ich Angst.«

»Das ist nicht so gut«, antwortete Hanjo nachdenklich. Seine Aufmerksamkeit wurde dann jedoch von seinem Kollegen Gerd Wegener in Beschlag genommen, der noch immer völlig untypisch für ihn zornesrot ins Telefon brüllte.

»Was ist denn los«, fragte Hanjo seinen Sohn, der ebenfalls muffig zu Wegener starrte.

»Offenbar ist schon vor einer Stunde ein Notruf eingegangen. Tilla Leinwig hat sich mit Namen gemeldet, irgendwas gebrabbelt, dann brach das Gespräch ab.«

Gerd Wegener warf das Telefon nur mäßig beruhigt in die Halterung zurück. Er machte eine Handbewegung zu einem Kollegen, der vor einem Computer hockte und sagte: »Sie schicken uns die Audiodatei rüber.«

Der Kollege nickte und bearbeitete daraufhin seinen Computer.

»Kam der Notruf von einem Handy?«, fragte Jan Berking.

»Ja. Aber orten kann man es nicht mehr. Wahrscheinlich haben sie den GPS-Chip herausgerissen oder den Akku rausgenommen, oder das Teil sonst wie zerstört.«

»Mist«, fluchte Jan Berking. »Stellt fest, zu wem die Nummer gehört.«

»Ich hab die Datei«, rief der Kollege am Computer und ließ sie laufen.

Nach der Stimme an der Leitstelle der Notrufzentrale hörte man ein heftiges Keuchen. Tilla meldete sich mit Namen. Der folgende Satz war schwer zu verstehen, da sie offensichtlich lief, während sie telefonierte. Es folgte ein Schrei, dann Kampfgeräusche. Die Verbindung brach abrupt ab.

»Ich werde versuchen, die Datei so zu bearbeiten, dass man die Stimme besser hört, aber das dauert eine Weile«, bot der Kollege an.

»Lassen Sie es einfach noch ein paarmal laufen«, verlangte Gerd Wegener ungeduldig.

Sie hörten sich die Datei wieder und wieder an. »Elfen... was? Ich verstehe einfach nicht, was sie sagt«, wetterte Jan Berking.

»Elfenstein«, rief Astrid, »sie redet vom Elfenstein! Ein uralter Kultplatz. Der Felsen steht im Harzburger Wald oberhalb des Vollblutgestütes.«

»Der Notruf ging zwar schon vor über einer Stunde ein ... aber lasst uns trotzdem hinfahren und nachsehen, vielleicht finden wir ja doch noch eine brauchbare Spur.«

*

»Das Handy bleibt aus!«, brüllte Magnus Arthur an, der noch immer herumgreinte und sich die Nase hielt.

»Ich brauche aber einen Arzt«, näselte Arthur weinerlich.

»Jetzt gib Ruhe, sonst bekommt dein Zinken von meiner Faust Nachschub. Dann hast du wirklich Grund, dich zu beschweren, du Memme«, herrschte Magnus ihn an. Er hatte Tillas Hände wieder mit Kabelbindern auf dem Rücken fixiert und hielt sie an den Armen fest. »Wir sollten hier schnellstens verschwinden«, entschied er und schob Tilla vor sich her.

Im Auto klappte er die Rückbank um, schubste Tilla grob ins Heck und fixierte ihre Hände zusätzlich am Wagenboden. »Wir fahren erstmal zurück zum Hauptquartier.« Angewidert musterte er Arthur, der über und über mit Blut besudelt war. »Wir brauchen eine Pause ... und du eine Wäsche.«

Im Invertorium der alternden Harzburg
ward ein bespanget Rock, unten am Saum
der Crodo Teuffel
fast unkenntlich gemalet gewesn.

Merian 1653

Gerfried tobte durch sein Büro und zeterte: »Warum hast du ihnen nicht gesagt, dass es heute nicht passt?«

»Dem Orden sagt man so etwas nicht«, erwiderte Bernhard entrüstet. »Junghanns, Blücher und Raacke landen in Ballenstedt und werden gegen halb neun Uhr da sein.«

»Ja, da werde ich aber nicht da sein«, blaffte Gerfried den jungen Mann an und erntete eine empörte Schimpftirade.

Der erhitzte Dialog zwischen Gerfried und dem Sekretär wurde durch die Ankunft von Magnus und Arthur unterbrochen. Arthur verlangte greinend nach einem Arzt und hielt sich ein Handtuch vor die Nase.

Gerfrieds Gesicht verzog sich zu einem amüsierten Grinsen. »Ah, hat sie dich also auch erwischt?« Er wandte sich mit fragendem Blick an Magnus.

»Sie ist im Keller«, erklärte der und nahm sich eine Flasche Mineralwasser aus einem in der Schrankwand eingelassenen Kühlschrank.

»Verschwinde«, herrschte Gerfried den jungen Angestellten an, der die Ankömmlinge verwirrt anblickte. Widerwillig leistete er dem Befehl Folge. Als sich die Tür hinter ihm geschlossen hatte, erklärte Gerfried: »Junghanns, Blücher und Raacke haben sich angesagt.«

Die hochrangigen Namen veranlassten selbst Magnus zu einem Hochziehen der Augenbrauen. »Wann?«

»Heute.«

Magnus schraubte die Flasche zu. »Das ist nicht gut.«

»Das ist beschissen!«, bekräftigte Gerfried.

Selbst Arthur vergaß für einen Moment seine Nase. »Das ist eine Katastrophe! Hat jemand daran gedacht, die Gästequartiere herzurichten?«

»Ja, ja ... sagt mir lieber, wie weit ihr mit der Hexe gekommen seid!«

»Das ist eine Irre«, ereiferte sich Arthur mit überschlagender Stimme. »Von der werden wir nie etwas erfahren!«

Gerfried schüttelte ungnädig den Kopf, nahm die Waffe vom Tisch und stand auf.

»Was willst du tun?«, fragte Magnus.

Gerfried ging zur Tür und knurrte: »Ich werde den Bullen vor ihren Augen erschießen, solange es noch geht. Der Bursche stirbt mir nämlich langsam unter den Händen weg«

Magnus folgte ihm mit einem schnellen Schritt und drückte die Tür zu, die Gerfried gerade öffnen wollte. »Klasse Idee. Und wenn du ihn erschossen hast, redet sie, ja?«

»Hast du einen besseren Plan?«, giftete Gerfried.

Magnus schüttelte den Kopf. »Hast du dir eigentlich je die Frage gestellt, ob es diesen Stein überhaupt gibt?«

Gerfried presste die Kiefer aufeinander. Dann knurrte er: »Wir brauchen den Stein. Heute! Jetzt! Sonst gehen wir unter. Du auch, Magnus. Es ist kein Vergnügen, vom Orden gejagt zu werden, glaub mir.«

Die Hand an der Tür blieb. »Gerfried, denk doch mal nach«, sagte Magnus eindringlich. »Wir haben einen Stein ... einen Stein, den uns Tilla übergeben hat.«

»Aber der ist doch falsch«, warf Arthur verwirrt ein.

Magnus maß Arthur mit einem kalten Blick. »Wenn ich dich erschieße, dann wissen nur Gerfried und ich davon.«

Arthur starrte Magnus entsetzt an und schwieg.

Gerfried dachte nach. »Das ist ein ziemlich riskantes Spiel. Mit Hermanns Hilfe hat der Orden schon einiges über den Stein zusammengetragen. Es könnte sein, dass die wissen, wie das Artefakt aussieht.« Er schüttelte den Kopf. »Nein, das ist mir zu riskant. Wir haben noch ein paar Stunden Zeit. Hermann hatte noch ein paar Notizen von Hedera Leinwig zu dem Artefakt, die habe ich im Safe gefunden. Ich werde mir die verdammte Hexe noch mal vorknöpfen.« Er drängte Magnus beiseite und riss die Tür auf.

Verdrossen folgte ihm Magnus.

Dass Tilla eine Abreibung bekam, wollte sich Arthur dann doch nicht entgehen lassen und eilte ihnen nach.

Tilla kauerte auf dem Boden aus unglasierten Ziegeln und versuchte, Andreas Kamenz zu helfen, der völlig entkräftet an der Wand lehnte. Als die Tür aufgestoßen wurde, zuckten beide zusammen und blinzelten in die plötzliche Helligkeit.

Gerfried drückte Arthur die Waffe in die Hand. »Wenn

sie Zicken macht, erschieß den Bullen«, sagte er, ging auf Tilla zu und hockte sich vor sie hin. »Mein Bruder hatte ein paar höchst interessante Seiten von den Unterlagen deiner Mutter in seinem Safe. Sie hat sich ja ziemlich ausgiebig mit diesem Crodo-Götzen beschäftigt.«

»Ja, ich habe es in ihrem Buch gelesen«, gab Tilla kalt zurück.

»Wo hat diese Götzenstatue gestanden?«

Tilla ließ ein abfälliges Lachen hören. »Da gibt es viele, die das gerne wissen möchten. Niemand weiß das genau.«

Gerfried grinste. Unvermittelt schossen seine Hände vor und packten Tilla. Er drehte sie auf den Bauch, um ihr gleich darauf die Hände hinter dem Rücken mit Kabelbindern zusammenzuschnüren. Dann richtete er sie grob auf und erklärte: »Ich bin sicher, du weißt es und ich bin auch sicher, deine verdammten Hexenkolleginnen haben den Stein genau dort versteckt. Wir fahren jetzt zur Harzburg und du wirst mir zeigen, wo das Götzenbild stand.« Dann wandte er sich an Arthur. »Du rührst dich hier nicht weg. Wenn wir in drei Stunden nicht zurück sind, erschießt du ihn.«

»Ich soll ihn erschießen? Und dann?«

»So wie bei der Pressetante … pack seine Leiche ins Auto und wirf sie irgendwo in Bayern raus.«

»Presse … Sonja? Du hast Sonja umgebracht?«, haspelte Tilla entsetzt. Gerfried grinste sie bösartig an und zerrte sie hoch. Tilla wechselte noch einen kurzen Blick mit Andreas, dessen Gesicht mittlerweile eine beängstigende Blässe angenommen hatte, bevor Gerfried sie grob vor sich her stieß.

Auf dem Parkplatz angekommen setzte er sich mit ihr auf den Rücksitz von Hermanns Mercedes. Kurz darauf lenkte Magnus den schweren Wagen die alte Kopfsteinpflasterstraße hinunter nach Ilsenburg, während Tilla versuchte, mit der Erkenntnis fertig zu werden, dass der Mann neben ihr Sonja Grabowski getötet hatte.

Ein Smart kam ihnen entgegen.

»Scheißtouristen«, murrte Magnus und trat das Gaspedal durch.

*

»Du meine Güte. Jetzt weiß ich wenigstens, wo das gute Bier herkommt«, stöhnte Daniel und rieb sich müde die Augen.

»Sag bloß, du warst noch nie in Hasserode?«, fragte Gerred amüsiert.

»Nee, war auch nicht nötig, das Bier gibt's ja überall«, gab Daniel trocken zurück.

Gerred lächelte, während er einen hübschen See im Zentrum von Ilsenburg passierte. Frühnebel waberte über die Wasserfläche. Selbst die Enten hatten noch keine Lust und hockten mit aufgeplustertem Gefieder am Rand des Sees. Gerred fuhr langsam auf die Altstadt zu und überlegte, welche Richtung er einschlagen sollte. Er entschied sich für das Ilsetal.

Der silberblaue Smart hoppelte über das Kopfsteinpflaster, als ihnen ein dunkler Mercedes-Geländewagen mit hohem Tempo entgegenkam. Für einen Sekundenbruchteil sahen sie einen Schwall roten Haares am hinteren Fenster, dann verschwand der Wagen.

Mit offenen Mündern starrten sich die beiden an.

»War sie das?«, fragte Daniel.

»Ja, das war Tilla.«

»Los, du fährst dem Wagen hinterher und ich laufe zu Fuß die Straße hoch.« Daniel sprang aus dem Wagen. »Wenn ich das Haus finde, rufe ich die Polizei an.«

Als die Autotür zufiel, drehte Gerred sein Auto mit quietschenden Reifen und versuchte, den Geländewagen einzuholen.

*

Daniel unterdrückte seinen Drang zu rennen und folgte in zügigem, aber unauffälligem Schritttempo dem Trampelpfad, der parallel zur Straße und zum Flüsschen Ilse verlief. Wie schon Tilla wenige Tage zuvor, erreichte er nach einigen Minuten das große Fachwerkhaus. Auch er entschied sich, hinter dem Felsen links des kleinen Brockenflüsschens Deckung zu suchen. Hinter der Felskante verborgen nahm er sein Handy aus der Jackentasche und rief Tillas Foto des Hauses auf. Zufrieden erkannte er, dass er es gefunden hatte. Er fischte Gerd Wegeners Karte, die er seit seinem Verhör auf der Polizeidienststelle bei sich trug, aus der anderen Tasche und rief den Kommissar an.

*

Astrid dirigierte Gerd Wegener an den Gestütswiesen vorbei Richtung Wald. Sie passierten ein allein stehendes Haus und bogen auf einen Waldweg ab, der sich in einer weiten Serpentine den Berg hinaufwand. Dana folgte ihnen in einem weiteren, voll besetzten Polizeiwagen. An einem Aussichtspunkt ließ Astrid Wegener halten. »Von hier an müssen wir zu Fuß weiter, aber es ist nicht mehr weit.«

Auch der zweite Wagen leerte sich und Astrid führte die Polizisten durch den noch dämmrigen Hochwald bis kurz vor dem Elfenstein. Zwei Bewaffnete inspizierten mit vorgehaltener Waffe die Gegend. Nach kurzer Zeit erklärte einer von ihnen: »Es ist niemand hier«. Beide steckten ihre Waffen weg und das restliche Trüppchen machte sich auf den Weg zum Hauptstein. Beamte, bewaffnet mit Alukoffern und starken Taschenlampen, begannen mit der Spurensuche.

Hanjo hatte ebenfalls eine Taschenlampe in der Hand und ging langsam an Hauptfelsen entlang, während Gerd Wegener sich abschätzend umsah. Nicht weit von den

Stufen entfernt blieb Hanjo stehen und leuchtete auf den Boden. »Ich glaube, hier ist Blut.«

Sofort spritzte einer der Kollegen heran. Er öffnete seinen Koffer, nahm eine Probe, gab einige Tropfen Flüssigkeit aus einem Fläschchen hinzu und bestätigte: »Ja, es ist Blut.«

»Ist das nun ein schlechtes Zeichen?«, fragte Astrid bang. Hanjo und Wegener schwiegen.

»Hier ist etwas«, rief der zweite Beamte, der sich Fußspuren folgend von dem Felsen entfernt hatte. Der Boden schien aufgewühlt. Der Beamte hielt ein Stück schwarzen Kunststoffes in die Höhe. »Ich glaube, das gehört zu der Abdeckung eines Handys.«

»Vielleicht hat Tilia Leinwig dort irgendjemanden geschlagen«, mutmaßte Wegener und wies auf den Blutfleck auf dem Waldboden. »Sie schlug zu, nahm ihrem Widersacher das Handy ab, lief los und wählte den Notruf, wurde dann aber wieder überwältigt.«

Hanjo betrachtete abschätzend den Blutfleck. »Wer so blutet, ist so schnell nicht auf den Beinen, um sie zu verfolgen. Das könnte bedeuten, dass eine weitere Person hier war.«

Wegener betrachtete die Distanz zwischen der Blutlache und ihrem Standort kritisch. »Keine zwanzig Meter … ihr zweiter Entführer war schnell.«

»Das Handy muss hier gegen den Baum gekracht sein«, sagte der Tatorttechniker und hielt einen Trieb zur Seite.

»Zumindest wissen wir, warum das Gespräch so schnell abbrach«, murmelte Wegener.

»Ja, das Handy fiel bei dem Sturz völlig auseinander.«

Es dudelte in Wegeners Jackentasche. Der Kommissar nahm sein Telefon heraus und entfernte sich etwas von der Gruppe. Sie hörten ihn eindringlich sagen: »Herr Regner, versprechen Sie mir, dass Sie bleiben, wo Sie sind. Unternehmen Sie nichts! Ich verständige sofort die

Kollegen und den Staatsanwalt. – Regner hat das Haus gefunden … in Ilsenburg«, erklärter er ihnen kurz und wählte, um Staatsanwalt Berking in Kenntnis zu setzen.

»Berking setzt sofort das Sondereinsatzkommando in Gang«, berichtete er dann. »Hoffentlich klappt die Koordination mit den Kollegen in Sachsen-Anhalt. Allerdings ist Frau Leinwig wohl nicht dort. Regner und Assmut haben sie mit zwei Männern wegfahren sehen. Assmut folgt ihnen, Regner ist in Ilsenburg geblieben.«

»Gut, dann los«, antwortete Hanjo.

*

Mit einem Auto fuhr Gerred weit weniger dynamisch als mit einem Fahrrad. Als er die verwinkelte Altstadt hinter sich gelassen hatte, glaubte er einen dunklen, kastenartigen Wagen nach rechts verschwinden zu sehen und hielt ebenfalls auf die Abbiegung zu. Glücklicherweise sah er den Wagen auf der fast leeren Landstraße nach Bad Harzburg wieder. Er hätte nie gedacht, wie schwer es war, einem Wagen zu folgen. Da er das Tempo nicht gewohnt war, saß er völlig verkrampft nach vorn gebeugt hinter dem Steuer. Er passierte Stapelburg, erreichte Bad Harzburg und huschte kurze Zeit später am Abzweig zu seinem Haus vorbei. Als die Brücke der B 4 in Sicht kam, gestand sich Gerred ein, dass er den schwarzen Mercedes verloren hatte. Fluchend hielt er an und überlegte, wo der Wagen abgebogen sein könnte. Vor ihm war er vermutlich nicht mehr. Auf die Schnellstraße war er sicher auch nicht gefahren. Hätte er das gewollt, wäre er wohl schon in Stapelburg dorthin abgebogen.

Gerred wendete zum zweiten Mal mit quietschenden Reifen auf der gottlob leeren Straße.

Im Lageplan der Hinweis von F. Stollberg auf eine Stelle auf der südlichen Seite der Westburg auf eine Felseintiefung mit Namen Krodo-Holl (Höhle)

1574 Erwähnung in den Anales von Georg Torquatus

Karl der Große läßt statt Crodo eine Kirche bauen

1602 Historia Caroli Magni

Die Kirche, wohl auch CRODO standen im Krodotal.

Merian 1654

Magnus und Tilla liefen in gleichmäßig ruhigem Tempo den steilen Berg hinauf. Während die beiden nur schwer atmeten, keuchte Gerfried wie ein Kessel mit defektem Ventil und fiel immer mehr zurück. Endlich erreichten sie eine Waldtreppe. Man hatte Granitstelen quer in den Hang gelegt und mit Erde aufgefüllt, um Wanderern den Anstieg zu erleichtern. Gerfried zog sich keuchend an dem hölzernen Geländer empor. Oben angekommen stützte er die Hände auf die Oberschenkel und rang nach Luft. Magnus warf ihm einen verächtlichen Blick zu und stieß Tilla weiter voran.

Sie stiegen eine weitere Serpentine bergan, bis sie unterhalb der Canossasäule das Hochplateau erreichten.

»Also … wo steht die neue Crodostatue?«, fragte Magnus in einem Ton, der nicht verhehlte, was er von dieser Unternehmung hielt.

»An der südlichen Ringmauer«, antwortete Tilla bereitwillig.

Gerfried war noch immer nicht genügend zu Atem gekommen, um sich an dem Wortwechsel zu beteiligen. Keuchend folgte er den beiden in Richtung Seilbahnstation. Es war früh am Morgen und die Ruine völlig menschenleer.

Die Seilbahn stand still. Angesichts des schlechten Wetters würden an diesem Tage wohl auch nur wenig Besucher kommen. Der Weg führte unterhalb der Ringmauer vorbei. Als sie einen Einschnitt erreichten, der die Ost- von der Westburg trennte, gaben überwucherte Erdberge unvermutet den Blick auf eine metallene Statue frei.

»Das ist sie?«, fragte Gerfried unnötigerweise.

Tilla nickte. Gerfried kletterte über den Holzzaun und näherte sich der glänzenden Statue, der eine griechische Säule als Podest diente. Die Statue hielt ein Rad in der erhobenen Linken und einen Eimer, aus dem rote Blütenblätter lugten, in der rechten. Der rechte Fuß ruhte auf einem Fisch.

Gerfried umrundete das Kunstwerk. »Sieht ja nicht sehr spektakulär aus«, urteilte er unzufrieden. »Und hier soll der sagenhafte Sachsengott mal gestanden haben?«

Tilla verdrehte die Augen und schwieg.

»Hat der Götze hier gestanden oder nicht?«, brüllte Gerfried sie an.

»Tja, ist doch ein toller Platz für eine Götterstatue … das hier ist der Graben zwischen der Ost- und der Westburg«, antwortete Tilla ironisch.

Gerfried kletterte wieder über den Holzzaun, packte Tillas Kinn und flüsterte: »Ich hasse es, spazieren zu gehen … noch mehr hasse ich es, Berge raufzugehen. Meine Laune ist also am Nullpunkt und könnte eigentlich nur verbessert werden, wenn ich dir endlich eine Kugel zwischen deine Wolfsaugen jagen könnte. Also beeil dich und nenn mir einen Grund, warum ich mich zusammenreißen sollte!«

Tilla versuchte, nicht durch die Nase zu atmen, denn Gerfried roch mehr als unfrisch. Leider waren ihre Arme noch immer hinter dem Rücken fixiert, sodass an Gegenwehr nicht zu denken war. »In einer Abhandlung über Crodo aus dem achtzehnten Jahrhundert heißt es: *Auf dem Wege, auf dem die alte Hartesburg gelegen, zeigt ein Felsen den Ort, wo Crodo einst gestanden. Das Gesicht gegen Morgen gekehret blickt er weit ins Land …*«, presste Tilla unwillig zwischen den Zähnen hervor.

Gerfried ließ seinen Arm an ihrem Rücken herabgleiten und schlug ihr leicht auf den Hintern. »Geht doch«, maulte er.

Tilla schloss die Augen und biss zornerfüllt die Zähne zusammen.

»Also los«, befahl Gerfried, »suchen wir diesen Felsen.«

Dieses Mal lief er vorneweg. Tilla und Magnus folgten ihm über eine moderne, metallene Treppe auf den Burgplatz. Gerfried sah sich suchend auf dem Burgplateau um. »Hier ist kein Felsen. Das Gesicht … wohin gekehrt?«, fragte er Tilla.

»Gen Morgen … also nach Osten.« Tilla konnte sich ein kurzes Grinsen nicht verkneifen.

Gerfried stapfte zur Ostspitze der ehemaligen Burg und glotzte dümmlich gegen einen bewaldeten Berg.

»Das ist übrigens der Sachsenberg«, erklärte Tilla überhöflich.

Gerfried fuhr herum und funkelte Tilla wütend an. »Willst du mich verarschen?«

Magnus verdrehte die Augen genervt und griff ein. »Gerfried … die Harzburg wurde im Jahr tausend-und-noch-was gebaut. Die Götzenstatue war ein Sinnbild des heidnischen Glaubens und wurde siebenhundertneunzig gestürzt. Du glaubst doch nicht, das der weitgehend fromme Heinrich IV. seine Burg über einem so verdorbenen, heidnisch verseuchten Platz baute?«

Verdrossen wanderte Gerfrieds Blick zwischen Magnus und Tilla hin und her. »War der Götze hier oben?«, fragte er Tilla aggressiv.

»Viele behaupten es, aber ich glaube es nicht«, antwortete Tilla beflissen.

»Wo dann?«, brüllte Gerfried und lief zornesrot an.

»Laut Merian soll sie irgendwo unten im Krodotal gestanden haben, vielleicht da, wo man später eine Kirche baute. Genaueres weiß man aber nicht. In anderen Quellen wird gesagt, dass Karl genau an die Stelle der Crodostatue eine Kapelle bauen ließ.«

»Wo ist diese Kapelle?«, schrie Gerfried sie an.

»Die gibt es nicht mehr«, antwortete Tilla dünn.

Gerfrieds trat wutschnaubend auf sie zu und Tilla sagte schnell: »Und daher favorisiere ich die Abhandlung von 1763: *Auf dem Wege, auf dem die alte Hartesburg gelegen, zeigt ein Felsen ...*«

»Das hast du schon mal runtergeleiert. Wo ist der Felsen?«, brüllte Gerfried zornesrot.

»Ich habe es doch gesagt ... auf dem Weg zur *alten* Hartesburg«, wiederholte Tilla nun verängstigt.

»Die *Alte Harzburg*? Auf dem kleinen Burgberg?«, fragte Magnus nach.

*

Daniel Regner beobachtete, wie mehrere schwarze Limousinen auf den Parkplatz des Fachwerkhauses einbogen. Augenblicklich explodierte die zweiflügelige Eingangstür des Hauses geradezu, und mehrere Leute strebten eiligst den Autos entgegen. Der Aufwand, der um die Ankömmlinge gemacht wurde, erinnerte Daniel an einen Staatsbesuch.

Er zuckte zusammen, als er sein Handy hörte. Schnell nahm er das Gespräch an und erfuhr, dass Wegener auf dem Parkplatz unterhalb des Hauses auf ihn wartete. »Ich komme gleich«, sagte Daniel leise. »Hier scheinen ziemlich wichtige Leute angekommen zu sein. Der Parkplatz brodelt geradezu. Ich warte lieber noch, bis das Brimborium vorbei ist und alle im Haus verschwunden sind.«

Nach einer Weile verließ er sein Versteck und trabte

an der Ilse entlang bis zum Parkplatz, wo Wegener und die anderen bereits auf ihn warteten.

»Das war gute Arbeit, Herr Regner«, begrüßte ihn Wegener mit jovialem Schulterklopfen.

Die Blicke aller wandten sich nun dem sonst so beschaulichen Sträßchen zu, über das sich in diesem Moment ein nicht enden wollender Konvoi von Polizeieinsatzfahrzeugen wälzte.

Wegener wandte sich an Hanjo. »Ihr bleibt am besten erst mal hier unten. Dort oben wird nämlich gleich die Hölle los sein«, sagte er und sprang in sein Auto, um Jan Berkings Wagen als Schlusslicht des Konvois abzulösen.

Es dauerte nicht mehr lange, da erscholl ein Konzert von laut gebrüllten Befehlen, splitternden Türen und ersten Schüssen. Vermummte Polizisten mit schwarzen Helmen und Gewehren drangen in das Gebäude ein und nahmen es Raum für Raum ein. Es schien ewig zu dauern, bis die Geräuschkulisse sich beruhigte.

Als Hanjo nickte, bewegten sie sich langsam bergan. Aus der Ferne hörten sie die Martinshörner mehrerer Rettungswagen. Je näher sie dem Haus kamen, desto mehr erinnerte das Geschehen an einen Kriegsschauplatz. Der erste Krankenwagen rauschte an ihnen vorbei.

Als Hanjo, Astrid und Daniel Regner das Haus erreichten, sahen sie Gerd Wegener neben einer Trage herlaufen. Offensichtlich hatte man seinen Kollegen gefunden: Andreas Kamenz wurde in den Krankenwagen geschoben.

»Im Keller gab es einen Schusswechsel. Der Typ, der Kamenz bewachte, ist tot. Weitere Leute waren da nicht, geht also gleich nach oben«, rief Wegener weiteren Sanitätern zu, die mit einer Trage ins Haus eilten. Die Türen schlossen sich hinter Andreas Kamenz und der Krankenwagen entfernte sich schnell. Gerd Wegener sah ihm kurz nach und kam dann auf sie zu.

»Die hatten Andreas mit der Leinwig zusammen im Keller eingesperrt. Die Leinwig ist weitgehend okay, aber Andreas hat wohl innere Verletzungen. Er sah schlimm aus, aber sie sagen, er schafft es«, berichtete er sichtlich erleichtert. »Andreas konnte mir noch sagen, dass zwei der Typen mit Frau Leinwig auf dem Weg zur Harzburg seien.«

»Zur Harzburg?«, fragte Astrid erstaunt.

»Wir warten noch auf zwei Kollegen vom SEK und machen uns dann gleich auf den Weg.«

»Wie lief es dort drin?«, fragte Hanjo und wies mit dem Kinn auf das Haus.

Wegener grinste breit. »Einige richtig hohe Tiere aus der Nazi-Szene, haufenweise belastendes Material und eine Firma, die nicht nur viele dem Polizeicomputer wohlbekannte Typen beschäftigt – sie scheint völlig mit einer Art Naziorden verwoben zu sein. Dein Sohn hat sich mit diesem Einsatz eine glänzende Karriere beschert, denke ich.«

Zwei Polizisten mit schwarzen, dick gepolsterten Westen stießen zu ihnen. Fix verteilten sie sich auf zwei Wagen mit dem Ziel Bad Harzburg.

*

Genervt kurvte Gerred kreuz und quer im Krodotal herum. Nach einer Dreiviertelstunde kämpfte er sich – wütend auf sich selbst – durch ein Gewirr steiler Gassen, um auf die B 4 zu gelangen. Kurz bevor es zur Schnellstraße abging, sah er den Wagen endlich. Der Mercedes stand vereinsamt oberhalb von ihm auf einem Parkplatz. Mit durchdrehenden Reifen erklomm er den steilen Berg, parkte seinen Smart an der Seite und stieg eilig aus. Nachdenklich betrachtete er die Hinweise für Wanderer und entschloss sich, dem Weg zur Burg zu folgen.

Nach wenigen Minuten musste er sein Tempo deutlich verlangsamen, denn es ging steil bergan. Als er eine kurze Erholungspause einlegte, glaubte er Motorengeräusche und Stimmen unterhalb seines Standortes zu hören, doch es trieb ihn weiter.

Ein Schotterpfad führte bergan. Lings neben ihm ließ der Wald vereinzelte Dächer der Häuser im Krodotal sehen. Allmählich machte er sich Gedanken, was er tun sollte, wenn er Tilla und ihre Entführer tatsächlich fand. Schwer atmend blieb er stehen und griff in seine Taschen. Fluchend stellte er fest, dass sein Handy noch in der Halterung in seinem Wagen steckte. Er war wohl nicht nur als Detektiv, sondern auch als Retter völlig talentfrei. Dennoch nahm er die vor ihm auftauchende Naturtreppe in Angriff, die ihn der Harzburg näher brachte, denn es lohnte sich nicht mehr, wegen des Handys zurückzugehen.

Er hatte die Hälfte der Stufen erklommen, als ihn ein Schuss zusammenfahren ließ. Im nächsten Moment hörte er sich selbst laut ihren Namen rufen.

Schusswaffen sind unritterlich!
Im Kampf ist auf Schuss und Wurf zu verzichten.

Inschrift in einem Artemis-Tempel auf Euböa

Das Wetter wurde immer ungemütlicher. Tilla ärgerte sich darüber, dass sie wegen ihrer auf dem Rücken fixierten Hände ihren Anorak nicht schließen konnte, während Magnus und Gerfried ihre Reißverschlüsse hochzogen und die Kragen hochstellten.

»Dort links geht es runter«, rief Magnus Gerfried zu und bog auf die Serpentine ab, die sich von dem Weg zum Sachsenberg abwandte und in entgegengesetzte Richtung führte.

Sie verließen den Weg, den sie gekommen waren, und passierten den Bergkamm, der der Harzburg als Basis diente. Er endete abrupt und lief sanft in einem zweiten, kürzeren Kamm aus. Vor ihnen schlängelte sich ein Pfad durch den Hochwald, der nach wenigen Metern an einem felsigen Einschnitt endete. Sie kraxelten zwischen den Felsen hinab, was Tilla arg schwer fiel, da sie ihre Arme nicht als Gewichtsausgleich nutzen konnte. Sie kam prompt aus dem Gleichgewicht und prallte gegen Magnus, der sie festhielt und wieder auf die Beine zog. Ihre Blicke trafen sich für einen kurzen Augenblick. Als sie einige Wochen zuvor gemeinsam hier gewesen waren, hatte eine andere Atmosphäre geherrscht. Tilla hoffe bang, dass Magnus sich ebenfalls daran erinnerte.

Der Pfad führte sie auf der anderen Seite des Einschnittes wieder nach oben, bis sie ein kleines Plateau erreichten. Links neben ihnen erhob sich ein weiterer Felsen. Rechts erstreckte sich eine kleine Ebene, viel kleiner als das Areal der großen Harzburg.

»Das könnte der Felsen sein«, stellte Gerfried erfreut fest und betrat die kleine, felsige Aussichtsplattform. Tilla und Magnus warteten auf der Lichtung. Gerfried kehrte zurück. »Los, zeig mir, wo die Statue gestanden hat«, verlangte er und zog sie grob in die andere Richtung.

»Es gibt keine wissenschaftlichen oder archäologischen Beweise dafür, wo die Statue gestanden hat«, wiederholte Tilla.

»Was ist das hier?«, fragte Gerfried drängend und zeigte auf die Ruine eines Fundamentes.

Tilla sah sich um. »Ich weiß es nicht genau. Über die alte Harzburg gibt es kaum überlieferte Fakten. Es könnten die Reste der alten Harzburg, Reste der Kapelle oder etwas ganz anderes sein. Ich weiß es nicht.«

Gerfried durchquerte das zimmergroße Viereck des Fundamentrestes und spähte in östlicher Richtung. »Hier kann man aber auch nicht weit sehen.«

»Wenn man hier oben wirklich eine Götzenstatue erstellt hatte, wird man die Bäume wohl gefällt haben. Kleiner Hinweis: Diese Bäume hier sind keine zweitausend Jahre alt«, meinte Tilla bissig.

Gerfrieds Blick wurde eisig, als er sich zu ihr umdrehte. »Du bist genauso arrogant wie deine Mutter, du dreckiges Miststück.«

Tillas Zorn brodelte hoch wie Lava in einem Vulkan. Sie fauchte ihm wider besseres Wissen entgegen: »Aber die musstest du ja vergewaltigen, denn sie hätte sich nie freiwillig mit so was wie dir eingelassen. Meine Mutter hat deinen Bruder geliebt … und das hatte auch einen Grund. Mein Vater hatte nämlich entschieden mehr Grips als du.«

Im nächsten Moment traf sie ein Schlag ins Gesicht. Tilla stolperte nach hinten und fiel auf die Erde. Gerfried setzte nach und drückte sie auf den Boden. »Mein Bruder war ein Versager. Er war zu weich. Erst ist er auf deine Mutter hereingefallen und dann auf dich. Ich habe deine Mutter zur Raison gebracht und werde das jetzt auch mit dir tun!«, zischte er ihr entgegen.

Er zerrte ihr den Anorak herunter und riss an ihrer Bluse. Tilla versuchte augenblicklich, nach ihm zu treten, doch er war schneller. Seine Hand umschloss ihre Kehle, während er sich auf ihren rechten Oberschenkel kniete. Tilla versuchte ihm das Knie in die Seite zu rammen, doch sein Gewicht nagelte sie am Boden fest. Während er ihre Hose öffnete, flüsterte er ihr zu: »Du wehrhaftes Miststück bist wirklich die Tochter meines Bruders. Ich hoffe, er sieht nun von oben zu.«

Tilla wand sich mit wilden Bewegungen hin und her, doch ihre Gegenwehr wurde immer müder. Ihr wurde schwarz vor Augen, weil sie keine Luft bekam.

Urplötzlich war ihr Hals frei und sie sog gierig Luft in ihre schmerzenden Lungen. Keuchend registrierte sie Magnus, der Gerfried von ihr wegzerrte und ihn nun mit Faustschlägen traktierte. Gerfried taumelte nach hinten und griff unter seine Jacke. Im nächsten Moment fiel ein Schuss, der Magnus' Bewegung erstarren ließ.

Ungläubig sah Tilla ihn nach hinten fallen. Er blieb regungslos im Gras liegen. Ein rotes Rinnsal bahnte sich einen Weg von seiner Stirn in sein linkes Auge, das sich leer auf sie richtete.

Plötzlich hörte sie Gerred ihren Namen rufen, sie erkannte seine Stimme sofort. Auch Gerfried hatte ihn gehört. Entsetzt sah sie, wie er sich auf die Beine rappelte und die Waffe erneut in Anschlag brachte. Tilla begann mit aller Kraft ihren Hintern über die gefesselten Hände zu quetschen. Die dünnen Kabelbinder schnitten ihr in die Haut, aber sie wand sich durch ihre eigene Armöffnung, bis sie ihre Hände endlich vor sich hatte. Ihr Anorak, den ihr Gerfried heruntergezogen hatte, hing als wirres Knäuel zwischen ihren gefesselten Händen herab. Gerfried bewegte sich zum Aufgang des Plateaus, seine Pistole im Anschlag. Gleich würde Gerred hinter dem Felsen auftauchen. Tilla sprang verzweifelt auf die Beine und hastete vorwärts. Gerfried konzentrierte sich auf seine Waffe und bemerkte Tilla nicht, die ihren Anorak, in dessen Tasche noch immer ihr Runenstein steckte, kreisen ließ. Mit einem hässlichen Knirschen traf der Stein Gerfried mit voller Wucht am Kopf. Er schlug längelang hin. Die Waffe fiel ihm aus der Hand.

»Du elendes Miststück«, schrie er und hielt eine Hand an seine blutende Stirn gepresst. Mit der anderen Hand tastete er nach der Waffe. Tilla warf sich mit wüstem Geschrei auf ihn und drosch mit ihren zusammengebundenen Fäusten abwechselnd auf seinen Arm und seinen Kopf ein. Zu spät merkte sie, dass er sein Knie unter ihren Bauch geschoben hatte. Im nächsten Moment wurde sie nach hinten geschleudert und landete unsanft auf dem Waldboden. Sofort kämpfte sie sich wieder auf die Beine. Bevor sie sich erneut auf ihn stürzen konnte, tauchte Gerred über ihr auf und riss sie zur Seite. Sie kullerten über den Waldboden gegen einen Mauerrest. Gerfrieds nächster Schuss traf einen Baum dicht neben ihnen. Holzsplitter regneten herab.

Ein weiterer Schuss folgte.

Dieser Schuss klang nicht nur anders, er kam auch aus einer anderen Richtung. Eine sonderbare Ruhe, die nach der Dichte der bisherigen Ereignisse geradezu magisch wirkte, hüllte Tilla ein.

Verwirrt versuchte Tilla sich aufzurichten, was ihr nur bedingt gelang, da Gerred noch immer auf ihr lag, die Hände schützend über ihrem Kopf. Ungläubig erkannte Tilla Hanjo Berking, der mit einer Waffe im Anschlag zwischen den Bäumen auftauchte. Ihm folgten Gerd Wegener und Astrid, die auf sie zueilten.

Gerfried lag wenige Meter von Magnus' Leiche entfernt und rührte sich nicht. Einen Moment später stürmten zwei Polizisten in schwarzer Montur auf die Lichtung. Einer näherte sich Gerfried und Magnus mit vorgehaltener Waffe, während der andere ihn sicherte. Er legte den am Boden liegenden Gestalten den Finger an die Halsschlagader, dann sah er auf. »Sie sind beide tot.«

Wer auf gutem Grund
mit Gold, Silber, edlen Steinen,
Holz, Heu oder Stroh baue …
Welcherlei eines jeglichen Werk sei
wird das Feuer offenbaren.

Erster Brief des Paulus an die Korinther III/12,13

Die Abendluft war lau und erfüllt von der frischen Süße aufblühenden Flieders, nachdem sich der Duft des Grillgutes gelegt hatte. Überall lag fröhlicher Singsang und geselliges Lachen in der Luft, das von den diversen Walpurgisfeiern in Bad Harzburg herrührte.

Tilla drehte das Glas in ihren Händen und blickte versonnen auf die Waldmeisterbowle, als sie von dem aufbrandenden Gelächter um sie herum in die Wirklichkeit zurückgeholt wurde. Sie stellte das Glas ab und bemühte sich, aus den Wortfetzen herauszuhören, worüber sich ihre Freunde so lautstark amüsierten.

»Ja, gut, ich hab wohl etwas lang gebraucht mit meiner Verfolgung …«, gab Gerred schmunzelnd zu.

»Wir sind fast eine Stunde später losgefahren und gleichzeitig mit dir angekommen«, stichelte Astrid vergnügt.

»Ich hab mir nur deshalb so lange Zeit gelassen, damit ich bei meinem heldenhaften Sprung gesehen werde«, gab Gerred trocken zurück.

»Klasse«, warf Tilla ein, »den hätte ich auch gern gesehen. Aber ich habe bis zuletzt nicht begriffen, was da auf mir lag und mich daran hinderte, weiter auf diesen Gerfried einzuhauen.«

»Vielleicht sollte ich noch einmal springen«, bot Gerred in das allgemeine Gelächter hinein an.

»Ich komme darauf zurück«, lachte Tilla und drückte ihm einen Kuss auf die Wange. »Jedenfalls hätte ich vor einer Woche nicht gedacht, dass ich dieses Beltanefest noch erlebe.« Sie schickte ein paar Luftküsse in die Runde und flüsterte: »Danke euch Verrückten!«

Während Astrid weitere Maibowle verteilte, fragte Tilla: »Weißt du, wie es Andreas geht, Hanjo?«

»Er hat sich gut erholt. Sicher kommt er nächste Woche aus dem Krankenhaus.«

»Als ich ihn dort in diesem Keller zurücklassen musste, dachte ich, er überlebt diesen Tag nicht«, sagte Tilla leise. »Ich hätte nie gedacht, dass er überhaupt noch etwas von dem mitbekommen hat, was Gerfried sagte.«

»Damals ging es ihm auch verdammt schlecht. Wenn Daniel und Gerred das Gebäude nicht so schnell gefunden hätten ...« Hanjo ließ die schreckliche Alternative unausgesprochen.

»Es gibt eine Menge Leute, denen ich einiges zu verdanken habe ... selbst Magnus«, sagte Tilla nachdenklich. »Wäre er nicht gewesen, hätte ich wahrscheinlich das Gleiche durchmachen müssen, wie meine Mutter ... mit dem gleichen Täter.«

Es wurde still.

Tilla rettete sich vor einem Gefühlsausbruch, indem sie ihr Glas leerte. Dann reichte sie es Dana. »Füll du es nach. Ich zittere schon wieder vor Wut. Ich würde es nicht treffen.« Dana grinste und nahm ihr das Glas ab.

»Ist das nicht irre ... vor einigen Monaten gab es niemanden, den ich mehr zu hassen glaubte als diesen Borderfeld – also Hermann Bordfeld. Und dann kam sein Bruder Gerfried.« Tilla schüttelte sich. »Hermann ... mein Vater war ja beileibe kein Sympathieträger, aber dieser Gerfried ...«

Vorsichtig sagte Astrid: »Brüder ... es war also Gerfried, der mich damals so erschreckt hat. Dass die sich aber auch derart ähnlich sahen, ist irgendwie gruselig.« Nachdenklich fügte sie hinzu: »Vielleicht wäre Hermann ein ganz anderer Mensch geworden, wären er und Heddi zusammengeblieben ...«

Tilla stieß verzweifelt hervor: »Wenn ich es nur gewusst hätte ... wenn ich mit ihm hätte reden können, vernünftig reden ... wenigstens einmal ...«

»Aufgrund der Verhöre wissen wir, dass von diesen Typen aus Ilsenburg praktisch niemand von dir wusste, Tilla. Hermann hat dich geschützt, indem er den anderen deine Existenz verschwieg. Hätte er dies nicht getan, dann hätte diese Nazibande vermutlich schon viel früher die Jagd auf dich eröffnet«, erklärte Hanjo. Als Tilla nachdenklich schwieg, fügte er hinzu: »Nach Abschluss der vollständigen Untersuchung wird dir trotz allem ein beachtliches Vermögen bleiben, das Erbe von deinem Vater.«

»Ich glaube nicht, dass ich das haben will«, erklärte Tilla nachdrücklich.

Astrid bemerkte schmunzelnd: »Überlass es am besten Peter Ehlers, sich darum zu kümmern. Nimm es doch einfach als Unterhaltszahlungen, die nie erfolgten. Außerdem könntest du Peter zur Abwechslung auch mal bezahlen.«

Tilla grummelte noch in sich hinein, als Gerred Hanjo fragte: »Und du bist jetzt also offiziell Zivilist?«

»Ja«, bestätigte dieser zufrieden. »Nach einem Schusswechsel mit Todesfolge folgt immer eine längere Untersuchung und gegebenenfalls eine psychologische Betreuung. Nach dieser Zeit wäre ich sowieso fällig gewesen.«

»Dass ausgerechnet du auch noch schießen musstest«, meinte Astrid mitfühlend und streichelte Hanjo über den Arm.

»Tja, das war Pech. Die zwei SEK-Leute waren aufgrund von Andreas' Aussage zur Burgruine hochgelaufen. Gerd und ich hatten gerade erst das untere

Plateau erreicht, weil wir keine Luft mehr bekamen. Die zwei jungen Hirsche vom SEK waren doch etwas besser in Form als wir ... aber wir waren somit diesem Gerfried näher«, erklärte er mit schiefem Grinsen.

»Dein Timing war perfekt«, betonte Gerred und nickte Hanjo dankbar zu.

»Es muss doch ziemlich befriedigend sein, dass dein Sohn ausgerechnet bei deinem letzten Fall jemanden schnappt, hinter dem du vor dreißig Jahren her warst, oder?«, fragte Daniel Regner nach.

»Ja. Ich hätte das auch nicht gedacht, aber die DNA von diesem Junghanns stimmte tatsächlich mit einer der Proben überein, die ich damals sichern ließ. Unglaublich«, urteilte Hanjo kopfschüttelnd.

»Aber ihr habt doch damit nicht alle bekommen, oder?«, fragte Astrid nach.

Hanjo seufzte. »Wir haben ihnen eine sehr empfindliche Schlappe verpasst, mehr ist kaum möglich. Die Ausbildungsinstitute von Hermann Bordfeld waren ja völlig mit der Organisation verwoben. Bordfeld hat mit seinen zum Teil recht charismatischen Kämpfern neue Rekruten geworben und die Organisation zudem mit immensen Summen versorgt. All das fällt nun weg. Aber dieses grässliche Gedankengut ist über das ganze Land verteilt ... und es wird immer wieder junge Leute geben, die so allein sind, dass sie sich so einem Wolf im Schafspelz anschließen. In ein paar Jahren wird sich der Bestand erholt haben und dann fangen wir wieder an.«

»Hauptsache ist wohl, dass die drei Morde – mit Sonja Grabowski vier Morde – hier geklärt sind und dass dein Sohn Tillas Geschichte nun geglaubt hat«, urteilte Gerred.

»Ja. Tillas Aussage war völlig schlüssig und deckt sich mit unseren Indizien. Endlich passt alles zusammen«, bestätigte Hanjo. »Es tut mir wirklich leid, dass wir dir nicht schon früher geglaubt haben, Tilla!«

»Na ja, bevor mir Magnus alles erzählte, wusste ich ja auch zu wenig über die Hintergründe der Morde. An eurer Stelle hätte ich mir wohl auch nicht geglaubt. Es mussten wirklich eine Menge Leute sterben und ich fühle mich daran so mitschuldig. Wäre ich nicht auf Hermann Bordfeld hereingefallen …«

»Ach was, nun hör aber auf. Wenn sich jemand Vorwürfe machen sollte, dann bin ich das«, erwiderte Hanjo ungehalten. »Andreas Kamenz fragte mich vor ein paar Wochen, was passiert wäre, wenn ich die Ermittlungen damals vor dreißig Jahren nicht eingestellt hätte. Und ich frage mich das mittlerweile auch.«

»Du hättest nichts von dem, was heute passierte, verhindern können«, hielt Tilla dagegen. »Niemand wusste, dass Hermann die Jagd vor dreißig Jahren überlebt hatte. Dass er später an der gleichen Stelle starb, zeigt eigentlich nur, dass man sein Schicksal nur etwas verschieben, aber nicht aufheben kann. Es war eben seine Vorsehung, dort zu sterben.« Sie besann sich einen Augenblick und schüttelte sich.

»Was denn?«, fragte Astrid.

Zögernd begann Tilla: »Es war eine merkwürdige Situation da oben an den Hahnenkleeklippen. Magnus machte da so einen Andeutung … ich frage mich heute, ob mein Vater mich wirklich hatte umbringen wollen. Damals habe ich es geglaubt und konnte vor Angst kaum auf den Beinen stehen … aber nach dem, was ich heute weiß, bin ich mir da gar nicht mehr so sicher.«

»Aber weswegen soll er dich denn sonst dort oben hingelockt haben?«, fragte Astrid zweifelnd.

»Ich denke heute, er wollte mir alles erzählen … vielleicht wollte er mir gar nichts tun … vielleicht wollte er sogar, dass ich …«

»Oh Tilla, nun mach ihn nicht zum Märtyrer. Er war Haralds Mörder und er war dabei, als deine Mutter starb«, wandte Astrid ein.

Tilla nickte. »Ja ... ihr *Sinatos* entkam zwar an diesem Tag, starb dann aber doch noch. Bei dem, was ihm dort oben auf den Klippen widerfahren ist, hätte ich ihm ja fast den Tod durch Eisenhutsud gegönnt. Das wäre sicher humaner gewesen.«

Gerred nahm Tilla in den Arm. »Ich denke, es ist richtig, dass du ihm gegenüber einen versöhnlichen Gedanken verfolgst. Es söhnt dich selbst mit dem aus, was gewesen ist, und das ist gut so.«

Stille breitete sich aus.

»Ich gehe mal den Nachtisch holen«, verkündete Dana und kam nach wenigen Augenblicken mit einer großen Schüssel Obstsalat und Vanillecreme zurück.

Dankbar nahm Astrid die Gelegenheit zum Themenwechsel wahr: »Ich hab mir übrigens diese alte Abhandlung über Crodo von 1763 durchgelesen, Tilla. Also, wenn Hedera die in die Finger bekommen hätte, sie wäre ganz aus dem Häuschen gewesen. Ich bin mittlerweile überzeugt, dass die alte Crodo-S

tatue dort auf der alten Harzburg ihren Platz hatte und dass der Stein dort irgendwo ist.«

»Es könnte gut sein, dass Crodo dort gestanden hat. Mir persönlich würde dieser Platz für eine Gottheit gut gefallen. Aber der Stein ist nicht dort oben«, erklärte Tilla vergnügt und befüllte ihr Schälchen üppig. Sie bemerkte die erstaunte Stille ihrer Gäste erst beim zweiten Umherblicken.

»Warum hab ich gerade das Gefühl, dass du weißt, wo der Stein ist?!«, beschwerte sich Astrid mit großen Augen.

Tilla stellte den Nachtisch nun doch zur Seite und setzte ein sphinxartiges Lächeln auf. »Ich weiß es ... und eigentlich hätte ich es die ganze Zeit wissen müssen. Aber meine Synapsen taten irgendwie nicht, was sie sollten.«

Nahezu auf einen Schlag stellten alle ihre Dessertschalen weg und starrten Tilla erwartungsvoll an.

»Es steht in Mutschs Buch ... aber wesentlich eindeutiger steht es in dem Manuskript, das mir Mutsch als Fortsetzungsroman schickte.« Tilla blickte in lauter verständnislose Gesichter. Sie lachte kopfschüttelnd. »Also ... der Stein war am Klusfelsen ... und er war am Elfenstein und zuletzt war er auf dem kleinen Burgberg«, kicherte Tilla. »Aber Mutsch hat ihn nicht an einem der vielen Kraftorte im Harz versteckt. Er war bei mir ... seit ich zwölf bin.«

»Können wir bitte die ganze Geschichte hören«, verlangte Gerred gespannt.

Tilla grinste, stand auf und kehrte kurz darauf mit ihrem völlig verdreckten Anorak und einem Stapel zusammengehefteter Seiten zurück. »Mit diesem Manuskript hatte mir meine Mutter einen Wink geben wollen«, erklärte Tilla und erzählte den anderen, was es mit den Manuskriptseiten auf sich hatte. »Erst dachte ich, Buch und Manuskript würden sich gleichen. Deshalb legte ich das Manuskript weg, als das Buch kam. Aber später sah ich, dass Mutsch in dem letzten Gedicht auf den Manuskriptseiten ein paar Zeilen angefügt hatte.« Lächelnd schlug Tilla das letzte Blatt auf und las das Gedicht vor. »... *Vom Gestern ins Morgen trugen die Hexen ihr Wissen, zu verhindern, dass die Macht des Steines vergessen. Immer eine bewacht den Stein ein Yol, reicht dann ihn weiter, den Menschen zum Wohl. Wo ist er heute? Niemand weiß es zu sagen, außer der Einen, welche die Last hat zu tragen* ... Dann hat sie angefügt: *Ein Gneis mit Zeichen des Gestern und Morgen, hält die Wurzel der Macht im Dunkel verborgen. Yggdrasils Seite der Hel hält gelinde der Stäbe Gesamtheit bereit für die Linde* ...«

Astrid durchbrach als Erste die Stille und wiederholte nachdenklich: »Ein Gneis mit Zeichen des Gestern und Morgen?«

»Das Gestern ist die versteinerte Muschel und das Morgen ergibt sich aus einem Runenorakel«, erklärte Tilla mit breitem Lächeln.

»Der Runenstein?«, fragte Astrid mit großen Augen und Tilla nickte.

»Allerdings war der Runenstein gar kein echter Stein. Mutsch hat ihn gemacht.«

»Gemacht?«, echote es ringsherum.

Tilla lachte glockenhell. »Also, an meinem zwölften Geburtstag saß ich stundenlang im Matsch und habe versteinerte Muscheln in diesem Steinbruch bei der Burg Lichtenberg gesucht. Am Abend war ich sicher, ich wollte Geschichte studieren. Mutsch war überglücklich, sie hatte es endlich geschafft, mich für das Gestern zu begeistern. Am nächsten Morgen gab Mutsch mir diesen Stein. Oben sah er aus wie die Kontur von Brocken, Achtermann und Wurmberg, – sie hat ihn übrigens in ihr Buch gemalt, aber ich hab das Bild nicht richtig gedeutet – und unten war der Stein flach, sodass er bestens stand. Auf einer Seite war meine Lieblingssteinmuschel, auf der anderen Seite die Thurisaz-Rune. Der Stein hat mich immer an einen herrlichen Geburtstagsausflug erinnert, aber der Stein war nicht aus Stein, sondern aus einer Art Baumarktzement und der Sonnenstein war in seinem Inneren.«

Es wurde so still, dass sich das glimmende Grillfeuer überlaut ausnahm und Tilla fuhr mit einem Koboldlächeln fort.

»Somit hatte ich den Stein an der Klus, am Elfenstein und auf der Harzburg bei mir. Ich hatte ihn mir nämlich als mögliche Waffe in die Anoraktasche gesteckt. Ich hatte ihn auch auf den Klippen dabei …« Tilla verfiel kurz in Nachdenklichkeit, doch dann mühte sie ein Lächeln hervor. »An Gerfrieds Schädel ist der Baumarktzement dann endgültig zerbrochen. Die Brösel hab ich erst ein paar Tage später gesehen. Sie sind noch in der Anoraktasche. Der Sonnenstein auch.«

Daniel fing sich als Erster. »Das ist ja irre. Äh, dürfen wir das Teil mal sehen?«

Tilla lachte. »Tja, ich denke, das habt ihr euch verdient.« Sie stand auf und kippte den Inhalt ihrer Anoraktasche zwischen Obstsalat und Vanillecreme auf den Tisch. Neben zahlreichen grauen Steinbrocken kullerte ein goldgelber, nahezu gleichmäßig runder, großer Bernstein auf den Tisch. Astrid nahm ihn ehrfürchtig in die Hand. Sie hielt ihn gegen das glimmende Feuer des Grills: »Unglaublich, es ist tatsächlich ein Zeichen zu sehen, das Feo, der Rune für Feuer, ähnelt.«

Daniel beäugte den Stein interessiert. »Muss man da jetzt nicht irgendetwas fühlen? Bin ich jetzt unbesiegbar, oder so?«

»Vermutlich«, bestätigte Tilla zur allgemeinen Belustigung.

Während der Sonnenstein die Runde machte, betrachtete Astrid nachdenklich das Gedicht auf der letzten Manuskriptseite. »Sag mal ... was bedeutet eigentlich *Yggdrasils Seite der Hel hält gelinde der Stäbe Gesamtheit bereit für die Linde ...*«

»Tja«, grinste Tilla wieder. »Das war nicht einfach. Yggdrasil ist nach der Edda die Weltenesche ... Der Apothekenschrank ist aus gebeiztem Eschenholz.«

»Hel ... Schwester von Fenriswolf und Midgardschlange ... sie ist die Herrscherin der Unterwelt. Natürlich! Die Seite der Hel ist unten! Und der Stäbe Gesamtheit?« Astrid sah Tilla fragend an.

»Stäbe stehen für Buchstaben ... die Aufzeichnungen von Mutsch sind im Sockel des Apothekenschrankes!«

Astrid lächelte breit. »Dort warten sie auf die Linde ... also auf dich.«

Tilla nickte glücklich und Astrid übernahm es, den

anderen zu erklären: »Tilia ist der botanische Name für Linde.«

»Die Aufzeichnungen sind also noch da?«, fragte Gerred.

»Ja. Alles da«, grinste Tilla zufrieden.

»Und was machst du jetzt damit?«, fragte Dana und hielt den Sonnenstein hoch. Tilla nahm den Stein aus Danas Hand entgegen.

»Tja, dieser ominöse Orden hat meinen falschen Stein bekommen. Die, die übrig sind, glauben hoffentlich nachhaltig daran und geben die Suche auf. Dieser Stein hier sollte nach Mutschs Ansicht verhindern, dass die Kelten in der Gemeinschaft der Andersgläubigen aufgehen und dass dadurch ihre Götter in Vergessenheit geraten. Ich glaube, diese Gefahr besteht nicht mehr, es gibt uns ja noch. Wir Harzhexen erhalten mit unserem Glauben die alten Götter am Leben.« Dann verzog Tilla nachdenklich das Gesicht. »Es war eigentlich Magnus, der mich auf einen Gedanken brachte … als ich ihm die Elemente erklärte, sagte er, ich sei ein Feuertyp. Und damit hat er recht. Mutsch war ein Erdtyp. Sie versuchte, die Macht des Steines mit ihrem Element zu bannen, ich werde es mit meinem tun.« Damit nahm Tilla den Bernstein und warf ihn in die glühende Kohle des Grillkamins, die ihn im Laufe der Beltanenacht langsam vernichtete.

Während die anderen die Rückkehr des Sommers und des Sonnenlichtes des Gottes Belenos feierten, stieg eine Rauchsäule schnurgerade nach oben und wurde von der Himmelsgöttin Brigidh wohlwollend aufgenommen.

Ein paar Worte zum Schluss …

Kelten haben sich nachweislich im Harz aufgehalten und diesen nachhaltig geprägt. Sie haben der Region Hercynia nicht nur ihr fundamentales Wissen rund um den Bergbau, Salzgewinnung und die Metallurgie hinterlassen, sie sind es vermutlich auch, die der Mär um die Harzer Hexen ihre Grundlage gaben.

Eine wissenschaftliche Rekonstruktion des ›alten Glaubens‹ ist praktisch kaum möglich, da weder Kelten noch Germanen diesgerichtete Aufzeichnungen hinterließen. Zudem entwickelte sich der vorchristliche Glaube von Region zu Region unterschiedlich, denn jeder Stamm hatte eigene Regeln und eigene Gottheiten. Im Grunde ist die gesamte Geschichte Deutschlands eine Stammesgeschichte, der Deutschland seine regionalen Besonderheiten und seinen Facettenreichtum verdankt.

Ich habe mich für dieses Buch durch unzählige, von modernen Hexen, Paganen, Neoheiden, Neogermanen und Neokelten verfasste Internetseiten sowie durch zahlreiche theologische Dissertationen, welche den alten Glauben zum Thema hatten, gelesen. Der alte (Hexen)-Glauben mit den in diesem Roman erwähnten Jahresfesten ist tatsächlich lebendiger als je zuvor. Die alten Rituale und Feste halten nicht nur interessante Erklärungen für lieb gewonnene Traditionen bereit, seine zunehmende Beliebtheit erklärt sich auch dadurch, dass der alte Glaube eine durch und durch weibliche Religion ist. Das Keltentum hat in diesem Glauben zweifellos sehr deutliche Spuren hinterlassen, denn die Kelten zeichneten sich durch eine völlig andere Einstellung zur Frau aus, eine Einstellung, die sich von allen anderen Völkern ihrer Zeit unterschied. Da Kelten und Germanen keine Aufzeichnungen hinterließen, muss man mit dem vorliebnehmen, was die Feinde der Kelten über sie zu berichten wussten. Eine der Hauptquellen hierzu bilden die *Commentarii de Bello Gallico*, ein Bericht des römischen Feldherrn und späteren Kaiser Gaius Julius Caesar über den Gallischen Krieg. Er überlieferte erstmals differenzierte Erkenntnisse über die Kelten und unterschied diese im Gegensatz zu anderen Geschichtsschreibern deutlich von den Germanen. Weitere Zitate über das Wesen der Kelten, welche jeweils einem Kapitel über die Heldin Tilla vorangestellt ist, stammen von Tacitus, Cicero, Sueton, Pomponius Mela, Plutarch, Polybios, Justinus, Ammianus Marcellinus, Diodor, Cassius Dio und Strabon sowie aus einigen Überlieferung des inselkeltischen Druiden und Barden Taliesin.

Die Bezeichnung der Kelten war nicht einheitlich. Caesar nannte sie Gallier, weitere Geschichtsschreiber nutzten Bezeichnungen des einzelnen Keltenstammes, die griechischen Schreiber nannten sie Keltoi, die meisten römischen Geschichtsschreiber sprachen von den Celtae. Ich habe letztere Bezeichnung als Regel übernommen und einige Zitate damit angefüllt, um es dem Romanleser einfacher zu machen.

Weitere Zitate über die Kelten stammen aus den Werken:

Die Kelten, Alexander Demandt, Beck 2007

Die Druiden, Jean Markale, STB 2005

Germanen und Kelten, Ludwig Wilser/Georg Grupp, Voltmedia GmbH

Jene Zitate, welche den Kapiteln der rechtsradikalen Ordensbrüder vorangestellt sind, entstammen der EDDA, der altnordischen Sammlung von Heldenliedern. Ich habe die ältere Traditionsübersetzung von Karl Simrock verwendet, die leichter verständlich ist. Die eddische Dichtung gehört zu den bedeutendsten Überlieferungen nordisch-germanischer Kultur und damit unserer ureigensten mythologischen Vergangenheit.

Dies gilt ebenso für das Runenalphabet. Im Roman kam das jüngere FURTHARG-Runenalphabet zum Einsatz.

Hier ein Überblick dieser Runen in der, dem heutigen Alphabet angepassten Reihenfolge:

A	B	C	D	E	F	G	H	I	J	K	L	M	N	O	P	Q	R	S	T	U	V	W	X	Y	Z
ᚨ	ᛒ		ᛞ	ᛖ	ᚠ	ᚷ	ᚺ	ᛁ	ᛃ	ᚲ	ᛚ	ᛗ	ᚾ	ᛟ	ᛈ		ᚱ	ᛊ	ᛏ	ᚢ		ᚹ			ᛉ

Wer etwas mehr über die Hinwendung der Nationalsozialisten zum Okkulten wissen möchte, dem empfehle ich Nickolas Goodrick-Clarke zur Lektüre, *Die okkulten Wurzeln des Nationalsozialismus*, Marixverlag, Wiesbaden 2004. Einige Essenzen der Erkenntnisse dieses hochinteressanten Buches habe ich der Figur des Hanjo Berking in den Mund gelegt. Auch den Sonderauftrag ›H‹ hat es tatsächlich gegeben.

Dass ich die große Varusschlacht vor die Tore des Harzes verlegte, entspringt keineswegs nur meiner Fantasie. Der Hobbyarchäologe F.H. Rainer Friebe trug für sein Buch *Gesichert von Türmen, geschützt vom Schwert*, Halberstadt 1999, eine ganze Reihe von hochinteressanten Fakten zusammen, welche die Theorie, dass die Varusschlacht nicht in Kalkriese, sondern bei Halberstadt stattgefunden haben könnte, durchaus schlüssig begründen. Die Tatsache, dass der bisherig angenommene Ort der Varusschlacht bei Kalkriese durch das Verschweigen eines Exponates – eine Schwertscheide mit dem Graffito L(egio) P(rima) A(ugusta) – welches nicht in die Zeit der

Varusschlacht gehört, ein wenig in Verruf geriet, hat es mir leichter gemacht, von der herrschenden Meinung abzuweichen und meine Geschichte zu spinnen.

Zum Thema Kalkriese: 1987 fand ein Hobbyarchäologe in Kalkriese einige Münzen. Da bereits der berühmte Historiker Theodor Mommsen 1884 erklärte, dass die Varusschlacht in Kalkriese stattgefunden haben müsse, wurde 1988 mit einer systematischen Ausgrabung begonnen. Tatsächlich erbrachte diese Ausgrabung bis heute zahlreiche Funde, die zweifellos auf eine bedeutsame Auseinandersetzung zwischen Römern und Germanen hinweisen. Nach zahlreichen Knochenfunden, die an die von Tacitus beschriebene Bestattung von Opfern der Varusschlacht durch Germanicus im Jahr 16 n. Chr. erinnerten, deklarierte man Kalkriese als Ort der Varusschlacht.

Im März 2007 ging jedoch eine Anzeige wegen Subventionsbetruges ein, die sich gegen den Anspruch von Kalkriese richtete, Ort der Varusschlacht zu sein. Anderen Ausgrabungsorten, die mit der Varusschlacht in Verbindung gebracht werden könnten, war es ein Dorn im Auge, dass riesige Summen von Forschungsgeldern in die gemeinnützige Gesellschaft Kalkriese flossen, von denen man auch anderenorts gern profitiert hätte. Die zuvor genannte, bereits 1992 gefundene Schwertscheide gelte als Indiz dieses Betruges. Die Anzeige enthielt zusätzlich den Vorwurf gegenüber den Kalkrieser Historikern, weitere Exponate zurückgehalten zu haben, welche Kalkriese als Ort der Varusschlacht demontieren könnten. Dies konnte nicht festgestellt werden. Die Staatsanwaltschaft entschied, das Betrugsverfahren mit dem Hinweis einzustellen, dass es sich in Kalkriese um ein bedeutendes Ausgrabungsfeld handele, bei dem Subventions- und Forschungsgelder mit Berechtigung einfließen. Im Anschluss an die Ermittlungen betonte der Landkreis jedoch, dass es keine Beweise im Rechtssinne dafür gebe, dass die Varusschlacht in Kalkriese stattgefunden habe. Dem schloss sich auch das Niedersächsische Wissenschaftsministerium an.

Die Schilder, die einen von der Autobahn zum Besucherzentrum Kalkriese führen, sind da allerdings noch nicht auf dem neuesten Stand, was den Vorwurf, dass Kalkriese aus der fehlerhaften Verknüpfung seiner Ausgrabung mit dem Ort der Varusschlacht unrechtmäßig Profit schlägt, nicht verstummen lässt.

Wie dem auch sei, noch vermag niemand genau zu sagen, wo Arminius der Cherusker Publius Quinctillius Varus schlug, vielleicht in Kalkriese, vielleicht im Osnabrücker Land – vielleicht aber auch im Harz …

Dass man im Dezember 2008 am Harzer Horn bei Kalefeld Überreste eines weiteren Schlachtfeldes fand, ist ein ›Schmankerl‹ am Rande. Die Historiker sicherten dort römische Münzen mit dem Portrait des Kaisers Lucius Aurelius Commodus (161 bis 192 n. Chr.), was eine zeitliche Einordnung der Schlacht am Harzer Horn ermöglichte. Ich habe das Schlachtfeld in ›Hederas Buch‹ als den Ort erwähnt, an dem Maximus Thrax, der römische Kaiser aus Thrakien gegen die Alamannen kämpfte und das sagenhafte Schwert verlor. Die Zeit passt, aber ob es der berühmte Maximus Thrax selbst war, der dort kämpfte … wer weiß.

Dass die Figur des legendären Drachentöters Siegfried vielleicht mit Arminius übereinstimmt, dessen germanischer Name tatsächlich bis heute unbekannt blieb, wird hier und da gemutmaßt. Ich habe die Mutmaßung um des Vergnügens willen in die Geschichte verwoben.

Das Schwert des Thurizan und das Artefakt sind jedoch

vollständig meiner Fantasie entsprungen.
Ebenfalls mehr Mutmaßung als Wissenschaft bilden wohl auch die Erkenntnisse des Erforschers atlantischer Kultstätten, Dr. Siegfried Hermerding, der sich unter anderem eingehend mit den Kraftorten des Harzes befasste. Seine Thesen, zu ihnen zählt auch die Mär, dass Siegfried und seine Zwillingsschwester Swanhild beim Goslarer Kinderbrunnen das Licht der Welt erblickten, sind zuweilen recht gewagt, aber so doch interessant und vergnüglich, dass mich die Werke und Führungen des Kultstättenforschers aus Hannover trotz aller Kritik an dem Wissenschaftsgehalt seiner Arbeit sehr inspiriert haben.

Größte Hochachtung und mein ausdrücklicher Dank gilt den vielen Hobbyarchäologen und Geschichtsfreunden der Region, allen voran Herrn Horst Woick, der sich höchst engagiert um die Regionalgeschichte Bad Harzburgs bemüht. Sein Wissen rund um die Geschichte der Harzburg und den Götzen Crodo findet sich in Tillas Suche nach dem Artefakt wieder. Insbesondere bei der finalen Suche nach dem möglichen Standort der ursprünglichen Crodo-Statue gaben mir die von Herrn Woick angebotenen Literaturangaben wertvolle Hinweise, welche auch zum Teil als Zitate in diesem Buch zu finden sind. Hier ist insbesondere die Abhandlung des Johann Michael Heinecci zu nennen. *Abhandlung über den heidnischen Götzen Crodo zur Harzburg*, in einer Übersetzung aus dem Lateinischen von Johann Friderich Züchert von 1763, die mich zum kleinen Burgberg als möglichen Standort des Götzen führte.

Natürlich wird der geneigte Leser auch die genannten Kunstwerke, wie das Bildnis des Sturzes der Crodo-Statue von Wislicenius im Kaisersaal der Kaiserpfalz zu

Goslar, den Crodo-Kopf am Portal der Bündheimer Kirche oder den Crodo-Altar im Museum Goslar vorfinden.

Aber ob Crodo wirklich einst vom kleinen Burgberg aus übers Land schaute?

Möglich wäre es …

Corina C. Klengel, Mai 2010

Corina C. Klengel

1962 geboren, verließ ihren Geburtsort Salzgitter für das Studium der Rechtswissenschaften, welches sie zunächst nach Bayern, später nach Münster und zuletzt nach Göttingen führte. Nach dem Studium zog sie mit ihrem Mann in ein kleines Dorf bei Göttingen, wo sie einige Jahre lang als Reitausbilderin einen Hof führte.

Nach der Geburt ihrer zwei Söhne wurde das Schreiben zur Hauptpassion. Seither arbeitet die Autorin als freie Journalistin und verfasst unter anderem Fachartikel für Reitzeitschriften und Berichte für verschiedene Tageszeitungen. Aufgrund ihrer juristischen Vorbildung zählt die Gerichtsberichterstattung zu ihren Schwerpunkten. Heute lebt Corina C. Klengel mit ihren Kindern, Pferden und einem Hund im Harz. Im Herbst 2008 erschien ihr erster Harzkrimi ***Die Hexenquelle*** im Leda-Verlag.

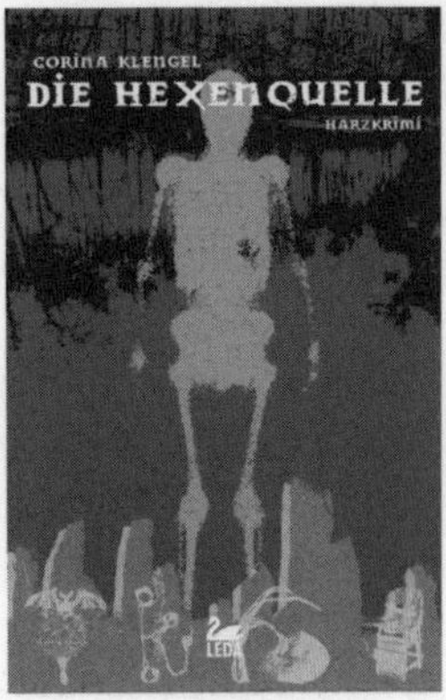

Corina C. Klegel
Die Hexenquelle
Harzkrimi
ISBN 978-3-939689-12-6
9,90 Euro

Leseprobe

Die Regentropfen ließen das Herbstlaub leise knistern. Die Beamten hielten sich an Seilen fest, während sie vorsichtig die schlammige, steile Böschung hinabstiegen. Es war erst kurz nach vier und doch schon so dunkel, dass sie Schwierigkeiten hatten, zu sehen, wo sie ihre Füße, die in völlig durchnässten Schuhen steckten, hinstellen konnten, ohne in die Tiefe zu rutschen. Urplötzlich durchschnitt ein gleißender Lichtstrahl die Szenerie. Gleich darauf blitzten zwei weitere Halogenstrahler auf und zerteilten die milchige Dämmerung wie mit einem Skalpell. Sie offenbarten ein Bild des Grauens.

Obwohl es um das auf dem Dach liegende Autowrack, unten in dem engen Tal und oben auf der schmalen Bergstraße von Polizeibeamten, Feuerwehrleuten und einigen Einheimischen geradezu wimmelte, breitete sich jetzt bleierne Stille aus.

Langsam kam Leben zurück in die Szenerie. Männer und Frauen in weißen Plastikoveralls packten

Aluminiumkoffer und hangelten sich in die Tiefe. Doch selbst die Befehle der Feuerwehrleute, die mit ihren Seilen die Tatorttechniker sicherten, fielen weniger laut aus als sonst.

Gerd Wegener hatte schon einiges gesehen. Eigentlich war er mit seiner Familie aus Frankfurt weggezogen, um so etwas nicht mehr sehen zu müssen. Dennoch erfasste er das bizarre Szenario von der Straße aus mit professionellem Blick. Die Frau sollte laut den gefundenen Papieren Anfang fünfzig gewesen sein. Schlank war sie, bemerkte Wegener, der stets um den Erhalt seiner Figur bemüht war. Ihr Gesicht konnte er nicht erkennen. Von seinem Standort aus war nur eine blutige Masse zu sehen. Sie lag neben dem dunklen Wagen, der so zerstört war, dass sich auf den ersten Blick die Marke nicht ausmachen ließ. Der Mann lag bis zur Hüfte unter der Fahrerseite des Wagens. Beide Körper waren so zerschunden, dass der Drang sie zuzudecken fast übermächtig wurde. Metallene Zierleisten hatten sich durch Kleidung und Haut gebohrt.
Wegener ließ den Blick schweifen. Der Wald wies an dieser Stelle überwiegend Fichten und ein paar Tannen auf. Am Grund der Böschung lagen zahlreiche Gerippe von quer liegenden, toten Nadelbäumen mit weißgrauen, nadellosen Ästen. Einer dieser knochenfahlen, in Jahren gebleichten, durch innere Trockenheit gestählten Äste stak in dem Körper der Frau. Sie musste auf eines der pflanzlichen Gerippe geschleudert worden sein, dachte Wegener, während er Entsetzen und Widerwillen mit Macht hinter seine in vielen Jahren erworbene Professionalität zurückdrängte. Dennoch konnte er nicht verhindern, dass er sich beim Anblick des weißen Astes in der Lunge der Frau fragte, ob es nicht eher eine menschliche Hand als der Sturz gewesen war, die

diesen Ast durch menschliches Gewebe gestoßen hatte. Er schüttelte unmerklich den Kopf. Es musste an der mythengetränkten Atmosphäre des Oberharzes liegen, dass er auf so einen Gedanken kam.

Bewusst hakte er die Parameter seines kriminalistischen Wissens ab und verglich sie mit dem Tatort. Dass die Leichen nicht erst seit dem Morgen hier lagen, sah Wegener sogar von seinem entfernten Standort aus.

Noch immer lehnte er tatenlos am Kotflügel seines Kleinwagens. Er kramte in seiner Jacketttasche herum, bis er endlich seinen Kaugummi fand. Mit einer schnellen und exakten Bewegung steckte er sich ein Dragee in den Mund, ohne das Treiben im Tal auch nur einen Lidschlag aus den Augen zu lassen. Es war schon Jahre her, seit er die letzte Zigarette angezündet hatte. Doch in Momenten wie diesem war der Drang, sich eine Kippe zwischen die Lippen zu klemmen, so groß, als habe er erst am Vortag mit dem Rauchen aufgehört. Der scharfe Minzgeschmack löste die Spannung etwas.

Noch war es nicht sein Fall und er war auch nicht sicher, dass dies sein Fall werden würde. Lörcke war ein guter Mann, aber vielleicht etwas voreilig gewesen, als er das Dezernat für Delikte gegen Personen und damit ihn alarmiert hatte. Und doch... Wieder arbeitete sich sein Blick von Detail zu Detail. Irgendwie hatte er hier ein ungutes Gefühl.

Klamme, kalte Nässe zog ihm von unten die Beine hoch und drängte ihn, die feuchten Füße zu bewegen. Doch Wegener stand still da und betrachtete die Leichen.

„Wie lange?“, rief er der Pathologin zu, die vor der Frauenleiche hockte.

„Schwer zu sagen ... Ich tippe auf mindestens sechs Tage.“ Ihr prüfender Blick maß die Umgebung. „Bei diesen niedrigen Temperaturen hält sich ein Körper.“

„Stammen alle Verletzungen vom Unfall?“

„Das nicht", rief die Pathologin zurück und wies auf das zerstörte Gesicht der Toten.

„Tierfraß?"

Sie drehte sich nicht zu ihm um, aber ihr Kopf im weißen Plastikoverall nickte. Die Pathologin stand auf und wendete sich der zweiten Leiche zu.

Bedächtig kaute Wegener an seinem Kaugummi. Er fixierte den Beamten, der das Autowrack studierte. Wegener hatte bemerkt, dass sich Henning Meyer schon seit geraumer Zeit nicht mehr bewegt hatte und mit seiner Taschenlampe eine einzige Stelle beleuchtete.

Wegener wartete geduldig. Sein Blick fiel auf den Steinblock, der die eh schon enge Bergstraße begrenzte. Rötlich zeichnete sich ein Muster darauf ab. Es sah aus wie ein liegendes Horn.

„Gerd?"

Wegener wandte sich von dem sonderbaren Horn ab und dem Kollegen Meyer zu, der ihn gerufen hatte.

„Sieht so aus, als sei die Servolenkung ausgefallen. Eine der Druckleitungen ist hin."

„Rechnen wir sechs Tage zurück, da hatten wir Dauerregen", murmelte Wegener eher zu sich selbst und betrachtete die Serpentine nickend. „Deswegen haben sie die Kurve nicht gekriegt." Nachdenklich kaute er auf seinem Kaugummi und fragte den Hang hinab rufend: „Und? Hat jemand die Lenkung sabotiert?"

Meyer zog sich die Latexhandschuhe mit einem klatschenden Geräusch von den Händen. Er zögerte. „Schwer zu sagen. Da war ein Bruch im Material und das Hydrauliköl ist ausgelaufen …" Unschlüssig kehrte sein Blick zum Wrack zurück. Meyer wusste sehr wohl, dass der weitere Verlauf dieses Falles von ihm abhing. Er zögerte.

„Was denn nun? Ist da was gebrochen oder gebrochen worden?", drängte Wegener. (…)

Rüdiger A. Glässer
König der Schlangen
Harzkrimi
978-3-939689-54-9
11,90 Euro

Lothar Englert
Friesische Freiheit
Historischer Roman
978-3-934927-55-3
12,90 Euro

Hanna Dunkel
Mordsache Ulsnis
Schleswig-Holstein
978-3-939689-30-0
9,90 Euro

Peter Gerdes
Wut und Wellen
Inselkrimi
978-3-939689-34-8
320 S.; 9,90 Euro

Ulrike Barow
Baltrumer Bärlauch
Inselkrimi
978-3-939689-31-7
9,90 Euro

Manfred C. Schmidt
Gut Schuss
Ostfrieslandkrimi
978-3-939689-39-3
9,90 Euro

Kerstin Körte
Dass ich dich besser
fressen kann
978-3-939689-37-9
9,90 Euro

Bettina Owczarski
Elmfeuer
Braunschweig-Krimi
978-3-939689-53-9
9,90 Euro

Regine Kölpin
Otternbiss
Inselkrimi
978-3-939689-35-5
9,90 Euro

Lars Winter
Blonder
Mond
Ostfrieslandkrimi
978-3-939689-59-1
10,90 Euro

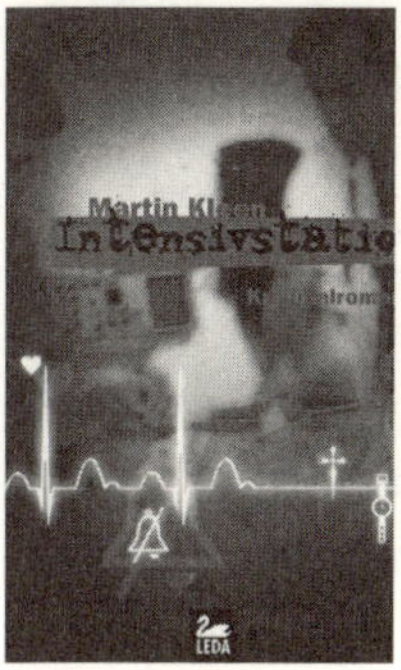

Martin Kleen
Intensivstation
Kriminalroman
Ostfriesland
978-3-939689-57-7
9,90 Euro

Gundula Thors
Köhlbrand sehen
und sterben
Hamburgkrimi
978-3-934927-61-4
9,90 Euro

Maeve Carels
Zur ewigen Erinnerung
OstFrieslandkrimi
978-3-939689-08-9
9,90 Euro

W. W. Domsky
Ehre, wem Ehre ...
Kriminalroman
978-3-939689-33-1
9,90 Euro

Wolke de Witt
Sturm im Zollhaus
Ostfrieslandkrimi
978-3-934927-77-3
8,90 Euro

Venske/ Gerdes (Hrsg):
Gepfefferte Weihnachten
Krimis & Rezepte
978-3-939689-38-6
9,90 Euro

H. & P. Gerdes (Hrsg):
Friesisches Mordkompott
Süßer Nachschlag
978-3-939689-21-8
9,90 Euro

H. & P. Gerdes (Hrsg):
Friesisches Mordkompott
Herber Nachschlag
978-3-939689-20-1
9,90 Euro